Ilona Karmel
Aurelia Katz und die anderen

Roman

Aus dem Amerikanischen
von Dieter Turck

Mit einem Nachwort
von Ruth Klüger

Insel Verlag

Titel der 1969 bei Houghton Mifflin
und 1986 mit einem Nachwort
von Ruth K. Angress (Ruth Klüger)
bei The Feminist Press erschienenen
Originalausgabe: *An Estate of Memory*

Erste Auflage 1997

Druck: Bercker GmbH, Kevelaer
Printed in Germany

Aurelia Katz und die anderen

Teil eins

Kapitel 1

Jeder im Lager wurde an diesem Tag angemalt. Die Dämmerung brach herein, als alle Bewohner, fünfzehntausend an der Zahl, auf den Appellplatz marschierten und sich in Viererreihen vor einem Podest aufstellten, das durch eine natürliche Bodenerhebung gebildet wurde. Dort standen die Lagergewaltigen: auf der einen Seite die dunkelblau uniformierten ukrainischen Wachmannschaften, auf der anderen der Kommandant der OD-Männer, der jüdischen Lagerpolizei, und seine Hilfskräfte, schwarz uniformiert mit Ausnahme der Messingknöpfe, die das letzte Tageslicht einfingen; die Grünen in der Mitte waren die SS.

Die Dämmerung vertiefte sich, sie ließ das Gewirr der Stacheldrahtzäune verschwimmen und verwandelte die Wachttürme in schwarze Vierecke. Ein Ruf. Von den Türmen senkten sich Suchscheinwerfer auf den Appellplatz hinab. Und die Malaktion begann.

Mit Eimer und Pinsel in der Hand zogen die Maler an den bewegungslosen Reihen entlang und markierten jedermanns Kleider mit Querbalken in roter Farbe. Alles war still, nur hin und wieder klirrte ein Eimer, oder es klatschte ein dicker Farbtropfen zu Boden. Einen Moment lang erloschen die Scheinwerfer. Sie leuchteten wieder auf, und das Lager wuchs wie eine befestigte Stadt aus dem Dunkel: die flachgedeckten Baracken, die an dem steilen Hang klebten; die Drahtzäune in doppelter Mannshöhe, und ganz oben die Rüssel der Maschinengewehre.

Nach einer Stunde gingen die SS und die Ukrainer. Nun hatten die OD-Leute das Kommando. »Ruhe!« brüllten sie, aber diesmal gehorchte ihnen niemand. Hier kicherte eine Frau, weil der Pinsel kitzelte, dort lachte ein Mann ein lautes: »Guten Abend, Rembrandt!«, während der Maler mit einem »Möchten Sie lieber tapeziert werden?« antwortete, bis schließlich die Spötterei sich auf die Person konzentrierten, welche die Malaktion als Vorbeugungsmaßnahme gegen Flucht befohlen hatte, nämlich den deutschen Lagerkommandanten.

»Ein anderer hätte sein Geld für Häftlingsuniformen hinausgeworfen, aber der, der malt uns an«, sagte man und lachte. »So ein Schlaukopf! Ein Jude müßte er sein, so schlau ist er.«

»Ein Jude.« Die Seidmanka mußte so lachen, daß ihr roter Haarschopf auf und ab flog. »Wissen Sie was? Nach dem Krieg mache ich ihn zum Geschäftspartner. ›Herr Lagerkommandant!‹ sag' ich dann ...« Die Seidmanka verzog ihr langes Pferdegesicht und ließ die Pinselei über sich ergehen, dann drehte sie sich ruckartig um, weil die zarte, grauhaarige Frau, die jetzt drankam, die Rubinfeldowa war, ihre Pritschennachbarin, ihre unzertrennliche Freundin.

»Nicht vollspritzen«, warnte die Seidmanka den Maler, und dann zur Rubinfeldowa gewandt: »Hör auf zu zappeln. Steh ruhig, sag' ich!«

Die Rubinfeldowa stand stocksteif. Und jetzt schauten beide auf das Mädchen, das als nächste angemalt werden sollte. Sie war dünn – nicht vom Hunger, sondern so wie alternde Jungfern, die trotzig und aus freien Stücken jede Andeutung von Rundungen, jede Erinnerung an aufgegebene Hoffnungen unterdrückt haben. Und doch war sie jung, kaum älter als zwanzig, und ihr kleines, dreieckiges Gesicht hätte schön sein können, wenn da nicht der kritische Blick in ihren Augen gewesen wäre und der volle, aber zu einem tiefroten Strich zusammengepreßte Mund. Der Pinsel fuhr nach oben, und ein zweiter roter Strich zog sich über ihre Wange, so plötzlich, daß sie zusammenzuckte.

»Bitte, Tola!« sagte die Rubinfeldowa leise.

»Die Prinzessin!« zischte die Seidmanka. »Natürlich, sie ist die einzige, die auf dem Appellplatz steht, die einzige, die bemalt wird. Alle anderen können lachen oder reden, aber sie ...«

»Meine Liebe ...« Tolas Stimme klang angenehm, wenn auch ein wenig hoch, »ich dachte gerade an etwas.«

»Und woran?«

»An morgen, an den Applaus, der uns erwartet, wenn wir durch die Stadt zur Arbeit marschieren.«

»Na und? Die Polen haben die Juden nie gemocht und die Juden nie die Polen. So ist das nun mal.« Die Seidmanka zuckte die Achseln, und die drei schwiegen. Überall verstummten die Witze, bis nur noch das Scharren der Füße zu hören war, während die Menschen von einem Bein aufs andere traten.

Die Malaktion war vorüber. Als nächstes wurden die herauskommandiert, die man mit arischen Papieren erwischt hatte, meist Frauen, die im Vertrauen auf ihr arisches Aussehen »in der Freiheit« gelebt hatten – so nannte man das im Lager –, bis eine Denunzierung sie hierher gebracht hatte.

Ihnen wurden leuchtend gelbe Kreise auf den Rücken gemalt. Sie traten ins Glied zurück, und schließlich gaben Pfiffe das Signal zum Wegtreten.

»Tola, kommen Sie mit?« Seidmankas Ton zeigte, daß sie die Antwort schon wußte.

»Nein, ich mag nicht drängen.«

»Die Prinzessin«, brummte die Seidmanka und zog die Rubinfeldowa auf die überfüllte Lagerstraße. »Die Nase hochtragen, das gefällt ihr, und den letzten Pfennig für Bettwäsche ausgeben und dergleichen. Ha!«

»Bitte ...«

»Bitte was ...?«

»Du weißt, sie ist jung, sie ist ganz allein.«

»Aber wer ist denn nicht allein!«

Die Rubinfeldowa gab keine Antwort, so unbegreiflich erschien ihr immer noch, daß Tola so ganz allein war, sie, die noch vor wenigen Jahren ein Teil der großen Ohrenstein-Sippe gewesen war.

»Kennen Sie die Ohrensteins aus der Josephstraße?« pflegte man zu sagen, und: »Natürlich, wer kennt sie nicht«, hieß es dann. Die Antwort kam selbstverständlich, wie wenn jemand sagte: »Wer kennt die Kosciuskohöhe nicht?« Die Ohrensteins hatte es immer schon gegeben, Generation um Generation, wie eine Art Wahrzeichen. Da waren zuerst die Väter, gesetzte, ohne Eile daher schreitende Männer, die ihre Arme auf dem Rücken verschränkten und leicht rückwärts geneigt gingen, als wollten sie ihre prachtvollen Vollbärte zum Beweis ihrer Frömmigkeit vor sich her tragen – übrigens das einzige, was sie zur Schau trugen. Dann kamen die Söhne, ebenso gelassen, wenngleich mit ihrer Frömmigkeit auch ihre Bärte abgenommen hatten und zu kleinen Dreiecken geschrumpft waren, die die einzigen scharfen Linien in ihre sanften Gesichter zogen. Ihre Frauen waren nicht weniger zurückhaltend. Für sie bedeutete das dreißigste Lebensjahr eine Grenze, jenseits der auffallende Farben verboten waren, es hätte sich denn um eine Gemme oder eine Perlenkette auf ihrem dunklen Kleid gehandelt, als entzöge die Tatsache, daß man eine Ohrenstein war, sie jedem Modediktat und erlegte ihnen dafür eine andere, weit strengere Pflicht auf – die, niemals einen Ausgang ohne Hut und Handschuhe zu wagen. So waren sie gewesen. Und jetzt gab es nur dieses Mädchen noch, deren einzige Ohrenstein-Erbschaft darin bestand, daß sie ihre Arme auf dem Rücken verschränkte.

»Hör auf zu seufzen!« murmelte die Seidmanka. Aber diesmal verweigerte die Rubinfeldowa den Gehorsam. Und ihr Seufzen galt allen: Tola, Seidmanka, die nicht weniger einsam war, und ihr selbst, die noch einen Sohn in Rußland hatte, Gott allein wußte wo.

Sie hatten gelacht, dachte Tola, als sie den anderen die dunkle Straße hinauf folgte, gerade heute morgen noch hatten sie gelacht beim Gedanken an den Jungen, der aus dem Lager entwischt war. »Herr Hauptmann«, hatte er zu dem wachhabenden Soldaten gesagt, und »Herr Hauptmann«, hatte die Seidmanka prustend vor Lachen berichtet: »›Herr Hauptmann!‹ sagte der Junge zum wachhabenden Soldaten, dabei war dieser Lümmel noch nie einem Hauptmann begegnet, es sei denn, um ihm die Stiefel zu putzen, ›meine Hosen, Herr Hauptmann, meine Hosen kaputt.‹ Und weg war er, durch ein Tor, dann durch einen langen Gang und auf einen Platz voller Menschen. So war das. Ein Genie, dieser Junge. Ein Genie!«

Sicher, nach der Flucht hatte niemand den Jungen ein »Genie« genannt, sondern einen »Verbrecher«, der fähig und willens war, zahllose Leben in Gefahr zu bringen, um sein eigenes zu retten. Es hatte keine Vergeltungsmaßnahmen gegeben. Die Wachen – so ging das Gerücht – hatten seine Flucht vertuscht, aus Furcht, man würde sie zur Rechenschaft ziehen. Und wenn die Wachen den damaligen befehlshabenden Obersturmführer fürchteten, so würden sie beim jetzigen Lagerkommandanten doppelt auf der Hut sein.

Nichts würde passieren, wenn sie geflüchtet war. Einige bange Stunden, unterdrücktes Schimpfen, und bald schon würde man beim Gedanken an sie lachen, so wie man über den Jungen gelacht hatte.

Wie aber, wenn es doch nicht stimmte, daß die Wachsoldaten seine Flucht verheimlicht hatten? Wenn nur ein glücklicher Zufall das Lager vor Strafaktionen bewahrt hatte? Sie blieb stehen, schaute von den Barackenfenstern, die schwarz verdunkelt waren, zum Appellplatz hinüber, wo Farbkleckse rot im grellen Licht glänzten. Ja, auch wenn es keine Flucht gegeben hatte, waren Menschen bei »Selektionen« erschossen worden; wer die Möglichkeit hatte, sich zu retten, besaß auch das Recht dazu.

Sie hatte diese Möglichkeit, und doch hatte sie den ganzen Monat, den ihre Arbeitskolonne schon zum Putzen der kaum bewachten deutschen Häuser abkommandiert worden war, verstreichen lassen. Natürlich hatte sie ihre Gründe gehabt: zuerst die Polizeikontrollen in der ganzen Stadt, bei denen Hunderte verhaftet wurden; dann ein jüdischer Denunziant, der auf das Aufspüren von Juden spezialisiert war; aber danach hatte sie die Entscheidung ohne jeden Grund vor sich hergeschoben. Diese Malaktion zeigte an, daß Änderungen im Lager bevorstanden, und zwar nicht zum Besseren. Wenn sie fliehen wollte, mußte es morgen sein.

Wenn sie nur aufhören könnte, ein für allemal aufhören mit diesem Abwägen dessen, was alles passieren konnte, diesem Abwägen jedes einzelnen Schrittes, dann wäre es ganz leicht. Damit die Seidmanka und die Rubinfeldowa nicht als Mitwisserinnen verdächtigt werden konnten, mußte sie an einer anderen Stelle marschieren und dafür sorgen, daß sie in der Kaserne einer anderen Gruppe zugeteilt wurde. Die Arbeit begann gegen acht Uhr; das ließ ihr genügend Zeit, die Straße im Auge zu behalten, sich den Standort der deutschen Gendarmen und der polnischen Polizisten zu merken, die ständig auf der Jagd nach entflohenen Juden waren. Gegen Mittag würde sie sich davonstehlen. Von der Straßenbahnhaltestelle waren es nur ein paar Minuten zu Fuß; Aniela, die jahrelang für ihre Familie gearbeitet hatte, würde ihr den Unterschlupf nicht verweigern. Aber was war, wenn...? Genug! Sie hatte sich entschieden. Und sie verdeckte die verkrustete Farbe auf ihrer Wange und ging in die Baracke.

Wie ein Warenhaus mitten im Schlußverkauf wirkte die Baracke in dieser abendlichen Stunde. Menschenschwärme bewegten sich zwischen den dreistöckigen Pritschen, die mit Töpfen,

Kleidungsstücken und Bettzeug aus dem liquidierten Ghetto bedeckt waren. Wie Kundinnen, die um ein Sonderangebot stritten, schrien die Frauen rund um den eisernen Ofen, und auch am Tisch, wo Brot verteilt wurde, gab es Geschrei. »Verzeihung, kann ich mal durch?« Tola bahnte sich ihren Weg durch das Gewühl. Oben auf ihrer Pritsche langte sie unter das Kopfende und befühlte das saubere, nicht bemalte Kleid mit dem eingenähten Fünfhundert-Zloty-Schein im Saum. Arische Papiere kosteten meist das Vierfache. Aber waren sie jetzt nicht billiger, wo es nur noch wenige Kunden gab?

Die Schlange am Tisch zerstreute sich, der Lärm um den Ofen ließ nach, und während die Frauen sich niederließen und saubere Lappen unter das bröckelnde Brot breiteten, verwandelten sich die Pritschen in eine Art Zimmer, wo sich Familien zum Abendessen versammelten; meistens waren es zufällig zusammengewürfelte Lagerfamilien – Frauen, junge Mädchen, welche die ungewohnte und plötzliche Einsamkeit zusammengeführt hatte, OD-Männer mit ihren lockenköpfigen und geschminkten Geliebten und hier und da echte Vorkriegsfamilien, Ehepaare und Mütter, denen noch eine Tochter oder ein Sohn geblieben waren.

Tola wollte keine Lagerfamilie. Ihre Abende folgten einem strengen, vom Alleinsein diktierten Reglement. Aus Abneigung gegen das Gedränge wartete sie bis zum Schluß, um an ihre Brotration zu kommen; aus Abneigung gegen das Warten in der übelriechenden Lagerküche kaufte sie den Eichelkaffee bei einem alten Mann, der mit seinem Kessel durch die Baracke wankte. Sie breitete ein Handtuch über ihre Knie, und dann aß sie. Meist gehörte zu diesem Ablauf der Dinge ein Besuch der Rubinfeldowa. Aber an diesem Abend, als die Rubinfeldowa an den Bettpfosten klopfte, als sei es eine Tür, sagte Tola etwas von einem Gang, den sie noch zu machen habe, und begab sich eilig nach draußen.

Eine dunkle Masse von Körpern bewegte sich die überfüllte Hauptstraße auf und ab, auf und ab, vom Wachlokal der OD-Leute zu den Waschhäusern und wieder zurück. Füße scharrten. Die Taschenlampe eines OD-Mannes durchschnitt das Dunkel und traf auf einen gelben Kreis, glitt dann zu dem unregelmäßigen goldenen Fleck unter ihren Füßen: der Inschrift auf einem der Grabsteine, die man vom jüdischen Friedhof geholt hatte, um die Lagerstraßen zu pflastern. »Hier ruht Joseph – fromm, gottesfürchtig« – die Wörter, zerhackt wo der Stein geborsten war, schienen zu stammeln.

Beim Anblick dieses Gestammels schlich sich die Angst ein: zuerst nur als Besorgnis in Gestalt der Frage nach ihrem bemalten Mantel; um ihr unbemaltes Kleid zu verstecken, mußte sie den Mantel bis zum letzten Augenblick anlassen. Und wenn man ihn gleich nach ihrer Flucht fand, wenn der wachhabende Soldat sie beim Ausziehen des Mantels beobachtete? Sie würde vorsichtig sein und den Mantel gut verbergen.

Eine neue Angst nahm Gestalt an – Angst vor einer Tür, die verschlossen war, weil Aniela weg war. Aber nein, Aniela konnte nicht lange ausbleiben; ihr Mann war Invalide, sie gingen so gut wie nie aus dem Haus. Und jetzt schüttelte der Mann, dieser Fremde, der ihr zu nichts verpflichtet war, seine welke Faust. »Raus mit Ihnen!« schrie er. »Wissen Sie nicht, daß das Verstekken von Juden mit dem Tod bestraft wird?«

Sie lief schneller und schneller, aber vor dem von Scheinwerfern zerschnittenen Himmel sah sie sich durch die feindselige Stadt wandern, in eine Einfahrt stürzen, wenn ein Polizist auftauchte, immer weiter, bis die Menge sich auflöste und die Tore verschlossen waren. Über den menschenleeren Platz kam ein riesenhafter Gendarm auf sie zu. »Papiere!« befahl er. Sie hatte keine. Und das war das Ende, denn mittlerweile wurden die, die man in der »Freiheit« erwischte, erschossen.

Die Menschenmassen bewegten sich schneller, Stiefel stampften, und schließlich ertönten überall Rufe, mißtönend wie der Chor von Zeitungsjungen, der die neueste Katastrophe, die jüngste Hoffnung ausschreit. Aber es war nur das Tagesende, was da verkündet wurde. »Lagerschluß! Alles reingehn!« OD-Leute stürzten auf die Menge zu. »Lagerschluß, alle Männer raus«, brüllten sie in den Blocks, fluchten, knallten mit den Peitschen, obgleich die Männer schon, so schnell sie konnten, herabkletterten, während ihre Frauen ihnen von den Betten aus zuflüsterten: »Seid vorsichtig unterwegs!«

»Tola, reißen Sie sich morgen zusammen. Wenn uns jemand beschimpft, beachten Sie ihn nicht, geben Sie keine Antwort.«

Vor lauter Angst vergaß die Rubinfeldowa das Ritual des höflichen Anklopfens. »Wenn ein paar Kollaborateure uns verspotten, was soll's? Es gibt auch andere.«

»Gibt es die?«

»Bestimmt, ich habe die netten polnischen Nachbarn noch nicht vergessen, die ich hatte, als die Welt noch heil war.«

»Und haben sie Ihnen geholfen, die netten polnischen Nachbarn?« wollte Tola fragen, unterdrückte es aber. Rubinfeldowas Bemerkung von der »Welt, die noch heil war«, hatte sie verstummen lassen, dieses Zeugnis der Auflehnung gegen das Lager, das die Rubinfeldowa zu einem Alptraum, zu einer vorübergehenden, absurden Episode verharmlosen wollte. Wenn man wie die anderen sagte: »Die OD-Männer schlagen uns, um ihre eigene Haut zu retten«, oder: »Der Lagerkommandant schießt, weil er nicht an die Front will« – und so diesem Alptraum eine Art von Logik gab, dann bedeutete das, ihm einen Platz in jener Welt zuzuweisen, von der die Rubinfeldowa beharrlich behauptete, sie werde eines Tages wieder »heil« sein.

»Ich werde mich benehmen. Und danke für Ihren Besuch.« Sie wollte noch etwas sagen, etwas weniger Ironisches, weniger Förmliches, statt dessen sah sie schweigend der Rubinfeldowa nach, wie sie zu ihrer Pritsche zurückging.

Hitze brütete über den Baracken, schwer vom Geruch der frischen Farbe und von etwas Süßlichem, das an faulendes Obst erinnerte. Das waren die Wanzen. Tola hörte, wie sie sachte von Bett zu Bett sprangen. Nichts wird passieren, wenn ich weglaufe – nichts, wiederholte sie und versuchte sich zu beruhigen, damit sie einschlief.

Die Überzeugung, daß nichts schiefgehen werde, und die aufgehende Sonne machten sie wach. Langsam wanderten die staubigen Strahlen über die Pritschen und beschienen einen kastanienbraunen Zopf, einen Arm, ein verschlafenes Gesicht. Alles war still, nur aus einer Ecke kam Geflüster. Aber schon stampfte es draußen, schon schoß ein glitzernder Schein durchs Fenster. Das Signalhorn. Der Hornist, ein Lagerwunderkind, ein zwölfjähriger Junge mit einer zu großen OD-Mütze, blies die Backen auf. Ein Luftholen, dann ein lauter, schriller Ton.

Der Tag begann wie immer mit hämmernden Fäusten, mit Stiefeltritten gegen die Tür, während drinnen die Blockälteste ihr gewöhnliches nörgelndes »Beeilen, die Damen – die Cholera soll Sie holen!« ausstieß.

Die Seidmanka ließ sich Zeit. Sie zog mehrere Lagen Unterwäsche an, dann zwei Blusen, zwei Röcke und einen Mantel – die Konterbande, die täglich aus dem Lager geschmuggelt und den Polen an der Arbeitsstelle verkauft wurde.

»Hier, verkaufen Sie das für mich.« Sie schwenkte einen Rock vor Tola, »ich zeig Ihnen den Kunden, ich gebe Ihnen den halben Gewinn ab.«

»Danke, aber ich möchte lieber nicht...«

»Ich möchte lieber nicht handeln. Klar, klar, wir kennen die Leier schon«, murmelte die Seidmanka und folgte der Rubinfeldowa nach draußen.

Statt der Scheinwerfer beschien die Sonne den Appellplatz, aber sonst war alles wie gestern abend: die Stille, die bewegungslosen Reihen. Jetzt erst teilten sich die Kolonnen – ein Teil marschierte den Berg hinauf zu den Lagerwerkstätten, der andere zog die Straße zum Lagertor hinunter, flankiert auf der einen Seite von SS-Wachmannschaften, auf der anderen Seite von Soldaten, die auf die Gruppen warteten, die sie zur Arbeit führen sollten. »Schneller-schneller«, hieß der kleine Soldat, der Tolas Kolonne begleitete, weil sein ganzer Wortschatz aus diesem einen ständig gebrüllten Wort bestand. Heute ließ ihn selbst dieser Rest sprachlichen Ausdrucksvermögens im Stich. Er beugte sich vor, wobei er den Mund aufriß, bis er sie schließlich mit einem Grunzlaut am Polenlager vorbei und auf die Landstraße führte.

Insekten summten über den unkrautüberwucherten Feldern; an den Zäunen hingen Plakatfetzen für Filme aus vergangenen Jahren. Und auch sie, dachte Tola, die in einer langen Kolonne dahermarschierten, waren wie eine wandelnde Werbung, wie die mutlosen alten Männer, die mit Pappschildern behängt durch die Straßen schlurften. Allerdings war heute niemand mutlos, alle hatten ihren Spaß, redeten miteinander und äfften »Schneller-schneller« nach. Zum Beispiel ihre beiden Nachbarinnen. »Laß das, hör auf, mir auf die Füße zu treten«, murmelte die eine, die den Spitznamen »Waisenkind« trug, weil sie so düster und verlassen gucken konnte, während die vollbusige Blonde auf der anderen Seite lustig vor sich hinpfiff.

»Schön«, sagte Tola. »Wie ein Vogel, der sich an seinem Gefieder freut.« Die Blonde zuckte mit den Achseln. »Hör auf zu drängeln«, sagte das Waisenkind und stolperte über einen losen Draht, der an einem Baumstumpf hing.

Weitere Baumstümpfe, Fenster mit Pappe davor, dann ein Rest der Mauer, die das Ghetto umgeben hatte, aus dem sie vor einem halben Jahr in das Lager gebracht worden waren. »Schneller-schneller!« schrie der Soldat, und die Kolonne zog weiter und überquerte die Weichselbrücke.

Schwerfällig erwachte die Stadt. Die Straßenbahn war leer, der einzige Passant, ein alter Brennholzverkäufer, war zu bepackt, um Notiz von den Vorbeimarschierenden zu nehmen. Im Haus an der Ecke Josephstraße waren die Kattunvorhänge, die die bestickten Ohrensteinschen Tüllgardinen ersetzt hatten, noch geschlossen.

Dann öffnete sich im Nachbarhaus ein Fenster, ein Gesicht tauchte auf, um gleich wieder zu verschwinden, und schon öffneten sich andere Fenster, andere Gesichter erschienen, von denen einige sich schnell zurückzogen, während andere blieben, zu denen sich neue Gesichter, andere neugierig starrende Augenpaare gesellten. Der Aperitif, dachte Tola, der Vorgeschmack von dem, was kommt: höhnisches Lachen, Anstarren, Seufzer von denen, die tiefgerührt von ihrem eigenen Mitgefühl sind, das es ihnen erlaubt, selbst Juden zu bemitleiden. Da drüben, hinter der Ecke, auf der schon belebten Straße, würde es losgehen. Aber da blieb »Schneller-schneller« stehen; er sah auf seine Truppe und dann auf die Straße. Er blinzelte. Und schließlich, unter Mißachtung aller Befehle, führte er sie seitab in die »Planty«, den breiten Grünstreifen, der parallel zur Straße verlief.

Raschelnd sank ein goldgestreiftes Blatt in der Stille zu Boden. Kastanien fielen in den glitzernden Sand und erinnerten an das Geräusch von Steinen, die ins Wasser plumpsen. Hier und da lagen Überbleibsel vom gestrigen Tag – eine Kinderschaufel, ein Stück Sprungseil. Das Waisenkind hatte sich nicht mehr in der Gewalt. Sie sprang in die Hüpfekästchen, die in den Sand eingezeichnet waren, wobei ihr das dichte schwarze Haar ins Gesicht fiel. Ein rotes Band lag im Gras. Ein schräger Blick zum Soldaten, ein Niederducken, das Waisenkind stürzte sich darauf, um dann, in einem plötzlichen und unkontrollierten Rückfall in die Kindheit, eine weiße Beere abzureißen und draufzutreten, so daß sie mit einem schmatzenden Geräusch zerbarst.

»Laß das!« schrie jemand. Ein gackerndes Lachen antwortete.

Man könnte ihnen die Gesichter tätowieren, auch das wäre ihnen gleichgültig; Tola aber war es nicht gleichgültig. Um sich für ihren »Applaus« zu rüsten, probierte sie Posen, Lächeln und Blicke aus. Sie entschied sich für eine aufrechte Haltung, ein halbes Lächeln und einen distanzierten Blick. So gewappnet, war sie ruhig; was noch kam, war nicht mehr wichtig. Ihre Flucht bedeutete einfach die Rückkehr an einen Ort, der ihr zustand. Nur ihre ausgetretenen Schuhe störten sie, und »Schneller-schneller«, der auf einen Ast einschlug, bis die Blätter abfielen. »Los!« – das letzte Blatt sank zu Boden, und die Kolonne marschierte wieder auf die Straße, die voll von rot züngelnden Hakenkreuzfahnen war.

Jetzt war es soweit. Hier war jetzt alles ihr Feind, die enge Straße, die alten Häuser mit ihren vorspringenden Mauern, die die Menschenmassen von den Gehsteigen herunter und in die Kolonne hineindrängten, das Gewühl der Pferdefuhrwerke, der Droschken und Autos, welche die Kolonne bald gegen den Strom der Fußgänger drückten, bald sie zum Anhalten zwangen, so daß alle anständigen Bürger nach Herzenslust hinschauen konnten.

Tola erwiderte keinen einzigen Blick. Über den immer noch pfeifenden und kichernden Marschierern schwebte ihr ein Bild vor – das einer anderen Tola, die verächtlich und stolz war. Sie versuchte diesem Bild zu gleichen, mit erhobenem Kopf, einem dünnen Lächeln auf den Lippen, sah sie nur die Dachfirste, den aufquellenden Rauch und den Himmel. Aber die Stimmen verfolgten sie. Zuerst nur ein Flüstern, ein erstauntes Atemholen, wurden sie bald vernehmlicher. »Guck mal!« riefen sie, »guck sie dir an, guck mal, die da.« Es hupte. »*Krakauer Zeitung!*« gellten die Rufe der Zeitungsjungen. »*Krakauer* ...« – die Stimme, die als letzte gerufen hatte, verstummte, und in mißtönendem Chor schrien sie: »Juden, Juden, alle angemalt.« Zuerst stolperten Tolas Füße, rutschten aus, dann glitten ihre Augen von den glänzenden Dächern die Hauswände hinab und in die Menschen hinein.

Nicht die, die so starrten, störten sie, sondern die anderen, die nicht genügend starrten. An der Straßenbahnhaltestelle drehten sich die Leute um, wandten sich wieder ab, eine kleine, dicke Rothaarige knöpfte betont umständlich ihre Handschuhe zu, alle guckten nur, um sofort wieder wegzusehen, als hätte die gesamte Einwohnerschaft von Krakau seit eh und je gewußt, daß an diesem Septembertag, zu dieser Stunde, Juden durch die Stadt marschierten, bemalt wie – »Clowns!« kreischte eine Fistelstimme.

Neben Tola schwoll das Gesumm der Stimmen an. »War das eine Kartoffelsuppe, die ich gestern gekocht habe!« sagte die Seidmanka, und das klatschende Geräusch, das war das Waisenkind, das auf die Steine spuckte. Dann ein Flüstern. »Vielleicht«, sagte die Rubinfeldowa, »vielleicht sind die ja anders.«

Vielleicht war die alte Frau anders, die ihre Hand gegen die Augen preßte; vielleicht auch der Arbeiter im verschmierten Overall und der Junge, der finster unter seiner Schülermütze hervorsah. Aber die übrigen erlaubten keinen Zweifel, sicher nicht der Mann mit der Fistelstimme, dessen ganze Erscheinung vom Tirolerhut bis zu den blankgeputzten Stiefeln zeigte, wes Geistes Kind er war, und der an seinem Rockaufschlag ein mohnrotes Hakenkreuzabzeichen trug. »Rot!« kreischte er, »ihr wolltet den roten Stern, jetzt habt ihr die roten Streifen.«

Herr, Sie sollten daran denken, sich neu einzukleiden, wissen Sie, die Mode könnte sich bald ändern, wollte Tola ihm sagen, mußte sie ihm sagen. Aber sie konnte nicht; sie fürchtete, ihre Stimme würde es nur zu einem Kreischen bringen; ihre Schuhe würden auf dem schmutzigen Boden ausrutschen, so daß sie in den Pferdeäpfeln landen und die ganze Straße von einem einzigen, dröhnenden Lachen widerhallen würde.

»Rote Streifen, wunderschöne, rote Streifen!«

»Sie ...«, stotterte Tola, »bestellen Sie sich doch ...«

Eine vorbeigaloppierende Droschke stieß den Mann zur Seite. »Zebras!« Der Kutscher schwang seine Peitsche, und unter den Arkaden verstummten die Schwarzmarkthändler, die dort ihren beschwörenden Singsang: »Zigaretten, Süßstoff, Zigaretten« hören ließen. Sie reckten ihre Hälse. »Der Zirkus!« riefen sie. »Der Zirkus kommt!«

Tola drehte sich um. »Der lustigste Zirkus der Welt!« rief sie. »Wir könnten uns totlachen.«

»Wir, ihr – wir alle werden uns totlachen«, fiel die Blonde ein.

»Alle, alle«, kreischte das Waisenkind.

Schnell streckte die Rubinfeldowa den Arm aus. »Ich bitte euch.« Sie zog Tola in ihre Viererreihe hinein. »Ich bitte euch, seid still.«

Die Blonde pfiff. »War das eine Suppe, die ich gestern gekocht habe«, sagte die Seidmanka. Und an der Spitze der Kolonne marschierten vier Jungen in aufrechter Haltung mit hoch erhobenem Kopf, als führten sie unter dem Schmettern der Trompeten und dem Dröhnen der Pauken eine Parade an.

Erst im Laufe des Tages dachte Tola wieder an ihn, an den Mann im Tirolerhut. Bis dahin war sie ruhig gewesen; die tägliche Routine hatte ihr geholfen – der Soldat, der wie immer schimpfte, die Frauen, die sich darum zankten, wer die Fenster putzen sollte und wer den Fußboden. Sie waren still, und man hörte nur noch das Plätschern des Wassers in der weißen, sonnenbeschienenen Villa.

Wie stets arbeitete Tola allein. Sie lag auf den Knien und scheuerte den gekachelten Fußboden im Eingang. In regelmäßigen Abständen sah sie nach draußen. Der polnische Polizist schlenderte nur vorüber; die Straßenbahn hielt ein paar Schritte entfernt. Und hier, neben der Tür, war ein Abstellraum, genau richtig, um dort ihren Mantel zu verstecken. Sie schaute prüfend auf den Riegel, horchte auf die Kirchenglocken, welche die Uhrzeit schlugen. Einmal kam der wachhabende Soldat herein, ein dünner, langbeiniger heute. Hin- und hergerissen zwischen seiner Achtung vor einer Städterin, die tadelloses Hochdeutsch sprach, und dem Bewußtsein, daß solcher Respekt nicht länger angebracht war, stotterte er, brüllte dann und verschwand schließlich. Zehn schlugen die Kirchenglocken. Abgesehen von einem beklemmenden Gefühl im Hals war sie ruhig, hatte nur den einen Wunsch, daß die Zeit schneller vergehen möge. Aber noch war einiges zu tun: sie mußte sicher gehen, daß die Badezimmertür verschlossen werden konnte, sie mußte ihr Kleingeld zählen, die Sätze üben, die sie an Aniela richten wollte: »Versteck mich, nur einen Tag, höchstens zwei. Sobald ich arische Papiere habe, verschwinde ich.«

Draußen rannten Kinder vorbei und hinter ihnen ein Junge auf einem Dreirad mit einem roten Luftballon am Handgelenk. »Den roten Stern habt ihr gewollt, die roten Streifen habt ihr gekriegt.« Wenn der Mann ihnen nun zu den Kasernen gefolgt war und dann hierher; wenn er hier irgendwo lauerte und auf eine weitere Zirkusnummer wartete?

Halb elf schlug es. Sie wollte nicht länger warten, sie wollte auf der Stelle gehen. Und nun gehorchte sie nur noch ihrem Körper. Ihre Hände griffen die Tasche mit dem sauberen Kleid; ihre Füße stiegen die Treppe hinauf, vorsichtig, um nicht über die Teppichstangen zu stolpern, und ihre Hände bewegten behutsam den Riegel und nestelten an den Knöpfen der Bluse. Sie schlüpfte in das unbemalte Kleid. Dann, um sich im Spiegel sehen zu können, kletterte sie auf den Rand der Badewanne. Ich sehe nicht besonders jüdisch aus, dachte sie, und dann: ich bin entsetzlich blaß. Und sie begann ihre Backen zu reiben.

Hatte sie etwas vergessen? Guckte die rotgestreifte Bluse unter der Wanne hervor? Nein, sie hatte keine Spuren hinterlassen. Aber an der Tür blieb sie stehen und lief zurück, um nachzuschauen, ob ihre Finger keine Flecken auf ihre Backen gemacht hatten. Das Gesicht war sauber, nur blaß, grauenhaft blaß. Sie klammerte sich ans Geländer und ging treppab, zog den bemalten Mantel aus und warf ihn in den Abstellraum, drehte sich um, um sich zu vergewissern, daß die Tür geschlossen war, drehte sich nochmals ohne jeden Grund um, trat ins Freie.

Grelles Licht von Fenstern, Gehsteigen, der Sonne stürzte auf sie ein. Eng an die Mauern gedrückt, immer auf dem Sprung in die nächste Toreinfahrt, ging sie weiter, blieb stehen, um festzustellen, ob jemand sie beobachtete, tat ein paar Schritte, blieb wieder stehen. Sie mußte die Straße überqueren, wo es keine Tore, keine schützenden Mauern gab. Langsam, als wollte sie ins kalte Wasser springen, setzte sie ihre Füße auf und ging weiter, unverwandt auf einen Punkt schauend, auf die rosa Geranien im Fenster gegenüber. Schritte näherten sich – ihr Atem stockte, ihr Körper war von einer Eiskruste umschlossen. Sie gingen vorüber. Sie konnte atmen, konnte weitergehen. Das schnelle Trippeln da war nichts Gefährliches, nur ein Kind, das hinter einem Ball herlief; das Stampfen kam von einem Soldaten. »Soldaten erkennen Juden nicht. Soldaten erkennen Juden nicht.« Im Takt dieses Kehrreims, den Blick fest auf die Geranien geheftet, überquerte sie die Straße.

Leuchtend blau stand die Straßenbahn im Sonnenschein an der Ecke. Näher noch, am Droschkenstand, flogen die Tauben aufgescheucht zu den Dächern hoch. Ein Deutscher stand da, ein Gendarm, und neben ihm ein polnischer Polizist und ein Zivilist, der in seinen Taschen herumsuchte. Polizeikontrolle! Der Zivilist suchte bestimmt nach seinen Papieren.

Irgend etwas stimmte mit ihren Beinen nicht, sie schwollen zu dicken, unförmigen Klumpen an. Endlich setzten sich die Klumpen in Bewegung, den Bordstein hinab, zurück auf die Straße. Aus einem offenen Fenster schmetterte Musik; sie setzte aus, und der einzige Laut, der zu hören war, waren ihre Schritte, das einzige, was sich bewegte, ihr Schatten, der schwarz auf den sonnigen Asphalt fiel. Der Schatten näherte sich dem Bordstein, fiel auf den Gehsteig. Sie zwang die Klumpen den Bordstein hinauf, dann näher an die Hauswand. Ein Tor. Etwas Rotes – eine Apfelschale, sie durfte nicht darauf ausrutschen. Noch ein Tor, dann die weiße Villa. Der Türgriff entglitt ihren feuchten Händen, sie umklammerte ihn, trat ein und stieg die Treppe hinauf. Im Badezimmer zog sie die bemalte Kleidung unter der Wanne hervor, zog sich um, ging ganz langsam die Treppe hinab.

An der Ecke pickten Tauben in dem verstreuten Hafer herum; der Gendarm, der Polizist und der Zivilist waren verschwunden. Hatte da überhaupt eine Polizeikontrolle stattgefunden? Waren die drei vielleicht nur zu einem freundschaftlichen Schwätzchen stehengeblieben? Die Kirchenglocken schlugen elf. Sie kniete nieder und scheuerte den Boden weiter.

Auf dem Rückweg schenkte niemand der Kolonne besondere Beachtung. Die Menschen, müde von der Hitze, zogen durch die Straßen und machten ihre Besorgungen, in den »Planty« saßen Soldaten neben stämmigen, jungen Mädchen und sahen auf die staubige Erde – stumme, vom Krieg zusammengeführte Liebespärchen, deren einzige gemeinsame Sprache ihre gegenseitige Berührung war. Nach und nach wurden die Menschen weniger.

Der Klang der Schritte hallte in den Hauseingängen, der Geruch gekochter Speisen durchzog die Luft, die Dämmerung senkte sich auf die Stadt.

Müde zog die Kolonne weiter, vorüber an Häusern mit wehenden, weißen Gardinen, über die Brücke, dann durch das Ghetto. Hier begannen allgemeine Vorbereitungen für die Ankunft im Lager. Geld wurde in Taschentüchern oder zusammengerollten Handschuhen versteckt und Nahrungsmittel in Mänteln, die über dem Arm hingen, so daß man sie bei einer Durchsuchung sofort wegwerfen konnte. Und als sie am Fuße des Hügels ankamen, sah alles zuerst den Hang hinauf, ob dort Tüten mit weggeworfenen Essensresten lagen, und dann zum Tor, um festzustellen, ob eine Durchsuchung bevorstand.

»Ruhig; es scheint alles ruhig zu sein«, signalisierten die an der Spitze. Mit einem letzten »Schneller!« verabschiedete sich der Soldat; mit einem lauten »Achtung!« empfingen sie die OD-Leute, und in Reih und Glied zogen sie im Lager ein.

»Die Polinnen sind drinnen«, flüsterte es aufgeregt in einer Menschenansammlung vor dem Waschhaus, denn es war das erste Mal, daß die Polinnen, die ihr eigenes Lager hatten, hergekommen waren. Wasserdampf quoll in dichten Wolken aus der Tür. Und nun gingen die polnischen Frauen paarweise vorüber. In ihren grauen, sackartigen Uniformen wirkten sie wie Zöglinge einer Klosterschule, die züchtig an dem glotzenden Pöbel vorbeiziehen. Die Seidmanka, die Blonde, das Waisenkind drängten sich vor. Würde man sie beschimpfen, würde man den Polinnen den Applaus von heute morgen heimzahlen? Aber niemand sagte etwas. Nur der stoppelbärtige polnische Vorarbeiter brach in ein heiseres Gebrüll aus.

»Zborowska!« schrie er, »Zborowska!«

Wieder öffnete sich die Tür. Eine junge Frau, so groß, daß sie alle anderen weit überragte, trat heraus und betrachtete die Menge mit einer Mischung aus kindlicher Neugier, Mitleid und Scheu. Im Näherkommen hielt sie dem Waisenkind ein Stück Brot hin, zögerte, als sie einen alten, zahnlosen Mann bemerkte, und gab es diesem.

»Zborowska, verdammt nochmal!«

Aber die Frau blieb einfach stehen und flüsterte ihnen zu, sie dürfe ihnen nicht sagen, wie es ihr zumute sei, und daß es noch mehr Brote geben, daß sie ganz bestimmt wiederkommen werde.

Zum ersten Male drängte Tola, bis sie dicht vor der großen Polin stand. Dann wich sie plötzlich zurück. Sie hatte sich nicht geirrt. Die langen, dunklen Zöpfe, die diese Frau früher um ihren Kopf gewunden hatte, waren nicht mehr da; statt dessen fiel ihr das kurze, widerspenstige Haar ins Gesicht. Doch das breite Bäuerinnengesicht mit den leuchtenden Augen und dem Mund, der sich über weißen Zähnen öffnete, hatte sich nicht verändert. Und auch nicht die Leichtigkeit, mit der sie ihren großen Körper bewegte, noch die kehlige Stimme, welche soeben flüsterte: »Ach ... ich kann Ihnen gar nicht sagen ...«

»Zborowska, du Judenfreundin!«

»Lieber eine Judenfreundin als vor den Deutschen kriechen.« Und ungerührt, mit breit schwingenden Hüften, ging die Frau ihrer Gruppe nach.

»Eine großartige Frau«, flüsterte eine groteske Person mit einem Mund voll glitzernder Goldzähne.

»Solchen Leuten kann nichts passieren.« Der alte Mann seufzte.

Und die Rubinfeldowa, während sie die Straße hinaufgingen, wiederholte dauernd, die Polin sehe aus, als käme sie direkt aus der Freiheit.

Die Seidmanka gab keine Antwort. »Sagen Sie mal«, wandte sie sich an Tola, »wer ist die Frau? Sie müssen es wissen, Sie haben sie die ganze Zeit angestarrt.«

»Sie hat mich an jemanden erinnert, an ... ein Dienstmädchen, das wir mal hatten. Aber ich kenne sie wirklich nicht.«

Ein Gang durch die Baracke, ein Besuch bei der Rubinfeldowa; dann noch ein Gang. Den ganzen Abend machte sich Tola zu schaffen. Dann gingen die Lichter aus. Und dann, als sie auf ihrer Pritsche lag, sah sie alle vor sich: die Frau mit den müden, braunen Augen, den scheuen, gebeugten Mann – ihre Eltern, eng aneinander gedrückt, ängstlich kauernd, während an dem Fenster, das im Schein der Brände glühte, die große Gestalt flüsterte: »Wie es brennt! Sehen Sie doch, wie es brennt!«

»Nein!« Alles in ihr krampfte sich zusammen. »Nein!« Vater und Mutter waren verschwunden. Nur Barbara war noch da und sah in die lodernde Nacht.

Barbara Grünbaum hieß diese Frau mit richtigem Namen – eine Jüdin, die sich als angebliche Arierin in einem polnischen Lager versteckt hielt. Bei Kriegsausbruch hatte Tola sie kennengelernt – damals war sie eine Dziedziczka, Herrin eines Gutshauses und eines großen Landbesitzes, auf dem Tola und ihre Eltern zu Beginn ihrer Flucht untergekommen waren.

Kapitel 2

Mit Ausnahme der Elektriker durfte niemand mehr außerhalb des Lagers arbeiten – der Lagerkommandant persönlich gab dies eine Woche nach der Malaktion bekannt. Danach verlief der Appell wie immer: nur wenn der Befehl zum Wegtreten kam, marschierte ein Teil der Kolonne zu den Lagerwerkstätten hinauf, während der andere wieder in die Baracken ging.

»Was sollen wir jetzt tun? Tola, sagen Sie doch«, rief die Seidmanka, als sie sich am Bettgestell hochzog.

»Wir werden Gott Dank sagen dafür, daß er uns das tägliche Vergnügen ›Da kommt der Zirkus‹ erspart.«

Dieses Mal reichte es der Seidmanka. »Sie mit Ihrem Hochmut«, brach es aus ihr heraus. »Ob der Hochmut Sie sattmachen wird? Oder wollen Sie von den Rationen leben – einem halben Pfund trockenes Brot und diesem abscheulichen Fraß, diesem Sagosuppenkleister?«

»Sollten wir das Thema nicht lassen?« mischte sich die Rubinfeldowa ein, und sie schwiegen.

Indessen kam es besser, als sie gedacht hatten. Aus Anhänglichkeit an die Ohrensteins und nach Erhalt eines saftigen Bestechungsgeldes brachte ein OD-Mann sie in der Papierwerkstatt unter, wo im Zweischichtenbetrieb Umschläge und Ordner für die Gestapo hergestellt wurden.

Damit begann eine neue, gleichförmige tägliche Routine, von der sie bald das Gefühl hatten, sie sei immer schon so gewesen. Um sechs Uhr früh der Appell, um halb sieben kamen sie in eine lange, schmale Baracke, wo sie bis mittags falteten, klebten und die fertigen Umschläge zählten, dann eine viertelstündige Pause, nach der sie wieder Umschläge falteten, wieder auf dem Appellplatz standen; und am folgenden Tag wiederholte sich das alles – der Appell, der Geruch nach feuchtem Papier und nach Leim, das Gebrüll von Glatt, einem früheren Kellner, der jetzt als OD-Mann die Werkstatt unter sich hatte.

»Na so etwas. Ein Fräulein Ohrenstein bei mir«, sagte er grinsend am ersten Tag. »Das will ich Ihnen sagen, die Zeiten haben sich geändert, es ist vorbei mit den Ohrensteins, jeder muß jetzt arbeiten«, und er schlug Tola mit seinem Gürtel auf den Rücken.

»Hat er Ihnen wehgetan?«

»Nein.«

»Bestimmt nicht? Können wir Ihnen helfen?«

»Nein.«

»So sagen Sie doch etwas.«

»Ich habe nichts zu sagen.« Tola beugte sich über den Stapel mit Umschlägen.

Das geschah morgens. Und nachmittags, nach der Ausgabe der Sago-Suppe, trat Glatt in die Mitte der Baracke.

»Sechse!« brüllte er. »Wer steht Sechse?« »Sechse« war das Warnsignal, daß der Lagerkommandant oder die SS-Männer kamen. »Sechse stehen« hieß, Ausschau nach ihnen halten.

»Also, wer tut es freiwillig?« Langsam, mit schweren Schritten, ging Glatt durch die Baracke. Er blieb stehen. Als seine Augen auf Tola fielen, stand sie auf. Zuerst versuchte die Rubinfeldowa sie umzustimmen, dann die Seidmanka. Das sei gefährlich, sagten sie. Was war, wenn sie keine Zeit hatte, in die Werkstatt zurückzulaufen – was, wenn der Lagerkommandant sie draußen erwischte? Sie zuckte mit den Achseln, machte dann einen weiten Bogen um Glatt und ging hinaus.

Von da an stand sie jeden Morgen Wache und kam nur herein, wenn eine Gruppe von der Latrine zurückkehrte. »Irgendwelche Neuigkeiten?« flüsterten alle, als bestünde eine geheime Verbindung zwischen der »Freiheit« und dem Lager, als könnte jede Minute eine lang ersehnte Nachricht eintreffen.

»Na ja, nichts Besonderes; die Alliierten rücken in Italien langsam vor und in Afrika auch.« Die Antwort war immer dieselbe. Anders war es, wenn es sich um Mitteilungen über sie handelte, über die »große Polin«.

»Die arbeitet wieder beim Verladen der Bretter. Sie ist in die

Küche gekommen, sie hat Brot, Kartoffeln und Zuckerstücke verteilt.«

»Sie hat gesagt, die Russen hätten Smolensk eingenommen und die Alliierten kämen voran in Italien.«

Daß solche Berichte ebensosehr den Wunsch der Polin, Hoffnung zu verbreiten, verrieten, wie ihre Unkenntnis der Geographie – nach ihrer Ansicht lag nämlich Salerno dicht bei Rom – störte niemanden. Mit jedem Tag gewann sie an Achtung und Ansehen: sie war kein gewöhnlicher Häftling, sie war eine Partisanin, ein Kurier, ein Sonderkurier aus dem Untergrund für die Juden.

»Soweit wir wissen, könnte sie auch ein agent provocateur sein«, meinten die Skeptiker; aber ihre Skepsis war nur ein Vorwand, eine List, um eine Protestwelle hervorzurufen, die den Auftrag der Polin bekräftigte.

Einige behaupteten, die Zborowska sei eine Jüdin.

»Klar ist sie das«, grinste Tola dann. »Und wissen Sie, warum sie zu uns gekommen ist? Weil sie etwas für OD-Männer übrig hat.«

Für OD-Männer? Was sollte das heißen?

»Klar doch. Der Lagerkommandant wird hocherfreut sein, wenn er erfährt, daß sich eine Jüdin im Polenlager versteckt. Was den Lagerkommandanten erfreut, das versetzt einen OD-Mann in Entzücken.« So spottete sie. Und doch wuchs in ihr das freudige Gefühl, daß ihr Wachestehen auch dieser unerschrockenen Frau half, die sich so wenig um die Gefahr scherte.

Zweimal ging sie dahin, wo die Polinnen arbeiteten. Paarweise stiegen die Frauen mit den schweren Bohlen den Abhang hinauf. Wer da eine Bohle ganz allein schleppte, und so leicht, als täte sie es um der körperlichen Bewegung willen, das war Barbara. Tola sah zu, und daß sie zurückging, ohne mit Barbara zu reden, war eine weitere Maßnahme, um sie zu schützen.

Wie hatten sie Barbara verhaftet? Warum riskierte sie eine Denunziation, indem sie im jüdischen Lager erschien? Darüber dachte Tola auf ihrem Ausguckposten vor der Tür nach, während sie die Straße im Auge hatte. Zuweilen stampfte ein OD-Mann vorüber oder eine Gruppe von Männern mit Spitzhacken und Spaten. Dann war die Straße wieder leer. »Alles ruhig«, verkündeten die Rufe der Ausguckposten vor jeder Werkstatt. »Der Lagerkommandant ist nicht im Lager; der Lagerkommandant ist in seiner Villa. Alles ruhig, Gott sei Dank.«

Die Tage verliefen ruhig. Aber nachts machte der Lagerkommandant mit seinem zur Lautlosigkeit abgerichteten Hund die Runde, blieb vor jeder Werkstatt stehen, spähte durch einen Ritz, ein Loch in der Verdunklung. Was war, wenn er sie nachts plötzlich ertappte? Würde er sich abermals über sie beugen – wie ein gutmütiger Riese, der liebevoll mit einem Kind scherzt?

Die Nacht machte einen arm; am Tage hatte man die Fenster und den Himmel, man spürte, wie der Wind und die matte Oktobersonne hereinkamen. Nachts verwandelten die Fenster sich in schwarze Vierecke, die Luft war schwer vom Geruch des Leims, und die Beleuchtung überzog alle Gesichter mit einer wächsernen Blässe. Die Frauenhände arbeiteten flink, schnell wuchsen die Stapel von Umschlägen auf den Tischen in die Höhe; anders die Männer, je größer sie waren, um so schwerer fiel ihnen die Arbeit – Leim floß daneben, Papier zerriß unter ihrem Zugriff, so daß sie heimlich, damit Glatt es nicht merkte, immer wieder die beschädigten Umschläge wegwarfen.

Der saß rittlings auf einem Stuhl neben dem eisernen Ofen, seine auf Hochglanz gewienerten Stiefel klopften auf den Boden, sein geröteter Glatzkopf drehte sich hin und her.

»Arbeiten! Nicht schlafen!« brüllte er dann in einem scheinbar liebevollen Ton: »Kohnsteinfeger!«

Kohn protestierte. Nicht, daß er zu widersprechen wagte – das hätte keiner getan –, aber die Langsamkeit, mit der er seinen langen, gebeugten Körper aufrichtete, die Art, wie er den Besen baumeln ließ, war ein Ausdruck des Protestes, der Glatt, den Zuschauern und ihm selbst zeigte, wer er einst gewesen war: kein »Kohnsteinfeger«, sondern Professor Doktor Kohn! Dann setzte er sich mürrisch und graugesichtig wieder hin, und sogleich hieß es wieder: »Kohnsteinfeger!«

»Was hat der arme Mann diesem ungehobelten Kerl getan?« Die Seidmanka fächerte die Umschläge auf, um sie zu zählen. »Dieser Glatt soll mir nach dem Krieg in einer dunklen Gasse begegnen, und dann kann selbst seine eigene Mutter –« Die Seidmanka schwieg und sah auf die Hände, die über den Tischen aufzeigten. Auch Glatt sah sie.

»Latrine?« Er sprang auf. »Ihr müßt schon wieder zur Latrine?«

Tola zuckte zusammen. Stille breitete sich in der Baracke aus wie auf einer Fête, wenn ein betrunkener Gast zu einer unanständigen Bemerkung ansetzt und die Anwesenden warten, unschlüssig, ob sie wollen, daß er darauf verzichtet, oder wünschen, daß er weiterredet und sich blamiert.

»Latrine, wie?« Glatt konnte sich nie den Zusatz verkneifen: »Eßt nichts, dann braucht ihr nicht zu scheißen!« Er stand auf. Seine Augen traten hervor, erwartungsvoll schaute er umher, bat förmlich um eine Antwort, eine winzige Reaktion. Aber es erfolgte keine; Glatt blickte auf seine Peitsche wie auf einen tröstenden Freund und setzte sich wieder. Und jetzt erst kam ein Kichern vom Kindertisch, wo Jungen zwischen 6 und 10 unter der Aufsicht des Waisenkindes arbeiteten.

»Ruhe!« schrie Glatt, und das Kichern erstarb. Er setzte sich, und es brach von neuem los.

Die Hände über den Tischen zeigten immer noch auf. Schließlich gab Glatt nach. Mit Hilfe seines komplizierten Kontrollverfahrens überprüfte er, wer wie oft und wann zur Latrine gegangen war; dann suchte er die Verdientesten aus, dann zählte er die ordentlich aufgestellten Paare ab.

Die Seidmanka wurde zu einem Jäger, der seiner Beute nachstellt: Sie schoß vorwärts, versteckte sich hinter einem Flechtkorb, einem Tisch, einem Stuhl, duckte sich, schlich hinter den Papierballen her und erreichte schließlich den Ausgang. Glatt und dem Lagerkommandanten zum Trotz, unerlaubt und unregistriert, begab sie sich auf ihren fünften Gang zur Latrine.

»Seidmanka wird immer ein Ziel im Leben vor Augen haben.« Tola lächelte.

»So?« Die Rubinfeldowa zögerte, hin- und hergerissen zwischen der Loyalität ihrer Freundin gegenüber und dem Wunsch, Tola zu gefallen. »Na ja, wissen Sie – vielleicht bringt sie ja neue Nachrichten mit.«

»Nichts Neues, nix«, berichtete die Seidmanka, die regendurchnäßt zurückkehrte. »Die Alliierten treten auf der Stelle und drehen Daumen.«

»Aber nein«, protestierte die Rubinfeldowa. »Sie wissen genau, was sie tun, und eines Tages ...«

»Eines Tages! Ich will Ihnen sagen, wann dieser Tag kommt: wenn Churchill Sago essen und Roosevelt unter der Fuchtel eines Glatt Zwangsarbeit verrichten muß. Dann, und keinen Augenblick früher.«

»So, und was ist mit der geheimnisvollen Zborowska? Was ist sie eigentlich – ein Kurier aus dem Untergrund, eine Geheimagentin, ein Jüdin?«

»Eine dumme Gans, das ist sie. Sie wird den Lagerkommandant am Hals haben, wenn sie so weitermacht.«

»Gott behüte.« Die Rubinfeldowa seufzte. Die Seidmanka antwortete mit einem ausgiebigen Gähnen, und sie verstummten.

Denn jetzt kam die Mitternacht, der schlimmste Teil der Nachtschicht, da sechs lange Stunden vorüber waren und weitere sechs Stunden vor ihnen lagen, die ihnen noch länger vorkamen. Überall gähnten offene Münder, schwankten schlaftrunkene Köpfe, und um den Schlaf zu verscheuchen, griffen die Menschen zu den bewährten Mitteln: einige sangen, andere erzählten Geschichten oder wuschen sich die Augen mit kaltem Wasser.

»Nicht schlafen!« schrie Glatt, und ein Löffel klapperte gegen einen Steintopf: eine von denen, die noch reich waren, schlug ein Ei mit Zucker und bereitete Kogel-Mogel, den größten Leckerbissen des Lagers, der der Seidmanka, welche sich das nicht leisten konnte, nicht wie ein Nahrungsmittel, sondern wie ein Heiltrank für den hungerversehrten Magen erschien.

»Los«, sie leckte sich die Lippen, »los, wir tun etwas. Wir erzählen Witze.«

»Ein Witz«, riefen beifällig die Albino-Zwillinge, die Jeckes – man nannte sie so, weil sie aus Deutschland kamen. »Ja, ja, ein Witz.« Aber wer konnte schon deren Witze verstehen? Sie redeten zu schnell, sie schüttelten sich; und als der Beifall ausblieb, erstarrten sie, blinzelten beleidigt mit ihren weißen Wimpern.

»Jeckes!« sagte die Seidmanka gereizt. »Tola, Sie sind dran.«

Tola konnte vorzüglich Witze erzählen, ihre Stimme war immer ruhig und beherrscht, nie verzog sich ihr Mund zu einem

Lächeln; und wenn die anderen sich vor Lachen bogen, empfand sie eine gewisse Verachtung und fühlte sich sehr ausgeschlossen – als Erwachsene unter Kindern, bei denen ein bloßes Augenzwinkern Lachsalven auslösen kann.

»Es reicht jetzt«, sagte sie, nachdem sie den größten Teil ihres Repertoires zum Besten gegeben hatte, »wir sollten uns noch ein paar für morgen aufheben.« Hinter ihr kratzte der Besen, und sie sah schnell weg, um zu vermeiden, daß Kohn – der im Gymnasium ihr Lehrer gewesen war – sie mit »Oh« und »Ah« und »Wer hätte das gedacht?« um Beweise seiner glänzenden Vergangenheit anging. Sie wußte keine Beweise; selbst damals hatte er den unzufriedenen Blick eines Menschen gehabt, der eigentlich zu Höherem bestimmt war. Aber Kohn ging wortlos an ihr vorbei.

»Arbeiten!« brüllte Glatt. Er warf einen Blick in seinen Taschenspiegel und verschwand zu einem Schäferstündchen. Das hieß, daß die Nacht ruhig verlaufen würde. Trotzdem ging Tola, kaum war er fort, hinaus, um Wache zu stehen für den Fall seiner Rückkehr, damit die Menschen ein wenig schlafen oder sich Essen auf dem Ofen warm machen konnten.

Das Alleinsein, das Einatmen der feuchten Nachtluft, tat ihr gut. In der Nähe erklang ein Lied, weiße Nebelfetzen zogen vorbei, verwandelten sich im Lichtschein einer aufgehenden Tür in leuchtendes Gespinst. Und wieder Dunkelheit. Undeutlich erschien im Nebel eine Gruppe auf der Straße, auf dem Rückweg von der Latrine. Aber anstatt die neuesten Nachrichten mitzuteilen, liefen sie in die Strickereiwerkstatt, und dort, hinter der halbgeöffneten Tür, begann eine Hand mit einem Paar Stricknadeln so heftig zu zittern, daß die graue Socke herabglitt und sich an dem Faden drehte.

Stand etwas bevor? Sollte sie nachfragen? Sie lief auf die Strickerei zu, als ein Anruf sie festhielt: Glatt kam zurück, viel früher als sonst. »Glatt!« ertönte ihr Warnruf, als sie in der Werkstatt eintraf. »Nicht schlafen! Nehmt die Töpfe herunter!«

Eine Frau riß ihren Topf vom Herd, der Brei rann ihr über die Finger, aber Glatt ging an ihr vorbei, vorbei an den Schlafenden und geradewegs auf Kohn zu. Er flüsterte etwas. Kohn sprang auf. Kohn fegte wie nie zuvor, nach vorn gebeugt, die Augen fest auf den Boden geheftet.

Wie ein Mann sprangen die Jeckes auf. »Was?« stotterten sie. »Was ist los?«

»Selektion«, sagte Glatt beinahe freundlich. »Eine Selektion ist angeordnet, Vergeltungsmaßnahme für eine Flucht.«

Die Seidmanka griff nach einem Stapel gefächerter Umschläge, legte sie hin, hob sie wieder auf. »Tola«, rief sie. »Tola – was ...?«

»Tola, was sollen wir tun?« beendete die Rubinfeldowa ihre Frage.

Tola gab keine Antwort. Die Uhr zeigte zehn nach zwei. Vor zehn Minuten hatte sie einem Lied gelauscht, hatte den Nebel vorbeiziehen sehen. Daß in wenigen Minuten so vieles sich ändern konnte, wollte ihr noch nicht in den Kopf; sicher war dies nur die Erinnerung an etwas Schreckliches von früher oder ein böser Traum. Und sie wartete darauf, daß jemand sie daraus weckte.

»Tola, um Himmels willen!«

Sie schaute auf. Und Angst überfiel sie, noch nicht vor dem, was auf sie zukam, sondern vor sich selbst, die untätig die Zeit verstreichen ließ, während die anderen ihre Vorkehrungen trafen, einige ihr Geld in Strümpfen oder Schuhen versteckten, andere, meist ältere Frauen, sich etwas auf die Wange patschten. Rouge – sie trugen Rouge auf, um weniger alt auszusehen. Aber das machte sie erst recht – das Wort fiel ihr nicht ein, und sie starrte auf die Seidmanka, die etwas von einem Elektriker murmelte.

»Nur die Elektriker dürfen aus dem Lager. Einer von denen muß geflüchtet sein. Wer gab ihm das Recht dazu?«

»Kein Recht«, murmelten die Jeckes. »Er hatte kein Recht dazu«, hieß es von allen Seiten. Und Tola, die sich soeben noch von den anderen übergangen gefühlt hatte, empfand nun ein Gefühl des Triumphs über die, die ihre Kraft in solch sinnlosem Ärger vergeudeten.

»Dieses gemeine Schwein!« zischte die Seidmanka.

»Hören Sie auf, Sie bringen ihn nicht zurück.«

Seidmankas Gefühle waren zwiespältig, teils Wut, teils Angst; die eine Hand war zur Faust geballt, die andere wühlte in ihrer Tasche, bis sie auf ein kleines Blechdöschen stieß. Mit den Zähnen öffnete sie den Deckel, sie klebte einen trockenen Klumpen auf ihre Backe und zerquetschte ihn zu roten Krümeln.

»Lassen Sie das«, sagte Tola. »Das macht Sie erst recht – auffallend.«

»Aber«, sagte die Rubinfeldowa, »was sollen wir denn tun?«

Alle starrten sie an – Rubinfeldowa, Seidmanka und Kohn, der immerfort den Besen unter seinen Arm klemmte.

»Fräulein Ohrenstein«, sagte er mit seltsamer, allzu beherrschter Stimme, »es heißt, daß nur die alten Leute ausgesondert werden ...« Hinter den beschlagenen Brillengläsern entstand eine Pause, seine Augen schauten sie an und bettelten um die Versicherung, daß er trotz seines schütteren Haars und seiner gebeugten Haltung noch nicht alt war.

»Fräulein Ohrenstein, meinen Sie nicht, daß ich –?«

»Lassen Sie mich in Ruhe!« herrschte sie ihn an. Kohn ging. Rubinfeldowa und Seidmanka starrten sie noch immer an. Sie wandte sich ab. Die alten Leute, nur die alten, wiederholte sie für sich wie einen Refrain, der, oft genug aufgesagt, den vollständigen Text zurückruft.

Dieser Text, das waren die früheren Selektionen im Lager. Nur die Alten würden mitgenommen, hatten alle gesagt. Aber nie waren es nur die Alten; jeden konnte es treffen, niemand war jemals sicher außer denen, denen es gelang, sich zu verstecken.

»Wir müssen uns verstecken«, wollte sie sagen, unterdrückte es aber, denn wenn sie sich zu dritt versteckten, fiel die Lücke an ihrem Tisch sofort auf. Nur eine konnte sich verstecken. Die Rubinfeldowa – sie sah geschwächt aus, ihre Hände waren alt und verkrümmt. Die Rubinfeldowa – und wo bleibe ich? Zwischen ihr und der Rubinfeldowa schien ein Wettbewerb stattzufinden, dessen 1. Preis das Versteck in dem Weidenkorb mit den Briefumschlägen war und dessen Gewinnerin diejenige, die es bei der Selektion mit der größeren Wahrscheinlichkeit traf. Mit seinem aufgedunsenen Gesicht schien sich der Lagerkommandant ungerührt über sie zu beugen; auf dünnen, zitternden Beinen trottete die Rubinfeldowa auf ihn zu. Ein leises Klatschen: der Pinsel mit Leim war unter den Tisch gefallen. Und als die Rubinfeldowa sich bückte, um ihn aufzuheben, blieb ihr Stuhl leer, als hätte sie nie darauf gesessen.

»Gut, verstecken Sie sich.« Tolas Stimme war heiser.

»Und was ist mit Seidmanka?«

»Sie sieht nicht – ich meine, sie sieht gesund aus. Verstecken Sie sich sofort!« Sie half der Rubinfeldowa in den Korb.

»Dieser Schweinehund«, sagte die Seidmanka leise. »Was der uns angetan hat.«

Während sie ging, um einen anderen Korb zu holen, fühlte Tola, wie ringsumher Angst und Wut wie heiße und kalte Luft aufstiegen. Sie teilte diese Wut nicht – Selektionen hatte es auch ohne den Vorwand einer Flucht gegeben, wer die Chance hatte, sich zu retten, besaß auch das Recht dazu. Eine Art Immunität schien ihr aus ihrem Anderssein zu erwachsen: indem sie das erregte: »Dazu hatte er kein Recht!« hörte, wurde sie ruhiger. »Halten Sie ein Schläfchen, Rubinfeldowa«, scherzte sie. »Schlukken«, befahl sie der Seidmanka, die einen Schluckauf hatte wie immer, wenn sie Angst bekam.

»Tola«, stotterte die Seidmanka zwischen den Schluckanfällen, »Tola, was sollen wir tun?«, so als hätte man noch gar nichts unternommen, »die können jeden Augenblick hier sein.«

»Wenn – wenn sie jetzt kommen, können wir gar nichts machen. Aber sie kommen noch nicht. Denken Sie an die letzte Selektion; sie schicken uns erst zum Block zurück; wir verstekken uns wieder wie damals.«

»Warum?«

»Wir müssen uns verstecken, weil –«

»Warum sollten sie uns zum Block zurückgehen lassen?«

»Weil –« Ihr fiel kein Grund ein.

Wie jemand, der zu spät im Theater eintrifft, nach einem freien Platz sucht, lief das Waisenkind durch die Baracke, blieb an jedem Tisch stehen, guckte, lief weiter. »Lassen Sie mich hier bleiben.« Sie stürzte sich auf Rubinfeldowas Platz. »Bei den Kindern ist es gefährlich. Ich –« Sie schwieg. Raffgierig, als wollte sie dort etwas abkratzen, starrte sie auf Seidmankas Backe.

Von dem Rouge wollte sie. Mit den großen, schwarzen Augen, den roten Backen und roten Lippen wirkte ihr Gesicht schön und doch abstoßend, wie das Gesicht eines verderbten Kindes – und genau so auffallend.

»Warum?« wollte die Seidmanka wissen.

»Warum was?«

»Warum sollten sie uns zum Block zurückgehen lassen?«

»Weil –« Wieder suchte Tola nach Gründen, horchte auf den Regen draußen, sah von Glatt zu den schwarz verdunkelten Fenstern. »Weil es dann noch dunkel ist.« Die Fenster verhalfen ihr zur Antwort. »Um auszusondern, muß er alle sehen können, und bei diesem strömenden Regen und dieser Dunkelheit sieht er nichts. Wir gehen zurück. Wir verstecken uns im Wohnblock. Waisenkind, auch du solltest dich verstecken.«

»Nicht allein. Ich habe Angst«, sagten deren Augen, bockig, traurig. Tola schwieg, weil das Waisenkind schreien, sie verraten konnte.

»Hören Sie?« Die Seidmanka zeigte auf die Tür. Sie horchten. Aber nur ein junger OD-Mann trat ein.

»Der Vermißte ist vielleicht noch im Lager versteckt. Sie werden das Lager durchsuchen«, gab er bekannt.

Kein Laut war zu hören, als hofften sie mit dieser Stille den Flüchtling aus seinem Versteck zu locken. Und schon stürzte ein zweiter OD-Mann herein.

»Einer von den Elektrikern ist geflüchtet«, rief er, »von seiner Arbeitsstelle in der Stadt.«

Keiner der beiden wußte, wann die Selektion beginnen sollte.

Das Schweigen hielt an; ein Rascheln, ein Stuhlrücken, und alle drehten sich um. Mit einem Blick brachten sie das Geräusch zum Schweigen, schauten dann wieder zur Tür. Dahinter klapperte es – nichts weiter, nur der Wind, der ein offenes Fenster hin und her schlug. Wieder rückte ein Stuhl: Eine alte, stark geschminkte Frau stand auf und zupfte mehrmals an ihrem Hals, zog die Haut sackartig in die Länge, ließ sie wieder los, so daß sie zurückschnellte wie ein Gummiband. Sie setzte sich hin. Lautes und gleichmäßiges Plätschern kam von draußen.

Auf Zehenspitzen näherte sich Glatt der Tür und preßte sein Ohr an den Spalt. Niemand rührte sich; nur die alte Frau zupfte noch – diesmal an ihren Lippen. Hastig, als könnte er sich verbrennen, drehte Glatt am Türknopf. Er beugte sich nach draußen.

»Es ist nur Wasser, Wasser aus dem Regenrohr«, sagte er, und der Wind schlug die Tür zu und wirbelte die Umschläge über den Boden. Sorgfältig sammelte Kohn sie wieder ein.

Die Umschläge in dem Korb raschelten, als die Rubinfeldowa

sich umzudrehen versuchte. »Zehn nach vier, zwanzig nach vier«, die Seidmanka verfolgte den Gang der Minuten. Tola arbeitete an einem Plan. Sie durften sich erst im letzten Augenblick verstekken, und zwar in der mittleren Bettenetage, die am sichersten war.

»Die Warterei ist immer das Schlimmste.« Die Seidmanka kaute auf einer Strähne ihres roten Haars.

»Tola, ich halte es nicht länger aus«, kam es aus dem Korb.

»Kommen Sie heraus, Sie können sich ja wieder verstecken.«

Die Rubinfeldowa kroch heraus, an ihrem Haar hing ein Umschlag wie eine große, weiße Schleife. Schnell entfernte ihn Tola. Wieder murmelten die Jeckes »Kein Recht«, wieder fuhren alle hoch.

Bald ließen Angst und Wut nach, einen Augenblick flammte noch die Angst auf, während die Wut sich in unangenehme Gereiztheit auflöste, bis schließlich alle miteinander stritten. Langsam ließ auch das Murren und Schimpfen nach, und eine erschlaffte Stille breitete sich in der Baracke aus.

»Komisch – aber ich bin ganz ruhig«, sagte die Seidmanka gähnend.

»Das kommt, weil wir zu lange warten; weil wir das Gefühl haben, daß alles schon vorbei ist.« Tola kämpfte gegen diese unerwünschte Gelassenheit an.

»Fünf Uhr – eine Stunde noch«, sagte die Rubinfeldowa.

Es dauerte keine Stunde mehr, es war schon so weit. »Raus! Sofort!« brüllten OD-Leute. Als stünde die Baracke in Brand, als gäbe es nur draußen Sicherheit, drängten alle zum Ausgang. Nur Tola schaute noch um sich.

»Professor Kohn«, jetzt erst bemerkte sie ihn, »Sie müssen sich verstecken!«

»Ich – ich bin zu aufgeregt. Aber vielleicht – wenn ich meine Brille abnehme, sehen Sie, so.« Er blinzelte.

»Verstecken Sie sich!« Und dann stieß eine Faust sie nach draußen.

Vor jeder Werkstatt stand eine Kolonne, so regungslos standen sie da, als sei eine zweite Barackenzeile aus der Dunkelheit hervorgewachsen. Ein Licht blitzte auf; von allen Seiten stürzten OD-Männer in die Kolonnen hinein, die zerbrachen und sich in ein Chaos von fuchtelnden Armen und auf dem Schlamm rutschenden und gleitenden Körpern verwandelten. Rubinfeldowa und Seidmanka liefen schnurstracks auf die erhobenen Peitschen zu. Tola riß sie weg. »Zusammenbleiben, wir müssen zusammenbleiben«, flüsterte sie im Weiterlaufen.

»Schneller«, befahlen die OD-Männer. »Nicht galoppieren! Schneller!« Bei jedem Schrei wehte sie der Geruch von Wodka an. Sie saufen, damit sie dies tun können, sie saufen, damit sie dies tun können, wiederholte Tola bei sich und versuchte zu vergessen, warum die Seidmanka unentwegt ihre Hand umklammerte, warum auf ihrer anderen Seite das Waisenkind murmelte, sie wolle nicht die erste sein – wolle nicht in der ersten Reihe auf dem Appellplatz stehen, sie habe Angst, sie wolle nicht!

Tola stand in der ersten Reihe. Scheinwerfer flammten auf, der Regen glänzte, und vor ihr, auf dem Podest, glitzerten die Gestalten in den schwarzen Ledermänteln wie Stahl. Der Regen peitschte auf die sich ausbreitenden Pfützen nieder. Ein OD-Mann lief zum Podest, krampfhaft seine Mütze festhaltend. Ein lauter Befehl. Die Kolonnen machten kehrt; sie marschierten zu den Blocks zurück, stellte Tola fest und hatte ein Gefühl der Leere, weil alles nur aufgeschoben worden war.

OD-Männer umzingelten die Blocks. OD-Männer standen rechts und links an den Türen. »Keiner darf nach draußen«, brüllten sie, als ob das jemand gewollt hätte, als ob die Frauen nicht ordentlich in Reih und Glied gestanden hätten. Tola kletterte als erste auf ihre Pritsche. Zuerst unsicher, dann beherzter taten es ihr die anderen nach, und überall hörte man das Aufreißen von Stoff, weil alle unerlaubten Dinge – Geld, Schmuck, unbemalte Kleidung – in Matratzen oder unter Kopfkissen versteckt wurden.

Unaufhörlich ging die Tür auf. Unauffällig, als wollten sie nicht stören, kamen OD-Männer herein, flüsterten mit ihren Freundinnen und gingen wieder; und bald, und ebenso unauffällig, begannen sich die Freundinnen zu entfernen.

»Sehen Sie«, Tola zeigte auf sie, »sie verstecken sich in der OD-Baracke. Das bedeutet, sie werden uns nicht zählen.« Niemand antwortete.

Eine Frau – dieselbe, die an ihrem Hals gezupft hatte – ging zur

Tür und blieb dort stehen, in der Hand einen Lumpensack und ein Kopftuch um ihr Haar. Sie stand still, aber nach und nach stellten die anderen sich zu ihr, bis sich eine lange Reihe an der Wand entlangzog.

»Sehen Sie, sie gehen alle«, quiekte die Seidmanka.

»Sollen sie, wir verstecken uns.«

»Wir verstecken uns«, wiederholte Tola und heftete den Blick auf ein aufgerissenes Kissen, auf die Federn, auf alles, nur nicht auf die Schlange an der Wand, die so verführerisch ruhig und normal dastand.

Die Seidmanka starrte die Schlange an. »Nein!« stöhnte sie. »Ich verstecke mich nicht. Ich kriege wieder einen Schluckauf, ich werde verrückt.«

»Das werden Sie nicht.«

»Und was ist, wenn sie uns zählen?«

»Sie werden uns nicht zählen.«

»Wieso nicht?« fragte die Seidmanka, und alles ging wieder von vorn los, die Verwirrung, das zögernde »weil«.

»Weil sie uns beim letzten Mal nicht gezählt haben.«

»Letztes Mal war letztes Mal. Dieses Mal könnten sie es tun. Sie können tun, was sie wollen.«

»Vielleicht«, schaltete sich die Rubinfeldowa ein, »wenn es ihr so schwer fällt ...«

»Wenn Sie wollen, gehen Sie doch«, wollte Tola sagen. »Laufen Sie!« schrie sie statt dessen, »laufen Sie wie diese Schafe, diese Jeckes, die rennen, weil sie Angst haben, etwas zu versäumen.« Sie brach ab. Jetzt ging es los.

Das Signalhorn krächzte, noch ein Stück entfernt; es kam näher; von allen Seiten her stampfte es. Die Tür flog auf. Und dann waren plötzlich Wände und Pritschen verschwunden und nur noch Stiefeltritte vorhanden, schwarze Arme, die in das Gewimmel der Glieder hineinfuhren, während über dem Gebrüll der Männer und dem Knallen der Peitschen die Barackenälteste wie immer ihr hohes »Bitte, meine Damen, bitte« winselte.

»Tola, sie gehen alle.«

Tola hielt Seidmankas Handgelenk umklammert und beobachtete. »Nein«, warnte sie, »nein, noch nicht. Jetzt! Verstecken Sie sich!« Die Rubinfeldowa gehorchte, doch die Seidmanka wollte nicht, versuchte sich loszureißen. Tola hielt sie im Genick fest und fühlte mit einer Art von Genugtuung, wie das schweißnasse Fleisch schlaff wurde und nachgab. Noch ein Stoß – die Seidmanka lag in ihrem Versteck. Tola häufte Kissen und Kleidung auf die Matratze, kauerte sich dann auf die benachbarte Pritsche und zog die Matratze über sich. »Jetzt«, befahl sie, »jetzt«, denn etwas in ihr wollte wie die Seidmanka, wollte sie vom Bett herab und nach draußen ziehen, wo man sich wenigstens bewegen, wenigstens atmen konnte. »Jetzt!« Und nun war alles finster.

Bretter schnitten ihr in den Bauch, Staub und Roßhaar nahmen ihr die Luft; wie Steine trafen die Schreie sie am Kopf. »Erschossen – wer sich versteckt hat, wird erschossen.« Dann ein hartes, knallendes Geräusch; aber das war nicht schlimm, es waren nur die Peitschen, die auf die Betten niedersausten, und das Poltern über ihr wie von einem fahrenden Zug – auch das war nicht schlimm, nur das Getrampel der OD-Männer auf der obersten Pritschenreihe. An ihre Pritsche kamen sie nicht heran, sie lag in der mittleren Etage, wo es zu eng war; und doch hatte sie das Gefühl, als käme unaufhörlich ein Stiefel aus dem Dunkel und träte nach ihrem Kopf. Das Gerüst schwankte; sie stopfte sich die Faust in den Mund, biß darauf, biß in die rauhen Bretter.

»Bitte nicht, ich bin die Blockälteste!« schrie es plötzlich. Eine Peitsche knallte – das Schreien wurde zu einem jämmerlichen Weinen. Dann knallte die Tür zu.

Sie sind weg, dachte Tola und holte vorsichtig Luft. Als die Tür von neuem aufging, als es ganz in ihrer Nähe »Raus, alle raus« hieß, hatte sie keine Angst, denn sie merkte unmittelbar danach, daß es der OD-Mann aus der Strickerei war, der sich als SS-Mann aufspielte. »Die SS«, schrie er, »sie kommen«.

Sie kommen nicht, wiederholte sie. Warum nicht? schien die Seidmanka zu fragen, und plötzlich konnte sie sie förmlich sehen – die blinkende Pistole, den aufgerissenen Mund, der nicht schreien konnte und doch offenstand, als wollte er schlucken, was aus der Pistole kam.

»Eure letzte Chance, hier zu verschwinden. Jetzt kommen sie!«

Die Angst war wie ein Tier; sie sprang sie an, krallte sich fest, nahm ihr die Luft weg, sie wehrte sich, hielt das Tier fest, bis es unter ihr lag, und drückte und drückte es nieder. Die Tür schlug zu. Es war vorbei. Jetzt mußte sie bleiben, denn es war zu spät, denn selbst bei einem normalen Appell wagte niemand sich zu verspäten.

Der Regen mußte stärker geworden sein. Durch die dicken Polster konnte sie ihn auf das Dach trommeln hören und auf die aufgeweichte Erde; und hier, dicht neben ihr, tropfte es unaufhörlich. Die Tür kreischte laut in der Stille. Jemand lauerte, wartete auf die geringste Bewegung von ihr, doch sie verkniff sich selbst das Anfeuchten der Lippen, jeden tieferen Atemzug. Nach einer Weile probierte sie etwas aus, bewegte die Hand, drehte den Kopf, um durch die Ritze zwischen den Brettern mehr Luft zu bekommen. Nach und nach, da nur der Regen niederprasselte, begann sie der Stille zu vertrauen, weil sie bewies, daß es sehr spät war, daß keine OD-Leute, keine SS-Männer mehr kommen würden. Und fast hätte sie aufgegeben, wie die Seidmanka. Rubinfeldowa, Seidmanka – jetzt erst fiel ihr ein, daß die beiden neben ihr lagen. Gleich würde sie sie anreden. »Zweimal in einer Nacht verstecken! Rubinfeldowa, Sie haben einen Rekord aufgestellt«, wollte sie sagen, und zu Seidmanka: »Sehen Sie, Sie haben keinen Schluckauf bekommen.« Sollte sie jetzt schon reden? Es war besser, wenn sie wartete. Dennoch traf sie ihre Vorbereitungen, drehte sich um, befeuchtete ihre ausgedörrten Lippen.

Von weitem kam ein Knall – einer nur – der Wind war es, der eine Tür zuschlug. Dann ein anderer Laut: ein ersticktes »Chch«, als ertrinke jemand. Und nochmals »Chch!« Die Seidmanka hatte doch noch ihren Schluckauf gekriegt. Aber sie durfte nicht, sie mußte still sein, still!

»Chch, nein!« Dann ein dumpfer Aufprall.

Sie stieß die Matratze hoch, sie drehte sich um; zuerst konnten ihre Augen nichts erkennen, nur das grelle gelbe Licht, nur einen dunklen, schwankenden Strich, der sich zuletzt als die Seidmanka entpuppte, die umhertappte, stolperte, weiterlief.

»Nein«, flüsterte Tola.

»Nein!« schrie die Rubinfeldowa. »Warte doch! Zusammen!« Noch ein dumpfer Aufprall, und jetzt lief die Rubinfeldowa mit ausgestrecktem Arm daher, und an der Tür streckte ihr die Seidmanka die Hand entgegen, und dann faßten die beiden sich an. Sie warteten. »Tola«, riefen sie, »Tola, zusammen!«

»Tola!«

Sie waren fort. Tola lag da und schaute von der weißen Sagopfütze hinter dem Bett hinüber zur Tür, und als sie merkte, daß die weit offen stand, kroch sie unter die Matratze und legte sich auf den Rücken, so daß das rauhe Tuch auf ihrem Gesicht kratzte.

»Tola, zusammen!« hatten sie gerufen. Ja, sie hatte gesagt, sie müßten zusammenbleiben, aber nicht, wenn das hieß, in letzter Minute hinaus und geradewegs dem Lagerkommandanten in die Arme zu laufen. Und wer hatte eigentlich wen im Stich gelassen! Die hatten sie verlassen, sie hatten sich nicht einmal die Mühe gemacht, die Tür zu schließen, so daß sie nicht vorgewarnt wurde, wenn jemand hereinkam. Wenn die sich nicht um sie kümmerten, war sie nicht verpflichtet, ihren Kopf für sie zu riskieren, mit diesem Schluckauf und diesem hysterischen Geschrei – gerade jetzt, wo alles fast vorbei war! Die letzte Selektion hatte eine Stunde gedauert, und inzwischen mußte mindestens eine halbe Stunde verstrichen sein, seitdem alle gegangen waren.

Hysterisch, vollkommen hysterisch, und neben ihr tropfte es weiter, als tickte eine Uhr. Wenn sie doch eine Uhr hätte, eine mit Leuchtzifferblatt, so daß sie sehen könnte, wie die Zeit verstrich. Bald verfiel sie auf eine neue Methode der Zeitmessung; sie begann zu zählen, korrigierte jeden Fehler, ging zurück, wenn sie zu schnell gezählt hatte. Bei etwa zweihundert verwirrten sich die Zahlen in ihrem Kopf. Drei Minuten, dachte sie, drei Minuten sind es zum Appellplatz. Seidmanka und Rubinfeldowa mußten gerade angekommen sein, und es war doch zu spät – nein, sie hatten sicher Vernunft angenommen, sich in einer anderen Baracke versteckt. Und sie schob die Hände unter ihren Körper, damit die Nägel in den Brettern des Bettgestells nicht mehr so wehtaten.

Sie tun weh, immer noch, beschwerte sich ihr Körper, während sie ihn mit der Aussicht auf Schlaf, auf Wasser und auf Luft tröstete, frische Luft, nicht diese heiße Masse, die sie zu kühlen versuchte, indem sie den Atem durch den Mundwinkel einsog.

Nur der Wind schlug eine Tür zu, nur der Regen platschte auf die Erde. Stiefel platschten, die SS kam. Jetzt waren sie in der Nachbarbaracke, und sie, sie hatte einen Fehler gemacht: sie lag auf dem Rücken, so daß sie die Angst nicht unter sich zwingen konnte, so daß die sie hochdrückte und aus dem Bett warf. Die Schritte wurden lauter; doch sie mußten vorbeigegangen sein, denn sie hätte das Öffnen der Tür gehört, wären sie hereingekommen.

Die Tür war offen geblieben; sie waren doch hereingekommen; sie schritten auf und ab. Sie blieben stehen. Bettzeug, Töpfe fielen. Bestimmt ist mein Kleid zu sehen, mein Haar. Und NEIN! *nicht*!, als könnten sogar Gedanken sie verraten. Gewehrkolben sausten auf die Betten nieder, irgend etwas klapperte und zerbrach, und das Rasseln, das immer lauter wurde und ihr den Kopf zu sprengen drohte, war ihr eigener Atem, der sie rief, der sie bat, sie möchten kommen. Sie hielt das nicht mehr länger aus, sie konnte nicht mehr; sie wollte herabspringen, sich auf sie stürzen, um endlich mit allem Schluß zu machen. Aber sie blieb liegen, den Mund voll bitteren Staubs.

»Raus! Alle raus!« Hatte man sie entdeckt, galt ihr das Gebrüll? Es scherte sie nicht mehr; sie war taub, nur der Kopf tat weh. Dann löste ihre Zunge ganz langsam einen bitteren Klumpen vom Gaumen ab. Roßhaar, dachte sie, Roßhaar aus der Matratze; und dann dachte sie, genau so apathisch: Sie sind weg.

Wären sie wiedergekommen, hätten sie sich über sie gebeugt, es wäre ihr entgangen, so benommen war sie, wie im Halbschlaf. Noch ungeordnete Gedanken formten sich, von der Uhr, von der SS und vom Appellplatz, die klarer wurden und sie veranlaßten, sich aufzurichten. Hinter der Tür, die immer noch offenstand, lag die Dunkelheit, schwer, als hätte die Zeit sich überhaupt nicht bewegt.

Warum war es noch so dunkel? Etwa, weil es regnete, oder weil Minuten, Minuten nur vergangen waren, seitdem die beiden hinausgestürzt und dabei der SS in die Arme gelaufen waren, so daß – nein, sie hatten sich unbemerkt zum Appellplatz schleichen können, sie waren lange, bevor die erschienen, gegangen; ja sie konnte sogar feststellen, wie lange das her war: Sie hatte an eine Uhr gedacht, sie hatte gezählt, hatte sich bequemer hingelegt, und dann, dann war die SS gekommen.

Sie war an zwei Orten zugleich: hier zwischen Matratze und Brettern eingekeilt und dort, im Laufschritt, immer im Laufschritt, zuerst zum Appellplatz, wo die Scheinwerfer mit grellem Licht die beiden Zuspätkommenden erfaßten, zurück zur Straße, dann zu den beiden, die kopflos daherrannten, wie immer, wenn sie nicht auf sie aufpaßte. Warum hatten sie das getan? Warum waren sie hinausgelaufen? »Ich krieg meinen Schluckauf«, schien Seidmankas Stimme zu sagen; gefolgt von der anderen Stimme, der ängstlicheren und ihr noch mehr ans Herz gewachsenen: »Aber wenn es ihr so schwerfällt...«

Es war schwer, aber sie hatte die beiden zu etwas gezwungen, was über deren Kräfte ging, und sie dann im Stich gelassen. Wenn ihnen etwas zustößt, bin ich es gewesen, ich – in diesem Eingeständnis lag Trost, als könnte es jemand hören und sie noch retten, weil er wußte, daß die Schuld bei ihr lag. Sie durchschaute diesen Trost und schob ihn beiseite. Ihr Entsetzen war der Preis für die Rettung der beiden, und sie zahlte diesen Preis, sie zwang sich hinzuschauen, wie die beiden stehenblieben und vom Scheinwerferlicht festgenagelt wurden. Dann stellte sie sich den nächsten Morgen vor: Sie stand am Eingang, viele Menschen zogen vorbei, schrumpften zu kleinen Gruppen, zu einzelnen Gestalten, und schließlich war die Straße leer...

An dieser Stelle fiel ihre Angst in sich zusammen. Wie konnte sie glauben, daß die, die eben noch hiergewesen waren, mit ihr gesprochen, sie gerufen hatten, nicht zurückkehrten, nur weil die Seidmanka einen Schluckauf hatte? Sie würden zurückkommen. Und danach würde alles anders, sie würden zusammenziehen, wie die Rubinfeldowa das schon immer vorgeschlagen hatte; sie würde für sie da sein. »Tola, wie gut Sie zu uns sind«, hatte die Rubinfeldowa bei der letzten Selektion gesagt, als Tola einen Blechnapf holte, so daß die Seidmanka pinkeln konnte, und dann Wasser für die Rubinfeldowa, die plötzlich in Ohnmacht zu fallen schien. Nachdem sie das Wasser gebracht hatte, hatte die Rubinfeldowa das gesagt. Bei diesem Gedanken wurde ihre Einsamkeit so unerträglich, daß sie zu horchen und bei jedem Laut zusammenzufahren begann, weil sie plötzlich überzeugt war, die beiden hätten die SS kommen hören und sich irgendwo in der Nähe versteckt und würden bald wieder da sein.

Niemand kam. Das Plätschern des Regens ließ nach, hörte dann ganz auf; nur ihr Atem war zu hören. Diese Totenstille, es schien ihr, als habe sie schon seit Tagen geherrscht, als sei sie nicht nur in der Baracke, sondern im ganzen Lager als einzige übrig geblieben. Wenn jemand, wenn jemand hier wäre ... und in diesem Augenblick hörte sie es – ein Rascheln, mehrmals hintereinander, als begänne sich jemand zu bewegen: vielleicht das Waisenkind, der sie gesagt hatte, sie solle sich verstecken.

»Waisenkind«, flüsterte sie und kroch hervor. »Waisenkind, bist du das? Ist da jemand, irgend jemand?« Keine Antwort, aber es raschelte weiter. Sie kroch in die Richtung, aus der es kam, auf dem Bauch, mit den Armen arbeitete sie sich durch ein Gewirr von Kleidern, durch Pfützen von Kaffee und Suppe. Das Rascheln hörte auf, sie lag still; es fing wieder an, und sie kroch weiter.

Ein Kleid raschelte da – von der Kantorowa, der Blockältesten, es rieb sich am Bettpfosten. Sie schob das Kleid zur Seite und stieß gegen eine Tasche, aus der Brot hervorquoll – Schnitten, Brocken, Krümel, alle grün von Schimmel. Die Kantorowa ißt nicht, was sie klaut, sie sammelt es, dachte sie und schob sich ein Stück in den Mund.

Sie spuckte es gleich wieder aus; ihre Kehle ließ keinen Krümel passieren, sie schnürte sich zu, als sie auf die nackte Glühbirne schaute, deren Schein im Tageslicht zu einem hellen Punkt schrumpfte. Warum waren die Frauen noch nicht zurück? Es war spät, entsetzlich spät! Alles um sie her – die Haufen von Bettzeug auf dem Boden, die im Getümmel verlorengegangenen Schuhe, die Töpfe – sagten ihr, daß es spät war, so lang schien es her, seit die Frauen fortgegangen waren. Wieder beschlich sie der Gedanke, sie sei ganz allein im Lager, und mit zugehaltenen Augen, um sie vor dem Licht zu schützen, lag Tola auf Kantorowas Bett und wiederholte, sie kommen wieder, sie kommen. Kurz darauf wurde es auch unter ihren Lidern heller; dann berührte etwas Warmes sie im Gesicht.

Es war die Sonne. Sonne strömte in die Baracke. Die vom Regen streifigen Scheiben glänzten; die Sagolache leuchtete wie Eis. Und wieder kroch sie umher und suchte nach dem Blechnapf, den sie nachts benutzte, wenn der Gang zur Latrine zu gefährlich war. Schließlich hatte sie ihn, aber als sie sich darauf niederlassen wollte, zitterte ihre Hand und verschüttete den abgestandenen Urin. Als wäre dies das wohlverdiente Ende, sah sie deutlich, was ihr bevorstand: während sie von einer Pritsche zur anderen kroch, ein Stück verschimmeltes Brot hinunterschlang, aus einem übelriechenden Napf fraß und sich dreckig und halbnackt zum Pinkeln niederließ, kam die SS und holte sie – die einzige, die noch übrig war. Denn die anderen mußten wohl in ein anderes Lager gebracht worden sein. Nein, das konnte nicht sein. Aber wieso denn nicht? Die konnten doch machen, was sie wollten: Ghettos, ganze Lager hatten sie innerhalb von Stunden liquidiert. Und vielleicht marschierten sie jetzt alle – Rubinfeldowa, Seidmanka, das Waisenkind, alle – auf das Lagertor zu.

Der Gestank trieb sie auf eine andere Pritsche. Da lagen ein Löffel und ein rot beschmiertes Kästchen. Rouge, fiel ihr ein, und dann: Mein Gott, was hat der uns angetan! Haß auf den Mann, der abgehauen war, erfüllte sie, und Haß auf sich selbst, weil sie sich über den Zorn der anderen amüsiert hatte. Dann stellte sich Hoffnung ein; denn noch nie war ein Lager als Vergeltung für eine Flucht liquidiert worden. Und jetzt konnte sie nur noch warten, auf das geringste Geräusch, auf das kleinste Zeichen, daß sie nicht ganz allein war.

Doch als das Zeichen kam, duckte sie sich nieder, bedeckte ihr Gesicht, ihre Augen, ihre Ohren. Noch eine Salve; die Scheiben vibrierten. Sie lag kraftlos und schlaff, die Arme hingen von der Pritsche herab.

Zum zweiten Mal an diesem Morgen wartete sie, zum zweiten Mal stand sie im Eingang, während in der Ferne eine Menschenmenge erschien, die sich langsam und bedrückt näherte. In der angrenzenden Barackenzeile öffneten sich Türen, ein paar Frauen gingen schweigend vorüber und verschwanden in der Baracke. Immer mehr trafen ein, die Menge schrumpfte zu Gruppen, zu einzelnen Gestalten – zu lauter einzelnen Paaren, die sich gegenseitig stützten. Dann war die Straße leer.

Tola ging in die Baracke zurück. Die Matratze, welche die Seidmanka herabgeworfen hatte, lag noch auf dem Boden. Sie hob sie auf, sah auf die rote Haarsträhne, die an einer Ecke hing; schaute zur Kantorowa, die das Brot in ihre Tasche stopfte.

»Haben Sie die beiden gesehen? Rubinfeldowa und Seidmanka?«

»Habe ich nicht«, sagte die Kantorowa.

»Ich auch nicht«, sagte das Waisenkind.

Tola fragte nicht mehr und ging die Straße hinab, lief zurück, falls sie einen anderen Weg genommen hatten, und wieder ins Freie. Und gerade als das Weinen in der Nachbarbaracke einsetzte, sah sie die beiden, wie sie sich die Straße entlangschleppten, die Seidmanka war zusammengekrümmt und hing am Arm der Rubinfeldowa.

»Ganz vorsichtig, Tola.« Die Stimme der Rubinfeldowa hatte einen neuen, festen Klang. »Vorsicht«, sagte sie bei jedem Schritt, »Vorsicht«, als sie die Seidmanka aufs Bett hoben. Dann lag sie auf dem Bauch und preßte das wirre, rote Haar ins Kissen.

»Bald wird es besser.« Die Rubinfeldowa streichelte sie, »ich hole Leinen, ich mache eine Kompresse.«

»Nicht gehen«, schrie die Seidmanka, »verlaßt mich nicht.«

Tola holte das Wasser, Tola zog die Kissenbezüge und Bettlaken von der Pritsche und befolgte die Anweisungen der Rubinfeldowa – die Kompresse mußte gut ausgewrungen werden, jedoch nicht zu stark, feucht mußte sie sein, aber nicht tropfnaß. Vorsichtig hob die Rubinfeldowa Seidmankas Rock. Und zur Strafe, zur Sühne zwang Tola sich hinzuschauen. Aber es war keine Strafe: Wie schon das tränennasse Gesicht war jetzt der Anblick des blutigen, zerquetschten Fleisches nur der Beweis, daß die Seidmanka wieder da war.

Wasser spritzte, die Seidmanka winselte leise wie ein junger Hund. Als das Winseln aufhörte, nahm die Rubinfeldowa Tola zur Seite.

»Fünfundfünzig auf das Gesäß«, flüsterte sie. »Zuerst haben sie Tische auf den Appellplatz gebracht, dann suchte der Lagerkommandant die aus, die geschlagen werden sollten, meist ältere Frauen. Die Ukrainer besorgten das Schlagen, die OD-Männer mußten zuschauen.«

»Und nachher? Haben sie jemand erschossen, den wir kennen?«

»Ich weiß nicht, ich konnte nicht hinschauen.«

Eine Pause. Dann: »Wie viele?«

»Sechzig oder mehr, heißt es.«

Nicht, was man den sechzig angetan hatte – das überstieg Tolas Fassungsvermögen –, sondern Seidmankas Stöhnen entlockte ihr den Schrei: »Wer ist es gewesen – wer ist weggelaufen?«

»Ach?« sagte die Rubinfeldowa. »Sie wissen es also noch nicht?«

»Was weiß ich noch nicht?«

»Niemand ist geflüchtet. Der Lagerkommandant hat das nur als Vorwand benutzt. Aber wozu brauchte er einen Vorwand? Wozu?«

Vorsichtig und zögernd, wie eine Stadt nach einem Wirbelsturm, begann sich das Lager wieder zu regen. Scheue Gestalten schlichen verstohlen durch die Straßen, blieben stehen, bereit, bei der geringsten Gefahr in Deckung zu gehen. In den Blocks ging alles auf Zehenspitzen und machte einen weiten Bogen um die Pritschen derer, die an diesem Morgen geschlagen worden waren oder jemanden verloren hatten.

Allmählich kehrte Leben in die Straßen zurück, die Stimmen klangen lauter. Schon bald erschienen die Kaffeeverkäufer mit ihren Kesseln, bald stiegen die OD-Männer wieder zu ihren Freundinnen auf die Betten, und schon der Nachmittag verlief fast wie an einem ganz normalen Tag.

Wie an jedem Tag blieb eine runzelgesichtige Frau vor Seidmankas Pritsche stehen.

»Was ist?« fragte die Seidmanka, ohne hochzuschauen. Es ging um Hafergrütze, ein günstiges Angebot, nur zwanzig Zlotys das Pfund.

»Autsch!« Die Seidmanka kroch zum Rand der Pritsche, indem sie sich auf den Ellbogen fortbewegte; noch ein Autsch, und sie ließ sich herab und stand da und preßte die Hände auf ihr Gesäß.

»Nein«, schrie die Rubinfeldowa, »du gehst jetzt nicht weg.«

»Wir müssen essen!« Die Seidmanka richtete sich auf, murrte, zwanzig Zlotys seien kein günstiges Angebot, und humpelte zur Tür.

»Warte – zusammen!« Die Rubinfeldowa lief hinter ihr her.

»Warten Sie, ich komme«, rief Tola.

Die Seidmanka drehte sich um. »Wir haben heute schon mal auf Sie gewartet«, sagte sie, und die Tür schlug hinter ihr zu.

Tola verbrachte den Nachmittag mit Rundgängen – an Baracken vorbei, aus denen Stimmengewirr quoll, die Straßen entlang, in denen sich die Menschenmassen durch den trüben Dunst schoben. Auf halbem Wege zur Küche, zum Arbeitsplatz der Polen, kehrte sie um und ging in ihre Baracke zurück. Sie strich ihr Bett glatt, holte ihre Essensrationen und ging hinaus, um festzustellen, ob sie bald zur Arbeit mußte. Noch eine Stunde. Sie trank von dem Eichelkaffee, ging wieder vor die Tür.

In weißer Chefkochmütze und weißer, fleckenübersäter Jacke stand der Chefkoch an der Küchentür. »Geht weiter, oder ich schicke euch die OD-Leute auf den Hals.« Er schwang eine gewaltige Schöpfkelle. Keiner rührte sich. Die Hungrigsten standen da, alte Frauen, Männer, deren nackte Haut durch die Lumpen schien; und auch die groteske Frau mit den Goldzähnen, die sich an ein sommersprossiges Mädchen klammerte.

Ein Ruf kam von drinnen – das war der polnische Vorarbeiter; die schnellen Schritte – das war Barbara, die herausgerannt kam.

»Mir, Fräulein!« bettelten die Leute und drängten nach vorn, nur die Frau mit den Goldzähnen nicht. »Die hat schon gestern etwas bekommen. Mir, Fräulein Zborowska!«

Barbara wich zurück; sie warf dem Mann, der am nächsten stand, ein Stück Brot zu, blickte auf den Kanten, der noch in ihrer Hand war, wandte sich dann plötzlich Tola zu.

»Sie da!« sagte sie, und ihre Stimme wurde hart. »Wir haben alle Hunger; aber Sie sind gut angezogen, Ihnen geht es offensichtlich gut!«

Tola wollte gar nicht antworten, sie wollte fortlaufen, aber eine Faust stieß sie vorwärts, so daß es aussah, als griffe sie nach dem Brot.

»Unerhört«, sagte Barbara leise.

»Ich bettele nicht. Ich möchte Sie nur begrüßen – Barbara.«

Barbara fiel das Brot aus der Hand. Ihr Gesicht wurde aschgrau, ihre Lippen verzogen sich zu einem gequälten Lächeln.

»Sie irren sich – ich heiße Janina.« Und weg war sie.

Tola rutschte auf dem verschütteten Sago aus und ging. Hinter ihr kamen schnelle Schritte; sie schaute sich nicht um. »Warten Sie!« rief die kehlige Stimme. Sie ging schneller, bis eine Hand sie ergriff.

»Kommen Sie«, Barbara zog sie hinter die Küchenbaracke. »Schnell, kommen Sie!«

»Ich bitte um Verzeihung, ich habe mich geirrt.«

»Sie haben sich nicht geirrt. Nur habe ich zuerst einen Schrekken bekommen, das können Sie sich ja wohl denken.« Barbara schüttelte den Kopf, wie befremdet von ihrer eigenen Reaktion.

»Ich bin gekommen, um Sie zu warnen. Sie dürfen nicht mehr herkommen, es ist zu riskant. Jemand könnte Sie erkennen, es könnte Gerede geben.«

»Gerede? Mein eigenes Volk verrät mich nicht! Aber Sie, woher kennen Sie mich?«

»Sie haben uns – meine Eltern und mich – auf Ihrem Gut aufgenommen, als der Krieg ausbrach. Sie werden sich nicht an mich erinnern, es waren so viele Flüchtlinge da.«

»Mein Gott! Sie kennen also mein Haus – aber wir können jetzt nicht sprechen. Hören Sie, ich muß mit Ihnen reden. Können Sie wieder herkommen? Oder, warten Sie, ich komme zu Ihnen, ich kenne einen OD-Mann; der führt mich zu Ihnen.«

»Tun Sie das nicht. Es wäre zu gefährlich.«

»Ich ... muß mit jemandem reden. Wo wohnen Sie? Und Ihr Name – wie heißen Sie?«

»Ohrenstein. Block siebenunddreißig, der letzte vor dem Stacheldraht.«

Der Appell verlief ruhig. In der Werkstatt begann der Abend wie immer. Nur die Kinder, die sich bei der Selektion unter den Matratzen versteckt hatten, waren ruhig; und die Seidmanka saß auf einem Stapel Mäntel.

»Arbeiten«, rief Glatt. »Arbeiten, Kohnsteinfeger. Kohnsteinfeger!« wiederholte er und sprang auf.

An Kohns Tisch erhob sich ein großer, dunkelhaariger Mann und zeigte auf den Stuhl neben sich. Alle drehten sich um. Der Stuhl war leer.

»Egal«, rief Glatt, »irgendeiner muß fegen!« Und der Besen setzte sich scharrend in Bewegung.

Kapitel 3

Zunächst begegnete man den Hinterbliebenen und Verwaisten mit ehrerbietigem Schweigen und taktvollen Gesten. Dann begann die Ehrfurcht zu schwinden. »Arbeiten! Nicht drängen«, rief ein jeder; denn die, die wenige Tage zuvor betäubt und sprachlos gewesen waren, versuchten in der Regel, sich vor der Arbeit zu drücken und ihr Brot oder ihre Suppe zu schnappen. Und dann begann das unvermeidliche Verhandeln mit den Toten.

Alle guten Eigenschaften, alles, was einen Menschen gut, lieb und wert machte, fiel an die Toten; für sich beanspruchten die Hinterbliebenen nur ihr Leben. Aber eine unbeglichene Schuld blieb noch. Und wie bei einer Bezahlung auf Raten kamen jeder Augenblick der Angst, jede Selektion, jeder Schuß den Toten zugute und wurden von der Bemerkung begleitet: »Ach ja, das haben Sie wenigstens nicht mehr durchmachen müssen.« Das reichte immer noch nicht, die Schuld war erst beglichen, wenn alle sagten: »Sie werden uns sowieso umbringen, auch uns.«

Tola beteiligte sich nicht an solchem Aufrechnen. Wenn man sie auf die gewöhnliche beschönigende Art fragte, ob ihre Eltern »deportiert« worden seien, antwortete sie: »Nein, sie wurden umgebracht, erschossen, im März vor einem Jahr, bei der Liquidierung des Krakauer Ghettos.« Und sie schämte sich ihrer Wahrheitstreue, die in Wirklichkeit nichts als eine Lüge war. Sie waren nicht umgebracht worden, es hatte sie einfach nie gegeben; sie war immer schon allein gewesen – dieses Lager, diese Pritsche ihr einziges Zuhause, die einzige morgendliche Begrüßung das heisere »Alles aufstehen!« Darin lag ihr Leid: in der Spannung zwischen diesem Unglauben – den sie wollte, auf dem sie bestand – und der Überzeugung, daß sie einmal dagewesen waren, ihr zugelächelt, ihr Gesicht gestreichelt hatten.

Diese Überzeugung stellte sich unerwartet und immer gegen ihren Willen ein. Hinter den Frauen, deren Blicke, deren beunruhigendes Achselzucken fragten, wo denn ihre Töchter so lange blieben, stand ihre Mutter. Zusammen mit den Männern mit den schweren Kesseln, welche »Möchten Sie Kaffee?« fragten – nicht im schrillen Ton von Straßenverkäufern, sondern in der höflichen

Art von Gastgebern – betrat Vater die Baracke. Dann fuhr sie zusammen und schloß die Augen.

Aber schon war wieder alles vorbei; die Ghettostraßen brachten keine Erinnerungen zurück, das Haus ihrer Kindheit war eines von vielen Häusern, an denen ihr Weg vorüberführte, wenn sie zur Arbeit marschierte. Nur einmal, als die Rubinfeldowa in der Vierergruppe hinter ihr leise von den Ohrensteins zu reden begann – welch ein schönes, welch ein glückliches Leben sie geführt hätten –, da glaubte sie, dort oben an einem Fenster hinter Geranien und billigen Baumwollgardinen ihre Mutter zu sehen, die gegen dieses Lob protestierte, das Tola wie eine Bestechung vorkam.

Glücklich war es eigentlich nicht zugegangen in den weitläufigen, dunklen Zimmern. Später, als die Dinge beim Namen genannt werden konnten, war auch der Grund des Unglücks offenkundig geworden: mit dem alten Familienunternehmen ging es bergab; die Ehe ihrer Eltern ließ manches zu wünschen übrig. Aber wenn sie weiter in ihre Kindheit zurückging, stieg etwas Geheimnisvolles, wenn auch Schweres herauf: aus den Schritten ihrer Mutter, aus ihrem Seufzen und aus ihrer Gewohnheit, die Vorhänge zugezogen zu lassen, als wolle sie sich verbarrikadieren, nicht gegen die Sonne, sondern gegen die dunkle jüdische Straße. In Mutters streng hierarchischer Weltordnung nahm diese Straße mit den grauen, verwinkelten Häusern, den Ladenbesitzern, welche die Passanten mit gekrümmtem Finger anlockten, den untersten Rang ein. Darüber lagen die lichten, geräumigen Villen rund um den Park, es folgte Warschau, das Warschau aus Mutters Jugend, wo ihre Onkel in Troikas einhergeprescht waren; Warschau, von wo aus man jedes Jahr nach Italien fuhr. Italien nahm den obersten Rang ein; dort, unter Mimosenbäumen, unter der Sonne, schwebten Italiener durchs Leben wie große, glückliche Bienen – und so wie man den Toten dicke, grauweiße Kerzen anzündete, so leuchteten zur Erinnerung an Italien Mimosenzweige in Vasen aus venezianischem Glas.

Diese Vasen, die Louis-Quinze-Möbel und das Porzellan, auf dem Damen in Krinolinen lustwandelten, hatte Mutter als Braut in die Ehe gebracht. Sieben Tage hatte die Hochzeit gedauert, sieben Kleider aus besticktem Satin lagen in dem Louis-Quinze-Schrank; aber Tola hatte immer den Eindruck, als sei Mutter eher als Missionarin für Kultur nach Krakau gekommen, mehr als Reformerin denn als Braut – um die Ohrenstein-Sippe zu bekehren, um sie von der aus Rock und Bluse bestehenden »Uniform« abzubringen und von der Gewohnheit, ihren Tee aus Gläsern zu trinken, die »so dick waren wie Marmeladengläser«.

Offenkundig war dieser Missionsversuch gescheitert. Zwar hatten ihre Tanten auf die Uniform verzichtet; doch behauptete das irdene Geschirr beharrlich seinen Platz gegen das zunehmend dezimierte Porzellan, und die zierlichen Rokokostücke wichen Mahagonimöbeln, so dunkel und so massiv wie Großmutter, von der sie stammten. Allabendlich, wenn sie sich Rechenschaft über ihre täglichen Niederlagen gab, betrachtete Mutter zunächst die gewaltigen Kredenzen, die plüschüberzogenen Stühle und das angestoßene Glas und schaute dann, indem sie ihre Hand auf ihr »nervöses« Herz preßte, Vater an, der unruhig wurde und sogleich den Blick abwandte. Kein Wort fiel, nicht einmal ein geflüstertes, und doch schien eine Schranke das Zimmer in zwei gegnerische Lager zu teilen. Dann stand Tola auf und lief zu Vater, denn in jenen Tagen hielt sie noch zu ihm.

Sicher, ohne Mutter war das Haus leer, die Nächte schlaflos, wenn sie weg war. Aber Mutters weißer, korpulenter Leib erweckte ein Mitleid, das an Widerwillen grenzte; und gleich dem Anblick der alten Bejgel-Verkäuferin, von der es hieß, sie habe früher Haus und Mann gehabt, erweckte das Foto des schlanken Mädchens, das ihre Mutter einst gewesen war, die Vorahnung eines unbestimmten, unausweichlichen Verlustes.

Vaters Gegenwart erzeugte keine schlimmen Vorahnungen, keine Ängste, nur grenzenlosen Stolz. Weil er anders als alle Väter – einschließlich der Villenbewohner – war, weil er sie niemals in die Wange zwickte, niemals fragte: »Was ist schwerer, ein Pfund Eisen oder ein Pfund Federn?«, bewunderte sie ihn, und wegen seiner Höflichkeit gegenüber Jung und Alt; wegen seines versonnenen Lächelns, seiner Stimme, seiner hohen Statur. Er war die Berühmtheit inkognito: und sie, die die Jungen den »Frosch« nannten, sie, die stotterte und rot wurde, war die allererste, die ihn entdeckt hatte. Jedes Anzeichen, daß andere dieselbe Entdekkung machten, wurde aufmerksam von ihr registriert – so die respektvollen Verbeugungen der Nachbarn, die Bemerkung eines Ladenbesitzers, es mache nichts, daß sie ihr Geld vergessen habe, denn Herrn Ohrensteins Tochter könne man vertrauen; und vor allem der Tag des großen Schulumzugs, wenn das Kommando »Links! Rechts!« erscholl, ihre Füße jedoch rechts-links machten oder beides auf einmal und dann aus der Zuschauermenge eine Hand winkte und ein Mädchen: »Ist das dein Vater?« rief und gleich darauf: »So jung, so groß?« Und dann stolperten ihre Füße nicht mehr.

»So jung, so groß« sang es in ihr auf ihren gemeinsamen Spaziergängen. Dann wurde die Straße, diese bedeutungslose, unterste Rangstufe der Gesellschaft, zum Kaleidoskop. Jede kleinste Geste, jede farbenfrohe Szene zog ihre Blicke auf sich: von dem Fenster über Rosenblums Geschäft mit seiner verwirrenden Anhäufung von Weihnachtsdekorationen hatte Kaiser Franz Joseph die jubelnde Menge begrüßt; dort, wo Karren vorüber rumpelten und Pferde die Sicht versperrten, waren die Aufständischen von 1863 in Begleitung von Rabbinern mit wehenden Bärten und dem Lied »Für unsere Freiheit und für eure« auf den Lippen entlangmarschiert; wenn er ihr erklärte: »Die Erde ist rund«, rundete sich die allergewöhnlichste Straße unter ihren Füßen wie eine Frucht. Und sie erwartete, daß nicht nur die Ladenbesitzer, sondern auch die Offiziere mit den schlanken Taillen wie junge Mädchen, die schnurrbärtigen Herren in den langhaarigen Pelzen, daß sie bald alle stehen bleiben und ihn grüßen würden, da sie nun wußten, wer er war.

Die Quelle dieser Offenbarung war das Geschäft. OHRENSTEIN & OHRENSTEIN, GEGR. 1805 besagte das trübgewordene, goldene Schild. Da eine prunkvolle Aufmachung als verächtlich galt, berief sich die Firma einzig und allein auf ihre lange Tradition. Der zu Besuch weilende Kaiser hatte das Schild gesehen; Aufständische in hohen Tschakos hatten sich gewundert, was wohl hinter der Tür sei. Innen lagerte Dämmerung wie in einer Kirche, noch vertieft durch das altersgeschwärzte Holz der Schubkästen, die sich an den Wänden hinzogen; nur in der Mitte war eine Insel aus Licht, ein Glasgehäuse, in dem Großmutter saß und nicht endenwollende Pullover strickte; ihr gegenüber beugte sich Vater über seine frommen Bücher. Und hinter ihm leuchtete es saphiren und karmesinrot. Die Firmentafel. KÖNIGLICHE GIESSEREI – stand darauf in erhabener Schrift. Darunter teilte sich die emaillierte Landschaft; auf der einen Seite blickte ein Brandstifter mit noch rauchender Brandfackel hämisch triumphierend auf sein Werk – ein in blutiges Fleisch verwandeltes Haus mit einem Dach, aus dem Flammen züngelten, und Fenstern wie scharlachroten Wunden, und hinter der wie blasiger Aussatz wirkenden Tür schossen weitere Flammen hervor und faßten gierig nach dem Opfer, das fast nackt in die Nacht hinausfloh. Aber von der anderen Seite winkten Rat und Beistand: dort stand friedvoll ein Haus im ersten Morgenlicht; seine Fenster glänzten, ein Feuer, das es nicht wagte, die ihm gezogenen Grenzen zu überschreiten, brannte in einem Ofen hinter der Tür, und dort standen die, welche den Brandopfern zu Hilfe eilen wollten, und richteten ihre Augen auf das, was sie gerettet hatte – das silbern in der Sonne glänzende Dach aus Blech.

Vaters Beruf war es, Häuser mit solch undurchdringlichem Schutzschild zu versehen. Vater war kein bloßer Geschäftsmann, sondern jemand mit einer Sendung, einem Auftrag, verglichen mit dem Mutters kulturelle Missionierungen höchst unbedeutend waren. Daß die Enthüllung dieses Auftrags in seiner ganzen Tragweite noch ausstand, erschien nicht nur verständlich, sondern sogar richtig in einer Welt, in der alles wartete – die Ladeninhaber auf Kunden und bessere Zeiten, die Kinder auf die Ferien und das Kommen des Messias, und alle miteinander auf die Feier des Sabbat.

Jeden Freitag auf dem Heimweg von der Schule ging Tola zuerst zum Geschäft. Es war geschlossen; die verriegelten Läden und die Stille dahinter erhoben stummen Vorwurf gegen die Straße, in der der werktägliche Lärm immer noch anschwoll, als wüßte niemand, was vor der Tür stand. Zu Hause jedoch wurde der Werktag listig, wie ein großes, schwerfälliges Untier, eingefangen. Zunächst war er freilich noch allgegenwärtig, als habe man ihn ausdrücklich eingeladen, er hockte auf den alten Zeitungen und machte sich am Eßtisch breit, der so unordentlich gedeckt war, daß Mutter seufzend feststellte, sie speisten wie »bei der Michalowa« (das war die Frau des trunksüchtigen Hausmeisters). Mit dem Ende der Mahlzeit jedoch verschwand er plötzlich, wurde aus einem Zimmer nach dem anderen vertrieben, von frischen Blumen, von siebenarmigen Leuchtern und dem silbernen Kelch, der auf dem weißen Damasttuch glänzte. In der Eingangshalle stand Großvater vor ihr wie eine Erscheinung, die der Geruch heiliger Bücher umwitterte: solange er lebte, ging er von einem Laden zum anderen und fragte die Inhaber, wieviel sie voraussichtlich bis zum Sabbat einnehmen würden, griff dann in seine Geldbörse und ging weiter, Stille hinterlassend, wie der Laternenanzünder Licht zurückläßt.

Schließlich erinnerten sie sich seiner Ermahnungen, die Jalousien rasselten herab; nur Rosenblum machte sich noch an seinen Weihnachtsdekorationen zu schaffen, und die alte Frau wedelte mit ihren Bejgelstangen. Dann waren auch sie verschwunden; der Wind kehrte den Abfall zusammen, die Abenddämmerung verwandelte die Fensterscheiben in Amethyste. Und hinter den Scheiben sahen die Augen nach oben und warteten auf das Zeichen, das keine Uhr geben konnte. Das Zeichen erschien, der erste Stern leuchtete, und in der ganzen Straße, in jedem Stockwerk jedes Hauses leuchteten Kerzenflammen auf, die alle zu gleicher Zeit entzündet wurden. Gleichmäßige Schritte erklangen durch die Dämmerung, die Tore öffneten sich, und nun kamen sie herein, Rosenblum, Jacobi und Schwartz, Händler, die ihr Geld mit fremden Feiertagen verdienten und vorübergehende Passanten zum Kauf verführten, jetzt aber verwandelt waren und in Mänteln aus schwarzer Atlasseide, in Samthüten und Fuchspelzen erschienen – Höflingen gleich, die sich gemessenen Schrittes zu einer Audienz bei einem König aus alter Zeit begaben.

Volles, rundes Glockengeläut ergoß sich in die Dunkelheit; aus der Synagoge antworteten Stimmen in leisem Singsang. Eng an Mutter geschmiegt, hockte sie da; dann, als der Gesang aufhörte, schaute sie aus dem unversperrten Fenster – um als erste laut zu melden, daß Vater mit dem »armen Mann» herannahe.

Der »arme Mann« war ein lästiger, aber unentbehrlicher Gast. Seine zerlumpten Kleider strömten den Geruch von Feuchtigkeit aus, seine Hände zitterten so, daß er den Wein verschüttete, aber er segnete ihn in einem Tonfall, der schön klang und von weither kam. Und er hustete, hustete, bis die Krümel flogen und die Kerzen flackerten. »Seit der ...«, krächzte er, »seit der Revolution.« Hatte er so den Ursprung des Hustens benannt, erhob er sich und entrollte erzählend ein vielfarbiges Panorama: über die weiße, winterliche Steppe galoppierten »schwarze Hundertschaften«, um zu plündern und zu töten; der Himmel glühte rot, als die Armee der Weißen an seiner Stadt vorbeigezogen war; eine Pause, dann setzte der Husten wieder ein und trommelte das Finale heran, für das er alle Farben zugleich beschwor – die Schwärze einer Novembernacht, das Rot der einmarschierenden Armee, während er selbst das Weiß dazu lieferte, das Weiß seiner Hände, die beinahe zu seiner Erschießung durch die Soldaten geführt hätten, so weiß waren sie gewesen, so weiß ...

An dieser Stelle streckte er seine grauen, schwieligen Hände aus, was allen höchst peinlich war, so daß Vater zu Hilfe kam und das Sabbat-Lied anstimmte: »Wir aßen sein Brot und tranken seinen Wein, drum danken wir seinem Namen«, sangen alle. Der arme Mann hatte gegessen, hatte den Segen gesprochen, war aber alles andere als satt und stopfte sich Challa und Kuchen in die Tasche. Dann, als fürchtete er, man könne ihm das Geschenkte wieder nehmen, zog er eilig ab. Zerlumpt und einsam schlurfte er hinaus in die Dunkelheit, um oft in ihren Träumen zurückzukehren, mit dem Husten von der Revolution in der Brust und einer zerbröselnden Challa in seiner einst weißen Hand.

Am folgenden Tag hatten die Uhren ihre alte Herrschaft wiedergewonnen. Zwar hielten sie zuerst zu ihr, Tola, indem sie verkündeten, es sei früh, noch Morgen, noch früher Mittag, wendeten sich dann aber plötzlich gegen sie, und schon war es ein Uhr, schon Zeit zum Essen. Und nach dem Essen kam der Werktag still und leise wieder zurück.

Pärchen strömten auf die Straße, wuchsen an zu Menschenmassen, die auf und ab wogten, durch die Gitter vor den Schaufenstern spähten, als könnten sie nicht warten, als müßten sie jetzt schon wissen, was für ein Kaufangebot das war und zu welchem Preis. Am Spätnachmittag, wenn ihre Cousins und Cousinen zum Spielen kamen, wurden die Kleider der Siebentage-Hochzeit zu königlichen und ritterlichen Gewändern. Aber während Esther lockte und Roland in sein Horn blies, trabten, das wußte sie, draußen auf der Straße die, die Großvater zur

Frömmigkeit hatte bestechen müssen, unruhig vor ihren Geschäften auf und ab und blickten von ihren Uhren hinauf zum Himmel. Es wurde dunkel, der erste Stern leuchtete auf. Und mit lautem, triumphierendem Kreischen hoben sich die Jalousien.

Im Nachbarzimmer rettete Vater, was er retten konnte: er entzündete eine aus rosenfarbenen Strängen geflochtene Kerze, er füllte den silbernen Kelch mit Wein. »Ihn hast du geheiligt, gesegnet vor allen Tagen …«, sang er und ließ das türkisbesetzte Kästchen mit Gewürzen herumgehen, deren süßer Duft die Vermischung mit der gewöhnlichen Luft verweigerte, um diese Scheidung zu bekräftigen – als wäre dies nötig gewesen, als hätte sie, Tola, nicht gewußt, daß draußen in der lärmerfüllten Dunkelheit die alte Frau stand und ihre Bejgel feilbot, die während des Sabbats steinhart geworden waren.

Sonntag war der gesetzliche Ruhetag. Um sicher zu sein, daß alle jüdischen Geschäfte geschlossen hatten, patrouillierten Polizisten durch die Straßen, während die Ladeninhaber, die ihre Kunden gerade noch durch die Hintertür hinausgeschleust hatten, da standen und sie falsch und unterwürfig anschauten. Trotzig wie ein zu Unrecht gescholtenes Kind sträubte sich das Viertel gegen den aufgezwungenen Feiertag; und die Erbitterung war allenthalben zu spüren, bis in die Häuser hinein, wo Männer mit allzu flinken Handbewegungen von Hypotheken, von Wechseln und von Zahlungen redeten – Gespräche, von denen Vater so wenig verstand, daß er lächelte, ein gequältes Lächeln, das Tola zusammenzucken ließ.

Wie an zu klein gewordenen Kleidern und abgelegtem Spielzeug ließ sich das Älterwerden auch an den Sonntagen ablesen, an dem Schmerz, der zuerst Zorn hervorrief und dann zur Gewohnheit wurde, und an der langsamen, doch stetigen Verschiebung ihres Standortes, bis sie auf der anderen Seite der Schranke stand und Vater, der jetzt zu gebeugt war, um noch groß zu wirken, und nicht mehr jung, ein ganz anderer war – ein scheuer, hilfloser Mann, der sich am liebsten zurückzog und nur unter seinen Freunden, Männern ebenso fromm und untüchtig wie er, fröhlich sein konnte. Mit Mutters Augen sah sie ihn jetzt, aber der Entschluß dazu stammte von ihr. Wofür rächte sie sich? Nicht für die ausgebliebene Offenbarung; die hatte sie, wie den Glauben an den Messias, schon lange aufgegeben; eher für die Widerstandslosigkeit, mit der er sich in seine neue Rolle fügte, und weil seine gelegentlichen Ausbrüche aus dieser Rolle so kurzlebig und unentschlossen waren, daß sie ihn um so entschiedener wieder hineinzwang, um sich zu beweisen, daß Reue unangebracht war. Schon bald war diese Rolle weder entstellend noch neu; sie war einfach ein Teil seiner selbst, als der Krieg kam.

Sie waren geflüchtet, zuerst nach Lublin, weil Lublin im Osten lag und der Osten sicher war; dann, als die Unterscheidung zwischen Ost und West durch die zwischen der Großstadt, die bombardiert werden konnte, die schon bombardiert wurde, und der Kleinstadt, die vielleicht verschont blieb, verdrängt wurde, zogen sie nach Starybor, nach Krasnyca und weiter in das Dörfchen Volka. Dort hausten sie in einer strohgedeckten Kate, in einem Zimmer mit Lehmboden, von dem bei jedem Schritt dichter Staub aufwirbelte.

Draußen auf dem engen Korridor, der Demarkationslinie zwischen ihnen und ihrem Gastgeber, trafen Gerüche und Stimmen feindlich aufeinander: der Kieferndüft, den Mutter versprühte, auf den säuerlichen Geruch des Schweinefutters; ihr eigenes, ängstliches Geflüster auf das leise Reden der Bauernfamilie.

»Die da!« bedeutete dieses Reden. »Die haben die Tür nicht verriegelt; die haben das Wasser verschüttet, das Spülwasser.« »Die da« waren die Stadtleute, waren die Juden.

»Bitte unternimm etwas, geh hinaus und sprich mit ihnen«, flüsterte Mutter. Vater war zu ihrem Unterhändler im Verkehr mit den polnischen Bauern geworden, sie hatte ihn dazu ernannt, weil er »immer so gut mit ihnen reden konnte«. Dieses »immer« bezog sich auf seine einwöchigen Landurlaube. »Holla, Bauer, Sie haben da einen schönen Wallach!« hatte er laut und lebhaft gerufen – und plötzlich geschwiegen, weil er argwöhnte, der Wallach könne sich als Stute entpuppen. Was dann auch meistens der Fall war.

»Holla, Bauer, wie geht es Ihnen heute?« erscholl auch jetzt seine sorgsam dem ländlichen Umgangston angepaßte Baßstimme auf dem mistüberstreuten Hof. »Nun, was gibt's Neues?«

»Der Zucker wird teurer. Die Deutschen sind nicht mehr weit«, lauteten die neuesten Nachrichten.

Außerhalb des Dorfes erhob sich ein Berg über die weizenbestandene Ebene, und die Landstraße an seinem Fuß war schwarz von Menschenströmen auf der Flucht nach Osten, nach Podolien, nach Wolhynien und nach Rußland. Tola beobachtete sie. Sie wollte in die Menge eintauchen, von ihr mitgenommen werden, nicht um dem Krieg zu entgehen – was der ihr bringen würde, konnte sie sich noch nicht vorstellen –, sondern den leisen Gesprächen, dem sauren Geruch und dem morgendlichen Erwachen, wenn sie, ihre Eltern und ihre Großmutter kreuz und quer auf dem Lehmboden lagen.

»Wir müssen weg, bevor es zu spät ist«, sagte sie immer wieder. Ihre Eltern waren dagegen: Man solle abwarten, erklärten sie; es sei sicherer. »Wir können nicht so weit nach Osten gehen, wir kennen dort niemanden«, fügte Großmutter hinzu, schwarz gekleidet und unerbittlich wie immer.

Als aber eines Tages der Bauer hereinstürzte und schrie, die Deutschen seien in Krasnyca, hätten alle Juden zusammengetrieben und ihnen die Bärte abrasiert – da machten sie sich mit einem Fuhrwerk auf den Weg, während Vater sich über sein neues, glattrasiertes Gesicht strich.

Nach Starybor sollte es gehen, von dort weiter nach Osten. Aber das Fuhrwerk war kaum in die Straße eingebogen, als eine Kette von dunklen, runden Hügeln auf sie zurollte.

»Jesus Maria!« Der Fuhrmann bekreuzigte sich.

»Jesus Maria!« kam es klagend von den Hügeln – hochbeladenen Pferdewagen mit Bettzeug, Frauen und Kindern – zurück.

»Jesus Maria! Die Deutschen sind überall, überall brennt es!«

Der Fuhrmann hielt sein Pferd an. »Steigen Sie ab«, sagte er leise. »Ich fahre nicht weiter. Steigen Sie ab.«

Die Räder drehten sich und schleuderten den Zurückbleibenden Dreck ins Gesicht. Die Straße war jetzt leer. Von weitem rief ihnen noch der Fuhrmann zu und nannte mehrmals das jüdische Gutshaus – dorthin sollten sie sich wenden, die jüdische Dziedziczka sei freundlich und nehme jeden auf.

Sollte etwa ein Jude, jemand wie sie, in dieser feindlichen Wildnis wohnen? Einen Betrug argwöhnend, tappten sie durch den dunklen Wald, stolperten über feuchtes Moos, gerieten in einen Sumpf. Und als es schon schien, als müßten sie die Nacht im Wald verbringen, öffnete sich das dichte Gehölz auf eine kurvige, kiesbestreute Zufahrt. An ihrem Ende erhob sich ein großes, weißes Haus mit hell erleuchteten Fenstern und geöffneten Türen, als sei darin ein Fest im Gange, zu dem alle zufällig Vorbeikommenden eingeladen waren.

Ihnen schien diese Einladung nicht eindeutig genug. Sie zögerten. »Wir können nicht einfach hineinspazieren«, flüsterten sie. »Wir kennen nicht einmal den Namen.«

»Trotzdem – vielleicht«, entschied Großmutter. Und sie zog sie mit sich ins Haus, im Vertrauen auf dieses »vielleicht«, auf die Hoffnung, daß die Gutsherren Krakau kannten, so daß die absichtlich bescheidene Vorstellung der »Ohrensteins aus Krakau, aber womöglich haben Sie den Namen noch nie gehört« mit einem prompten »Aber natürlich, wer hat denn nicht schon von den Ohrensteins aus der Josephstraße gehört?« belohnt würde, was wiederum die Eindringlinge in Gäste verwandelte.

Noch unverwandelt stahlen sie sich auf Zehenspitzen einen dunklen Korridor hinab, an einer langen Reihe von Bauern, Stadtleuten und Soldaten vorbei und auf einen erleuchteten Eingang zu. »Danke, gnädige Frau. Gott segne Sie, Dziedziczka«, murmelte es von drinnen.

»Danke, meine Liebe, ich meine, bitte, bitte, ich meine... jedenfalls«, antwortete eine tiefe Frauenstimme, ganz unbekümmert über ihr eigenes Gestammel.

War das die Gutsherrin, diese kraftvolle Frauengestalt, die mit dem breiten, sonnengebräunten Gesicht und den großen Händen, welche die Schöpfkelle hielten, ganz an eine Bäuerin erinnerte? Die Brosche aus Rubinen, die schief auf ihrer weißen Leinenbluse saß, war der Beweis. Mit fest auf dieses Beweisstück geheftetem Blick schritt Großmutter vorwärts.

»Entschuldigen Sie«, hob sie an. »Wir sind gerade angekommen...«

»Willkommen, herzlich willkommen«, unterbrach die Dziedziczka sie. »Und seien Sie so nett und stellen Sie sich am Ende der Schlange an. Wegen der Ordnung – heutzutage muß alles seine Ordnung haben.« Und sie runzelte ihre dunklen Augenbrauen mit dem Ernst eines Kindes, das mit echten Töpfen und Pfannen spielen darf.

»Wie ich schon sagte, sind wir gerade angekommen«, begann Großmutter von neuem, als sie an die Reihe kamen. »Ohrenstein ist unser Name, aus –«

»Ganz herzlich willkommen. Aber kommen Sie doch näher, damit die Suppe nicht verschüttet wird.«

»Und darf ich Ihren werten Namen wissen?« fragte Großmutter beharrlich weiter.

»Grünbaum – Barbara Grünbaum.« Es trat eine Pause ein, denn was sollte man zu einem Namen wie Grünbaum sagen, der so häufig war, daß die anschließende Frage: »Grünbaum von der Textilfabrik vielleicht?« wie Hohn gewirkt hätte.

»Aha. Und woher?« Großmutter machte dennoch einen halbherzigen Versuch.

»Von wo? Von hier natürlich.« Über dem leisen Stimmengewirr, über dem Scharren der Füße erklang das Lachen der Dziedziczka, so laut, daß ihr ganzer Körper bebte und eine dunkle Flechte sich löste und ihr den Rücken hinabfiel.

»Danke«, sagte Großmutter eisig, »wir haben gegessen, bevor wir hier eintrafen.«

Ein alter Mann mit einem Schnurrbart trat auf sie zu. »Gnädige Frau, Sie müssen verzeihen«, sagte er leise, »aber die Verhältnisse sind nicht mehr so wie früher, und –« Er brach ab.

Ein Zischen, weich wie der Ton von reißender Seide, durchstieß die Dunkelheit. Stille. Noch ein Zischen; Glas klirrte.

»Tola, wir werden beschossen! Tola, wo bist du?« schrie Mutter. Und während sie sich zusammendrängten, während orangerote Flammen zum Himmel stiegen, stand da an dem zerborstenen Fenster die Dziedziczka und flüsterte immer wieder in einem beinahe festlichen Ton: »Wie es brennt! Sehen Sie doch, wie es brennt!«

Sie drehte sich um. »Gehen Sie in den Keller«, befahl sie gelassen und sorgte dafür, daß alle nach unten stiegen. Sie selbst aber ging wieder nach oben.

In eine kalte Ecke gedrückt, konnte Tola hören, wie die Dziedziczka über ihrem Kopf hin und her ging, als laufe sie von einem Fenster zum anderen, um die Brände zu beobachten, deren Widerschein bis in den dunklen Keller drang.

Bei Tagesanbruch krochen die Gäste des Gutshofes aus dem Keller, um sich auf die Polster und Strohsäcke zu legen, die man auf dem Fußboden ausgebreitet hatte. Nur die vier Ohrensteins, die nicht einschlafen konnten, saßen allein an einem gewaltigen Mahagonitisch im Eßzimmer, und Großmutter starrte auf einen halbleeren Teller mit Suppe. Irgend jemand rannte draußen vor der Tür herum und seufzte. Plötzlich öffnete sie sich. Eine unordentlich gekleidete Frau stürzte herein und redete etwas von ihrem Schmuck, den habe man ihr gestohlen, alles, alles! Sie trat näher, sah sie argwöhnisch an, als wollte sie sie durchsuchen, und huschte hinaus.

Großmutter schob den Teller mit Suppe von sich. »Nein«, sagte sie, »nein! Ich will zurück nach Hause, wo die Menschen mich kennen, wo ich noch jemand bin.«

Niemand antwortete, auch Tola nicht. Hunger und harte Arbeit hätte sie auf sich nehmen können, aber nicht das, was sie in der ungewissen Morgendämmerung vor sich zu sehen glaubten – die Schlangen vor übelriechenden Suppenküchen, das von gleichgültigen Gastgebern hingeworfene Bettzeug und die argwöhnischen Blicke, denen sie, jetzt namen- und obdachlos, schutzlos ausgeliefert waren. Sie stand auf. Vater streckte die Hand nach ihr aus, aber sie ging an ihm vorbei zum Fenster, hinter dem der Himmel in einem sanften, seidigen Rot zu leuchten begann.

Das ungewohnte Abenteuer ihrer Flucht rückte schnell in die Ferne. Angesichts der verrammelten Läden und des verbotenen Brotes, das man wie ein frierendes Hündchen unter dem Mantel trug, wurde der Krieg zu einem einzigen langen Sonntag, dem endlosen freien Tag des Hausmädchens, an dem man sich selbst mit dem Geschirr und den Öfen abzugeben hatte. Nur die SS, die einen wortlos in den Rinnstein drängte, indem sie einfach den ganzen Bürgersteig beanspruchte, war neu. Sicher, schon vor dem Krieg hatten Rüpel sich solche Frechheiten geleistet und dabei laut gelacht, aber sie hatten Gesichter – man schaute einmal hin und sagte: »Abschaum, nichts als Abschaum.« Helme verbargen die Gesichter der Neuankömmlinge; hochgewachsen und in wehenden Mänteln, die gestiefelten Beine geschmeidig wie junge

Baumstämme, erinnerten sie an jene schönen Frauen, deren kaltem Blick kein Makel, kein Fehler entgeht.

Wie Pfeiler, die sich durch die Dämmerung bewegen, erschienen sie an jenem Morgen; war einer fort, trat der nächste an seine Stelle. Die Stiefel dröhnten, irgendwo flackerte eine Kerze auf, um gleich wieder zu erlöschen, und das mausähnliche Huschen – das waren ihre Eltern, die in ihr Zimmer kamen. Vom Fenster hielten sie sich fern, als habe sich die Straße den größten Teil des Zimmers einverleibt, während Mutter flüsterte, es gefalle ihr nicht, ganz und gar nicht, was da vor sich gehe, und dann schrie sie »Nicht!«, als Vater nach dem Lichtschalter griff. »Nicht doch, sage ich!«

Von draußen schoß Licht wie ein leuchtender Wasserstrahl ins Zimmer und richtete sich auf ihre Eltern, die in ihrer zerdrückten Nachtkleidung zitterten, streifte sie und kehrte zu den Helmen und glänzenden Stiefeln zurück. »Zieh dich an, Mutter«, sagte sie, »zieht euch beide an.«

Sie zogen sich hastig an, als ginge es auf eine Reise; auf Zehenspitzen bewegten sie sich durch die unbeleuchteten Zimmer und versuchten sich an ihre spärlichen Erfahrungen mit Gefahr zu erinnern – an Krankheiten, dringende Notfälle, die eine Reise erforderlich machten – um sich zu wappnen gegen das, was ihnen bevorstand... »Eine Durchsuchung!« rief Großmutter, »eine Durchsuchung, sie wollen Schmuck und Silber«, und Mutter fügte hinzu, ihr gefalle das nicht, indem sie schweigend den Kopf schüttelte.

»Wartet!« Überraschend nahm Vater das Heft in die Hand. Zuerst bewegte er sich ungeschickt in seiner neuen Rolle, beherrschte sie aber bald schon vollendet; bei jeder neuen Kamee, die er in aufgerollten Socken versteckte, mit jedem Lächeln und Augenzwinkern erinnerte er sie stärker an Vlasta Burian, den Meisterdetektiv in den Filmen, die er so geliebt hatte. Aber bei den Silbersachen versagte selbst seine Schlauheit: Wie silberne Geweihe durchstachen Armleuchter die umhüllenden Leintücher, die Kelche klirrten in den Kopfkissenbezügen; schließlich, als ihm kein Ausweg mehr einfiel, degradierte er sie zu Alltagsgegenständen – die Leuchter steckten zwischen angerosteten Werkzeugen, die Kelche zwischen angestoßenen Gläsern. Und dann blieb weiter nichts übrig als zu warten, umherzugehen, wieder zu warten. Tola freilich verdeckte heimlich einen Schmutzflecken hier, eine abgeschabte Stelle da, aber als sie sah, daß Mutter dasselbe tat, ließ sie es sein und beugte sich über ihr Buch. »La mienne embaumait ma planète, mais je ne savais pas m'en réjouir …«, las sie mit einem Gefühl von Unwirklichkeit, als sehe sie wieder einen Film, diesmal von einem Mädchen, das während einer Razzia der SS übersetzte …»embaumait« bedeutete »einbalsamierte«, »réjouir« »sich freuen«.

Die Schande aber war wirklich; sie kam vom Fenster gegenüber: Da flatterten schmutzige Kopfkissen und Bettdecken heraus. Großmutter kam hereingestürzt mit etwas Grauem in der Hand. Es war eine Perücke, die sie aus Frömmigkeit trug. »Wenn … wenn …«, stammelte Großmutter und zeigte auf ihren Kopf; wenn man die Perücke fände, würde man ihr vielleicht den Kopf kahlscheren wie bei einem Rekruten. Glas klirrte, als sie die Perücke zwischen alten Flaschen in der Diele versteckte. »Tola!« schrie Mutter. »Tola!« Denn jetzt kamen sie.

Stufen knarrten, unter ihnen im ersten Stock schlugen Türen, dann Stille – wie wenn der Arzt die Schwerkranken besucht. Sie warteten … wieder Schritte, und dann das unaufhörliche Klingeln an der Tür, als sei die Klingel festgeklemmt. Vater, immer noch der perfekte Detektiv, der feststellen will, wer da so heftig läutet, ging zur Tür – und fuhr zurück. Denn die beiden behelmten Männer und der Offizier mit der Schirmmütze traten nicht einfach ein; nein, sie kehrten heim, sie, die rechtmäßigen Eigentümer, nahmen wortlos ihr Haus in Besitz, während die Ohrensteins, die auf frischer Tat ertappten Eindringlinge, wortlos gegen den Louis-Quinze-Schrank zurückwichen, in dessen Spiegeltüren eine graue, schwammige Gestalt zu sehen war – eine Frau im Fenster gegenüber, alt, splitternackt und die Ellbogen vor der herabhängenden Brust. Eine schwarzbehandschuhte Hand zog einen Lampenschirm weg. Eine schwarzbehandschuhte Hand zeigte auf eine Schublade unter dem Spiegel.

»Was – ist – da?« Der Offizier sprach langsam wie ein Fremdsprachenlehrer.

»Fetzen«, sagte Mutter auf deutsch. »Fetzen« – bedeutete alte

Kleidungsstücke. Die quollen an allen Seiten heraus: zuoberst ineinander geknüllte Seidensachen, dann nach Waschmitteln und Schweiß riechende Stücke, darauf die langen, dünnbeinigen Unterhosen, wie sie von Männern getragen werden, welche die Kälte fürchten; schiefe Korsetts, Büstenhalter, die zu volle Brüste ausgeleiert hatten. Als schließlich noch durchgelegene Matratzen auf den Stapel flogen, ließ sich nichts mehr verbergen: die Tagesanbrüche, wenn Korpulenz in feste Formen gepreßt wurde, und die Nächte, wenn ihre Eltern bleich und schlaff im Dunkeln lagen, in Mulden geschmiegt, die sie im Laufe der Jahre ausgehöhlt hatten.

Das Silber paßte nicht zu diesen alten Kleidungsstücken, das Silber schien sie zu verleugnen. Stück für Stück trugen es die SS-Männer in die Eingangshalle, wo ein Stiefelabsatz sich im Goldfaden verfing, der von dem gestickten Löwen auf der Tasche von Vaters Gebetsmantel herunterhing. Und Vater, der gewöhnlich die hingefallene Tasche aufhob und küßte, schaute nur flüchtig hin, als wollte er sagen: »Warte, mein Lieber, ich kann jetzt nicht.«

Der Offizier wollte nicht warten. »Heb das auf!« befahl er. »Bete, Jude!«

Vater hob die Tasche auf; Vater wirkte in dem Gebetsmantel wie eine alte Frau.

»Schneller!« sagte der Offizier.

»Langsam.« Vaters Stimme war alt und brüchig. »Beten muß man langsam.« Vater hob die Augen und sah den Offizier an, wie er die Dienstmädchen angeschaut hatte, die ihn beim Beten mit offenem Munde anstarrten – voller Zorn, als sei ihm gleichgültig, wer dieser Mann war, als habe er im voraus gewußt, daß die beiden Behelmten hereinplatzen und gegen die Perücke treten würden, mit dem vertrauten, groben Lachen, das sie als Abschaum kennzeichnete.

»Ruhe«, sagte der Offizier. Die beiden Männer nahmen wieder Haltung an und marschierten hinaus; der Offizier folgte und nahm unterwegs das türkisbesetzte Kästchen mit. Und Tola wartete, als hinge ihr Leben davon ab, wartete, daß er das Kästchen in seine Tasche gleiten ließ. Aber er drückte nur fest darauf, und als die silberne Filigranarbeit nicht nachgab, trug er es hoch auf seiner schwarzen, glänzenden Hand hinaus.

»Du ...«, schrie Mutter, »du mit deiner Frömmigkeit – sie hätten dir was antun können – sie, sie hätten dich umbringen können.« Ihre Stimme sank zu einem Flüstern herab.

Tola schwieg. Daß er aufbegehrt hatte, daß er tapfer gewesen war – sie hätte es ihm gern gesagt, aber solche Rede hätte ihn, der gebeugt stand und die Hände ineinander verknotete, so daß sie weiß waren, verhöhnt. So berührte sie ihn nur an der Schulter und fühlte Erleichterung, als er wie sonst, anstatt zu helfen, einem Freund auf der anderen Seite des Flures einen Besuch abstattete.

Lastwagen polterten den ganzen Abend vorbei, nachts rötete der Schein eines großen Brandes den Himmel. Sie hatten die alte Synagoge angezündet. Nur die Grundmauern blieben stehen. Wie ein graues, quadratisches Gefäß ragten sie aus dem Boden und nahmen auf, was hineinfiel – Regen, Schnee und den schwarzen Staub der Stadt.

Als der März kam – der zweite Kriegsmärz – waren sie wieder auf der Flucht, diesmal ohne Großmutter, die nun nicht von der Stelle zu bewegen war. Sie flohen vor dem Ghetto, das man für Krakau vorgesehen hatte, nach Brzesko – einer kleinen Stadt, die so nahe lag, »daß der Name Ohrenstein dort noch einen Klang hatte«.

Gut ausgerüstet ging Mutter in ihr Exil, im Vertrauen auf die Wirkung ihres Namens, mit dem Louis-Quinze-Schrank, in dem sich nun Tapeten mit Rosen spiegelten, die wie ein heftiger Ausschlag wirkten – im Vertrauen sogar auf die gesellschaftliche Rangordnung, was sie veranlaßte, alle unter ihr Stehenden mit »mein Guter« und »meine Gute« anzureden.

»Das, meine Gute, ist Kristall, dies ein Damasttuch«, pflegte sie zu verkünden, als ginge es um die Bekehrung der Bäuerinnen mit den gegerbten Gesichtern zu solch höheren Kulturgütern und nicht etwa um das Eintauschen von Mehl der dunkelsten und billigsten Sorte. Und weil es billiger war als gekauftes, backte sie das Brot selbst, stand bei Tagesanbruch auf wie die Dienstmädchen, machte Feuer, rußte sich dabei ein und schimpfte vor sich hin, ganz wie jene. Zum Frühstück jedoch erschien sie verwandelt: das ergraute Haar zu einem Knoten gebunden, am Revers eine goldene Spange. »Bitte reich mir den Süßstoff«, ordnete sie an, »benutze bitte eine Untertasse. Noch geht es bei uns nicht zu wie bei der Michalowa.« Und weil es nicht so zugehen durfte, stärkte und bügelte sie die letzten Tischdecken, sie polierte und scheuerte, und stets waren die Vasen voller Blumen, voller Blätter, voller Zweige mit Beeren, die den Winter überdauert hatten. »Das Auge muß auch etwas haben«, sagte sie und schaute mißbilligend auf die Rosentapeten.

So ging es in allen Häusern zu. Der Krieg, dieser nicht endenwollende Sonntag, hatte das Matriarchat wiederhergestellt. Und während die Frauen vollauf mit Tauschhandel und Haushalt beschäftigt waren, politisierten die Männer, lauter sprichwörtliche Familienväter, und spielten Karten wie die einst so verachteten Taugenichtse.

Vater hatte für solche Zerstreuungen keinen Sinn. Er war wie ein Junge, dessen Ferien zu lange dauern; wie diesen schickte man ihn zum Wasser- und Holzholen, wie diesen musterte man ihn, bevor er das Haus verließ, damit er nicht seine Armbinde mit dem Davidsstern vergäße. Und wie ein Junge an seinem einzigen Freund – den geliebten Hund oder die Katze – so hielt er sich fest. Sein Freund, sein Lieblingstier war Gott. Er zog sich in seinen Gebetsmantel zurück wie in ein Zelt, wo er jeden Morgen Zwiesprache mit Ihm hielt. Hatte er die Besorgungen erledigt, saß er über seinen frommen Büchern. Sagte man ihm, er müsse aufstehen, weil das Bügelbrett aufgestellt oder Wäsche gewaschen werden mußte, rückte er weiter, rückte nochmals und trug dabei die Bücher behutsam wie etwas Lebendiges und Verletzliches vor sich her.

Tola half im Haushalt, ansonsten füllte sie ihre Zeit mit langen, einsamen Spaziergängen. Überall in der Stadt wimmelte es von Pärchen, jenen schlecht zueinander passenden Pärchen, wie das Exil sie hervorbringt: schlanken, zarten Mädchen und Männern mit Gesichtern von reisenden Vertretern; hinter strammen Frauenzimmern mit vollem Busen und ausladenden Hüften trotteten professorale Geschöpfe mit dürren Beinen. Mistgabelbewehrte Bauern jagten sie von den Feldern; Feuerholz sammelnde Kinder überraschten sie bei ihren Umarmungen. Doch sie ließen sich nicht stören; eng umschlungen, am Arm das Brandmal des Davidssterns, zogen sie vor ihrem Fenster vorbei.

Und Züge fuhren vorüber, leuchtend rot; im Inneren grün von Soldaten. Zuweilen wurde eine Abteilung in einer nahegelegenen Schule einquartiert. Dann ging es auf dem Hof unter ihrem Fenster laut und lebhaft zu, der Brunnenschwengel, den sie oder ihr Vater nur mit Mühe bewegen konnten, bewegte sich unter kräftigen Händen auf und nieder, und Wasser spritzte auf junge, glatte Oberkörper. Sie kam nie nach draußen, warf nie einen Blick auf den Hof. Aber jedesmal zeigte einer auf ihr Fenster, und sofort zogen sie sich an und kamen heran. »Fräulein«, riefen sie, »Fräulein, Deutsch sprechen?«

»Ja, ich spreche Deutsch. Was möchten Sie?«

»Ach«, seufzten sie, »solch schönes Deutsch, wie schön, so weit von der Heimat solch schönes Deutsch zu hören«; und eilig und nacheinander baten sie, hineinkommen zu dürfen, oder ob sie herauskäme, bloß zu einem kleinen Spaziergang, zu einem Schwätzchen nur. Sie wollte nicht? Ob sie einen Schatz habe? Nein? Und warum denn nicht?

»Weil ich eine Jüdin bin.«

Einige schauten verständnislos, andere verwirrt, als versuchten sie, Teile eines Puzzles zusammenzufügen, die nicht passen wollten; nur gelegentlich verhärtete sich ein Gesicht vor Abscheu, als habe einer nach einer Blume gegriffen und statt dessen ein schleimiges Ungeziefer berührt, und bot ihr, was sie eigentlich erwartete – diese Andeutung eines Gesichts, das der Helm verbarg.

»Aus, Licht aus!« schrien sie jeden Abend. Und sie hatte das Gefühl, die mit den Helmen könnten noch durch das verdunkelte Fenster hindurch die Zimmer durchsuchen, um dort das Erwartete zu finden: die gehässigen Blicke, die bedrückende Stille, die eintritt, wenn es nichts mehr zu sagen gibt. Sie wünschte, sie könnte sie verblüffen – mehr noch, sie blenden mit gespielter Freundlichkeit, welche Vater in einen Patriarchen verwandelte, dem seine Familie mit unerschütterlicher Hingabe diente. Sie versuchte es. Mit vorbereitetem Text, als habe sie mit jemandem zu tun, den sie kaum kannte, fragte sie nach seiner Lektüre, nach seiner Vorliebe für die Josephsgeschichte und für die Psalmen. Aber er war abweisend; er spürte, daß sie ihn als Hauptdarsteller in ihrem Stück vorgesehen hatte, und antwortete so knapp wie möglich.

Mutter hatte mehr Erfolg, wenn sie ihn nach den neuesten Nachrichten fragte. »Strategie«, antwortete er mit einem Anflug seines alten Lächelns. »Die Alliierten verfolgen eine bestimmte Strategie, aber im Frühjahr muß die große Offensive kommen.«

Juni war es, als sie begann. Jeden Tag gingen sie in ihren besten Kleidern zum Marktplatz. Aus schiefen Häusern, aus engen Sackgassen strömte die Menge herbei, rutschte auf Federn, feuchtem Stroh und Mist aus und sammelte sich um den Lautsprecher. Gegenüber, vor dem Backsteingebäude der Polizei, standen unbeeindruckt die grünen Gestalten, als hätten sie von den deutschen Siegen an der afrikanischen und russischen Front schon im voraus gewußt. Dann drehten sich die Leute nach ihnen um. »Wartet«, sagten ihre Blicke, »wartet – ihr werdet es noch sehen.«

»Ihr werdet sehen«, sagte Vater, »dieser Rückzug hat nichts zu bedeuten. Die Russen kämpfen nicht gern auf fremdem, auf polnischem Boden.«

»Du bist mir der rechte Clausewitz!« rief Mutter, als es doch russischer Boden war, als Kiew und Charkow fielen. Die Gänge zum Lautsprecher hörten auf; es blieb auch keine Zeit mehr dazu, da so viele Gäste eintrafen. Mitglieder der Ohrensteins, der jüngeren, unternehmenderen Linie, die neununddreißig in den Osten gegangen waren, kehrten jetzt einer nach dem anderen zurück.

Diese Besuche, die eigentlich für die Zeit nach dem Krieg geplant waren, bereiteten Unbehagen, wie zufällige Begegnungen mit Bekannten zwischen zwei Zügen, wenn keiner von beiden weiß, womit oder wie er beginnen soll. Was sie zurückgetrieben hatte, erwähnten die Gäste selten. Nur wenn man sie nach Schmuck oder nach Pelzen fragte, die jetzt nützlich gewesen wären, hieß es nüchtern: »Verlorengegangen, als ukrainische Banditen uns überfielen... verlorengegangen, als die SS das Ghetto liquidierte«, als seien solche Ereignisse der normale Grund für den Verlust von Pelzmänteln und Ringen.

Ihr kam das nicht normal vor; ihr schien, die Gäste wiederholten einfach die Geschichte, die der arme Mann zum Sabbat erzählt hatte. Diese Flucht, dieses Sichverstecken in Gräben und Schlamm, konnte ihr und ihren Eltern nicht passieren, niemals.

Und als es tatsächlich passierte, als sie sich in den hohen Weizen duckten, als Stiefel knirschten und überall Schüsse fielen, da war es auch noch ein Spiel, ein ungewolltes, grausames, aber ein Spiel, von dem sie, die erschossen werden sollten, sich erheben würden, um zu berichten, wie schlimm man mit ihnen umgesprungen war.

Daß die Nachrichten von der Deportation ganzer Städte in Ghettos und von Ghettos in Viehwaggons – wohin die fuhren, wußte niemand – auch sie betreffen könnten, überstieg noch ihre Vorstellungskraft; ebenso die Tatsache, daß die bräunliche Lache, die von den Spatzen gemieden wurde, alles war, was von dem blonden Mädchen blieb, das jeden Tag vor ihrem Fenster vorbeiging. An das Gesicht dessen, der sie erschossen hatte, konnte sie sich jedoch erinnern, und an die Stimme, mit der er sagte: »Du bist zu schön, um eine Jüdin zu sein.«

»Du bist zu schön, um eine Jüdin zu sein« – das war die Stimme, die in die Dunkelheit hineinsprach; eine Riesenhand griff zu und drückte, immer fester, bis sie wie ein nackter weißer Obstkern herausgepreßt wurde.

Dieser Traum, immer derselbe, suchte ihre Ghettonächte heim.

Ende August hatten auch sie ins Ghetto von Brzesko umziehen müssen – mittlerweile als erfahrene Touristen mit leichtem Gepäck, jeder mit einem kleinen Handkoffer. Beim Anblick des Stacheldrahts, der sich zwischen geschwärzten Pfosten hinzog, fuhr Mutter mit großen Augen zurück. Tola erinnerte sich, wie sie geflüstert hatte: »Weißt du, als der Zug hielt, konnte ich nicht glauben, ich konnte es einfach nicht, daß wir in Rom waren.«

Ob Mutter wohl genau so schnell an Rom geglaubt hatte wie sie, Tola, daran, daß sie im Ghetto waren? Schon nach ein paar Tagen war der Stacheldraht vor ihrem Fenster ein sehr vertrauter Anblick: Die mit einem Laken abgeteilte Zimmerecke – »denn«, sagte Mutter, »man muß sich doch zurückziehen können« – kam ihr vor wie ihre langjährige Wohnung. Und da es das Ghetto, diese aus vier Straßen bestehende Stadt, schon so lange gab, mußte es auch weiterbestehen. Es war zu dicht bewohnt, um zu verschwinden, zu rührig mit seinen vielen Werkstätten, die jeden Tag wie in Zeiten eines plötzlichen Wirtschaftsaufschwungs aus dem Boden schossen.

An jenem Nachmittag, als Tola von ihrer Arbeit in der Werkstatt heimkehrte, füllte eine schweigende Menge die Straßen. Bekanntmachungen hingen an den Wänden und wurden gelesen. »25« – die Zahl fiel ihr ins Auge. Fünfundzwanzig Kilo durften die Juden, die am folgenden Tag deportiert werden sollten, mit in die Ukraine nehmen. Es gab keine Ukraine, das wußte sie, aber die kalte, die zunehmend das Atmen erschwerende Luft war wie ein Traum, aus dem sie erwachen würde, wenn nur die Menschen sie durchließen, wenn sie nur heimgehen durfte.

Die Menge teilte sich, sie war zu Hause, aber es gab kein Erwachen. Mutter schüttelte fortwährend den Kopf im Takt des unausgesprochenen »Mir gefällt das nicht«: die Koffer, die sie als Stühle benutzten, knarrten jedesmal, wenn Vater aufstand. Draußen in der grellen Sonne leuchtete der Stacheldraht, eine Fliege summte. »Lach doch«, sagte eine Mädchenstimme hinter dem Laken, »wenn ich lache, lach du auch; wenn ich spreche, sprich du auch.« Das Laken bewegte sich. »Herein«, rief Mutter.

In voller Montur, mit Handtasche, hohen Absätzen, ein zierliches Kreuzchen am Hals, kam das Mädchen von der nächsten Ecke herein. Sie brauchte eine Krawatte für ihren Bruder; sie wollte mit ihm nach Bochnia flüchten, ja, ohne arische Papiere, ja, obwohl es am Bahnhof von Polizei wimmelte. Vater kratzte einen Flecken ab und gab ihr eine Krawatte; das Kreuz blitzte in der Sonne auf.

Ihr Traum zerbrach. Neid zerbrach ihn – nicht auf die Flucht, sondern auf soviel Lebenstüchtigkeit, auf so viel Gelassenheit. »Wir«, Tola bekam ihre Stimme unter Kontrolle, »wir müssen flüchten, wie die.«

Auch sie war lebenstüchtig. Sie besorgte arisch aussehende Kleidung, sie bestach OD-Männer und polnische Polizisten, sie und ihre Eltern am nächsten Morgen aus dem Ghetto hinauszulassen; auf diese Weise wurden aus Fluchtvorbereitungen bloße Besorgungen, und damit wurden auch die Gründe für die Flucht, wenn auch immer noch schrecklich, erträglicher, jedenfalls für die weniger Sensiblen, für die Nachbarn, die es mitbekamen, als sie neue Kleidung brachte – einen grünen Hut und Mantel für Mutter, ein blaues Kostüm für sich selbst.

Mit Vater freilich war es schwierig. O ja, sie zwangen ihn, die rettende Verkleidung anzuprobieren – Sportmützen und Tirolerhüte – aber sein Gesicht wirkte unter den flotten Kopfbedeckungen nur noch jüdischer. Und als er mit bleichen, auf den Knien gefalteten Händen dasaß, griff die Unverwundbarkeit, die Tola den weniger Sensiblen unterstellte, auch auf ihn über, so daß ihr der Gedanke, ihn dazulassen, schließlich weder unmöglich noch verwerflich erschien, so wenig wie damals, im Sommer, wenn Mutter mit ihr aufs Land geflohen war, während er allein in der heißen Stadt zurückblieb. Doch als er aufstand, als er auf sie zuging, hatte sie Angst, er könne sagen: »Geht ohne mich«, weil dann jeder Tag ein Geschenk von ihm, jeder Atemzug eine Erinnerung an den Preis dieses Geschenks sein würde – an sein Atmen, das so mühsam ging, weil die Luft es wie geschmolzener Talg behinderte und auch sie plötzlich zu ersticken drohte.

»Nein«, fuhr sie auf. »Nein!« schrie Mutter. Dann sagten beide gleichzeitig: »Irgend etwas – irgend etwas muß sich doch machen lassen.« Es ließ sich etwas machen: Ein polnischer Eisenbahner erklärte sich bereit, ihn mit einer Ladung Bier nach Bochnia zu schaffen, obgleich auf solche Fluchthilfe die Todesstrafe stand.

Alles verlief am folgenden Tag nach Plan: Das Tor öffnete sich, der Eisenbahner nahm Vater mit hinaus. Bald war es ihnen, als habe es das Ghetto nie gegeben. Aufgeregt wie am Anfang einer Reise sah sie in das unbekannte Land, wo Gardinen wehten und Stockrosen die weißgekälkten Häuser umblühten. Hinter einem Haus fiel ein langer Schatten auf sie, ein Gewehr klickte – plötzlich gerieten Straße, Blumen und Sonne ins Wanken wie Kulissen, die man abräumt, und sie fühlte sich ins Ghetto zurückgestoßen, tastete nach einem letzten, festen Halt; sie griff nach Mutters Hand und hielt sie fest. Während der Gendarm vorüberging, zog Mutter sie weiter in Richtung Bahnhof, wo noch mehr Gendarmen patrouillierten.

Die vielen Menschen waren ihre Rettung; die dichtgedrängte Masse riß sie mit sich in den Zug und keilte Tola zwischen einem pickligen Jüngling und einem Schieber ein, der mit Würsten umwunden war wie Laokoon mit Schlangen. Gerade war der Zug abgefahren, als Laokoon sich herüberbeugte und sie scharf ansah. Er schmunzelte.

»Ist das eine?« Er zwinkerte dem Pickligen zu.

»Klar ist das eine, klar doch.«

Wälder glitten am Fenster vorbei, Kinder winkten mit Händen, die durchscheinend wie Perlmutt waren. »Ist das eine?« – »Sicher doch«, höhnten ihr die Stimmen immerfort ins Ohr, und im Vorbeifahren stach ihr eine glitzernde Nadel ins Auge. Ein Kirchturm. Mit gesenktem Kopf bekreuzigte man sich, auch Mutter, steifarmig, wie nach einem Schlaganfall.

»Jaja«, sagte Laokoon, »meine Nase! Auch wenn sie keine krummen Nasen haben, wittere ich sie, auch wenn –«

»Wenn –«, ließ sich Mutter jetzt vernehmen, »übrigens, mein Guter, Sie drücken mich ja förmlich zu Tode – wenn Tante Krystyna das Buch über die heilige Theresa hat, kann sie es dem Oberst geben.« Auch jetzt noch unbeirrbar aufs richtige Milieu bedacht, versetzte Mutter ihre imaginären Verwandten in die vornehmsten Umgebungen, unter die erlesensten Freunde; und als der Zug hielt und Laokoon mit seinem Kumpel ausstieg, spann sie ihren Faden weiter und verbreitete sich über den Oberst, wobei ihre nur leicht hochgezogenen Augenbrauen verrieten, daß sie ihm nachschaute, wie er einen Polizisten ansah, einen Moment zögerte und weiterging.

Tante Krystynas Namenstage waren immer sehr schön; der Oberst ging jeden Tag zur Messe; weitere Kirchen flogen vorüber, weitere Bekreuzigungen erfolgten mit feuchten Händen, bis der Zug schließlich am Bahnhof von Bochnia hielt, wo sie standen und keine Ahnung hatten, wie man zum Ghetto kam.

Straßenschilder, die zunehmend ärmlicher wurden, schwerbewacht vorbeimarschierende Arbeitskolonnen, wiesen ihnen den Weg. Jetzt kam eine Kolonne mit einem einzigen OD-Mann. »Flüchtlinge aus Brzesko«, rief Mutter, und bald nahm das Ghetto sie wie eine langersehnte Heimat auf.

Vater hatte diese Heimat noch nicht erreicht. Sie liefen am Stacheldraht entlang und warteten auf ihn – er kam und hatte sich verändert, war ein gebückt gehender, alternder Mann geworden, dessen rote Ohren zu groß für seinen Kopf waren. Gerade ging ein SS-Mann von der Ghettostraße hinüber zum Tor, da rief sie Vater schweigend zu: Beeil dich! Beeil dich!, wie einem Freund, der fast unbemerkt vorübergegangen ist und den man zurückrufen muß, bevor es zu spät ist; und dann umarmte sie ihn und redete irgend etwas von Bier, von Biergeruch, der ihn schwer und süßlich umgab.

So begann die Zeit ihrer Fluchten von einem durch Deportation bedrohten Ghetto zum nächsten, das noch sicher war, weil die Deportation gerade stattgefunden hatte; hin und her, kreuz und quer wie reisende Vertreter, die immer wieder dieselben Bezirke abklappern. Der Herbst war schön in diesem Jahr: Pappeln huschten wie goldene Turmspitzen vorbei an Zügen, in denen von Tante Krystyna die Rede war; in den Ghettos flanierten heitere, sommerliche Menschen auf den Straßen wie auf den Boulevards eines Kurortes. Und die Zahl der Menschen nahm nicht ab. Wie in einem Kurort, wo Neuankömmlinge die Stelle der Gäste einnehmen, die abreisen müssen, so traten Flüchtlinge aus Städten, in denen es keine Juden mehr gab, an die Stelle der Deportierten.

»Deportiert« war das ausschließlich verwendete Wort.

»Deportiert« war alles, was man erfuhr, wenn man nach Familien und nach engen Freunden fragte. »Zehntausend haben sie aus Tarnow deportiert, zwanzigtausend aus Nowy Sacz« – so lauteten die täglich eintreffenden Bulletins.

Und im Krakauer Ghetto, wohin ihre Fluchtversuche sie immer wieder führten, gingen Häftlinge im Gefängnishof auf und ab, die für die nächste Deportation bestimmt waren, weil man sie mit »arischen Papieren« erwischt hatte, Mitglieder des Untergrunds und Mädchen, die auf dem Marsch zur Arbeit in einen kleinen Laden gerannt waren, um sich Süßigkeiten oder ein Pfund Obst zu kaufen. Daß man sterben mußte – weil man dem Untergrund angehörte, oder wegen ein paar Birnen, oder auch wegen gar nichts – das war es, was unfaßbar erschien. Wie die Strafe eines zu gestrengen Herrn hatte der Tod jeden Sinn verloren. Die wenigen, die wie Großmutter ihren eigenen Tod gestorben waren, pries man glücklich – sie waren wie kluge Schüler, die gehen, bevor der ungerechte Lehrer sie hinauswirft.

Zu Zeiten freilich, wenn mit gedämpfter Stimme die Rede von einem war, den sie »umgebracht, auf der Stelle erschossen« hatten, weil er sich auf einen SS-Mann gestürzt und ihm ins Gesicht gespuckt hatte, trat Schweigen ein. Denn das war der richtige Tod, wie es ihn vor dem Kriege gegeben hatte.

Mit einer an Verehrung grenzenden Bewunderung lauschte Tola solchem Geflüster. Und oft, auf einem eiligen Gang, blieb sie stehen und starrte die anderen an – die Männer mit dunklen, unrasierten Gesichtern, die Frauen mit glatt herabhängendem, aufgelöstem Haar, welche die Frage nach ihrer Familie nicht mit dem Wort »deportiert«, sondern nur mit einer stummen Geste beantworteten: Menschen, denen alles gleichgültig war, die aufgegeben hatten – die Minderheit der Trauernden, die sie ebensosehr bewunderte.

Sie waren fort. Gelächter, das Bruchstück von einem Lied, stiegen in die sonnige Luft. Und das Ghetto, das sie erst vor wenigen Tagen betreten hatten, war wieder eine feste, seit Jahren vertraute Heimat.

Plötzlich mußte man wieder auf die Flucht. Wäre sie allein gewesen, wäre Tola dageblieben, weil es leichter war, weil so viele im Vertrauen auf ihre Arbeit und ihre Jugend blieben. Aber Mutter erlaubte es nicht. »Beeil dich. Es sieht nicht gut aus« – eine neue Redewendung begleitete nun ihr gewöhnliches Kopfschütteln. »Beeil dich – und denk an das Kreuz.«

Mutter brauchte keine Kreuze, kein arisches Zubehör mehr. Abgemagert, mit einem starren, entschlossenen Blick, war sie namenlos geworden – keine Ohrenstein mehr, keine Jüdin, nur noch eine von zahllosen Frauen, die aus eigener Kraft ihre Kinder durchbringen müssen und vollkommen in dieser Aufgabe aufgehen. Sie organisierte ihre Fluchten; bald hoheitsvoll, bald unterwürfig, scharrte sie das Geld zusammen, das sie zum Entkommen benötigten. Und in den Städten, wo es von Denunzianten wimmelte, ging sie unerschrocken und mit vorgestrecktem Kopf, als gelte es, eine unsichtbare Sperre zu durchstoßen, ihres Weges. Jemand blieb stehen. Jemand folgte ihnen. »Weißt du«, seufzte sie, »ich nehme lieber die Straßenbahn« – wie eine ältere Dame, die sich schonen will. In der Straßenbahn starrte man sie an. »Komm!« Ganz gemächlich stand sie auf. »Da ist unsere Haltestelle. Hier wohnt der Oberst.«

Es war, als reichten ihre vereinten Kräfte jeweils nur für eine von beiden. Wenn Mutter führte, folgte sie wie ein verängstigtes Kind. Wenn Mutters Kräfte nachließen, übernahm sie die Führung. An manchen Abenden, in Zimmern, die für eine Nacht an Schieber oder Liebespärchen von Frauen vermietet wurden, für die der Krieg eine Aussicht auf gewinnbringende Geschäfte bedeutete, lächelte Mutter, nickte, sagte immerfort ja – »Ja, sie bringen die Juden um ... ja, das geschieht ihnen recht, diesen Blutsaugern – ja, vielleicht sind auch die Menschen« – und wieder ein Lächeln und ein »ja«. Endlich konnte sie die Tür schließen. Sie waren allein mit einem rötlichen Gekreuzigten. Dann vollzog Mutter, wie ein letztes Andenken an die Vergangenheit, die Geste, mit der sie die Hand aufs Herz preßte, und dann begriff Tola einen Augenblick lang, daß es derselbe Tod war, der, den Deportationen, Polizei und Spione bedeuteten, und der, den dieses unregelmäßig klopfende Herz bringen konnte.

Weit weg in der feindseligen Stadt war Vater bei Fremden untergebracht, wie ein ungeliebtes Kind. Irgendwie schafften sie es immer wieder, ihn herauszuschmuggeln – durch einen Diener, durch einen Kunden von früher, die ihn aus alter Anhänglichkeit oder gegen Bezahlung retteten. Jedesmal erwarteten sie ihn am Ghettotor, jedesmal wuchs die Wahrscheinlichkeit, daß er die Verabredung nicht einhielt. Und noch immer schien ihm der Biergeruch anzuhaften.

»Es geht nicht, gnädige Frau, es ist unmöglich«, sagte der Pole bedauernd, den man ins Ghetto geschleust hatte, um ihn hinauszuschmuggeln, wie ein Möbelpacker, der ein zu schweres Stück nicht transportieren kann. Der Pole ging wieder. Wie an jenem Tag in Brzesko schien eine grelle Oktobersonne; eine Fliege summte wie damals. Draußen, jenseits des Stacheldrahts, rumpelte eine Straßenbahn vorbei. In ihre Fensterscheibe – die überstrichen war, um den Blick aufs Ghetto zu versperren – hatte jemand ein Loch gekratzt, so groß wie eine blanke Münze. Ob wohl gerade jemand hindurchschaute? Ob wohl jemand sagte: »Sie werden wieder Juden umbringen«? Jetzt erst, da sie sich mit fremden Augen sah, bekam sie Angst. Sie stand auf, und auch Mutter stand auf – Mutter probierte etwas mit ihrem Gesicht aus, sie verzog es, kniff die Lippen zusammen und öffnete sie wieder, als probte sie verschiedene Mienen. Schließlich entschied sie sich für ein Lächeln, für das alte Lächeln, mit dem sie ihr bedeutet hatte, die Arznei werde nicht so schlimm sein, während der strenge Blick verkündete, sie müsse sofort geschluckt werden, ob sie nun gut oder schlecht schmeckte.

»Tolenka«, sagte der lächelnde Mund, »diesmal verstecken Vater und ich uns. Oben im Zahnarztraum ist ein Verschlag – aber du wirst weggehen – in die Stadt.«

»Nein«, sagte sie, »nein«, weil sie allein gehen sollte, weil ohne diese Stimme, ohne Hand zum Festhalten, die Laokoons ihr zuzwinkern würden, wohin sie auch ging. »Nein«, wiederholte sie – »nein« bei dem Gedanken, die Eltern in einem Verschlag zurückzulassen, wo Denunzianten und Hunde sie aufstöbern würden.

»Du gehst weg, hörst du?«

Vater schwieg. Vater schaute bloß und bot wortlos seine Selbstaufopferung an.

Irgendwie mußte man ihn hinauskriegen. Wenn ... wenn Mutter mit ihm ging, würde sie allein zurückbleiben; wenn sie und Mutter gingen, mußte er dableiben. Sie jonglierte mit den Möglichkeiten wie mit Partnern bei einem Tanz. Wenn ... wenn sie zu dritt gingen. Auch diese Konstellation wurde verworfen, denn gleichgültig, wie spät sie losgingen, er durfte sich nicht auf der Straße aufhalten, jemand mußte ihn irgendwo unterbringen.

Wenn wiederum, wenn ... sie ihn hinausbrachte – und sie sah die beiden vor sich, Vater als eingesunkene Gestalt, sich selbst mit aschgrauem Gesicht und steif vor Angst; aber neben ihr erschien eine, die bald Mutter, bald dem Mädchen aus Brzesko ähnelte, eine, die gelassen war und lachte und ihn zum Lachen brachte.

»Morgen früh bringe ich ihn hinaus.« Sie machte eine Pause und wartete auf Einspruch; als die beiden sich fügten und nicht protestierten, fuhr sie fort und erklärte, Mutter müsse zu Aniela gehen, zu allen früheren Hausmädchen, und sie bitten, ihn zu verstecken, nur für ein paar Stunden.

»Und wenn sie nein sagen?«

»Dann – bringen wir ihn in eine Kirche.« Sie sah ihn an, er hatte die Arme über der Brust verschränkt und saß da, als sei er an den Stuhl gefesselt. »Vater!« flüsterte sie. »Vater, morgen gehen wir, du und ich, zusammen, Vater.« Und jetzt sah er sie überrascht an, als sei jemand, mit dem er nicht mehr gerechnet hatte, hereingekommen.

Sie saß bei ihm, als Mutter gegangen war, faßte ihn scheu an der Schulter und erzählte ihm, nur in der Nähe des Ghettos sei es gefährlich, aber dann würden sie einfach daherschlendern, er im Strohhut, sie mit den Blumen, die sie an der Brücke kaufen würde, damit sie normal aussähen. »Weißt du noch«, fügte sie leise hinzu, »weißt du noch die Brücke, zu der wir immer gegangen sind?« Er nickte, er lächelte sogar. Aber als sie ihm die Suppe brachte, sagte er förmlich: »Willst du dich nicht setzen?«, als sei sie ein Gast, der zu selten kam, um sich länger aufzuhalten.

Man konnte glauben, es finde ein Umzug statt, so groß war die Menge, die sich am anderen Morgen vor dem Stacheldraht staute: Arme ruderten durch die Luft, Kinder flitzten hin und her, schrille Rufe ausstoßend, während die OD-Leute den Lärm zu übertönen versuchten, indem sie laut brüllten, es werde niemand außer den Angeforderten nach draußen kommen. Außen vor dem Tor standen die Auftraggeber – Deutsche, Zivilisten und Soldaten mit allerlei Papieren, welche beweisen sollten, daß sie diese Arbeitskräfte mitnehmen durften. Tola machte die Drängelei nicht mit, sie schaute nur hin. Gerade marschierte eine Gruppe hinaus, während sich die OD-Männer auf die Menge stürzten, um sie zurückzudrängen. Sie duckte sich. Sie zerrte Vater mit sich und reihte sich unauffällig in die Gruppe ein.

Sie war sicher, daß er ihr folgte, aber draußen vor dem Tor stand plötzlich ein Mann in Lederjacke und Stiefeln vor ihr. »Kommen Sie mit mir«, sagte der Mann. »Gehen Sie weg!« schrie sie. »Gehen Sie!« Aber in der Sekunde, bevor der Schrei sich löste, war es ihr, als stiege sie in die Luft – höher und höher bis auf einen hohen Gipfel. Diesem Mann zu folgen, hieß zu springen, den Sprung zu tun, der sie zerschmetterte, hieß, daß eine andere Tola an ihre Stelle trat – eine, die fortgehen konnte, ohne einen Blick zurückzuwerfen.

Da hinter dem Draht versank Vater in der Menge, nur sein Arm ragte noch aus dem schwarzen Gewühl, nur seine Fingerspitzen. »Papa!« schrie sie, »Papa, Papinka«, diesen Ruf aus ihrer Kinderzeit, und zog ihn heraus, bis er bei ihr war – als ein polternder Lärm in die Straße hereinbrach.

SS-Lastwagen rollten auf das Ghetto zu. Die Menschenmenge am Lagertor löste sich auf. »Zurück ins Ghetto! Sie schießen! Lauft zurück!« schrien die OD-Leute.

Sie rannten zurück. Sie liefen durch die leere Straße, die mit Abfall übersäten Treppenstufen hinauf, über Glasscherben, an einem gellenden Schrei vorbei und hinein ins Zimmer, wo Kleidungsstücke sich um ihre Füße wickelten, bis am Ende eines langen Ganges der Zahnarztstuhl erschien. Über ihm, als behandle sie einen unsichtbaren Patienten, war eine Hand zu sehen, die gerade eine Öffnung in der Wand schließen wollte.

»Warte!« rief Vater. »Wa-a-arte!« Und sie krochen hinein.

Drinnen war es finster, man atmete keine Luft, sondern nur Staub, nur Spinnweben, die über zusammengekauerten Gestalten hingen. Irgendwo hinter dieser Dunkelheit rannten Leute, deren gleichmäßiges Getrappel sich zuweilen in klappernde Absätze und trippelnde Kinderfüße auflöste, und unaufhörlich peitschten Schüsse wie gleichmäßig und nacheinander schlagende Uhren. Dann trat Stille ein, die nicht andauern konnte, die in das Poltern von Ziegeln, von einstürzenden Wänden münden mußte. Aber sie dauerte an, hüllte sie ein und betäubte die Gedanken. Und gerade als sie diese Betäubung, diese Finsternis zu ertragen gelernt hatten, stampften Stiefel, weit weg noch, aber schon in der Nähe, schon unter ihr, irgend etwas fiel krachend hin, irgend etwas landete dumpf auf dem Boden, dann trat eine Pause ein, und nun erscholl lautes Hundegebell.

Laut war auch das Kind, das jetzt im Dunkeln weinte. »Machen Sie was, damit es still ist, irgend etwas«, wollte sie schreien. Sie konnte nicht, sie hatte keine Lippen mehr. Jetzt taten sie etwas mit dem Kind, jetzt stopften sie ihm die Faust in den Mund. Aber es war zu spät, schon kamen die, die nach ihnen suchten, ein Lichtstrahl nagelte sie an die Wand, blendete sie. Sie taumelte, sie stieß gegen die Dunkelheit, als ein Arm sie packte; eine Hand – Vaters – streichelte ihre Wange, und erschrocken, fassungslos angesichts solcher Gelassenheit, klammerte sie sich an ihn, den Machtlosen, der alles war, was ihr blieb.

Wann das Gebell sich wieder entfernte, wußte sie nicht. Ein dünner Faden Sonnenlichts fiel herein; er verblaßte, er verschwand. Weit weg fielen Schüsse wie Schläge einer Uhr, das Kind mit der Faust im Mund röchelte nach Luft. Als draußen ein Weinen zu hören war, krochen sie hinaus.

Sie waren allein in den Zimmern, deren Bewohner nicht mehr wiedergekommen waren, sie schauten aus dem Fenster, sie horchten an der Tür. »Vielleicht hat sich Mutter entschlossen, in der Stadt zu bleiben; vielleicht –« Vater unterbrach sich. Mit schief sitzendem Hut und langem, strähnigem Haar, das ihr ins Gesicht fiel, kam Mutter auf sie zugelaufen, blieb dann auf halbem Wege stehen und ging ganz langsam, als glaube sie nicht recht, daß sie noch da waren, auf sie zu. Draußen begann lautes Hämmern. Die Stacheldrahtzäune wurden versetzt, das Ghetto wurde angesichts der geschrumpften Zahl seiner Bewohner verkleinert.

Sie festhalten, bei ihnen bleiben – das war Tolas einziger Wille gewesen. Aber wenige Monate später kamen ihr beide abhanden, innerhalb von wenigen Minuten, wie Münzen aus einem löchrigen Portemonnaie. Wie kam das? Hatte sie sich zu sehr in Sicherheit gewiegt? Hatte die Ruhe dieses langen Winters sie getäuscht, in dem die »Deportation« spielenden Kinder der einzige Hinweis auf das, was kommen könnte, waren – »aber nicht, bevor der Frühling kommt«, wie alle sagten. Und wenn das Schwellen der Knospen Angst erzeugte, wurde diese von Kälteeinbrüchen wieder zerstreut.

Weil es noch kein richtiger Frühling war, weil der Märzschnee noch auf den Dächern leuchtete, wirkte die SS, die das Ghetto umzingelte, wie eine bloße Erinnerung an längst vergangene Schrecken. »Das hat nichts zu bedeuten«, sagte sie, »es hat sicher nichts zu bedeuten.«

»Wer Arbeit hat, braucht nichts zu befürchten«, verkündete ein OD-Mann beim Eintreten. »Wer eine Kennmarke hat, mit der er beweisen kann, daß er arbeitet, kommt ins Lager Plaszow.« Und während sie nachschauten, ob sie ihre Kennmarken noch hatten – sie ein »W« für Wehrmacht, ihre Eltern ein »Z« für Zivil –, rasselte der OD-Mann die Liste derer hinunter, die nicht mitkamen: die ohne Arbeit, die Kinder und die Alten. Sofort teilte sich das Zimmer: eine kleine Gruppe derer, die auf der Seite saßen und zurückbleiben mußten wie Kranke, die man nicht mit auf die Reise nimmt, und die anderen, die mitdurften und sich bereit machten, indem sie Hemden und Kleider übereinandergezogen.

»Wartet«, flüsterte Mutter, noch eine Bluse überstreifend, »wartet doch.« Mit flatternden Ärmeln stürzte sie hinaus. Langsam, mit blutleeren Lippen, kehrte sie zurück. »Z«, sagte sie mit hoher Stimme, »Z geht nicht mit, Z nicht.« Und das hieß, Vater und Mutter waren ausgeschlossen, bei den Kranken.

Die Buchstaben auf den weißen Kennmarken verschwammen vor ihren Augen zu ungereimten Wörtern; Menschenknäuel, Tornister, Bündel hinderten ihren Lauf, während sie, verzweifelt nach einer Lösung suchend, von einem OD-Mann zum anderen lief. Mit Schlagstöcken und Fäusten trieben die sie weg in eine Kolonne, die die ganze Länge der Straße füllte, weit vorn die Männer.

»Achtung! Der Herr Lagerkommandant!« ging es von Mund zu Mund. Sporenklirrend kam ein SS-Mann auf sie zu, größer als alle, die sie bisher gesehen hatte. Er trug keinen Helm, sein Gesicht sah in der Sonne freundlich aus. Sie faßte sich ein Herz, lief auf ihn zu und stotterte: »Herr ... Herr Lagerkommandant ... meine Mutter arbeitet für die Wehrmacht, sie hat ihre Kennmarke verloren.« Er schob sie nicht weg, er beugte sich herab, um sie besser zu verstehen. »Fräulein«, sagte er sogar, »Fräulein, bitte bringen Sie ...«

»Bitte bringen Sie mir doch eine Photokopie«, hatte er gesagt. Es sollte ein Witz sein; daß Witze gemacht werden konnten, änderte das, was da vor sich ging, machte es zu einem Spiel, das man gewinnen konnte, wenn man den richtigen Trick wußte. Ein Schal war dieser Trick, ein langer Schal, der das »Z« verdeckte.

Ein schwarz geränderter Schal lag im Eingang des Zimmers. Sie bückte sich. »Die Männer gehen getrennt«, sagte sie, noch gebückt. »Du versuchst es.« Dann trat sie einen großen Schritt nach vorn und packte Mutters Hände, die herabhingen, als ob sie niemandem mehr gehörten. Und Vater, der da an der Wand stand, wirkte wie ein Gegenstand, wie eine ihm ähnliche Puppe, eine Puppe, die man wegstellen mußte. Aber er bewegte sich ja, er kam näher. »Hast du ihn gesehen?« fragte er. »Meinen Gebetsmantel. Ich kann ihn nicht finden.«

»Nicht!« schrie sie haßerfüllt, weil er nichts verstand, weil sie nicht mehr verdrängen konnte, was sie mit ihm machen würden – und mit ihr, wenn sie nicht auf der Stelle ging –, allerdings nicht allein, sondern mit Mutter, die ständig vor sich hin redete und dabei dauernd den Kopf schüttelte. Tola drehte sich um und zielte. Wie ein Netz warf sie Mutter den Schal über, faßte sie an den schlaffen Schultern und ging hinaus – rückwärts, den Blick auf einen Streifen zerrissener Tapete, auf Flecken und dann auf den gestickten Löwen geheftet, der an der Tür leuchtete.

Der Schal war herabgerutscht, als sie zu der Kolonne liefen. Sie zurrte ihn wieder fest. »Du mußt ganz ruhig aussehen«, sagte sie, »Mutter, ganz ruhig.« Sie selbst sah ruhig aus; sie zwang sich sogar zu dem Lächeln, mit dem sie immer ja gesagt hatte, als wäre sie auch jetzt mit allem einverstanden – mit den Faustschlägen, den wirbelnden Schlagstöcken, dem »Achtung!«-Gebrüll von allen Seiten. Eine Peitsche zischte nieder; sie tanzte vor ihren Augen, schob dann behutsam etwas zur Seite. Es flog durch die Luft, es streifte sie. Das war ein Schal. Mutters Schal war zu Boden gefallen. Mutters Hand wurde weggerissen, und der Schrei, der das laute Rattern übertönte, kam von ihr, Tola. Von der anderen Straßenseite, vom Krankenhaus her, ratterte es; dort wurde den Kranken der Tod serviert – wie das Frühstück am Bett.

Das waren nicht ihre Füße, die da weitermarschierten, nicht ihre Arme, die hin und herpendelten. Sie bestand nur aus Augen, die brannten, die jedes Detail registrierten – eine Familie auf dem Spaziergang, ein Werbeplakat mit der Aufschrift »Zucker macht stark«, und das Gesicht neben ihr, auf dessen Wangen sich schwarze Streifen abzeichneten, von dessen Lippen, die etwas über Tadzio, über das Kind, vor sich hinredeten, trockener Lippenstift abbröckelte. Sie wollte nichts von Tadzio hören, sie wollte von dieser Frau nicht angefaßt werden. »Lassen Sie mich«, sagte sie.

»Lassen Sie mich in Ruhe!« schrie sie, als sie in der Lagerbaracke ankam. Aber die Frau folgte ihr an die Pritsche und blieb dort stehen, streckte die Arme aus, während ihr die schwarzen Maskaratränen die Nase hinabliefen.

Endlich war sie allein. Sie lag da, eng an die Bretter gepreßt, während rundherum Töchter den Müttern auf die Betten halfen, ihnen Wasser und Suppe holten. Das Löffelgeklapper verstummte. Ein OD-Mann, die Augen mit der Hand gegen die Sonne schützend, berichtete, daß vollgepackte Lastwagen vorüberführen. Die Lastwagen seien leer zurückgekommen, berichtete derselbe OD-Mann, als es dunkel wurde. Und als die Nacht hereinbrach, kamen Kleidertransporte zurück ins Lager, ohne Blutflecken – was bewies, daß ihre Besitzer sich vorher hatten ausziehen müssen.

Nachts fand eine Durchsuchung statt. In den Baracken durchwühlten SS-Leute auf der Suche nach Goldsachen Kleider und Pritschen; die Frauen, nur mit Hemden bekleidet, mußten draußen warten und die Hände zur Inspektion hochheben. Ein schmaler Goldreif glänzte im Schein der Taschenlampe auf, und eine Frau sagte weinend, der Ring gehe nicht mehr ab, nicht nach all den Jahren.

»So?« sagte der Lagerkommandant. »Dann schneiden wir den Finger eben ab.« Saugend und schmatzend wie ein kleines Kind kaute und biß die Frau an ihrem Finger. Und in dem Augenblick, als der Ring klirrend auf das schwarze Eis fiel, riß der Wind ihr Hemd in die Höhe und entblößte ihren Körper, der in der Beleuchtung fahl wirkte wie der eines gerupften Huhns.

Und dann lag sie wieder auf ihrer Pritsche und preßte ihr Gesicht gegen die nackten Bretter.

Der Besen scharrte; Tadzios Mutter kämmte ihr Haar. Und die von der Latrine Zurückkehrenden brachten die letzten Nachrichten von den Bombardements in Deutschland, den neuen Kämpfen in Italien und von der großen Polin.

Kapitel 4

Tola besuchte Barbara nicht mehr; sie mied die Küche und den Ort, wo die Polinnen arbeiteten. Als Glatt sie einmal mit einem Auftrag dorthin schicken wollte, drückte sie sich und stand statt dessen lieber Schmiere. Da die Seidmanka eine Versöhnung noch immer verweigerte, während die Rubinfeldowa schüchterne Friedensangebote machte, blieb sie lieber für sich und verbrachte den größten Teil des Tages draußen auf ihrem Ausguckposten.

Abends verließ sie jedoch nur selten ihre Pritsche. Wenn ein OD-Mann vorbeiging, schreckte sie hoch in der Erwartung, er werde sie aufrufen. Kehrte sie von einem kurzen Gang zur Baracke zurück, verweilte sie bei den benachbarten Pritschen in der Hoffnung, es gebe eine Nachricht für sie. Aber es gab keine. Barbara hatte wohl die Gefahr erkannt und nichts mehr von sich hören lassen. Tola war es zufrieden: Ihre Warnung, die einzige gute Tat, seit sie im Lager war, hatte gewirkt.

Von der großen Polin war nur noch selten die Rede. Hatten sich alle an ihre Brotgaben und an ihre wortkargen, unbeholfenen Trostsprüche gewöhnt? Waren sie enttäuscht, weil sie sonst nichts zu geben hatte? Was immer der Grund war, aus der »geheimnisvollen Kundschafterin« war Barbara zu einer »freigebigen Person« oder einer »warmherzigen Polin« degradiert worden, was unter den herrschenden Verhältnissen freilich kein geringes Lob war.

Bald darauf beanspruchten andere Ereignisse die allgemeine Aufmerksamkeit. Der Herbst, der erste im Lager, war da. Bis in die ersten Oktobertage hatte das warme Wetter angehalten, und da im Lager, wo nichts wuchs, auch nichts welken konnte, schien es, als wolle es immer Sommer bleiben. Dann war er über Nacht vorbei, der Wind blies heftig, gefrierender Nieselregen ließ alle frösteln. »Ach, der Winter steht vor der Tür.« Die Menschen seufzten, teils aus Bitterkeit, daß die Jahreszeiten vergingen, ohne eine Veränderung zu bringen, teils aus einer zaghaften, aber ununterdrückbaren Hoffnung, die anderes Wetter und ein veränderter Himmel immer mit sich führen.

Als wollte der Kommandant dem Lager einen Anflug von Herbstfarben verpassen, wurden die Baracken in einem trüben Gelbbraun gestrichen. Als nächstes wurden stämmige, zugespitzte Pfähle eingerammt, um die Grenze zwischen den Frauen- und den Männerbaracken zu markieren. Noch fehlte der Stacheldraht, aber die Menschen schlichen vorsichtig daran vorbei, als überträten sie schon erlassene Befehle. Regen fiel. Der Geruch der frischen Farbe, die wie Haufen aufgeschichteter Blätter aus dem dichten Nebel ragenden Baracken gaben dem Lager so ein neues, fremdes Aussehen, daß jeden eine Art von Erleichterung befiel und die von der Latrine Zurückkehrenden gefragt wurden: »Noch keine neuen Nachrichten?«

Endlich trafen die Nachrichten ein. Die Seidmanka brachte sie mit in die Papierwerkstatt. »I … I …«, stotterte sie, blieb dann stehen und blies die Backen auf, als schickte sie sich an zu tauchen.

»Was ist passiert? Was ist los?«

»Italien hat Deutschland den Krieg erklärt. Korsika ist erobert worden. Die Alliierten rücken vor!« Alle schauten sie an. »Italien ist abgefallen. Italien«, wiederholte sie, als sei es der Name eines längst verlorenen Freundes.

Alles stürzte auf sie zu, als gäbe es diesen Glatt, der rittlings auf seinem Stuhl saß, gar nicht. Tatsächlich tat Glatt so, als wäre er nicht da, und als er sich zu Wort meldete, sprach er höflich und leise.

»Hm …, zerstreut euch. Es ist gefährlich – hm – wenn ihr so herumsteht – hmm.« Nur mit Mühe bediente er sich der Sprache zivilisierten Zusammenlebens. Er legte seine Peitsche beiseite; mit herabhängenden leeren Händen kam er heran. »Ach«, sagte er, »ach, ich würde euch nicht zum Arbeiten zwingen, wenn Florenz in der Florianskastraße läge und Italien in der I-I-Idziego-Straße.« Endlich war ihm eine Krakauer Straße mit »I« eingefallen. Dann wartete er vorgebeugt und mit herausquellenden Augen auf ihre Reaktion. Er hatte einen alten Witz aufgewärmt, einen selbst zum Zeitpunkt seiner Erfindung nicht besonders guten, aber dieses Mal ließen die Zuhörer sich anstecken; Kichern klang auf, das lauter wurde, bis eine Woge von Gelächter durch den Block ging, wobei Glatt am lautesten lachte. Sie schwiegen wieder, nur die Kinder wollten sich noch nicht beruhigen und ließen ein ungezogenes Kinderlachen hören.

Kurz darauf wurde die Arbeitspause angesagt. Man rief Tola von ihrem Ausguckposten zurück, denn niemand glaubte, daß heute der Lagerkommandant kommen werde.

»Bestimmt nicht. Er wandelt wie ein Geist durch seine Villa. Möchten Sie in seiner Haut stecken?« Die Seidmanka sprach einfach jeden an, der vorüberging. Sie zögerte. »Sie, Tola, möchten Sie in seiner Haut stecken?« brachte sie schließlich hervor. »Ganz sicher nicht«, antwortete Tola, und die Rubinfeldowa lächelte, ein breites Lächeln der Erleichterung.

Der hochgewachsene, dunkelhaarige Mann zog das Gespräch

an sich – der, welcher auf Kohns leeren Platz gezeigt hatte. Er war Geschichtslehrer gewesen, und so unbeholfen er sich beim Falten von Briefumschlägen anstellte, so geschickt ging ihm die Landkarte von Italien, die er jetzt zeichnete, von der Hand. »Eine hervorragende Karte, ganz ehrlich, hervorragend«, versicherte die Seidmanka in fachkundigem Ton.

»Der lange Stiefel, das ist Italien«, dozierte er. »Der Ball, den er treten will, Sizilien.« Dann führte er sie am Apennin entlang nach Rom, Florenz und Mailand, die Route, welche die Alliierten nehmen würden, bis die Alpen ihm Einhalt geboten, wenn auch nicht lange, denn wenn Hannibal sie 218 vor Christus mit Elefanten überschritten hatte, würden die Alliierten mit ihren Flugzeugen und Panzern nicht förmlich darüberhinweg hüpfen?

Niemand arbeitete, niemand fegte den Boden. »Italien, die Alliierten, Hannibal«, wiederholten sie alle unermüdlich, die ganze Nacht hindurch.

Unmittelbar nach der »italienischen« Nacht begannen fieberhafte Vorkehrungen im Lager. Sauberkeit lautete der Tagesbefehl, eine Inspektion jagte die andere, OD-Männer und Wachsoldaten platzten in die Baracken hinein; die Betten mußten tadellos gebaut werden; kein Blechnapf, kein Topf durfte ihr Ebenmaß stören, und für den geringsten Verstoß gegen die Hygienevorschriften, etwa wenn jemand einen Eimer auf die Straße leerte oder es nicht rechtzeitig zur Latrine schaffte, wurden alle aus dem Block des Übeltäters mit einer Stunde »Gymnastik« bestraft, indem man sie wie Frösche über den hartgefrorenen Boden hüpfen ließ.

Als nächstes wurden alle Fenster im Lager geputzt; dann gab man weiße Bettwäsche an den Krankenbau aus, und auch die Köche wurden schneeweiß eingekleidet, passend zu dem Sagokleister, den sie Tag für Tag zum Essen verabreichten.

»Eine Inspektion vom Roten Kreuz«, behaupteten einige. »Eine Kommission der neutralen Staaten«, meinten andere.

Eine Kommission war es in der Tat – eine von der SS aus Berlin. Selbst das Wetter machte sich zum Tag ihrer Ankunft fein. Der Regen hörte auf; kalt, strahlend schien die Sonne durch die frischgeputzten Fenster. In der Papierwerkstatt begannen wie überall die Vorbereitungen im Morgengrauen: Der Besen scharrte, die geflochtenen Körbe standen in Reih und Glied, und tadellos gestapelte Stöße von Briefumschlägen wuchsen auf den Tischen in die Höhe. Und gerade als alles bereit schien, schrie ein OD-Mann an der Tür: »Die Kinder, die Kinder müssen zurück in die Baracken.« Die Kinder standen auf, aber schon schrie ein anderer OD-Mann: »Die Kinder sollen bleiben. Die Personenzahl aus jeder Werkstatt ist bereits gemeldet worden. Los, verteilt sie.« Sofort verteilte Glatt die Kinder über den ganzen Raum und setzte sie neben die Kleingebliebenen, so daß sie wie zu kurz geratene Erwachsene aussahen. Er schaute sich prüfend in der Baracke um; und wie eine Gastgeberin, die vor einer Einladung die abgenutzten Möbel verhüllt und die guten Stücke in vorteilhaftes Licht rückt, schickte er hier eine alte Frau in eine dunkle Ecke und holte da ein kräftiges Mädchen nach vorn. Jetzt sah er zufrieden aus; er nickte.

Dauernd kamen OD-Leute hereingestürzt. »Die Kommission ist in der Wäscherei«, berichtete der erste atemlos.

Ob sie sich über die Wäscherei geäußert hätten? »Sauber«, hatten sie gesagt, »sehr sauber«. Die Wäscherei hatte der Kommission gefallen.

Die Küche, gerade hätten sie die Küche verlassen, meldete der nächste. Sie hätten sich die Kessel angeschaut, den Herd, alles und jedes.

»Die Bäckerei, in der Bäckerei sind sie.« Der dritte OD-Mann war so außer Atem, daß man ihn nur mit Mühe verstand.

Folgendes war in der Bäckerei passiert: »Bäcker«, hatte die Kommission zu Mandelbaum mit dem schiefen Mund gesagt, »Bäcker, wieviel Brot bekommt jeder Häftling pro Woche?« »Einen halben Laib«, wollte Mandelbaum sagen, als Goeth wie ein Spaßvogel, der jemandem Hörner aufsetzt, während ein Foto gemacht wird, zwei Finger über den Köpfen der Kommission in die Höhe hielt. »Zwei«, hatte Mandelbaum geantwortet, »zwei Laibe, Herr Standartenführer.«

»Goeth«, hatte der OD-Mann ihn genannt, nicht »er«, nicht »Lagerkommandant«, einfach »Goeth«. Und alle wiederholten »Goeth«, so klein hatte ihn dieser Vorfall in ihren Augen gemacht, ihn, der diese Kommission nicht weniger fürchtete als sie und sogar um einen Gefallen bat – nein, bettelte –, und wen? Ausgerechnet Mandelbaum mit dem schiefen Mund.

Woher diese Angst? War die Kommission etwa auf ihrer Seite? Das war unmöglich; und doch regte sich eine zaghafte Hoffnung und wuchs mit jeder Verbesserung, auf die Glatt verfiel: Die Töpfe wurden hinter den Papierballen versteckt, die Mäntel ordentlicher aufeinandergeschichtet, denn endlich taten sie einmal etwas, sie warteten nicht bloß untätig wie bei der nächtlichen Selektion, wie in vielen vorangegangenen Nächten. Bald jedoch blieb nichts mehr zu tun.

»Kommen sie?« flüsterten alle. Als die Suppe kam, faßten sie neuen Mut, denn es gab kein Sago, es gab nicht einmal Kohlrabi, sondern Kartoffeln.

»Vier – nein, fünf, ich habe fünf Kartoffeln gefunden!« triumphierte die Seidmanka. Und dann konnte sie es nicht länger für sich behalten – sie mußte es hinausposaunen. »Die Kommission«, verkündete sie, »ist gekommen, damit er eins aufs Dach kriegt.«

»Tatsächlich?« fragte die Rubinfeldowa mit großen Augen.

»Natürlich«, sagte Tola. »Was erwarten Sie denn sonst von der SS, unseren lieben, treuen Freunden?«

»Können Sie uns denn nicht ein bißchen Hoffnung gönnen?«

»Ich ... es tut mir leid.« Tola war erleichtert, als Glatt sie nach der Mittagspause auf einen Guckposten am Fenster schickte.

»Nein, ich sehe keinen, keinen einzigen», berichtete sie. »Jetzt«, sie drückte sich flach an die Wand, »jetzt gehen sie zu den Strickern. Sie kommen wieder heraus, sie kommen!« Sie rannte zu ihrem Platz. Ein Stuhl knarrte. Das Klicken kam von Glatt, der das Strammstehen übte. Schritte näherten sich.

»Ach – Achtung!« schrie Glatt. Und dann waren sie da.

Drei kleine, bebrillte Männer, das war die ganze Kommission, alle drei sahen trotz ihrer feldgrünen Uniform sehr zivil aus, besonders neben Goeth, der sie weit überragte und dessen langer Mantel bei jedem Schritt rauschte. Im Vorbeigehen warf Tola einen Blick auf sein Gesicht – gutaussehend, aber aufgedunsen – das Gesicht eines Geschäftsmannes in mittlerem Alter, den Müßiggang und zuviel gutes Essen aufgeschwemmt haben.

Die anderen hatten nur Augen für die Kommission: für ihre höfliche Art, ihr Lächeln – denn sie lächelten ausgiebig und häufig –, so daß sie an Mitglieder eines Aufsichtsrates erinnerten, die leicht beunruhigt sind und ein bißchen geschmeichelt von dem Aufsehen, das sie erregen, und sich ebenso über die Ahnungslosigkeit ihrer eigenen Fragen wie über den Übereifer der Antworten amüsieren. Sie gingen durch die Werkstatt, blieben am hinteren Ende stehen, wohin man die älteren Frauen gesteckt hatte, und hielten nochmals dicht vor Tolas Tisch an.

Wie viele verschiedene Formate von Briefumschlägen man denn in der Werkstatt herstelle und aus wie vielen Sorten Papier? Tola antwortete in fehlerfreiem Deutsch und mit klarer und ruhiger Stimme.

»Interessant«, sagte die Kommission. »Sehr, sehr interessant.« Und weg war sie.

Jedermann schaute Tola an. Sie errötete und sah weg. Aber die Seidmanka ließ ihr keine Ruhe. »Mensch!« sagte sie überwältigt, »wie Sie mit denen geredet haben!«

»Wie denn, wenn ich fragen darf?«

»So – so schön, und in so einem Deutsch, als wären Sie eine Deutsche.«

»Genau. Ich habe meine Rs gerollt wie eine blonde Walküre.«

Die Rubinfeldowa mischte sich ein. »Warum müssen Sie immer alles schlechtmachen? Ist denn das schlimm, wenn wir denen zeigen wollen, daß wir kein Gesindel sind?« Tola zuckte die Achseln und stand auf.

Am frühen Nachmittag verließ die Kommission das Lager. Langsam nahm der Tag seinen Lauf. Enttäuschung machte sich breit angesichts all der Vorbereitungen für einen Besuch von wenigen Minuten.

Die erste Neuigkeit betraf den Bau eines Lagerbordells für die ukrainischen Wachmannschaften; die zweite besagte, daß es zur Nachtschicht wieder Sago gab. Dann hieß es: »Mandelbaum ist nicht mehr in der Bäckerei; sie haben ihm die schlimmste Arbeit im Lager gegeben – im Steinbruch.«

»Aber – um Gottes willen – das bedeutet sein sicheres Ende«, flüsterte die Rubinfeldowa. »Tola, er, der Lagerkommandant stand dicht neben Ihnen. Haben Sie ihn gesehen? Ich meine, genau gesehen, ich meine sein Gesicht?«

»Fett ist er. Sonst sieht er aus wie jeder andere.«

Die Kommission hatte festgestellt, daß es im Lager einen Frauenüberschuß gab – so lautete das Gerücht, das am folgenden Abend durch die Baracke lief.

»Was das heißt? Keine Sorge, wir werden es früh genug erfahren«, knurrte Tola auf Seidmankas angstvolles Fragen hin, klopfte der Rubinfeldowa auf die Schulter und zog sich gleich auf ihre Pritsche zurück. Mehr aus Gewohnheit als aus einer bestimmten Erwartung heraus, denn sie war fest überzeugt, daß sie nichts mehr von Barbara hören würde, beobachtete sie die vorbeigehenden OD-Leute, die leise versicherten, ihnen sei nichts bekannt, das neue Gerücht sei möglicherweise falsch. Einer kam herein und ging zur Pritsche der Blockältesten. Deren langer, bleicher Arm wies irgendwohin, der OD-Mann sagte etwas und stand dann vor ihr. »Ohrenstein?« fragte er. »Beeil dich, sie wartet draußen vor der Küche auf dich.«

»Mein Gott, ich glaubte, Sie kämen nicht mehr.« Barbara zog sie über die glitschigen, übelriechenden Küchenabfälle an die Barackenwand. »Hören Sie, ich habe mich entschlossen. Wir ... sie, ich meine –« vor Aufregung und Eile stotterte sie noch mehr als sonst, »die Polinnen sollen nach Deutschland geschickt werden. Ich will nicht mit, ich komme zu Ihnen ins Lager.«

»Nein!« entfuhr es Tola. »Nein, das dürfen Sie nicht. Sie wissen nicht, wie es da zugeht.«

»Ich weiß, was ich tue. Nichts kann schlimmer sein, als was mich in Deutschland erwartet. In der vergangenen Nacht habe ich mir nochmal alles überlegt und sehe jetzt klar, und dann ... dann fiel mir ein, wie es zu Hause war ...«, flüsterte sie und hing einen Augenblick lang ihren Erinnerungen nach. »So. Und jetzt ist es entschieden. Der OD-Mann da behauptet, es gibt eine Möglichkeit, mich in Ihr Lager zu schleusen. Aber ich verschwinde jetzt besser.«

Ein Lächeln, die etwas spöttische Bemerkung: »Gucken Sie nicht so beunruhigt«, und weg war sie.

»Da hat wohl«, sagte der OD-Mann und kam auf sie zu, »da hat wohl einer entdeckt, wer sie ist, und will sie denunzieren.«

»Sind Sie sicher?«

»Natürlich bin ich das. Warum will sie sonst zu uns kommen, warum sonst?« wiederholte er und drehte sich nach der Tür um, die sich gerade öffnete. In der geöffneten Tür stand Barbara, im Schein des Herdfeuers leuchtete ihr Gesicht von Erinnerungen, so wie vorhin, als sie gesagt hatte: »Und dann fiel mir ein ...«

Kapitel 5

An das riesige Wohnzimmer erinnerte sich Barbara zuerst, es schien an zwei verschiedenen Jahreszeiten zugleich teilzuhaben. Vor dem einen Fenster grünte es wie im Frühling, vor dem anderen lag der August, die Ebene, abgeerntet, gelb unter der Sonne, leer; nur manchmal stürzte eine blanke Krähe herab, wie ein fallender Stein.

Erst zwei Uhr, dachte Barbara, fühlte die Zeit dahinschleichen und wollte sich hinlegen, als das Telefon läutete. Gäste kündete es an, Gäste im Anmarsch!

Und gleich danach machte sich Marta mit ihren großen Brüsten, die unter ihrer Bluse wie gefangene Fische auf- und abschnellten, aufgeregt wie immer, in der überquellenden Vorratskammer zu schaffen und rief: »Was sollen wir ihnen denn anbieten, gnädige Frau?« Und schon hörte man von draußen das klatschende Geräusch der Teppichklopfer, während Barbara, die eher im Wege stand, als daß sie eine Hilfe war, aus der von stiebenden grauen Hühnerfedern erfüllten Küche zu den Gästezimmern hinauflief, wo die Bettlaken weiß in die Höhe wogten und sich glatt und kühl auf den Betten niederließen.

Am nächsten Tag begann der Einzug der Gäste. Zuerst kamen die Herzigs – die reichen Herzigs –, deren Ankunft sich wie immer gestaltete: Ihre drei storchenbeinigen Töchter trugen die Geschenke für alle, der Wagen, den man ihnen zum Bahnhof Starybor entgegengeschickt hatte, quoll über von Gepäck, so daß man die sensationellen, die berühmten, im hinteren Teil zusammengerollten persischen Teppiche der Herzigs fast übersehen hätte; wie man auch inmitten der überschwenglichen Begrüßung: »Wie schön! Es kommt mir wie eine Ewigkeit vor« Herrn Herzigs Bemerkung: »Wir wollen so lange bleiben, bis man klarer sieht« überhörte.

Der Tee wurde im Frühlingsteil des Wohnzimmers serviert;

dann unternahmen alle einen Gang durch den Park, überquerten die Straße, über der sich Staub und Mückenschwärme wölkten, und erreichten die Ställe, wo die Herzigs in den Ruf ausbrachen: »Es geht nichts über das Landleben!« und dabei vorsichtig ganz vorn durch die Nase atmeten.

Stefan kam spät heim, denn die Ernte war auf dem Höhepunkt, und setzte sich in seiner Reitkleidung zum Essen nieder. Als sie ihn inmitten dieser farblosen Stadtgäste betrachtete – mit seinem tiefgebräunten Gesicht und dem langen, von der Sonne gebleichten Schnurrbart, wirkte er größer, kraftvoller denn je –, spürte sie, wie der alte Stolz auf ihn in ihr hochstieg und mit ihm das Bedürfnis, ihn vor den Sticheleien der Herzigs zu schützen, welche fanden, er arbeite schwerer als ein Knecht, gleichzeitig gab es ihr einen Stich, wenn er bloß mit »Na ja, schon gut« antwortete; und schon stellte sich Scham, stellte sich Reue ein, welche wiederum Zärtlichkeit und Stolz hervorriefen, so daß Barbara sich fünf Gänge lang wie auf einer Achterbahn fühlte – aufwärts bei Liebe und Stolz, abwärts bei Ärger und Reue, dann wieder aufwärts und noch einmal höher. So war es ihr eigentlich immer gegangen. Nur eines war heute anders: das Radio in der Ecke, dessen Stimme leise, aber vernehmlich durch das Stimmengewirr der Gäste drang, die immer wieder versicherten: »Ein vorzügliches Essen! Und zwanzig wären davon satt geworden, mindestens zwanzig.«

Zwei Tage später saßen schon genau zwanzig am Tisch, denn immer mehr kamen, wie zu einer lange geplanten Hochzeit. Die Reihenfolge ihrer Ankunft entsprach dem Umfang ihres Vermögens, als wüchse der Grad der Gefährdung mit der Größe des Reichtums – und immer kamen sie mit Geschenken für die Gastgeber, die sie mit der Bemerkung: »Nur so lange, bis die Lage sich klärt« begleiteten, einer Bemerkung, die ihr schon bald wie der Name einer Jahreszeit vorkam, zu der man Besuche auf dem Lande macht. Der Wagen fuhr zum Bahnhof Starybor, führte eine Ladung Gäste heran und fuhr wieder davon, um weitere Gäste und die Zeitungen zu holen. »Vergessen Sie die Zeitungen nicht«, rief Herr Herzig noch aus dem Fenster.

Barbara las nie eine Zeitung; das Radio stellte sie oft ab; die übertrieben deutliche Stimme des Ansagers, die von Bündnissen,

Verhandlungen und dergleichen redete, schob sich störend zwischen sie und die Ereignisse, die immer näher rückten und immer noch etwas von einer bevorstehenden Hochzeit an sich hatten. Bei den anderen Gesprächen hörte sie zu, denen im Dorf, wo sich Menschengruppen vor strohgedeckten Bauernhäusern sammelten, schweigend die jungen Leute, während die älteren vom letzten Krieg erzählten; wie aus der brennenden Schnapsfabrik ein blau flammender Fluß aus Alkohol herausgekommen war, wie man sie ins tiefste Rußland verschleppt hatte, wo die Menschen freundlich waren – doch was half Freundlichkeit gegen Kälte und Hunger?

»Glaubst du, sie ziehen dich ein?« fragte sie Stefan dann.

»Vorläufig nicht«, lautete die Antwort. »Zumindest nicht vor Oktober, wenn die Kartoffelernte vorbei ist.«

Irgendwie schien der Oktober in weite Ferne zu rücken, da die Ereignisse sich überstürzten. Jeden Tag kamen neue Aufgaben auf sie zu – die neuen Gäste mußten untergebracht werden, die Erwachsenen auf Feldbetten, die Kinder zu ihrer großen Freude auf Lagern aus zusammengerückten Stühlen; dann mußten die Damen beschäftigt werden, damit sie Marta nicht im Weg standen, und irgendwie mußte man für Unterhaltung und Abwechslung sorgen. An einem Nachmittag, eine Woche nach der Ankunft der Herzigs, gab es Tanz. »Après moi le déluge«, sagte einer der Gäste, ein junger Medizinstudent, mit einem miserablen Akzent. »Krieg oder nicht, wir wollen tanzen«, fügte er hinzu. Solche scherzhaft entschuldigenden Bemerkungen waren mittlerweile gang und gäbe und erschienen wie alltägliche Floskeln, wie »danke« und »auf Wiedersehen«. Bald schon drehten sich die Paare auf dem Rasen, und Barbara, obgleich eine miserable Tänzerin, war am begehrtesten. »Auf der Insel Capri, da traf ich sie«, schallte es aus dem Grammophonlautsprecher. »Im Schatten –«, der Gesang brach ab.

»Können Sie bitte ruhig sein?« sagte Stefan. »Die Bauern sind gekommen. Ich muß mit ihnen reden. Nein, bitte, bleiben Sie hier«, fügte er hinzu, als einige Gäste ihm folgen wollten. Sie war kein Gast; sie begleitete ihn zu der breiten Auffahrt, wo die Bauern standen und ihre geflickten Mützen in den Händen drehten.

»Wir haben unsere Einberufung, gnädiger Herr«, sagte der

Älteste. Dann redeten sie, einer nach dem anderen, einige wollten einen Rat, andere ein Darlehen, und alle baten Stefan, er möge ein Auge auf ihren Besitz, auf das Vieh und auch auf die Frauen halten. Barbara, an die keiner das Wort richtete, stand abseits, eigentlich doch nur ein Gast, der in dieser Welt von Männerangelegenheiten unerwünscht war.

»Und du?« sagte sie zu Stefan, nachdem die Bauern weg waren. »Werden sie dich auch bald einziehen?« Als er nicht antwortete, bekam sie Angst.

Am nächsten Morgen erwachte sie früh. Nebel lagen noch über dem Park; hier und da durchstieß blaß-golden ein Ahorn das noch grüne Blätterdach. Der Oktober, Stefans Abreise und das Aufwachen allein, alles schien bedrohlich nahe gerückt.

Sie schmiegte sich an ihn, und die Wärme seines Körpers verdrängte diesen Gedanken.

An diesem Tag begann das Nähen, wie vor einer Hochzeit; nur daß man statt der Rüschen oder Spitzen für das Festkleid Masken aus Gaze, Watte oder Backpulver herstellte – solche Masken waren nämlich nach Auskunft des Lehrers aus Starybor der sicherste Schutz gegen Gas. Die Nadeln blitzten auf, die Damen lachten, vielleicht eine Spur zu laut, während Barbara mit neuem Backpulver und mehr Gaze hereinstürzte und dann wieder zu Stefan auf die Felder lief. Denn nun wollte sie bei ihm sein.

Und gemeinsam sahen sie zu, wie alle gesunden Pferde abgeholt wurden. Eines nach dem anderen führten die requirierenden Offiziere sie aus den Ställen. Ihre massigen Flanken hoben und senkten sich, der Schweif peitschte hin und her, und als sie in dem abendlich blauen Staub verschwanden, sah es aus, als trüge ein Fluß sie fort.

Die Nacht, obwohl schon die letzte im August, war heiß. Dann kam drückend heiß der Morgen, flutete ins Zimmer, so daß der Frühstückstisch wie eine Blumenrabatte leuchtete, vom Gold des Honigs, dem Granatrot der Beeren und der tauigen Feuchtigkeit auf der frisch gekirnten Butter. Von draußen zog der saure Geruch von Mist herein; sie schloß die Fenster, weil ihr einfiel, daß dies ihre Gäste belästigte, die sich gerade zum Frühstück niederließen, während ihre Stimmen sich mit dem tiefen Gesumm einer Biene zu einem einschläfernden Geräusch verbanden. Eine plötzlich eintretende Stille ließ das Gesumm zum lauten Dröhnen anschwellen; nur das Radio in der Ecke redete weiter. Sie setzte sich. An einem achtlos auf die Schüssel gelegten Messer hing ein Honigtropfen wie ein länglicher Anhänger an einer Halskette. Sie schaute hin. Das Radio redete weiter. Und als der Tropfen herabfiel, war der Krieg da.

Niemand rührte sich. Die Gäste schauten einander ratlos an; aus der Küche kam das Geräusch von knetenden Händen. Es brach ab. »Nun – sei uns Gott gnädig«, sagte Martas Stimme, und das Kneten ging weiter, kraftvoll und gleichmäßig wie zuvor.

Mittags kam der Einberufungsbefehl für Stefan. »Ja, natürlich«, sagte sie mehrmals, aber nur, weil sie nicht verstand, wie es so weit kommen konnte, auch dann noch nicht, als sie seine Sachen gepackt hatte und die beiden auf der Veranda saßen, gegenüber von ihnen Antoni und Marta.

»Kümmere dich um sie, Antoni«, sagte Stefan. »Du weißt, wie sie ist.«

»Wie ein Kind«, sagte Antoni, »wenn ich das sagen darf. Genau wie ein unerfahrenes Kind.«

»Wie? Seid ihr denn beide –?« Sie schwieg. Sie dachte an den Abschied der Bauern und verstand jetzt erst, was da geschah.

Sie wechselten den ganzen Abend kein Wort miteinander, als bedürften sie einer Sprache, die sie noch nicht beherrschten. Schweigend saßen sie auch in dem Wagen, der am nächsten Morgen zum Bahnhof Starybor rollte. Dort ging es zu wie auf einem Jahrmarkt, so dicht war das Gedränge von Kutschen, Fuhrwerken und Pferden; so zahlreich waren die Menschen, die auf dem Bahnsteig auf und ab gingen, wo gewöhnlich nur ein paar Spatzen auf dem Kies herumhüpften. Auch sie gingen auf und ab. Barbara wünschte, der Abschied wäre schon vorbei. Doch als er in den Zug stieg, wollte sie ihm nachlaufen und ihn um Verzeihung bitten für alles, was sie ihm angetan hatte, für das nie zur Sprache gebrachte Unrecht, das doch heimlich an ihnen nagte. »Stefan!« schrie sie, doch schon fuhr der Zug an. Von allen Seiten – vom Bahnhofsgebäude, vom Bahnsteig und von den Fuhrwerken – erhob sich das schrille Klagen der Bauern und fuhr wie ein Keil zwischen sie, ließ sie verstummen, übertönte, was Stefan ihr aus dem Zugfenster zurief.

»So ist es überall, gnädige Frau – wie beim Jüngsten Gericht! Überall«, sagte der Kutscher, und Barbara bekam Angst um Stefan, der durch dieses Klagegeschrei fuhr wie durch einen Tunnel ohne Luft, in dem man nicht atmen konnte.

Zu Hause erwarteten sie die verängstigten Gäste. Einer wollte seine Verwandten nachholen, ein anderer mußte dringende Briefe von Starybor abschicken. Dann fehlte es an Gaze und auch an Leinen für die kleinen Beutel, in denen Wertsachen aufbewahrt und um den Hals getragen werden konnten.

»Ja«, sagte sie. »Ich kümmere mich um alles.«

Bald ging das Nähen weiter. Und über dem Klappern der Scheren, über dem gedämpften Flüstern brausten aus dem Radio unaufhörlich die Hurrarufe der Menschenmassen in Warschau, die den Botschaftern Englands und Frankreichs für ihre Beistandsversprechen dankten.Dann trat Stille ein, und dann: »Achtung, Achtung, es geht los, es ist soweit.« Dann wieder Stille, eine sehr lange diesmal.

»Jetzt bombardieren sie Warschau«, sagte Herr Herzig. Und die Nadeln bewegten sich schneller.

Mit einem Beutel voll Wertsachen um den Hals, einer »Gasmaske« in jeder Hand – so liefen sie in den Park, als die Flugzeuge am Himmel erschienen. Barbara führte sie durch die Büsche und in den Graben. Sie lagen inmitten von Brennesseln. Erde spritzte, die Köpfe duckten sich auf den Boden. Aber ihr Blick ging nach oben: Wie ein Schwarm fliegender Fische schwammen sie dahin, mit starrem Rumpf, und durchschnitten mit ihren spitzen Schnauzen den blauen Himmel. Eines stieß nieder, wuchs riesengroß an, und eine dumpfe Detonation erschütterte den Boden. Irgendwo da hinten stieg Rauch auf. »Gas!« schrie jemand. »Gaas!« Die Gäste krochen aus dem Graben, suchten nach ihren Masken, setzten sie verkehrt herum auf, während sie die reine Luft einatmete, und mußten lachen. Und lachend und einander aufziehend gingen sie zum Gutshaus zurück.

»In Volka haben sie eine Herde Kühe bombardiert«, berichtete Antoni. Bald aber waren es keine Kühe mehr; Lublin, wohin die Regierung geflohen war, wurde angegriffen. Tag um Tag führte Barbara ihre Gäste in den Park, jedesmal waren es mehr. Denn immer noch kamen sie an, nicht mehr im Kutschwagen, die sie am

Bahnhof erwarteten, denn es fuhren keine Züge mehr, sondern auf Bauernkarren oder zu Fuß, und alle hatten kleine Bündel mit Habseligkeiten – lauter Fremde, die sich umständlich auf einen gemeinsamen Freund oder auf ein Fest beriefen, an dem sie vor Jahren mit Barbara teilgenommen hatten.

»Sie sind alle herzlich willkommen«, mehr wußte sie nicht zu antworten und stürzte fort, um alle unterzubringen, einige auf Polstern, die man auf den Boden warf, andere auf den zierlichen Récamieren, denen Marta eilig und verstohlen Schonbezüge überwarf, wobei sie leise sagte: »Ob Besuch oder nicht, dies sind schwere Zeiten.« Jeden Abend wurden Kleider und Gasmasken zurechtgelegt, und die Nächte waren kurz, wenn sie in den Park liefen, danach heißen Tee tranken und den Widerschein der großen Brände betrachteten, die ein sanftes Rot auf den schwarzen Himmel malten. Und Tag und Nacht lief das Radio.

Eines Tages, Barbara wußte nicht, wie viele Tage der Krieg nun schon dauerte, so schnell ging einer in den anderen über, verstummte es.

»Wer hat schon wieder an dem Radio herumgepfuscht?« rief Herr Herzig, drehte an den Knöpfen und rüttelte am Tisch; es kam nur ein unverständliches Gestammel, als versuchte das Radio vergeblich ihm etwas mitzuteilen.

Trotzdem hörten sie Nachrichten, die von den immer neu eintreffenden Gästen anstelle von Geschenken mitgebracht wurden. »Die Deutschen rücken nach Osten vor«, berichteten sie. »Sie sind in Lodz, Krakau, in Kielce.«

»Furchtbar«, flüsterte Barbara. Aber bald schon wurden ihr solche Städte – denen man einen winterlichen Besuch abgestattet, wo man wunderschöne Kleider gekauft hatte – zum »Ausland«, wie Wien oder Paris oder Rom. Allerdings fiel es ihr bei jedem neuen Gast schwerer, den von ihm genannten Ort zum »Ausland« zu erklären.

Als das nur 70 km entfernte Kazimierz fiel, begannen die Gäste abzureisen, wiederum der Rangordnung ihres Vermögens entsprechend und doch ganz anders, als sie gekommen waren. Barbara wurde hilflos. Sie brauchte Stefan. Der Krieg – der bis dahin nichts als Vielfalt und Fülle des Lebens, die offene Tür und der Tisch gewesen war, den sie für eine täglich wachsende Zahl gedeckt hatte – schrumpfte ein und wurde dürr und trostlos, die Gäste verheimlichten es voreinander, wenn sie einen Karren oder einen Führer gefunden hatten, die Bauern verlangten Wucherpreise für einen alten Gaul, und die Gäste feilschten mit ihnen um jeden Pfennig.

Schließlich gingen sie. Aber für jeden Abreisenden kamen Neue, Namenlose jetzt, deren einzige Empfehlung ein müdes »Wir haben gehört, daß man sich hier ein wenig ausruhen kann« war. Es waren Stadtleute; Damen, deren erste Bitte heißem Wasser galt, mit dem sie den Mörtel aus dem Haar waschen wollten, der ihnen bei einem Bombenangriff auf den Kopf gerieselt war; beleibte Kaufleute, welche auf die Blasen an ihren Füßen starrten, als könnten sie sich nicht erklären, wo sie sich die geholt hatten; und eine Gruppe von Kommunisten, die ihre Zahnlücken wie Auszeichnungen vorwiesen – im Gefängnis hätten sie die bekommen, für die gerechte Sache, behaupteten sie, woraufhin Antoni leise sagte: »Die stammen von einer Schlägerei in der Kneipe.« Und auch Soldaten trafen ein, die auf ihren dick mit Lappen umwickelten Füßen humpelten.

»Von Mann zu Mann hätten wir gekämpft, gnädige Frau, aber wenn es von oben kommt, dann ... dann können wir nichts mehr machen«, sagten sie, als hätte es noch einer Rechtfertigung bedurft.

Wo die Deutschen standen, erwähnten die Neuankömmlinge so gut wie nie, statt dessen redeten sie von Straßen, von Karren und von Pferdeleichen, die sich an Straßenrändern auftürmten, während sich die Menschenmassen vorüberwälzten, ohne daß jemand genau wußte, wohin und warum.

Barbara hörte zu. »Hier, nehmen Sie Brot und ruhen Sie sich aus«, sagte sie zu den Ankömmlingen. »Hier, nehmen Sie Brot mit, und Gott schütze Sie«, sagte sie zu den Abreisenden und sah ihnen nach, wie sie in den grauen, tagaus, tagein fallenden Regen hinauszogen, der durch die irgendwie zu Bruch gegangenen Fenster sogar ins Haus herein tröpfelte. Das waren ihre einzigen ruhigen Momente. Sie erhob sich lange vor Tagesanbruch, tappte zwischen den allgegenwärtigen Strohsäcken hindurch und ging in die Küche, wo Marta – die einzige ihr verbliebene Hilfe – schon wartete. Sie backten Brot, erhitzten riesige Kessel mit Wasser, bereiteten aus gebranntem Zucker Tee, der die Farbe von rotem Burgunder hatte. Abends fand sie oft ihr Zimmer belegt und verbrachte die Nacht auf einem Strohsack mitten unter ihren Gästen. In der nächtlichen Stille hörte sie den Rhythmus des Atmens, leise Schritte oder einen plötzlichen Akkord, wenn Finger sich am Klavier entlangtasteten; sie lag hellwach und dachte an Stefan, der mit Überresten der Armee nach Rumänien gegangen war; ihre Sehnsucht nach ihm vermischte sich mit dem Bedauern darüber, daß er nicht erleben konnte, wie gut sie diese vielen Menschen versorgte. Sie ging ganz in dieser Arbeit für die Gäste auf. Alles andere – das Verstecken der Wertsachen, die Pläne für den Fall, daß die Deutschen das Gut besetzten – überließ sie Antoni.

Eines Morgens waren alle Gäste fort. Sie kannte den Grund; sie wußte, daß die Deutschen vor der Tür standen, in Starybor und noch näher. Aber in dieser ungewohnten Stille, die sie umgab, fühlte sie sich im Stich gelassen, als sei ein Versprechen, das man ihr gegeben hatte, gebrochen worden. Sie stand am Fenster und wartete.

Soldaten erschienen, als hätte die Rückeroberung des Westens begonnen. »Zurück nach Warschau«, sagte der ältere der beiden Offiziere, weil Warschau noch immer standhielt. An diesem Abend ging sie ruhelos auf und ab, bis Mitternacht da war und die Soldaten sich abmarschbereit vor dem Haus aufstellten. Sie stand in der offenen Tür, sie reichte ihnen Brot und burgunderfarbenen Tee.

Als alle gegessen hatten, trat sie hinaus und geradewegs auf den älteren der beiden Offiziere zu. »Nun ...«, sagte sie heiser, »was halten Sie davon, wenn ich mitkomme? Ich bin bereit.«

»Zu keiner anderen Zeit könnte ich einer so bezaubernden Frau diese Bitte abschlagen, aber heute –« Der galante Ton war gequält, die Stimme klang müde. »Heute«, wiederholte er, »wissen wir selbst kaum, wohin wir uns wenden sollen.«

»Sie ... Sie können mich nicht mitnehmen?«

»Nein, es ist unmöglich.«

Der andere Offizier, ein Junge von etwa 18 Jahren, schaute sie unverwandt an. Nur eine Mütze wollte er, irgendeine alte Mütze. Als wäre diese Mütze das Eintrittsgeld, kramte sie fieberhaft in allen Schubläden, fand aber nur ihre alte Baskenmütze aus der Schulzeit. Sie gab sie ihm und schaute auf die entzündete Stelle, die der Helm auf seiner Stirn hinterlassen hatte. Er straffte sich und grüßte, die Finger an die Baskenmütze gelegt, die zu klein war und auf den hinteren Teil des Kopfes rutschte.

Als sie ins Haus kam, fand sie Antoni und Marta im leisen Gespräch.

»Ehmm, gnädige Frau«, sagte Antoni, »diese deutschen Verbrecher vertreiben die Menschen aus solchen Häusern wie diesem.« »Häusern wie diesem« bedeutete jüdische Gutshöfe. Daß Antoni, dessen häufige Äußerung »dieser Wucherer, dieser Jude« niemanden störte, weil es eine gängige Redewendung war, sich jetzt so gewunden ausdrückte, riß einen Graben zwischen ihnen auf. »Solchen Häusern, ha!« fuhr sie zornig auf. »Und in anderen Häusern? Ich habe gehört, daß die Besitzer unters Dach oder in den Schuppen ziehen müssen. Ihr beiden! Glaubt ihr, daß ich jemals mit denen unter einem Dach wohnen würde?«

»Wir auch nicht.« Antoni schüttete den Graben wieder zu. »Nicht eine Stunde. Und deshalb sollten wir besser gehen, gnädige Frau.«

»Nein, wir bleiben, bis sie kommen.«

Dann sahen Barbara und Marta einander an, erhoben sich und griffen nach den Besen.

»Jesus Maria, sie putzen für die Deutschen!« rief Antoni. Marta antwortete: »Sollen die sagen, wir wohnen hier wie die Schweine?«

Sie entfernten die Strohsäcke, fegten den Fußboden und zogen die verschmutzten Schonbezüge von den Sofas, aber erst nach gründlichem Studium des deutschen Wörterbuchs war Barbara für den Empfang gerüstet.

Sie kamen am Nachmittag; die Soldaten warteten draußen, während die beiden Offiziere an die Tür klopften. Sie baten mit einer steifen und etwas verlegenen Höflichkeit um die Schlüssel. Und sie gab ihnen die Schlüssel zu den Scheunen, zur Vorratskammer und zu den Ställen – die sämtlich leer waren, weil Antoni die gesamte Ernte an die Bauern verteilt hatte – und führte sie dann langsam und widerwillig an ihren Schreibtisch.

»Wenn Sie gehen, legen Sie die Schlüssel hierher«, sagte sie in ihrem Wörterbuch-Deutsch, »damit wir sie bei der Rückkehr wiederfinden.«

»Wie bitte?« Die Deutschen schauten sie an. »Wie?« Sie schüttelte den Kopf und wiederholte, stotternd vor Wut, den sorgfältig gelernten Satz, um dessentwillen sie geblieben war.

»Nein, nicht verstehen.« Bedauernd zuckten die Deutschen mit den Schultern.

Kurz darauf erschien das im Dorf geliehene Fuhrwerk in der Einfahrt. Schweigend stiegen sie hinein, schweigend fuhren sie davon, durch den Wald, am Bahnhof Starybor vorbei, wo die letzten Astern im Regen standen und sie daran gemahnten, daß es Oktober war, die Zeit, in der die Kartoffelernte eingebracht wurde.

In den Baracken der Polen war es ruhig.

»Janina«, flüsterte es, so daß sie hochfuhr, »schläfst du, Janina?«

»Was ist?« Hastig, wie jemand, der im Zustand der Nacktheit überrascht wird, schlüpfte Barbara in die Verkleidung dieses Namens zurück. »Was die in Deutschland wohl mit uns machen?«

»Es hat keinen Zweck, sich Sorgen zu machen, meine Liebe. Irgendwie werden wir es schaffen.« Die Frau schlich auf Zehenspitzen zurück; Rosenkranzperlen klapperten im Dunklen, und auf der gegenüberliegenden Pritsche wurde im Mondlicht ihr graues, faltiges Gesicht erkennbar.

Noch nie hatte sie ein Gesicht so genau betrachtet – die großen Pockennarben, den bösen Mund und die boshaften Augen; und sie hoffte, sie fände in dieser Häßlichkeit vielleicht den Schlüssel für alles, was man ihr von dieser Frau erzählt hatte. Aber sie fand den Schlüssel nicht. Nichts ließ sich erklären: weder die List, welche die Frau sich ausgedacht hatte – sie war in der Dunkelheit an das schlafende jüdische Mädchen herangeschlichen und hatte es an den Fußsohlen gekitzelt –, noch ihr triumphierender Ausruf: »Du bist eine Jüdin! Eine Christin ruft ›Jesus Maria‹, wenn man sie erschreckt, nicht ›Oi Mama‹ wie du.« Und am allerwenigsten, was am nächsten Morgen geschah – daß die Wachsoldaten kamen und das jüdische Mädchen zu den Maschinengewehren oben auf dem Berg führten.

Den Blick auf die Kitzelfrau geheftet, ging Barbara zur Tür und ins Freie. In dünnen, langen Reihen ragten die Maschinengewehre in den winterlichen Himmel; aber weiter unten am Hang drang Licht aus sich öffnenden Türen: Dort saßen in den Werkbaracken Menschen und sprachen furchtlos über alles, woran sie sich erinnerten und was sie bewegte; dort wohnte das Mädchen, das zu ihr gekommen war und sie mit ihrem richtigen Namen angeredet hatte. »Barbara ... Barbara Grünbaum.« Sie sehnte sich nach dem Klang ihres Namens, danach, ihn gesprochen zu hören und von sich selbst, von Stefan, vom Gut und von dem Leben zu hören, das einst ihr gehört hatte.

»Janina Zborowska – aus Posen – nein, ich war nie verheiratet.«

Das erwartete sie in Deutschland: Verstellung, Lügen und die Nächte, in denen sie, die Hunderte um Hilfe gebeten hatten, die sich weder vor den Bomben noch vor den Deutschen gefürchtet hatte, jedes Mal zittern mußte, wenn die pockennarbige Frau sich rührte. Sie stand da und schaute zum jüdischen Lager hinüber. Wieder öffnete sich dort eine Tür und ließ einen breiten Lichtschein heraus. Das Licht verschwand wieder, und jetzt war alles entschieden: sie mußte in das Judenlager gehen; sie wollte diesen Krieg nicht wie ein Schmarotzer verbringen, der für niemanden da war und an nichts anderes dachte als an die Rettung der eigenen Haut.

Hinter sich hörte sie einen schweren, schleppenden Gang. Die Kitzelfrau war auf dem Weg zur Latrine. Barbara lächelte. »Kommen Sie mal her«, flüsterte sie, als die Kitzelfrau wiederkam, »ich muß Ihnen etwas erzählen.«

»Was ist denn, Janina?«

»Hören Sie.« Sie unterdrückte ihren Widerwillen und trat nahe an sie heran. »Es gibt einen Juden, der frei herumläuft, der sich als Herrn der ganzen Welt aufspielt.«

»Einen Juden? Woher wissen Sie das?«

»Er hat schwarze Augen, schwarzes Haar, einen schwarzen Schnurrbart. Er ist gerissener als eine Schlange. Das klingt nach Jude, nicht wahr?«

»Wer ist das? Wer?«

»Haben Sie es noch nicht geraten? Er ist es – Hitler!«

Auf ihrer Pritsche liegend, ließ Barbara die Beine herabbaumeln und schüttelte sich vor Lachen. Dann zog sie ganz langsam die Beine an und wickelte sich fest wie eine Mumie in ihre grobe Decke.

Kapitel 6

Das Lager befand sich weit oben am Hang – schwarze Dächer aus Teerpappe, der Appellplatz und die Straße, die dunkel von den Kolonnen war, die jeden Tag zur Arbeit gingen. Aber unten am Fluß glänzten die Züge, welche die Frauen in ein anderes Lager bringen sollten, rot in der Sonne; und da war Barbara, marschierte mit ihren leuchtenden Augen und ihrem breiten Lächeln neben Tola und wirkte unter diesen erschöpften und von der vergangenen Nacht verängstigten Frauen mehr denn je wie eine, die aus der »Freiheit« kam.

Der vorige Abend hatte angefangen wie alle anderen: der Besen scharrte; »Arbeiten! Nicht schlafen!« hatte Glatt gebrüllt. Und genau in dem Moment, als die Seidmanka triumphierend von der Latrine zurückgekehrt war und die Rubinfeldowa sich nach den neuesten Nachrichten und Tola nach der großen Polin erkundigten, versperrten OD-Männer wie ein schwarzes Viereck die Tür. Ein Schrei – sie sprangen vorwärts, zerrten die meisten Frauen von ihren Stühlen und trieben sie mit Tritten und Stößen nach draußen. Regen fiel, die Dunkelheit roch nach Wodka, und die gewaltige, immer noch anwachsende Menge schleppte sich weiter, an den Werkstätten vorüber, an Türen, durch die man einzelne Gestalten noch sticken und nähen und Borstenhaare durch Besen ziehen sah. Die Straße stieg steiler an und führte in die entlegeneren Teile des Lagers. Bretter, aufgetürmte Grabsteine versperrten immer wieder den Weg, und aus den Gräben rechts und links kamen Schreie, weil die, die sich bei ihrem Fluchtversuch dort versteckt hatten, herausgezerrt wurden.

An der hohen Wand aus Stacheldraht blieben sie stehen. »Qua ... Qua ...«, krächzte eine Frau, »Quarantäne.« Schweigend, nur das Platschen ihrer Schritte in den Pfützen war zu hören, zog die Menge zu der Zeile der Quarantänebaracken, wo gewöhnlich die einsaßen, die erschossen werden sollten.

»Ich hab' keine Ahnung« – »Es ist verboten«, schrien die OD-Männer, welche die Tür bewachten. Verboten war, in die Nachbarbaracken zu gehen und nach denen zu suchen, die man in dem Durcheinander verloren hatte. Schließlich stiegen die Frauen auf die nackten Pritschen, keine von ihnen allein, selbst die von ihren Müttern und engsten Freundinnen Getrennten klammerten sich an eine Gefährtin, die sie unterwegs gefunden hatte.

Tola hielt sich wie immer abseits. »Bitte, ich möchte lieber allein sein«, sagte sie jedesmal, wenn jemand mit ihr Kontakt aufnehmen wollte, und saß dann da, auf die zerbrochene Scheibe starrend, die unter der hochgerutschten Verdunklung sichtbar wurde. Hatte einer von denen, die man zu ihrer letzten Nacht hierhergebracht hatte, die Scheibe zerschlagen? Zunächst erzeugte dieser Gedanke jene distanzierte Neugierde, mit der ein Besucher die Verliese besichtigt, in denen einst königliche Gefangene gesessen haben. Und als ihr bewußt wurde, daß sie, sie selbst diese Gefangene war, wurden ihre Hände feucht, ballten sich, krallten sich in ihre Brust. Der Anfall ging vorüber; langsam, weil ihre Beine den Dienst versagten, kletterte sie hinunter, um nach einem Ort zu suchen, wo man sich vielleicht verstecken konnte. Den gab es hier nicht, und so hockte sie sich wieder auf ihre Pritsche und verfolgte den Widerschein der hin und her zuckenden Lichter auf dem zerbrochenen Glas.

Zwei Eimer, der eine mit Wasser, der andere für Exkremente, wurden an der Tür aufgestellt. Einige Frauen versammelten sich um den letzteren, warteten und ließen sich, da der OD-Mann sich nicht von der Stelle rührte, schließlich darauf nieder. Und die Wülste von weißlichem Fleisch, die aus ihren zerrissenen Strümpfen quollen, verfolgten Tola in ihre fiebrigen Träume.

Schritte weckten sie auf. Mit lose herabhängenden Armen ging eine alte Frau auf und ab, stolperte immer über dasselbe Brett, blieb jedesmal an derselben Stelle stehen und schob ihren Unterkiefer mit einem metallischen Klicken vor. Jetzt stand sie wieder still, diesmal an der Tür. Die öffnete sich. Ein OD-Mann kam herein und hielt ein langes Stück Papier gegen das Licht. Er las Namen vor, Namen von Verwandten von OD-Leuten, von Geliebten und Freundinnen, die dank solcher Beziehungen ins

Lager zurückkehren durften. »Hier, ich komme.« Mit ausgestreckten Armen und unruhig umherschießenden Blicken, als könnte ein Schwindler ihren Platz nehmen, rannten die Genannten herbei und gleich hinter ihnen die, welche keine solchen Beziehungen hatten und den OD-Mann um Hilfe anflehten, ihm Nachrichten für Zurückgebliebene auftrugen.

Tola, die niemanden zurückgelassen hatte, blieb eingerollt auf ihrer Pritsche liegen. Der OD-Mann und die, deren Name er aufgerufen hatte, waren weg; bald kamen andere herein, weitere Listen wurden verlesen, weitere Gruppen kehrten ins Lager zurück, und überall hockten nun einsame Gestalten auf den Betten, Verlassene, nicht von irgendeinem zufälligen Bekannten, sondern von Freundinnen und Freunden verlassen, mit denen sie jeden Bissen, jeden Gedanken geteilt hatten. Tola beobachtete sie. Als ein OD-Mann, ein Bekannter, eintrat, ging sie hin: »Wenn Sie die Polin sehen ... nichts, schon gut.« Sie wandte sich schnell ab. Oben auf ihrer Pritsche wickelte sie sich fester in ihren Mantel, schaute dann nach dem Futter, das war aufgerissen und alles eingenähte Geld verschwunden.

Die Listen wurden kürzer, die Abstände zwischen dem Erscheinen der OD-Leute länger, und schließlich kam niemand mehr. Den Kopf auf ihre Faust gelegt, döste sie weg, schreckte aber immer wieder hoch von dem Auf und Ab der Schritte, von der Kälte, dem Gestank aus dem überschwappenden Eimer.

Einmal, als sie hochfuhr, zeigte die alte Frau gerade auf das Fenster, auf den hellen Rand, der sich um die verdunkelte Fläche bildete. »Bald! Bald holen sie uns.« Und wieder ging sie auf und ab, ihre Schritte beschleunigend.

Der Rand wurde heller. Weit draußen stieß das Signalhorn seinen schrillen, keuchenden Ton aus. Nach und nach kamen die Frauen von den Pritschen herunter und sammelten sich an der Tür. »Habt keine Angst!« rief draußen jemand. »Keine Angst!« wiederholte ein OD-Mann. »Ihr kommt in ein anderes Lager.« Niemand reagierte. »Bestimmt!« schrie er, »ich verspreche es euch, ich schwöre!«

Er schwor bei allem, was ihm heilig war, bei seinem Leben, aber erst als sie draußen waren, begann Tola ihm zu glauben, als wären der Wind, der lichter werdende Nebel und die Sonne der Beweis, daß ihr an einem solchen Morgen nichts zustoßen konnte.

Tief atmete sie die Frostluft ein. Und ringsumher kam es zu Szenen des Wiedersehens. Die man am Vorabend getrennt hatte, umarmten sich, riefen, winkten, sprachen stotternd wie nach jahrelanger Trennung. Tola trat vor, lief auf die Rubinfeldowa und die Seidmanka zu, drehte sich dann plötzlich um. Die Gruppe, die da aus der hintersten Baracke kam, waren die Polinnen, die große Person an der Spitze war Barbara, die sich nun absonderte und vorsichtig und stetig der jüdischen Kolonne näherte; jetzt duckte sie sich, verschwand im Gewühl, tauchte wieder auf und war verändert, trug einen bemalten Mantel. »Hier, Barbara!« wollte Tola rufen, brachte aber nichts hervor. Sie stand mit ausgestrecktem Arm. Ein heiseres Flüstern, eine Hand, die sie an der Schulter faßte. »Sie... Sie hier?« stammelte Tola. »Klar, ich sagte doch, ich würde kommen.«

»Hat jemand Sie bemerkt? Hat man Ihre Frauen gezählt?«

»Aber nein. Sie werden nichts merken.« Als Barbara lächelte, befiel Tola die Angst, daß hier ein nicht wiedergutzumachender Fehler geschehen war. Denn schon marschierten sie los, wobei Barbara sie, immer noch lächelnd, an der Hand faßte wie ein Kind, das sich über seinen jüngsten Streich freut.

An dem Tor, das zu den Eisenbahngleisen führte, machte die Kolonne halt; das Schweigen, die gesenkten Augen, zeigten die Anwesenheit des Lagerkommandanten an. Aber kurz darauf drehte sich in jeder Viererreihe eine Frau um und bewegte fast unmerklich und stumm die Lippen, um Kunde von einem hoffnungsvollen Zeichen zu geben. Daß es etwas zu essen gab, war dieses Zeichen: Brot und Käse, was bedeutete, daß es sich noch lohnte, sie zu ernähren, daß sie wirklich nur in ein anderes Lager kamen. Nur Tola vermochte kaum nach ihrem Brot zu greifen, so zitterte ihr die Hand, als er, eine riesenhafte Gestalt im langen Mantel, seine Peitsche hob, als wollte er sie, wie damals am Ghettotor, zwingen, allein zurückzubleiben.

Alles war gut gegangen; sie zogen durch das Tor, marschierten über ein weißbereiftes Feld, über glitzernde Gleise und in die dunkle Kälte des Viehwaggons. Ein weiteres gutes Zeichen wartete auf sie: Es gab Platz, der es ihnen erlaubte, umherzugehen, sich hinzusetzen und zu atmen.

Stiefel stampften an der offenen Tür vorüber. Sie hielten an; ein Knall, und alles war finster. Eine tiefe Stimme erhob sich und rief Gott bei seinen vielen jiddischen Namen an, lauter und lauter, während Hammerschläge dröhnten und eine Tür nach der anderen zugenagelt wurde. »Ribojno shel Ojlam, oh Gotteniu, o Gott!« Ein Ruck, der die kauernden Gestalten gegen die Wände schleuderte, und der Zug fuhr an.

Durch eine Ritze fiel ein dünner Lichtfaden und wand sich um Barbaras umhertastende Arme.

»Was ist los?« flüsterte Tola. »Was machen Sie?«

»Umziehen, ein bemaltes Kleid anziehen. So, fertig. Auf Nimmerwiedersehen, Zborowska.« Barbara lachte, aber Tolas Angst wuchs.

»Sie mußten herkommen, nicht wahr? Sie mußten es tun.« Sie wiederholte ihre Frage, als keine Antwort kam.

»Ich mußte? Wie meinen Sie das?«

»Jemand war hinter Ihnen her, wollte Sie denunzieren.«

»Aber nein, niemand war hinter mir her.«

»Wirklich niemand?«

»Keine Menschenseele!«

Tola stand auf, tappte durch das Dunkel und beugte sich über Barbara und versuchte vergeblich, ihr Gesicht zu sehen. »Niemand?« wiederholte sie. »Aber ... warum sind Sie dann hergekommen, wie konnten Sie sich das antun?«

»Weil das kein Leben da war, kein Leben.«

»Und hier?«

»Hier kann ich wieder sein, die ich bin, ich kann etwas tun, kann helfen.«

»Sind Sie deshalb gekommen?«

»Ja, deshalb. Aber Sie, Sie klingen, als glaubten Sie mir nicht.«

Lange Zeit schwieg Tola, bis sie schließlich »Nein!« schrie, »ich glaube es nicht, ich kann es nicht, Sie können doch nicht einfach gekommen sein, um die Erlöserin zu spielen; es muß Sie jemand entdeckt haben ...«

»Wollen Sie mich verhören wie die Gestapo?« unterbrach Barbara sie mit heiserer Stimme. »Niemand hatte mich entdeckt;

wenn ich etwas sage, meine ich es ehrlich. Und merken Sie sich das ein für allemal!«

Die Lok pfiff. »Trample Sie nicht auf mir herum!« schrie jemand.

Doch Barbara hörte nicht. Barbara überließ sich ihrem Zorn, ohne Hemmungen, ohne Angst vor der Reue, weil sie wußte, daß ein zerknirschtes »Verzeiht meine schlechte Laune, es tut mir leid.« bald alles wiedergutmachte. Und immer vergab man ihr, immer.

Im rechten Augenblick war ihr Zorn gekommen; er erlöste sie von dem Gefühl, sich in dem finsteren, lärmerfüllten Gang eines entsetzlichen Mietshauses zu befinden. Irgendwo am Eingang war Janina Zborowska zurückgeblieben, irgendwo am Ausgang wartete Barbara Grünbaum auf sie. Noch nicht diese und schon nicht mehr jene, tastete sie sich vorwärts, kam nur mühsam voran, weil das unverständliche jiddische Gejammer und die Fragen, die sie zunehmend reizten, sie behinderten. Denn sie hatte sich die Rückkehr zu ihrem Volk ganz anders vorgestellt, da hatte es keine Fragen gegeben, nur das Willkommen, die Freude. Aber ihr Zorn, dieser ihr bislang versagte Luxus, hatte alles wieder ins Lot gebracht. »Bitte verzeihen Sie meine schlechte Laune, es tut mir leid«, flüsterte sie, nun wieder ganz die alte.

»Bitte sehr, es macht nichts.« Das Mädchen – ihren Namen hatte Barbara vergessen – gewährte die erhoffte Absolution.

»Sie … Sie haben mich provoziert; aber auch ich habe die Beherrschung verloren. Schließlich wissen Sie noch gar nichts, wie können Sie also verstehen, daß ich hergekommen bin. Aber ich sag's Ihnen noch. Ach, ich fühle mich so wohl.«

»Wohl!« kreischte eine alte Stimme. »Man treibt uns wie Vieh hier hinein, und die sagt: Ich fühle mich wohl!«

»Was geht Sie das an?« sagte Barbara leise, lachte, weil ihr plötzlich so leicht zumute war, und rückte von der Kreischstimme weg. »Ich fühle mich, als hätte man mir einen Knebel aus dem Mund genommen, als … Sehen Sie, im Polenlager mußte ich mich in acht nehmen.«

»Aber wenn Sie sich in acht nehmen mußten –«, fiel ihr das Mädchen ins Wort.

»Geht das schon wieder los? Niemand war mir auf der Spur, nicht mal diese abscheuliche Kitzelfrau. Von der erzähle ich später. Aber vorsichtig sein mußte ich. Die meisten Frauen waren gute Seelen, aber ein paar ... Da hieß es ›Juden hier‹, ›Juden da‹, den ganzen Tag. Glauben Sie mir, ich konnte nicht einmal niesen, ohne mich zu fragen, ob ich jüdisch oder christlich geniest hatte. Und die Lügen, die ich auftischen mußte, wie eine Hochstaplerin, die Sorte, über die man in den Zeitungen liest, alias diese, alias jene. Nicht daß ich unbedingt etwas gegen das Lügen habe. Ich bin keine Heilige. Trotzdem, diese Art von Lügen verändern einen, nach einer Weile fängt man an, sie zu glauben. Nein, glauben eigentlich nicht, aber alles andere kommt einem auch nicht mehr wirklich vor; ich will sagen, man weiß nicht mehr, wer man ist. Ha!« Sie stockte, brach ab.

So ging es immer, wenn sie reden wollte, wenn es sie verlangte, nicht nur Wörter von sich zu geben, Geschwätz, das ins Leere ging, sondern zu reden, ihr Herz auszuschütten; dann weiteten sich ihre Gedanken zu einem Festsaal voller Gäste, Farben, Gestalten, Töne, die beachtet werden wollten, die behaupteten, ohne sie dürfe diese Feier nicht anfangen. Dann stotterte sie immer und suchte nach Worten, nicht nur, weil sie einem solchen inneren Andrang nicht gerecht werden konnte – sie stümperte erbärmlich, wenn es ans Sprechen ging –, sondern weil sie das beinahe schmerzhafte Gefühl hatte, daß man den Zuhörer nicht einfach in seine innere Welt einlassen durfte, um sich mit einem »Schau dich selber um« zurückzuziehen.

Sie wollte das Mädchen gern mit zu den Abenden im Polenlager nehmen, wenn die Frauen sich trafen und redeten. Namen wurden genannt; Wohnungen und Kinder wurden für die kommende Jahreszeit vorbereitet; Klagen über Ehemänner wurden laut (»Er achtet überhaupt nicht auf sich«). Die unverändert wache Sorge, der alte, unverminderte Groll beschworen herauf, was sie hinter sich gelassen hatten. Über allem, was zu Barbaras Vergangenheit gehörte, lag ein Bann; sie verstellte sich und log, während in ihrem Inneren die Wahrheit, wie zu lange aufgestauter Atem, hochquoll. Sie konnte es nicht mehr ertragen, wollte reden. Aber nicht weit von ihr war die Kitzelfrau, schweinsäugig und wachsam, lauerte auf ein unbedachtes Wort, konnte sie verraten. Sie hielt den Mund, aber die Täuschung schmerzte sie, sie war ein Zeichen der häßlichen Verschlagenheit, die man, wie sie wußte, den Juden nachsagte. Der Einbruch der Dunkelheit verschaffte ihr zunächst Erleichterung. Einem Kreis von eingebildeten Zuhörern erzählte sie von Barbara, von Stefan und vom Gutshaus. Bald wurden diese Erzählungen fade, wurden zu einer Wiederholung von Anekdoten über einen flüchtigen Bekannten von früher. Bald war es ihr, als habe sie immer Janina Zborowska geheißen, deren ganze Vergangenheit aus einer Ansichtskarte von Posen bestand, die sie einmal gesehen hatte und auf der ein rotes Dach, ein zu grüner Baum und in einer Ecke ein Tintenfleck zu sehen waren.

»Dann sind Sie gekommen«, sagte sie leise, »und plötzlich konnte ich mich wieder erinnern, konnte ich wieder die sein, die ich bin. Bis dahin war es so … warten Sie, ich weiß, wie es war. Haben Sie schon mal einen Zug verpaßt? Nein? Mir passierte das dauernd. Und wenn ich dann in einem gottverlassenen Nest saß, dann überkam mich dieses unheimliche Gefühl, daß der Wartesaal, der Spucknapf, die alten Plakate alles waren, was ich jemals gekannt hatte, alles, was ich jemals kennen würde.

So fühlte ich mich in dem polnischen Lager. Tagsüber, wenn ich draußen war, mich bewegte und arbeitete, ging es. Aber abends konnte ich es nicht mehr ertragen. Und all dieses Elend erdulden für nichts, für niemanden dasein zu können …«

»Für niemanden dasein? Sie galten als Heldin, als regelrechter Messias.«

»So ein Unsinn! Und wissen Sie was? Auf diese Weise konnte ich einige dieser Hyänen von meiner Fährte ablenken. ›Wenn Juden nicht solche Feiglinge und Geizhälse wären, würde ich glauben, du wärest eine, wenn du so den Hals vorstreckst beim Füttern‹, sagte eine zu mir. ›Wieso weißt du soviel über Juden? Bist du etwa selber eine Jüdin?‹ Schlau, nicht wahr?« Sie wartete, ob die andere lachte.

»Grünbaum«, flüsterte sie, als kein Lachen kam. »Barbara Grünbaum. Verstehen Sie, was ich meine? Noch vor einer Stunde hätte dies die Kugel bedeutet; jetzt könnte ich es von den Dächern schreien, und kein Haar würde mir gekrümmt.«

»Sie haben sich kein bißchen verändert.« Jetzt endlich lachte das Mädchen, ein scheues, unbeholfenes Lachen.

»Klar, warum sollte ich mich geändert haben? Aber sag, wie heißt du?«

»Ohrenstein. Aus Krakau.«

»Nein, dein Vorname.«

»Tola.«

»Tola – Tolenka.« Barbara benutzte gern Diminutive, als reichte es ihr noch nicht, so viel größer als die anderen zu sein. »Tolenka, wann genau warst du bei uns?«

»Gegen Ende, als die Dörfer in der Gegend brannten.«

»Furchtbar, nicht wahr? Aber dann müßtest du mich verstehen können, wenn du weißt, wie mein Haus ist – nicht elegant oder schön, aber groß, ganz groß. Und die vielen Menschen, die kamen und wieder gingen, weißt du das noch?«

»Ja, ich habe oft an dich gedacht, und ich war ganz sicher, du wärest nach Rumänien oder Rußland gegangen. Der alte Mann sagte uns, du wolltest fortgehen.«

»Antoni, natürlich, du hast ihn ja kennengelernt.« Sie hielt inne, dann aus dem Dunkel schienen seine Augen sie anzuschauen, irgendwie traurig. »Was hast du gesagt?« fragte sie zerstreut.

»Warum du nicht fortgegangen bist.«

»Ich konnte nicht. Ich wollte nicht. Ich ...«

»Ruhe!« hieß es von allen Seiten. »Still, seid ruhig!«

Der Zug hatte angehalten; Räder rumpelten draußen, eine Stimme dröhnte aus dem Lautsprecher. Bewegungslos, unhörbar atmend lauschten die Frauen, in der Hoffnung, sie könnten dem verworrenen Lärm des Bahnhofs einen Hinweis entnehmen, wo sie sich befänden. Aber schon übertönte das Keuchen einer vorbeifahrenden Lokomotive den Lautsprecher. Schritte knirschten vorbei, ein Hammer klopfte gegen die Schienen.

»Tola«, flüsterte Barbara, »was glauben die Leute, was hier drin ist?«

»Kohle, Holz – irgendwas.«

»Und wenn wir rufen, gegen die Wände hämmern?«

»Das würde ich nicht empfehlen.«

»Ruhe!« hieß es wieder, und der Zug fuhr weiter.

»Ich wollte, es wäre nicht so dunkel.« Barbara seufzte. »Egal, worüber sprachen wir gerade?«

»Du sagtest, du konntest nicht fortgehen?«

»Ich konnte nicht, weil«, sie suchte wieder nach Worten, »weil Krieg eben Krieg ist.«

»Ohne Zweifel.«

»Bitte sei nicht ironisch.« Ihr Ton wurde eindringlich. »Sieh mal, sie haben mich aus meinem Haus geräuchert, gut, aber immer auf der Flucht sein wie ein Kaninchen, das wäre nicht gut gewesen. Ich wußte das schon am ersten Abend, als wir in Lublin ankamen. Hast du Lublin nach dem ersten Bombenangriff gesehen? Es war eine völlig veränderte Stadt – also, warum nörgelt die da schon wieder?« Das jiddische Gejammer ging wieder los.

»Sie hat ihre Tasche verloren.«

»Mein Gott! Hören Sie auf, gute Frau, lassen Sie es, Sie finden Ihre Tasche im Dunkeln nicht. Wo war ich? Ach ja, Lublin; alles hatte sich verändert, nur die Leute nicht«, sagte sie gereizt, wegen der Jammerei.

Ihre Cousine in Lublin änderte sich nicht, sie klagte über die Deutschen, den Brotpreis und die Bomben in demselben Ton, in dem sie »Au, meine Migräne« sagte. Um diesem Klagen zu entrinnen, sah sie aus dem Fenster. Eine hohe, dünne Akazie schwankte im Wind; hinter ihr warb auf einer grauen Wand eine rosa Beinparade für einen längst vergessenen Film. Und auch das andere Plakat, das sie überall in der Stadt gesehen hatte, schien auf den ersten Blick einen Film anzupreisen, einen jener Kriegsfilme, von denen Barbara immer angeregt und traurig zugleich heimzukehren pflegte: Ein Soldat lag grau auf der grauen Erde, Blut strömte aus seiner Brust, und darunter, ebenfalls blutrot, stand der Spruch: »England, das ist dein Werk!«

Die Klagerei der Cousine wollte nicht verstummen. »Gnädige Frau«, rief Antoni, »gnädige Frau, diese Person lernt es nie!« Sie lief hinaus, wobei sie fast gegen ihn gerannt wäre. Und diese veränderte, vom Krieg gezeichnete Stadt drang jetzt auf sie ein, im Dröhnen der Soldatenstiefel, im Gestank des Rauchs und in dem Lachen, das aus der feuchten Höhle eines Hauseingangs klang. Da stand eine Frau und bei ihr ein Soldat, ein Deutscher! »Schämen Sie sich denn nicht?« brach es aus ihr heraus. Ein höhnisches Lachen, dann wieder ein ratternder Lärm, als Panzer langsam in die Straße rollten.

Aber der Park mit seinem Geruch nach Regen war still: Der warme Wind fuhr ihr durchs Haar, sanft wie im Frühling sank die Abenddämmerung herab. Und sie hatte das Gefühl, daß die hohen Häuser der Innenstadt sich zur Begrüßung dieses plötzlichen Frühlings weit geöffnet hatten – verschwunden waren die hindernden Türen und Fenster, selbst die Dächer waren fortgeweht wie Hüte, die ein frischer Wind entführt hat, und jedes Haus atmete und gab beim leisesten Windhauch weiße Wolken von Kalkstaub von sich. Beim Näherkommen sah sie die nackten, freistehenden Wände, die klaffende Wunde, die früher ein Tor gewesen war, und im Inneren die aufgetürmten Ziegel, die Haufen von verkohltem Holz, von Glasscherben. Irgend etwas blitzte im Licht eines vorbeifahrenden Autos auf – ein Türgriff oder ein Messingschild mit einem Namen darauf.

»Weg da! Gefahr!« schrie ein Mann. »Gefahr! Gefahr!« warnten die großen Schilder, und um die Ecke waren die Mauern durch Pfosten abgestützt, frisch behauen wie die Masten eines neuen Schiffes.

Nicht weit heulte eine Sirene; die Passanten, die sich den Trampelpfad zwischen den Trümmern entlangtasteten, blieben schweigend stehen, wie wenn beim Klang eines Glöckchens ein Priester mit der letzten Ölung kommt. Die Ambulanz raste vorbei. Erst als sie verschwunden war, fielen ihr die Erzählungen ihrer Cousine ein: daß immer noch Menschen unter den Trümmern ausgegraben würden, manche verrückt vor Hunger, andere blind wie die Maulwürfe.

Orangerot wie züngelnde Mohnblüten flackerten Flämmchen in der Abenddämmerung, Kerzen für die, die tot unter den Trümmern geblieben waren. Blumen lagen auf den Gehsteigen, Gladiolen, letzte Astern, die einen süßen, welken Duft ausströmten, und um sie herum ein dunkler Kranz kniender Frauen, die in ihrer hastig zusammengesuchten Trauerkleidung ärmlich wirkten. Die Vorübergehenden bekreuzigten sich. Barbara senkte den Kopf und ging weiter. Und mit jedem ausgebombten Haus, jeder Sirene und jedem gebrüllten Soldatenlied wurde ein Pakt zwischen ihr und der Stadt besiegelt. Diesen Pakt brechen, weglaufen – niemals würde sie das tun.

»Ja! Krieg ist Krieg!« Dieses Mal klang ihre Stimme fest. Wie zum Beifall tönte Gesang aus dem dunklen Viehwaggon. Die Stimmen klangen zuerst zaghaft, fanden einander, wurden kräftiger. »Gott weiß, wohin man uns verschleppt, und die singen«, protestierte die hysterische Stimme. »Lassen Sie sie singen, lassen Sie doch!« rief sie, aber schon erstarb der Chor, nur eine einzige Stimme zitterte noch durch die Dunkelheit. Sie verstummte; heiser flüsternd bat jemand um Wasser. »Mensch, ich bin halb verdurstet«, keuchte Barbara. Sie tranken beide rußig schmeckendes Wasser aus einem Blechnapf und teilten dann ein Stück Brot mit Käse. »Weißt du noch, wie es in den Zügen zuging?« sagte Barbara versonnen. »Alle die hartgekochten Eier, die beim Öffnen knackten, und der Schinken, rosa wie das Zahnfleisch eines Säuglings, und das frische Brot wie ... mir fällt kein Vergleich ein. Aber dieses Brot und dieser Käse schmecken auch«, sagte sie, trotzig den Schimmelgeschmack ignorierend. »Du weißt, wem wir das zu verdanken haben, nicht wahr?«

»Der Fürsorglichkeit des Lagerkommandanten. Er machte sich Sorge um die empfindlliche Verdauung der SS.«

»Du bist sehr ironisch. Hör zu: jetzt wo diese Deutschen anfangen zu verlieren, kriegen sie solche Angst, daß sie beschließen, uns besser zu behandeln. Deswegen kam die Kommission, alle im Polenlager sagten das.« Sie machte eine Pause. »Alle!« wiederholte sie, bekam aber keine Antwort, »und – warte! Da ... siehst du?« Blaßblau, wie ein leuchtendes Auge, funkelte etwas im Dunkeln. Eine Öffnung, nicht größer als eine Münze, aber wenn man sich bückte und seine Augen daran preßte, konnte man ein bißchen von der Außenwelt erahnen. »Kommt alle her, wir haben ein Fenster!« rief Barbara. Die Frauen rappelten sich hoch, und wie Theaterbesucher, die der Reihe nach durch das einzige vorhandene Opernglas schauen, sahen sie nacheinander durch dieses Fenster. »Etwas Rotes – das müssen Dächer sein«, berichteten sie. »Etwas Blaues – ein Fluß, vielleicht der Himmel.« »Jetzt ist alles schwarz, wir fahren wohl durch einen Wald.« »Schwarz, immer noch schwarz.« Die Frauen zerstreuten sich, Barbara bückte sich wieder und wartete, bis ein Lichtschein vorbeihuschte.

»Das erinnert mich an etwas«, und sie rückte näher an Tola

heran, »nämlich an den Zaun in dem Haus, wo sie mich hinter Schloß und Riegel gehalten haben. Wer? Antoni und Marta natürlich. Ich weiß, sie wollten nur mein Bestes, aber ich konnte es trotzdem nicht ertragen. Zuerst war es nicht so übel. Wenn es dunkel wurde, ging ich nach draußen, um ein bißchen von Gottes Welt zu sehen, aber dann, als jeder die Kugel kriegte, der ohne den Davidsstern ging, wollten sie mich nicht mehr vor die Tür lassen. ›Gnädige Frau müssen vernünftig sein, gnädige Frau müssen im Haus bleiben‹, lagen sie mir in den Ohren; bis dahin war mir dieser Krieg wie eine Regenperiode vorgekommen, die nicht enden will. Und das Haus, in dem wir wohnten, erschien mir wie ein Hütte, irgendwo in der Wildnis und nicht größer als ein Hühnerstall. Ich gab mir größte Mühe, meine Ruhelosigkeit zu bändigen, glaub mir.« Erregt zählte sie auf, wie sie das versucht hatte: durch Schrubben des Fußbodens, bis er wie frisch gemachte Butter glänzte, durch solches Wienern der Treppenstufen, daß es ein Wunder war, daß sie sich nicht von all dem Scheuern auflösten. »Aber wie hätte mich das ausfüllen können? Zwei Jahre lang beim Aufwachen denselben Flecken an der Wand sehen. Sie waren nachsichtig mit mir wie mit einem kranken Kind. ›Singt!‹ hätte ich sagen können, und sie hätten gesungen, hätten auf ihren alten Beinen getanzt. Und jedesmal wenn sie von einem kurzen Gang zurückkamen, hieß es: ›Ach diese Hitze, gnädige Frau‹ – ›Diese böse Kälte!‹ Siehst du, ich erzähle dir, wie es war, die ganze Wahrheit. Ich habe sie angeschrien. ›Tut doch nicht so!‹, habe ich geschrien. ›Seid ihr schuld, daß ich wie eine Maus in der Falle zappeln muß?‹ und dann stürzte ich nach draußen, in den Hinterhof, der gerade für zwei Pfützen und den Zaun reichte.«

Irgendwie, auf eine zweideutige Art, war dieser Zaun lebendig geworden – mal war er der Feind, der ihr den Weg versperrte, mal der Freund, der das Wetter und den Gang der Jahreszeiten durch den Geruch nach pilziger Feuchtigkeit oder nach sonnenwarmem Holz anzeigte. Im oberen Teil gab es ein Astloch, ihr Fenster zu Gottes Welt: zur staubigen Landstraße, den vorbeiziehenden, barfüßigen Bäuerinnen, die ihre Schuhe über die Schultern geknüpft hatten, um sie zu schonen, und deren Körbe sich hoben und senkten, weil sie voll gackernder Hühner und schnatternder

Gänse steckten. Eine Feder schwebte in den Staub, den der Wind aufwirbelte.

Hinter dem Zaun – das fiel ihr ein, wenn sie an die Spaziergänge beim Einbruch der Dämmerung dachte – lag der sterbende Soldat. Sie hatte sich auf die Zehenspitzen gestellt, mit dem Arm über den gezackten Rand des Zauns gelangt und einen Fetzen Papier heraufgeangelt, der einmal blutig rot gewesen war, jetzt aber die Farbe von verkrustetem Schlamm hatte. An dem Tag, als sie sich nach draußen gestohlen hatte, um festzustellen, was von ihm noch übrig war, nämlich ein formloser Umriß und der Überrest von der Wunde, hörte sie von den entsetzlichen Dingen.

»Hitze« hatte der Harzgeruch des Zauns ihr gemeldet. »Hitze«, stöhnte sie, ausgestreckt auf ihrem Bett liegend. Hinter der Tür hörte sie leises Reden, das verstummte, wenn sie sich bewegte; sie lag still, und das Geflüster fing wieder an. Sie stand auf, warf sich Wasser ins Gesicht, ging in die Küche. Mit einem Schlag verstummten alle, Marta, Antoni und ihr warzengesprenkelter Freund, wie Erwachsene, die von einem Kind bei einem Gespräch über unanständige Dinge überrascht werden.

»Also! Was ist los?« wollte sie wissen.

»Nichts, gnädige Frau«, sagte Marta schnell, »nichts.«

»Ruhe, Frau.« Antoni stand auf und ballte seine Fäuste, fester und fester, und befahl schließlich dem Freund: »Sag's ihr! Ja, sag's ihr, damit sie weiß, was wir ihr antun.«

»In Treblinka ...« Der Freund wischte sich den Schweiß von seinem kahlen Schädel.

»Treblinka?« schrie Marta. »Aber ich kenne Treblinka, ich bin da gewesen.« Sie schien jemanden in Schutz zu nehmen, den sie seit Jahren kannte und dem sie nichts Böses zutraute.

»Ruhe, Frau, habe ich gesagt.«

»Sie schicken ganze Züge voll Juden nach Treblinka und bringen sie um, mit Gas.« Ein Satz wie jeder andere, jedes Wort darin war vertraut, jedes schon im Gebrauch, aber jetzt, in dieser Zusammensetzung, gerannen sie zu einem dunklen Etwas, das sie aufstechen und öffnen mußte, um zu sehen, was es enthielt. Draußen schien die Sonne, Kinder spielten in dem Dickicht von Stockrosen Fangen, und ein Hund räkelte sich in dem sonnenbeschienenen Staub. Sie wandte sich wieder ihnen zu. Über den

Tisch hinweg starrten die drei sie an, als warteten sie darauf, daß sie redete. Aber wortlos und in dem Bewußtsein, daß ihre sparsamen Handbewegungen etwas Künstliches hatten, ging sie hinaus.

Den ganzen Tag hielt dieses Schweigen an, es war unbehaglich wie bei einer gefürchteten Krankheit, die einen Nachbarn befällt, den man zwar kennt, aber nicht besonders liebt, so daß man keine Trauer fühlt, sondern nur, wie schrecklich das alles ist. Und den ganzen Tag lang weitete sich ihr Haus, dieser Hühnerstall von zwölf Schritten Durchmesser, dehnte sich bedrohlich aus, während sie die anderen beständig beobachtete, um zu erfahren, ob die denn verstanden hatten, was Treblinka bedeutete – sie selbst hatte es nicht –, wobei sie dies bald wünschte, bald wieder zurückwies, so als wenn deren Verständnis sie ins Unrecht gesetzt hätte. Nachts, wenn das Licht vor dem Heiligenbild rubinrot durch die Tür sickerte, seufzten sie dann, warfen sich schlaflos herum, weil sie endlich verstanden hatten?

Sie fühlte, es war ihre Pflicht, das zu begreifen. Sie versuchte es und bot ihre ganze spärliche Erfahrung von Leid auf, die Stille eines Trauerhauses, die Klagen der Bauern rund um die brennende Hütte, aber wenn ihr gerade die richtige Handbewegung, der richtige Schrei aus aufgerissenem Mund eingefallen waren, verschwand alles wieder in einem sich verdichtenden Nebel.

Verlegen und kleinlaut aßen sie ihr Frühstücksbrot, als sei es gestohlen. Sie starrten aus dem Fenster, sie wanderten hin und her. Noch ein Tag, dann noch einer, und schon war es so, als sei dieses dunkle Etwas, das sie immer noch nicht aufgestochen hatte, immer schon dagewesen, ein Haushaltsgegenstand, der plötzlich beim Essen oder Reden in den Blick rückte und gleich darauf vergessen wurde. Nur bei Nacht, wenn draußen die Stiefel verstummten, als wollten sie jeden Augenblick hereinkommen, mußte sie wie ein verängstigtes, gejagtes Tier ihre Gedanken anhalten, damit sie sie nicht in eine unergründliche Tiefe zogen. Die Stiefel entfernten sich. Hier, im Haus, war das Licht vom Heiligenbild, die weichen Laken und die Wärme des Körpers. Sie war sicher. Sie verachtete sich wegen dieser Sicherheit.

»Ich – ich fühlte eine brennende Scham«, sagte sie mit erstickter Stimme. »Alle taten etwas, die Juden kämpften in den Ghettos, die Partisanen in den Wäldern, und da saß ich und legte die

Hände in den Schoß. Du mußt das verstehen – vorher so tätig gewesen zu sein, so viel besessen zu haben – und dann nichts mehr. Deswegen habe ich sie verlassen.«

»Du bist einfach fortgegangen?«

»Einfach? – Mein Gott! Die endlosen Auseinandersetzungen, die wir hatten; das Sichanbrüllen. Dann kam der Denunziant. »Eure Zborowska ist eine Jüdin; entweder ihr bezahlt oder wir gehen zur Gestapo«, kreischte er. Ein armseliger Trunkenbold war er; aber als sie ihm sein Judasgeld gaben, fühlte ich mich befleckt, als stünde ich zum Verkauf. Aber es half mir auch, daß er kam. ›Der wird uns so lange erpressen und in allen Kneipen herumschwätzen und herumtönen, bis die Gestapo kommt!‹ bat und beschwor ich, bis sie mich gehen ließen. Und dann... dann...«

Sie schwieg, erschrocken, wie schnell sich ihre Erzählung dem Ende näherte. Es fehlten nur noch die Augen, die argwöhnisch hinter Spionen hingen, das Laufen treppauf und treppab, die Türen, die man ihr vor der Nase zuschlug. »Ich habe alles versucht.« Sie schüttelte den Kopf. »Ich bin von Pontius zu Pilatus gelaufen, aber ich konnte ihn nicht finden.«

»Wen konntest du nicht finden?«

»Den Untergrund. Alle Adressen, alle Namen hatte ich bei mir. Aber überall, wo ich hinkam, hieß es: ›Verhaftet. Nach Deutschland verschleppt. Verschwunden.‹ Und dann erwischten sie mich, und das war's dann.«

»Warum wurdest du verhaftet? Und wie?«

»Warte.« Ihre Miene hellte sich auf. »Warte, ich sag's dir, es war zu komisch. Ich saß da in einem Park und dachte nach, als sich jemand zu mir setzte. Wir sprachen zunächst über das Wetter und dergleichen, und dann klappte er aus heiterem Himmel sein Revers um. ›Gestapo. Sie sind wegen Diebstahls von Wäsche auf einem Speicher verhaftet.‹ ›Hören Sie‹, sagte ich, ›was soll ich mit Wäsche?‹ Aber er zwang mich einfach in eine Droschke; sieh, der war nämlich ein so armseliger Schnüffler, daß sie ihm nicht einmal ein Auto gaben. Und in der Droschke legte er los – mit seinen Pfoten, du weißt schon, an meinem ganzen Körper. ›Hören Sie zu, Gestapomann‹, sagte ich, ›Sie wollen mich verhaften, in Ordnung; Sie wollen dies hier, in Ordnung. Aber beides auf einmal, das geht nicht.‹ Und ich gab ihm eins mitten ins Gesicht, daß er rückwärts taumelte. Was für ein Dummkopf ich war. In der Nähe waren Waffen gefunden worden; er durchsuchte mich auf Waffen. Das erfuhr ich erst später im Gefängnis. Na ja, den Schlag ins Gesicht haben sie mir jedenfalls heimgezahlt.«

»Hattest du Angst?«

Sie zögerte. »Einen Augenblick lang, einen ganz kleinen Moment hatte ich Angst, dann war es vorbei; die Schläge machten mir nichts mehr aus, und daß sie mir Schlimmeres antun könnten, das glaubte ich keinen Augenblick. Gib mir etwas Wasser.« Sie leckte ihre ausgetrockneten Lippen. »Ich habe Durst.«

»Wir haben alles ausgetrunken.«

»Komm, dann bewegen wir uns ein bißchen, wir suchen das Fenster und gucken, wo wir sind.«

Aber inzwischen hatte die Dunkelheit das Fenster ausgelöscht, sie mußten sich an die Geräusche halten: »Eine Brücke«, meldete das hohle Gerumpel; ein plötzlicher, verworrener Lärm zeigte einen Bahnhof an; dann sagten die Zweige »Wald« und schlugen und peitschten gegen den Waggon, »Wald – immer noch Wald«. Wie lange waren sie schon unterwegs? War es schon Nacht, waren sie irgendwo tief in Deutschland? »Egal«, flüsterte Barbara, »wohin sie uns auch bringen, wir schaffen es schon. Aber sag mir, mit wem bist du hier?«

»Ich bin allein.«

»Hast du in Krakau noch jemanden?«

»Nein.«

»Ach.« Sie fühlte die kleine, eiskalte Hand. »Jetzt bleiben wir zusammen bis zum Schluß. Und nach dem Krieg mußt du mich besuchen. Stefan wirst du gefallen, ich weiß es. Stefan – das ist mein Mann, er ist in London – auf Befehl der Armee.« Eilig entschuldigte sie seine Sicherheit in London, einer Stadt, die sie sich jedesmal als einen riesigen rußgeschwärzten Regentropfen vorstellte. Sie schloß die Augen und versuchte sich an sein Gesicht zu erinnern, aber statt dessen sah sie Tola vor sich, die sie an ein krankes Kind erinnerte, das sie einmal besucht und das aus lauter Langeweile seinen Mund so angemalt hatte, daß er tiefrot in dem scharfen, blassen Gesicht leuchtete. Aber sie mochte diese Tola, wegen ihres scharfen Verstandes und weil sie sich so genau an das

Gutshaus und alle die Menschen dort erinnerte. Sollte sie Tola fragen, warum sie so allein war? Später – sie war müde, jetzt wollte sie schlafen.

Vorsichtig stand Tola auf und wickelte den Mantel enger um Barbaras Knie, setzte sich wieder hin. Es war kalt, das Rattern der Räder pulsierte in ihrem Kopf. Plötzlich fiel ihr die vergangene Nacht ein: das eingeschlagene Fenster, die Pritsche, auf der sie ganz allein gehockt hatte. Sie rückte näher an Barbara heran, horchte auf ihren ruhigen Atem und überließ sich einem leichten, wachsamen Schlaf – aus dem sie bei jedem ungewohnten Geräusch hochschreckte.

Teil zwei

Kapitel 7

Die Stille mußte sie aufgeschreckt haben: die Räder ratterten nicht mehr; von den vielen an den Wänden hockenden Menschen kam kein Laut. Dann ein Knall – die eisernen Riegel wurden zurückgeschoben, und die Tür öffnete sich in die Frostluft, in die Dunkelheit, wo Schnee leuchtete und ein öliges, gelbes Licht über eine Reihe regungsloser, undeutlich erkennbarer Gestalten hinwanderte.

»Sehen Sie etwas? SS-Leute, Hunde?« flüsterten die Frauen. Tola begann sich vorsichtig auf die Tür zuzutasten, aber Barbara war schneller. »Keine Angst«, rief sie und lehnte sich hinaus. »Sehen Sie doch, soviel Schnee.«

Furchtsam näherten sich die Frauen der Tür, aber in diesem Moment fuhr der Zug wieder an, und hinter ihm in dem gelben Licht kam Bewegung in die Umrisse, die zu menschlichen Gestalten wurden, welche die Arme ausstreckten, als winkten sie ihnen zu, sie sollten zurückkommen. Sie entschwanden dem Blick. Der Zug rollte weiter durch die leuchtende Dunkelheit, an schneebeladenen, regungslosen Zweigen vorbei, die wie Pfoten von sanften, weißen Tieren aussahen. Ein Ruck. Wieder hielt der Zug.

Und bevor die Frauen nach der SS und nach Hunden fragen konnten, erschienen zwergenhafte Gestalten auf der weißen Fläche, winkten von weitem und riefen: »Hob nischt mojre, wir senen Jidden!«

»Habt keine Angst, wir sind Juden«, wollte Tola übersetzen, aber die Ankömmlinge lieferten schon die Erklärung, indem sie die Arme ausstreckten und den Frauen beim Herausklettern halfen. Die Lokomotive pfiff, Rauch quoll in den schwarzen Himmel, und der Zug fuhr weiter, bis nur noch die letzten Waggons zu sehen waren, nur noch der Waggon der SS-Leute, aus dessen geöffneter Tür ein Stiefel baumelte. Sie knallte zu. Rote Funken stoben in die Dunkelheit. Und als sie erloschen, war die letzte Spur des Lagers Krakau getilgt – seine Nächte, seine endlosen Appelle, seine Angst.

Hier war alles anders. Niemand trieb sie zur Eile an, sie durften verschnaufen, durften ihre erstarrten Glieder recken. Sie gingen los, aber nicht in Reih und Glied, sondern gemächlich, in Gruppen wie Touristen, und blieben vor allem stehen, was sie betrachten wollten: dem vollen Mond, der die weite Schneefläche beschien, den Laubengängen vom Schnee niedergebeugter Büsche; und dahinter dem Wald, einer undurchdringlichen Wand, die sich aber beim Näherkommen teilte, als sie der schnurgeraden weißen Straße folgten, die sie zum Weitergehen lockte. Die Luft war still, nur hin und wieder regte sich ein leichter Wind, der – wie eine Gastgeberin, die nach dem Fortgang der Gäste ihr Haus in Ordnung bringt und sich dann ausruht – die Fußstapfen auslöschte, der Straße ihr damastenes, glattes Weiß zurückgab und dann versiegte.

»Seid froh. Ihr hat es gut getroffen«, wiederholten die zwergenhaften Männer – es waren OD-Leute. Zur Antwort lächelten die Frauen und gingen weiter, in einem beinahe festlichen Schweigen. Jahrelang war in den Ghettos und Lagern schmutziggrauer Matsch die einzige Form von Schnee gewesen, die sie gekannt hatten, in seiner weißen Reinheit war er der Welt jenseits des Stacheldrahtes vorbehalten gewesen. Jetzt hatten sie auch das Recht auf Winterfreuden, auf das bewundernde: »Wie schön, wie still.« »Schön?« rief Barbara laut. »Es ist herrlich, der wunderbarste Schnee, den ich je erlebt habe. Es hat sich gelohnt, hierherzukommen, allein schon aus diesem Grunde.«

»Sag das lieber nicht«, wollte Tola warnen. Rundherum leuchteten die Gesichter, die die Frostluft gerötet hatte. Barbara lachte und stieß den Atem in weißen Wolken hervor, und sogar Tola griff aus einer plötzlichen Eingebung nach einem überhängenden Zweig und schüttelte ihnen ein Schneegestöber auf die ausgebreiteten Arme.

Daß nach solch einem Spaziergang wieder ein Lager auf sie wartete – mit Stacheldraht, Wachttürmen und kreischendem Tor –, war zunächst erschreckend. Doch schnell wurden die Befürchtungen zerstreut, denn hier war es warm – Heizkörper zogen sich an den Wänden der große Halle entlang, und vor allem gab es Suppe. Und was für Suppe, heiß, dickflüssig von Rübstiel; und wenn die Zunge achtgab, konnte sie feine Fleischfasern entdekken, das jedenfalls behauptete Barbara und fügte hinzu, nicht einmal Marta, eine Perle unter den Köchinnen, habe eine bessere Suppe machen können.

Die Frauen aßen in drei Etappen: zuerst aus Hunger; dann aus Klugheit, auf Vorrat; und dann aus reiner Freude, aus Spaß am Überfluß, bis sie nur noch seufzen konnten: »Ich bin ganz satt« und: »Ich kann nicht mehr!«

Mit diesem Gefühl des Sattseins begann auch der nächste Tag, und mit der Sonne, die sie statt des Signalhorns weckte. Die Frauen streckten sich, sahen zum Himmel, der blau hinter den Fenstern lag, und schlenderten dann zu den Suppenkübeln, deren Inhalt, obgleich mittlerweile etwas sauer, jetzt steif wie Pudding war.

Das war das Frühstück. Nach dem Frühstück, wie es sich für einen Urlaub gehört, erschienen Gäste, die OD-Männer von gestern abend. Bei Tageslicht wirkten sie ein bißchen weniger gutmütig, ihre Blicke ein bißchen verschlagener; und alle waren krummbeinig, als gehörte das zu ihrem Dienstrang; und die violetten Kragen ihrer marineblauen Uniformen glänzten speckig. Sie wußten Neuigkeiten über das Lager zu berichten. Es befand sich in der Nähe der Stadt Skarzysko-Kamienna, und diese Abteilung jedenfalls – sie nannten sie »Werk A« – war wirklich ein guter Ort. Sicher, man wurde nicht gerade überfüttert; aber mit etwas gesundem Menschenverstand und Gottes Hilfe konnte man immer Geschäfte mit den Gojs in der Fabrik machen. Von der anderen Abteilung, wo undeutliche Gestalten im gelben Licht gestanden hatten, sprachen die OD-Männer nur wenig; ja, räumten sie ein, es gebe eine Beziehung zwischen Werk A und dem anderen Ort, behandelten ihn aber im ganzen wie einen armen Verwandten, von dem man nicht gern spricht, je weniger, desto besser.

»Nicht gut.« Sie zuckten nur mit den Achseln und begannen von der Arbeit in ihrer Abteilung zu reden, in einer Fabrik, die der Hasag gehörte – der Hugo Schneider Aktiengesellschaft. »Nach den Hermann-Göring-Werken die größte Munitionsfabrik in Deutschland«, setzten sie nicht ohne einen Anflug von Besitzerstolz hinzu.

»Wie! Munition!« Barbara, die bisher zufrieden genickt hatte, sprang auf. »Tola, hast du das gehört?«

»Ja, ich habe es gehört.«

»Aber das ist furchtbar, einfach furchtbar!«

»Sie haben vollkommen recht.« Ein fettiger, blonder Haarschopf tauchte aus der Pritsche unter ihr auf. »Vollkommen«, wiederholte sie, und dann stand diese Frau mit den Goldzähnen vor ihnen. Ihre lange, gebogene Nase wirkte zu groß in ihrem Gesicht, ihr stämmiger Kopf zu schwer für ihre wackligen Beine, sie sah aus, als bestünde sie aus zusammengewürfelten Einzelteilen. »Aurelia Katz«, stellte sie sich lebhaft vor. »Und das«, und sie zeigte auf das sommersprossige Mädchen, das schlecht gelaunt neben ihr stand, »ist Alinka, meine Tochter.«

Tola und danach Barbara murmelten etwas zur Begrüßung. »Ich freue mich, daß ich Sie kennenlerne.« Frau Katz strahlte sie an. »Und wie ich schon sagte, Sie haben in eminentem Maße recht.« Sie streckte Barbara die Hand entgegen, als wollte sie ihr diesen erlesenen Bestandteil ihres Wortschatzes zum Geschenk machen. »Ich mache keine Munition. Ich arbeite wie eine Schnecke. Ich weigere mich«, sagte Barbara leise, schob Frau Katz zur Seite und ging weg.

Hier und da saßen Menschen, die von der allgemeinen Fröhlichkeit ausgeschlossen waren, weil sie Freunde und Angehörige zurückgelassen hatten. Ihnen versuchte Barbara Mut zuzusprechen, was freilich nach Inhalt und Dosierung immer auf dasselbe hinauslief – auf eine Umarmung, ein unbeholfenes »Ach ja, meine Liebe«, und eine ebenso unbeholfene Frage, die ergründen sollte, was für einen Kummer sie da zu lindern versuchte. »Ach, Sie haben noch eine Schwester in Krakau. Eine Tochter? Mein Gott! Aber es muß jetzt bergauf gehen, das zeigt dieser Ort. Und auch der Krieg – er wird nicht mehr lange dauern. Bald, in einigen Monaten, werden Sie wieder zusammen sein.« Die Empfänger dieser Trostworte schauten sie groß und mit dankbaren und zugleich mitleidigen Blicken an, auf die Tola, die von der Seite aus zusah, mit Unbehagen reagierte.

Mittags wurden Kessel mit frisch gekochter Suppe hereingerollt; und nun fand ein Fest statt – eine Orgie der Hoffnung. Nur kurz war die Schlange, die sich vor den Kesseln bildete, da jede Wartende für mehrere Personen anstand und einen ganzen Arm voll Blechnäpfe jonglierte. Denn die meisten rührten sich nicht von den Pritschen. Sie verlangten »Zimmerservice«. Sie dehnten und räkelten sich auf ihren Pritschen. Wortführerin war die Seidmanka, eine eingefleischte Optimistin, die aber unaufhörlich Unglücksprophezeiungen hervorkrächzte, um sich gegen diesen plötzlichen Ansturm von Zuversicht zur Wehr zu setzen. Jetzt übermannte sie die Hoffnung – auf einen auch in Zukunft vollen Magen, auf diesen glücklichen »Fund« von einem Lager, auf das Überleben. Sie brachte ihre Augen zum Leuchten; sie verlieh ihrer Stimme einen jugendlich hellen Klang.

»Herr Ober«, flötete sie. »Wie denn, Herr Ober, schon wieder Suppe? Ich habe doch Huhn mit Pilzen in Weinsauce bestellt; und zum Dessert –«

»Windbeutel mit Sahne. Napoleons!« Barbara klatschte in die Hände. Und schließlich fiel auch Tola mit ihrem leisen, ein wenig verlegenen Lachen ein.

Die Seidmanka hatte eine neue Idee. Um die Gegenwart zu feiern, beschwor sie die Vergangenheit.

»Eine muß Sechse stehen.« In gespielter Furchtsamkeit rollte sie die Augen. »Tola, gehen Sie doch.«

Ermüdet gab Tola den Versuch auf, mit Barbaras guter Laune mitzuhalten, und stellte sich in den engen Korridor, die Wange an die kühle Fensterscheibe gelehnt. Gelächter erscholl aus dem Saal. »Wir schicken dem Lagerkommandanten eine Postkarte«, rief jemand. Dann kamen Schritte ...

Ein stämmiger, untersetzter Mann stand vor ihr, seine OD-Uniformjacke war voller Flecken in der Farbe des Schlammes, der an seinen Stiefeln klebte, sein Haar, das von kupferroten Strähnen durchzogen war, fiel ihm ins Gesicht, welches so fett war, daß die Augen fast in den dicken Wülsten verschwanden.

»Sag mal«, der Mann faßte sie am Arm, »sind die alle so wie du?«

»Inwiefern denn?« fragte Tola.

»So mager. Vorne so platt und so mager. Eine Frau taugt so viel, wie sie wiegt, sagt Goldberg. Goldberg, das bin ich.« Er hieb sich auf die Brust, stieß dann ein »Autsch« hervor und zuckte zurück, als sie nach seiner Hand schlug, die sie immer noch am Arm gepackt hielt. »Autsch, wenn sie mager sind, werden sie eingebildet.«

»Umgekehrt. Heutzutage werden sie mager, wenn sie eingebildet sind.« Der Mann lachte laut und grob und ging in den Saal, kehrte aber bald mit Barbara wieder.

»Stell dir vor, Herr Goldberg sagt, er kennt mich.« Obwohl sie über das ganze Gesicht strahlte, war Barbara ganz die Dame, die von einem gesellschaftlich Tieferstehenden spricht. »Er hat uns manchmal das eine oder andere geliefert.«

»Kohle, Dziedziczka – zweimal im Jahr. Ja, die Welt ist klein! Wenn man sich nicht in Auschwitz trifft, dann sieht man sich hier. Und wenn nicht hier, dann da oben.« Er zeigte auf die Wolken hinter dem Fenster und ging mit Barbara zurück in die Halle.

Tola blieb im Korridor stehen. Draußen ging eine Gruppe von OD-Männern am Stacheldrahtzaun entlang. Dann erschien hinten, wo der graue Schneematsch in den grauen Nachmittagshimmel überging, eine große Gestalt. Es war ein Deutscher, sein brauner Soldatenmantel bauschte sich im Wind.

»Sechse«, sagte Tola beim Eintreten in den Saal.

»Sechse? Was ist das? Ach ja, klar doch.« Barbara lachte.

»Das ist kein Witz. Ein Deutscher ist auf dem Weg zu uns.«

OD-Männer erschienen und befahlen den Frauen, sie sollten sich in Reih und Glied aufstellen. Der hochgewachsene Deutsche, der hinter ihnen eintrat, wirkte beinahe mitleiderregend – so schüchtern stand er in der Tür, so verständnisheischend wanderten seine wäßrigen blauen Augen umher. Ein wenig gebückt, als wollte er sich kleiner machen, ging er auf Goldberg zu, der ihn ohne übermäßigen Respekt mit »Meister Grube« anredete.

»Nun lassen Sie doch das Jammern«, herrschte Barbara Frau Katz an, die mit ihrer Tochter im selben Viererglied stand, bog sich dann zurück und flüsterte Tola zu, dieser Deutsche sehe aus, als könne er nicht bis drei zählen.

»Still.« Tola bedeutete ihr zu schweigen. Alles schien unverändert. Und doch spürte sie etwas kommen, das sich in einem Frösteln ankündigte und dann plötzlich da war, als habe ein Kurier aus dem Lager Krakau ein vergessenes Gepäckstück gebracht – nämlich die alte, vertraute Angst.

Die Angst ging von der Tür aus. Da stand ein pickliger OD-Mann mit zwei Frauen: die ältere hatte die Schultern hochgezogen, als fröre sie; die andere – die vollbusige Blondine, die während des »Applauses« gepfiffen hatte – schob dem OD-Mann etwas zu. Geld; die Blonde hatte sich losgekauft. Warum, das mußten die vorn in der Kolonne bereits wissen, denn sie wurden still.

»Warte, Tola, wir gehen zusammen hin«, flüsterte Barbara.

»Nein, bleib du hier!«

Im Sichtschatten der Kolonne stahl sich Tola nach vorn, duckte sich. Ein Licht flammte auf: Erschrocken über die plötzliche Helligkeit schaute Tola in die Ecke, wo die OD-Männer standen. Die hatten sie längst bemerkt, doch hatte keiner es der Mühe wert gefunden, sie anzusprechen. Und sie fürchtete sich vor diesem Ort, wo keine der ihr vertrauten Regeln galt: »Sechse stehen« fanden sie komisch – sie, die immer als erste gewarnt hatte, wurde zuletzt benachrichtigt, und ausgerechnet durch das Waisenkind.

»Schlimm.« Das Waisenkind leckte sich über die bläulichen Lippen.

»Was geht denn hier vor?«

»Wir kommen in die schlimme Abteilung.«

»Alle?«

»Ein paar mogeln sich immer heraus. Rouge auftragen, beeilen Sie sich!« Das Waisenkind stieß die Frau neben sich an.

»Rouge – gib mir Rouge«, hieß es ringsumher.

»Gelb.« Frau Katz war es, die dieses Wort angstvoll hervorstieß.

»Still doch«, fuhr Tola sie an. Frau Katz antwortete mit einem Lächeln. »Sie werden bereuen, daß Sie nicht auf mich gehört haben«, besagte dieses Lächeln.

»Also, was ist denn los?« wollte Barbara wissen.

»Gelb«, wiederholte Frau Katz, »da wird das Haar gelb, das Gesicht, die Augen ...« Und sie zeigte auf ihre Brust, als würde an dem schlimmen Ort sogar das Herz gelb. Sie meinte die Lunge. »Die Lunge zersetzt sich einfach«, fügte sie leise und wie in einem Nachgedanken hinzu.

Barbara öffnete den Mund, sagte aber nichts. Jetzt schwiegen alle, und in dieser Stille traten die vertrauten Regeln wieder in Kraft, die älteren Frauen hielten sich an den jungen fest, als könnten sie deren Energie und Lebenswillen borgen und wie Rouge auftragen, und die jungen rückten ab, damit die alten sie nicht mit an den schlimmen Ort zögen. Und am Fenster riß die Seidmanka mit den Zähnen am Saum ihres Kleides. Sie hatte ihr Geld in den Saum eingenäht, sie wollte sich loskaufen wie die Blondine.

Mit Goldberg und den OD-Männern im Gefolge kam der Meister auf die Kolonne zu. Die Blondine stand ganz vorn; der picklige OD-Mann flüsterte mit dem Meister, welcher nickte und die Blondine auf die andere Seite des Saals schickte. Dichtauf gefolgt von seinem Stab ging er weiter, machte einen Bogen um die Alten und nicht besonders Kräftigen und wählte nur die starken jungen Frauen für das gute Lager aus.

»Tolenka – ich versteh das nicht. Die großen, starken Mädchen, kommen die in die schlimme Abteilung?«

»Nein, die bleiben hier.« Tola sah auf Barbaras kräftige Arme und dann auf ihre eigenen, die bleich waren, ganz dünn.

»Aber, Tolenka ...«

»Frau Grünbaum«, mischte die Katz sich ein, »helfen Sie uns, ich bitte Sie, nicht meinetwegen, sondern dieses Kindes wegen. Meckern, von dir höre ich immer nur Meckern!« Unwillig sah sie ihre Tochter an, wandte sich wieder Barbara zu und wiederholte: »Frau Grünbaum, liebe Frau Grünbaum.«

»Mein Gott, so lassen Sie mich doch überlegen.« Tola schob sie zur Seite. Barbara kennt Goldberg, dachte sie, vielleicht hilft der mir, daß ich bleiben kann, er muß es ... Aber kaum hatte sie ihn angeblickt, schüttelte er den Kopf.

»Barbara«, sie kriegte kaum die Lippen auseinander, »bleib hier, ich bin sofort wieder da.« Und dieses Mal sagte Barbara nicht: »Wir gehen zusammen.« Dieses Mal preßte sie sich die Faust auf die Lippen.

Mit feuchten »Pst«- und »Hier!«-Rufen versuchte die Seidmanka, die Aufmerksamkeit des pickligen OD-Mannes auf sich zu lenken. Als er nicht reagierte, zeigte sie auf das Geld, das sie in ihrer Hand zerdrückte.

»Seidmanka«, begann Tola. Nur wenige konnten sich den Weg ins gute Lager erkaufen; sie mußte sie ansprechen, oder ihre Chance war vertan. Aber es fiel ihr so schwer, um Hilfe zu betteln. »Helfen Sie mir«, rief sie. »Ich zahle jeden Pfennig zurück, ich tue alles für Sie. Ich –« Tola verstummte. Ihre Stimme zitterte, es klang genauso wie das Gejammere von der Katz.

»Bitte«, schaltete sich jetzt die Rubinfeldowa ein. »Bitte, hör, was Tola sagt.« Die Seidmanka sah die Rubinfeldowa an, dann Tola, dann die zerknüllten Geldscheine.

»Helfen Sie mir – ich bitte Sie – allein schaffe ich es nicht mehr.«

»Irgendwie wird es schon ...«, flüsterte die Rubinfeldowa.

»Wie denn? Und was wird aus uns? Sollen wir für die hungern? Warum denn? Was hat sie für uns getan?«

Unauffällig näherte sich der OD-Mann; er schob Seidmankas Geld in seinen Stiefel und war weg.

Auch Tola ging. »Ruhe!« schrie der Meister, wobei sich seine Stimme überschlug. »Still!« echoten die OD-Leute, obgleich schon alle still waren, obgleich es nur noch ihre Augen waren, die den Meister um einen Moment der Aufmerksamkeit, um einen flüchtigen Blick zu bitten wagten. Der aber wandte sich zur Seite und ging zu denen hinüber, die für das gute Lager bestimmt waren.

»Hätten Sie doch Ihre Beziehungen genutzt und Goldberg nochmal um Hilfe gebeten.« Die Katz packte Barbara, als Tola zurückkam. Barbara hob die Faust; sie hätte zugeschlagen, wenn Frau Katz nicht losgelassen hätte. Bei aller Tapferkeit hatte Barbara Angst vor dem schlimmen Ort; Tola sah, wie diese Angst ihr Gesicht entstellte.

»Mach dir nicht so viele Sorgen.« Tolas Gelassenheit verwandelte sich in bittere Genugtuung, denn sie, sonst immer die Angeklagte, konnte nun ihrerseits anklagen. Andererseits, was nützte das? Lieber wollte sie Barbara die Entscheidung für das gute Lager erleichtern. »Es wird schon alles werden«, ihr schien, als trage sie einen eingeübten Text vor, »wirklich, Barbara.«

»Ja?«

»Aber sicher. Nun sag bloß nicht, daß du mit mir kommen wolltest.«

»Ich ...«

»Du mußt hierbleiben, Barbara, denn –«

»Beziehungen. Frau Grünbaum, Sie haben so gute Beziehungen«, flüsterte die Katz. »Denn du wirst bald gute Beziehungen haben«, fuhr Tola fort. »Du wirst mir helfen, daß ich wieder herkomme.«

»Ja!«

»Natürlich. Guck nicht so niedergeschlagen, Barbara.«

»Ich – als du wegwarst, habe ich den Goldberg um Hilfe gebeten. ›Sie kann nicht hierbleiben‹, hat er gesagt. ›Warum denn nicht? Ich verstehe das nicht‹, habe ich gesagt.«

»Der Mae-West-Typ ist hier gefragt.« Dieser abgegriffene Witz raubte Tola ihre letzte Kraft, so daß sie nur noch hoffen konnte, Barbara möge bald gehen. Kurz darauf war diese weg. Goldberg brachte sie in die Mitte der Kolonne, damit sie in der Nähe des Meisters stand, und ihnen folgte Frau Katz mit ihrer Tochter im Schlepptau.

So, es war entschieden; Tola mußte eine andere Viererreihe finden. »Geh weg, wir sind schon vier«, hieß es, wohin sie auch kam, und schließlich stand sie allein am Ende der Kolonne. Das Alleinstehen machte ihr nichts aus, wohl aber, daß sie nur mit sich selbst reden konnte: über Barbara, die ihre Lektion so erstaunlich schnell gelernt hatte und die bald zu den – ja, zu den »Auserwählten« gehören würde; über den pickligen OD-Mann, der der Rubinfeldowa und der Seidmanka so dreist wie ein Vertreter zulächelte, welcher seinen Kunden versichert, sie hätten ihr Geld nicht umsonst aufgewendet. Und das hatten sie in der Tat nicht. »Meine seit langem vermißten Verwandten«, versicherte der OD-Mann dem Meister. Er beteuerte, er schwor, bis sie sich schließlich den Auserwählten anschließen durften, die dableiben sollten. Sollte sie hingehen und ihnen gratulieren? Jetzt nicht; später, entschied sie und beobachtete den Meister, der auf Abstand zu den Frauen bedacht war – als würde es jemand wagen, ein Mitglied der Herrenrasse anzufassen.

»Aus Deutschland, wir sind aus Deutschland!« Hiermit versuchten die Jeckes ihre Zugehörigkeit zu dieser Rasse zu beweisen, dann kreischten sie »Zusammen!« und klammerten sich aneinander, als gäbe es einen Grund, die beiden zu trennen, die sich glichen wie ein Ei dem anderen. Sie wichen zur Seite. Gerade beugte sich der Meister vor und betrachtete jemanden im zweiten Glied.

»Zu – zusammen!« rief Barbara laut und lief die Kolonne entlang. Als jemand auf Tola zeigte, blieb sie stehen, lief dann weiter, rief immerfort: »Schwestern! Zusammen!« und sah dabei von Tola zum Meister hin, welcher mit Goldberg hinter ihr herkam. Und dahinter trabte Frau Katz mit ihrer Tochter im Schlepptau.

»Zusammen, Schwestern, wir sind Schwestern!« Barbara hatte das Lächeln der Einfältigen, die so entzückt von ihrer Schläue sind, daß sie sich sofort verraten. Noch nie hatte Tola so gewünscht, sie könnte bei Barbara bleiben, und noch nie hatte es sie so danach verlangt, allein zu sein. Sie konnte nicht ertragen, wenn man sie verglich. Der Meister und Goldberg verglichen sie. Sie schauten Barbara an, und ihre Blicke sagten: »Die gehört an den guten Ort«; sie selbst aber, Tola, übergingen sie.

»Zusammen, Tolenka, ich kann kein Deutsch. Sag du es ihnen.«

»Gut.« Und leise und in ihrem tadellosen Deutsch begann Tola zu sprechen. Goldberg, dann auch der Meister, ließen Barbara stehen und kamen auf sie zu. Sie hörten sie an. Nur Barbara, die gar nichts verstand, mischte sich mehrmals ein. »Ja«, murmelte sie. »So! Ja!«

»Herr Meister, ich sagte Ihnen schon, wir sind keine Schwestern. Wir kennen uns kaum. Ich bitte Sie, Ihren ganzen Einfluß geltend zu machen, daß diese Frau hierbleibt.«

»Ja, so. Ja.«

Goldberg ging zu Barbara. Es sah aus, als wollte er sie schlagen, aber er legte seine Hand leicht auf ihren Hals und schob sie Schritt für Schritt vorwärts. »Tola!« Barbara blieb plötzlich stehen. »Warum kommt sie nicht mit? Tola, was hast du zu ihnen gesagt?«

Goldberg sah Tola an, als wollte er sie warnen.

»Die Wahrheit«, sagte sie, dem Blick ausweichend. »Nur die Wahrheit.«

»Haben Sie gehört, was sie gesagt hat, haben Sie es gehört! So ein Strich von einem Mädchen, und sie ist zu mir gekommen und hat mir geholfen, und jetzt setzt sie alles in Bewegung, damit ich hierbleibe. Glauben Sie, ich lasse sie im Stich? Herr Meister, ich ... ich ... will mit ihr gehen. Goldberg, sagen Sie es ihm. Haben Sie gehört? Goldberg!«

Achselzuckend sagte Goldberg etwas zu dem Meister, der Barbara anschaute und dann langsam nickte.

»Ich kann also bei ihr bleiben, ja?« Barbara drehte sich um und rannte so blindlings zurück, daß sie mit Frau Katz zusammenstieß, die ganz vorn in der Kolonne stand und ihre Tochter wie einen Puffer vor sich hielt.

»Dieser Goldberg«, rief Barbara, »er setzt sich für mich ein, für eine Frau wie ein Baum, und läßt es zu, daß ein Kind an diesen schrecklichen Ort kommt!« Und sie trat zur Seite, damit alle sehen konnten, wen sie meinte – ein Mädchen von etwa dreizehn Jahren, dessen langer Rock und hohe Absätze sie erwachsener erscheinen lassen sollten, ihr aber nur das Aussehen eines Kindes gaben, das sich für ein Kostümfest aufgeputzt hat.

»Sehen Sie doch.«

Der Meister beugte sich zu dem Mädchen hinab. »Das Mädel bleibt«, ordnete er an.

Goldberg übersetzte.

Das Mädchen stolperte vorwärts; es wich wieder zurück. Und neben ihr fiel Frau Katz wie eine an den Nähten aufgeplatzte Stoffpuppe in ihre Bestandteile auseinander, ihre Arme fuhren zum Hals, zum Kopf und fielen wieder herab. »Nein!« Ihr schwarzer Arm langte nach dem Mädchen und zog es zu sich. »Zusammen. Mutter, Tochter zusammen!«

Der Meister murmelte etwas Unverständliches und ging weiter.

»Sie da, was haben Sie mit Ihrer Tochter gemacht?« fragte Barbara fassungslos.

»Ich... ich... Sie sind anständig, aber ich...« Frau Katz schluchzte auf. Und auf das Mädchen gestützt, wankte sie zurück zu ihrer Pritsche.

Bald danach war alles vorüber. An die fünfzig Frauen waren ausgewählt worden und durften bleiben, während alle anderen an den schlimmen Ort mußten, wann, das wußte freilich niemand. Wie ein junger Mann, der erleichtert ist, weil das Fest ein Ende hat, stahl sich der Meister davon. Goldberg und die OD-Leute folgten ihm, aber bevor sie gingen, setzte einer von ihnen das Gerücht in Umlauf, daß nicht alle Arbeiten im schlimmen Lager einen gelb machten. War das die Wahrheit oder nur eine beschwichtigende Lüge? Wenn es die Wahrheit war, wie viele konnten der gelb machenden Arbeit entgehen, und auf welche Weise?

Das Licht ging aus. Barbara schlief sofort ein, aber Tola war hellwach, während ringsumher das Geflüster erstarb und nur gelegentlich eine Pritsche knarrte, wenn sich jemand im Schlaf umdrehte. Schließlich richtete sie sich auf. »Barbara«, flüsterte sie.

»Kannst du denn nicht schlafen?« sagte Barbara leise und schlaftrunken. Sie hatte »großartig geschlafen, wie ein Murmeltier. Aber ich bin froh, daß du mich wachgemacht hast, ich muß dir alles erklären.«

»Ruhe! Wir wollen schlafen!« murmelte jemand.

»Ich bitte nochmals um Entschuldigung. Hör zu, Tolenka, als diese Katz das Wort ›gelb‹ benutzte –«

»Ruhe!«

»Wenn Sie wirklich müde sind, können Sie auch schlafen«, antwortete Barbara gereizt. »Also, wo war ich? Ach ja, ›gelb‹ sagte diese Katz; ich muß gestehen, daß ich sie zunächst nicht besonders mochte, und auch jetzt bin ich mir nicht sicher; jedenfalls sagte sie das, und ich … ich sah mich vor mir, gelb, eingeschrumpft wie eine verrottete Zitrone. Und da kriegte ich eine Angst, solch eine Angst –« Sie schwieg eine Minute, fuhr dann lebhaft fort: »Gelb, rot, grün – egal, welche Farbe wir annehmen, wir reiben sie einfach ab, wenn der Krieg vorbei ist. Hör zu«, und Barbara rückte näher, »hast du dir schon mal – so, daß du es regelrecht vor dir sehen konntest – das Kriegsende vorgestellt?«

»Ja. Einmal habe ich daran gedacht – davon geträumt.« Im Lager Krakau, als sie grippekrank war, hatte sie vom Ende geträumt; ein Gefühl von Willkommensein hatte den Traum erfüllt, als werde sie freudig erwartet, wo immer sie hinkam, von der sonnendurchfluteten Luft, den hellgrünen Bäumen und von der Stille – einer tiefen Stille, welche die Verheißung von Stimmen enthielt, die nur auf ihren Anruf warteten, um zu antworten.

»Wie war das genau, Tola, wie hast du dir das vorgestellt?«

»Ich war im Park.« Barbaras erwartungsvoller Ton erschwerte ihr das Reden. »Es war niemand bei mir, aber ich fühlte mich nicht einsam.«

»Und –«

»Die Bäume hatten Knospen, und ich hatte so ein Gefühl von Freiheit, irgendwie.«

»Und dann?«

»Das war alles, Barbara. Meine Träume sind schlicht und anspruchslos.«

»Ach geh; das war schön, wunderschön. Jetzt laß mich erzählen, wie es sein wird.«

»Wenn der Krieg vorbei ist«, begann Barbara versonnen, wie ein Kind, das flüstert: »Es war einmal.« Tola lauschte mit dem Neid des Erwachsenen auf soviel Vertrauen in die Welt des Wunderbaren, der aber bald einer schmerzhaften Enttäuschung wich, als ihr klar wurde, daß selbst diese Wunder aus zweiter Hand waren und jedes aus einer anderen Geschichte geborgt: der Jubel auf den Straßen, die wie aufgeregte Hühner durcheinanderrennenden Deutschen – das war der Waffenstillstand von 1918; Barbara und sie auf dem Rückweg zum Gutshaus, mal auf klapprigem Fuhrwerk, mal zu Fuß – das war die Szene vom Ausbruch des Krieges, die sie an sein Ende verlegt hatte. Dann freilich kam etwas Neues. »Und dort, zu Hause«, sagte Barbara, »da fallen wir auf die Knie.«

»Was?« fragte Tola. Dann, immer noch auf der Suche nach einer Erklärung für Barbaras Furchtlosigkeit, fragte sie: »Bist du gläubig?«

»Du hast komische Ideen. Weil wir putzen, darum fallen wir auf die Knie, damit keine Spur von diesen Deutschen bleibt, wenn er nach Hause kommt, ich meine Stefan, meinen Mann.« Barbara verstummte. Warum, das wagte Tola nicht zu fragen.

Gelb, rot und grün – alles wird sich abwaschen lassen, wenn der Krieg erst vorbei ist, wiederholte Barbara bei sich wie eine Beschwörung. Die Beschwörung versagte. Sie sah Stefan vor sich: Er saß zusammengesunken am leeren Tisch, das Gesicht in die Hände vergraben, eine Spitze seines Schnurrbartes stach zwischen seinen Fingern hindurch. Er weinte um sie, die nie mehr wiederkam. Und ein Schauer überlief sie, als gäbe erst seine Trauer ihrem Tod Wirklichkeit.

Kapitel 8

Am folgenden Nachmittag brachen sie auf. Tauwetter hatte den Schnee aufgezehrt; schwarz, triefend vor Nässe, ächzte und knarrte der Wald im Wind, Nebel quoll durch das dunkle Unterholz, und die Straße war jetzt ein dick mit Kiefernnadeln, Zapfen und verklebten Blättern übersäter Morast. Die Frauen gingen in die Abenddämmerung hinein, der Schlamm sickerte in ihre Schuhe ein. Als die Dämmerung in Dunkelheit überging, drangen zaghafte Lichter durch die Bäume. Im Vorbeigehen konnte man eine Lichtung erahnen, einen schwarzen, triefend nassen Schuppen, daneben einen Karren mit gebrochener Deichsel, ein Faß mit losen, halb heruntergerutschten Reifen. Keine Deutschen, keine Wachsoldaten waren zu sehen. Die Stille und die düstere Beleuchtung erweckten den Eindruck, daß dieser Ort mitten im Wald aufgegeben und dem Verfall überlassen war.

Plötzlich trat eine Veränderung ein, etwas stimmte nicht mit der Luft: ein bitterer Geruch und Geschmack zugleich erfüllten sie, und als es schlimmer wurde, verlangsamten die Frauen den Schritt. Sie blieben stehen. Das war der gelbe Ort. Die Luft tat es kund – so bitter schmeckte sie, daß jeder Atemzug weh tat, die Erde leuchtete in einem phosphoreszierenden Glanz, ein grüngelber, flechtenartiger Belag fraß sich in die Baumstämme, so daß sie rissen und sich spalteten, die Zweige waren nackt bis auf die äußersten Enden, die auf den schlammigen Boden hingen. Hinter den Bäumen dehnten sich Pfützen wie gelber Schleim, in den braunen Planen, die sich über rechteckige Anhäufungen spannten, klafften Löcher, die mit ihren gezackten, grünen Rändern aussahen, als hätten scharfe Zähne sie gerissen; weiter hinten stand ein Ziegelsteinbau, dessen Fenster so dick mit moosartigem Belag bedeckt waren, daß kein Licht hindurchdrang.

»Gelb ... der gelbe Ort?« brachte Barbara stockend hervor.

»Nicht doch, das Café Royal«, sagte Goldberg. »Pikrin« heiße diese Stelle, erklärte er, nachdem er den Befehl zum Weitergehen gegeben hatte, wegen der Säure, die auch »Pikrin« hieß. Und wozu diente Pikrin? Zum Herstellen von Minen, die sich ihrerseits vorzüglich zum Sprengen von Brücken und dergleichen eigneten.

Gab es etwa dahinter noch ein Pikrin? Unregelmäßiger und schwächer als vorher machte sich der bittere Geruch in der Luft bemerkbar und zugleich ein Rascheln wie von trockenen Blättern im Wind. Aber der Wind hatte sich gelegt.

Die Pikrinleute raschelten ...

Tola beobachtete sie. Zunächst wirkten sie nicht schrecklich, nur grotesk wie ein Vorbeimarsch von vergessenen und zerdrückten Paketen, die aus einem Kellerraum entwichen waren, wegen der Bahnen von steifem, braunem Papier, die Rumpf, Arme und

Beine umhüllten, hier hin und her flatterten, weil eine Kordel gerissen war, dort durch den Morast schleiften. Und auch die Gesichter schienen einem Keller entstiegen zu sein, sie waren nicht gelb wie in Fäulnis übergegangene Zitronen, sondern hatten die Farbe eingekellerter Kartoffeln nach einem langen Winter, mit grünlichen Flecken wie Trieben, die kein Licht bekommen haben. Ihre Augen waren diese Triebe, die Pupillen trüb, die Augäpfel nicht mehr weiß, sondern ins Gelblich-Grüne verfärbt.

Tola bemerkte diese Augen erst, als sie näher kamen, als sie »Brot« riefen und ihre zerfressenen Hände ausstreckten, »geben Sie uns Brot, Fräulein«. Jetzt waren sie grauenerregend, jetzt glaubte sie einen Moment lang, auch sie könnte einmal solch ein Gesicht, solche Augen haben. »Lassen Sie mich los!« schrie sie, »lassen Sie mich –«

Endlich ließen sie sie vorbei, sie lief zurück zu ihrer Gruppe und hielt Ausschau nach Barbara. »Deine Freundin ist da«, sagte Goldberg und zeigte auf eine dunkle Menschenansammlung am Straßenende, »sie macht Bekanntschaften. Schau.«

Barbara stand inmitten der papierumhüllten Gestalten, kramte in ihrer Tasche, seufzte: »Gott, ich habe nichts, o Gott. Gib mir etwas für sie«, flüsterte sie, als sie Tola sah. »Gib mir etwas, schnell.«

»Ich habe nichts.« Denn den kleinen Kanten Brot hatte sie für einen Tag wie heute aufbewahrt, an dem es keinen Bissen zu essen gab. Barbara griff nach Tolas Tasche. Hastig stopften die gelben Finger Tolas Brot in die aufgerissenen Münder. »Du – warum hast du gesagt, du hättest nichts?« Barbara zog sie beiseite.

»Ich hatte das Brot ganz vergessen« – wie leicht wäre das Weiterlügen gewesen. Nein, sie log nicht. »Barbara, hier muß man viel hungern«, sagte sie.

»Natürlich muß man das! Auch ich habe Augen im Kopf, ich sehe das. Aber schau, wieviel Fleisch noch an mir ist! Natürlich, du – und es war ja dein Brot.«

Sollte sie Barbara klarmachen, daß ihr hier kein noch so wohlgenährter Körper helfen würde? Goldberg übernahm diese Aufgabe. »Es ist futsch, alles weg«, sagte er in beinahe singendem Tonfall.

»Was denn? Was ist weg?« fuhr ihn Barbara an.

»Ihr Gutshof, Dzieziczka, Ihr Reichtum, Ihr Herrenhaus; alles hin, nicht mal eine Kartoffel ist geblieben.«

»Und was geht das Sie an?«

»Gar nichts, überhaupt nichts.« Er watete durch den Schmutz und redete von dem Gut, dann von dem Tag in Lublin, an dem jemand ihn zum ersten Mal auf Barbara aufmerksam gemacht hatte.

»Wer war das?« fragte Barbara gereizt.

»Alle. Sogar die Häuser machten Platz, wenn die Dziedziczka von Dembina in der Stadt erschien. Aber die Zeiten haben sich geändert; jetzt schwimmt der Bodensatz oben. Zum Beispiel ich.« Er hieb sich auf die Brust und ging leise lachend fort.

Irgendwo weit weg stimmte plötzlich ein Chor ein Lied an, wurde leiser, schwieg dann. Der Wind blies heftig. Und über den Bäumen, nicht größer als eine Kinderfaust, ging der Mond auf.

»Unheimlich«, sagte Barbara und hüllte sich fester in ihren Mantel. »Gott, ist es hier unheimlich.«

Unheimlich war auch das Lager. Kein Licht leuchtete in den niedrigen, gedrungenen Wachttürmen; lose Drähte hingen von splitternden Pfosten herab, und am Tor stand nur ein Wachtposten – ein alter, runzliger Mann, der wie ein mürrischer Pförtner daherschlurfte und sie auf ein schlammiges Gelände, den Appellplatz, führte. Ohne sich zum Zählen aufzustellen, gingen die Frauen weiter, vorbei an niedrigen Baracken, die alle gleich waren, bis auf den Geruch: aus der ersten, in der ein Feuer brannte und einen roten Schein nach draußen warf, kam ein ekelerregender, süßlicher Geruch; die nächste stank nach schmutziger Wäsche und Wasserdampf; die folgende nach Chlor und abgestandenem Urin. Bald blieben auch solche Unterscheidungsmerkmale aus.

Ununterscheidbar und dunkel, als seien sie verlassen, zogen sich die Blocks an den Straßen entlang; selten nur drang ein Lichtschein durch die schmutzigen Fenster, oder eine Tür öffnete sich, um verbrauchte Luft und einen Arm freizugeben, der einen Eimer mit Schmutzwasser auf die Straße leerte.

Schlamm spritzte, verfaulte Bretter brachen unter den Schritten ein. Einmal stürzte eine zerlumpte Frau auf Barbara zu, murmelte etwas auf Jiddisch und berührte sie mit einer Mischung aus Ehrfurcht und Habgier.

»Was hat sie gesagt?« fragte Barbar befremdet.

»Die haben ja noch Mäntel!« hatte die Frau gesagt. Das war die einzige Begrüßung. In dem Strom von Menschen, die jetzt von der Arbeit zurückkehrten, drehte sich kaum jemand nach ihnen um. Tola verstand warum, als sie vor einer Zeile von Baracken stehenblieben. Die geöffneten Türen gaben den Blick frei auf schlammige Fußspuren, auf Eimer voll Asche und Fäkalien – Spuren der einstigen Bewohner, an deren Stelle sie treten sollten.

Solche Ablösungen gab es so häufig und schon so lange, daß ihnen keiner mehr große Beachtung schenkte.

»Hinein mit euch, ihr Mädels; eure Nestchen warten auf euch.« Das war wieder Goldberg.

War es das Gerücht, das plötzliche Gerücht, daß die, welche kein Bett hatten, zum gelben Arbeitsplatz mußten, was die Frauen kopflos machte? War es die Gelegenheit, die lang ersehnte, sich zur Wehr zu setzen, zu kämpfen? Jedenfalls wurden die Frauen wild; sie stürmten die Baracke, zerrten und kratzten einander, schrien: »Mein Bett! Ich war zuerst da! Meins!«

»Da mache ich nicht mit«, sagte Barbara. Tola machte mit, schlug auf gekrümmte Rücken ein, riß eine Frau von der Pritsche herunter, auf die sie ihr Auge geworfen hatte – eine gute Pritsche in der oberen Etage, die nur Platz für zwei bot.

Endlich war das Handgemenge vorüber. Die Frauen klammerten sich an ihre Pritschen wie illegale Siedler, die fürchten, wieder vertrieben zu werden, und sahen sich in der Baracke um. Sie war klein; in dem Zwischenraum, den die beiden doppelstöckigen Bettreihen freiließen, standen ein Tisch, eine Bank und ein eiserner Ofen, der Asche ausspie, welche sich mit dem grauen, von den Betten herabrieselnden Stroh vermischte. Barbara griff mit den Händen in das Stroh; Staub stieg ihr ins Gesicht, und der Stoffetzen, den sie herauszog, war mit bleichen Punkten übersät. Das waren Läuse.

Mit dem Lagerschluß nahm man es hier nicht genau. Bis spät in die Nacht konnte Tola Schritte und Stimmen durch das schwere Rauschen des Waldes hören. Dann kam ein neues Geräusch hinzu – ein Klirren und Rasseln, mal unerwartet, mal regelmäßig und rhythmisch. »Was ist das?« rief eine Frau. »Still – seien Sie still«, flüsterte Tola und begab sich eilig nach draußen.

Der Mond hatte zugenommen; er warf eine bleiches, dunstiges

Licht auf die weite, morastige Fläche. Dahinter schien zum Klirren seiner Reifen ein Faß eine Art Walzer zu tanzen. Ein Mann von Pikrin tanzte mit dem Faß, umschlang es, wälzte es um und um. Er hielt an; er tauchte kopfüber hinein, so daß nur seine nackten Füße hinaushingen. Er leckte die Suppenreste aus; um sie in Bewegung zu setzen, hatte er das Faß geschüttelt, war dann hineingekrochen und leckte es aus.

Tola ging zurück, schaute Barbara an und sah dann schnell weg.

Kapitel 9

Tage an einem neuen Ort brachen an. Tage, an denen Entfernungen trogen, an denen Orte Verstecken spielten und wo Barbara morgens beim Erwachen das Bett, den Tisch, den Ofen beim Namen nannte, so lange bis sie wußte, wo sie sich befand. Dann kam das Aufzählen der Vorteile, die der Wechsel ins Judenlager gebracht hatte: kein »alias Janina Zborowska« erweckte in ihr das Gefühl, eine Schwindlerin zu sein; keine Kitzelfrau lauerte ihr im Dunkeln auf. Sie schlief ruhig. »Guten Morgen, Barbara; Zeit zum Aufstehen, Barbara«, so begrüßte ihr eigener Name sie täglich; und wenn die Frauen sie als die »große Polin« anredeten, bestand sie auf »Grünbaum, Barbara Grünbaum« und genoß den Klang ihres Namens wie eine lange nicht mehr gekostete Frucht. So zählte sie jeden Morgen ihren Gewinn.

»Alle aufstehn!« Laute Befehle platzten herein, grelles Licht richtete sich auf die Baracke, die um diese Stunde einem Bahnhof glich. Die Frauen, die wie gestrandete Reisende unter ihre Mäntel gekrochen waren, wachten verdrießlich und unwillig aus unruhigem Schlaf auf. Barbara versuchte die Gesichter aufzuheitern, indem sie zur Tür lief und die Luft einatmete, um dann zu berichten, sie tue gut wegen des feinen Sprühregens oder wegen des Schnees oder auch wegen des Windes. Alles war prima: die vielen Menschen draußen, die Arme mit der Gänsehaut, die sie streiften; selbst der Waschraum, wo Papierfetzen und Lappen wie tote Fische in der grauen Nässe schwammen, wo aber das Wasser erfrischend kalt war; sogar der Kaffee-Ersatz, zwar widerlich süß, aber heiß, ah, so heiß!

»Das schmeckt gut«, verkündete sie immer mit verbrühten Lippen, wartete auf Tolas wortkarge Zustimmung und rannte dann atemlos fort, als müsse sie sich beeilen wie die, die zum Appellplatz liefen. Aber es gab keinen Grund zur Eile. Die Frauen aus Krakau, die einzigen im Lager ohne Arbeit, hockten auf ihren Pritschen. Draußen hörte das dumpfe Getrappel der Füße auf; das Tor kreischte, wenn die Kolonne hinausmarschierte, und bald war nur noch lautes Husten auf der Straße zu hören, eine Art von lokalem Idiom, das überall zu vernehmen war.

»Fällt heute die Entscheidung? Schicken sie uns nach Pikrin?« flüsterten die Frauen. »Wer jung und kräftig ist, kommt nie nach Pikrin, hat Goldberg mir gesagt; Goldberg wird helfen, er wird uns davor bewahren.« Barbara brach ab, sie dachte an die, die keine derartige Protektion genossen. Und von da an redete sie einfach, in hektischem, immer schnellerem Tempo, über die Zeit vor dem Krieg, über die Zeit danach; die beiden waren nicht zu unterscheiden, denn für sie war die Zukunft nichts anderes als die nach vorn projizierte Vergangenheit.

»Diese Kuchen, die Marta backte, wenn Gäste kamen ...«

»Er wird dich mögen, ich meine Stefan, ganz bestimmt.«

Und gerade als die festliche Tafel gedeckt wurde und Tola und Stefan sich begrüßen wollten, hieß es: »Raus! Raus auf den Appellplatz!« Das Wetter war jeden Tag das gleiche, kalt und windig, die strohfarbenen Sonnenstrahlen, die durch die Wolken drangen, verschluckte der feuchte Nebel; und jeden Tag schoben sich Mädchen mit dicken Waden und dreisten Gesichtern nach vorn, wackelten mit dem Hintern, streckten ihre Brüste vor, als wollten sie sich hier, auf dem schwarzen Morast des Appellplatzes, den OD-Männern hingeben, die ihnen dafür Versetzung an den gelben Arbeitsplatz ersparten.

Aber der Zustand der Untätigkeit hielt an. Nachdem sie eine Stunde oder auch länger frierend herumgestanden hatten, mußten die Frauen irgendwelche Gelegenheitsarbeiten verrichten – die feuchten Schuppen kehren oder weiße Papphülsen von einem durchnäßten Karton zum nächsten tragen. Dann, lange vor der Rückkehr der anderen von der Arbeit, zogen sie wieder ins Lager.

»Gut«, lautete die Parole für den Morgen, »furchtbar« für die Nachmittage, wenn sie durch die noch leeren Straßen zogen. »Furchtbar – mein Gott, Tolenka, wie furchtbar«, flüsterte Barbara, ähnlich wie die Besucherinnen im Krankenhaus, die einen Teil ihrer Gesundheit hergeben möchten, um die reglosen weißen Gestalten auf den Betten zu erlösen, aber auch sich selbst, nämlich vom Fluch ihrer Hilflosigkeit. Die vom Typhus Genesenden sahen erschreckend aus: Bleiche, kahle Köpfe wackelten auf dürren Hälsen; halb erblindet und halb taub wankten sie durch die hereinbrechende Dunkelheit. Doch bestand Hoffnung für sie: wenn sie sich ausruhen konnten, wenn sie etwas anderes als diesen Rübenfraß zu essen bekamen, konnten sie sich wieder ganz erholen. Für die Pikrinarbeiter gab es solche Hoffnung nicht; ihre Krankheit verfolgte sie als gelber Staub, der ihren Atem und alles in ihrer Nähe vergiftete, so daß von allen Seiten ein entsetztes »Raus mit euch!« kam, »ihr macht mir die Suppe bitter – das Brot.«

»Weg! Raus mit euch!«, das lernten die Frauen aus Krakau sehr bald. Aber die Pikrinleute gingen nicht fort; als dunkles Knäuel standen sie in der Ecke und bettelten um einen Löffel Suppe.

»Ich habe noch weniger als Sie, glauben Sie mir«, flüsterte Barbara, denn als Neuankömmlinge, die nicht arbeiteten, waren sie auf halbe Ration gesetzt. Und wenn die Aufrechnung ihres eigenen Hungers gegen den der Bittsteller nicht reichte, sagte sie zu sich: Vielleicht ende auch ich in Pikrin.

Zweierlei Übel, fand sie, gab es hier. Das erste kam von außerhalb: sie entdeckte es in den großen, behelmten Gestalten, von wo aus es sich verbreitete und allgegenwärtig wurde, als Hunger, als Typhus und als bitter schmeckender Staub. Das andere Übel war neu. Es kam aus dem Lagerinneren. Es hatte eine bestimmte Gestalt – die der »Blutegel«, der Händler, welche sie zunehmend verabscheute. In ihre schmuddeligen Decken gehüllt, gleich alten Römern in ihren Togas, fielen sie in die Baracken ein, steckten ihre roten, kraushaarigen Köpfe zwischen die Bettreihen, rissen vor ungläubigen Augen ihre kunstledernen Taschen auf, in denen sich, zutiefst anstößig an solch einem Ort, Köstlichkeiten wie Weißbrot, Butter und Eier befanden: eine Versuchung für jedermann, für die Reichen, ihr Geld für sich selbst auszugeben anstatt es, wie es sich geziemte, mit anderen zu teilen; für die Armen, ihre letzten Habseligkeiten dagegen einzutauschen.

»Möchten Sie verkaufen? Ihre Bluse, Ihr Kleid, Ihre Schuhe. Möchten Sie verkaufen?« zischelten sie.

»Sie da, Sie haben Goldzähne, wollen Sie verkaufen?« wandte sich jemand an Tola.

»Und was bieten Sie dafür?« grinste Tola.

»Nein! Tu das nicht, niemals!« schrie Barbara und stieß den Händler mit aller Kraft weg.

Das Gerangel am Ofen schien schlimmer, wenn diese Blutsauger hereinkamen, und der übelriechende Dampf, den die am Ofenrohr trocknende Kleidung ausströmte, war erstickender. Sie floh vor dieser Gier, diesem Schmutz, an einen Ort der Reinheit, den sie liebte – in die kalte, schimmernde Dunkelheit. Klare, winterliche Sterne hingen über den Baracken; der Wald rauschte. Und mit Tola neben sich ging sie und ging, bis sie die Rückkehr wagen konnten.

Kurz vor Lagerschluß breitete sich immer Stille in der Baracke aus. Dann kamen die zum Vorschein, die zu schüchtern waren, um sich nach vorn zu boxen, alte, graugesichtige Frauen und junge Mädchen, die jetzt erst ihren Suppenrest oder wenigstens ihre Hände wärmen konnten. Bei ihrem Anblick empfand Barbara einen plötzlichen Stich. Jeden Tag bewunderte sie Tola mehr, weil sie so tüchtig und beherzt war; aber bedurften diese hier, die keines von beiden waren, nicht ihrer Hilfe viel mehr als sie?

Der Tag, an dem sie helfen würde, war nicht mehr fern. Durch einen Polen, den Goldberg kannte, war ein Brief an Antoni gegangen mit der Anweisung, ihren gesamten Besitz, und zwar sofort, zu verkaufen. Bald mußte seine Antwort eintreffen, bald – obwohl Goldberg den genauen Zeitpunkt nicht wußte – würde der Pole nach Lublin fahren. Zwar verlangte dieser Pole, Wucherer, der er war, ein Drittel des Erlöses als Belohnung, während Goldberg, der auch nicht besser war, ein Viertel des verbleibenden Betrages forderte. Aber ihr würde genug bleiben, um den Bedürftigsten in ihrem Block und vor allem den Menschen in Pikrin zu helfen.

Schmitz war es, wohin sie und Tola schließlich kamen, der beste von allen Betrieben im Werk C. Nicht etwa dank ihrer Jugend oder Goldbergs Hilfe, sondern ohne ihr Zutun, aus Zufall, bloß weil sie an dem betreffenden Tag am Anfang der Kolonne marschiert waren. Unauffällig, ohne daß jemand besondere Notiz davon nahm, leitete man zwei Drittel der Kolonne von der Straße weg – etwa zweihundert Frauen wurden ins Trotylwerk geschickt, wo Artilleriegranaten mit Trotylpulver gefüllt wurden, einem das Haar rot färbten, weitere zweihundert kamen nach Pikrin. Und die an der Spitze marschierten weiter zu einem niedrigen Ziegelbau, den man mit seinen großen Fenstern und seinen ordentlichen Büschen davor für ein modernes Schulgebäude hätte halten können. Das war Schmitz. Im Inneren erfüllte süßlich schmeckender weißer Staub die lange, gut beleuchtete Halle; kleine, zerlumpte Männer dösten auf Stapeln von schwarzen Transportkisten, und an den zwei Tischreihen hantierten meist junge und kräftig gebaute Frauen mit glänzenden, an Spielzeug erinnernden Gegenständen. Zuerst zogen sie Kupferdraht durch Zylinder aus rosa und weißem Kalk, setzten die Zylinder in blinkende Metallhülsen ein und schraubten dann die metallene Spitze auf.

»Wozu sind denn die Dinger da?« fragte Barbara die Frau, die Tola und ihr die neue Arbeit erklärte.

»Flugabwehrgranaten.«

»Was!« Von den Tischen, von den schwarzen Transportkisten schienen Granaten hochzuschwirren, die wie bösartige Insekten ein Flugzeug umsummten, und inmitten gleißender Trümmer stürzte der Pilot, ein Junge noch – tiefer und tiefer durch die endlose Luft.

»Flugabwehr! Mein Gott! Na, und warum schaust du mich so an?« In einer plötzlichen Aufwallung von Zorn wandte sie sich gegen Tola. »Du guckst und guckst, wie – aber wie können die hier so etwas herstellen, Granaten, Munition gegen ihr eigenes Volk?«

»Ach was!« Die Frau schmatzte mit ihren dicken, blutleeren Lippen. »Alles Schwindel. Wenn diese Granaten ein Flugzeug unter tausend treffen, ist das viel.«

»Sind Sie sicher?«

»Natürlich bin ich das.«

Das Summen war verstummt; unbehelligt und frei schwebte das Flugzeug weiter, und Barbara begab sich an die Arbeit.

Meister Grube, der wie sie nur vorübergehend in dem guten Lager gewesen war, leitete Schmitz. Aber seine Besuche waren selten und immer nur so kurz, daß der Betrieb in Wirklichkeit in den Händen des alten polnischen Vorarbeiters lag. Vokunski hieß der. Sein Kopf war länglich und glatt wie ein Ei; sein Soldatenschnurrbart à la Marschall Pilsudski und seine eng anliegenden Kavalleriestiefel standen auf ständigem Kriegsfuß mit den zivilen Bestandteilen seiner Person – seiner zu weiten, kalkverschmierten Jacke und seinem besorgniserregenden Hinken. Das lahme Bein pflegte plötzlich unter seinem Gewicht einzuknicken, er schlug um sich wie ein Fisch am Angelhaken, griff in die Luft und stolperte über seinen Mantel. »Arbeitet, oder ihr kommt nach Pikrin!« schrie er sie an. Wenn er hinfiel, brüllte er noch einmal so laut.

»Er trinkt, und manchmal schlägt er auch, aber er könnte schlimmer sein«, sagten die Alteingesessenen, ihn beinahe liebevoll verteidigend. Sie sahen alle gleich aus, grobknochig und teiggesichtig, und ihr Haar glänzte vom bloßen Vorübergehen am Trotylwerk wie blankes Kupfer. Sie zogen sich auch alle gleich an, enge Röcke, Pullover aus farbenfrohen Wollresten und zu große Stiefel; und ihr jiddischer Akzent ließ ihre rauhen Stimmen noch rauher erscheinen. »Kaelanki« nannten sie sich – nach dem Konzentrationslager Majdanek, von wo sie vor einem Jahr gekommen waren. »Ein furchtbares Lager war das; wer nicht da war, hat noch gar nichts erlebt«, sagten sie mit einem gewissen Stolz auf die grausige Würde, die ihnen diese Vergangenheit verlieh. Mit Stolz sprachen sie auch von ihren »Cousins«. »Ein ›Cousin‹ ist jemand, der sich um dich kümmert«, erklärte die Kaelanka, die neben Barbara saß. Ohne einen ›Cousin‹ habe man hier kaum eine Chance; die Hasagowka mache einen fertig, der Hunger gebe einem den Rest.

»Hasagowka?«

Das sei eine bösartige Form der Ruhr, die im Lager wütete. »Typhusiaks«, erläuterte die Kaelanka weiter, seien die vom Typhus Genesenden, und die gelben, in Papier gehüllten Gestalten hießen bei ihr nur »Pikriniaks«. Hasagowka – Typhusiak – Pikriniak. Barbara schöpfte einen eigenartigen Trost aus diesen Worten, als könnte das, was sich wie etwas Alltägliches benennen ließ, auch wie dieses beherrscht und bewältigt werden.

Mittags war die Zeit der Suppe und der Nachrichten; die Frauen reihten sich vor den auf der Lichtung aufgestellten Kesseln auf, während die zerlumpten, alten »Transport«-Männer, die alle Schwertransporte im Lager erledigten, sich um den Lautsprecher scharten, der in den welken Blättern einer Eiche hing. Sie erläuterten die Meldungen, sagten Offensiven voraus, planten Schlachten und führten dann die Belegschaft zurück zur Werkshalle. Die Heizkörper summten; wenn der Vorarbeiter sich hinter die Glastür zurückzog, die aus der Halle in sein Büro führte, konnte man ein bißchen vor sich hindösen. Und auf dem Rückweg zum Lager sangen die Kaelanki; heiser und mit zunehmender Lautstärke sangen sie von einem, der Rost hieß und sie wie ein Vater behandelte, von Warschau und von einem Treffen unter Kanonen, und Barbara sang aus voller Kehle und sehr unsauber mit.

Gelbe Pfützen breiteten sich auf der Straße aus, da war sie still; denn plötzlich erschien ihr der eigene Körper wie ein Lotteriegewinn, welchen sie auf Kosten anderer, wenn auch ohne ihr Zutun, bekommen hatte. Ein weiterer Gewinn erwartete sie im Lager – die volle Brotration. Da sie sich nun nicht mehr mit ihrer noch größeren Armut entschuldigen konnte, geriet sie in Panik, schnitt eine zu dicke Scheibe ab und warf sie in ein Gewirr gelber Hände. »Was ist denn jetzt?« Abrupt wandte sie sich Tola zu. »Warum starrst du mich schon wieder an?«

»Die kriegen doch genau dieselben Rationen wie du.«

»Tatsächlich? Was du nicht sagst! Jetzt guck mich an.« Sie streckte ihre nackten Arme aus. »Ich bin stark wie ein Ochse; ich könnte monatelang hungern, und es würde mir nicht schaden, aber die –«

»Die werden nicht durch eine Schnitte Brot gerettet. Das ist ein Tropfen auf den heißen Stein.«

»Ein Tropfen ist besser als nichts. Wenigstens merken sie, daß jemand an sie denkt.«

Von da an wurden ihre Abende zu einer Art Kontrapunkt.

Wenn die Pikriniaks krächzend »Anmachholz, Salpeterpapier, genau richtig zum Zudecken für Ihre Betten» anboten, wenn es den Anschein hatte, als verkauften sie damit einen Teil ihres Körpers – die braunen Papierbahnen, die ihre Köperumhüllung, das Holz, das ihre stockdünnen Arme verlängerte –, dann stellte sich Barbara vor, sie kaufte alle diese Waren auf, damit sie sich endlich ausruhen konnten. Wenn sie, wie Taubstumme auf die Lippen des Sprechenden, gebannt auf Finger schauten, die eine Kartoffel schälten, dann besorgte sie ihnen die beste und nahrhafteste Kost, und wenn sie ein schmutziges Stück Schale mit der Behauptung ersteigern wollten, ihr Hunger sei der schlimmste, wenn sie schrien: »Geben Sie mir das, ich habe mehr Hunger, Fräulein; nein, mir!«, dann gab sie in Gedanken alles weg, was sie hatte – ihre Rubinbrosche, ihr saphirnes Armband und die Perlenkette, die sie immer dreifach um den Hals schlang. Denn Antoni sollte den Erlös aus dem Verkauf ihres Schmucks schicken. »Bald schon werden wir von ihm hören, jeden Tag kann es hier sein.«

Und dann stolzierte Goldberg in die Baracke und verbeugte sich wie eine königliche Hoheit auf Visite.

»Nix, Dziedziczka«, spottete er, »der alte Mann wird Ihr Vermögen wohl für Wein und Weiber ausgegeben haben.« Und sie stürzte hinaus und floh vor seinem Hohn, den Blutsaugern und ihrem eigenen Hunger, der wie alles an ihr sehr groß war.

Kapitel 10

Barbara war guter Laune. Goldbergs Versprechen, daß sein Pole bald nach Lublin fahren werde, machte sie froh; froh machte sie auch die große Kaelanka, die Tola vertrat, welche an diesem Tag woanders arbeitete; und froh machte sie schließlich das Wetter. Endlich war die Sonne herausgekommen. Messinghülsen, metallene Deckel und das kupferrote Haar der Kaelanki leuchteten in der Halle; und wenn man die Augen ein wenig zukniff und nicht auf die welken Blätter und das Eis achtete, wenn man nur noch die Kiefern wahrnahm, die draußen hellgrün in der Sonne leuchteten, dann konnte man meinen, der Sommer sei da und mit ihm die Zeit der Hoffnung.

»Wenn der Juni kommt, ist der Krieg vorbei«, sagte Barbara träumerisch.

»Was hat sie gesagt?« zwitscherten die Albino-Jeckes. »Was?«

»Kohl mit Kwas«, murmelte die Kaelanka, die wegen ihrer breiten Nase und den feuchten, vortretenden Augen »Mops« genannt wurde. Und Barbara lächelte. Sie war ziemlich schlecht auf die Kaelanki zu sprechen, weil sie sich zu wenig um andere kümmerten, weil sie nicht genug abgaben und weil der Ruf: »Pikriniaks, raus hier!« am lautesten aus ihrer Baracke erscholl. Aber jetzt schien die Sonne, und ein friedliches Gemurmel von Stimmen umgab sie. Barbara war versöhnlich und tolerant gestimmt und fand sogar ein gewisses Gefallen an der Gesellschaft des strammen Mädchens, dessen grobe Sprache und rauhe Stimme eine Herkunft verrieten, die Barbara fast vergessen, die ihr aber einst viel bedeutet hatte.

Die rauhe Stimme berichtete von der ersten Zeit in Skarzysko, bitteren Tagen, an denen der Mops vor Hunger am liebsten in das eigene Fleisch gebissen hätte, als sie mehr auf der Latrine als anderswo gesessen hatte; und, ja, als es aussah, als läge sie bald in der »Kiste«. In der Kiste neben der Latrine wurden unter ungelöschtem Kalk die Leichen aufbewahrt.

»Sch, um Gottes willen«, flüsterte Barbara und rückte näher, um an der Wärme teilzuhaben, die der Mops wie ein großer Ofen ausströmte.

»So war das, meine Liebe. Und dann ...«

»Dann?« drängte Barbara.

»Dann lernte ich meinen ›Cousin‹ kennen. Ich war krank, und er pflegte mich; ich war ausgehungert, und er gab mir zu essen. Er ist so gut zu mir.« Ein Blick zur Glastür, ob der Vorarbeiter noch nicht wieder in seinem Büro war, ein Abtauchen unter den Tisch. »Sieh mal, von meinem Cousin«, sagte der Mops zärtlich. Brot hatte der Cousin ihr verschafft, zwei dicke Scheiben mit Rübensirup bestrichen und mit Knoblauch bestreut, dessen Geruch die Kaelanki wie das Erkennungszeichen ihrer »Verwandtschaft« mit dem Cousin umgab beinahe wie ein Ehering den Finger.

Die kräftigen, gelben Zähne bissen in das Brot, dick und rot quoll der Sirup an den Seiten heraus. Und der Hunger, der sich jetzt bei Barbara meldete, weckte auch die Erinnerung an den

Ort, wohin der Mops gehörte und woher er kam: an die Arbeiterviertel, die Elendsquartiere. Jedesmal wenn sie in eine große Stadt kam, eilte sie dorthin, ließ Hut und Handschuhe zu Hause, da ihr perfekt geschneidertes Kostüm in dieser Umgebung schon peinlich genug wirkte, wo alte, ungeheuer dicke Frauen auf dem Bordstein hockten, deren gewaltige Brüste und Arme – von zahlreichen Impfnarben gebrandmarkt – aus verblichenen Baumwollkleidern quollen; hinter ihnen ragten Mietskasernen in die Höhe, gewaltig und doch nicht groß genug für all das Leben, das voller Streit und Gezänk und Kleinkindergebrüll daraus hervordrang; und auch aus den Wohnungen drang es auf die Treppenabsätze, wo Kinderwagen und Kinderbetten standen und Kinder sich an den Händchen hielten und singend die Treppen hinauf- und hinunterzogen, ihr »Ahorn... Ahorn, goldner Ahorn«-Geplärre verfolgte sie noch, wenn sie eilig weiterging, vorbei an Wänden mit obszönen Kritzeleien, an schalem Geruch aus Kneipen und an Pärchen, die sich in dem räudigen Gras umarmt hielten. Stefan mißbilligte jedesmal diese Eskapaden, aber um nichts in der Welt hätte sie darauf verzichtet.

»Hör mal«, unterbrach der Mops ihre Erinnerungen. »Warte nicht, bis du nur noch Haut und Knochen bist, dann ist es zu spät. Besorg dir sofort einen Cousin, jetzt gleich!« Schwer und mütterlich ließ der Mops seine Pranke auf Barbaras Schulter fallen und begann die möglichen Kandidaten aufzuzählen.

Am besten waren die OD-Leute, aber die waren vergeben; dann kamen die »Schuster«, Männer, die im Trotylwerk arbeiteten und so hießen, weil sie Stiefel aus dem Leder machten, das sie sich irgendwie dort beschafften; schließlich jeder beliebige Mann. »Jeder Mann eignet sich, wenn er nur ein bißchen Grips im Kopf hat. Ich kenne da einen anständigen Kerl, und –«

Barbara schüttelte den Kopf.

»Nu, und warum nicht?«

»Ich bin verheiratet.«

»Ist er hier?« Der Mops schien aufrichtig erfreut zu sein.

»Nein.«

»Dann im Werk A?«

»Nein.«

»So, und wie denkst du dir das? Was kann er dir nützen, wenn er irgendwo weit weg ist? Sieh, wenn Gott will, werdet ihr zwei euch nach dem Krieg wiedersehen, und alles wird wie vorher sein. Aber hier mußt du an dich denken. Frauen haben keinen Zaster, aber dafür etwas anderes; mach was damit, es wird nicht weniger, wenn du es ausgibst.«

»Hören Sie auf!« Barbara haßte derlei vulgäre Äußerungen; sie schockierten sie nicht, berührten aber auf plumpe und grobe Weise Dinge, die unausgesprochen und ihr Eigenstes bleiben mußten. Sie tauchte unter den Tisch und holte das Zeichen ihrer eigenen Liebesbeziehung hervor, eine Schnitte Brot, welche sie für die Allerbedürftigsten aufgehoben hatte.

Und in diesem Augenblick ging die Tür auf.

Barbara nahm andere Menschen oft zuerst farbig wahr. Meister Grube war das Blau seiner schüchtern blickenden Augen, der Vorarbeiter das Rot des erzürnten Truthahns; zwischen diesen beiden Farben erschien Frau Katz als Schwarz – das fade Schwarz der Witwentrauerkleidung, die weniger aus Trauer als aus einem grämlichen Protest gegen die Freude am Leben getragen wird. Beim Anblick von Barbara hellte sich die Miene von Frau Katz auf – sie ließ lächelnd ihre Goldzähne aufblitzen, sie winkte mit zwei Fingern. Diese gekrümmten Finger erschienen Barbara wie Haken, die sie fort von dem Mops und an einen freudlosen Ort zogen; so hatte sie einst ein Versprechen, das sie Stefan geben mußte, aus den Elendsvierteln in die stickigen Wohnzimmer gezerrt, deren Vitrinen mit Kristall, deren Plüschmöbel und Gastgeberinnen sie erst recht deprimierten, weil Stefan gesagt hatte: »Du mußte sie wirklich besuchen.« So gern und bereitwillig Barbara Opfer brachte, so sehr haßte sie bloße Verpflichtungen.

Irgendwie erweckte auch Frau Katz ein Gefühl der Verpflichtung, obwohl Barbara nicht sagen konnte, welcher Art sie sein sollte.

»Sie wird versuchen, sich an dich zu hängen. Soll ich sie wegschicken?« fragte der Mops.

»Ja«, wollte Barbara sagen. »Nein … ich weiß nicht«, sagte sie zögernd, als sie Frau Katz' ausgemergelte Tochter anschaute, und zum ersten Mal wünschte sie, Tola wäre wieder da.

Frau Katz redete auf den Meister ein, rollte das R, als gurgelte sie, gestikulierte, gurgelte nochmals, und plötzlich saß sie mit ihrer Tochter Barbara direkt gegenüber. Begrüßungen folgten, begleitet von einem so herzlichen Lächeln, daß Barbara, unfähig, es zu erwidern, zunächst beschämt, dann aber beunruhigt war. Das Lächeln wurde zudringlicher, erwartungsvoll bettelte es um eine Antwort, um dann dünn und säuerlich zu werden, gerade wie in jenen stickigen Wohnzimmern, wo es der Frage: »Haben Sie nicht ein bißchen zugenommen, meine Liebe?« vorauszugehen pflegte.

»Granaten« war das Wort, zu dem es diesmal führte. Ob Frau Grünbaum schon einmal Granaten geladen habe.

»Noch nie.«

Frau Katz schwieg. Aber so entschieden verweigerten ihre hochgezogenen Augenbrauen jedem, der noch nie Granaten geladen hatte, die Lagerzugehörigkeit, daß Barbara fast dankbar an ihren Hunger dachte, weil der bewies, daß sie die vollen Bürgerrechte schon besaß.

»Welch ein Glück, daß Sie dieser Hölle entgangen sind.« Frau Katz beugte sich über den Tisch und sprach von diesem »Inferno« einer Arbeit bei »Temperaturen unter Null«, wenn man mit Granaten arbeiten mußte, deren jede an die vierzig Pfund wog.

»Fünfundzwanzig. Ich weiß Bescheid, ich habe sie oft geladen«, sagte der Mops schnippisch.

Achselzuckend redete Frau Katz weiter und wandte sich dem Wunder zu, das sie aus dieser Hölle erlöst hatte. Eine Granate war hingefallen und hatte Alinka beinahe den Fuß zerquetscht, und der Meister, der dabei war – nicht wahr, recht human für einen Deutschen? – hatte veranlaßt, daß sie nach Schmitz versetzt wurden.

Granatenladen war eine furchtbare Arbeit, das wußte Barbara, aber ihr Mitleid hielt sich in Grenzen. Hatte das Getue der Frau Katz ihr das Mitleid ausgetrieben? War es richtig, so teilnahmslos zu sein, nur weil die andere Person ein Kriecher und Schleimer war? Welke Blätter flogen am Fenster vorbei und erinnerten daran, daß es Winter war. Ein lautes Klirren ganz in ihrer Nähe: Frau Katz hatte eine Flugabwehrgranate auf den Boden fallen lassen.

»He, du da! Das sind keine Bonbons; die explodieren.« Entrüstet rückte der Mops zum Nachbartisch.

»Dieses Benehmen!« sagte Frau Katz vorwurfsvoll. »Aber lassen wir das, erzählen Sie von sich, Frau Grünbaum. Wie sind Sie untergebracht? Haben Sie eine bequeme Pritsche?«

»Ja.« Eine Pause trat ein, wie ein Finger, so fand Barbara, der sie anstupste, um ihr klarzumachen, daß sie dran war. »Und Sie?« fragte sie, der Aufforderung nachgebend.

»Ich will nicht klagen. Ich schlafe auf einem Tisch – wir haben keine Pritsche für uns. Aber Alinka –«

»Bitte«, sagte das Mädchen mit zusammengebissenen Zähnen. »Ich habe es durchaus bequem.«

»Bequem!« Kaum hörbar flüsternd begann Frau Katz von dem Mädchen zu reden: wie empfindlich sie sei und daß sie am Fußende der Pritsche schlafen müsse, so daß die anderen Schläfer sie in der vergangenen Nacht beinahe heruntergetreten hätten. »Trotzdem, mich würde das nicht so stören, auch nicht die Kälte und der ganze Krach, den ich auf meinem Tisch mitbekomme, aber –« Wieder eine Pause, wieder der anstupsende Finger. Dieses Mal schwieg Barbara.

»Sie wissen noch nicht, wie es in einem Lager zugeht.« Wieder zog Frau Katz die Augenbrauen hoch. »Im Lager hält man entweder zusammen, oder man wird getrennt, kommt an einen anderen Arbeitsplatz, dann an einen neuen Ort – wie vor kurzem in Krakau. Glauben Sie mir, wenn so eine Trennung Alinka guttäte, würde ich mich nicht dagegen sperren. Ich –«

Wollte diese Frau ihr etwas vormachen? Hatte sie vergessen, was in Werk A geschehen war? Nein, Frau Katz hatte nichts vergessen. Das bewies ihr Augenzwinkern, ihr heftiges Erröten. »Bitte verstehen Sie mich«, flüsterte sie. »Mir ist ganz wichtig, daß Sie, gerade Sie, mich verstehen. Ich weiß, warum Sie mich so erstaunt ansehen. Aber ich habe Sie nicht belogen, ich ... ich habe dieses Thema mit Absicht aufgebracht ... weil ich etwas erklären will. Im Werk A war ich unvorbereitet; ich geriet in Panik. Aber ich bin sicher, wenn ich genug Zeit gehabt hätte, meine Gedanken zu sammeln, dann hätte ich das Richtige getan, auch wenn es mir schwer gefallen wäre. Denn Sie können sich nicht vorstellen, wie mir dieses Mädchen ans Herz gewachsen ist, seit wir uns kennengelernt haben.«

»Wieso?«

»Sehr ans Herz gewachsen.«

»Nein. Ich meine, Sie sind doch ihre Mutter und sie Ihre Tochter, nicht wahr?«

»O nein, wir sind nicht verwandt, wir behaupten das nur, damit wir zusammenbleiben. Nicht daß es viel nützt, aber trotzdem – wir versuchen es. Und irgendwie kommt es mir vor, als sei sie meine Tochter. Sie«, flüsterte Frau Katz, »sie ist etwas Besonderes. Und dann die Situation, in der wir uns kennengelernt haben ... wissen Sie, wir haben uns im Grab kennengelernt.«

»Transport!« rief der Mops. Der alte Mann hievte eine schwarze Kiste auf den Karren. Und wie man sich im Dunkeln an vertrauten Gegenständen festhält, so hefteten sich Barbaras Augen auf den Mops, auf den Transportarbeiter und wanderten dann vorsichtig zu Frau Katz. Frau Katz zwinkerte, und damit war klar: diese Frau war verrückt. Heftiger denn je wünschte Barbara, Tola wäre da, und richtete ihren Blick hilfesuchend auf Alinka.

»Gott, wozu das alles wieder aufwärmen«, murrte das Mädchen.

»Was aufwärmen?«

»Das mit dem Grab.«

»Du willst also sagen, die Geschichte stimmt?«

»Natürlich nicht. Aurelia hat sie erfunden, um Sie zu unterhalten, Frau Grünbaum.«

»Nein, sag das nicht«, sagte Barbara und fügte im stillen hinzu: Es stimmt wirklich, sie haben sich im Grab getroffen. Im Grab – im Grab, wiederholte sie immer wieder; dann, als diese Worte immer noch keinen Sinn ergaben, beugte sie sich vor und starrte Frau Katz an; aber sie sah nichts als eine gewöhnliche, langnasige Frau, die in eine gewöhnliche Umgebung und nirgendwo sonst hingehörte. »Nein, ich verstehe Sie nicht«, sagte sie ratlos, »ich verstehe Sie nicht.«

»Eine Massenhinrichtung«, sagte Frau Katz entschuldigend.

»Da gibt's nicht viel zu verstehen«, sagte Alinka schneidend. »Statt einer sogenannten Deportation erledigten sie uns gleich auf der Stelle. Aus irgendeinem Grund wurden wir beiden nur leicht verletzt. Als alles vorbei war, krochen wir aus dem Graben – ich meine, aus dem Grab und liefen weg.«

»Ja«, sagte Barbara, nach Luft ringend, »ja. Wann war das, wo?«

»Im vergangenen Juni, in Radom.«

Radom – das war der Geruch von Gerbereien und die besten Klöße; und die Cousine, die so langweilig war. »Aber da bin ich doch oft gewesen. Ich kenne Radom!« Sie verstummte. »Aber ich kenne doch Treblinka«, hatte auch Marta gerufen, als die Nachricht von den entsetzlichen Ereignissen eingetroffen war.

»Erzählen Sie mir«, und sie stand auf, »erzählen Sie mir, was dann geschah.«

Granathülsen klirrten, jemand lachte; aber sie war ganz allein, die einzige Zuschauerin in einem riesigen Theater, die auf das Öffnen des Vorhangs wartete.

Welchen Tonfall solche Ereignisse erforderten, wußte Barbara nicht, aber sicher nicht dieses monotone Geleier. »Die Greueltaten – die bestialischen Naziverbrecher –« Frau Katz schien einen fertigen Text abzulesen, der in abgenutzten Wendungen Ereignisse wiedergab, welche zu weit zurücklagen, um noch verständlich zu sein. Barbara bemühte sich um Verständnis, indem sie für die »bestialischen Nazis« Helme und Gewehre, für die »hilflosen Opfer« ein junges Gesicht einsetzte. »Mein Verstand begriff, was da geschah, aber nicht mein Gefühl«, fuhr das Geleier fort, alle diese Anschauungshilfen verwischend, und die kurzgliedrigen Finger pirschten sich an ein kalkbestäubtes Stückchen Brot heran.

»So haben wir uns kennengelernt. Ich war allein; mein Mann ... ich habe meinen Mann da verloren.« Frau Katz' Hand kreiste das Brot ein. Sie stockte; langsam, als laste ein Gewicht auf ihr, hob sie sich vom Tisch, ballte sich zur Faust. Und wie eine zweite Faust zog sich das blaurot angelaufene Gesicht zusammen, Lider und Mund verengten sich, als steckte diese Frau ihre ganze Kraft in den Versuch, sich zu erinnern. Ein Zittern; ihr Mund öffnete sich und schnappte nach Luft.

»Woran haben Sie gerade gedacht, woran?« wollte Barbara fragen; statt dessen stand sie auf, stieß gegen die Tischkante, lief zu Aurelia Katz und sagte, indem sie ihr über die Schultern strich: »Sagen Sie mir, wie kann ich Ihnen helfen?« Die eingesunkenen Schultern strafften sich. »Sag es mir, Aurelia. Ich darf dich Aurelia nennen, ja? Ich – warte – natürlich, du ziehst auf meine Pritsche, bitte.«

Ein Stuhl wurde gerückt. Barbara fiel ein, daß noch jemand Trost und Hilfe brauchte, und streckte die Hand aus, stieß aber mit dem Arm gegen den Tisch, weil Alinka hastig wegrückte.

»Alinka«, rief Aurelia Katz. »Alinka!« Und zu Barbara sagte sie: »Ich danke dir. Aber glaub mir, ich habe dir das alles nicht erzählt, damit du mich einlädst.«

»Mein Gott, auf was für Gedanken du kommst«, beteuerte Barbara und wünschte, Aurelia Katz hätte das nicht gesagt.

Wie jeden Abend sangen die Kaelanki auf dem Rückweg zum Lager. Und als sie an Pikrin vorbeikamen, fiel eine neue Stimme mit hellem Klang in den Chor ein. Es war Aurelia Katz. »Sing mit, meine Liebe, es wird dir guttun«, flüsterte Barbara, deren Stimmung sich wieder gebessert hatte. Aber Aurelia hörte auf und ging schweigend weiter.

Die Mädchen aus der Pritsche unter ihr halfen Barbara bei der Vorbereitung auf die Ankunft der neuen Gäste. Dunkelhaarig die eine, blauäugig und blond die andere, hatten sie durch den Hunger die Ähnlichkeit von Schwestern angenommen. Sie waren gertenschlank und bis zur Durchsichtigkeit abgemagert und verrieten in ihrer höflichen, wohlerzogenen Zurückhaltung die Nachwirkung von Gouvernanten und Klavierstunden. »Natürlich, Frau Grünbaum, gern, Frau Grünbaum«, zwitscherten sie, wenn diese sie bat, Wasser zu holen oder das Salpeterpapier auszuschütteln. Der Geruch frisch gescheuerten Holzes verbreitete sich über dem Bett, und als Barbara gerade noch ein paar lose Strohhalme wegsteckte, kamen sie alle herein – Tola, das sommersprossige Kind und Aurelia Katz. Sie blieben stehen und schauten einander verlegen an wie Fremde, welche argwöhnen, daß sie auf dieselbe Feier gehen.

»Kommt herauf, es ist alles fertig«, rief Barbara.

Aurelia Katz zuerst und Tola am Schluß, so stiegen sie auf die Pritsche und setzten sich so weit auseinander, wie die Enge es zuließ.

»So«, Barbara rieb sich die Hände, »so«, und befeuchtete ihre Lippen. »Tolenka, du erinnerst dich noch an Aurelia und Alinka, nicht wahr? Sie arbeiten jetzt bei Schmitz; sie sind dahin versetzt worden, sie haben vorher Granaten geladen, eine furchtbare Arbeit, einfach furchtbar. Und jetzt – jetzt bleiben sie bei uns.«

»Aha.«

»Sie hatten keine Pritsche für sich, deswegen habe ich sie gebeten, zu uns zu kommen.«

»Aha.« Da knisterte das Papier unter Aurelias nervös zuckenden Fingern. Das Papier raschelte lauter, zerriß, und Barbara packte Tola am Arm. »Ihr beiden bleibt hier«, befahl sie den Neuankömmlingen und zog Tola vom Bett herab. »Wir müssen miteinander reden, bleibt ihr hier!«

Man konnte nirgendwo ungestört reden. Schneetreiben, das wehtat wie Glassplitter, verjagte sie von der Straße, das Gewimmel nackter Leiber vertrieb sie aus dem Waschraum und der Gestank aus der Latrine. Und schließlich standen sie wieder vor ihrer Baracke. Tola drückte sich platt an die Wand, während Barbara auf und ab ging, um ihren Ärger abzuarbeiten, denn dieses Mal durfte sie die Selbstbeherrschung nicht verlieren.

Es schneite; wie ein leuchtender, weißer Ballon hüpfte ein frisch rasierter Kopf in der Dunkelheit auf und nieder. Dann kam Goldberg auf sie zu. »Guten Abend, die Damen«, sagte er und winkte ihnen zu. »Guten Abend, Dziedziczka. Sagen Sie, was ist denn los – wer sind denn diese beiden Schönheiten auf Ihrer Pritsche?«

»Es sind meine Freundinnen, sie ziehen jetzt zu mir.«

»So! Mit dem Gast kommt Gott ins Haus, wie das alte Sprichwort sagt. Offen gesagt, ich habe nichts gegen Gott, den braucht man wenigstens nicht zu ernähren; aber diese beiden –«

»Halt den Mund! Warte, ist dein Pole weg?«

»Nein. Man hat Polen aus den Zügen geholt und nach Deutschland geschickt, deshalb rührt er sich nicht von der Stelle. Abend, die Damen, Abend, Dziedziczka.« Auf dem Eis schlitternd machte er sich auf den Weg.

»Dieser Lümmel!« Barbara lud einen Teil ihres Zorns auf ihn ab, nahm dann ihre Wanderung wieder auf, bis sie glaubte, jetzt könne sie reden. »Ich verstehe dich.« Sie fand Gefallen an ihrer Freundlichkeit wie an einer neu erworbenen Fertigkeit. »Du meinst also, ich hätte dich um Erlaubnis oder wenigstens um deine Meinung fragen sollen? Aber wie hätte ich das können? Du warst nicht da, und ich... ich konnte das Angebot nicht mehr aufschieben, als sie mir erzählt hatten... ach ja!« rief sie. »Ach ja!« wiederholte sie, verärgert über sich, die immer Voreilige, und mit schlechtem Gewissen gegenüber Tola, die, wie Barbara nun einfiel, noch gar nichts über die beiden wußte. »Sie –« Sie machte eine Pause, um den richtigen Ton für das Thema zu finden. »Sie sind gar nicht Mutter und Tochter. Sie haben sich –«

»Im Grab kennengelernt. ›Mein Verstand begriff, was da geschah, aber nicht mein Gefühl!‹«

Barbara fuhr zusammen, sie hatte das Gefühl, gedemütigt, von Tola genarrt und absichtlich in die Falle ihres eigenen schlechten Gewissens gelockt worden zu sein. Oder ging die Täuschung von jemand anderem aus? »Aurelia – willst du sagen, daß Aurelia das alles erfunden hat?«

»Nein, das hat sie nicht.«

»Dann – wußtest du also, und –«

»Es konnte mir ja gar nicht verborgen bleiben. Zweimal bin ich durch den Block gegangen, und zweimal habe ich sie ihre Geschichte erzählen hören. Nicht, daß ich ihr einen Vorwurf mache. Hier versucht jeder mit dem zu hausieren, was er hat – Suppe, Kleidung, Goldzähne. Und die hausiert mit ihrer Vergangenheit.«

»Sie will ihr Herz ausschütten. Aber du, du hast es gewußt und nichts für sie getan; du hast davon gewußt und mir nichts gesagt!«

»Richtig. Du hast mich nicht beauftragt, dir jede Katastrophengeschichte zu berichten. Aber wenn du das willst, dann gehen wir in die Baracke, und dann erzähle ich dir von jeder, ja, von nahezu jeder Frau darin eine Geschichte, die sich von der Aurelias nicht wesentlich unterscheidet. Sicher, sie hat eine Massenerschießung hinter sich, aber eine Selektion mitzumachen ist auch kein Pappenstiel. Ebensowenig das, was in den Ghettos geschehen ist. Ich habe nicht die Absicht, Frau Katz die Märtyrerkrone streitig zu machen. Aber alle hier haben Entsetzliches mitgemacht. Und wie willst du da helfen, Barbara? Eine Pritsche ist kein Gutshaus; du kannst uns nicht alle bei dir aufnehmen.«

»Aber diese beiden. Sie sind zu mir gekommen, sie haben mich um Hilfe gebeten. All dieses Elend, wie ein Knochen bleibt mir der Atem im Halse stecken. Und hier bietet sich die Möglichkeit zu helfen, eine großartige Möglichkeit, und du – du hältst dich aus allem heraus. Was mißgönnst du ihnen, das verrottete Stroh auf dem Bett?«

»Das Brot, Barbara, nur das Brot. Soll ich dir erzählen, was heute beim Laden der Granaten passiert ist?«

»Ich weiß, was passiert ist. Eine Granate ist hingefallen.«

»Granaten fallen nicht, man läßt sie fallen. Woher ich das weiß? Ich habe heute da gearbeitet. Frau Katz bemerkte ein Stück Brot, es war dreckig und kaum größer als eine Nuß. Sie stürzte darauf zu; natürlich stolperte sie und fiel hin, während wir anderen, eine Kette von ungefähr hundert Leuten, alle mit einer Granate in der Hand, auf sie warten mußten, damit die Granaten weitergereicht werden konnten. Das Mädchen konnte nicht mehr und ließ ihre Granate fallen. Verstehst du denn nicht, Barbara? Diese Frau läßt sich gehen, sie denkt nur an ihren Magen.«

»Sie hat großen Hunger. Ist das ein Verbrechen?«

»Das ist überhaupt kein Verbrechen. Aber wir hungern auch, wir können nicht warten, bis deine Reichtümer eintreffen. Und wenn wir ein bißchen extra Brot ergattern, was wirst du dann tun? Wirst du sagen: ›Frau Katz, können Sie sich freundlicherweise abwenden? Ich möchte jetzt essen?‹ Oder wirst du es essen und dich bei jedem Bissen von ihr anstarren lassen? Sicher nicht. Du wirst jeden Krümel mit ihr teilen.« Eine Tür knallte, und der Kopf, der einem weißen Ballon glich, hüpfte durch die Dunkelheit und kam näher und näher. »Krümel kann man nicht teilen, Barbara. Einen Krümel für sie, einen Krümel für dich – das stillt weder ihren Hunger noch deinen.« Tola trat zur Seite, um Platz für die Frau mit dem rasierten Kopf zu machen. Sie war riesig; der zerrissene Schal hing an ihrer hageren Gestalt herab, und sie blieb dauernd stehen, um etwas darin einzuhüllen, als wollte sie ein kleines, hilfloses Wesen schützen. Es war Brot.

»Möchten Sie Brot gegen eine Portion Suppe tauschen? Es ist ein schönes Stück«, sagte die Frau leise.

»Nein«, sagte Barbara laut. »Was tun Sie sich da an? Essen Sie Ihr Brot selbst, es ist besser für Sie als dieser Fraß.«

»Suppe füllt besser«, sagte die Frau. Und in der ganzen Zeit, in der die Frau ihr Brot vorwies, es wieder unter den Schal steckte und dann weiterschlurfte, bemerkte Barbara, wie Tolas Blicke zwischen dem eingefallenen Gesicht und dem ihren hin und her gingen.

»Es reicht!« murmelte Barbara. »Es reicht! Du bist berechnend, du denkst bei allem nur an die Folgen. ›Wollte dich niemand denunzieren, Barbara? Was du den Pikriniaks gibst, ist doch nur ein Tropfen auf den heißen Stein, Barbara!‹ Dieses Mal hast du nichts gesagt, du hast nur gestarrt. Trotzdem weiß ich, was du dachtest. ›Willst du wie diese Frau aussehen, Barbara? Hast du keine Angst?‹ Das meintest du doch, nicht wahr? Ja, ich habe Angst. Angst, daß ich umsonst hergekommen bin, nur davor. Denn niemand wollte mich denunzieren, denn ich bin aus freien Stücken gekommen, nicht aus Berechnung und um an die Folgen zu denken und Krümel zu zählen, sondern um zu helfen. Und das werde ich tun, selbst wenn du –« Sie brach ab. Durch die gespreizten Finger hindurch schaute Tola sie an, ihre Augen waren weit geöffnet und schimmerten.

»Was ist denn, Tola, warum schaust du mich so an?«

»Wir wollen uns nicht streiten, nicht so. Biete ihnen an, daß sie bleiben können, tu, was du willst, nur laß uns nicht so miteinander reden, nie wieder. Ich gebe nach. Ich – einer – ein Mann, der meine Familie gekannt hat – hat mir Geld angeboten. Ich besorge etwas dafür, ich koche Suppe und verkaufe sie, und irgendwie werden wir es schaffen.«

Diese Kapitulation kam zu plötzlich. »Du bist wirklich einverstanden? Wir teilen alles mit ihnen, was wir haben?« stammelte Barbara und hoffte im stillen auf eine Ablehnung, die beweisen würde, daß Tola sie wieder einmal getäuscht hatte, um ihr ein schlechtes Gewissen zu machen. Aber es war keine Ablehnung, keine Täuschung. Tola war mit allem einverstanden; Aurelia Katz und das Mädchen durften so lange bleiben, wie sie wünschten, und würden mit ihnen zusammenleben wie eine Familie.

»Dich soll einer verstehen«, seufzte Barbara. »Du machst dich lustig, du spottest, und plötzlich hast du Mitleid mit ihnen. Je spitzer die Zunge, desto weicher das Herz, pflegt Antoni zu sagen, und er hat recht. Ich weiß, daß das meiste von dem, was du gesagt hast, nicht so gemeint war, und auch ich habe mich hinreißen lassen; irgendwie machen mich solche verletzenden Bemerkungen immer sehr wütend.« Damit waren beide, Tola und sie, weitgehend entlastet, und nun hatte sie sich soweit beruhigt, daß sie Tola versichern konnte, ihr Zorn sei vorüber, erledigt. »Aber verheimliche nie wieder etwas vor mir, ich kann solche mangelnde Offenheit nicht ertragen. So, und wer ist dieser Mann? Wir wollen hingehen, jetzt gleich.«

»Niemand soll seinen Namen erfahren. So ein anonymer Wohltäter, weißt du. Geh du doch schon zu ihnen, ich komme gleich nach.«

Stoffetzen, zerrissenes Papier – Überbleibsel der langen Menschenschlange, die hier gewartet hatte, um sich krankschreiben zu lassen – übersäten den Boden vor dem Krankenrevier. Tola klopfte an. Lächelnd öffnete ein OD-Mann ihr die Tür und ließ sie ein paar Minuten später wieder hinaus. Und wieder ging sie durch die Dunkelheit und blieb ab und zu stehen, um das Blut auszuspucken. Denn beim Abreißen der Goldkrone war ihr Zahn zerbrochen, und die Zange war abgerutscht und hatte ihr das Zahnfleisch aufgerissen.

Sie wollte zur Kaelankibaracke gehen, wo niemand sie ansprach, wo sie ihre Ruhe hatte; aber als sie in ihre Straße einbog, kam Alinka ihr eilig entgegen. Wollte das Mädchen sich bedanken, weil sie sich ihrer angenommen hatte? Wenn ja, würde sie ihr bedeuten, daß nicht Mitleid sie bewogen hatte, sondern die Furcht, Barbara zu verlieren und wieder allein zu sein.

Aber Alinka hatte offenbar nicht die Absicht, sich zu bedanken. Ihr Blick war streng, ihre Stimme sachlich und ohne Gefühl.

»Fräulein Ohrenstein, ich weiß, daß Sie uns nicht haben wollen«, stieß sie hervor, »und ich verstehe Sie; ich an Ihrer Stelle würde genauso denken. Aber nun ist es geschehen, und ich möchte fragen, ob ich mich auf irgendeine Weise nützlich machen kann.«

»Nein. Vielen Dank.«

»Ich habe dafür gesorgt, daß ich ein Bett tiefer schlafe.« Wieder ein durchdringender Blick. »Ich – ich weiß, woran Sie jetzt denken.« Das Mädchen wurde plötzlich heftig. »An ihre Zähne.«

»Wie meinst du das?«

»Aurelias Goldzähne. Alle haben auf mich eingeredet. ›Warum verkauft sie sie nicht, wozu braucht sie das viele Gold?‹ Damit sie nicht wie ein hinfälliges, klappriges altes Weib aussieht, deshalb. Außerdem sind die Zähne, die sie nicht unbedingt braucht, schon verkauft. Wir besitzen sonst nichts. Das wollte ich Ihnen nur sagen. Und – auch das noch: Man kann sie nicht mögen, nicht in ihrem jetzigen Zustand«, flüsterte das Mädchen beschwörend. »Aber wenn Sie sich bemühen könnten, nicht zu streng mit ihr zu sein …«

Eine Schneeflocke ließ sich auf Alinkas langen Wimpern nieder, schmolz zu einem glänzenden Tropfen. Tola ging auf sie zu. »Ja«, sagte sie, »ich werde es versuchen. Ich verspreche es.«

»Vielen Dank. Vielleicht klappt es ja sowieso nicht. Sehen Sie, Aurelia bewundert, verehrt Frau Grünbaum, während Frau Grünbaum aus Wohltätigkeit handelt. Ach ja! Heute abend gab sie Aurelia sogar die Erlaubnis zu singen.«

Kapitel 11

Wie sie Alinka versprochen hatte, ließ Tola kein unfreundliches Wort gegenüber Aurelia fallen. Und wie Alinka ihr prophezeit hatte, haßte sie diese Frau mit einer kalten, ständig wachsenden Wut: wegen der demütig lächelnden Bewunderung, mit der sie Barbara überhäufte, und der affektierten Zurückhaltung, die sie ihr selbst entgegenbrachte; wegen der Art und Weise, in der sie aß, voller Gier, aber mit geziert gebogenem Finger; wegen der vornehmen Ausdrucksweise und dem von mangelndem Waschen herrührenden Körpergeruch; weil sie bei der Arbeit schlief, aber sie des Nachts aufweckte, und weil sie diese Demutshaltung einnahm und sich klein machte und dabei mit unterwürfigem Blick anfragte, ob ein solcher Akt der »Rücksichtnahme« – ihr Lieblingswort – gebührende Beachtung fand, wodurch sie nur noch auffälliger und peinlicher wirkte. Kurz, in ihren Augen war Aurelia Katz das geborene Opfer, eines von der Sorte, welche die Kinder verachten, die Erwachsenen ignorieren und bei der die besorgte Gastgeberin ihren Gästen zuflüstert: »Ach bitte, sprechen Sie doch einmal mit ihr.«

Wie alle Opfer dieser Sorte wußte sie aus ihrer Hilflosigkeit das größtmögliche Kapital zu schlagen. Barbara war einfach in sie vernarrt. Ein Seufzen – und Aurelia war unübertrefflich im Seufzen –, und Barbara kam herbeigestürzt, um sie zu trösten; ein Mißgeschick, etwa verschüttetes Wasser, das auf die darunterliegende Pritsche tropfte, oder der Verlust des unersetzlichen Kammes, der abhanden kam, während Aurelia zum Beweis, wie rücksichtsvoll sie war, das Bett herrichtete, und gleich bat Barbara: »Aber meine Liebe, mach dir keine Gedanken wegen solcher Lappalien.« Abends hieß es dauernd »meine Liebe«. »Noch etwas Salz, meine Liebe?« »Ist die Suppe nicht köstlich, meine Liebe?«

Tola beschaffte die Suppe – von dem Verdienst aus ihren Geschäften. Am Anfang hatte Barbara ihr helfen wollen. »Natürlich komme ich mit«, hatte sie beharrt. »Ich sitze hier nicht untätig herum, während du ...«

»Während ich?« Tola wartete auf die Fortsetzung.

Aber Barbara sagte nicht: »Während du hausieren gehst.« »Während du dir die Hacken abläufst«, kam statt dessen. Gemeinsam machten sie sich auf den Weg zum Block der OD-Leute. Auf den Pritschen, die sogar Decken und Laken aufwiesen, räkelten sich die Männer halbnackt und schwitzend. »Los, Tola, komm, was hast du? Komm doch!« drängte Barbara. Tola rührte sich nicht von der Stelle. Sie konnte sich nicht überwinden; ein hemmungsloser Schrei würde aus ihrem Mund kommen, sie würde ausrutschen, inmitten von dröhnendem Gelächter hinfallen. Doch gerade als sie aufgeben wollte, schien eine andere ihren Platz einzunehmen, eine, der das Handeln und Feilschen nichts ausmachte, die sich auf den schrillen Ruf: »Suppe zu verkaufen, nur zwei Zloty die Tasse!« verstand.

»Suppe – vorzügliche Suppe, kommen Sie, probieren Sie«, rief Barbara, viel zu laut, wie ein Kind, das Spaß an seinem Kaufladen hat. Alles starrte sie an. »Guck mal, die große Polin verkauft Suppe!« Barbara zuckte zusammen. Sie lächelte gequält, murmelte nochmals etwas von der vorzüglichen Suppe und folgte Tola mit schleppendem Schritt.

»Es hat keinen Sinn, wenn wir zu dritt arbeiten«, sagte Tola, als sie fertig waren. Sie redete auf Barbara ein, sie nannte die vielen anderen Aufgaben, denen diese sich widmen sollte. »Vielleicht hast du recht. Ich war nie gut im Verkaufen und dergleichen«, räumte Barbara ein.

Von nun an machte Tola ihre Geschäfte allein. Der eiskalte Griff des Kessels schnitt ihr in die Hand, wenn sie unterwegs war – nicht zu den OD-Männern, wo es zuviel Konkurrenz gab, sondern zu den Baracken der Trotyl-Arbeiter. Dort war es ruhig. Verloren hockten die Männer auf den Pritschen. Sie winkten sie heran. »Haben Sie die Suppe selber gekocht?« fragten sie, denn jeder hatte blindes Vertrauen in alles, was von Frauenhänden zubereitet war. Erwartungsvoll, als handle es sich um einen Wundertrank, verfolgten sie, wie die Suppe in ihren Eßnapf floß; langsam, fast andächtig aßen sie. »Ist das alles?« fragten ihre Augen, wie Barbaras Augen nach jeder Mahlzeit, wenn sie zu Ende gegessen hatte. Daß sie zu regelmäßigen Kunden wurden, überraschte Tola nicht weniger als die Zuneigung, welche viele ihr entgegenbrachten.

»Sie sind anständig, bei Ihnen ist ein Napf voll wirklich ein voller Napf«, sagten die einen. Andere wollten wissen, wie alt sie sei. Wenn sie sagte, sie sei zwanzig, antworteten sie kopfschüttelnd, sie hätten ihr sechzehn zugetraut, keinen Tag mehr – so jung sehe sie aus und so vornehm; ein Mädchen aus guter Familie, man könne es gleich sehen. Solch unbeholfenes Mitgefühl bedeutete ihr mehr, als sie zugeben mochte.

Und mit den restlichen zwei Portionen Suppe, die für vier reichen mußten, nahm sie dieses Mitgefühl hinüber auf ihre Pritsche, damit es ihr zu ertragen half, was sie dort erwartete: das Schweigen, das bei ihrem Erscheinen eintrat, die Hast, mit der Aurelia wie ein verängstigter und geprügelter Hund beiseiterückte. Ja, sie wachte über sie, aber so streng, daß man sie viel mehr schätzte, wenn sie nicht da war. Also verhielt sie sich entsprechend: Sie sprach so gut wie nie; und wenn man sie anredete, antwortete sie einsilbig.

Und während Aurelia Katz so beflissen vom Kessel wegsah, stieg der Wunsch, ja das schamlose Verlangen in ihr hoch, ihr einfach die Schöpfkelle zu entreißen, sie mit den Worten: »Keinen Tropfen kriegst du« anzufahren und dann zuzuschauen, wie diese Frau sich wand und krümmte. Wenn sie sich zusammenriß, dann wegen Alinka; das Mädchen wies Barbaras Freundlichkeiten hartnäckig zurück, schlug sich offenbar auf Tolas Seite und blieb bei diesen abendlichen Mahlzeiten so unnahbar und allein wie diese.

»Noch etwas Salz, meine Liebe?« hieß es, und: »Ist die Suppe nicht köstlich, meine Liebe!«, bis endlich der Lagerschluß kam und mit ihm die Dunkelheit.

Tola saß nah am Ofen, um sein bißchen Wärme zu spüren, und bewachte die Suppe, die dort für den nächsten Tag kochte. Atemgeräusch erfüllte die Dunkelheit. Dann und wann ging eine der Pikrinfrauen, die Tag und Nacht an brennendem Durst litten, auf Zehenspitzen zum Wassereimer, klopfte mit dem Geschirr die Eiskruste auf und trank in gierigen Schlucken; dann war wieder alles still. Die Suppe kochte vor sich hin; ein glühendes Stück Holz knackte und loderte ein letztes Mal auf. Und nach und nach kam Friede über sie. Nach dem Krieg – wenn ich dann noch lebe, was nicht sehr wahrscheinlich ist, wie Tola niemals hinzuzufügen vergaß. Aber vor ihrem inneren Blick erschien es: das weiße Gutsgebäude, die Tür, die sich ihr, der Näherkommenden, öffnete; eine undeutliche Gestalt, Stefan Grünbaum – in Barbaras Erzählungen bestand er nur aus überwältigender Freundlichkeit, einem Schnurrbart und Reitstiefeln – lief ihr entgegen. »Ich weiß, was Sie für meine Frau getan haben«, rief er, nahm ihre Hand und führte sie ins Haus. Sie lächelte belustigt über ihre kitschige Idylle. Aber unweigerlich fuhr sie jedesmal mit der Zunge über ihr Zahnfleisch, das noch entzündet war und sie an ein Opfer erinnerte – ein Opfer, das dadurch an Bedeutung gewann, daß es ihr Geheimnis war.

Woche um Woche verging, jeder Tag war grau und so kalt, daß alles, was man anfaßte, sich wie Eis anfühlte. Mittags standen nur noch die politisierenden Transportmänner auf der Lichtung beim Werk Schmitz und hefteten ihre Augen auf den Lautsprecher. Der Lautsprecher war unbestechlich. »Nichts Neues«, sagte der Mann. »Die Alliierten machen überhaupt keine Geländegewinne.«

»Warten Sie ab! Am ersten warmen Tag, beim ersten Tauwetter kann nichts mehr sie aufhalten!« Barbara machte dabei eine ausholende Geste, als seien die alliierten Armeen Schwärme von Zugvögeln, deren Wiederkehr im Frühling außer Zweifel steht. Aber am folgenden Tag war sie die erste, die an der Tür rief: »Gibt es etwas Neues?«

»Nichts, keine neuen Meldungen.«

Das kalte Wetter hielt an. Auf dem Rückweg zum Lager sangen die Kaelanki nicht mehr; schweigend ging die weit auseinandergezogene Kolonne durch die Dunkelheit; nur gelegentlich glitt jemand aus, fiel mit einem Schreckenslaut auf das Eis. Dann wieder Stille; die Eßnäpfe klapperten, die hölzernen Pantinen machten ein dumpfes Geräusch auf dem gefrorenen Boden. Viele der Frauen aus Krakau trugen mittlerweile Holzpantinen statt des normalen Schuhwerks und Decken anstelle von Mänteln – Zeugnisse enttäuschter Hoffnung auf Hilfe »aus der Freiheit«.

Barbara hoffte nach wie vor, schrieb immer noch Briefe an die Bekannten, welche die Verbindung zwischen ihr und Antoni herstellen sollten. Antoni, hatte Goldbergs Pole gemeldet, wohne nicht mehr an der früheren Adresse. »Wir finden ihn schon«, beharrte Barbara. Dennoch hatte sie immer häufiger gegen eine Art Gleichgültigkeit und Apathie zu kämpfen.

Außerdem braute sich etwas zwischen Barbara und Aurelia Katz zusammen. Trostworte und liebevolle Blicke wurden immer seltener. Neuerdings, wenn Aurelia etwas verschüttete, schaute Barbara bloß hin und dann zu den beiden Mädchen hinüber, als vergliche sie deren Körper, die nur noch wandelnden Schatten glichen, mit Aurelias Leib, der noch schwerer, noch vierschrötiger geworden war. »Geh spazieren, Aurelia, verschaff dir Bewegung, tu etwas!« murmelte sie dann plötzlich, oder: »Mein Gott, komm mit und wasch dich.«

Nein, waschen wollte Aurelia sich nicht. Aurelia wollte nichts als essen und schlafen. Nur wenn die Suppe für den verwöhnten Gaumen der Kaelanki zu widerwärtig schmeckte, wurde sie munter, sammelte alles, was sie ergattern konnte, aß dann mit immer noch vornehm gekrümmtem kleinen Finger, wobei sie aber so heftig in ihrem Eßnapf kratzte, daß die Suppe die Farbe des rostigen Bodens annahm. Und oft brauste sie auf, selbst gegenüber Barbara. Schon im nächsten Moment wurde sie kleinlaut und versuchte Barbara zu umwerben.

Es war eine schreckliche, eine verzweifelte Werbung; ihre gebildete Herkunft, ihr gegenwärtiges Elend und das Entsetzen des Grabes, alles floß hinein. »So faszinierend ... so rücksichtslos ... einfach entsetzlich«, sagte Aurelia affektiert lächelnd, wobei sich ihre Nägel in die Handfläche gruben, als wollte sie das, was sie sagen wollte, irgend etwas, daraus hervorkratzen.

Der Freitag war da, der Abend vor dem Sabbat, den die alte Rebbetzyn der Herrichtung des Blocks widmete, indem sie auch den kleinsten Krümel vom Boden fegte und zwei in ausgehöhlten Kartoffeln befestigte Kerzenstummel anzündete. Alle schauten zu, während die alte Frau ihre Augen bedeckte und die Kerzen segnete. Mit einem Blick richtete sie sich auf; in ihrem lebkuchenfarbenen Gesicht glitzerten schwarze Augen, ihre welken Lippen preßten sich aufeinander.

Wie gewöhnlich an Freitagen schauten Besucher herein, und wenn die Frauen sich zur Begrüßung aus den Pritschen beugten, gewann die Baracke den Anschein einer ruhigen Straße, wo sich Nachbarn aus dem Fenster lehnen, um mit den Vorbeigehenden zu plaudern. Auf der Bank am Ofen summte das blauäugige Mädchen von der Pritsche unter Tola vor sich hin. Jemand trat heran, um zuzuhören. »Sing lauter«, rief eine andere Zuhörerin. Schüchtern begann das Mädchen die in den Soldatenunterkünften aufgeschnappten alten Schlager zu singen: von den Sternen über Copacabana – von Johnny, der sich nach Hawaii sehnt.

»Nein, mehr weiß ich nicht«, sagte sie und brach ab. Ein älterer Mann schenkte ihr zwei Kartoffeln, sie machte die Andeutung eines Knickses und ging voller Befangenheit wieder zu ihrem Bett.

»Das war wunderschön. Kommt, Mädchen, wir singen noch mehr«, rief Barbara mit einer Wärme, die man jetzt nur noch selten an ihr bemerkte. Neben ihr schaute Aurelia hoch, und die Adern an ihrem Hals schwollen zu Strängen an. »Ich –« Sie schaute auf die untere Pritsche, um sich zu vergewissern, daß Alinka weg war. »Ich – ja, ich singe!« Von ihren Blicken, von den roten Flecken auf ihrem Gesicht ging Lampenfieber aus und verbreitete sich über die Pritsche wie ein Geruch.

»Tu's nicht«, wollte Tola sie warnen.

»Willst du singen?« fragte Barbara achselzuckend.

»Ja.« Und schon watschelte Aurelia auf den Ofen zu. Über ihr stieg Dampf aus einem zum Trocknen aufgehängten Hemd.

»Celeste Aïda« war das Lied, für das sie sich inmitten des übelriechenden Dunstes entschieden hatte. Die Stimme, das merkte Tola, war schön; klar und kraftvoll trug sie durch die Baracke, ließ das Stimmengewirr, das Geflüster und selbst das Knipsen der nach Läusen jagenden Fingernägel verstummen. Doch kaum hatte sie sich all diese Aufmerksamkeit erstritten, als die Stimme erschrak, zu schnell an Höhe gewann, unsicher wurde, abstürzte. Trotzdem hätte sie sich gefangen, wären da nicht die Störer gewesen, nicht nur der frech grinsende OD-Mann, sondern Aurelia Katz selbst. Etwas in ihr wollte nicht, daß sie sang, etwas in ihr zwang sie, jede spöttische Bemerkung zu registrieren, ihre Schultern hochzuziehen, pompös und theatralisch zu gestikulieren.

»Caruso«, schrie der OD-Mann, »ha, ha, unser kleiner Caruso!«

Ihre Stimme erhob sich zu einem schrillen Ton, brach ab, sie stand mit weit aufgerissenem Mund, und zwischen ihren Beinen baumelte ein Topflappen wie ein grauer Schwanz. Sie griff nach diesem Schwanz, ließ ihn wieder los und rannte zurück zu ihrer Pritsche. Niemand sagte ein Wort.

»Hmmm, deine Stimme ist – schön«, sagte Barbara schließlich.

Die Adern an Aurelias Hals schwollen, als wollte sie singen. Aber sie sprach nur. »Frau Grünbaum, das meinen Sie doch nicht ernst«, sagte sie, nicht weinerlich, nicht anklagend, in dem ruhigen Ton dessen, der die Wahrheit sagt. Auch ihr Gesicht war ruhig. Nur ihre Finger krallten sich an das Bett, als sei diese plötzlich errungene Würde eine steile Felszinne, an der sie sich mit aller Kraft festhalten mußte. Aber schon glitt sie ab und fiel in einen hilflosen Zorn. »Warum«, wimmerte sie, »warum sagen Sie etwas, was Sie nicht ehrlich meinen? Aus Mitleid? Ich – ich will kein Mitleid von Ihnen, ich ... ich ...«, murmelte sie und kletterte herab. Sie keuchte, dann trabte sie wie eine Verrückte aus der Baracke hinaus.

»Jippi, jippi, ich muß Pippi«, trällerte der OD-Mann. Die alte Rebbetzyn beugte sich zu ihm hinüber. »Du Taugenichts!« schrie sie. »Hast du bei den Deutschen gelernt, wie man sich über uns lustig macht?«

»Tola«, sagte Barbara, »Tola, ich ... ich kann das nicht mehr ertragen. Ich habe es versucht, aber ich kann es nicht mehr. Mein Gott, wie die sich blamiert hat, und das alles für zwei Kartoffeln.«

»Sie hat nicht wegen der Kartoffeln gesungen, sondern für dich, um dir zu gefallen.« Tola empfand Bitterkeit bei diesem viel zu leicht errungenen Sieg über Barbara, und sie haderte mit sich, weil sie sich an diesem billigen Triumph weidete.

Kapitel 12

Die Sabbatkerzen leuchteten in den ausgehöhlten Kartoffeln; friedlich saßen die Frauen auf den Pritschen, einigen ruhten sich aus, andere flickten oder entlausten ihre Kleider. Daß Freitag war, daß kein Streit, kein Geschrei den seltenen Frieden störte, erschien Barbara als ein Zeichen der Hoffnung für das Mädchen, deretwegen sie außer Atem in der Baracke angekommen war.

»Wartet«, keuchte sie, auf das Bett kletternd, »wir sollten nicht essen, nicht bevor ich alles erzählt habe.« Barbara verstummte. Eine alte Frau mit dünnem, weißem, lose auf die Schultern fallendem Haar kam herein, blieb stehen, um die Kerzen zu betrachten, ging mit dem unsicheren Gang einer Nachtwandlerin weiter. Das war die »alte Alexandrowitsch«, die mit Barbara soeben im Waschhaus über das Mädchen gesprochen hatte.

»Wissen Sie was?«, so hatte die alte Alexandrowitsch angefangen. Das Wasser spritzte; die grauen, schlaffen Brüste schaukelten über dem Waschtrog; hinter Barbara hockte sich eine Frau hin und schnellte wieder in die Höhe. »Schwein!« erscholl es, »wir schicken dir die OD-Männer auf den Hals, du Schwein!«

Im Waschraum zu pinkeln war nicht richtig; aber eine, die bei der Kälte und mit all dem Kaffee und der Suppe im Bauch ihren Urin nicht mehr einhalten konnte, »Schwein« zu nennen, ging auch nicht. So dachte Barbara und fühlte, wie aus der feuchten Abenddämmerung eine Lethargie sie überkam, so daß sie nicht mehr wußte, was sie von diesem Ort halten sollte, wo alles zwei Seiten hatte und richtig und falsch zugleich war. »Was?« Ein bestimmtes Wort hatte ihre Betäubung durchstoßen. »Ich habe nicht zugehört, was sagten Sie?«

Die alte Alexandrowitsch nahm es nicht übel und fing wieder von vorn an, seufzte leise und setzte noch leiser hinzu: »Ich kann das einfach nicht vergessen.« Den Anblick in der Latrine am vorigen Freitagabend konnte sie nicht vergessen. Stockfinster war es gewesen – die Glühbirne war wohl ausgebrannt –, aber dann fiel der Strahl von der Taschenlampe eines OD-Mannes herein, und dann »sah ich sie, eine Schwangere, sehr, sehr weit schon. Ich konnte ihr Gesicht nicht sehen, nur das.« Und die alte Alexandrowitsch beschrieb eine deutliche Wölbung über ihrem eingesunkenen Unterleib. Eine Pause. »In Krakau kamen schwangere Frauen in die Selektion. Hier weiß ich es nicht – aber trotzdem, wenn ihre Zeit kommt, was bleibt der Armen anderes übrig?« Die alte Alexandrowitsch sprach leise und rang ihre Hände, als wolle sie etwas auswringen.

Barbara begriff. Und die Schnelligkeit, mit der sie begriff, erschreckte sie beinahe ebensosehr wie der Inhalt der Mitteilung. Ohne sich abzutrocknen, stürzte sie hinaus, mit nassen Kleidern, die ihr am Leibe klebten.

Der Wind fuhr ihr ins Gesicht; sie blieb stehen; und plötzlich wurde ihr klar, was sie tun mußte. Da sie von diesen furchtbaren Dingen gehört hatte, wollte sie jetzt verhindern, daß sie eintraten. Sie würde Brief um Brief schreiben, bis man Antoni gefunden hatte. Sie wollte Goldberg um Hilfe bitten und die Polen in Trotyl. Selbst der Händler, der mit einer prall vollen Tasche vorbeiging, weckte diesmal nicht Abscheu, sondern Hoffnung: Ja, in solch einer Tasche würde man das Kind aus dem Lager tragen – wie Brot, wie einen Laib Brot.

»Ja, ich weiß, was zu tun ist.« Barbara kuschelte sich in ihre Pritsche. »Wollt ihr es wissen? Aurelia, hör doch auf, den Topf anzustarren, dann sag ich's.« Und leise und feierlich begann sie zu reden.

»Diese Schwangere ist bestimmt jung«, flüsterte sie, »und ohne Hilfe – und wenn sie noch weiß, wie das früher war …« Auch Barbara wußte es noch. »Das Mädchen wird in Trotyl oder Pikrin schuften«, sagte sie und stellte sich die fürsorglichen Verwandten mit ihren Ermahnungen vor: »Du darfst nicht schwer tragen, du mußt dich ausruhen.« »Sie wird Hunger leiden«; dieser Satz weckte den Gedanken an Leckerbissen, die man der aufdrängte, die nun für zwei essen mußte. Und während sie ihre Hände rang wie vorhin die alte Alexandrowitsch und dabei flüsterte: »Was bleibt dem armen Mädchen anderes übrig?«, mischte sich der erleichterte Chor der Verwandten ein: »Gott sei Dank, alles ist gutgegangen.«

»Ja, es wird schon alles gutgehen. Ich – wir, wir werden sie finden, wir werden alles tun, was in unserer Macht steht.« Jede Enttäuschung, jede Kränkung wollte sie den anderen vergeben, mehr noch, sie wollte die Schuld für alles auf sich nehmen, wenn sie ihr nur gaben, was sie verlangte – Mitgefühl und Hilfsbereitschaft.

Das Bett knarrte, Stroh raschelte zu Boden. Und als sie aufschaute, wandten die drei ihren Blick ab, als habe sie etwas Ungehöriges gesagt. »Was geht hier vor?« Verzweifelt forschte Barbara in ihren Gesichtern. »Tola, hast du von diesem Mädchen gewußt?«

»Nein.«

Also nicht! Aber warum dann dieser ausweichende Blick? Und warum sah Aurelia Alinka mit offenem Mund an, warum schüttelte Alinka ihren Krauskopf? »Und ihr?« Barbara schob sich zwischen die beiden. »Habt ihr es gewußt?«

Aurelia biß auf ihren Daumen. Alinka wurde weiß. »Ich habe es gewußt.« Ihre Knopfaugen starrten Barbara ins Gesicht.

Aha! Sie hatten es also gewußt, und auch die Mädchen da unter ihr, die jedes Wort gehört haben mußten und die immer noch ihr Haar kämmten, auch sie, alle in der Baracke hatten es gewußt, aber niemand hatte die Schwangere zu finden versucht, hatte ihr helfen, ihr Leid lindern wollen. Leid – keine von denen wußte, was Leid bedeutete.

Damals, zu Hause, hatte eine Frau den Verstand verloren, weil ihr Kind bei einem Brand umgekommen war, ein einziges aus einer ganzen Brut. Und hier hatten sie alles, aber auch alles verloren, auf tausendmal schlimmere Weise als durch Feuer, und doch plauderten sie und spielten sich voreinander auf. Wohin war sie geraten? Was für Menschen waren das? Aber sie mußte ruhig bleiben.

»Kannst du mir sagen, wer diese Frau ist – oder wie du von ihr erfahren hast?« Sie suchte gerade nach einer passenderen Frage, als Aurelia Katz schrie: »Alinka! A-Alinka!«

Wieder schüttelte das Mädchen den Kopf, wandte sich dann an Barbara und sagte: »Darf ich fragen, wozu Sie das eigentlich wissen wollen?«

»Wozu? Ich werde ihr helfen, werde alles für sie tun, was ich kann.«

»Das wäre?« fragte Alinka.

»Das wäre – Antoni wird mir helfen. In ein paar Tagen müßte ich von ihm hören. Dann wird er herkommen –«

»So?«

»So?« äffte Barbara sie wütend nach. Da unten waren die Kerzen niedergebrannt. Und als sie hinschaute, schien es, als verwandelten sich ihre dünne Flämmchen in das Licht, das von dem Heiligenbild her auf Antonis Gesicht fiel. Der hätte sie nicht ins Kreuzverhör genommen wie diese Giftzwergin. »Wir wollen alles für dieses kleine, unschuldige Wesen tun, was wir können«, hätte er gesagt. Es überkam sie eine solche Sehnsucht nach ihm, daß sie nicht mehr begreifen konnte, was sie veranlaßt hatte, ihn zu verlassen und hierherzukommen.

»Sehr schön«, flötete Alinka. »Aber selbst wenn Sie ihn rechtzeitig erreichen, selbst wenn er herkommt, was dann? Sie können ihn nicht einladen; wir sind im Lager, Frau Grünbaum.«

»Mir reicht es!« Barbara richtete sich auf. »Mir reicht es! Ihr behandelt mich, als – käme ich gerade von der Riviera. ›Ein Lager ist ein Ort des Hungers, Barbara; du weißt noch nicht, was ein Lager ist.‹ Ich bin nicht an der Riviera gewesen. Ich weiß, was ein Lager ist, ich werde ihn nicht einladen. Einer von den Trotyl-Polen wird es aus dem Lager tragen wie –«

»So?« hieß es wieder, aber diesmal zwang sich Barbara, den Mund zu halten.

»Frau Grünbaum«, fuhr das Mädchen fort, »wissen Sie noch, was ein Brot in der Freiheit kostet?«

»Wieso?«

»Ja, was es kostet? Vierzig Zlotys höchstens. Und was bezahlen wir? Achtzig! Die Händler verdienen so um zehn Zlotys. Alles andere kriegen Ihre Polen. Die sind nicht blind, die sehen, daß wir hungern. Aber was kümmert es sie? Und Sie glauben, die werden Ihnen helfen? Würde einer von ihnen seinen Hals für Sie riskieren? Was ist, wenn er auf dem Weg nach draußen durchsucht wird? Was ist, wenn die Deutschen davon Wind kriegen?«

»Wovon?«

»Davon! Verstehen Sie nicht? Es könnte doch schreien.

Stimmt's? Und Sie sollten ein wenig nachdenken, bevor Sie – den Mund so voll nehmen. Jeder Pole, der so etwas herausschaffen will, wird erschossen. Warum sollte einer das für Sie riskieren? Sie würden es für ihn ja auch nicht tun, nicht wahr?«

Daß Barbara Alinka nicht packte und übers Knie legte, war ein Akt der Selbstverleugnung zugunsten der Schwangeren. »Tola! Aurelia! Tola!« Sie warb um Beistand von, nein, nicht von Verbündeten, sondern von Feinden, die nicht mehr wie diese Giftzwergin von einem zweifachen schützenden Bann umgeben waren, ihrer furchtbaren Vergangenheit und der Tatsache, daß sie noch ein Kind war.

»Ich – ja, ich meine nein, ich weiß nicht«, murmelte Aurelia.

»Vielleicht hat Alinka nicht ganz unrecht«, sagte Tola.

»Nicht ganz unrecht? Ach du, nicht alle sind wie –«

»Wie wer, Frau Grünbaum?«

»Nicht alle auf dieser Welt sind herzlos geworden. Ich spreche jeden Polen in Trotyl, im Werk A an, ich werfe mich ihnen zu Füßen, ich –«

»Zu Füßen! Und die werden Sie gleich wieder hochziehen. Und weshalb? Um Sie zur Gestapo zu bringen, deshalb. Aurelia, hör zu. Mittlerweile sind wohl ein paar Pritschen frei geworden; Frau Grünbaum, die ja so großzügig ist, wird uns nicht auf die Straße setzen, bevor ich eine für uns gefunden habe. Und dann ziehen wir aus, weil ich ihr nicht traue, ich habe ihr von Anfang an nicht getraut. Sie werden weiter herumlaufen und den Mund voll nehmen, Frau Grünbaum. Sie werden sich den Polen so lange vor die Füße werfen, bis auch der letzte Wachsoldat Wind bekommen hat von Ihrem Plan. Dann werden die Fragen kommen. Wer waren Ihre Helfer, wer wußte sonst noch davon? Sie werden sich herausreden, Sie sind eine gutaussehende Frau, Sie finden immer einen Beschützer. Aber uns wird niemand beschützen, Sie ganz bestimmt nicht. Deshalb ziehen wir aus. Weil ich kein Haar auf Aurelias Kopf für – für Ihren neuesten Wohltätigkeitsplan opfern würde.«

Barbara stand auf. »Ihr da!« schrie sie. »Ihr da! Ihr wißt nicht mehr, was ein Kind ist!«

»Bitte«, winselte Aurelia.

»Vielleicht weiß ich es nicht mehr«, zischte Alinka. »Aber

manches vergesse ich nicht, Radom nicht und wie wir von da weggerannt sind. Ziehen Sie nicht so ein Gesicht, Frau Grünbaum! Sie sind die Geschichte satt, nicht wahr? Für Sie sind Menschen wie Bücher aus einer Leihbibliothek: Wenn der Inhalt langweilig wird, möchten Sie sie zurückgeben und mit dem nächsten Buch anfangen. Aber ich erzähle Ihnen jetzt, wie es war, auch wenn es Sie langweilt. Ich mußte Aurelia wie ein Möbelstück über die Felder schleppen, die waren frisch gepflügt und so flach, daß ich dachte, selbst die Erde wollte uns verraten. Immer wenn ein SS-Lastwagen vorbeifuhr, wollte sie auf die Straße rennen. Sie hatte die Nase voll, sie wollte nicht mehr. Ich kniff sie, ich schlug auf sie ein, bis sie grün und blau war. Sie wären natürlich viel sanfter zu ihr gewesen. ›Meine Liebe‹, hätten Sie gesagt. Sie hätten ihr übers Haar gestrichen wie damals, als wir das erste Mal zu Ihnen kamen. Aber ich bin nicht wie Sie. Außerdem bin ich nicht sicher, ob ich an ihr hänge; ich habe mich einfach an sie gewöhnt wie an eine Katze. Aber wenn ihr etwas zustieße, nein – ich könnte es nicht ertragen. Ihnen würde es nichts bedeuten. Niemand von uns bedeutet Ihnen etwas, weder Aurelia noch ich, nicht einmal Tola!«

»Hör auf!« Das war Tola.

»Bitte«, stammelte Aurelia.

Und Barbara hatte das Gefühl, als laufe sie über eine weite Ebene, einem Ziel zu, das es gab, das es geben mußte. Werk A war dieses Ziel. »Wir sind Schwestern«, hatte sie damals geschrien und war hergekommen, weil sie bei Tola bleiben wollte. Barbara schob das Mädchen zur Seite und streckte die Hand nach Tola aus. In diesem Augenblick wich Tola zur Seite, ganz leicht nur, aber der Topf stürzte um, und die Suppe ergoß sich auf die Pritsche.

Aurelias Augen wurden glasig. Ihre Finger wateten hinein und schoben eine Bohne in ihren Mund.

»Seht ihr«, rief Barbara, »wie kann ich sie mögen, wie denn, wenn sie an nichts anderes als an ihren Magen denkt?«

»Frau Grünbaum.« Aurelia Katz wischte sich den Mund, aus dem die Suppe herauslief. »Sie sind zu vornehm, ich meine, Sie können nicht nachfühlen, was Sorge und Leid bedeuten, Sie –« Sie kletterte eilig nach unten; sie verbarg das Gesicht in den Händen, sie stand am Tisch, als wollte sie die Kerzen segnen, als hätte sie nicht bemerkt, daß nur noch rußgeschwärzte Stummel übrig waren. »Nein!« rief sie plötzlich. »Nein!« Und sie wankte nach draußen, dichtauf gefolgt von Alinka.

»Tola, ich war guten Willens. Diese kleine Teufelin hat mich behandelt, wie es noch nie jemand gewagt hat, und ich habe mich beherrscht, so lange es ging. Aber sie sollen gehen. Ich kann das nicht länger aushalten. Und ich kann sowieso nichts für sie tun. Aber du darfst mich nicht im Stich lassen.«

Tola schwieg.

»Das wirst du doch nicht, nicht wahr? Sag mir nur, wie schafft dieses schwangere Mädchen es, seinen Zustand geheimzuhalten? Wenn sie schon ziemlich weit ist, müßten es doch alle sehen.«

»Sie umwickelt sich wohl mit Binden und preßt es damit nach innen.«

»Aha? Woher weißt du das?«

»Es hat solche Fälle gegeben. Das ist alles, was ich weiß.«

Kapitel 13

Tola hatte seit Wochen von der schwangeren Frau gewußt. Eines Tages – sie war unterwegs, um Hafergrütze zu kaufen – hatten die Kaelanki von ihr gesprochen. »Es muß eine von unseren Frauen sein«, hatte der Mops gesagt, während die anderen mit dem üblichen Mitgefühl, das sie nichts kostete, die arme Person bedauerten. Tola hatte ihre Ware bezahlt und war gegangen.

Worauf es heute abend vor allem ankam, war, daß Barbara nicht merkte, was sie, Tola, bereits ahnte. Das sommersprossige Gesicht des Mädchens war plötzlich erbleicht. »Alinka!« hatte Aurelia Katz gerufen. »Alinka!«, und da hatte Tola Verdacht geschöpft. Das ist doch Unsinn, hielt sie sich vor. Aurelia Katz ist alt, fünfzig oder darüber; ihr Mann ist seit fast einem Jahr tot. Und doch wollte der absurde Gedanke sie nicht loslassen; und in der Nacht, als Aurelia nicht von der Latrine zurückkam, trieb sie dieser Gedanke aus der Pritsche und nach draußen.

Über den schwarzen Barackendächern stieg der letzte Rauch in die Luft; von irgendwoher leuchteten Fenster wie gelbe Augen, die Kiste, in die man die Leichen warf, ragte grau und bläulich aus dem Dunkel, und als sie endlich auf den Stufen zur Latrine stand, knarrten die losen Bretter unter ihren Füßen. »Frau Katz«, rief sie, »Aurelia! Frau Katz!«

Ein Rascheln war die einzige Antwort; aber sie war felsenfest überzeugt, daß da drinnen jemand stand, horchte, die Augen auf sie richtete. »Frau Katz! Ist da jemand?« Und sie tastete sich vorwärts.

Wie in einem wiederkehrenden Traum schien alles bereits vertraut: die Schneeflocken, die hinter ihr hereinwehten, die Wand, die sich bei der Berührung mit der Hand feucht anfühlte, und die Dunkelheit, die blieb, obgleich sie den Schalter angedreht hatte. »Die arme Frau dreht die Glühbirne aus und sitzt dann im Dunkeln«, glaubte sie die erläuternde Stimme von Mops zu vernehmen. Sie stieg auf den Sitz und schraubte die Birne wieder fest. Unmöglich, dachte sie, in der plötzlichen Helligkeit zusammenzuckend, nicht möglich, wiederholte sie, das kann nicht sein.

Aber es war so. Die Bandagen, diese ausgefransten, geschickt gewickelten Stoffetzen, waren der Beweis, und Aurelia Katz selbst, die sich krümmte und ihren Leib an die Wand preßte. Sie drehte sich um, sie zog an ihrem Mantel, aber ihre Hände waren fahrig, sie zitterten, sie rissen den Mantel auf. Wie eine Trommel stieß der vorgewölbte Bauch gegen ihr Hemd, durch einen Riß sah man das rote, poröse Fleisch und die zu schwarzen Knoten zusammenlaufenden Venen. Aurelia zog den Mantel fest zu.

»Sie –« brachte Tola mit Mühe hervor. »Also Sie sind es. Warum haben Sie uns – oder wenigstens Barbara – nichts gesagt?«

Tola konnte sich denken, warum. Denn das hätte ja auch ihr passieren können, wenn sie nicht – nein, nicht zu keusch, sondern zu anspruchsvoll gewesen wäre für eine flüchtige Affäre in einem Ghettozimmer. Ideal für solche Affären waren diese dunklen Zimmer, in denen die Körper dicht beieinanderlagen. Eines Nachts hatte eine feuchte, klebrige Berührung sie geweckt; sie hatte sich gewehrt, in die feuchte Hand gebissen. Aurelia hatte keinen Widerstand geleistet. Sie war müde gewesen, und derlei Dinge nahm man ohnehin nicht mehr ernst. Höchstwahrscheinlich war ihr Liebhaber zuerst von dem welken Fleisch abgestoßen worden, hatte sich dann aber, da irgendeine Beziehung besser war als gar keine, wieder genähert, höchstwahrscheinlich hatte auch jemand lüstern grinsend zugeschaut. Und am nächsten Morgen hatte beiden die ganze Sache nicht mehr bedeutet als ein nicht besonders schmackhaftes Essen. Tola war nicht etwa schockiert. Aber wenn das Leben so entstand, dann war die Kiste das einzig passende Ende.

»Machen Sie aus«, fuhr Aurelia sie an. »Ich muß mich bandagieren. Sie haben das Licht angemacht, machen Sie es wieder aus.« Tola gehorchte. In der Dunkelheit drehte sich die mißgestaltete Silhouette wie ein riesiger, schwerfälliger Kreisel.

»Sind Sie fertig?«

»Noch nicht – noch nicht!«

In dem aufflammenden Licht war Aurelia wieder die alte, nicht mehr schwanger, nur noch aufgeschwemmt, weil sie zuviel Suppe und zu wenig von allem anderen aß. Und wie sie sich hier zu Hause zu fühlen schien; sie breitete das Salpeterpapier über den verdreckten Sitz; sie ließ sich nieder und stellte die Tasche voller Lappen und Tücher neben sich und den Eßnapf auf den Schoß. Sie begann zu essen, wobei ihr die Suppe von den Lippen tropfte.

Tola schaute zu und hoffte, daß ihr Ekel vor solcher Gier sie von der Verpflichtung zu uneingeschränktem Mitleid entbinden werde. Sie wollte frei sein, sie wollte zurück und schlafen, an nichts denken, nur schlafen. Aber der Anblick dieses Papiers zwang sie zu bleiben und die Tasche, die Suppe, die Dinge, die Aurelia für die Nacht in der Latrine mitgebracht hatte, so wie sich eine junge Mutter für einen Tag im Park mit Vorräten versieht. Nur ein Buch fehlte noch, nur das Strickzeug und ein Buch.

Sie würde sich eine Bemerkung einfallen lassen und dann gehen. »Soll ich Alinka zu Ihnen schicken?« wollte sie sagen; aber Aurelia verheimlichte ihre Gänge zur Latrine und wartete immer, bis Alinka schlief. »Jetzt müssen Sie natürlich bei uns bleiben« – war schon besser; als Trostpreis ein halber Napf Suppe und zwei Bretter von der Pritsche. Barbara wäre nicht in diese Verlegenheit gekommen. Barbara wäre auf Aurelia zugestürzt, hätte sie getröstet, ihr irgend etwas versprochen. Tola hatte nichts zu versprechen. Sie konnte nur zuschauen, sonst nichts.

Die Papierbahnen raschelten im Luftzug. Aurelia rieb sich die Hände, schlürfte die graue Suppe, rieb sich die Hände. Als ihr der Löffel entglitt und zu Boden fiel, hob Tola ihn auf. Als der Wind die Tür aufstieß, schloß sie diese- »Es ist kalt – es gibt Schnee«, sagte sie. »Sie dumme Person!« wollte sie schreien. »In welche Lage haben Sie sich gebracht, wie konnten Sie sich das antun?« Andererseits, was hatten diese Nächte in der Latrine, die steifgefrorenen Hände, die Bandagen, die in den Bauch schnitten, welcher so angeschwollen war, daß kein Zweifel bestand: es würde nicht mehr lange dauern, eigentlich noch zu tun mit dem, was vor Monaten in dem Ghettozimmer passiert war? »Wie lange noch?« Sie trat näher. »Wann ist es soweit? Wann?«

Aurelias Mund ging auf, schloß sich aber wieder. Statt dessen öffnete sich ihre Hand, ein Finger nach dem anderen schnellte heraus; dann ballte sie sich wieder zusammen, als wollte sie etwas festhalten, das man nicht loslassen durfte. Tola beschloß, ihre Frage nicht zu wiederholen.

Die Zeit war es, was Aurelia da festhalten wollte. Natürlich wußte sie, wie knapp diese geworden war. In den Nächten, die sie auf dem papierbedeckten Sitz verbrachte, um sich von den Bandagen zu erholen, aber auch, um soviel Kälte, soviel Gestank in sich aufzunehmen, wie sie aushalten konnte, damit die Pritsche gastlich und warm dagegen wirkte, in diesen Nächten führte sie Buch über ihre Zeit, zog die Verluste ab, rechnete den verbleibenden Rest in Wochen um, neuerdings auch in Tage. »Wie lange noch?« hatte Tola gerade gefragt, genau wie einst Alinka. »Noch sieben Monate«, hatte sie damals Alinka geantwortet. »In sieben Monaten ist der Krieg zu Ende«, hatte das Mädchen gesagt. So nahe erschien ihr jetzt dieses Gespräch, als wäre es erst gestern gewesen, daß sie nicht verstehen konnte, wo all die Monate geblieben waren und warum sie jetzt hier hockte und an ihren Fingern die Tage ... die Stunden abzählte ...

»Nein!« verbot sie sich. »Nein! Nichts!« Dieses ›nichts‹ bedeutete: »Es gibt kein Entrinnen«; es bedeutete: »Du darfst nicht nachdenken«; es bezog sich vor allem auf das, was da in ihr heranwuchs – nichts als eine Krankheit, ein pochendes Geschwür voller Eiter. Wenn es so weit war, würde das Geschwür aufplatzen – ein Vorgang, den sie überleben konnte oder auch nicht. Weiter zu denken hatte sie noch nicht gewagt, jedenfalls nicht bis heute abend, als Barbara gesagt hatte: »Ihr wißt nicht mehr, was ein Kind ist.«

Nein. Nichts – nein, aber die Gedanken, die Barbaras Vorwurf in ihr geweckt hatte, wollten nicht mehr verstummen. Sie drehte sich um, starrte Tola an, die unter glatten Lidern verborgenen Augen, den roten, hochmütigen Mund. Hochmütig, dachte sie nochmals, rücksichtslos, hochmütig, herzlos!, wieder und wieder, bis endlich der Zorn ihre Angst besiegte. Sie stand auf. »Fräulein Ohrenstein«, sagte sie mit schriller Stimme, »Sie sind zwar höflich zu mir, Sie heben den Löffel auf und – Aber sie sollen wissen, daß ich Sie nicht achte, nie geachtet habe.«

Dieses verkniffene Gesicht, das aussah, als koste es seine Besitzerin große Mühe, drängte sich zwischen sie und ihren Groll und erschwerte das Sprechen. Nacht für Nacht sagte sie ihre wachsende Liste von Beschwerden auf, um sich für den Zeitpunkt zu rüsten, wenn Frau Grünbaum, Fräulein Ohrenstein und alle die anderen plötzlich begriffen, wen sie da so schlecht behandelt hatten – und warum, wozu. Jetzt kam ihr freilich wieder die Suppe in den Sinn, der halbe Napf mit guter, dicker Suppe, auf die sie sich immer den ganzen Tag freute, wobei sie sich jede Bohne, jede Kartoffel einzeln vorstellte. Sie hatte Hunger, Alinka hatte Hunger, und es war niemand da, der ihnen half. War sie zu weit gegangen? Sollte sie sich entschuldigen? Entschuldigen wofür? Wohl dafür, daß man nicht die geringste Rücksicht auf sie genommen hatte.

»Nein. Ich will ganz offen sein. Sie haben nie etwas Unfreundliches zu mir gesagt, ich weiß das, aber Sie haben mich angeschaut, als wäre ich ein Ungeziefer, ein Nichts. Ja, Sie haben mir Suppe gegeben, und ich habe sie angenommen. Aber es kommt nicht darauf an, wie man gibt, sondern was man gibt. Ich meine andersherum, ich meine –«

Sie sah hoch, ob der arrogante Mund sich spöttisch verzog, stellte erleichtert fest, daß es nicht so war, und fühlte sich zugleich um einen neuen Groll betrogen, der ihr das Weiterreden erleichtert hätte. Aber sie zwang sich dazu. »Ich hätte Ihnen noch viel mehr zu sagen – Ihnen und Ihrer Freundin Frau Grünbaum. Manchmal, wenn sie unbedingt will, nenne ich sie beim Vornamen, aber in meinem Bewußtsein bleibt sie Frau Grünbaum, und das mit Recht, weil –«

»Bitte, wir wollen nicht von ihr reden.«

»Warum denn nicht? Ist sie etwas so Besonderes? Ich habe

lange Zeit geglaubt, sie sei es; ich habe gehofft, sie verstünde, daß man Hilfe brauchen und trotzdem distanziert sein kann. Ja, ich dachte, sie verstünde, daß ich kein bloßes Nichts bin –« Sie dachte an die Abende, wenn sie, ratlos, wie sie Barbaras Verständnis erwecken könnte, auf die Geschichte mit dem Grab zurückkam, wobei sie immer wußte, daß es falsch war, sich aber trotzdem nicht zwingen konnte aufzuhören. »Nie habe ich mich bei Frau Grünbaum wohlgefühlt, und Sie, Sie – jetzt sitzen Sie hier. Warum? Kann ich Ihnen etwas geben? Bin ich reich geworden? Jawohl, reich?« Sie schrie und schüttelte ihren Körper wie eine Flasche, um auch den letzten Zornestropfen herauszuholen. Jetzt war kein Tropfen mehr übrig. Im Hinsetzen stieß sie an etwas Glitschiges und putzte sich die Finger mit einem Stück Papier ab.

Warum war das so? Sie war im Recht, nicht wahr? Recht, Unrecht, was besagte das alles schon? Und was bedeuteten ihr die da, Frau Grünbaum und dieses Mädchen? Sie konnten ihr nicht schaden; sie konnten ihr auch nicht helfen. Bei dem Wort »Hilfe« war der gefürchtete Gedanke wieder da, der Gedanke, daß es Hilfe gegeben hätte – nicht nur für sie –, wenn sie sich Barbara anvertraut hätte. Dieser Gedanke war ihr unerträglich; sie mußte reden.

»Fräulein Ohren ... Ohrenstein«, stotterte sie, »ich hätte manches früher erzählen können – aber ich hatte so viele Sorgen – Und davor, ich meine noch früher, haben Sie mich gefragt, warum ich niemandem etwas sagte –« Sie machte eine Pause, in der plötzlichen Hoffnung, daß ihre Frage, wenn sie geschickt genug gestellt war, doch noch die richtige Antwort hervorlocken könnte. »Ja, ich dachte, es hätte keinen Sinn, Sie damit zu belasten, es hätte eigentlich keinen Sinn.« Nach dieser Andeutung von Hoffnung schloß sie die Augen und wartete.

Nur ein Augenblick verging, bevor sie sie wieder öffnete. Aber in diesem Augenblick hatte sie das Gefühl, als würde sie hochgehoben und in ein Zimmer getragen, in dem es ganz still war bis auf eine Stimme, die sagte: »Du wirst sehen, es wird alles gut«, und sie antwortete: »Ach, das habe ich nie gehofft«, obwohl sie wußte, daß sie immer darauf gehofft hatte. Dann sah sie Tola an, die ihre Handflächen nach oben gedreht hatte zum Zeichen, daß sie leer waren. »Wir bleiben zusammen«, sagte Tola, »aber davon abgesehen ...«

Aurelia nickte. »Gehen Sie schon?« fragte sie, als Tola aufstand.

»Nein, ich dachte gerade, wir sollten näher zusammenrücken, falls jemand hereinkommt.«

»Bitte setzen Sie sich hierhin«, sagte Aurelia. Sie strich das Salpeterpapier glatt und kam sich wie eine Gastgeberin vor, die das Gefühl hat, sie müsse sich um ihren Gast kümmern. Vielleicht – so überlegte sie, weil sie spürte, daß sie von dieser Pflicht heute nacht befreit war – vielleicht könnte man Tola bitten, sie möge gehen. Aber sie bat nicht darum. Sie wußte, was dann passieren würde. Als sei der Groll, den das Lager erzeugte, noch nicht genug, richtete sich ihre Wut auf die Vergangenheit, stöberte die kleinste Beleidigung, die geringste Mißachtung auf, so daß sie schließlich, auf der Flucht vor dem Gewesenen, sich wieder den kommenden Dingen zuwandte, vor denen sie ja auf die Latrine geflüchtet war.

Sollte sie Alinka holen lassen? Oder Frau Grünbaum? Alinka hatte es schon schwer genug, und bei Frau Grünbaum hatte sie sich noch nie wohlgefühlt. Und schon überkam sie das Verlangen zu reden, nicht so, wie sie das gewöhnlich tat, wenn sie ihre Zuhörer zu beeindrucken versuchte, indem sie nach besonders gewählten Wörtern suchte, sondern unbefangen, indem sie den Kopf zurücklegte und die Wörter mühelos wie den Atem aus sich herausströmen ließ.

Alinka – Frau Grünbaum – »Fräulein Ohrenstein«, brach es aus ihr hervor, »Fräulein Ohrenstein, ich weiß, daß wir nicht eng befreundet sind, ich weiß es. Ich habe kein Recht, Ihnen das alles zu sagen. Aber ich weiß niemanden, mit dem ich sprechen kann. Und etwas geht in mir vor. Ich meine nicht das.« Sie wies mit dem Kinn auf ihren Leib. »Lassen Sie uns darüber bitte nicht mehr reden. Aber ich ... ich nehme alles so übel, meine Vergangenheit ... meine Ehe.

Andererseits, was gibt es da übelzunehmen? Bitte, Sie müssen mir glauben, wir waren glücklich, wir stritten uns nie, wir achteten einander, wir – wir hatten so viele gemeinsame Interessen.« Sie zählte die Beweise ihres Glücks auf, wobei sie immer schneller sprach, hatte aber das Gefühl, die Etikette von Einmachgläsern abzulesen, deren Inhalt sich längst verflüchtigt hat. »Ja. Wir waren glücklich«, wiederholte sie. »Ich weiß es, ich weiß es! Trotzdem, irgendwie kann ich nicht glauben, was ich weiß.« Sie machte eine Pause und faßte sich an die Wange. Die Berührung mit ihrer faltigen Haut erzeugte eine Anwandlung von Dankbarkeit gegenüber dem Mann, der sie genommen hatte, wie sie war – sie war nie eine Schönheit gewesen, war nicht mehr jung und hatte beginnenden Zahnausfall. »Ja, einen Moment lang habe ich es eben geglaubt, und auch letzte Nacht, als mir einfiel – darf ich es Ihnen erzählen? Eines Nachmittags kamen wir auf dem Weg zu einer Veranstaltung an einem großen Spiegel in einem Modegeschäft vorbei. Wenn man sich so unerwartet anschaut, sieht man sich meistens, wie die anderen einen sehen, objektiv, meine ich. Und ich erinnere mich genau an das, was mir damals durch den Kopf ging. Wir waren kein besonders hübsches Paar. Ich denke dabei hauptsächlich an mich; mein Mann war eine vornehme Erscheinung, aber er sah nicht gut aus, im üblichen Sinne des Wortes. Und dann dachte ich, objektiv gesehen sind wir nicht gerade attraktiv, aber füreinander sehen wir ganz anders aus. Und dann –« Sie schwieg plötzlich.

Sie konnte sich sogar noch an das Kleid erinnern, das sie getragen hatte, an den Wind und an die Orangeade an dem Stand des Getränkeverkäufers. Die Frau in dem windgezausten Kleid freilich war unwirklich, eine Romanfigur, von der sie vor langer Zeit gelesen hatte. Was wirklich war, was sie regelrecht schmerzte, war das Gefühl eines Vorwurfs, nicht wegen der Bemerkung »Er sah nicht gut aus«, sondern wegen der Vergangenheitsform *sah* – wegen der Selbstverständlichkeit, mit der sie die akzeptiert hatte.

Nein, sie hatte nichts akzeptiert. »Nein«, flüsterte sie, »ich … ich kann einfach nicht glauben, daß das geschehen ist, das … in Radom. Ich rede davon, ich rede zuviel, ich weiß, aber nie habe ich das Gefühl, daß das ihm, mir wirklich zugestoßen ist. Und ich denke nicht darüber nach. Ich kann es nicht. Ob ich deswegen so böse Träume habe? So wie letzte Nacht, oder war es die Nacht davor? Ich träumte, wir säßen in einem Café und …« Mit gebeugtem Kopf starrte sie den ungelöschten Kalk auf den Fäkalien an. *Faust*, erinnerte sie sich, den Walzer aus Gounods *Faust* hatte das Orchester im Traum gespielt, während sie, rotes Fruchteis aus Silberbechern löffelnd, zuhörten, Richard mit zur Seite geneigtem Kopf und verrutschter Fliege. Und mit dieser Fliege nahm der Traum eine unangenehme Wendung. Warum kann er sie nicht gerade binden, dachte sie und sah ihn an und hatte nur noch Augen für seine leuchtende Glatze. »Aurelia, was für eine miserable Musik«, sagte er mit viel zu lauter Stimme. Das Orchester hörte mitten im Spiel auf, an allen Tischen drehten sich die Leute um und starrten sie an, und ein Mann kicherte: »Jippi, jippi, ich muß Pippi.« Dann wachte sie von all dem Gekicher um sie herum auf.

»Erinnern Sie sich«, sagte sie und rutschte näher, »wie ich letzten Freitag sang oder vielmehr singen wollte, nicht etwa nur für ein paar Kartoffeln, sondern weil ich hoffte, Frau Grünbaum und den anderen würde es Freude bereiten?«

»Ich weiß es, ich wußte es auch am Freitag.«

»So? Wirklich? Und sie – Frau Grünbaum? Ach, schon gut. Dieser OD-Mann, wissen Sie, wie er mich verhöhnt hat? Warum tun Menschen eigentlich so etwas? Meinen sie, sie sind anderen dadurch überlegen, daß sie sie lächerlich machen? Ich kann das nicht verstehen, ich kann es nicht. Manchmal glaube ich freilich, daß andere uns – ich meine meinem Mann und mir – mit ihren Gemeinheiten geschadet haben. Sie wollten uns nie in Ruhe lassen, nie. Seine Verwandten mischten sich ein, sie akzeptierten mich nicht. Und auch andere hatten es immer auf uns abgesehen. Warum? Wieso?«, stotterte sie und glaubte den betrunkenen Hausmeister wieder zu hören mit seinem Spottvers: »Ein Jud' und eine Jüdin gehn vorbei / er hat 'ne Nase wie ein Elefant und sie wie deren zwei«; ihre Schwiegermutter setzte ihr albernes Lächeln auf; und sie selbst dachte verzweifelt, ich kann doch die Zeitung nicht vor ihm verstecken, in der sie las: »Richard Katz' erster und hoffentlich letzter Auftritt bewies, daß sein Ehrgeiz in umgekehrtem Verhältnis zu seinem Talent steht. Als er mit seiner ausgeprägten Adlernase die Bühne betrat...«

»Warum?« schrie sie. »Warum können sie nichts ohne Spott und Gemeinheit sagen? Ich glaube, diese Gemeinheiten haben uns im Radomer Ghetto vergiftet. Das Ghetto selber war eine Farce; ein Witz von einem Wohnort. Sogar der Stacheldraht war alt und rostig wie bei Tieren, die man nicht lange behalten will; und außerhalb des Drahtes gab es Straßen, lange Straßen mit unbewohnten Häusern, in denen nur Katzen aus- und eingingen, während wir zu zehnt in einem Zimmer hausen mußten. Wenn Menschen zu zehnt in einem Raum wohnen, ändern sie sich. Mein Mann konnte nicht mehr Geige spielen – er war Musiklehrer, müssen Sie wissen. Bis dahin hatte er immer geübt. Es war mir so wichtig, daß er nicht wie die anderen Männer geworden war, die nur herumsaßen, die Zeitung lasen oder einfach vor sich hinstarrten. ›Schön, wenn man seinen Beruf mit sich herumträgt‹, scherzte ich immer. Selbst im Ghetto hatte er zu spielen versucht, in einem Hinterhof voller Abfall und Gestank – wir hatten keine sanitären Einrichtungen, ich meine, keine Kanalisation. Eines Tages warf ihm jemand aus einem Fenster eine Kupfermünze zu, als wäre er – Sie verstehen schon. Ich habe keinen Grund zu der Annahme, daß dies aus Bosheit geschah. Seine Kleidung war schon etwas verwahrlost, und auch die Geige klang nicht mehr wegen der Feuchtigkeit – Feuchtigkeit, Fräulein Ohrenstein, schadet Geigen, schadet ihnen sehr«, wiederholte sie. »Schließlich, eines Abends, schlug ich vor – es war nur ein Vorschlag, wissen Sie – die Geige zu verkaufen, um mit dem Geld arische Papiere zu erwerben und irgendwo unerkannt als Arier zu wohnen. Ich dachte, wir könnten es wenigstens versuchen. Er weigerte sich. Er hatte recht damit, aber – ich habe noch nie mit jemandem darüber geredet. Er sagte … er sagte, daß ich … daß wir zu semitisch aussähen.«

Nein, sie durfte nicht, sie durfte sich nicht über ihn, der schon tot war, beklagen. Aber etwas anderes hatte er damals noch gesagt. Sie saßen abends vor einer Kartoffelsuppe, nahe beieinander, auf Kissen, die sie auf der wackligen Bank aufgeschichtet hatten, so daß sie an den Tisch reichten, den der Rahmen eines Klappbettes bildete. Der braune Lack blätterte auf ihre Löffel, so daß die Suppe nach Rost schmeckte. Ein Rest blieb an seiner Lippe hängen; er zupfte ihn weg; er schaute sie an. »Es ist schon wieder kein Wasser mehr da; der fiedelnde Zigeuner braucht einen ganzen Eimer, um sich eine Backe zu rasieren«, sagte jemand laut hinter dem Schrank, der ihre Ecke von dem übrigen Raum abtrennte. Die offene Schranktür quietschte. Auch Richards Stimme quietschte, als er sagte: »Aurelia, du willst dich als Arierin ausgeben, mit dieser Nase!« Er machte eine Pause. »Und ich mit meiner«, fügte er hinzu.

»Der Jud' und die Jüdin gehn vorbei.« – »Diese ausgeprägte Adlernase« – alle, die sie jemals gehänselt hatten, schienen sich um sie zu scharen: der Hausmeister, die Verwandten, der Rezensent und die, welche sie in diese unmögliche Wohnung gesteckt hatten, die, welche überall in den Ghettohäusern die Plakate angebracht hatten, auf denen in roten Buchstaben »Juden, Läuse, Typhus« stand und dazu ein schwarzes, bärtiges Gesicht mit einer grotesk gebogenen Nase.

Plötzlich hatte sie das Gefühl, jemand sei ins Zimmer gekommen, habe sie – Aurelia und Richard Katz – herausgezerrt und statt ihrer häßliche, langnasige Puppen hereingebracht. Sie verließ ihre gemeinsame Ecke, den Raum und ging hinaus auf den Treppenabsatz. In der Dunkelheit standen eng umschlungen zwei hochgewachsene Gestalten; der Ingenieur und seine Frau, beide jung, er männlich mit seinem schmalen Gesicht, sie schön mit ihrer olivfarbenen Haut und ihrem dichten, schwarzen Haar. Ob der Ingenieur wohl jemals so mit seiner Frau redete? Im Leben nicht! Sie stand da und beobachtete sie, wie sie es schon manche Nacht vorher getan hatte. Ihr Geflüster, ihre langsam aufeinander zurückenden Silhouetten, schienen den Gestank, die unter huschenden Katzenpfoten klappernden Dosen und sogar das Geräusch der Autos, für das man in solchen Nächten Horchposten aufstellte, auszulöschen.

»Razzien fanden im Ghetto statt, Nacht für Nacht. Die Deutschen kamen in Autos, mit Gewehren und Hunden. Wir richteten auf dem Dachboden einen Bunker ein, dessen Eingang hinter einem Sofa versteckt lag. Nein, ich meine, wir hielten alle Wache, in jedem Stockwerk einer. Ich habe oft Wache für meinen Mann gestanden; ich meine, er erkältete sich so leicht, und außerdem –« Er schlief oft auf seinem Posten ein, erinnerte sie sich, sprach es aber nicht aus; sie erwähnte nur, wie ruhig es zum Ende hin geworden war. Die Razzien hatten aufgehört, bei allen regte sich ein vorsichtiger Optimismus – vielleicht auch wegen des Wetters, wegen des sonnigen, warmen Sommerwetters.

»Und dann, an dem Tag – es war so ein ruhiger, sonniger Samstag – gingen wir nach draußen, um eine Blume zu betrachten – eine Iris, glaube ich –, die vor unserem Haus wuchs. Das wunderte mich. Wer dachte denn daran, Blumen im Ghetto zu pflanzen? ›Wenn sie einmal da sind, kommen diese Blumen wieder, Jahr für Jahr‹, erklärte mir mein Mann; er wußte so viel, sogar über Gärten. Und gerade als er das sagte, ging es los, mit einem Fanfarenstoß, und ...« Sie nickte, denn jetzt wußte sie, was den Traum in der vorigen Nacht ausgelöst hatte: diese Körperhaltung, mit der er dem Fanfarenton gelauscht hatte, mit gesenktem Kopf und verrutschter Fliege, als wollte er sagen: »Aurelia, was für eine miserable Musik.« Durch das stacheldrahtbewehrte Tor rollte etwas Dunkles herein, das aussah wie ein Filmprojektor, nur der Hals war dicker, länger. Eine Katze schlüpfte daran vorbei und rannte hinaus. Das Tor schloß sich wieder.

Sie gingen zurück durch den dunklen Flur und die abfallübersäten Stufen hinauf. Auf dem Treppenabsatz standen der Ingenieur und seine Frau, sie neigte sich, er umfing sie und hielt sie fest.

»Wir betraten das Zimmer; irgendwie ging der Tag vorbei.« Sie betonte jedes Wort mit einem Schlucken. »Für mich muß wohl alles leichter gewesen sein; eine Frau hat es immer leichter, sie hat immer etwas zu tun. Ich mußte Wasser vom Brunnen holen – es ging zur Neige, und schließlich mußten wir ja essen. Dann packte ich. Ich wußte, es war nutzlos, trotzdem – ich packte. Dann überlegten wir, ob wir uns entkleiden sollten. Niemand stand mehr Wache. Manchmal konnte man draußen Stiefel hören, sonst war alles ruhig.«

So ruhig war es, und doch wußte sie, daß hinter dem Schrank das ganze Zimmer, die ganze Wohnung, das ganze Haus wachlag. Ging es denen genau so wie ihr, daß nicht die Angst sie wachhielt, sondern das Reisefieber, die Befürchtung, daß der Wecker nicht losgehen, daß man den Zug versäumen könnte? Dann, einen Augenblick lang, begriff sie, was sie beunruhigte, und sie rieb sich den Hals, um das aufsteigende Weinen zu unterdrücken.

Er lag neben ihr mit gekreuzten Armen und zusammengepreßten Beinen wie eine Puppe, die auf den Versand wartet. Aus den Augenwinkeln beobachtete sie ihn; sie rückte weg. Als ihr das Schluchzen die Kehle zuzuschnüren drohte, dachte sie an den Ingenieur und seine Frau; die lagen beieinander, er tröstete sie, er streichelte sie, so daß sie ruhiger atmete. Richard, der dicht neben ihr lag, rührte sich nicht, nicht ein einziges Mal.

Sie rührte sich. In ihrer letzten gemeinsamen Nacht wurde sie, die nur um Haaresbreite von ihm getrennt lag, untreu – sie war die Frau des Ingenieurs, sie fand Beistand und Hilfe auf seinen Lippen, in seiner Berührung, und als sie zu der bewegungslosen Gestalt neben sich zurückkehrte, war es mit einem Gefühl des Triumphs über ihn, der nichts ahnte und nie etwas erfahren würde.

Dann begann er sich zu regen, ganz langsam, zuerst zuckten seine Beine, dann seine Arme, bis er sich mühsam aufrichtete. Im Dunkeln glitzerten seine Augen. Sie kannte dieses Glitzern von jenem Abend nach seinem Konzert, als sie ihr Gesicht an seines gelehnt hatte, weil sie Bescheid wissen wollte, ohne fragen zu müssen. Diesmal lag sie still; ging das, konnte sie einfach liegenbleiben und so tun, als sähe sie seine Augen nicht? Konnte sie zum Ingenieur zurückkehren und Richard verlassen? Ja, sie konnte, erkannte sie mit wachsendem Entsetzen. Sie richtete sich auf, preßte ihr Gesicht an seines, aber anders als damals waren seine Augen trocken. Seine Hand hob sich, betastete erst ihre Wange, dann seine eigene.

»Aurelia«, sagte er, »Aurelia, meinst du, ich soll mich morgen rasieren?«

»Richard«, sagte sie, »wir haben zehn Jahre gemeinsam verbracht, und was morgen kommt, das wird nur einen Augenblick, eine Sekunde dauern.« Sie kroch noch näher an ihn heran und sprach im Flüsterton von diesen zehn Jahren, dann von ihrer Nachbarin, der Witwe, wie die gesagt hatte: »Als ich mich zum ersten Mal allein zum Essen hinsetzen mußte ...« – dann von ihnen beiden, daß keiner jemals würde allein essen müssen. »Richard!«, sagte sie wieder, »Richard!«

»Ja«, antwortete er, »ja.« Und bei jedem »ja« fuhr sie zusammen, weil sie wußte, daß Worte nichts mehr ausrichten konnten.

Sie beugte sich über ihn. Sie nahm sein Gesicht in ihre Hände. Zum zweiten Mal in dieser Nacht wurde sie zur Frau des Ingenieurs, für ihn wurde sie schön und jung, für ihn, der auch Richard war und immer noch murmelte: »Aurelia, soll ich mich morgen rasieren?«

»Fräulein Ohrenstein, ich ... ich, und dann –« Sie stockte und starrte auf ihre Hände. Aber die vom Frost aufgesprungenen Hände waren nicht mehr da; verschwunden waren auch der kalkbestreute Kot und die schwarzen Schatten an der Wand; da war nur noch die Nacht und wie sie ihn umarmte und in diesen einen Augenblick ihre zehn gemeinsamen Jahre, das Versprechen, nie allein essen zu müssen und die Berührung ihrer Lippen hineinzwang, wobei sie jedes Zittern, jeden Seufzer spürte; alles, was sie besaß und jemals besessen hatte, drängte sie in diesem Augenblick zusammen, damit er sich behaupten möge gegen jenen anderen Augenblick am nächsten Tag.

»Dann – dann geschah es«, flüsterte sie. Aber schon begann die Erinnerung in immer weitere Ferne zu rücken. »Habe ich Ihnen alles erzählt? Nein, ich – ich dachte gerade an ... ich –« Sie stand auf. »Bitte, ich möchte Ihre Meinung hören. Was – was soll ich von alledem halten?« wiederholte sie immer wieder, und es war die inständige Bitte um Bestätigung dessen, was sie bis soeben von ganzem Herzen geglaubt hatte, daß der quälende Gedanke aus ihrem Traum nichts zu bedeuten hatte, daß sie ihm trotz allem treu geblieben war.

Ich beneide dich, dachte Tola. Ich hätte nie geglaubt, daß du so sein kannst ... Ich habe mich in dir geirrt. »Ich« – »ich« – begann sie mehrmals und sah dann, um das aufdringliche »ich« zu beschwichtigen, Aurelia ins Gesicht.

Sie schaute sie an. »Aurelia, meinst du, ich soll mich morgen rasieren«, schien eine Stimme zu sagen. Dann wuchs der abfallübersäte Hinterhof aus dem Dunkel hervor: da stand Richard Katz, ein Geldstück rollte vor seine Füße, und Aurelia eilte auf ihren rachitischen Beinen auf ihn zu.

»Warum quälen Sie sich so?« Tola schrie beinahe. »Sie machen sich Vorwürfe, und das mag seinen Grund haben. Aber damals, in der Nacht, haben Sie zu ihm gestanden, und das ist sicher genauso wichtig und war doch auch eine Frucht Ihrer gemeinsamen Jahre.« »Mehr erwarten Sie bitte nicht von mir«, wollte sie hinzufügen, aber in diesem Moment lächelte Aurelia – ein Lächeln, das sich ausbreitete und ein Leuchten, einen goldenen Schein über ihr Gesicht breitete.

»Danke ... ich danke Ihnen.« Das Lächeln erlosch, Aurelia rutschte auf ihrem Sitz und wandte ihren Blick von dem Napf mit Suppe ab. Das hieß, daß sie essen wollte, sich aber ihrer Gier schämte.

»So machen Sie sich doch fertig, ich warte draußen«, sagte Tola und ging eilig hinaus.

Der Wind fuhr ihr ins Gesicht. Spritzer von ungelöschtem Kalk, die er aus der Kiste hochgerissen hatte, wirbelten durch die Finsternis. Wenn so das Leben entstand, dann war die Kiste das einzig passende Ende, fiel Tola wieder ein. So entstand es nicht; aber wäre da auch keine letzte Nacht in Radom gewesen, hätte Aurelia ihre Geschichte erfunden, wäre die Kiste immer noch nicht das passende Ende. Denn eine solche Lüge fiel einem nicht in den Schoß. Auch sie, wie jene Nacht, mußte in einem reifen. Und was für eine Lügengeschichte hätte sie, Tola, von sich erfunden? Daß sie stets treu und tapfer war, daß sie eine erfolgreiche Suppenhändlerin war, so erfolgreich, daß sie das ganze Lager hätte aufkaufen können?

»Ich bin soweit.« Aurelia Katz kam zur Tür heraus. Tola half ihr die Stufen hinunter und führte sie weiter, indem sie sie vorsichtig stützte.

»Entschuldigen Sie, haben Sie noch einen Augenblick Zeit?« sagte Aurelia zögernd, als sie vor der Baracke standen. Doch der Augenblick zog sich in die Länge, während Aurelia leise, ängstliche Seufzer ausstieß. »Es ist wegen Frau Grünbaum«, begann sie endlich. »Wegen Barbara, meine ich. Soll sie es erfahren?«

»Natürlich muß Barbara die Wahrheit erfahren«, antwortete Tola beinahe heftig.

Teil drei

Kapitel 14

Als der folgende Abend kam und sie sich im Waschraum trafen, hatte Tola sich genau überlegt, wie sie Barbara die Wahrheit beibringen könnte. Sie würde ihr die Gründe für Aurelias Schweigen erklären, sie würde Barbara beipflichten, daß man alles tun müsse, um das Kind zu retten, aber daß Aurelia nichts davon wissen dürfe. Man dürfe keine falschen Hoffnungen wekken.

»Nun sag schon, Tola, was los ist«, sagte Barbara unwillig.

»Also ... gestern nacht, rein zufällig, kam ich in die Latrine. Aurelia war da.«

»Wo sollte sie sonst sein, wenn sie soviel Suppe frißt?«

»Barbara, hör mir doch bitte zu. Aurelia – sie ist es, sie ist die schwangere Frau.«

»Was?«

»Du hast richtig gehört.«

»Ich habe verstanden, was du sagst, aber du mußt geträumt haben; sie ist mindestens fünfzig, sie ist zu alt!«

»Sie sieht nur so alt aus. Sie ist es.«

Wasser spritzte. Barbara reckte ihren Hals und trank mit gierigen Schlucken. »Nein!« Sie wischte sich den Mund ab. »Nein! In meinem Kopf dreht sich alles. Und gestern abend, was habe ich ihr alles an den Kopf geworfen! Aber warum hat sie es mir verschwiegen?«

»Schrei nicht, Barbara!«

»Ich schreie nicht, ich bin sprachlos. Ich wollte alles für sie tun, alles Menschenmögliche, und sie – verhält sich, als wäre ich eine Denunziantin, ein Judas!«

»Sie konnte es dir nicht sagen. Das ganze ging einfach über ihre Kräfte; sie hat Angst. Und außerdem, was interessiert das jetzt noch?«

»Natürlich, ich sehe das ein. Aber weißt du, wer wahrscheinlich hinter dieser Geheimnistuerei steckt? Die Sommersprossige – ich meine, diese Alinka. Wer sonst? Aber wenn ich mir vorstelle, daß sie es ist, daß Aurelia ein Kind erwartet.« Barbaras Stimme wurde weicher und schien von weither zu kommen.

Denn es schien ihr, als sei sie an einen wohlbekannten Ort

zurückgekehrt. Der Ort war ihr Wunsch nach einem Kind, und sie traf alles genau so an, wie sie es verlassen hatte: den Neid auf die andere Frau, das Bewußtsein der Entbehrung, den Zweifel und zugleich die Hoffnung, daß diese Entbehrung nicht ewig währen konnte.

Wie konnte sie die Hoffnung aufgeben, wenn sie jahrelang die liebevoll gemeinten, scherzhaften Bemerkungen der anderen für bare Münze genommen hatte, für das Selbstverständlichste auf der Welt? »Ach, Barbara, Schätzchen, du läßt dir eben Zeit«, sagten sie, »aber dann kriegst du ein halbes Dutzend strammer Jungen – mehr noch, eine ganze Fußballmannschaft!«, und wenn sie antwortete: »Aber natürlich, was denn sonst?«, klang ihr Lachen am herzhaftesten von allen.

Vertrauensvoll wartete sie auf das, was sie für ihr selbstverständliches Recht hielt. Mit einer Überheblichkeit, die so weit ging, daß sie Neid und Verachtung gleicherweise ausschloß, beobachtete sie die sich vernachlässigenden Gutsfrauen und die verblühenden Cousinen aus der Stadt, für die das Kinderkriegen aus Krampfadern und Übelkeit bestand – einer endlosen Folge von Wehwehchen. Das würde bei ihr alles anders sein. Sie glaubte im Ernst, der Fluch Evas gelte nicht für sie; ihr konnte die Geburt nichts als grenzenlose Freude und überquellendes Glück bringen.

Sie wartete. Und sie bemerkte nicht, daß die Neckereien verstummten. Der neue Tonfall machte sie ratlos. Vielleicht solle sie sich untersuchen lassen, hieß es jetzt unter verlegenem Räuspern, ein Arzt wie dieser Professor in Warschau – man wußte, er hatte Wunder vollbracht. »Wunder? Pah!« Wozu brauchte eine Frau wie sie, stark und gesund wie ein Ochse, Wunder? Als ein weiteres Jahr vergangen war, fügte sie sich.

Dort in Warschau, in dem kalten, weißen Raum, empfand sie einen Haß auf ihren Körper, der ihr fremd wurde, weil sie an ihm zweifelte. Doch der Zweifel war unbegründet. »Entspannen Sie sich, meine Teuerste, und Sie werden eine prächtige Jungenmannschaft zur Welt bringen«, sagte der Professor vergnügt, während sie sich über die nutzlose Untersuchung ärgerte und verstockt schwieg.

»Ja, mein Mann wird hereinschauen«, sagte sie leise, während sie die Handschuhe zuknöpfte. »Er hat wenig Zeit, aber wenn Sie es für nötig halten, kommt er.«

An die Nacht nach Stefans Rückkehr aus Warschau hatte sie keine Erinnerungen; was da geschehen war, hätte in einem Brief an eine fremde Person stehen können, den man aus Versehen gelesen hat, um ihn sofort wieder zu vergessen.

Aber seit jener Nacht liebten sie sich ohne jede Freude; seit der Nacht lernte sie Groll kennen – Groll auf Stefan, der seine Kinderlosigkeit wie eine ansteckende Krankheit auf sie übertragen hatte; sie lernte den Neid – ihre ganz persönliche Form von Neid; die bisherige instinktive Überzeugung, daß Leidenschaft ein Vorrecht der Schönen und Starken war, verwandelte sich in Argwohn gegen die, die weder das eine noch das andere waren – gegen diese Gattung Mensch, die sich eines Schatzes bemächtigt hatte, welcher ihr zustand. Zu Zeiten versuchte sie diesen Schatz an sich zu reißen. Wenn sie mit einem Kind allein war, ließ sie frische Luft in das überhitzte Kinderzimmer, erfand ein ausgelassenes Spiel, das sie beide atemlos beendeten, so daß das Kind sein erhitztes Gesicht gegen ihres drückte. Wenn Schritte kamen, erschrak sie und löste sich.

So erschrak sie auch jetzt. Wie Kehricht, den der Wind vor sich herweht, stürzte eine Schar von Pikriniaks herein. »Unser Waschraum hat kein Wasser, das Rohr ist gebrochen«, kreischten sie. Nackte, gallertartige Körper wanden sich, bemüht, einander nicht zu berühren. Barbara schaute hin; und erst in diesem Augenblick begriff sie das ganze Ausmaß ihres Unglücks. Aber jetzt, und sie fühlte, wie eine Wärme ihren Körper durchdrang – jetzt hatte sich alles geändert.

»Aurelia, ich muß zu ihr«, flüsterte Barbara. »Warte. Da ist sie – sie kommt gerade.«

Langsam bahnte sich Aurelia ihren Weg durch das Gewimmel, blieb stehen und hielt sich am Rand eines Waschtroges fest.

»Aurelia!« Barbara stürzte auf sie zu.

»Ja ... ich meine – vielleicht hatte Tola schon Gelegenheit ...« Aurelia hob ihr Gesicht mit einem ängstlich forschenden Blick. Aber Barbara sah nur diesen ungeschlachten Leib; das Haus, in dem das Kind wohnte. Sie kam näher: Die dunklen Mauern schienen sich zu teilen, und da lag es zusammengekrümmt, mit geschlossenen Augen blind umhertastend. Ein Kind – das Kind, das sie retten würde. Und schon konnte sie es fühlen – seine weiche Haut, seinen Atem.

»Frau Grünbaum, hat Tola …?«

»Meine Liebe«, Barbara zog Aurelia an sich, »meine Liebe, es wird sich alles zum Guten wenden. Sie werden sehen. Aber sagen Sie mir, bewegt es sich?«

»Bitte …?«

»Sagen Sie es mir.«

»Bitte … nein! Ich meine … ich meine, ja.«

»Alles wird gut werden. Antoni, wenn Sie ihn nur einen Augenblick sehen könnten, würden Sie mir glauben.«

»Barbara, nicht so laut«, warnte Tola.

»Verzeihung. Aber jeder würde für ihn durchs Feuer gehen. ›Helft mir, liebe Leute‹, wird er sagen, und sie werden ihm helfen. Und ich – ich werde alles tun, was ich kann; Aurelia – Aurelia –« rief Barbara laut, als spräche sie mit jemandem, der weggehen will, denn Aurelia stand mit gesenkten Augen und zusammengepreßten Lippen da. »Aurelia, sei doch nicht so schwierig. Ich weiß, gestern abend war ich abscheulich zu dir. Aber da wußte ich noch nichts davon. Und du, du hast mich wie einen Judas behandelt. Mache ich dir das zum Vorwurf? Überhaupt nicht.«

Aurelia schwieg.

»Ich bitte dich«, flüsterte Barbara, »ich bitte dich, versuch mich zu verstehen. Du hast Grund, mir böse zu sein, ich gebe es zu, ich habe mich dir gegenüber nicht richtig verhalten. Aber eigentlich war ich das gar nicht. Alles hier hat mich so bedrückt, die Streitereien, das Zählen jedes einzelnen Krümels, der Dreck. Ich hatte einen großen Zorn, nicht auf dich, Gott bewahre, nur auf diesen verfluchten Ort. Aber denk dran, als du zum ersten Mal nach Schmitz kamst, flog dir sofort mein Herz zu, Aurelia, du hast mir – trotz allem – immer viel bedeutet.«

Endlich blickte Aurelia auf und lächelte scheu.

»Vielleicht, Frau – vielleicht, Barbara, wenn du wirklich meinst, man kann etwas tun –« Aurelia schwieg. Mit klappernden Holzpantinen kam Alinka herein und zog Aurelia mit sich fort, als wäre sie ein Kind, das beim Spielen mit Kindern ertappt worden ist, von denen es sich fernhalten soll.

»Barbara, tu das nicht«, begann Tola. »Du darfst ihr jetzt nicht zu viel versprechen.«

»Mach mir keine Schwierigkeiten. Ich weiß, was ich tue.«

Tola antwortete nicht. Sie dachte an Aurelia, an das Lächeln, um das sie, Tola, eine ganze Nacht hatte kämpfen müssen und das Barbara beinahe im Handumdrehen zugefallen war, nicht durch ihre Versprechungen, sondern durch ihr »Du hast mir immer viel bedeutet«. Aurelia ist alt genug, um zu wissen, was sie tut, sagte sie sich. Jedenfalls bin ich es leid, immer die Beschützerin zu spielen.

»Tu, was du willst«, sagte Tola. Dann rückte sie an Barbara heran und berichtete ihr von der letzten Nacht in Radom.

Barbara hörte zu. Barbara seufzte, schüttelte ihren Kopf und seufzte abermals. »Wie furchtbar«, sagte sie endlich, als Tola fertig war. »Aber das ist Vergangenheit. Jetzt müssen wir an es denken, an das Kind.«

Am selben Abend ging ein Brief durch Goldberg an Antoni hinaus; Barbara diktierte ihn, Tola übersetzte ihre inständigen Bitten, ihr Mitgefühl und ihre Erwartungen in die ausgeklügelte Sprache der Vorsicht.

Von nun an begann für Barbara eine neue Zeit, die Zeit der Hoffnung. Die Hoffnung lebte in ihr, sie war ein Quell der Wärme, der ihren Augen den alten Glanz und ihrer Stimme einen tiefen, zärtlichen Klang verlieh. »So, Aurelia, jetzt ruh dich ein bißchen aus«, sagte sie leise, »jetzt iß einen Happen, jetzt versuch ein Weilchen zu arbeiten.« Ihrerseits arbeitete sie ununterbrochen und für zwei, vielmehr für drei, als hätte auch es, das Kind, das in Aurelias Leib hockte, die Arbeitsnorm zu erfüllen.

Ihr eigentlicher Arbeitstag begann erst nach der Rückkehr ins Lager. Zuerst holte sie das Brot für die gesamte Baracke, um zu verhindern, daß ihnen klebriges und angeschimmeltes Brot angedreht wurde. Dann besorgte sie die Rationen für ihre Pritsche, fordernd und laut protestierend bei jeder Ungerechtigkeit, auch wenn es sich nur um einen fehlenden Krümel handelte. Die Frauen waren enttäuscht und befremdet. Sie hatten sie geliebt, mit der Zuneigung, die Alternde und müde Gewordene für die wilde und ausgelassene jüngste Schwester empfinden – wegen ihres unbekümmerten Idealismus, ihrer bedenkenlosen Großzügigkeit, die eine Ahnung in ihnen erweckte, wie sie hätten sein können. Und nun, wie hatte sie sich verändert. »Sie haben ja in Windeseile gelernt, wie man raffgierig wird!« Es bekümmerte sie, wenn sie sahen, daß dieser Idealismus verschwunden war.

»Klar, ich lerne eben schnell«, gab Barbara unwillig zur Antwort. Daß sie glaubten, ihr eigener Hunger mache sie so raffgierig, kam ihr so wenig in den Sinn wie einer Dame von vornehmer Abkunft der Argwohn, daß ihre Wohltätigkeitsveranstaltungen als gewöhnliche Bettelei mißverstanden werden könnten.

Und wieder hieß es: »Iß, Aurelia, das ist ein besonders guter Bissen, Aurelia«, und weg war sie, um noch mehr Eßbares zu besorgen. Die Zuneigung, welche die Kaelanki ihr entgegenbrachten, machte sich jetzt bezahlt; diese kräftige, sinnlich wirkende Frau empfanden sie als eine der ihren, mochte sie auch verrückt sein, wenn sie sich immer noch für diesen Ehemann aufbewahrte, der so weit weg war, daß er ebensogut tot und begraben sein konnte. Aber wer konnte schon mit einer Verrückten diskutieren? Und darum standen sie zu ihr, halfen ihr und gaben ihr die Bettwäsche zum Waschen und die Laken und die Gebetsmäntel, die sie aus dem Kleiderdepot holten, um ihre Betten zuzuhängen.

»Danke, ihr Mädchen. Hauruck!« Barbara hievte das Bündel auf ihre Schulter. Der Auszehrungsprozeß in ihrem Körper hatte aufgehört, und wenn sie nackt auf dem Fußboden des Waschraumes kniete und mit einem Stein ein Bettlaken scheuerte, wobei ihre Brüste und ihre breiten Hüften im Takt mitschwangen, schauten alle, auch die Pikriniaks, hin – nicht lüstern, denn wonach außer nach Essen sollte es sie gelüsten, sondern aus Vergnügen, als sei es ein Trost, daß es in ihrer Mitte noch solch eine starke, weißhäutige Frau gab.

Spät abends, wenn das Signal »Lagerschluß« durch die winterliche Dunkelheit tönte, kehrte sie durchfroren und durchnäßt, aber strahlend zur Baracke zurück.

»Für dich!« und sie überreichte Aurelia ein paar Kartoffeln und einen Kanten Brot. Wenn Aurelia aß, was sie ihr mitgebracht hatte, schmatzte das Kind vergnügt mit. Wenn Aurelia mit ihrer Hilfe die fest geschnürten Bandagen abwickelte, streckte sich das Kind und kam endlich zur Ruhe. Jeden Tag hatte es sie nötiger, ihr

Brot, ihre Pflege, ihre Hoffnung, die es brauchte wie die Luft, wie den Atem. Wie es ihm ohne diese Hoffnung ergehen würde, daran wagte Barbara nicht zu denken.

Irgendwo in einiger Entfernung hinter dem Kind waren die, die auch an dessen geheimem Dasein teilhatten; im sanften Abglanz ihrer Zärtlichkeit wirkten sie wie Gestalten im letzten Schein der untergehenden Sonne. Dann und wann betrat eine von ihnen den Vordergrund: Tola, die sich gebessert hatte; Alinka, die unverändert war; und manchmal Aurelia Katz. Auch Aurelia hatte sich gebessert. Zwar wünschte Barbara zuweilen, sie würde die regelmäßigen formelhaften Beteuerungen ihrer Dankbarkeit unterlassen. Aber sie achtete stärker auf ihr Äußeres und nahm sich mehr zusammen; nur noch ganz selten beklagte sie sich oder jammerte. Ab und zu überkam sie Teilnahmslosigkeit; dann saß sie da mit leerem Blick und schnippte unaufhörlich mit den Fingern. »Komm, Aurelia«, sagte Barbara und klopfte ihr auf die Schulter, »komm, sei lieb. Was ist denn los mit dir?« Es half alles nichts, bis Barbara schließlich eines ihrer fast vergessenen Talente, die Kunst der Nachahmung, wiederaufleben ließ.

Solange sie Barbara Grünbaum war, rang sie um jedes Wort, aber sie hatte keinerlei sprachliche Hemmungen, wenn sie andere nachmachte. Sie hinkte wie Nokunski, stolzierte daher wie Goldberg und verwandelte sich, errötend und gliederschlenkernd in Meister Grube. »Bravo, Barbara!« Die Frauen beugten sich lachend aus den Pritschen. »Großartig, bravo!« Tolas Lachen, immer ein wenig außer der Reihe, hinkte hinterher, und schließlich brachte es auch die, der die Vorstellung gegolten hatte, zu einem gequälten Lächeln.

Tola ließ sich von der Ruhe anstecken, die von Barbara ausging; sie wetteiferte mit ihr in der Fürsorge für Aurelia; auch sie sagte: »So, schlaf noch nicht, du mußt jetzt etwas essen« nicht mehr im Ton des strengen Vormunds, sondern sanft und freundlich. Wenn Barbara sie wegen ihres veränderten Verhaltens lobte, errötete ihr scharfgeschnittenes Gesicht vor Freude.

In der Tat, sie machte eine Veränderung durch. Sie versuchte, gut zu sein. Gut zu sein erschien ihr wie eine fremde Sprache, die, geübt und verwendet, nicht halb so schwierig ist, wie sie geschildert wurde. Zwar machte sie wie alle Anfänger Fehler; ein Blick von ihr ließ die Pritsche verstummen, oder es schlich sich der alte, verletzende Ton in ihre Stimme. Aber bei der Arbeit achtete sie darauf, ob sie Aurelia eine schwere Kiste abnehmen konnte; nach der Rückkehr in die Baracke brachte sie ihr Kaffee und wärmte die Suppe auf. Nur Alinkas vorwurfsvoller Blick störte sie in solchen Augenblicken. Aber bald begann das Mädchen, der Pritsche und der Arbeit im Werk Schmitz fernzubleiben und sich, wenn irgend möglich, für auswärtige Arbeitseinsätze zu melden.

Die zweite Sprache, die Tola lernen wollte, war die der Händler. Sie verkaufte keine Suppe mehr – die Konkurrenz war mittlerweile zu stark geworden –, sondern alte Kleidung, Mäntel, aus denen man das Futter herausgerissen hatte, um daraus ein Kleid zu machen, ferner Kleider, die nach Schweiß stanken, und ausgetretene Schuhe. Im Vertrauen auf die sprichwörtliche Ohrensteinsche Anständigkeit gaben die Frauen aus Krakau ihr solche Waren in Kommission. Sie nahm sie an. Manchmal brach eine Frau plötzlich in geflüsterte Entschuldigungen aus und erklärte ihr, wie sie sich bemüht habe, nicht in Fetzen herumzulaufen, wie sie gegen den Hunger angekämpft habe, nun aber nicht mehr durchhalten könne. »Behalten Sie diese Sachen; in ein paar Tagen werden Sie sowieso wieder Hunger haben«, hätte Tola gern gesagt, um dann die Kleidungsstücke auf die Pritsche zu werfen und hinauszustürzen. Statt dessen brachte sie sie in die Baracken der Trotylarbeiterinnen, welche versuchen würden, sie ihren Polen zu verkaufen.

In diesen Baracken feilschte sie mit einer Zähigkeit und Geschicklichkeit, auf welche die Seidmanka stolz gewesen wäre.

Seidmanka – Rubinfeldowa – wie weit weg die beiden gerückt waren. Sie wünschte, eine von ihnen käme zurück und erzählte Barbara, daß die Verwandlung in eine Händlerin ihr nicht gerade leicht fiel. Alle Opfer, die sie brachte, hatten das traurige Schicksal, unbemerkt zu bleiben; selbst ihr erstes Opfer, an das ihr verletztes Zahnfleisch sie immer noch erinnerte, war niemandem aufgefallen; allzu lange verschwiegen, hatte es seinen Wert in der Inflation verloren, die Barbaras umfassende Wohltätigkeit ausgelöst hatte.

Nachts freilich war es Tola nicht wohl zumute. Wenn keine Kleidung verkauft, wenn niemandem bewiesen werden konnte, welch ein guter Mensch sie war, fühlte sie sich ohne Halt und verloren. Oft schreckte das Knarren des Bettes sie aus unruhigem Schlaf auf. Das mußte Aurelia sein, die gegen Barbaras strenges Verbot sich zur Latrine hinausstahl. Tola folgte Aurelia nie mehr dorthin; und am Tage war sie zu beschäftigt, um sich auch nur für kurze Zeit mit ihr allein zu beschäftigen.

Eines Abends – zwei Wochen waren seit dem Abgang des letzten Briefes an Antoni vergangen, und Barbara war zu Goldberg gegangen, um festzustellen, ob die Antwort eingetroffen war – hielt Aurelia Tola fest. »Geh nicht, bitte, noch nicht«, sagte sie, nervös an dem Salpeterpapier zupfend.

»Bitte laß das, Aurelia.« Das harte Rascheln machte Tola nervös.

»Verzeihung.« Aurelia ließ los, doch bald schon wurden die Finger wieder lang, wanderten suchend umher und holten herbei, worauf sie gerade stießen – einen Krümel, eine Staubflocke.

»Ich ...« Aurelia spuckte die Staubflocke aus. »Ich bin so dankbar, daß du hiergeblieben bist.« Dann, nachdem sie sich kerzengerade hingesetzt hatte, bedankte sie sich für Tolas Hilfsbereitschaft. »Ich danke dir für alles, was du für mich tust – und –« Sie verstummte wie eine Schülerin, die ihre gelernte Aufgabe vergessen hat.

»All the animals I knew and you
Live in my broth like in a zoo ...«

Ein halbwüchsiges Mädchen sang unter ihnen und steppte dazu.

Es war ein Lied von Shirley Temple, erinnerte sich Aurelia. Sie betrachtete das Gesicht des Mädchens, das in einen selbstvergessenen, sinnlichen Traum versunken war, sie versuchte, ihren Namen wiederzufinden, und fragte sich dann, immer noch halb benommen, warum sie Tola zu bleiben gebeten hatte. Die Schuhe klickten ein letztes Mal und verstummten.

»Bitte hör mir zu«, der bittende, klagende Ton schien sich zu verselbständigen. »Ich kann so schwer ausdrücken, was ich dir sagen will. Aber ich muß mit jemandem reden. Barbara will doch, daß ich Hoffnung habe, und du willst es auch, nicht wahr?« Aurelia machte eine Pause. »Aber irgendwie«, fuhr sie fort, als

Tola nicht antwortete, »irgendwie finde ich das sehr schwer. Liegt es daran, daß ich schon so viel durchgemacht habe? Du weißt, was ich meine, nicht wahr? Oder weil ich so müde bin, obwohl Ihr, Barbara und auch du, natürlich alles tut, um mir Ruhe zu verschaffen. Oder liegt es vielleicht daran, daß ich immer daran denken muß, wie es früher den Frauen in meiner Lage ging. Nicht, daß ich mich mit ihnen vergleiche oder daß ich je vergesse, wo ich bin.«

Sie stockte, sie konnte nicht klarmachen, wie heftig sie sich gegen diese Erinnerungen wehrte. Doch sie kehrten zurück. »Schau dich doch um, wo du bist«, spotteten sie. »Kann es denn an solch einem Ort gutgehen?« Und Aurelia mußte ihnen notgedrungen Recht geben.

Eigentlich kannte sie von der Geburt nur das festliche Beiwerk: nur die steifen Palmen in der Eingangshalle des Krankenhauses, die Kaskade von rotem Plüsch, welche die Treppe hinabfloß, und dann den Korridor mit seinen gedämpften Geräuschen, wo die Schwester wie ein großer, weißer Vogel herbeischwebte. »Bitte bleiben Sie nicht zu lange – sie braucht Ruhe«, flüsterte die Schwester, wenn sich die Tür öffnete und den Blick auf Blumen freigab, auf eine Fülle von Blumen, zwischen denen ein Glas Milch leuchtete. Luxus – das war es, was Geburt bedeutete; Blumen und diese Verschwörung zum Schutz der jungen Mutter, deren seidenes Nachthemd sich über der Brust öffnete. Auch dieses etwas gewagte Detail gehörte zur Geburt, und dann die Bewunderung und das Lob für die leichte Entbindung, die doch, nicht wahr?, so ganz zu ihr paßte, die ja so stark war, so tapfer! Nicht weniger Lob bekam sie für die langen Wehen, denn niemand sonst hätte die so überstanden, so strahlend, und, ja, so schön, wie sie war. »Wie großartig du aussiehst«, mußte man sagen. »Ein bißchen blaß zwar, aber einfach großartig.« Und am Fenster, wo eine Schwester ein weißes Bündel in die Höhe hielt, abermals: »Großartig!« Dann wieder der rote Wasserfall, die steifen, grünen Palmen …

All das gehörte zu einer Geburt. Ging es auch ohne? Aurelia versuchte es sich einzureden. Was sie von der anderen, der richtigen Geburt, hinüberretten konnte, das rettete sie: die fürsorglichen Blicke; die extra Schnitten Brot; selbst das Gefühl von

Luxus, das sie aus jeder noch so geringen Aufmerksamkeit sog: wenn sie ihren schmerzenden Rücken im Werk Schmitz an den Heizkörper lehnte, wenn sie abends mit einem Gefühl der Erleichterung ihre Müdigkeit in die geschwollenen Füße abwandern spürte. Genauso würde es auch nach der Geburt sein, eine viel größere Müdigkeit würde aus ihrem Körper abfließen, die Last würde von ihr genommen werden, und auch das Lob würde nicht ausbleiben, zwar nicht für gutes Aussehen, aber wenigstens dafür, daß sie so tapfer durchgehalten hatte.

»Arbeiten!« brüllte der Vorarbeiter. Die Luft nahm einen bitteren Geschmack an oder füllte sich mit Husten. Und sofort stürzte die so liebevoll ausgemalte Szene in sich zusammen; sie fiel und fiel in eine eisige Finsternis, in der etwas Riesiges gleich einem Zug, etwas strahlend hell Erleuchtetes auf sie zukam, immer näher, während sie versteinert starrte und wartete, daß es sie zermalmte.

»Nein.« Sie schüttelte den Kopf. »Nein, ich versuche nicht daran zu denken, aber ich habe Angst, schreckliche Angst. Glaub mir, ich versuche ruhig zu bleiben und bin es auch, stundenweise, manchmal einen ganzen Tag. Dann kommt plötzlich dieses – dieses Entsetzen über mich, und dann ist mir alles gleichgültig, dann will ich nur noch, daß alles vorbei ist, wie, das ist mir egal, wenn es nur vorbei ist. Du verstehst mich, nicht wahr? Aber sag das bitte nicht Barbara. Doch nein, sag es ihr.« Etwas Haßerfülltes war plötzlich in ihrer Stimme. »Barbara, ja... Damals im Waschraum, das erste Mal, das einzige, was sie wissen wollte –« Aurelia unterbrach sich. »Bewegt es sich, sag mir doch, bewegt es sich?« schien Barbara wieder zu flüstern, und die Wut war wieder da, der brennende Zorn auf die Leichtigkeit, mit der diese Frage gekommen war, und darauf, wie weh ihr das damals getan hatte und immer noch tat, denn trotz aller Aussicht auf zusätzliche Brotrationen war jene andere Hoffnung immer noch in ihr, jene verhaßte, immer noch lebendige Hoffnung, es möge sich doch nicht mehr bewegen.

»Sag mir«, sprach sie mit erstickter Stimme, »sag mir, bin ich ein Ungeheuer, eine unmenschliche Mu – Person? Ich weiß es nicht, ich weiß eigentlich nicht mehr, wer ich bin. ›Tola ist klug, Barbara ist gut‹, sage ich mir immer. ›Wenn die glauben, alles geht gut, warum kann ich es nicht?‹ Und dann versuche ich es zu glauben. Aber euch fällt es leicht, daran zu glauben; wenn alles schief geht, seid ihr es nicht gewesen und geht fort. Ich kann nicht fortgehen. Nein, ich bin kein Ungeheuer. Auch wenn mir manchmal alles egal ist, ich bin keines. Ich habe dies nie gewollt; es war ein unglücklicher Zufall, verstehst du? Kann man einen Zufall lieben? Sollte man es? Nein ...« Sie wich zurück. »Nein, so habe ich es nicht gemeint. Ich ... Bitte, sag mir, seid ihr wirklich so zuversichtlich?«

Tola sagte nichts. Schon seit Aurelias ersten Worten hatte sie ein Mißtrauen beschlichen, wie bei der Ankunft eines Freundes, dessen Gespräch in eine Bitte um Geld, um eine Summe, die viel zu hoch ist, um bewilligt zu werden, münden wird.

»Bin ich ein Ungeheuer?« hatte Aurelia gesagt; jetzt saß sie da wie eine alte, zahnlose Frau mit eingefallenem Mund. Tola schaute sie an und verspürte den Wunsch, ihr die ersehnte Antwort zu geben, selbst wenn das bedeutete, Barbara zu verlieren, ja wenn es bedeutete, daß sie mit Aurelia allein war, wenn deren Zeit kam.

»Ich versuche die ganze Zeit an einen guten Ausgang zu glauben, aber ich bringe es nicht fertig.« Nein, das zu sagen brachte sie nicht über sich. »Geh und rede mit Barbara«, wollte sie schreien. »Ich will nicht immer Kassandra sein. Ich habe die Nase voll.«

»Ja, ich glaube, alles wird sich regeln«, sagte sie und zwang sich sogar ein Lächeln ab.

Aurelia zupfte an ihrem Salpeterpapier. Als sie aufschaute, saß Barbara neben ihr, Tola stand an der Tür und hatte ein Gesicht, das klein und müde aus dem grauen Kopftuch hervorsah. Warum hatte sie sich schon wieder Tola ausgesucht? Warum hatte sie nicht mit Barbara gesprochen? Etwa, weil sie Barbara trotz allem lieber mochte? Mochte man jemanden, wenn man ihn als lastend, als weit überlegen empfand?

»Aurelia, stimmt etwas nicht?« Barbara kam herangerückt.

»Es ist nichts. Und – du – ich weiß, was du jetzt denkst.« Ihr eigener Mut verblüffte sie. »Du glaubst, ich lasse mich gehen, ich tue mir leid. Ja, ich tue mir leid, und du – laß mich in Ruhe!« Und indem sie Barbara wegschob, wußte Aurelia endlich, was sie wollte: keine Trostworte. Trost war belastend; er erzeugte ein Gefühl der Verpflichtung gegenüber der, die ihn spendete. Weinen und nicht getröstet werden, das war es, was sie wollte. Aber diesen Wunsch konnte ihr keiner erfüllen.

»Tola, warum war Aurelia gestern abend so verstört?« fragte Barbara am folgenden Abend, als sie auf die Baracke zugingen.

»Vielleicht solltest du mit ihr reden, denn ich –« Tola brach ab, als Alinka plötzlich aus der Dunkelheit auftauchte. Von ihrem Kopf, der mit einem ausgeblichenen Stoffetzen umwickelt war, ging der Geruch von Kaffee-Ersatz aus, mit dem sie sich in Ermangelung heißen Wassers ihr Haar gewaschen hatte.

»Verzeihung, kann ich kurz mit Ihnen reden?« fragte sie.

»Natürlich«, sagte Barbara leise und beunruhigt. »Aber du holst dir den Tod, mit dem nassen Kopf und bei der Kälte.«

»Sorgen Sie sich nicht um mich, Frau Grünbaum. Schließlich haben Sie andere, um die Sie sich Gedanken machen müssen. Jedenfalls, da Sie beide die Sache jetzt ganz an sich gerissen haben, gebe ich Ihnen am besten das Geld – hundertfünfzig Zlotys. Ich habe am Tage unseres Einzugs nichts davon erwähnt«, sagte sie zu Tola gewandt, »weil wir dieses Geld für den Notfall aufbewahrt haben, ich meine für den Arzt. Hier, nehmen Sie, Frau Grünbaum.« Barbara, der Geld immer wie etwas Unreines vorkam, wich zurück, und Tola nahm es entgegen.

»Verlieren Sie es nicht«, sagte Alinka und machte Anstalten zu gehen. Plötzlich kam sie zurück. »Sie sind ja wohl zufrieden mit sich, hochzufrieden.« Sie versuchte ruhig zu sprechen, doch ihre Stimme klang brüchig. »Gut, aber ich bin es nicht; ich wünsche, wir hätten uns nie kennengelernt, Frau Grünbaum. Ich hätte Sie schon in Krakau durchschauen sollen. Aurelia nahm mich immer mit dahin, wo Sie arbeiteten, um Sie zu betrachten, als wären Sie ein Kunstwerk in einem Museum. ›Alinka‹, sagte sie dann, ›diese Person hat meinen Glauben an die Menschen wiederhergestellt.‹ Sie kennen Aurelia und wissen, welchen Unsinn sie redet. Und dann glaubte auch ich, daß Sie – welche Idiotie. Aber Sie«, ihr turbanumwickelter Kopf zeigte auf Tola, »Sie habe ich zunächst geachtet, weil Sie nicht so taten, als liebten Sie uns. Aber jetzt äffen Sie Ihre – Ihre edelmütige Freundin nach. Wie können Sie nur? Wir, Aurelia und ich, haben nie darüber geredet, was da auf uns zukam, nie! Tola, Sie wissen, warum. Sie haben doch wohl nicht vergessen, was man mit Frauen in ihrem Zustand in Krakau gemacht hat, selbst nach – nach der Geburt. Hier ist es anders – wollten Sie das sagen? Aber es ist nicht anders. Wir wissen nicht, was sie mit ihr machen werden. Im Lager weiß man das nie. Und Sie – Gott, ich will mit Ihnen beiden nichts mehr zu tun haben.« Alinka warf ihnen einen finsteren Blick zu und war verschwunden.

»Barbara«, sagte Tola. »Barbara, sie hat recht.«

»Recht? Wieso? Wir werden bald etwas von Antoni hören. Ich schwöre, er wird sich melden. Und sobald sein Brief da ist, finden wir jemanden, irgendeinen Polen, der das Kind zu ihm schafft. Basta. Und du, du unternimmst jetzt bitte gar nichts.«

Kapitel 15

Mein Gott, wann hören die endlich auf zu lachen? O Gott, wiederholte Alinka bei sich. Die Witze eines deutschen Soldaten, der eine Frauengruppe durch den Wald zum Putzen der Kasernen am Stadtrand von Skarzysko führte, waren es, denen das Lachen galt. Alinka, die einzige, die nicht an der allgemeinen Fröhlichkeit teilnahm, marschierte voll schweigender Mißbilligung mit. Ihr, die seit dem 13. Lebensjahr als Putzfrau für die Deutschen arbeitete, war solches Lachen sattsam bekannt; schamlos fand sie es und unanständig, zumal die allgegenwärtigen Gesetze gegen »Rassenschande«, die Befleckung der Rasse durch den Verkehr mit Juden, es als Vorboten zügelloser Ausschweifung hinstellten, zu der es kam, ja kommen mußte, sobald die Wachsamkeit nachließ.

Schließlich reichte es ihr. »Schämt ihr euch denn überhaupt nicht?« entfuhr es ihr. Achselzucken war die Antwort, dann Vorhaltungen: Diese einfachen Soldaten seien keine Nazis, sondern anständige Jungen; und die Frauen zeigten ihr Beweise dieser Anständigkeit – ein Stück Kandiszucker oder Brot – und höhnten: »Das ist der pure Neid, einer Schwarzseherin wie dir würde doch niemand einen freundlichen Blick gönnen!«

Nach solcher Freundlichkeit hatte Alinka gewiß kein Verlangen; aber wie konnte sie das beweisen, wenn sie nie jemand anschaute, weder freundlich noch sonstwie?

Neue Lachsalven, die sie zusammenzucken ließen, während sie weiterging. Und ihr fiel ein Traum von früher ein, der Traum von dem Beweis. Ein Soldat war eine Hauptfigur darin, ein hoher Offizier, sie war die andere, aber irgendwie verändert, so daß er unwiderstehlich von ihr angezogen wurde, obwohl die aufgemalten Balken auf ihrer Kleidung ihm verrieten, wer sie war. Er begann ein Gespräch, sie antwortete knapp, wortkarg, um deutlich zu machen, daß das Schweigen, welches dann eintrat, nicht von ihrer Unkenntnis des Deutschen herrührte, sondern beabsichtigt war.

Er lobte ihr Deutsch. »Vorzüglich!« rief er. »Wo hat das Fräulein ihr vorzügliches Deutsch gelernt?«

»Als Kind hatte ich eine deutsche Erzieherin.« Ein weiterer Beweis, wie gebildet ein jüdisches Mädchen sein konnte.

Und dann – an dieser Stelle wurde der Traum ziemlich verschwommen –, dann bot er ihr etwas an, vielleicht einen besonderen Leckerbissen, vielleicht die Möglichkeit sich auszuruhen, mit ihm zu plaudern.

»Nein danke.«

»Warum nicht, Fräulein, warum denn nicht?«

»Weil ich eine Jüdin bin«, und dabei sah sie ihm fest in die Augen. Er ging wortlos weg; aber später berichtete er seinen Kameraden, wie er ein jüdisches Mädchen kennengelernt habe – wie stolz sie gewesen sei, wie anders, als er sich Jüdinnen vorgestellt hatte. Schweigend hörten die deutschen Soldaten ihn an, bis er fertig war, und der Zweifel, den sie in ihm gesät hatte, pflanzte sich in allen anderen fort.

»He du, hör auf, mir auf die Füße zu trampeln«, fuhr Magda der Mops sie an. Der Traum war fort. Daß er überhaupt wiedergekommen war, hatte ihr wohl nur den Abstand klarmachen sollen, der sie von jenen Tagen trennte, an denen die Sorge um Aurelia ihr solche müßigen Phantasien noch nicht verbot.

Der Anblick der Kasernen, die sie wenig später erreichten, befremdete sie. Wärme, Milchgeruch, das verband sich für Alinka, die bisher meistens in Privathäusern gearbeitet hatte, mit einer deutschen Wohnung. Witternd wie ein Hund hatte sie um sich geschaut, war leise durch Zimmer mit Türen gegangen, die man schließen konnte, um allein zu sein, hatte verstohlen in Schränke voll warmer, wollener Kleidung geschaut. Am längsten verweilte sie bei den Photographien in der hartnäckigen Hoffnung, die, welche ihre Blicke erwiderten, könnten ihr eine Antwort geben. Doch die Mädchen in windgebauschten Sommerkleidern, junge Männer mit ehrlichen, offenen Gesichten, antworteten nicht. Wußten sie, was in ihrem Namen verübt wurde?

Sie war überzeugt, daß das Lachen auf diesen Gesichtern nur ausgeklügelte Verstellung sein konnte, und schaute an sich hinunter, die immer verfroren, immer mit denselben zerlumpten Kleidern angetan war. »Auch nach Stalingrad, nach all den Bombenangriffen geht es den Deutschen noch ziemlich gut«, entschied sie dann mit dem hochmütigen Lächeln derer, die ihre schlimmsten Befürchtungen bestätigt sehen.

Dieses Lächeln schien ihr hier fehl am Platze, während sie nun an den unansehnlichen, geduckten Schuppen entlangging und dann einen davon betrat, in dem es außer Feldbetten nichts gab. Auf der Fensterbank, die sie bestieg, um die Scheiben zu putzen, raschelte etwas im Luftzug – ein Häufchen Bonbonpapier in einem Aschenbecher. Ein Geruch von Pfefferminz stieg daraus auf, der so verlockend war, daß sie ihm schließlich nachgab, das Papier in den Mund steckte und solange daran lutschte, bis der letzte Rest von Süßigkeit ausgesaugt war.

Etwas fiel mit einem lauten Geräusch zu Boden, der Aschenbecher war es, den sie hinuntergestoßen hatte. Und gerade als sie auf die Knie ging, um die Scherben aufzusammeln, ertönten von draußen Schritte. Hastig fegte sie die Glasscherben unter das Bett und sprang zurück auf die Fensterbank. Die Schritte wurden lauter. Während sie den Putzlappen griff, fiel ihr ein, wie in Krakau eine boshafte deutsche Krankenschwester sie angeschrien hatte, weil ihr eine Vase zerbrochen war, und wie sie ihr gern geantwortet hätte: »Dann ziehen Sie doch den Preis der Vase von meinem Lohn ab«, aber aus Angst hatte sie geschwiegen und sich dann wegen dieser Angst gehaßt.

Die Tür gegenüber ging langsam auf, der sich verbreiternde Spalt füllte sich grün und darüber rosa. Die Tür öffnete sich ganz, und Alinka lächelte, ein erleichtertes, ja vergnügtes Lächeln.

Welch merkwürdiges Gefühl, ein Deutscher, vor dem man sich nicht fürchtete. Aber wie konnte man sich vor dem fürchten? – diesem zu groß geratenen Kind, dem der steife Uniformkragen in seinen rosa Babynacken schnitt und dessen beschlagene Brille das rosige, runde Gesicht noch voller erscheinen ließ.

»Hmmm«, sagte das Gesicht, vor Verlegenheit noch rosiger werdend, »hmmm«. Was diesem »hmmm« folgte, stammte offenkundig nicht von ihm, sondern war anderen abgeschaut: der forsche Gang, den er von einem feschen Kameraden übernommen hatte, das leutselige »Guten Tag, kleines Fräulein«, das gebrochene Polnisch des »Panienka, dzien dobry«, und schließlich das verlegene Lachen des gebildeten Mannes, den dieser Ausflug in eine barbarische Sprache amüsiert und zugleich verunsichert. Als schämte er sich dieser Anleihen bei anderen, schwieg der Soldat. Ein Blick, der schüchtern war, sie aber aus irgendeinem Grunde erröten ließ, das war er selbst, ebenso die Unbeholfenheit, mit der er ihr eine zerdrückte Zigarette anbot.

»Danke, ich rauche nicht.« Diese schroffe, ablehnende Antwort hatte sie bereits geübt.

»Aha«, rief er, »ja – das Fräulein spricht ja deutsch.«

Das Gefühl, dies schon einmal erlebt zu haben, ließ sich leicht erklären. Es war jener Traum, der nun endlich in Erfüllung ging, freilich ganz anders – der Offizier hatte sich in diesen Einfaltspinsel verwandelt, in diese Witzfigur, die sich die Tabakkrümel von den Lippen entfernte.

»Wo – ja – wo hat das Fräulein dieses gute Deutsch gelernt«, gelang ihm schließlich zu sagen.

»Ich hatte als Kind eine deutsche Erzieherin.« Ob sie wollte oder nicht, sie mußte sich so eng an ihre Rolle halten wie er an seine.

»So gebildet«, sagte er bewundernd, »hochgebildet – und dabei so winzig.«

»Winzig«, Alinka wußte, was das Wort bedeutete; schon sein erster Blick hatte sie für »winzig« erklärt. »Ach, Aurelia, schade, daß du nicht gesehen hast, was für eine Eroberung ich gemacht habe«, hätte sie früher gesagt, bevor die anderen beiden sich zwischen sie gedrängt hatten. »Aurelia, er wog bestimmt hundert Kilo, aber er war schüchtern wie ein Mäuschen.« Und Aurelia hätte herzhaft und ausgiebig gelacht, und danach – ihre Gedanken wanderten weg von dem Soldaten – hätten sie einen Spaziergang gemacht oder – solche Gespräche liebte Aurelia – sie hätte Geschichten über die vor den Betten aufgereihten Schuhe erzählt, hätte die Stiefel den Berg hinauf, die schiefgetretenen Damenhalbschuhe in die Museen oder in die Hörsäle geschickt. Jetzt gab es solche Gespräche nicht mehr.

Ja, dachte sie, ich habe eine Eroberung gemacht, gerade richtig für eine »Schwarzseherin« wie mich. Aber eine warme, wohltuende Empfindung sagte ihr, daß sie keine magere Schwarzseherin war, sondern nur »winzig«. Sie drückte die Arme an den Körper, um die Löcher unter den Ärmeln zu verstecken, und putzte weiter am Fenster. Wasser tropfte herab; der Soldat seufzte, zog schmatzend an seiner Zigarette, seufzte wieder. »Wie alt ist das Fräulein?« fragte er schließlich.

Alinka zögerte, denn sie mußte sich zwischen drei verschiedenen Antworten entscheiden: fünfzehn, ihrem richtigen Alter, dreizehn, dem Alter, das Aurelia gewöhnlich angab, weil sie hoffte, andere dadurch zu einer »schonenderen Behandlung« zu veranlassen, und siebzehn, der offiziellen Angabe, die sie den Lagerbehörden gemacht hatte.

»Siebzehn«, sagte sie, ohne zu wissen, warum, denn er hatte offensichtlich nichts mit Behörden zu tun.

»Aha«, murmelte er, »aha. So jung und so gebildet. Und ich – ich komme aus Stuttgart, einer großen Stadt«, entfuhr es ihm, als wöge die Herkunft aus einer großen Stadt die Tatsache, daß er weder gebildet noch besonders jung war, auf. Eine Pause, in der er tief Luft holte. »Ich meine, aus Plochingen«, gestand er. »Aus einem Ort in der Nähe von Stuttgart.«

Alinka war es unbehaglich. Gab seine plötzliche Mitteilsamkeit dem Gespräch eine unpassende persönliche Note, oder war der Grund der, daß mit dem Ende des Fensterputzens sich ihre Positionen verkehrt hatten, da sie nicht länger hoch über ihm stand, sondern zu seinen Füße kniend den Boden scheuerte?

Irgendwie machte sie diese Umkehrung in seinen Augen noch winziger. Sie merkte es an seinen Seufzern, dem warmen Atem, den sie im Nacken fühlte, und an der Art, wie er jedesmal herzusprang, um den Wassereimer hochzuheben. Jedesmal verhinderte sie das und überlegte, ob die Antwort »weil ich eine Jüdin bin« angemessen wäre, sollte er nach dem Grund fragen.

»Woher sind Sie, Fräulein, ich meine – wo sind Sie zu Hause?« verbesserte er sich.

»Zu Hause?« Sie fühlte eine unbestimmte Unruhe. »Ich habe keins.«

»Aber – warum – wo wohnen Sie denn dann?«

»Im Lager.«

»Wo – wohnen Sie?«

»Im Konzentrationslager.« Unruhig befühlte sie ihren Pullover, merkte, wie sie erbleichte. Die roten Querbalken, das Zeichen, das ihn warnen sollte, waren verblichen. War es möglich, daß er nicht selbst darauf gekommen war? Nein, es konnte nicht sein.

»Das kann nicht sein«, sagte er wie ein Echo. »Ein Kon – Kon – Konzentrationslager ist etwas für Kriminelle. Und das Fräulein kann nichts Schlechtes getan haben, ganz bestimmt nicht«, sagte er, ihre Unschuld beteuernd. »Also warum, Fräulein, warum denn?«

»Weil ich eine Jüdin bin.« Genau zum falschen Zeitpunkt.

»Eine Jüdin.« Er fuhr zurück.

»Ja, weil ich jüdisch bin.«

Nicht einen Augenblick lang hatte er die Wahrheit geahnt, hatte sie auch nicht ahnen können, denn sein erschrockener Blick zeigte, daß er in seinem Plochingen nie eine Jüdin kennengelernt hatte; aber sie, sie hatte schon mit Deutschen Bekanntschaft gemacht, nur zu sehr, und doch hatte sie mit ihm geflirtet. Warum sonst hatte sie so albern gelacht, warum war sie rot geworden, warum hatte sie behauptet, sie sei siebzehn? »Ach, diese Jüdinnen«, würde er spotten; er hatte den Spieß umgedreht, jetzt hatte er ein Recht, sie zu verachten. »Heute habe ich eine kennengelernt, ich wußte nicht, daß es eine war, und ihr hättet sehen sollen, wie sie mir schön tat.« Dann würden sie lachen, alle miteinander. Aber mittlerweile war ihr das gleichgültig, sie wollte nur, daß er ging. Als sie seinen Schritt hörte, rutschte sie zur Seite, um ihn vorbeizulassen.

Doch er ging nicht, sondern beugte sich über sie, was hieß – mit Erleichterung und einem Anflug von Verachtung bemerkte sie es –, daß er sie nicht durchschaut hatte.

»Ich kann das nicht glauben«, begann er, »bloß weil das Fräulein eine – eine –. Doch«, sagte er, sich tiefer zu ihr beugend, »ja, doch, ja.« Mit jedem »ja« klang seine Stimme leiser, resignierter. Denn er mußte ihr glauben, er konnte nicht leugnen, was sie, die nun mit aller Kraft ihre »Winzigkeit« zu verbergen versuchte, offen und unverhüllt zeigte – die nackten, mit Frostbeulen bedeckten Beine, die unter dem zerlumpten Rock hervorsahen, die Risse in ihrem Pullover, die scharf darunter sich abzeichnenden Rippen. Ein Sonnenstrahl fiel durchs Fenster herein und streifte ihren Kopf. Sie zuckte zusammen. Ihr Haar war voller Nissen.

»Wir ... wir bekommen keine Seife«, stammelte Alinka, »und wir sind zu sechzig in einem Block, der kaum größer ist als dieser hier.« Sie wurde rot, erst vor Scham, dann vor Zorn über sich selbst – einen Deutschen um Mitleid anbetteln! – und wiederum vor Scham, aber von einer anderen Art, denn sie merkte, daß dieses Erröten sie schon wieder »winzig« machte, als könnte sie diese Rolle nicht mehr abschütteln. Am besten war, sie scheuerte weiter. Plötzlich blickte sie hoch.

»Der Führer«, sagte er leise und beschwörend. »Fräulein – der Führer, ich weiß es – ich habe ihn auf einer Kundgebung gesehen, er hat nie etwas gegen Menschen wie Sie gehabt – nur gegen die anderen.«

»Welche anderen?«

»Die Kapitalisten, die dicken, reichen Juden.«

»Tatsächlich?« Sie hob die Augenbrauen.

»Tatsächlich.«

Sie richtete sich auf, sie stand vor ihm, und ihr dünner, kleiner Körper, den das Gewicht des Wassereimers niederzog, fragte: »Bin ich etwa dick und reich?« Und eine neue Art von Vergnügen überkam sie, Vergnügen daran, daß sie ihm, diesem gläubigen Anbeter des Führers, bedenkenlos wehtun konnte.

»Sie, Fräulein, bei Ihnen muß es sich um einen Irrtum handeln. Im Kriege passieren Fehler, im Kriege leiden wir alle«, fuhr er fort, verzweifelt in seinen Taschen suchend, als holte er dort die Wörter hervor wie Münzen, die man zur Begleichung einer fälligen Schuld zusammengescharrt hat.

Diese Münzen waren die Leiden der Deutschen, und er zählte sie nacheinander vor ihr auf: zuerst die Bombenangriffe, deren

Opfer er einzeln bezifferte; er nannte die Städte und dann die Zahl der Toten, danach ein wunderschönes, fast neues Klavier, das ein Vetter bei einem Angriff mit Brandbomben verloren hatte.

Er schwieg. »Reicht das?« fragte sein Blick. »Reicht das?«

»Nein, noch nicht!« antwortete ihr Lächeln.

Da führte er als nächstes den Hunger in Deutschland an, wandte sich aber, nach einem Blick auf ihre stockdünnen Arme, den Toten zu, von denen so viele fern der Heimat gefallen seien.

Wieder eine Pause, noch ein schwaches Lächeln. »Ich bin seit drei Jahren in der Wehrmacht, habe kaum einen Tag Urlaub gehabt«, sagte er leise, während sie weiterputzte. Und wieder hörte sie durch das Kratzen der Scheuerbürste sein beschwörendes Flüstern.

»Der Führer«, flüsterte er, »der Führer, Fräulein, kann nichts Schlechtes tun. Ich weiß es, ich habe ihn gesehen. Aber auch in seiner Nähe gibt es Leute, die ... die nicht viel taugen.« Sogar dieses schmerzhafte Zugeständnis machte er, daß es nämlich Irrtum und Falschheit gebe in der Umgebung dessen, den er gesehen hatte und, weil er ihn gesehen hatte, verehrte.

Nein, das reichte ihr nicht, bei weitem nicht. Ihre Augen verengten sich, sie beobachtete ihn. Als sie bemerkte, daß er einen sehnsüchtigen Blick zur Tür warf, stand sie auf und bewegte sich fast tänzelnd durch den Raum.

»Sie sollten sich nicht so lange bei einer wie mir aufhalten.« Sie stieß die Tür auf und wartete, aber er blieb wie angewurzelt stehen. Er blieb stehen, weil sie es so wollte, so wie er bald die volle Wahrheit hören würde, weil es ihr Wille war.

»Es ist so kalt, Fräulein, schließen Sie bitte die Tür«, sagte er leise und lächelte dann, als sei ihm ein erfreulicher Gedanke gekommen. Es war der Gedanke an ihre Eltern, der ihn zum Lächeln brachte; er hoffte, sie seien wohlauf und bei guter Gesundheit und wohnten bei ihr.

»Wer? Meine Eltern?« Sie tat so, als habe sie ihn nicht ganz verstanden.

»Ja«, nickte er eifrig, »ja.«

»Ich habe keine Eltern.« Ihre Mutter war lang vor dem Krieg gestorben, ihr Vater war in Rußland; aber sie sprach ohne Zögern, in dem Bewußtsein, für alle zu sprechen, die allein und zurückgeblieben waren. »Keine von uns hat noch Eltern.« Sie sah beim Sprechen an ihm vorbei und erblickte statt seiner einen deutschen Soldaten vor sich, der sich unter den roten Hakenkreuzfahnen heiser schrie.

»Keine Eltern? Warum denn, Fräulein?« Seine teilnahmsvolle Stimme verdrängte den andern, den Stellvertreter, und erweckte in ihr den Wunsch, er möge sich nicht diese Blöße geben.

»Warum denn, um Gottes willen, was ist mit ihnen passiert?«

»Sie wissen schon«, sagte sie, hart werdend. »Sie müssen es wissen!«

»Ich – ich?« Der unsichere Anflug eines Lächelns auf seinem Gesicht leugnete jedes Wissen, gestand, daß solche Unkenntnis einen Vorwurf verdiene, bat um Vergebung. »Ich – ich weiß es wirklich nicht.«

»Sie wurden umgebracht.«

»Umgebracht? Von wem?«

»Von der SS.« Sie brachte es nicht über sich zu sagen: von euch, den Deutschen. Sein Gesicht, hochrot und geschrumpft vor Hilflosigkeit, hinderte sie daran.

Dann wurde sein Mund hart, und seine Augen sprühten. Und wieder fühlte sie, daß sie erbleichte. »Greuelpropaganda ist das, Greuelpropaganda«, sagte er leise. »Ich habe eine Jüdin getroffen, die Greuelpropaganda verbreitete«, würde er sagen und sie denunzieren; »Greuelpropaganda«, glaubte sie die Wachen zu vernehmen, »die Gefangene, die Greuelpropaganda verbreitet, soll sich melden!«

Mein Gott, warum war sie hergekommen, was hatte sie angerichtet?

»Das Fräulein hat sich von der Greuelpropaganda vergiften lassen.« Seine Stimme wurde laut, sie schrumpfte zu einem schwarzen Bündel. »Unterstehen Sie sich, jemals solche Geschichten weiterzuerzählen; sie sind nicht wahr, sie können nicht wahr sein!« Sie tat ihm leid, und freundlicher sagte er: »Ja, das Fräulein ist kultiviert und gebildet, aber noch ein Mädchen, noch ein Kind. Das Fräulein kann nicht ahnen, was für böse Menschen es auf der Welt gibt. Wie könnten Sie auch! Die Engländer, sie sind schlecht, sie sind schuld an allem, sie müssen solche Gerüchte verbreitet haben. Das perfide Al-Al ...«

Albion – fast wäre sie ihm in ihrer grenzenlosen Erleichterung zu Hilfe geeilt.

»Weil solche Dinge nicht vorkommen können. Und jetzt, Fräulein«, sagte er in einem väterlich tiefen Ton, »jetzt müssen Sie mir alles erzählen.«

»Alles worüber?«

»Über – über die Eltern. Ja, ich glauben Ihnen, daß sie nicht bei Ihnen sind. Aber irgendwo müssen sie ja sein, sie arbeiten oder – die Behörden müssen Sie doch unterrichtet haben, wo sie sind. Sie – sie tun das immer.«

Sie schwieg.

»Fräulein!« drängte er sie.

»Als es losging« – sie redete einfach darauflos, ohne zu wissen, was sie sagte, »hingen überall Anschläge, auf denen es hieß, sie würden zur Arbeit in die Ukraine geschickt. Aber –«

Er ließ kein ›aber‹ gelten. »Ukraine, natürlich, in der Ukraine«, rief er und redete dann so schnell weiter, daß sie ihm kaum folgen konnte. Ja, er selbst war in der Ukraine gewesen, und dort war eines Tages sein Zug durch eine Stadt gefahren, die hieß – die hieß, er hatte den Namen vergessen, aber dort hatte er gesehen – er schluckte und verriet damit, was sie ohnehin schon bemerkt hatte, daß er wie vorher im Falle von Stuttgart mit den Entfernungen geschwindelt hatte: die namenlose Stadt hatte er nie gesehen; alles, was er dort gesehen haben wollte, war nur Hörensagen.

»Ich habe da ein Lager gesehen«, versicherte er, »und darin gab es Leute, die wie … wie Juden aussahen, denen es aber sonst – im allgemeinen – ganz gut ging. Das waren die Eltern, natürlich. Ja, Fräulein, ja. Es geht ihnen gut bei der Arbeit in der Ukraine.« Jetzt war er so weit, daß er an seine eigene Geschichte glaubte, und schwieg.

Sie bestritt diese Angaben nicht. Denn hier bot sich ihr die Chance, das Mitleid an seinem Ursprung aufzuspüren, zu erkennen, wieviel ängstliches Mitgefühl, wieviel Feigheit und wieviel verzweifelte Selbstrechtfertigung in die tröstenden und beruhigenden Worte hineinflossen, beim Geber wie beim Empfänger.

Es hatte eine Zeit gegeben, in der alle solche beruhigenden Gerüchte geglaubt wurden. Die schossen plötzlich in den Ghettos aus dem Boden; einer, ein Gast auf der Durchreise, brachte die Hoffnung in die überfüllten Zimmer und die Fremden auf der Straße miteinander ins Gespräch. »Ein Soldat hat Grüße mitgebracht«, hieß es, »ein Offizier, ein höheres Tier.« Und jedesmal wurde sein Rang höher, wurden seine Grüße ausführlicher und konkreter. Es gab da einen Brief, den der Freund des Nachbarn gelesen hatte, und dann auch der Nachbar selbst. Aber niemand bekam je diesen Brief zu sehen, und bald, unter dem Eindruck von Ereignissen wie dem in Radom, verstummten die Gerüchte wieder.

Radom – sollte sie ihm davon berichten? Nein, das nicht, niemals. Selbst dann, wenn sie sich überzeugen konnte, daß der letzte Tag dort nicht nur ein böser Traum gewesen war; selbst dann, wenn sie ihm alle Einzelheiten schilderte, würde er ihr nicht glauben; und er würde sie wegen der Anstrengung, die dieser Unglaube ihn kostete, hassen.

Oder war es einfach wieder die Angst? Ja, sie hatte Angst; wenn sie über Radom sprach, konnte er sie denunzieren – und er würde es tun.

Ein schmaler Streifen des Fußbodens blieb noch zu putzen, und sie kniete hin und begann zu scheuern, während sie hinter sich seinen schweren Gang vernahm. Der hielt an, etwas raschelte. Sie schaute hoch. Langsam kam er auf sie zu, die Hand voller Pfefferminzbonbons. »Bitte sehr, Fräulein, hier – mögen Sie Pfefferminz, Fräulein?« Er verbesserte sich nachträglich und tat so, als sei sie eine verwöhnte junge Dame, die Geschenke annimmt, weil es ihr so gefällt, und nicht etwa, weil sie ihrer bedarf.

Sie nickte. Er bückte sich, ließ die Bonbons in ihre Hände gleiten und hob die, die auf den Boden fielen, wieder auf; sie steckte eines in den Mund, weil sie das Gefühl hatte, er habe dieses Entgegenkommen verdient. »Sie schmecken gut«, sagte sie und stand auf.

Sie standen und sahen einander an, ihre verlängerten Schatten fielen schwarz auf den Fußboden, der in der Nachmittagssonne glänzte. Sie schaute auf seinen Schatten, der sich näherte. »Der Krieg, Fräulein, macht alles so schwierig.« Er seufzte, sein Mitleid ballte sich in der Kälte zu einer weißen Atemwolke. »Aber vielleicht, vielleicht dauert dieser Krieg nicht mehr lang.« Noch ein Seufzer, noch eine weiße Wolke, diesmal leichter und flüchtiger. Er wandte sich, machte auf dem Absatz kehrt und schaute sie nochmals an. »Fräulein«, sagte er leise, »denken Sie daran, der Führer hat nie etwas gegen Kinder gehabt. Nie!«

Und dann setzte er sich endlich in Bewegung, ging rückwärts, als sei er immer noch im Zweifel, wie er sich von ihr verabschieden solle.

»Na, Sommersprosse, was hast du da in der Tasche?« Der Mops stieß Alinka an, als sie über das unkrautbewachsene Feld zurückmarschierten.

»Nichts Besonderes.« Sie zuckte mit den Achseln. Aber wie sollte sie dieser Versuchung widerstehen? Sie blieb stehen; langsam öffnete sie die Tasche.

»Ach, guckt euch das an«, staunte der Mops, »woher hast du denn die ganzen Bonbons?«

»Von einem Soldaten; er war ein anständiger Kerl – und –« Der übliche, fast obligatorische Zusatz »er war kein Nazi« wollte Alinka nicht über die Zunge; dabei war er doch anständig, oder etwa nicht? Konnte einer anständig und zugleich ein Nazi sein? Sie ärgerte sich über ihre Unsicherheit und zog die Tasche weg.

»Verkauf sie mir«, drängte der Mops bei jedem Schritt. »Für zwei Stück Brot, für ein Viertel. Ein halbes Brot, wenn du sie mir verkaufst.«

»Ein halbes Weißbrot.« Pause. »Hancia, Weißbrot, ein halbes Weißbrot.« Dies galt einer Händlerin an der Spitze des Zuges.

Gerade als Alinka voller Bedauern, als trennte sie sich von einem Andenken, dem Mops die Pfefferminzbonbons gab, zwang ein Motorrad sie, die Fahrbahn zu verlassen. Im Schein der roten Sonne, die durch die Kiefern drang, hatte Alinka den flüchtigen Eindruck einer Brille unter einem Stahlhelm. Ihr Soldat hatte also ein Motorrad. Mit dem Motorrad konnten es höchstens fünfzehn Minuten zur Stadt sein. »Der Führer hat nichts gegen Kinder«, hatte er gesagt. Und wenn sie den um Hilfe bat? Wenn er einwilligte? Dann konnte alles noch gut werden; dann würde Aurelia merken, wer wirklich an sie dachte. Nein! Es war beschlossen worden, schon vor langer Zeit, daß kein Haar auf Aurelias Kopf riskiert werden durfte. Und sie fürchtete sich vor diesem Risiko; sie verspürte keinen Wunsch, die Heldin zu spielen wie Barbara.

Alinka betrat die Baracke, verließ sie aber gleich wieder. Denn als sie gerade das Brot aufs Bett legen wollte, schob Goldberg sie beiseite und übergab Barbara ein dichtbeschriebenes Blatt Papier, einen Brief von ihrem Polen, Antoni oder so ähnlich.

Kapitel 16

Barbara hatte noch nicht mit dem Lesen des Briefes begonnen. Eingezwängt und regungslos saß sie zwischen Goldberg und Tola auf der Pritsche, bevor sie langsam und vorsichtig das zerknitterte Papier glattstrich. Die unbeholfenen Schriftzüge beschworen die Szene vor ihren Augen: wie Antoni auf- und abgegangen war und dabei an seinem grauen Schnurrbart genagt hatte; wie er an seiner Brille herumgefingert, sie abgewischt und schief aufgesetzt hatte, um sie gleich darauf wieder abzunehmen; wie er schließlich mit dem Schreiben begonnen hatte, wobei seine sehnige Altmännerhand bei jedem Wort stärker zitterte; und wie Marta hinter ihm gestanden, seufzend auf ihren Moment gewartet und sich dann respektvoll zum Schreiben niedergelassen hatte, als wäre sie in der Kirche. Die grell erleuchtete Baracke verschwamm vor Barbaras Augen. »Ja«, sie wandte sich ab, als Goldberg sie anstieß, »ja, ich lese ihn jetzt.«

Alles würden sie für das kleine, unschuldige Wesen tun, stand in dem Brief. Sie wollten überall um Hilfe bitten und innerhalb der nächsten 14 Tage, noch vor Ablauf der Zeit, nach Skarzysko kommen. Die nächsten Wörter waren durchgestrichen – ein Zeichen, daß der alte Mann mit sich kämpfte, bis er hinzusetzte, was er nicht mehr verschweigen konnte: »Gnädige Frau«, schrieb er, »gnädige Frau, welches Elend hat Ihr Eigensinn über Sie und alle, die Sie gern haben, gebracht.« Danach schrumpften die Wörter, als schämten sie sich, denn jetzt redeten sie vom Geld: Knapp geworden war es, nicht etwa verschwendet – Gott behüte – aber gestohlen von diesen gottlosen – wieder folgten dicke Striche, die seine im Zorn geschriebenen Wörter unkenntlich machten, dann sein zittriger Namenszug; darauf Martas Nachschrift: »Möge Gott seine Hand über Sie halten.«

»Gott sei Dank«, seufzte Barbara. Sie reichte den Brief an Tola vorbei zu Aurelia hinüber und sah, wie deren Lippen sich zu einem tiefen Seufzer der Erleichterung öffneten. Nur Goldberg mit seinem heuchlerisch einfältigen Lächeln beeinträchtigte ihre Freude. »Ach ja, Tola, gib ihm etwas.« Barbara fiel ein, warum er immer noch da war. Doch obwohl ein Fünfzig-Zloty-Schein aus Tolas Brusttäschchen in seinen schlammverkrusteten Stiefel wanderte, machte Goldberg keine Anstalten zu gehen. »Dann also, Dziedziczka«, sagte er und rückte näher, »dann also, masel-tow.«

Soviel Jiddisch verstand Barbara: man sagte »masel-tow«, wenn jemand heiratete oder wenn ein Kind zur Welt kam.

»Sie Scheusal«, vor Zorn verschlug es ihr beinahe die Sprache, »Sie Taugenichts! Haben Sie ihn gelesen? Sagen Sie die Wahrheit!«

»Klar, Dziedziczka. Jedes Wort habe ich gelesen. Ganz gründlich.« Sein Lächeln verschwand mit einem Schlage. »Sind Sie es?« sagte er leise, und seine behaarte Pranke griff so schnell nach ihrem Körper, daß sie nicht mehr ausweichen konnte. »Aber nein. Ich sehe, Sie sind es nicht. Und dieses magere Huhn und diese alte Vogelscheuche auch nicht. Wer ist es also? Warum tun Sie das alles? Wollen Sie sich und die arme Nutte unglücklich machen?«

»Verschwinden Sie! Sofort!« Sie versuchte ihn von der Pritsche zu stoßen, aber er hielt sich an der Kante fest und ließ sich jetzt erst richtig nieder. Er grinste. »Ach, mein Schatz. Ich bringe Ihnen Grüße ... ganz liebe, herzliche Grüße ...«

Sie sagte nichts. Sie schob Tola beiseite und rückte zu Aurelia, um sie vor diesem Hohn, diesen rotbehaarten Pfoten zu bewahren. Plötzlich tauchte neben ihnen eine andere Hand auf – eine gelbe mit schmierigen, dicken Fingern, kroch langsam daher wie die Hand eines Jungen, der es auf eine Fliege abgesehen hat. Diese Hand hatte es auf ein Stück Brot abgesehen; sie kam näher und noch näher. Barbaras Augen verengten sich, sie wartete. Die Finger umschlossen das Brot, sie zielte; sie schlug zu – und fuhr zurück, denn das Fleisch unter ihrer Faust war weich und breiig wie eine überreife Frucht. Sie wischte ihre Faust ab und sah nach unten. Da stand ein Pikriniak, ein schwerfälliger Klotz von einem Mann, mit völlig kahlgeschorenem Kopf und rundem, schläfrige Gesicht ähnlich dem eines Orientalen.

»Sie«, sagte sie mit erstickter Stimme, »Sie sind ja noch ganz fett. Sie Dieb!«

»Ach nein, gnädige Frau.« Der Mann sprach in sanftem, belehrendem Ton. »Das ist kein Fett. Ich bin nur aufgedunsen – vom Hunger.« Er nickte und ging fort, rückwärts, als habe er Angst, sie folge ihm heimlich nach, um ihn nochmals zu schlagen.

»Oi, oi«, kicherte Goldberg. »Sie müssen noch viel lernen, Dziedziczka. Und das werden Sie auch. Aber ich hätte beinahe etwas vergessen – die Grüße.«

»Wovon quatschen Sie da?«

»Von den Grüßen, die Rost bestellen läßt, Herr Doktor Rost. Wissen Sie nicht, wer das ist? Er leitet den ganzen Laden hier, durch Fernsteuerung, vom Werk A aus. Was für ein Mann! Nicht halb so schön wie ich – bloß ein dürrer Kerl mit Brille – aber«, er hob seine Zeigefinger, »was für ein weiches Herz er hat! Es heißt, er weint bittere Tränen, wenn er jemanden erschießen lassen muß. Eine Kugel kostet zwei Reichsmark, eine Menge Geld, wenn man bedenkt, daß ein paar Wochen in Pikrin denselben Effekt haben und außerdem noch Gewinn abwerfen.«

Sie verzichtete auf weitere Entgegnungen und starrte ihn nur noch an. Ruhig saß er da, und doch kam es ihr vor, als hätte er sich schon wieder auf sie gestürzt und zerrisse ihre Hoffnung zu Fetzen, um sie zusammenzukneten, wie Aurelia auf ihrer Bettseite Salpeterpapier zu kleinen, harten Kügelchen formte.

»Laß das!« sagte Barbara. Aurelia erschrak und hielt inne.

»Manchmal«, fuhr Goldberg fort, »kann selbst Rost ein großes Herz haben. So wie im letzten Jahr, als der Junge aus dem Trotylwerk abhaute. Hundert Mark hat er damals ausgegeben und zwei Liter Wodka – die Belohnung für den Polen, der den armen Teufel zurückbrachte. Prima Jungs, unsere Polen; jede Nacht durchkämmen sie den Wald – zwei Liter Wodka sind nicht zu verachten. Trotzdem, mir gefällt das nicht. ›Franek‹, habe ich neulich zu dem einen gesagt, ›wo ist dein proletarisches Gewissen, Franek? Tu was, tritt in den Streik; drei Liter Wodka, oder keine Auslieferung von Juden mehr! Aber jetzt, und das verdanken sie Ihnen ...«

Wieder versuchte sie ihn herabzustoßen, indem sie ihn am Kragen packte. Er riß sich los. »... und das verdanken sie Ihnen«, flüsterte er, »wird es eine Menge Wodka geben – für Sie, für den Bankert und für die arme, kleine Nutte. Na ja, bis dann allerseits!« Und behende wie ein Eichhörnchen sprang er hinab.

»Aurelia«, stöhnte Barbara leise, »mein Gott, Aurelia.« Als Antwort setzte Aurelia ihr stereotypes Lächeln auf, als wollte sie sagen: »Wie fürsorglich du bist, vielen Dank.«

»Aurelia – warte bis ich wiederkomme – warte!« rief Barbara vom Ausgang her und lief hinaus.

Auf dem Platz, wo etwas Bleiches, Viereckiges im Dunkeln schimmerte – der Ofen, auf dem bei warmem Wetter gekocht wurde –, blieb sie stehen. Dies war ihre Lieblingsstelle im Lager. Hinter dem Draht standen hohe Kiefern, deren überhängende Zweige den verbotenen Duft von Baumnadeln und Zapfen ins Lager schmuggelten. Sie näherte sich dem Zaun. Sie stellte sich auf die Zehenspitzen, zog einen Zweig herab und fuhr mit dem feuchten Nadelbüschel über ihre Lippen.

»He da, weg vom Zaun!«

Der Zweig schnellte in die Höhe. Ihr Mund, mit dem sie gedankenverloren an ihrer zerkratzten Hand saugte, schmeckte nach Harz und nach Blut.

Und in diesem Augenblick kam es wie eine Erleuchtung über sie: sie wußte, was sie zu tun hatte, so klar und deutlich, als wäre es eine Offenbarung. Sie würde das Kind hinausschaffen, sie selbst, und niemand würde ihr ein Haar krümmen, weder die Deutschen noch die, mit denen das Scheusal ihr Angst hatte einjagen wollen. Wie zur Bestätigung schienen Gesichter aus der Dunkelheit hervorzuwachsen – Tola, Aurelia und Alinka –, die sich zu einem einzigen Gesicht vereinigten, zu einem blutleeren Gesicht und schwarzem, krausem Haar mit allzu dunklen Augen und Hakennase. Solche wie die hatten Grund, sich zu fürchten; sie sah anders aus. Ihr würde niemand die Jüdin ansehen.

»Barbara, bist du da?«

»Was ist denn, Tola?« Sie war gereizt wegen der Störung.

»Es ist kurz vor Lagerschluß.«

»Was du für Sorgen hast. Sag mir, wie es Aurelia geht.«

Als Antwort kam von Tola das vertraute Fingerschnippen.

»Wir müssen wieder zu ihr. Nein – warte! Ich zeig dir etwas.« Der Einfall kam ihr ganz plötzlich. »Wenn ich es dir nur erzähle, fängst du gleich an zu meckern. Also, steh still.« Barbara faßte

Tola an der Schulter. »So, jetzt bist du eine Denunziantin«, murmelte sie und hielt Tola auf Armeslänge von sich.

Tola fuhr zurück. Aber Barbara bemerkte nichts. »Eine Denunziantin«, rief sie. »Eine von denen, die Goldberg meinte; so, jetzt sprich wie sie, tu so, als wärest du hinter einem Juden her.«

Keine Antwort. »Siehst du!« triumphierte Barbara. »Du weißt nicht, wie sie reden, was für Leute das sind. Wogegen ich... warte, ich zeig's dir.« Wie eine plötzliche Raserei überkam sie der Wunsch, diese Rolle zu spielen. »Horrido!« kam der Jagdruf aus ihrem Mund, »horrido! Da kommt er, Jungs, ein Hirsch. Ihm nach, auf ihn, auf den Juden!«

Pause. »So reden die«, keuchte sie. »Warte!« Geräuschlos trat sie zur Seite. »Still«, flüsterte sie. Und jetzt, jetzt fühlte sie, daß sie wurde, was sie hätte sein sollen – eine Bäuerin – eine Mutter aus demselben Fleisch und Blut wie ihr Kind.

»Jesus Maria«, klagte sie, »ihr haltet mich für eine Jüdin, mich? Ihr seid schlimmer als ein Jude, ihr erschreckt eine arme Frau zu Tode. Ein Tier hätte Mitleid mit mir gehabt, aber ihr nicht, ihr habt keinen Gott in euren Herzen.

Wohin ich will? Das geht euch nichts an. Was ich da bei mir habe? Nicht mal anfassen dürftet ihr das. Sch, macht nicht solchen Krach, ihr weckt es auf. Ich bringe mein Kind nach Skarzysko, zum Priester. Seht her, heute morgen wurde es plötzlich ganz blau. Ich bin zum Pfarrhaus gerannt. ›Hochwürden ist nach Skarzysko gefahren‹, sagte seine Haushälterin – deshalb laufe ich jetzt dahin, damit das Kind getauft wird. Und wenn ihr etwas anderes als Wodka im Kopf hättet, würdet ihr mich hinfahren. Ich bin ganz außer mir vor Angst.«

Ihr Text hatte zu früh geendet. Sie wiegte, noch in ihre Rolle versunken, etwas in ihren Armen. »Verstehst du, was ich meine?« flüsterte sie schließlich. »Verstehst du's?«

»Warte bitte, Barbara, warte«, sagte Tola, stand dann still und sah in die Ferne. Undeutlich tastete sich der trübe Strahl eines Scheinwerfers durch Nebel und Dunkelheit, schwenkte und heftete sich an eine langsam daherziehende Kolonne von Pikriniaks, die aufbrachen, um Granaten zu laden. Dahinter rannte eine undeutliche Gestalt, stolperte, rutschte aus und fiel in den gefrorenen Schneematsch. Ein Anruf; die Gestalt wurde wieder sichtbar und schwankte den anderen nach. Nicht mehr lange und es ging ihr wie der gefallenen Person – getrennt von den anderen und immer allein. Denn Barbara, wenn sie weg war, durfte nicht mehr wiederkommen.

»Tola, warum sagst du nichts?«

»Verlaß mich nicht, ich gehe ohne dich zugrunde« – könnte sie sich doch zu diesem Geständnis durchringen, könnte sie doch nur mit Barbara über sich reden und auch über das Kind. »Ich weiß, war du für das Kind empfindest«, wollte sie sagen, »aber egal, was ihm passiert, es wird doch nichts davon merken; ich dagegen weiß um alles, was mit mir geschieht, bis zum Ende!« Barbara aber hatte die Chance, frei zu sein, sicher und frei.

»Nun, hast du die Sprache verloren?«

Es war entschieden. »Barbara, deine Vorstellung war perfekt«, begann Tola. »Fast hätte ich geglaubt, es sei Wirklichkeit.«

»Tatsächlich, Tola?«

»Aber ja. Weißt du, auch ich habe über diese Möglichkeit nachgedacht; allerdings hielt ich es für klüger, noch zu warten. Jetzt ist alles klar. Und ich ... wir werden schon zurechtkommen.«

»Wie meinst du das?«

»Wir. Aurelia, Alinka und ich. Wir werden ohne dich zurechtkommen.«

»Ich verstehe dich nicht.«

»Barbara, du willst doch nicht sagen, daß du vorhast, wiederzukommen?« Tola lehnte sich an den Ofen, weniger um einen Halt zu suchen, als weil sie etwas zum Anfassen suchte; sie tastete auf der eiskalten Eisenplatte herum und stieß an etwas Brüchiges, Weiches – ein Stück verkohltes Holz. Sie griff danach. »Natürlich wirst du nicht zurückkommen.« Sie sah zu, wie die Asche ihr durch die Finger rieselte. »Ein Konzentrationslager ist kein Hotel, in das du nach einem kleinen Ausflug zurückkehrst. Wenn du weggehst, dann für immer.«

»Aber ich habe doch bisher gar nicht ernsthaft an so etwas gedacht. Und wenn ich hier fliehe, kann das furchtbare Folgen haben. Menschen könnten erschossen werden als ... als ...« Barbara suchte nach dem passenden Wort.

»Als Vergeltung«, half Tola ihr aus. »Wir sind hier nicht im Lager Krakau. Hier könnte man deine Flucht irgendwie vertuschen … und wir, und ich … ich komme schon zurecht.« Sie schwieg. Als dieses Schweigen, ein Angebot an Barbara, das ihr Zeit zum Antworten lassen wollte, ungenutzt verstrich, hatte Tola das Gefühl, die Kälte da draußen dringe in sie hinein und verfestige sich dort zu einem lebendigen Wesen – einem dünnlippigen Schreiber, der ihr helfen wollte, ihre Angelegenheiten zu erledigen.

Jetzt diktierte er ihr Wörter, von denen jedes Barbaras Gefühle bezeichnete. »Erinnerst du dich«, flüsterte Tola, »wie du früher einmal zu mir gesagt hast – ich weiß es noch genau –: ›Ich habe Angst, ich bin umsonst hierher gekommen, nur das macht mir Angst!‹ Aber du bist nicht umsonst hier. Du wirst das Kind haben, das Kind, das du gerettet hast. Es wird dich brauchen, du wirst für es da sein. Und ich glaube … ich bin ganz sicher, daß die Jagd auf die Juden vorüber ist. Es muß so sein, denn die paar Juden, die es noch gibt, sitzen in den Lagern, und die, welche sich arische Papiere besorgt hatten, sind schon lange geschnappt. Antoni wird dich nicht nochmal einsperren. Warum sollte er auch? Du wirst spazierengehen, Barbara; stell dir vor, Barbara, du wirst einfach gehen, wohin du willst. Und im Frühling wirst du mit dem Kind in den Park gehen, als wäre nichts passiert, als gäbe es keinen Krieg.«

Tola wartete. Weit weg rumpelte ein Eisenbahnzug, fuhr mit einer Ladung Granaten ab.

»Hörst du?« sagte sie leise. Der schrille Pfiff durchfuhr sie wie ein Messer.

Lange Zeit sagte Barbara gar nichts. »Nein!« Urplötzlich fuhr sie hoch. »Nein, hör auf damit. Du hast damit angefangen. Ich habe nie vorgehabt, hier wegzulaufen, im Ernst, nie. Ich habe kein Recht, diese arme Frau zu verlassen, ich meine Aurelia … oder dich und …«

»Mich?«

»Ja, dich. Reden wir nicht mehr davon. Gehen wir zurück zu Aurelia. Ich ertrage es nicht, wenn ich daran denke, daß sie da sitzt, ohne einen Funken Hoffnung. Warte – wir müssen irgend etwas zu ihr sagen. Ich sage nicht, daß ich es tun will, denn sie wird es vielleicht nicht glauben, und dieses dumme Gänschen könnte sie gegen mich aufhetzen – das tut sie nämlich dauernd.

›Es hat sich jemand gefunden‹, sag du ihr das, ich kann nicht gut lügen. Doch nein, du verdirbst alles mit deiner nüchternen Art. Morgen rede ich mit ihr, wenn ich mir alles zurechtgelegt habe.«

»Wie du meinst«, sagte Tola. Und sie gingen zurück.

Bereitwillig öffnete ihnen der aufgedunsene Pikriniak die Barackentür und hielt sie halbgeöffnet, während er Barbara unter seinen schweren Augenlidern unverwandt ansah.

Auch Tola starrte sie an. Warum war ihr das bisher nicht aufgefallen? Nie hatte sie Barbaras Gesicht betrachtet, immer nur ihre Kleider, die ihr noch nicht um den Leib schlotterten, die anzeigten, daß sie noch nicht abgemagert war. Aber ihr Gesicht war mager und dünn, deutlich sprang die Nase daraus hervor, die Augen waren dunkel – eingesunken und sehr dunkel.

»Tola, warum starrst du mich so an? Komm, wir gehen hinein.«

»Bitte, hör mir zu.« Sie berührte Barbaras Schulter. »Wir werden alles tun, wir ... ich bleibe bei Aurelia, egal was kommt. Aber schlag dir aus dem Kopf, was du eben gesagt hast, du mußt es; jetzt rede ich die Wahrheit.«

»Wovon sprichst du eigentlich?«

»Du ... du kommst hier nicht heraus, du nicht.«

»Warum? Wieso auf einmal nicht mehr?«

»Weil ich mich vorhin geirrt habe. Sie werden dich kriegen.«

»Und wie?«

»Weil ... sie dich erkennen werden.«

»Das werden sie nicht. Wieso?«

»Weil ... weil du jüdisch aussiehst.«

Daß Barbara zusammenfahren würde, hatte sie erwartet, nicht aber, daß es so heftig, mit einem solch wütenden Schrei geschehen würde.

»Nein, das tu ich nicht«, rief sie. »Das machen diese Lumpen, diese verfluchten, verlausten Kleider.«

Den ganzen Abend war sie still. Und lange nachdem die Lichter ausgegangen waren, beobachtete Tola, wie sie mit dem Zeigefinger über die Nase und die Backen strich – wie eine Pikrinfrau, die sich vergewissern will, daß das, was unter der gelben Schicht liegt, noch ihr eigenes Gesicht ist.

»Tola, ich habe mit Aurelia gesprochen«, erklärte Barbara am folgenden Abend. »Zuerst fürchtete ich, es kämen zu viele Fragen – wie wir den Polen gefunden hätten, wer er sei. Dann schwor ich ihr bei meinem Leben und allem, was mir teuer ist, daß es die Wahrheit ist. Und dann hat sie mir geglaubt. Wenn du sie in dem Augenblick hättest sehen können.« Barbara schwieg. »Ich weiß, du willst nur mein Bestes«, fuhr sie fort, als Tola schwieg. »Aber was du gestern gesagt hast, ich meine über mein Aussehen, stimmt einfach nicht. Das weiß ich. O ja!«

»Sieh mal, Barbara, wir haben noch einen Monat Zeit. Wir wollen aufhören mit dem ewigen Plänemachen und ...«

Goldbergs Erscheinen kam ihr zu Hilfe. »Tod den Läusen!« brüllte er, in den Block hineinstürzend. So pflegte er bekanntzumachen, daß die Frauen am Sonntag zur Entlausung im Werk Schmitz zu erscheinen hatten.

Kapitel 17

Wie Barbara diesen Sonntagmorgen genoß! Schon der Gang durch den Wald, frei von den quälenden Gedanken an Pikrin, frei von dem schlechten Gewissen, weil man vergessen hatte, daran zu denken, wäre genug gewesen. Aber es gab noch mehr: das warme, sonnige Wetter und das Bewußtsein, daß Aurelia, die der Arzt von der Entlausung dispensiert hatte, sich ausruhen konnte; und schließlich der Gedanke an Antonis Brief. Wieder und wieder las sie ihn, und jedesmal fand sie neuen Grund zur Hoffnung.

»Wenn er schreibt, er werde in vierzehn Tagen hier sein, dann kommt er auch, auf die Minute«, sagte Barbara zu Tola, die trotz der plötzlichen warmen Witterung so verfroren aussah wie eh und je.

»Vielleicht treffen wir die Rubinfeldowa«, antwortete Tola. »Wenn wir bis zur Mittagspause eintreffen, erwarten uns die Leute vom Werk A.«

Man erwartete sie. Unter dem schwarzen Rauch, der aus dem gewaltigen Schornstein quoll, wogte eine rufende und winkende Menschenmenge auf der anderen Seite des Stacheldrahtes. Wie man in einem Haus Tische mit Erfrischungen aufstellt, wenn die Gäste kommen, so wurden Steine, Ziegel und Bretter aufeinandergetürmt, und die Leute vom Werk A kletterten hinauf, so daß das Essen, das sie mitgebracht hatten, über den Zaun gereicht werden konnte. Es war Suppe, die dicke, unvergeßliche Werk A-Suppe.

Stoffetzen flatterten im Wind, rußige Arme langten über den Stacheldraht, während die Frauen auf der anderen Seite ihnen die Arme entgegenstreckten, umherfuchtelten, sich hoch und höher reckten, um an die Eßnäpfe zu kommen, aus denen die Suppe überschwappte.

»Mir gefällt es hier nicht, Tola, laß uns gehen«, drängte Barbara. Tola wollte nicht weg. »Da! Barbara, siehst du?« rief sie; und da war die Rubinfeldowa mit einem Gesicht so schwarz wie das eines Schornsteinfegers.

»Sie sehen gut aus, Frau Rubinfeldowa«, sagte Tola schnell.

»Und Sie auch.« Die Rubinfeldowa brachte ihre Lippen näher an den Draht. »Sie beide sehen gut aus.« Dann fragte Tola nach der Seidmanka, der es gut ging, wie die Rubinfeldowa sagte, und die sich gerade von der Nachtschicht ausruhte. Hoch auf einem Haufen Ziegel stand die Rubinfeldowa und versuchte ihnen einen Napf voll Suppe hinüberzureichen, aber ihre Arme waren zu kurz und langten nicht über den Draht. Ein dürrer Mann sah das und half ihr. »Vielen herzlichen Dank.« Die Rubinfeldowa lächelte und fragte dann, offenbar in dem Bewußtsein, daß sie gewissermaßen Gastgeberin war, ob die Leute im Werk C Hoffnung hätten, ob sie glaubten –

Eine Sirene heulte und übertönte ihre Stimme. Die Menge zerstreute sich. »Auf Wiedersehen, Tola. Auf Wiedersehen, Fräulein Zborowska!« erklang es, schon von weitem. Zborowska. Wie seltsam Barbara dieser Name berührte, als wären Jahre vergangen, seitdem er der ihre gewesen war; Traurigkeit überfiel sie und wuchs, während sie weitermarschierten, an Schornsteinen vorüber, an Drahtzäunen, an schmutzigen Schuppen, die vom Arbeitslärm zitterten und dröhnten. Einmal ging eine Tür auf: mit der Präzision von Ballettänzern bewegte sich eine Reihe von Gestalten durch die Dämmerung; sie hoben die Arme, sie faßten eine gewaltige Gabel. Ein ohrenbetäubender Lärm. Wieder bewegten sie sich vorwärts, wieder hoben sie die Arme.

»Gott!« flüsterte Barbara, »welch grauenhafter Ort.«

»Grauenhaft?« meldete sich ein OD-Mann. »Überhaupt nicht; ich kenne ihn; ich habe vor dem Krieg hier gearbeitet.«

Hatte es also auch vor dem Krieg schon solche Orte gegeben? Sie seufzte. Und der Krieg schien sich in eine Krake zu verwandeln, deren Fangarme tiefer und tiefer in die Vergangenheit zurückreichten.

Gestank von erhitztem Urin und Schweiß strömte aus der Entlausungsbaracke, erstickend wie von Stapeln schlecht gewaschener Kleidungsstücke, die man am Ofenrohr trocknet. Der Gestank wurde schlimmer, als die Tür sich öffnete. »Hereinspaziert, meine Damen«, rief eine affektierte Stimme. »Nicht mehr als fünfzig auf einmal – herein, meine Damen.«

Gruppenweise wurden sie eingelassen, während die Wartenden in dem grauen, körnigen Schneematsch von einem Fuß auf den anderen traten.

»Die nächste Gruppe, bitte.« Zwei Polinnen gaben die Befehle, abstoßende Geschöpfe, entschied Barbara – abstoßend mit ihrem gebleichten Haar, ihrem Lächeln und vor allem mit ihrem gesäuselten »meine Damen«, das so klang, als wollten sie die Frauen verspotten, die sich in diesem engen, feuchten und schmutzigen Raum zusammendrängten.

»Ausziehen, die Damen!« Über einen niedrigen langen Tisch gebeugt, klatschten die Polinnen in die Hände.

»Ausziehen, die Schuhe bleiben hier.«

»Bleiben hier?« Ein Schreckensschrei, denn mittlerweile war kein Paar Schuhe mehr sicher vor Dieben, nicht einmal die Holzpantinen, die oft gestohlen und zu Kleinholz fürs Feueranzünden zerhackt wurden.

»Soll sie der Teufel holen. Ich laß meine Schuhe an«, schimpfte Barbara leise und nestelte an einem Knopf. Der riß ab; anstatt ihn zu suchen, blieb sie bewegungslos stehen.

Um sie herum waren meistens alte Frauen, und während sie sich auszogen, kam es ihr vor, als häuteten sie sich mehrfach, weil die Lumpen, die sie ablegten, genau anzeigten, woran ihre Körper gelitten hatten: an juckendem Ausschlag, an Läusen und an der Hasagowka, einer Art Ruhr, mit der man nicht mehr rechtzeitig zur Latrine kam.

Was schließlich unter den Lumpen zum Vorschein kam, waren keine Körper, sondern Teig, grauer, schwammiger Teig. Sie versuchte, die Berührung damit zu vermeiden. Sie machte sich steif, wich aus, aber der Teig heftete sich klebrig und schmatzend an sie und zog sie mit zu dem Tisch, an dem die Polinnen saßen.

»Ihre Schuhe!« befahl die eine – sie trug einen Pony. Barbara schwieg; ihre Körpergröße erwies sich als Nachteil; niemand war so auffallend, so nackt wie sie.

»Ihre Schuhe, sagte ich!«

»Sie sagten es«, fuhr Barbara sie an, »Sie – Gesindel! Auf meinem Gutshof hätte ich Sie nicht einmal als Putzfrauen beschäftigt.« Die Polin mit dem Pony zog die Augenbrauen hoch; die andere lächelte höhnisch. »Sieh mal an!« kicherte sie, »die gnädige Frau, die Gutsherrin!«

»Barbara, gib ihnen die Schuhe.« Das war Tola, die ihr fest in die Augen schaute, um sie an den Abend zu erinnern – Barbara wußte genau, was sie meinte –, an dem sie die Bäuerin gespielt und behauptet hatte: »Du hast keine Ahnung, wie man mit denen reden muß. Aber ich weiß es.«

»Barbara!«

»Geh weg. Ich – ich hasse dich!« Voller Wut schleuderte sie ihre Schuhe von den Füßen, und schon hatte die teigige Masse sie in den Duschraum geschoben.

Dort rann und tropfte braunes Wasser aus Löchern in der Decke. Die menschliche Masse schwankte und löste sich auf – und jetzt war sie kein Teig mehr; jetzt wackelte und bebte es überall von herabhängenden Brüsten, Bäuchen wie eingesunkenen Säcken; in dem Wasserdampf nahmen die schmutzverklebten Körper eine lila Färbung an und wanden sich; sie stießen aneinander, krümmten sich bei dem Versuch, etwas von dem Wasser abzubekommen oder wenigstens von den vom Rücken der anderen herabfallenden Tropfen, von Rücken, welche mit streifigem Schmutz und großen roten Flecken von Ausschlag bedeckt waren.

»Mir wird übel, ich muß hier heraus.« Barbara hob beide Hände zum Mund. Ihre Finger bewegten sich zu den Wangen, dann zur Nase. »Jüdisch … du siehst jüdisch aus«, hatte Tola gesagt, und ihr Ekel verwandelte sich in die Furcht, daß die sich um sie herum windenden und drehenden Frauen ihr Gesicht verhext hatten und ihrem Körper dasselbe antun würden, wenn sie nicht sofort hier herauskam. Über ein Gewirr von Füßen stolperte sie in die Ecke und zum Fenster, das blau der Himmel ausfüllte, und schlang dort die Arme um ihren Körper, um ihn zu schützen und mit ihm die Erinnerung an alle, die ihn berührt hatten: die Luft, die Sonne und die Hände von Männern, welche die Lust priesen, die er ihnen bedeutete.

Ein Blick zwang sie, sich umzudrehen. Es war Goldberg. Seine Augen fielen zuerst auf ihren Bauch, wanderten dann beifällig zu ihrem Hals, ihren immer noch vollen Brüsten. Sie fügte sich; sie verlangte nach diesem Trost, dieser Bestätigung.

»Beeilt euch, ihr Mädchen, macht schnell, ihr kleinen Evas«, rief Goldberg.

Barbara fuhr hoch. »Hinaus mit Ihnen!« schrie sie, nicht ihretwegen, sondern wegen Alinka. Irgend etwas an dem kleinen, blassen Körper des Mädchens berührte sie im Innersten – die Unschuld, das hartnäckige Vertrauen, mit dem er sich der Aufgabe des Heranwachsens widmete, die Hüften, die sich fast unmerklich weiteten, die Brüste, die gerade zu knospen begannen. Er durfte Alinka nicht begaffen, er durfte es nicht. »Verschwinden Sie!« schrie sie nochmals.

Handtücher gab es nicht. Nackt rannten die Frauen durch den Block, ihre Füße hinterließen Pfützen. Eine drohte in dem Gestank ohnmächtig zu werden. »Meine Schuhe sind gestohlen«, schrie eine andere. Endlich brachten die Polinnen die entlausten Kleider; sie waren angesengt, und die Läuse, von der Hitze lediglich aufgescheucht, krochen überall an den Nähten entlang.

Auf dem Rückweg zum Lager marschierte Barbara mit den Kaelanki, nicht mit Tola. Die Kiefern bogen sich im Wind, kleine Bäche sprudelten aus den hellgrünen Moosbänken hervor, und bald fühlte sie sich so weit erholt, daß sie die ordinären Gespräche der Kaelanki mit einem Lächeln begleiten konnte. Als sie den Soldaten sah, begann sie zu lachen. Er trieb eine Gruppe vor sich her, die Granaten laden sollte, watschelte vorbei, hatte funkelnde Brillengläser und ein Gesicht, das röter war als ein Hahnenkamm. Plötzlich erstarb ihr Lachen. Laut brüllend ließ er einen

Ast auf einen Pikriniak herabsausen, und ihm gegenüber stand, versteinert und weiß im Gesicht, Alinka.

Was war los? Woher diese Angst? dachte Barbara. Aber schon hakten sich die Kaelanki bei ihr ein, ein Lied wurde angestimmt, und sie dachte an Antoni und an den Tag, an dem sie ihn wiedersehen würde, und sang so laut sie konnte, erfüllt von einer schwindelerregenden Leichtigkeit, als hätte sie sich neu verliebt oder als ginge sie auf eine Reise an einen neuen, fernen Ort.

Kapitel 18

Von der Sonne ins Freie gelockt, standen die Wachsoldaten am Tor, sechs verhutzelte Männer mit Gewehren, die ihnen von der Schulter herabbaumelten.

»Eine Durchsuchung?« Die Frauen aus Krakau stellten sich hastig in Viererreihen auf. »Eine Durchsuchung, ja?«

»Ihr Dummköpfe! Wonach sollten die uns denn durchsuchen – nach Läusen?« spottete Magda der Mops. »Die wärmen bloß ihre alten Knochen.«

Der Mops hatte recht. »Ich kenne den Betrieb hier in- und auswendig; wir sollen zum Granatenverladen abgeführt werden oder, wahrscheinlicher noch, wir sollen gezählt werden«, erklärte sie, als sie auf dem Appellplatz einmarschierten. Hier hatte sich schon das gesamte Lager versammelt. Auf einer Seite standen die Trotylleute, rechts davon die Pikriniaks, während der Platz gegenüber den Trotylleuten für die Schmitz-Kolonne bestimmt war. Das erfreute die Kaelanki, die sofort ihre »Cousins« begrüßten, die dort in großer Zahl standen. »Schuster« nannte man sie, obwohl sie im Trotylwerk arbeiteten – warum, das hatte Barbara vergessen.

»Mein Cousin«, Mops deutete auf einen kräftigen Kerl mit feuchten, roten Lippen im schwärzlichen Gesicht. Sie winkte, und ein Dialog entspann sich, wortlos, aber für Barbara verständlich. Wenn der Mops die Backe berührte, bedeutete das: »Du hättest dich rasieren sollen, mein Lieber«; das Achselzucken des Cousins hieß: »Wen stört das schon?«; und als der Mops auf sich und dann auf die anderen zeigte, wollte sie ihm mitteilen: »Mich nicht, aber was sollen die anderen denken?«

»Ein gutaussehender junger Mann«, sagte Barbara; der Mops antwortete mit einem Seufzer, um zu zeigen, daß Wörter nicht auszudrücken vermochten, wie gut er aussah.

Die Sonne schien, Eiszapfen plumpsten von den Dächern in himmelblaue Pfützen, und alle, selbst die Pikriniaks, wirkten in dem sanften Licht, als wären sie frisch gewaschen. Dann kam ein Wind, der den Geruch von tauender Erde mit sich führte und sie daran erinnerte, daß es bald März sein würde. Barbara schnupperte die warme Luft. »Mops« sagte sie, das Mädchen anstoßend, »der Frühling steht vor der Tür.«

Der Mops gab keine Antwort. »Mund halten!« schrie sie statt dessen die alte Alexandrowitsch an, welche Blinde Kuh zu spielen schien, weil sie die Arme öffnete und schloß und versuchte, die vorbeirennenden OD-Leute anzuhalten. »Eine – eine Selektion?« fragte sie angstvoll. »Sagen Sie doch, eine Selektion?«

»Seien Sie still!« fuhr Barbara sie an.

»Frau Grünbaum«, die alte Alexandrowitsch sprach langsam, »Sie sind so unfreundlich geworden. Heute bei der Entlausung haben sie mich angerempelt, Frau Grünbaum.«

An die Entlausung dachte Barbara nicht gern. »Wer wird uns zählen?« »Jemand vom Werk A«, sie wiederholte, was Mops schon gesagt hatte, und fragte dann nach den Namen der verschiedenen Cousins und ihrer Freundinnen. Ihre Fragen, die Belustigung von Mops, weil sie kein Jiddisch verstand, vor allem eine Sorglosigkeit, wie sie einen befällt, der auf gepackten Koffern sitzt, die Fahrkarte in der Tasche hat und mit den Gedanken schon auf der Reise ist – all das gab ihr das Gefühl, eine Zuschauerin zu sein, die zu einer merkwürdigen Theateraufführung eingeladen worden ist.

In diesem Stück spielten die OD-Männer die Rolle der Diener, welche die unerwartete Rückkehr ihres Herrn in Aufruhr versetzt hat. Sie zählten die Menschen, zählten sie wieder, hoben das Salpeterpapier vom Boden auf, während andere durch die Blocks rasten und »Raus! Alles nach draußen!« schrien.

Alle mußten hinaus, alle mußten gezählt werden. Türeknallend kam eine Frau aus der Küche gestürzt; dann erschien der Aufseher des Waschraums; und danach eine Gruppe Pikriniaks, die man vom Laden der Granaten weggeholt hatte. Die Pikriniaks, so war Barbaras Eindruck, fürchteten sich. Keiner von ihnen rührte sich; nur in der ersten Reihe zog der Mann, der nicht fett, sondern vom Hunger angeschwollen war – wie Barbara inzwischen erfahren hatte, nannte man ihn den »Chinesen« – den Strick fester um seinen Bauch, damit der dort befestigte Eßnapf nicht mehr klapperte. Und auch die Frauen aus Krakau benahmen sich seltsam, sie machten sich zurecht, sie trugen sogar Rouge auf.

»Mops«, flüsterte Barbara, »bist du sicher, daß wir nur gezählt werden sollen?«

»Ganz sicher.«

Wieder schlug eine Tür zu. Noch zwei Frauen kamen auf den Appellplatz gerannt – Alinka, wie Barbara feststellte, und Aurelia, an die sie gar nicht mehr gedacht hatte. »Hierher, kommt hierher!« rief sie, um diesen Fehler wiedergutzumachen, aber sie liefen zu Tola, die ihnen vom Ende der Kolonne her zuwinkte – übrigens blieb ihnen, wie Barbara sich dann klarmachte, nichts anderes übrig, da in ihrer Viererreihe kein Platz mehr war. Dennoch ärgerte sie sich. Dieser Ärger, für den sie niemanden außer sich selbst verantwortlich machen konnte, und der zunehmend beunruhigte Gesichtsausdruck von Mops erweckten eine heimliche Sorge in ihr, die noch zunahm, als es still wurde und alle in Richtung Lagertor schauten.

»Mops!« flüsterte Barbara wieder.

»Ruhe!« fuhr Mops sie an, und Barbaras Besorgnis verwandelte sich in Angst. Gott, laß es vorübergehen, Gott, gib, daß Aurelia nichts geschieht, betete sie zu dem Einen, von dem sie die Gewißheit bezog, daß die letzte, äußerste Verlorenheit nicht eintreten konnte, Gott, ich bitte dich. Hinter dem Tor flogen graue Vögel von einem Haufen trockener Blätter auf. Sie verschwanden; weit weg surrte ein Motor.

Ein kleines Auto erschien auf der Straße. Es hielt, das Fenster rollte herab, und eine behandschuhte Hand gab ein Zeichen. Steif, als wollten sie noch im Laufen strammstehen, stürzten zwei OD-Männer zum Auto und liefen dann zurück. Meister Grube stieg aus und hinter ihm ein Fremder – ein dünner, kleiner Mann in brauner Uniform mit dem Hakenkreuz auf roter Armbinde. Was Barbara erschreckte, waren die Gamaschen, die er trug, und die messerscharfen Bügelfalten, die ihm das Aussehen eines jener tadellosen, tüchtigen Bürokraten gaben, deren bloßer Anblick sie frösteln ließ. Hatte sie den Mann nicht schon einmal gesehen? Irgendwie kam er ihr bekannt vor.

Die sechs runzligen Wachsoldaten nahmen Haltung an. Die OD-Männer schlugen die Hacken zusammen, und dann betrat der kleine Mann zögernd, um sich schauend, den Appellplatz. Wenn er stehenblieb, tat Meister Grub dasselbe; wenn er weiterging, verlangsamte Grube seinen Gang, um nicht den Fremden zu überholen, der offenbar einen höheren Rang hatte. Jetzt näherten sie sich den Pikriniaks; jetzt blieben sie stehen, ihre Schatten fielen auf die Erde. Barbara beobachtete die Schatten, als seien sie es und nicht dieser unbedeutende, kleine Mann, der die Pikriniaks mit ihren im Wind flatternden Papierhüllen zu einer gelben Mauer erstarren ließ. Ein unterdrücktes Husten. »Nicht – nicht husten«, dachte Barbara, aber schon husteten andere und immer mehr, bis sich alle schüttelten und gurgelten, weil sie Angst hatten, ihren Schleim auszuspucken. Der Wunsch überkam sie, ihm Angst zu machen, ihm auf den Rücken zu springen und ihre Finger in seinen Hals zu graben, genau da, wo das Haar auf den gestärkten weißen Kragen fiel. Aber sie brachte es nur zu einem erneuten Stoßgebet: Lieber Gott, gib, daß alles gut geht.

Jetzt standen die Trotylmänner kerzengerade; jetzt hielten die Trotyl-Frauen die Luft an; jetzt die vom Werk Schmitz. Der Mann machte kehrt; er pflanzte sich in der Mitte des Appellplatzes auf und begann zu sprechen, und zwar leise, als wollte er seine Stimme schonen. Was er sagte, entging Barbara, die nahezu kein Deutsch verstand; und so wie sie früher im Kino, wenn die Untertitel zu schnell vorüberflimmerten, immer auf Stefans Gesicht geschaut hatte, um zu erfahren, ob sie hoffen dürfe oder fürchten müsse, so beobachtete sie nun Goldberg, der bei den OD-Männern stand. Er schüttelte seinen Kopf, zum Zeichen, daß sie nichts zu befürchten habe; aber sie wollte es genauer wissen und beschrieb eine Wölbung vor ihrem Leib, bis er ihr, wiederum kopfschüttelnd, mitteilte, auch Aurelia werde nichts passieren. Und jetzt sah er auf seine Schuhe, seine derben Stiefel. »Schuhe«, sagte der Mann jetzt. Sie kannte die Bedeutung dieses Wortes. War der etwa gekommen, weil Schuhe bei der Entlausung gestohlen worden waren? Was interessierte ihn das? Warum sollte er sich mit Dingen abgeben, für die er nicht zuständig war?

»Schuhe«, sagte er schon wieder. Er bog das Handgelenk und warf einen Blick auf die Uhr, wobei man seine weiße Haut sah, die zu nackt wirkte und fast unanständig bei einem, der nur aus dieser tadellos korrekten Kleidung zu bestehen schien. Er hob die behandschuhte Hand und gab ein Zeichen mit zwei Fingern. Die Antwort war ein Platschen – so laut, als wären Hunderte von Tauchern ins Wasser gesprungen. Es schien, als seien nur die OD-Leute noch da, nur die beiden braunen Gestalten und sie selbst, die man nicht übersehen konnte, weil sie zu groß war. Die anderen waren wie ein Mann auf die Knie gefallen.

Unter ihren Knien war eine Pfütze. Sie duckte sich und kroch zu Mops hinüber, wo der Schlamm fester war, und sah dann zum Ende der Kolonne zurück. Tola und Alinka halfen Aurelia beim Hinknien. Aber mit Aurelia hatte das alles nichts zu tun. Es war keine Selektion, das zeigten ihr die ruhige Miene der alten Alexandrowitsch und der teilnahmslose Blick des Chinesen, dessen Eßnapf leise klapperte.

Dann verstand sie, mit einer Art Verärgerung, als wäre ein gegebenes Versprechen gebrochen worden, wo die Angst hingewandert war: Gleich neben ihr, bei den Kaelanki war sie, denn der Mops starrte schwer atmend auf den Cousin. Der kniete zusammengesunken auf dem Boden; sein Mund war nicht mehr rot, er zitterte.

Barbara hatte Angst, nicht um sich, sondern um Mops, der die Zunge aus dem Mund hing und die sie so heftig am Handgelenk packte, daß Barbara vor Schmerz fast aufgeschrien hätte. »Hilf mir, tu doch etwas«, bat diese Hand, die sich um Barbaras klammerte. Und sie versuchte zu helfen, hielt sie und streichelte sie, und Mops blinzelte, als wollte sie weinen, ohne es zu können.

»Wo bist du ... tu doch etwas«, sagten die Finger von Mops, krallten sich in ihr Fleisch, lockerten dann ihren Griff, als horchten sie. Laut polternd wurde der Suppenkarren auf den Appellplatz gezogen. Hinter dem Karren marschierten die sechs Wachen, als wollten sie ihn beaufsichtigen, wenngleich sich nur ein rostiger Faßreifen darin befand. Sie blieben stehen und lösten ihr Gewehr von der Schulter.

Etwas Ungeheuerliches stand bevor, etwas, das ihre Vorstellungskraft überstieg. Ihr Entsetzen wuchs, aber zugleich das Gefühl der Distanz, als wäre dies bloß ein Film, dessen Schrecken sie durch bloßes Schließen der Augen entkommen konnte und durch die Erinnerung an den Vorspann, wo die Gesichter der Darsteller lächelnd und noch nicht schmerzverzerrt über die Lippen gehuscht waren: und das zuletzt erscheinende Gesicht, das in der Scheinwelt des Films solche Macht ausübte, gehörte einem zweitrangigen Schauspieler, der sich nur für die Rolle des stereotypen Bösewichts eignete – ein Beweis dafür, daß es eine Gerechtigkeit gab.

Plötzlich wurde die Hand von Mops schlaff, und alle ihre Kraft schien sich in einer einzigen Bewegung zu sammeln, im Zittern der Augäpfel unter den festgeschlossenen Lidern. »Ich kann nicht hinschaun, guck du!« befahl dieses Zittern, und Barbara beobachtete ihn, den geschniegelten kleinen Mann, wie er durch die Reihen der Trotylleute schritt. Er trat wieder heraus, sie überlegte, wie er wohl heiße, als ob das Wissen, daß er wie jedermann einen Namen hatte, ihr helfen könnte. Aber der Name fiel ihr nicht ein.

Der Arm mit der Hakenkreuzbinde zeigte auf einen Mann in der vordersten Reihe; der schwarze Schneematsch wich zur Seite, als der Mann sich mühsam erhob. »Ist das – mein Cousin?« fragten die zitternden Finger von Mops. Und als es kurz darauf den Cousin traf, wollte Barbara lügen, konnte aber nicht, als sie sah, wie er sich langsam aufrichtete, wie er in den Schlamm griff, bis er endlich stand, torkelnd und nach Luft ringend wie ein Kind.

Dann konnte auch sie nicht mehr hinsehen, sondern horchte nur noch auf das Schmatzen des Schlamms, das anzeigte, wenn jemand aufstand. Dann kam Stille, die nicht enden wollte. Ein Husten; die Hand von Mops entzog sich ihrem Griff und kehrte dann zurück, um sie sanft zu streicheln.

Noch war das Schlimmste nicht eingetreten, wie sie sogleich am Gesicht von Mops sah; es war verwandelt und von Tränen überströmt, welche die schmutzigen Wangen hinunterliefen. In der Mitte des Appellplatzes standen noch unversehrt fünf Trotylmänner; nur der Cousin von Mops wirkte mit seinen O-Beinen kleiner als vorhin. »Pikrin«, sagte der Mann vom Werk A, und

Barbara, grenzenlos erleichtert, holte tief Luft, denn diese Männer würden jetzt sicher zur Strafe für das, was sie mit Schuhen angestellt hatten, nach Pikrin kommen.

Jetzt zählte ein OD-Mann die Pikriniaks; jetzt meldete er ihre Zahl. Im Austausch gegen jene Neuen sollten fünf Pikriniaks nach Trotyl kommen; Barbara war sich ganz sicher, denn der Mann blieb genau vor dem Chinesen stehen, weil er, wie ja auch sie zunächst, dachte, der sei wohlgenährt, stark und tauglich für schwere Arbeit.

»Nicht husten, nicht«, dachte sie wieder. Der Chinese machte seine Sache gut: Behende sprang er auf, preßte den Eßnapf an seine Hüfte. Ein Bogen Papier wurde vom Wind hochgeweht und stand einen Moment über seinen Schultern, als wollte er seinen Hintermann verbergen – einen Jungen mit dem Anflug eines gelben Schnurrbarts auf der Oberlippe. Der Junge kämpfte sich hoch; der Junge wurde von den Umstehenden niedergezwungen, seine Arme wurden nach unten gedrückt und der Mund mit einer Faust geknebelt.

Unter dem Papierbogen kam die Hand des Chinesen zum Vorschein, der Handteller war nach außen gekehrt, die gebogenen Finger begannen immer stärker zu zittern.

Sie duckte sich. Als ginge es um das Leben eines geliebten Mannes, schloß sie die Augen, klammerte sich an Mopsens Arm. In der Dunkelheit hörte sie Stiefelschritte und das schmatzende Geräusch von Schlamm, wenn die Pikriniaks sich aufrichteten. Wieder das Platschen. »Ich auch! Zusammen!« schluchzte eine Jungenstimme, dann klirrte etwas; dann trat Stille ein. Bis die Stille, ja die Luft, zerschmettert wurden durch ein Rattern, ein Dröhnen, das auf sie herabstürzte. Und wieder Stille.

Irgendwo in zunehmender Entfernung surrte der Motor, er schwieg, und ein Klappern und Rumpeln bohrte sich in ihren Kopf. »Du kannst wieder aufschauen«, sagte der Griff von Mops. »Jetzt geht es wieder.«

Vielleicht war ja gar nichts passiert. Vielleicht waren die Schüsse in die Luft gegangen. Vielleicht, denn die Mitte des Appellplatzes, wo sie die toten Pikriniaks liegen zu sehen fürchtete, war leer. Aber wo waren sie? Sie suchte sie in der Pikrinkolonne, wo die ehemaligen Trotylmänner eine schwarze Reihe bildeten, in der Trotylkolonne, wo Lücken klafften, dann am Tor, wo die Wachen jetzt ihre Gewehre geschultert hatten.

Das Klappern war wieder da: Ein Karren klapperte und rumpelte heran – ein Suppenkarren, hochbeladen mit etwas Schwarzem rumpelte vorbei, an einer Seite hing ein Stück Papier herunter, und ein Arm schlug gegen die Bretter. Etwas fiel in den Dreck, es war eine Kartoffel, an der noch der grüne Stiel hing. Sie wußte, wohin der Karren fuhr, und doch verstand sie nicht, was geschehen war. Und als weit hinten der Deckel mit einem Knall auf die Kiste fiel, fühlte sie eine Übelkeit, als spielte man ihr einen bösen Streich, als hätte man sie betäubt und sie erwachte in der Kiste, wäre aber zu verängstigt und zu schwach, um den Deckel hochzudrücken.

Wieder der Knall. Sie lag auf den Knien und starrte in den Dreck.

Leicht hüpfend rollte der leere Karren zurück über die Straße. Am Tor traten die Wachen zur Seite, und hinter ihnen kam der Mann nach vorn, wobei er vorsichtig einer Pfütze auswich.

Das war er! Und wo war das Auto? Grube mußte mit dem Auto weggefahren sein. Rost hieß der Mann, fiel ihr ein. Aber das spielte inzwischen keine Rolle mehr.

Eis zerbrach unter den hin- und herrutschenden Knien. Wieder sagte Rost etwas, was, das versuchte sie gar nicht erst zu verstehen. Eine lange Zeit, so schien ihr, war vergangen, als sie bemerkte, daß sie den Namen »Aurelia« zu wiederholen begann, wobei sie das Gefühl hatte, jemand diktiere ihr diesen Namen, Aurelia … eine Frau … Frau … Frau.

»Frau« sagte Rost jetzt, dann nochmals »Frau«. Welche Frau denn?

Das darf nicht Aurelia sein, nur nicht Aurelia, bat sie, und dann: Nicht ich, barmherziger Gott, gib, daß nicht ich es bin. Aber Rost meinte sie. Sie!

Sie hatte das Gefühl, ein Klumpen Fleisch würde ihr aus dem Leib gerissen, und eine eiskalte, schleimige Flüssigkeit sickerte in die klaffende Wunde ein, überschwemmte sie, verstopfte ihr die Kehle und verschonte nur eine Ecke ihres Gehirns, in dem sich die Gedanken in großer Enge, aber erstaunlich klar umherbewegten. »Frau«, sagte Rost, und dann: »ein Pole«. Der Pole hatte also die Briefe gelesen. Der Pole hatte sie denunziert. »Pole«, wiederholte Rost. Und jetzt ging er los – geradewegs auf sie zu.

Sie mußte handeln, mußte sich verstecken, rennen, um Hilfe rufen. »Mops, hilf mir; er meint mich, hilf mir!« wollte sie sagen, aber ihre Lippen blieben verschlossen. Und Mops konnte nicht wissen, was in ihr vorging. Niemand konnte es. Alle waren ruhig, da sie wußten, sie hatten diese Briefe nicht geschrieben; nicht die waren gemeint, sondern sie, sie ganz allein, und auf sie kam er zu, immer näher. Diese Einsamkeit und Verlassenheit, der Haß und der Neid derjenigen, die sie im Stich gelassen hatten, die dort knien bleiben würden, wenn nichts mehr von ihr übrig war, nichts mehr, machten ihr klar, was ihr bevorstand. Nein, sie konnte den Anblick dieser Gesichter nicht ertragen. Ihre Augen schlossen sich, obwohl sie versuchte, sie gewaltsam offenzuhalten, damit er nicht unbemerkt aus dieser Dunkelheit über sie käme, damit sie ihn wenigstens sehen konnte. Aber ihre Lider versagten den Dienst, und ihre tastenden Finger fanden keinen Halt, nicht einmal auf dem Boden, stießen nur auf eiskaltes Wasser, das zwischen ihnen hindurchrann. Mit einem Schlag war die Angst fort, eine betäubende Gleichgültigkeit überkam sie, die Sicherheit, daß all dies ein böser Traum war, daß sie bald aufwachen mußte, sobald die Augen sich wieder öffneten.

Sie öffneten sich von selbst. Sofort wollte sie sie wieder zumachen, aber diesmal schlossen sie sich nicht, sie mußte hingucken – auf die Gamaschen, nur auf die. Schrie sie, versuchte sie sich mühsam aufzurichten? Sie wußte es nicht; aber ihr Kopf schwoll an, und innen drin klimperte es laut. Das Klimpern verstummte. Sie war ein Torso, ein blinder, beinloser Torso. »Trag mich«, bedeutete ihr Stammeln, als jemand sie anfaßte, »trag du mich; ich kann nicht...«

Wer faßte sie da an, wer streichelte ihre Schulter? Diese Berührung war warm, soviel wußte sie, sie war offenbar gut gemeint. Aber noch wagte sie nicht hochzuschauen. Sie versuchte nur die Stimme zu erkennen, die in der schleimigen Dunkelheit nach ihr suchte. Diese Stimme kannte sie, sie gehörte Goldberg. »Mädchen«, sagte er, »mein Mädchen, er ist weg!«

»Weg?« Und es verlangte sie, seine Hand zu fassen, sie an das Gesicht zu pressen; doch ihre Arme versagten den Dienst, nur der Mund öffnete sich langsam. Wieder dieses Klappern – es waren ihre klappernden Zähne.

»Mops ... ist er weg?« wollte sie sagen, verschluckte sich aber beim Atmen, zuviel Luft auf einmal löste ein hartes, quälendes Husten aus, das ihr die Tränen in die Augen trieb. Aber es tat ihr gut; es löste ihr die Lider.

Vorsichtig sah sie umher, mühsam Farbe und Gestalt, Gestalt und Namen zueinanderfügend: Der weißliche Fleck war ein Gesicht, nämlich von Mops; der graue ein Stein; und hier, immer noch mitten in der Pfütze, lag eine Hand, ihre eigene. Die hob sich und wischte ihr die Augen. Voll dankbaren Erstaunens verfolgte sie diese Bewegung und sah auf diesen großen, knienden Körper, der noch nicht ganz wieder der ihre war, eher ein treues Tier, das während ihrer Abwesenheit auf sie gewartet hatte.

»Ah«, sagte sie, Luft holend, »ah«. Während ihre Lungen die Luft einsogen, schien sich der schlammige Appellplatz zum inneren Geviert eines Bauernhofes zu weiten, und alle Geschöpfe liefen heraus, um sie zu begrüßen. Gerüche strömten auf sie ein – von aufgetauter Erde, von Harz, die Bitternis von Pikrin, und noch etwas, das sie so schnell nicht benennen konnte, denn schon umflatterten Töne sie: ein Ruf, ein leichtes Rascheln, und sie horchte und richtete ihren Blick nach oben und höher auf den abendlich dunkelnden Wald, auf das helle Grün der Kiefern, die so hoch aufragten, daß sie den glatten, roten Sonnenball zu tragen schienen, und noch höher, bis ihre Augen schmerzten, bis sie nichts mehr wahrnehmen konnten. Dann sah sie wieder auf den Stein, auf die Pfütze und auf ein glänzendes Häufchen Schlamm.

»Mops«, sagte sie, »Mops«, gerade laut genug, um ihre eigene Stimme zu hören, und schaute dann zum Ende der Kolonne hinüber, wo im schwindenden Tageslicht drei Köpfe leuchteten – ein brauner, ein fettig blonder und ein schwarzer. »Tola, Aurelia, Alinka«, sagte sie sehnsüchtig und wiederholte es mehrmals, als wären Jahre seit ihrer Trennung vergangen. Bald würden sie wieder zusammen sein. Sie mußte listig sein, sie mußte jeden Trick anwenden, um das zu erreichen, ihre Fäuste mußte sie ballen und die Arme als Hebel benutzen. Sie stand auf. »Runter!« Ein lauter Anruf zwang sie zurück auf die Knie.

Aber da durfte doch jemand den Appellplatz verlassen – der

Junge mit dem gelben Schnurrbart, den ein OD-Mann unbeholfen stützte. Sie blieben stehen; ungeschickt hielt ihm der OD-Mann ein Stück Brot hin, der Junge stieß das Brot weg, und sie gingen weiter.

Der Wind wurde kälter, die Dämmerung vertiefte sich. Und als die knienden Reihen nur noch langgestreckten, unregelmäßigen Furchen glichen, als nur noch ein paar Baumwipfel aus der dunklen Flut des Waldes emporragten, befiel sie eine Sorge, die ihr zwar nicht die Freude nahm, die aber zunehmend auf ihr lastete – der Gedanke an eine Verpflichtung, die über ihre Kräfte ging.

Später, sagte sie sich, später und beobachtete, wie Tola Aurelia in eine Ecke führte, die sie den Blicken von den Wachttürmen entzog. Aurelia hockte nieder; sicher ging es ihr jetzt besser; zum Dank dafür, daß Tola ihr die Erlaubnis des OD-Mannes zum Aufstehen erwirkt hatte, hatte Aurelia sie sicher mit ihrem breiten, strahlenden Lächeln angeschaut. Auch sie hatte Aurelia einmal so angelächelt. »Frau Grünbaum«, hatte sie gesagt, »Verzeihung – Barbara, natürlich, Barbara. Ich kann dir gar nicht sagen, wie froh mich das macht, was du gerade gesagt hast.« »Das Kind wird unversehrt hier herausgeschafft«, das hatte sie gerade gesagt.

Wieder stand sie auf; wieder zwang ein Ruf sie in die Knie. Aber sie mußte dahin, sie mußte ihnen sagen, daß es nicht ging, daß sie das Kind nicht hinausschaffen konnte, nicht nach diesem Tag. »Ich kann nicht alles dafür aufs Spiel setzen.« Wie eben die Warnung »Nicht husten!« schickte sie jetzt diese Botschaft in die Dunkelheit. »Ich wußte nicht, was ich da versprach. Ich kann es nicht tun.«

In unbeholfen gebückter Haltung ging der OD-Mann, der den Jungen in seine Baracke geführt hatte, an ihr vorbei. »Mich auch! Gemeinsam!« hatte der Junge geschrien. Der Junge hatte mit dem Chinesen gehen wollen. Woher nahm er die Kraft? Niemals würde sie das verstehen. Nicht die Angst hätte sie daran gehindert, aber das, was diese Angst hervorbrachte: das gierige Verlangen nach allem, was sie besessen hatte, und noch mehr – das Verlangen, wieder umherzugehen, ohne daß OD-Männer und Wachsoldaten dastanden, und sich an Brot sattzuessen, so viel warmem, weichem Brot, bis sie nicht mehr konnte; wieder bei einem Mann zu sein, bei Stefan wie in jenen ersten Nächten, als sie aus dem Schlaf hochfuhr, weil sie sich so freute, daß er neben ihr lag. All dies wollte sie zurückhaben, und nicht nur dies, sondern viel mehr.

War das feige? Wenn die Entschlossenheit, das alles nicht aufzugeben, Feigheit war, dann war sie feige. Sie konnte nicht anders sein und wollte es auch nicht. Aber ein Feigling, so hatte sie geglaubt, war jemand, der Angst vor Not und Leid hatte. Und davor fürchtete sie sich nicht. Alles hätte sie auf sich genommen, selbst die Angst, die ihr die Kehle zuschnürte, selbst den alleräußersten Schmerz, wenn sie nur die Gewißheit hatte, daß es nicht das Ende war.

Glaubt mir, es war keine Lüge, ich habe damals nur nicht begriffen, worauf ich mich einließ – wieder sandte sie diese Nachricht aus, und als Tola ihr zuwinkte, schien es, als hätte man sie verstanden. Aber das Kind… und ich ohne das Kind? Später, beschwichtigte sie sich wieder, später. Jetzt konnte sie keinen klaren Gedanken mehr fassen.

»Kalt – es ist so kalt«, klagte es aus den schwarzen Menschenreihen. »Kalt, kalt«, wimmerte auch sie. Ihr Wimmern wurde heiser, ihre Knie bohrten sich in den Boden. Und es kam ihr vor, als wäre dieser Boden, diese Erde, ein lebendiges Wesen, ein mächtiges, aber ganz sanftes Lasttier, das auf seinem nimmermüden Körper geduldig Tausende und Abertausende von Lebewesen trug, von denen manche in bitterer Kälte knien mußten, andere im Warmen wohnten, wieder andere in der Freiheit umhergehen und schlafen konnten; aber allesamt hielten sich an diesem Tier fest und fürchteten sich, es loszulassen. Hoch über allem, gleich Figuren, die von der Kuppel eines Doms in den dunklen Himmel ragen, standen mit deutlichem Abstand voneinander und gleichermaßen unbegreiflich jene beiden Gestalten, der Mann mit den Gamaschen und der Junge mit dem Anflug eines gelben Schnurrbarts.

»Kalt – so kalt – und so finster«, kam es wie weit verstreuter Gesang aus der knienden Menge. Lichter schienen vorüberzuhuschen, wie aus fahrenden Zügen der flüchtige Anblick von erleuchteten Fenstern, von Dörfern und von Städten, wo die, die in der Freiheit schlafen konnten, sich auf die Nacht vorbereiteten. Irgendwo unter diesen Städten befand sich London. War es jetzt Morgen dort? grübelte sie. Nein, auch in London, wo Stefan war, mußte es Abend sein. Wie selten sie an ihn dachte; sein Name, wenn er ihr einfiel, war jetzt wenig mehr als die Adresse eines Hauses, in dem sie eine Zeitlang glücklich gewesen war. Jetzt dachte sie wieder an ihn, an den großen, schweigsamen Mann, der so untauglich fürs Alleinsein war; sie stellte sich vor, wie er mit dem vollen Waschgeschirr daherstolperte, das früher immer sie gebracht hatte, und nun müde auf sein Bett zuging, das nie gemacht wurde – oder sie hätte ihn schlecht gekannt. Vielleicht aber … vielleicht hatte er eine Frau bei sich?

Eine plötzliche Eifersucht durchzuckte sie und mündete in einen Schmerz, in dem ihr Körper sich verkrampfte. Sie sah nach oben: die Dunkelheit war jetzt vollständig hereingebrochen und verwandelte Erde und Himmel in schwarze, glänzende Flächen, die unten mit Pfützen und oben mit Wolken gesprenkelt waren. Dann und wann durchbrach ein verschleierter, halber Mond die Wolken und warf ein ungewisses und unstetes Licht auf das dunkle Eis.

»Wir können nicht mehr knien, wir können nicht mehr«, rief es im Chor, der wieder leiser wurde, bis nur eine zitternde Einzelstimme übrig blieb. »Herr Goldberg, guter Gott, Herr OD-Mann, ich kann nicht mehr, ich friere.« Die alte Alexandrowitsch klagte ihr Leid sämtlichen Machthabern, die ihr in den Sinn kamen.

»Goldberg, wann lassen Sie uns gehen?« flüsterte Barbara ihm zu, der gerade vorbeiging. Und als er zur Antwort nur die Achsel zuckte, sann sie auf alle erdenkliche Abhilfe, schob erst ihren Mantelsaum und dann ihre Hände als Kissen unter die Knie. Nichts half. Regungslos kniete sie, dachte an die alte Alexandrowitsch, die sie vor langer Zeit einmal grob beiseitegestoßen hatte, und an ihren runzligen, eingetrockneten Körper. Alt war sie, die Alexandrowitsch war alt. Alt sein hieß, daß das, woran nur zu denken Barbaras Entsetzen erregte, jederzeit ohne äußeres Zutun eintreten konnte; und so viele hier und überall auf der Welt und immer schon waren alt. Und doch machten sie weiter, tapfer, mit soviel Tapferkeit.

Von den Wachttürmen hörte man jetzt das Auf- und Abschreiten, als fühlten die, welche da oben standen, sich einsam und träten durch das regelmäßige Abschreiten miteinander ins Gespräch. Die Schritte wurden langsamer, und während Barbara hinhorchte, fiel sie in einen Halbschlaf, aus dem sie hochfuhr, wenn der Schmerz an ihren Muskeln riß, um dann wieder einzunicken.

»Kalt – du – ich friere.« Das Schluchzen und Jammern von Mops rüttelte sie wach. Sie versuchten einander zu wärmen, zuerst durch enges Zusammenrücken, dann indem sie Rücken an Rücken knieten, aber da stieß ein kalter Körper auf einen anderen, und bald lösten sie sich wieder voneinander, krümmten sich, und Barabara kuschelte ihre Fäuste in die durchnäßten Ärmel. Aus der dunklen Menschenansammlung in der Mitte war ein klatschendes Geräusch zu hören. So wie vorhin die alte Alexandrowitsch schlugen die OD-Leute ihre Arme gegen den Körper und lösten sie wieder und versuchten, sich ein bißchen Wärme zu verschaffen. Sie gaben den Versuch wieder auf, und wieder waren die einzigen Geräusche die Schritte, der schleppende Gang alter Männer.

Sie verstummten. Ging jetzt alles wieder von vorn los? Die Stille war zurückgekehrt und hing nun über dem Wald, in dem kein Zweig sich regte, als würde nun über ihn, über jeden Baum und jeden Strauch, das Urteil gesprochen. Die Stille wuchs; ein Wind erhob sich einen Moment lang und schwieg. Und langsam, in großen, nassen Flocken, kam Schnee herabgefallen, in ganzen Lagen, in dichtem Schwall, immer stärker, bis er die Knienden unter sich begrub und sie in weiße Hügel verwandelte.

»Nein!« rief eine klare, weithin hörbare Stimme. »Nein!« Aurelia stand vor den Hügeln, spreizte die Beine und hob die Arme, als wollte sie ganz allein den Schneefall vertreiben. »Nein! Laßt uns doch gehen, nein!« Mit jedem »Nein!« wurde ihre Stimme lauter und setzte sich an die Spitze eines anschwellenden Chors. »Nein!« schrie auch Barbara in das blind machende Weiß, in die Kälte, in den Schmerz hinein. Die laute Stimme verstummte. Ohne seine Anführerin wurde der Chor schwächer und schwächer.

Der Schnee fiel unaufhörlich. Hinter dem Appellplatz waren die Baracken und der Wald zu einer einzigen wogenden Fläche verschmolzen. Der Wind heulte, formte Wirbel aus dem Schnee und häufte neben den knienden Reihen weiße Verwehungen auf, passende Gefährten für eine solche Nacht. Die Verwehungen wuchsen in die Höhe, dünne, tierähnliche Laute durchirrten die Finsternis, und als sie schwiegen, kam ein Ruf vom Wachtturm. Niemand antwortete, niemand rührte sich, als die Treppenstufen knarrten.

Ein einsamer dunkler Punkt in einer Welt aus Weiß stand auf dem Appellplatz, ein Wachsoldat, er brüllte einen Befehl.

»Auflösen!« Ein OD-Mann wiederholte den Befehl. Aber erst nach langer Zeit setzten die Hügel sich in Bewegung, verwandelten sich in eine weiße Kette, in weiße, wankende Gestalten, wie ein Zug von Marionetten, die zu einem großen Hochzeitsfest geführt werden. Wieder kam der Befehl, diesmal von den Wachttürmen. Noch ein paar Hügel arbeiteten sich hoch, aber als der Ruf zum drittenmal ertönte, rührte sich nichts mehr auf dem Appellplatz, nur die Schneewehen blieben zurück, und genau in der Mitte traf der herabstoßende Scheinwerfer einen zerbeulten Eßnapf, zögerte einen Moment und erlosch dann.

Kapitel 19

Eines nach dem anderen gingen die Lichter in der Baracke an. Doch kaum waren alle Frauen hereingekommen, als die Befehle ertönten: »Licht aus! Es ist zehn Uhr vorbei.« Die OD-Leute schimpften mit ihnen wie mit Kindern, die nach ihrer gewöhnlichen Bettzeit noch auf sind. »Licht aus!« hieß es, und alles war dunkel.

Für Barbara kam die Dunkelheit zu früh. »Ich… ich wußte nicht, was kam. Aurelia, Tola, hätte ich es gewußt, wäre ich bei euch geblieben«, stammelte sie und legte ihren Arm um sie. Die beiden waren zuerst abweisend; aber dann schmiegte sich Aurelia mit einem leisen Seufzer an sie, und wenig später rückte auch Tola heran.

Der Geruch nasser Wolle lag über der Baracke. Von der zum Trocknen ausgebreiteten Kleidung klatschten schmutzige Tropfen auf den Boden, während sie fröstelnd in der Kälte lagen. Und als sie näher aneinander rückten, als ihre Körper, obwohl sie durchgefroren waren, einander ein bißchen Wärme spendeten, kam ein Friede über Barbara, als wäre dieser Zustand – noch dazusein, noch zusammenzusein – alles, was sie wünschte.

»Entschuldigung«, flüsterte Aurelia. »Könntest du ein bißchen rutschen? Mir ist –«

»Aurelia, stimmt etwas nicht?« Tola fuhr hoch.

»Es ist nichts, nur ein Krampf im Bein. Du weißt, das Knien ...«

Weg war der Friede.

»Aurelia!« begann Barbara.

»Ja, meine Liebe?«

»Nein, nichts. Schlaf gut, und du auch, Tola, und du, Alinka«, rief sie in das untere Bett. Jetzt mit Aurelia zu reden war falsch. Aurelia war erschöpft, sie mußte schlafen.

Schnee fiel in Barbaras Schlaf. Ein Arm, er gehörte Stefan, tastete an den weißen Reihen entlang. »Nein!« schrie eine weithin hörbare Stimme, und sie wurde wach. Ein loses Brett knarrte. »Ruhe. Könnt ihr andere nicht schlafen lassen?« beklagte sich jemand; und das langsame Schlurfen, das war Aurelia, die sich zur Latrine hinausschlich.

Sollte sie Aurelia folgen, sollte sie jetzt mit ihr reden? »Nein!« Aurelia würde schreien, wie im Traum, wie auf dem Appellplatz, als der Schnee fiel. Dann würde sie Aurelia festhalten, »auch ich bin unglücklich darüber«, würde sie sagen. »Auch ich, genau wie du.« Aber wie mußte sie vorgehen, solange Aurelia nicht schrie? Wie konnte sie erklären, daß keine gewöhnliche Angst sie veranlaßt hatte, ihr Versprechen zu brechen? Vielleicht konnte Tola mit Aurelia reden. Tola hatte nie recht an diesen Plan geglaubt. Tola würde es leichter fallen.

Als hätte sie ihre Gedanken erraten, setzte Tola sich auf.

»Ich... gerade bin ich wach geworden, Tolenka.« Barbara rückte etwas ab.

»Hör zu«, Tola kam näher, »hast du das immer noch vor?«

»Ein furchtbarer Tag war das, ganz furchtbar.«

»Hast du es vor?«

»Nein! Habe ich das nicht schon gesagt?« stieß Barbara hervor, während sie nach unten kletterte. Etwas klapperte. »Diebe, sie haben mein Brot geklaut, Diebe!« jammerte es hinter ihr her, als sie hinauslief.

Die Nacht war klar. Im nassen Schnee leuchteten Abdrücke von Stiefeln und von etwas, das lange, schlingernde Spuren hinterlassen hatte, als wäre jemand durch den Schnee geschwommen. Ein Knall. Sie blieb stehen und drückte sich an die Wand, als käme nicht dieser Bogen zerrissenen Papiers, sondern irgendein gewaltiges Ding auf sie zu. Keine Tür, ein Deckel hatte geknallt, der Deckel von der Kiste. Und jetzt rannte sie. »Aurelia«, rief sie, als sie in die Latrine stürzte, »Aurelia, bist du da?« Natürlich war Aurelia da und aß Suppe wie jede Nacht. »Ach, Sie sind es, Frau – Barbara.« Sie rappelte sich auf. »Bist du nur gekommen, ich meine, willst du nur zur Latrine, oder –«

»Deinetwegen bin ich gekommen, ich will mit dir reden.«

»Dann setz dich bitte.« Aurelia zupfte an dem Papier, das sie über den schmutzigen Sitz gebreitet hatte. »Kalt, nicht wahr?« fuhr sie fort, als Barbara stehenblieb. »So eine feuchte Kälte dringt durch Mark und Bein.« Sie zog durch die Nase hoch, und ein Tropfen fiel auf ihre mit bröckelndem Rouge bedeckten Lippen. Hastig wischte Aurelia ihn fort.

»Nicht doch«, sagte Barbara leise. »Bleib doch ruhig sitzen ... ich ... du weißt doch ...« Sie schwieg. Zu ihrer Bestürzung wurde ihr klar, daß Aurelia gar nicht Bescheid wußte, daß sie immer noch annahm, ein Pole solle das Kind hinausbringen. »Der kleinste Ärger in eurem Lager, und ich tu nichts für euch – nicht um alle Schätze der Welt«, glaubte sie eine betrunkene Stimme zu hören, als hätte dieser Pole wirklich existiert, als hätte er wirklich diese Worte gesprochen. Und wenn, ja wenn sie einfach sagte: »Nach allem, was heute passiert ist, wird der Pole uns nicht helfen ...« Nein, die Wahrheit würde ans Licht kommen. Und sie fürchtete sich nicht vor der Wahrheit, sie war keine Lügnerin.

»Die Wahrheit«, entfuhr es ihr. »Aurelia, ich will dir nichts verheimlichen, ich will dir die ganze Wahrheit sagen. Es hat gar keinen Polen gegeben. Aber ich habe dich nicht belogen. Ich habe es geglaubt, von ganzem Herzen geglaubt, daß ich es tun könnte. Nach diesem Tag – verzeih mir, kann ich es nicht mehr.« Es war heraus. Mit geschlossenen Augen erwartete sie den Schrei.

Ein leises Kratzen, dann sagte Aurelia: »Natürlich«, lebhaft und viel zu laut. »Natürlich verstehe ich das, vollkommen«, fügte sie, noch lauter, hinzu. Ihre kurzen Beine baumelten über einem mit ungelöschtem Kalk bestreuten Haufen, ihre Zähne glitzerten. Nur die zerschlissenen Bandagen, die unter ihrem Mantel hervorsahen, zeigten Barbara, daß sie ihr Geständnis nicht an eine fremde Person gerichtet hatte.

»Aurelia«, flüsterte sie, »ich ... ich hatte es mir ganz fest vorgenommen.«

»Natürlich. Und weißt du, ich hatte oft schon gedacht, ob du es wohl selber tun wolltest.«

»Wer hat dir das gesagt? Tola?«

»Aber nein. Es war ein Ver – eine Ahnung, jawohl. Und heute machte Alinka einige Andeutungen.« Aurelias schmutzüberzogenes Gesicht wurde dunkelrot. »Sie sagte ... du hättest sehr viel Mut; aber nach einem solchen Tag könnte niemand erwarten ...«

»Warte«, fiel Barbara ein, »das Schlimmste weißt du noch nicht. Er, dieser Rost, sprach von den Polen und von einer Frau, die mit ihnen Geschäfte gemacht hätte – du wußtest davon, aber nicht, daß er mich meinte. Er hat nach mir gesucht, er sucht auch jetzt noch, da bin ich ganz sicher. Denn er kam auf mich zu und starrte, verstehst du, starrte mich regelrecht an. Ein Wunder hat mich gerettet. Erst dann kam diese Angst über mich, keine gewöhnliche Angst, sondern ein solches Entsetzen, daß ich dachte, ich könnte nie wieder atmen.«

»Wie schrecklich!«

»Ja, es war schrecklich, das war es.«

»Nein, ich meine, es ist schrecklich, daß du kein Deutsch verstehst.«

»Daß ich was?«

»Daß du kein Deutsch verstehst, daß du dich bei dem Strafappell umsonst gefürchtet hast. Ein paar Polen, darunter einige Frauen, waren in die Geschichte mit den Schuhen verwickelt; mehr hat er nicht gesagt. Und er hat viele angeguckt so wie dich, die kräftig und noch arbeitstauglich sind. Was für ein schreckliches Mißverständnis. Jetzt mußt du dich aber wirklich beruhigen.«

Barbara fühlte sich betrogen, nicht beruhigt: die große Furcht, die große Freude waren eine Farce gewesen. Aber die Furcht war noch nicht weg. »Nein«, flüsterte sie. »Nein, auch wenn er nicht hinter mir her ist, kann ich es nicht tun.«

»Aber ich habe nie gewollt, daß du es tust. Und jetzt«, Aurelia schaute sie besorgt an, »sollten wir nicht lieber zurückgehn? Du mußt doch erschöpft sein. Und hier ist es derartig kalt, so eine feuchte Kälte.«

»Du willst gehen? Aber – du verstehst mich nicht. ›Es ist kalt – laß uns gehen‹, du sagst das so, als wenn nichts geschehen wäre. Aber ich weiß, welches Unglück ich über dich gebracht habe, ich kann es nachempfinden. Ja, es ist schlimm für dich –« Sie wartete. »Aurelia... sag den anderen nichts... ich werde nie Kinder haben, darum weiß ich, wie schlimm dies für dich sein muß, ganz schlimm.« Sie schwieg. Bei jedem »Schlimm!« drückte Aurelia sich stärker an die Wand, ihre Augen verengten sich, und sie biß sich auf die Lippen.

»Aurelia, sei doch nicht so«, bat sie. »Schrei mich an, weine, tu irgendwas, sitz nicht so da. Um Gottes willen, beweg dich, sag etwas – so beweg dich doch!« Aurelia bewegte sich. Sie stand auf, sie beugte sich vor.

»Heißa!« Sie klatschte in die Hände. »Sei glücklich, Aurelia Katz, sei voller Hoffnung! Heißa!«, und wieder klatschte sie, »sei unglücklich, sei verzweifelt. Nein, so schnell kann ich mich nicht umstellen, Frau Grünbaum, ich bin nicht so wie Sie. Sie... Sie sind immer so fürsorglich zu mir gewesen... das war zuviel, zuviel der Fürsorge. Aber heute, als ich darauf wartete, daß Sie mir sagten, ob die hinter mir her waren – da kamen Sie nicht. Ein Kind mußte sich um mich kümmern.«

»Ein Kind?«

»Alinka! Sie ist doch ein Kind! Aber wenn Sie mich gebraucht hätten, wäre ich gekommen, selbst wenn ich ein Ungeheuer bin. Jawohl, ein Ungeheuer! Weil ich überhaupt nicht unglücklich bin, weil es mir egal ist, was ihm... dem da passiert. Egal!« Ihre Stimme überschlug sich, und sie setzte sich erschöpft hin.

»Es ist mir egal!« Der Aufschrei schien sich in einem endlosen Widerhall fortzupflanzen. »Es ist mir egal!« hatte Aurelia gesagt, und das Kind, ihr eigenes Kind gemeint. Ein Kind... das Kind... dieses Kind, wiederholte Barbara, aber sie fühlte sich leer, ausgelaugt. Hatte diese Frau da sie etwa angesteckt? Nein, bei ihr lag die Sache anders, sie war einfach von diesem furchtbaren Tag erledigt. Furchtbar... wie furchtbar, die Tür knarrte im Luftzug, monoton wie eine Uhr.

Nicht Ärger war es, was sie empfand, sondern das lebhafte Unbehagen, das sich einstellt, wenn eine Veranstaltung urplötzlich zu Ende ist und der Gedanke an die täglichen Pflichten sich früher als erwartet meldet. Was ihre Pflichten waren, daran konnte sie noch nicht denken; sie starrte auf die Pfützen, auf den Kalkstaub. Schließlich erhob sie sich und ging zur Tür. Jetzt zurückgehen, Tolas Sticheleien und das Gejammere über Diebe anhören, das konnte sie nicht ertragen. »Diebe – sie haben meine Schuhe geklaut, meinen Kamm, mein Brot« – damit würde man sie morgen wecken. An morgen mußte sie denken, an den darauffolgenden Tag und die Tage danach. Wie würde sie diese Tage überstehen, von denen nichts zu erwarten war außer Suppe? Sie würde sich die Suppe holen, die verfaulten Rüben gar nicht angucken, dann auf das Brot warten und darauf, daß der Abend kam; und abends würde sie wieder weggucken – um die Überreste zerquetschter Läuse auf den Bettlaken nicht sehen zu müssen. Und sie würde diese Bettlaken waschen, Abend für Abend, das Stück für drei Kartoffeln.

Kartoffeln waren alles, was sie zu geben hatte – Kartoffeln war alles, was man von ihr erwartete.

Kalt ist mir, dachte sie; dann, ohne Übergang: Ich bin umsonst in dieses Lager gekommen. Sie schauderte. Aber anstatt sich in diesem Schaudern zu entladen, blieb die Kälte in ihr und verdichtete sich zu einer schleimigen Masse, die hoch und höher kroch, bis sie keine Luft mehr kriegte, bis sie sich an die Kehle fassen mußte. Das half. Sie konnte sich wieder bewegen, wieder denken. Umsonst, dachte sie, und: Ich habe Steinchen im Schuh.

Sie zog den Schuh aus. Die Steinchen plumpsten in eine Pfütze. »Umsonst«, sagten Stimmen bei jedem Spritzer, erst die von Antoni und dann Martas: »Wenn die Sie erst einmal mit den anderen Juden eingesperrt haben, dann gehen Sie zugrunde – wie die – sinnlos.«

»Nein«, sagte sie, sich zusammenreißend, »nein«. Und leiser, damit niemand sie hörte: »Holt mich hier heraus, holt mich heraus!«

Irgendwie wuchs aus diesem Gedankenwirrwarr diese neue

Hoffnung, löste sich von der anderen, die sie soeben aufgegeben hatte, daß die beiden, welche nicht wollten, daß sie sich opferte, ihr die Erlaubnis zur Rückkehr dahin, woher sie gekommen war, nicht mißgönnen würden. Antoni mußte ihr helfen; er mußte ihr Geld beschaffen, und er würde es tun; nicht alle hatten die Dziedziczka aus Dembina schon vergessen. Sicher, bisher hatte er nicht viel zusammengescharrt, aber was wußte er schon von ihrem Unglück, wenn sie bis jetzt noch gar nichts darüber geschrieben hatte? Jetzt würde er Tausende zusammenkriegen, mit Tausenden konnte man jeden kaufen, zum Beispiel jeden Polen aus Trotyl. »Beim geringsten Ärger in eurem Lager helfe ich euch nicht – nicht um alle Schätze der Welt« – die Drohung des betrunkenen Polen kam ihr wieder in den Sinn. Und wieder faßte sie sich an die Kehle.

Aber es gab einen Weg, es mußte einen geben. In vierzehn Tagen, nein in zehn, würden Antoni und Marta in Skarzysko ankommen. Von Skarzysko zum Lager waren es zwei Stunden. Was waren schon zwei Stunden? Nach Schmitz und zurück war es genau so lang. Sie würden erfahren, in welcher Hölle sie lebte, sie würden Hilfe finden, würden sie holen. Und regungslos stand sie da und hielt den Atem an, damit das Verlangen nach ihnen sie anfüllte, damit sie es spürten, damit sie kämen und sie herausholten.

»Frau Grünbaum – Barbara, stimmt etwas nicht?« Ein Schatten mit einer Nase, die zur Sichel gebogen war, glitt über den Boden. Das war die Judennase, das Judengesicht. Sah auch sie jetzt so aus? Sollte man Tola glauben oder eher diesem gesprungenen Spiegel auf dem Rohr im Waschraum, in den die Pikriniakfrauen hineinstarrten, bis sie diese gelben Visagen mit ihrem eigenen Gesicht verwechselten.

Wenn sie doch einen Spiegel hätte, einen großen, ohne blinde Stelle, dann könnte sie sich richtig sehen, dann könnte sie feststellen, wie sie sich verändert hatte und ob überhaupt. Sie schaute ihre Hände an und sah gleich wieder fort. Nie vorher hatte sie diese knochigen Auswüchse an den Handgelenken gehabt, nie diese knotigen Finger, die rotverfärbte Haut, welche aussah, als wären sie durchgerostet. Das Trotyl zerfraß ihre Hände; sie waren rostig geworden, vom bloßen Vorübergehen am Trotylwerk. Chlor, dachte sie – mit Chlor könnte ich sie schrubben. Sie lächelte gequält, so daß ihre Lippen schmerzten.

Draußen hörte man einen schlurfenden Gang. »Drei Uhr, erste Pikrinschicht raus!« rief eine verschlafene Stimme.

»Drei Uhr – du mußt schlafen.« Sie spaltete sich in zwei Personen, eine, die Angst hatte, und eine, die ihr Mut zusprach, und das half ihr.

»Wie soll ich denn schlafen?« fragte die ängstliche Person.

»Geh zurück zu Tola. Nein? Dann zu Alinka. Oder zu Goldberg.« Ja, zu ihm wollte sie gehen, er war gut, seine Berührung war warm und beruhigend. Aber auf halbem Wege zur Tür hielt ein Blick sie fest – die Augen des Chinesen, die ihr klarmachten, daß eine, die in einer solchen Nacht zur einem Mann gehen konnte, nicht besser war als die, die nur an Suppe dachten.

Schlafen, dachte sie, geh schlafen; vielleicht fällt dir bis morgen etwas ein. Morgen? Wie würde sie den morgigen Tag überstehen und den folgenden Tag und den nächsten?

Ein Draht schien ihren Kopf zu durchbohren. Er wirbelte, und sie wirbelte mit. Wenn sie einen festen Punkt anguckte, den Löffel, an dem graue Suppe klebte, hörte der Schwindel auf. Aber nun schien der Löffel an ihren Augen zu kleben. Er wuchs, es war kein Löffel mehr, sondern der Bauch einer gewaltigen Schnecke, die auf ihr lag und sie in sich einsaugte. Die Schnecke hatte schon ihre Hände, ihr Gesicht verschlungen, ohne daß sie es bemerkt hatte. Die Schnecke würde wieder auf ihr liegen, sie würde wieder nichts merken, und eines Nachts würde sie sich anschauen – barfuß, abgerissen, ohne Schuhe und Kleidung, die sie für ihr Brot weggegeben hatte; und auch das Brot war fort, nur noch Suppenkübel waren übrig, die man auslecken konnte wie der Chinese, den der Hunger aufgetrieben hatte und den sie erschossen hatten. Und dann …

Sie beugte sich nach unten, sie biß sich in die Faust. Der Schmerz half nicht; sie sah auch das Ende vor sich: wie die OD-Männer sie an den schmutzverkrusteten Füßen wegschleiften – dann die Kiste – und zuletzt die langen, schlingernden Schleifspuren.

»Allmächtiger Gott … guter, allmächtiger Gott …«

Jetzt war es vorüber. Sie war ruhig, wenn auch ausgelaugt und entleert wie nach einem Fieberanfall. Sie spitzte den Mund, sog

Luft ein und schluckte ganz langsam. Noch ein Atemzug. Dann noch einer. Ich muß etwas tun, sagte sie sich. Ich weiß, was ich tue, ich setze mich hin.

An der Wand gegenüber saß ihr Schatten. Er sackte zusammen, sie auch; er wurde kleiner, sie auch. Zusammenschrumpfen, das tat gut. Als sie zusammenschrumpfte, schien die kalte, dicke Masse in ihrem Inneren abzufließen. Und vielleicht war das die Lösung – in sich zusammenzusinken, nichts mehr zu denken oder zu sprechen, einfach ruhig dazusitzen, so wie jetzt. Ein grauer Nebel stieg auf und hüllte sie ein, und ihr Kopf fühlte sich an wie ein Apfel, dessen oberer Teil entfernt worden ist; auf die freiliegenden Nerven rieselte Staub herab wie Zucker in den Hohlraum, wo das Kerngehäuse gesessen hatte.

Äpfel. Wann hatte sie eigentlich solche Äpfel gegessen, süße Äpfel mit Zucker, Zimt und Nelken bestreut? Am Abend vor ihrem Weggang hatte Marta sie ihr gebraten. »Ich kann nichts essen«, hatte sie gesagt. »Ich bin zu aufgeregt.« Marta kippte die Äpfel in den Eimer mit Küchenabfällen. »Aufgeregt!« rief Antoni, »unsere gnädige Herrin ist aufgeregt vor Freude; die gnädige Herrin kann es nicht erwarten, daß sie abreist.« Sie lächelte. Hinter ihm auf der Konsole lag der Hut, den sie für ihre Abreise ausgesucht hatte, eine königsblaue Toque; daneben Antonis Gebetbuch, das sie mit dem dünnen, verblichenen Kreuz auf dem Einband ans Altwerden und an ein kleines, unauffälliges Sterben denken ließ.

Und dann hatten sie das mit den Juden gesagt, daß sie zugrunde gehen würde wie die, und für nichts und wieder nichts. Sie fuhr hoch. Der Schatten war wieder größer geworden, er griff von der Wand auf die Decke über. Und in dem Bewußtsein, daß sie einfach nicht klein werden und in sich zusammensinken konnte, stellte sie sich die Frage: Was soll ich tun? Was denn?

»Was ist, Barbara? Habe ich dich so aufgeregt?«

»Nein«, antwortete sie. Aber sie hielt die Augen geschlossen, weil das Licht ihnen wehtat, und auch das langnasige Gesicht.

»Hab ich sie in diesen Zustand versetzt?« dachte Aurelia. Wie konnte das sein, wo sie – von dem einen Ausbruch abgesehen – die ganze Zeit das Gespräch hatte beenden wollen, das sie erwartet hatte, wenn auch nicht so bald. Als Alinka geflüstert hatte: »Aurelia, es sieht nicht gut aus«, genau wie damals in Krakau und so, als hätten sie keine einflußreiche Beschützerin und als wäre das dick aufgetragene Rouge ihr einziger Schutz –, da hatte sie diese Hoffnung verloren. Sie hatte nie besonders viel Vertrauen hineingesetzt. Selbst die Hoffnung, das Gebrüll der OD-Leute möge nicht ihr gelten, kostete sie schon bald große Mühe.

Aber wie war die Macht zu erklären, die Barbara über sie besaß? Ein Blick auf sie, auf ihr gerötetes Gesicht, ihr windzerzaustes Haar, und die Hoffnung stellte sich von neuem ein – um kurz darauf wieder zu verschwinden. Aurelia versuchte sich zusammenzunehmen. Aber wenn Barbara sie eindringlich anschaute, um ihren Kummer zu ergründen, wehrte sich etwas in ihr. Sie schrie, und Barbara wich zurück. Ihr Schreien durchschnitt die Dämmerung wie ein gezielter Hieb, der jemand anderem galt.

Sie war im Recht gewesen, wenigstens zum Teil. Doch diese Überzeugung schwand, während ihre Angst in dem Maße zunahm, wie die Stille wuchs. Jetzt schaute Aurelia auf Barbaras Mund, welcher offenstand, als fehlte ihr die Kraft, ihn zu schließen, und sie dachte an ihr großes, lautes Lachen.

»Was ist denn?« Ihr zitterten die Beine, während sie sich über Barbara beugte. »Sag mir, hat dich dieses schreckliche Mißverständnis mit dem Rost so durcheinandergebracht? Oder meinst du, alles hat keinen Zweck mehr?« Sie wartete. »Nein, nicht das«, bedeutete ihr Barbara durch ein Zusammenkneifen der Augen, und Aurelia beschloß, sich wieder hinzusetzen. Sie reckte ihren Hals, um das graue Gesicht nicht aus den Augen zu verlieren, doch wurde Barbara ihr mit jedem Moment fremder, so daß Aurelia einen neuen Versuch machte und fragte, ob ihr etwas wehtue, ob sie Fieber habe, ob sie – »Nein, das ist es nicht. Nein, das nicht«, sagte das starre Gesicht.

Draußen heulte der Wind, vom Dach rutschte Schnee herab. Barbara fuhr hoch und streckte dann fröstelnd die Hand aus. Zögernd berührte Aurelia sie, aber nur mit den Fingerspitzen, und Barbara griff sofort nach der Hand und hielt sie fest. Als ihr Griff sich lockerte, erschrak Aurelia; er wurde fester, und sie nickte: »Ja? Ja?«, so heftig, daß sie beinahe den Augenblick verpaßte, in dem Barbara hochsah. Gleich darauf aber, als wäre sie ein Hausierer, der die kleinste Schwäche des Kunden wahrnimmt, schob sie ihr Gesicht dicht vor Barbaras Augen. »Was ist«, lächelte sie, »was kann ich für dich tun?«

»Hast du einen Spiegel?« fragte Barbara langsam.

»Wie bitte?«

»Nichts.« Barbara wandte sich ab und horchte auf die Schritte draußen.

»OD-Männer«, erklärte Aurelia schnell, »wenn du mich einen Augenblick entschuldigst, ich mach kurz das Licht aus, bis sie weg sind.« Sie zog sanft ihre Hand weg, ging auf Zehenspitzen los, aber rückwärts gewandt, um Barbara im Auge zu behalten, die wieder in sich zusammengesunken war.

»Wohin gehen die?« flüsterte Barbara.

»Sie gehen bloß vorbei.«

»Bist du sicher?«

»Ganz sicher.« Und sie bedeutete ihr: »Hab keine Angst«, aber nur mit den Augen, denn hieß es nicht, daß sie aus der Rolle fiel, wenn sie, die immer Ängstliche, Barbara Mut machen wollte, Barbara, von der es immer geheißen hatte: »Der und ihresgleichen kann nichts zustoßen.« Das mußte sie Barbara unter die Nase reiben, jetzt auf der Stelle.

»Kopf hoch«, war alles, was sie hervorbrachte, weil Barbaras Hand sofort wieder nach ihr tastete. Und Aurelia schämte sich, daß sie Barbara nur den Trost ihrer feuchten Finger anbieten konnte.

Diese Hand zu halten, fand Barbara, war keine große Hilfe. Sie hielt sie fest wie ein Kind einen vertrauten Gegenstand – eine Decke, ein altes Spielzeug. Aber die schmeichelnde Stimme störte sie. »Ein Spiegel, wolltest du nicht einen Spiegel haben?« fragte diese Stimme zum zweiten Mal.

Sie hatte darum gebeten, um die Sache mit der Flucht ein für allemal zu entscheiden.

»Leider habe ich keinen Spiegel bei mir«, fuhr Aurelia fort, »aber du siehst recht – recht gut aus. Ein bißchen abgespannt natürlich, ein bißchen blaß, aber doch erstaunlich –«

»Jüdisch«, fiel Barbara gereizt ein. »Ich will wissen, ob ich jüdisch aussehe.«

Aurelia trat ein paar Schritte zurück. Und als sie ihren Kopf schräg hielt, um die richtige Perspektive zu gewinnen, durchzuckte Barbara die Hoffnung auf die befremdete Frage: »Du und jüdisch aussehen? Aber kein bißchen«, die ihr ihr Gesicht zurückgeben würde.

»Ein kleines bißchen ... irgendwie schon«, kam die zögernde Antwort. »Aber weshalb fragst du?«

»Weil ich hier weg will.«

Mit einer gewissen Genugtuung bemerkte sie, daß Aurelia zusammenzuckte.

»Ach ja, ich verstehe dich; jeder würde das wollen, wenn es die geringste Aussicht gäbe.«

Aber sie war nicht jeder. Barbara versuchte, Aurelias nun folgende Ausführungen über den Strafappell zu überhören, und sah nach oben auf den Spalt in der Decke, durch den der Himmel hereinsah – wie schwarzes Glas. »Sabotage?« wiederholte sie plötzlich. »Sprachst du von Sabotage?«

»Nein. Eigentlich nicht. Ich habe gemeint, daß die Tatsache, daß so wenige erschossen wurden, im Grunde ungewöhnlich war, weil der Diebstahl von Treibriemen eigentlich ...«

»Treibriemen? Du sprachst von Schuhen.«

»Ja, aber die Schuhe werden mit dem Gummi von Treibriemen besohlt, die aus den Maschinen in Trotyl gestohlen worden sind. Und im Krieg –«

»Was soll das heißen?« sagte Barbara leise. »Wie konnten sie in Pikrin arbeiten und in Trotyl stehlen?«

»Die Schuster, welche die Schuhe herstellen, haben gestohlen«, sagte Aurelia entschuldigend, »die Männer aus Trotyl. Aber wir sind in einem Arbeitslager. Und in einem Arbeitslager tun sie einem nichts, solange man Kraft genug zum Arbeiten hat.«

»Kraft?« Barbara empfand den üblichen Zorn über solche Erklärungen, die gar nichts erklärten, über den beschämenden Ausweg, den Aurelia ihr vorschlug. »Warum sollten die denn keine Kraft haben? Die, die klauen, können sich den Bauch vollschlagen, während dieser Chinese und alle die anderen – mein Gott!« Sie glaubte einen Moment, ihr kämen die Tränen, aber ihre Augen blieben trocken und brannten.

Und Aurelias Blicke bedrückten sie, diese Hundeblicke, die immerzu fragten: »Was kann ich tun?«, als ob sie das wüßte. »Am besten gehst du«, sagte Barbara müde und achselzuckend. »Du meinst es ja gut, aber trotzdem, ich wäre lieber allein.«

Kaum hatte Aurelia sich zum Gehen gewandt, als Barbara rief: »Geh nicht! Ich kann nicht allein sein, es kommt wieder, es ist überall in mir – ich dachte, es wäre besser, aber nein. Ich muß etwas tun, ich muß reden. Reden«, wiederholte sie. Sie hörte sich an wie der Husten der Pikriniaks, der nicht aufhören wollte, bis der dicke, kalte Schleim heraus war. »An einem einzigen Tag ist dies alles mit mir geschehen«, flüsterte sie, voller Angst vor der kleinsten Pause. »Vielleicht doch nicht an einem Tag, vielleicht hatte ich die Angst schon früher. Du willst nicht davon reden, aber ich muß es einfach, und dich betrifft es ja auch nicht; so sagtest du doch, nicht wahr? Und ich ... dieser Dreck, dieser Krach hat mich nie gestört – ihr macht übrigens einen Lärm wie die Elstern – nicht mal der Hunger hat mir etwas ausgemacht. Nachts wurde mein Hunger manchmal so schlimm, daß ich mir vorkam wie ein einziger großer Mund. Dann, dann«, wiederholte sie leise, »dann dachte ich immer daran, wie ich bald, nach dem Krieg, nach Hause kommen würde, nicht nur ich, wir alle. ›Sieh doch nur dieses Kind‹, wollte ich zu Antoni sagen, ›und sag mir, ob ich umsonst von euch weggegangen bin.‹ Aber jetzt –« sie senkte den Kopf, »was bleibt mir jetzt noch, wofür ich leben kann?«

»Irgendwie muß doch jemand wie du –«

»Nein, sag noch nichts. ›Jede‹, hast du vorhin gesagt, ›jeder‹ würde dies und jeder würde das. Ich bin nicht wie jeder, ich bin diesen Weg im Grunde schon dreimal gegangen! Zuerst habe ich meine alten Leutchen verlassen, dann bin ich aus dem Polenlager weggelaufen, und daß ich mich im Werk A gemeldet habe, um hierher zu kommen, war das dritte Mal. Ich bin wegen Tola hergekommen, nicht, daß ich ihr das vorwerfe, Gott bewahre. Trotzdem ... ›grün, rot, gelb, egal welche Farbe sie mir aufzwingen, ich schaffe es schon‹, habe ich mir gesagt. Und jetzt – ich bin zwar nicht nach Pikrin gekommen, ich bin auch nicht gelb geworden, aber ich ... ich fürchte mich.« Sie setzte sich aufrecht hin. »Ich fürchte, mir wird hier etwas Schreckliches zustoßen«, flüsterte sie.

Sie hatte es aus sich herausgehustet. Aber schon begann die

kalte Masse sich wieder in ihr zu verdicken und anzuwachsen. »Sag etwas zu mir«, befahl sie, »rede.«

Aurelia kniff sich in den Hals, bis er voll roter Flecken war. »Nein«, sagte sie schrill. »Nein«, wiederholte sie leiser und durch die Nase. Das dritte »nein« kam so deutlich, daß Barbara aufhorchte.

»Du mußt dir solche Gedanken aus dem Kopf schlagen.« Aurelia sprach mit einem fast feierlichen Ernst. »Du mußt Vertrauen in dich haben, gerade weil du hierhergekommen bist. Wer sonst hätte den Mut zu so etwas gehabt? Nur du! Nur du hattest diesen Mut, nein, ich meine nicht einfach den Mut, ich meine etwas viel Wichtigeres. Ich meine – Lebenskraft!« Sie sprach in einem feierlichen und zugleich wehmütigen Ton, als spräche sie den Namen einer Stadt aus, die zu exotisch, zu fern war, um sie jemals zu erreichen. »Alle«, fuhr sie fort, »alle spüren das in dir. Oh, du weißt nicht, was du mir, uns allen dort in Krakau bedeutet hast. Es war nicht das Brot, das du da verteiltest. ›Was gibt's Neues, hat einer sie gesehen, die große Polin?‹ fragten die Leute alle zur gleichen Zeit. Ich ... ich erinnere mich noch an den Tag, an dem wir uns kennenlernten, oder vielmehr ich dich. Da war ein richtiger Menschenauflauf. Du kamst heraus und verteiltest Brot an uns, dein Aufseher – ein gefährlicher Mann, ein richtiger Krimineller – schrie: ›Du Judenfreundin, du!‹ Jede andere wäre vor Schreck erstarrt, aber du nicht. ›Lieber eine Judenfreundin als vor den Deutschen kriechen‹, antwortetest du lachend. Und dann schobst du ihn zur Seite wie einen Dreck – wie ein Stück Dreck! ›Einer wie ihr wird nie etwas passieren‹, flüsterten alle. Verstehst du jetzt, was ich meine, ja?«

Ob sie es verstand? Barbara war sich nicht sicher, wollte aber unbedingt noch mehr hören und heftete ihren Blick auf das Signal, das ihr zeigte, daß Aurelia fortfahren wollte – die Ader, die an ihrem Hals pulsierte. »Hoffnung.« Aurelia zupfte daran. »Versteh mich bitte nicht falsch, ich bin nicht eifersüchtig oder dergleichen, aber manchmal fällt es schwer, sich mit all dem abzufinden, worauf du dich freuen kannst – deinen Mann, deinen Gutsbesitz, deine Freunde. Bald wirst du zurückkehren, und dann werden sie dich alle erwarten, als wenn nie etwas geschehen wäre, gar nichts!«

Ihr Gesichtsausdruck wurde hart. »Rost und seinesgleichen können nicht ... so ... mit allen verfahren. Manche werden überleben. Und wenn jemand überlebt, dann eine wie du.« Sie sprach schnell, als hätte sie es plötzlich eilig. »Ja, so wird es sein.«

»Glaubst du?«

»Ja. Ja.«

»Bestimmt?«

»Bestimmt. Aber jetzt entschuldige mich einen Moment. Ich muß da etwas in Ordnung bringen. Meine Bandagen.« Aurelia ging beiseite.

Barbara saß ganz still. Sie hatte Aurelias Erzählung zugehört wie früher den Geschichten über ihre Kindheit – wie sie vom Baum gefallen und lachend aufgesprungen war; wie sie sich im Wald verirrt, sich zusammengerollt hatte und fest eingeschlafen war. Es waren Geschichten vom Mut, einem so ungewöhnlichen Mut, daß sie zum Unterpfand künftiger, noch unbestimmter, aber mit Sicherheit eintretender Größe wurden. Aurelias Erzählung hatte, wie jene Geschichten, viel zu früh aufgehört.

Aber sie hatte das Gefühl, als hätte sie von einem Fluß aus, der sie unaufhaltsam mit sich riß, einen flüchtigen Blick von der wahren Barbara erhascht, die ihr von einem fernen Ufer zuwinkte und ihr bedeutete, daß sie zueinander kommen würden, wenn sie nur zäh genug kämpfte.

»Weißt du was, ich fühle mich ein bißchen besser«, berichtete sie der zurückkehrenden Aurelia.

»Da bin ich aber froh.« Aurelia hustete, spitzte die Lippen; die begannen plötzlich zu zittern, dann folgte ihr Kinn, ihr Hals, und dann wurde ihre ganze Person von einem heftigen Schluchzen geschüttelt.

»Aurelia, was ist denn? Ich sage dir, daß es mir besser geht, und du –«

»Nervosität. Das staut sich alles an«, stammelte Aurelia. »Gerade ist mir alles wieder eingefallen.«

»Alles?« Barbara fing an zu verstehen. »Weinst du, weil ich das sagte, als ich vorhin hereinkam?«

»Ich ... ja!« Aurelia schluckte.

»Mein Gott, wie konnte ich nur so dumm sein«, flüsterte Barbara. »Nein, nicht weinen, das halt ich nicht aus.« Unbeholfen streichelte sie Aurelias Kopf. Aber das Schluchzen hörte nicht auf.

Barbara überlegte fieberhaft, was sie sagen könnte, als ihr plötzlich Aurelias Augen einfielen. Während die OD-Leute vorüberstampften, hatten diese Augen sie getröstet, hatten ruhig aus der Dunkelheit geleuchtet. Jetzt versuchte sie Aurelia diesen tröstenden Blick zurückzugeben, aber es fiel ihr schwer, denn ihre eigenen Augen zwinkerten immer noch; und auch ihre Gedanken wollten nicht zur Ruhe kommen. Wie merkwürdig, daß Aurelia erst jetzt weinen konnte. Alles war seltsam, die Geheimnistuerei, die Angst, als wäre sie keine alternde Frau, sondern ein stämmiges Dienstmädchen, das vom Tisch wegsprang, um mit ihrem Kummer fertig zu werden.

Mitleid mit dieser Frau erfüllte sie, mit ihrem absurden Schicksal und mit den Tränen, die ihr von der großporigen Nase auf die rotbetupften Lippen tropften.

Rouge, erkannte Barbara mit Schrecken. »Liebe Aurelia, mein Gott, warum in aller Welt hast du Rouge aufgelegt?«

»Um jünger auszusehen. Alt aussehen ist gefährlich.«

Ihr Mitleid mit dieser Frau wuchs: weil sie hoffte, das Rouge werde sie jünger machen, weil sie all diese Stunden kniend in der Kälte verbracht hatte und weil sie jetzt am ganzen Leibe vor Kälte zitterte. »Diese feuchte Kälte«, fiel ihr ein, hatte Aurelia gesagt, und in dieser Kälte hatte Aurelia ausgeharrt, für sie.

»Du hast hier stundenlang auf mich gewartet.« Überraschung, Zuneigung und ein unbestimmtes Schuldgefühl erschwerten ihr das Sprechen. Barbara hockte sich hin und umfaßte Aurelias Knie. »Weißt du, was ich manchmal begreife? Daß ich ein Trottel bin, ein großer, dummer Trottel. Doch Trottel oder nicht, ich merke, wenn jemand lieb zu mir ist. Und du warst so lieb zu mir, du hattest so viel Geduld – wie meine beiden alten Leutchen, genau wie die.« Es wurde warm in ihr, als wäre ein Teil von den beiden zu ihr gekommen, um von nun an bei ihr zu bleiben.

»Danke. Ich bin so froh. Danke.« Aurelia trocknete sich die Augen. Zwei letzte Tränen liefen die streifigen Wangen hinab und erinnerten Barbara daran, daß es noch einen anderen Kummer gab, der ihr Mitleid verdiente. Aber daran wollte sie jetzt nicht denken. »Komm«, sagte sie, »wir gehen zurück.«

Der Wind hatte alle Spuren verweht. Glatt und an den Stellen, wo sich Eis gebildet hatte, glitzernd erstreckte sich der Schnee vor ihnen. Sie gingen schnell. Aber als sie sich der Baracke näherten, fuhr Barbara so plötzlich zurück, daß Aurelia ausglitt und der Länge nach in den Schnee fiel. »Paß auf!« rief Barbara. Und als sie Aurelia aufhob und festhielt, wuchs ihre Zuneigung zur wilden Entschlossenheit; sie wollte Aurelia helfen, wollte ihr etwas geben, sie vor Schaden bewahren. Was für ein Schaden das sein konnte, zeigten die langen Schleifspuren, die den Schnee durchzogen, wo Aurelia hingefallen war.

Ich hänge an dem Kind, als wäre es mein eigenes, dachte sie. Und doch – und doch, wenn ich es nur täte, weil es getan werden muß! Weil es gleichsam ihr eigenes Kind war, deshalb mußte sie es tun, weil sie nicht wie die anderen aus Gleichgültigkeit oder aus Angst handelte – sondern nur für Aurelia, um sie vor dem zu bewahren, was keine Mutter ertragen konnte.

»Aurelia«, sie mußte ihr dies gleich mitteilen, bevor sich andere Gedanken vordrängten, »wenn deine Zeit kommt, werde ich alles für dich tun, verstehst du mich?« Sie wartete auf einen langen, leuchtenden Blick, doch Aurelia wandte sich ab und ging schweigend in den Block.

Der Morgen war nicht mehr weit, als Aurelia sich aufsetzte, vorsichtig, um Barbara, die fest schlief, nicht zu stören. Ja, Barbara schien es besser zu gehen, sie hatte nicht erraten, warum sie weinte. »Wenn jemand überlebt, dann du«, hatte sie zu Barbara gesagt, und in dem Moment waren ihr der Ingenieur und seine Frau eingefallen. Deshalb hatte sie geweint – weil das, woran sie immer noch aus ganzem Herzen glaubte, nicht die Wahrheit war.

Die Tränen versiegten; sie seufzte, und aus dem Dunkeln antwortete ihr ein anderes Seufzen. Die Rebbetzyn, dachte Aurelia. Ihr, die Nacht für Nacht wach lag, verband sich mit jedem Geräusch ein bestimmter Name. Das leichte Atmen, zu leicht, um erkennen zu lassen, ob es Schlaf war, das kam von Tola; die kräftigen, schnellen Atemzüge waren Alinkas; und die schmatzenden Geräusche etwas weiter weg, die waren von der alten Alexandrowitsch.

Sie horchte. Und eine Traurigkeit überkam sie, wanderte von Bett zu Bett und kehrte nach vollendeter Runde zu ihr zurück und sogar zu dem Kind – und es schien ihr, als hinge sie wirklich an ihm, freilich nicht so, wie Barbara es erwartete, und auf eine Weise, die sie selbst nicht verstehen konnte.

Teil vier

Kapitel 20

Seit jener Nacht behandelte Barbara Aurelia wie eine verkappte königliche Hoheit. Jede ungehörige Bemerkung, jeder scheele Blick auf Aurelia rief ein lautes und deutliches: »Wie können Sie es wagen?« von ihr hervor. »Wissen Sie nicht, wer diese Frau ist?« Eine Art Triumph schwang in diesen Äußerungen mit; denn sie, nur sie wußte Bescheid. Und wenn Aurelia zuweilen zänkisch und quengelig war, erschien ein sanft tadelnder Blick in Barbaras Augen, als verstünde Aurelia sich selbst, die wahre Aurelia Katz, nicht mehr.

Für diese Aurelia war Barbara zu allem bereit. Der Gedanke der Opferung ergriff Besitz von ihr; nie völlig durchdacht, aber immer gegenwärtig, gab er ihrem täglichen Leben das Gefühl des Aufstiegs zu einem hochaufragenden Gipfel. Oben auf diesem Gipfel würde eine Verwandlung stattfinden. Sie, ihre ganze Person würde ausgetauscht, eine andere würde für einen Augenblick an ihre Stelle treten, und unverzüglich würde sie zurückkehren, um an Aurelias Seite zu knien, um ihr zuzuflüstern: »Ich bin für dich da, immer und überall.« Und danach, später, würde alles ein Ende nehmen: der Hunger, das Lager, der Krieg.

Sie glaubte daran: weil die Nachrichten, weil Aurelia und der bevorstehende Frühling die Verheißung eines solchen Endes bargen und weil es gar nicht anders kommen konnte. Der Gipfel war der höchste und fernste Punkt auf ihrem Weg. Hatte sie ihn erstiegen, was blieb dann noch außer der Rückkehr? Bald würde sie heimkehren und Aurelia bei sich haben wie ein kostbares Andenken, das man von seinen Reisen mitbringt.

Nacht für Nacht malte sich Barbara ihre Heimkehr aus. Die Nächte waren nämlich jetzt anders; sie reichten in den Tag hinein wie das Bewußtsein einer noch nicht zu Ende geführten Aufgabe, die sie besonders ungeduldig machte, wenn vor dem Werk Schmitz die Kiefern dunkel wurden und sie durch den windbewegten Wald ging. Der Abend gewährte einen Aufschub, den sie zu verlängern suchte – indem sie ruhelos von einer Ecke der Pritsche zur anderen rutschte und schneller redete, während sich die Straße leerte und Stille sich über den Block senkte.

»Lagerschluß!« Und schnell, um anderen Gedanken zuvorzukommen, begann sie zu reden: »Die Nachrichten sind gut, der Krieg kann nicht mehr lange dauern.«

Kein einziges Mal kehrte sie zu dem breiten Panorama zurück, das sie in jener Nacht im Werk A vor Tola entfaltet hatte, der jubelnden Menge, den in Todesangst flüchtenden Deutschen. Sie hielt sich nun lieber an Szenen, die bescheiden waren, aber von ihr selbst stammten: die goldgeränderten Tassen, welche klirrten, wenn draußen ein Wagen vorbeifuhr, das Spitzenmuster, das die Sonne auf die samtige Oberfläche des Klaviers wob, oder die Kredenz, welche sich glatt und ein wenig klebrig anfühlte wie die Honigkuchen, nach denen sie roch.

Die Tassen klirrten, alle Anwesenden – Stefan, Antoni, Marta – liefen zur Tür, denn ein Wagen traf ein und brachte Aurelia. »Das ist meine Freundin Aurelia Katz!« Darauf, nachdem sie sich vergewissert hatte, daß auf allen Gesichtern das für die Begrüßung geeignete Lächeln erschien, stürzte sie nach oben, um eine Falte aus dem seidenen Bettüberwurf zu streichen und die kleinste Andeutung eines Stäubchens zu entfernen. Die Tür öffnete sich auf glänzende Fußböden, Blumen und persische Teppiche.

»Gefällt es dir, Aurelia?«

»Ach, Barbara, es ist herrlich!«

»Gefällt dir Aurelia, Stefan?«

»O ja, sie ist sehr, sehr nett.« Sein Schnurrbart zitterte unter einem Anflug von Lächeln, denn er fand Aurelia zunächst »etwas überspannt«. Aber auf seine bedächtige, geduldige Art, die sie dieses Mal akzeptierte, würde er sie schon ins Herz schließen; denn Aurelia blieb für immer bei ihnen.

Wenn an dieser Stelle der Schlaf kam, dann war die Nacht überstanden. Aber oft erschien statt seiner etwas anderes, etwas, das sie fürchtete: das Nachdenken darüber, was Aurelia demnächst zustoßen könnte, auch wenn sie alles tat, um sie zu beschützen; der Gedanke an Tola, welche ihr fremd zu werden begann, obwohl Barbara sich die größte Mühe gab und nie vergaß: »Tola, kommst du mit?« zu rufen, wenn sie mit Aurelia spazierenging. Gewissermaßen am schwersten zu ertragen waren die Gedanken ans Essen. Selbst die Vorstellung der häuslichen Speisekammer war gefährlich. Sofort stürmten Gerüche auf sie ein, dampfende Teller schwebten durch die Dunkelheit, kamen auf sie zu und verschwanden, als hätte ein gefräßiges Wesen sie weggeschnappt. Hunger hieß dieses Wesen. Hunger ging in dem Block um und schlich von Bett zu Bett.

»Ich habe Hunger«, begann es zu flüstern, »ich esse mein Brot jetzt.«

»Mit leerem Magen kannst du nicht arbeiten. Wenn du dein Brot aufißt, dann setzt es etwas – ich kneife dich.«

»Ich habe jetzt Hunger, und jetzt esse ich.«

Nur einmal kam es dahin, daß Barbara wirklich in die Tasche mit dem Essen für den nächsten Tag griff: einer matschigen Rübe, zwei Kartoffeln für Aurelia, Brot. Im Schutz der Dunkelheit blähte sich das Brot auf, versprach zu einem Laib anzuwachsen, der groß genug war, um ihren Hunger ein für allemal zu stillen, wenn sie ihn ganz aufaß, dieses eine Mal. Doch da bewegte sich Tola, und sie zog ihre Hand wieder zurück.

Seitdem übertönte sie die Einflüsterungen vom Essen, indem sie bis hundert zählte, indem sie aus der Erinnerung die Namen ihrer Dienstmädchen, ihrer Blumen, ihrer Verehrer aufsagte. Und endlich kam der Schlaf.

Zwischen Schlaf und Aufwachen gab es eine Schwelle. Sie wollte diese Schwelle nicht überschreiten; sie wollte liegenbleiben, sich zusammenrollen und an nichts denken. »Es ist Zeit, Barbara.« Aurelia strich ihr gewöhnlich über den Kopf. Dann stand sie auf. Aurelia Katz hatte Verständnis; Aurelia war lieb zu ihr. Wenn die Gedanken, vor denen sie sich fürchtete, sie überkamen, genügte ein Seufzen, um Aurelia aus ihrem Halbschlaf aufzuschrecken.

»Und was sagst du zu den letzten Nachrichten, Barbara?« fragte sie. »Ja, die sind sehr ermutigend.« Dann zeichnete Aurelia ihr in die weiße Staubschicht, die den Tisch bedeckte, die Karte der Hoffnung: den Vormarsch der Alliierten in Italien und vor allem die Siege der Russen, die sie mit jedem Tag näher an die polnische Grenze führten.

Ein anderes Mal sagte Aurelia lächelnd: »Erstaunlich, du kannst die schweren Kisten heben, als wären sie federleicht.« Aus ihrem Lächeln erwuchs der Lebensmut – dieser Schutzheilige, dessen einmal gewährter Beistand Barbara nie mehr versagt werden konnte. Jedesmal wenn ihr – neuerdings absichtlich – die stereotype Äußerung entfuhr: »Falls ich einmal lebendig hier herauskomme«, verbesserte Aurelia sie: »›Sobald ich lebendig hier herauskomme‹, wolltest du sagen«, als korrigierte sie einen unbedeutenden Grammatikfehler. Solcher Zuspruch tat ihr gut. Er bestätigte die Richtigkeit von Barbaras Entdeckung und löste einen plötzlichen Schub von warmer Zuneigung aus – und wenn sich dabei der Gedanke an die Opferung einstellte, so brachte er zugleich die Aussicht auf den baldigen glücklichen Ausgang mit.

Vielleicht – vielleicht war ja gar keine Hoffnung notwendig. Ohne diese Hoffnung hätte Aurelia Katz sich Barbara niemals so intensiv widmen können. Eine abergläubische Furcht, diese Hoffnung könnte bei der kleinsten Andeutung zerstört werden, veranlaßte sie, sie geheimzuhalten. Und die Hoffnung wuchs. In ihrem Inneren war es ruhig. Was sich in ihrem Leib bewegt hatte, die Tritte, die sich wie Protestschreie gegen die Behauptung, es sei »bloß eine Krankheit, nur eine Schwellung«, zur Wehr setzten, hatten aufgehört.

Und als die Sonne mit jedem Tag wärmer schien, als sie, die immer Frierende, endlich genug Wärme abbekam, hatte Aurelia das Gefühl, sie habe nur ein Stück Winter mit sich herumgetragen, das sich nun in der weichen Frühlingsluft auflöste. Bald würde der letzte Überrest dieses Winters ausgetrieben sein, bald würde sie sein wie alle anderen.

Zuweilen geschah es, daß ein Zittern ihren Frieden störte. »Es ist nichts, es kann nichts sein«, wiederholte sie wie eine Beschwörungsformel. Wenn die Beschwörung wirkte und das Zittern aufhörte, wurde sie ruhig. Wenn es wiederkehrte, auch nur einen Augenblick lang, befiel sie ein panischer Schrecken, der dann, an der Grenze zum Unerträglichen, in Wut umschlug gegen die drei, die da arbeiteten wie immer, als sei nichts geschehen.

Aber wie konnte sie ihre Wut zum Ausdruck bringen? Plötzlich waren nur noch Kinder um sie: Alinka war ein Kind, das sie Barbaras wegen vernachlässigt hatte und dessen Gesicht bei jedem strengen Blick von Aurelia betrübt wurde, wie übrigens auch das Gesicht eines anderen, noch empfindlicheren Kindes. Gewiß, Tola war eigentlich keins, aber als Aurelia sie einmal bei einem plötzlichen Anfall von Angst, den sie nicht beherrschen konnte, anfuhr, lächelte Tola so verloren, daß sie aufhören mußte.

Manchmal machte Aurelia sich Sorgen um dieses verschlossene, merkwürdig früh erwachsen gewordene Mädchen. Aber da sie sich mit Alinka, Barbara und diesem Rumoren in ihrem Körper befassen mußte, konnte sie Tola nur helfen, indem sie ihr Kommentare und Erläuterungen gab – zu den Nachrichten und auch zu Barbara.

»Weißt du, meine Liebe, trotz ihres starken Charakters ist Barbara sehr sensibel«, sagte sie zum Beispiel pauschal entschuldigend zu ihr.

Tola begegnete der neuen, »sensiblen« Barbara mit der Ratlosigkeit, mit der ein plötzlich Verkrüppelter von den anderen behandelt wird, die ihn bisher wegen seiner unerschöpflichen Vitalität geliebt haben. Sie bemitleidete diese Frau mit den großen, knochigen Händen, wich ihr aber aus, weil ein etwaiger Zuspruch von ihr als Herablassung erscheinen mußte. Sie hätte auch gern gesagt: »Barbara, ich habe zu viele Strafappelle erlebt, kannst du mich jetzt besser verstehen?« Solche Worte wären weniger ein Vorwurf als eine Bilanz gewesen: in der einen Rubrik das, was sie erlebt hatte, in der anderen, was aus ihr geworden war.

Beim letzten Strafappell hatte Tola begonnen, Meister Grube zu beobachten; gebeugter als früher stapfte er hinter Rost her, machte ein ausdrucksloses Gesicht, als hätte er wie jemand, der zu jung für solche Szenen ist, einen Teil von sich zu Hause gelassen.

»Ich kann es nicht«, hatte Barbara in der Nacht nach dem Strafappell gesagt, und deshalb erweckte der Anblick seines Gesichts in Tola neue Hoffnung. Wie, wenn sie zu ihm ginge? Wenn sie sagte: »Ein Kind wird hier zur Welt kommen, Sie können es retten!« Er würde sie nicht anzeigen; wenn er erführe, wie leicht es war, wie nah die waren, die das Kind aufnehmen würden, würde er vielleicht helfen.

Andere Gesichter tauchten vor ihr auf, voller Dankbarkeit, voller Reue und betroffener Zuneigung. »Wer hätte gedacht, daß du es retten würdest?« sagten die Stimmen, am lautesten die von Barbara. »Ehrlich gesagt, ich selber auch nicht«, antwortete sie. Selbst ihr eigenes Lachen malte sie sich aus, sogar das Gefühl der Befreiung – das Gefühl, daß sie sich endlich ausstrecken und ausruhen konnte.

Sie verbrachten die Abende gemeinsam – sie, Tola und die wohlwollenden Gesichter, während sie, unter der Last ihrer Waren gebeugt, ihren Verkaufsgang durch den Block machte. »Herr Meister, könnte ich mit Ihnen reden?« übte sie in Gedanken. »Herr Meister, wie Sie wissen, gibt es unter uns eine Schwangere.« Er mußte davon gehört haben – von den Kaelanki und deren jiddischem Geseufz über die »Ärmste, deren Zeit bald kommen mußte«, und von dem lahmen Vorarbeiter, der etwas von »dicken Bäuchen« gemurmelt hatte. Daß der Meister dies nicht gemeldet hatte, bewies, daß er vertrauenswürdig war.

Von den Kaelanki kam weitere Bestätigung. »Was für ein feiner Mann das ist«, sagten sie und schnalzten mit der Zunge, »und auch noch ein Liberaler.« Wieso das? Sie solle doch mal die anderen Meister ansehen, und sie werde wissen, wieso. Die anderen Meister prügelten einen grün und blau, er nicht, noch nicht einmal hatte er jemanden angefaßt. Er war so weich, daß er vor einiger Zeit, als Frauen von Schmitz nach Pikrin versetzt worden waren, es nicht über sich gebracht hatte, die Selektion durchzuführen; der Vorarbeiter sprang für ihn ein. Und schon am Anfang, bei der Ankunft im Lager – sie, die Kaelanki, waren aus dem Lager Maidanek gekommen, er aus Deutschland – hatte er ihnen freundlich zugeredet, ihnen Brot und Suppe gegeben; und einmal – es hatte nur Wasser zum Essen gegeben – hatte er geflüstert: »Mädchen, ihr trinkt Hitlerwein.« Wer ihn das hatte sagen hören, konnte Tola allerdings nicht herausfinden.

Sie sammelte diese Geschichten, wog sie ab; sie fügte hinzu, was im Werk A passiert war: das Mitleid, das er Alinka bewiesen hatte; den aufmerksamen, fast achtungsvollen Blick, den er ihr, Tola, geschenkt hatte, als sie ihn gebeten hatte, er möge Barbara den Befehl geben, in dem guten Lager zu bleiben.

Ja, er würde ihr helfen. Denn schließlich, was hatte er zu befürchten? Er würde einfach nach Skarzysko fahren, das Gasthaus betreten – ein gewöhnlicher Deutscher, der in Ruhe sein Bier trinken wollte. Daß er ein Paket in einem dunklen Hauseingang gelassen, daß ein alter Mann es an sich genommen hatte, das würde niemand bemerken. Und der Tag war nicht mehr fern, an dem es ihm helfen würde, wenn er beweisen konnte, daß er, Rosts Mitarbeiter, seine Juden gut behandelt hatte.

Aber an diesen einsamen Abenden erkannte sie auch, wie unzuverlässig solche Kalküls waren. Wenn sie um sich schaute, sah sie mit eigenen Augen ihre Unhaltbarkeit: ununterscheidbar in der grellen Beleuchtung, füllten Gesichter die Baracke; noch viel mehr Gesichter wimmelten auf den Straßen, wurden schwarz und flossen ineinander, wenn die Dämmerung zur Dunkelheit gerann. Was bedeutete es ihm, ob eines der Gesichter, ein dunkler Fleck mehr oder weniger vorhanden war? Und sogleich wuchsen die Gefahren: Sein Auto konnte durchsucht werden; jemand konnte mithören, was sie besprachen; er konnte, aus Furcht vor Denunzianten, sie bei Rost verraten.

Diese Abende liefen nach einem festgelegten, wiederkehrenden Schema ab, als eilte sie durch die zugigen Straßen, um eine Anzahl von Terminen wahrzunehmen: mit der Hoffnung, mit der Angst und mit jenen Befürchtungen, die in ihrem Mund den Geschmack von Rost erzeugten. War Aurelia etwa nur deshalb so anhänglich zu Barbara, weil diese Geld erwartete? Hatte Barbara vielleicht schon das Geld und teilte es nur mit Aurelia oder mit niemandem und stahl sich nachts hinaus, um zu essen, zu essen, zu fressen?

Und dann der allerletzte Termin, Barbaras knochige Hand, die nach der Tasche mit der Brotration für den nächsten Tag griff; an diesem Punkt wollte Tola auf der Stelle zurücklaufen und die anderen um Vergebung für ihren Verdacht bitten. Statt dessen kehrte sie zu ihren Wunschträumen von Meister Grube zurück. Aber in solchen Augenblicken ließ er sie im Stich, denn die Gerüchte von seiner Güte wollten ebensowenig zu seinem sonstigen Wesen passen wie die Erzählungen jugendlicher Heldentaten zu einem alternden, glatzköpfigen Mann.

Die »Einheimischen« – die Frauen aus Skarzysko, die wie alle Veteranen gern an ihre Pionierzeit zurückdachten – wußten anderen zu berichten: wie sie im knietiefen Schnee auf dem Appellplatz die Bäume gefällt und wie sie, fast ohne Werkzeug, nur mit ihren steifgefrorenen Händen die Baracken gebaut hatten.

»Damals wurde auch eine schwangere Frau entdeckt«, sagte eines Abends ein Mädchen. »Nein, das waren nur Gerüchte, es gab keine Schwangere im Lager«, sagten die anderen. Alles war nur noch Überlieferung, die Augenzeugen lebten nicht mehr, die Geschichten, die sie hinterlassen hatten, waren durch häufiges Wiederholen unklar geworden.

»Die Frau war hier«, beharrte das Mädchen. »Sie ist jetzt tot, aber als sie niederkam, passierte ihr nichts.« Jedenfalls nicht der Mutter. Aber tagelang hatten alle das Gefühl, sie müßten sich unter der Erde verkriechen, weil das Kind so schrie. Ununterbrochen hatte es geschrien, sagte man.

Tola hörte zu und ging dann. Die Tage waren länger geworden. Im Wald woben die letzten Sonnenstrahlen ein leuchtendes Gespinst in die Zweige. Und es schien ihr, als durchschnitte ein Wehklagen die herabsinkende Dämmerung; nicht das eines Kindes – sie hatte seit Jahren kein Kind mehr gesehen und vergessen, wie das klang –, sondern das monotone Geheul einer Sirene, das die Vorübergehenden erschrocken stehenbleiben und dann schneller gehen läßt.

Ein Gemurmel von müden Stimmen drang aus der Baracke, während sie auf der Schwelle saß und ihr Gesicht in die Hände vergrub. Oft kam es ihr vor, als verwandelte sich das Bündel von muffigen Kleidern auf ihrem Rücken in ein Lebewesen, das so schwach war, daß man es tragen mußte: und dann überkam sie die Furcht – vor diesem Schreien, vor dem, was vielleicht bald schon von ihr erwartet wurde, von ihr, die weder ein sensibler noch ein guter Mensch war. »Tüchtig« nannte man sie. »Wie einfallsreich du bist, wie tüchtig!« hieß es, wenn sie ihnen das erhandelte Brot gab.

Die Dunkelheit war hereingebrochen, als sie endlich aufstand. Wo das leuchtende Gespinst gehangen hatte, lag Mondschein. Sie war ruhiger. Sie würde den Meister um Hilfe bitten, bald schon, ohne jemandem etwas zu sagen.

Kapitel 21

Am folgenden Mittag zeigte Barbara Aurelia, Alinka und den Kaelanki, die in der Nähe saßen, ihre Hand und lächelte dabei wie ein Mädchen, das ihren Verlobungsring vorweist. Und zuletzt kriegte auch Tola ihn zu sehen: einen aus frischem Gras geflochtenen grünen Ring.

»Sieh doch, was ich gefunden habe, Tolenka«, strahlte sie, »da drüben bei den Büschen wird alles grün.«

»Der Frühling kommt«, sagte Tola; Barbara meinte, der Wind fühle sich so weich an, und dann schwiegen sie, wie immer, wenn sie allein waren. Schließlich, um das Schweigen zu beenden, begann Tola vom Meister zu reden, bereute es aber sofort.

»Morgen ist Sonntag. Morgen mache ich mich schick, und am folgenden Tag rede ich mit ihm.«

»Mit dem, mit einem Deutschen?« Seit dem Strafappell benutzte Barbara den alten Spottnamen nicht mehr; ›Deutsche‹, hieß es jetzt, ›die Deutschen‹ oder ›die‹. Dann sprachen nur noch ihre Augen: der bestürzte Blick hieß Angst, der abschätzende Zweifel, ob Tola soviel Mut aufbringen würde, und der scharfe, beunruhigte Ausdruck der Augen bedeutete Neid. »Gemeinsam«, sagte Barbara eindringlich. »Ohne mich wärst du nie auf den Gedanken gekommen, zu dem zu gehen, ich meine, dich solcher Gefahr auszusetzen. Aber ich lasse dich jetzt nicht im Stich. Wir gehen zusammen hin.«

»Eine Delegation also?« Eine Delegation, erklärte Tola, würde nichts bewirken. Je weniger Leute wüßten, was sie von ihm wollte, um so sicherer würde der Meister sich fühlen. Außerdem, wie konnte Barbara von Nutzen sein, wenn sie so gut wie gar kein Deutsch verstand?

»Vielleicht hast du recht. Ach, Tolenka, wie gut du alles geplant hast. Und wieviel Schneid du hast!«

»Soviel Schneid«, sagte Barbaras Blick auch am folgenden Tag. Doch abends, als Tola ihre Vorbereitungen traf – sie wusch ihre Kleidung, sie glättete sie, indem sie jedes Stück über das Ofenrohr spannte –, schaute Barbara verdutzt zu. »Tola, wozu tust du das alles?« Sie konnte nicht länger den Mund halten. »Wie kannst du nur an solche Lappalien denken?«

»Weil ich Aschenputtel heiße und zum Ball gehe, ohne daß eine gute Fee mir hilft. Morgen muß ich mich aus der Asche erheben. Morgen muß ich ebenbürtig vor ihm erscheinen. Du verstehst mich immer noch nicht? Dann schau dich um.«

Und Barbara schaute um sich: sah die Finger, welche Jagd auf Läuse machten, die Münder, die sich im Schrei öffneten.

»Nein ...«, stotterte sie. »Nein, ich glaube nicht ...«

»Du glaubst nicht, daß ich mit ihm rede?«

»Nein! Wie kannst du so etwas sagen? Ich meine – ich weiß eigentlich nicht, was ich meine. Bloß, er hat schon zuviel gesehen; er muß sich an das gewöhnt haben, was er gesehen hat.«

»Ich habe mich entschieden«, sagte Tola.

Die Tür hatte sich hinter dem Meister geschlossen, der Gang war leer, aber Tola konnte immer noch nicht begreifen, was abgelaufen war. Es war nur eine Probe gewesen; da sie mißlungen war, würde sie die Probe wiederholen und dann mit ihm reden.

Aber es war zu spät. Sie hatte versagt – wenn auch nicht nur aus Angst. Die Angst war in der Nacht gekommen. »Er hat zuviel gesehen«, erinnerte sie sich, und was er gesehen hatte, das ragte wie ein dunkler, unförmiger Hügel vor ihr auf, unter dem sie das Kind hervorholen mußte, so daß es ihm als das erste, das einzige erscheinen mußte, das er hier gesehen hatte. Im Traum fiel der Hügel auf sie; sie konnte nicht atmen, sie wachte auf und lag da und starrte auf die Funken, die im Ofen verglühten. Am Morgen war die Angst weg. An ihre Stelle trat ein Gefühl der Erwartung, so freudig beschwingt, daß sie redete und scherzte, bis alle außer Barbara lachen mußten.

Hier in dem engen Gang, der das Büro des Meisters mit dem Flur verband, begann die Freude zu schwinden. Sie war ruhig, nur sehr müde. Und das Warten fiel ihr schwer. Der Meister war ein undeutlicher Schatten hinter der Tür aus Milchglas, er wuchs in die Höhe und näherte sich. Jetzt kam er, sie mußte sich von der Wand lösen. Der Schatten verschwand. Er hatte sich wieder hingesetzt. Und wieder starrte sie auf das erleuchtete Glas.

Dahinter klingelte das Telefon. Wenn sie genau hinhörte, verstand sie einzelne Sätze: die Granaten – der Nachschub, der nicht rechtzeitig eingetroffen war und infolgedessen – was, das konnte sie nicht verstehen.

Der Hörer wurde aufgelegt, ein Stuhl scharrte über den Boden. Jetzt kam er. Sie befeuchtete ihre Lippen und ging mit fest an den Körper gepreßten Armen auf die Tür zu. Die öffnete sich. Und gerade als der Meister stehenblieb, um die rote Hakenkreuzarmbinde glattzustreichen, spürte sie ihn – den Fleck, der ihr Handgelenk hinabkroch.

Sie ballte die Faust, versteckte sie und kam sich verkrüppelt vor, weil sie einen Arm krampfhaft hinter ihren Rücken hielt. Unter dem Ärmel kroch die Laus weiter, in die Achselhöhle hinein, wo sie sich zu vermehren schien, denn jetzt krochen ihr die grauen Flecken über Kragen, Hals und Haar. Sie durfte nicht daran denken; sie mußte ruhig bleiben.

Und ihre Stimme klang ruhig. »Herr Meister«, hörte sie sich sagen, »darf ich ein paar Minuten von Ihrer Zeit beanspruchen?« Daß er, dem solche Anrede ungewohnt war, zurückwich, hatte sie erwartet; nicht aber diesen Blick, der ihr auswich und sich auf einen Riß in der Wand heftete. »Herr Meister, Sie waren schon einmal sehr nett zu uns.« Ihre Stimme – sie empfand Verachtung, beinahe Haß gegen ihre überdeutliche, laute Aussprache – sagte die sorgfältig gelernten Sätze her. »Das war im Werk A, Herr Meister, als wir aus dem Lager Krakau hier ankamen.« In diesem Augenblick fing es an. Noch keine Angst, nur das groteske Gefühl, als bewegte sich ihr Mund, ohne einen Laut hervorzubringen, als breiteten sich die roten Flecken wie vorher die Läuse über ihr Gesicht aus und überzögen es mit Ausschlag. Eine Stimme – es schien gar nicht mehr ihre zu sein – redete von Freundlichkeit: sie habe sich immer an seine Freundlichkeit erinnert; seine Freundlichkeit habe ihr den Mut gegeben, sich in ihrer Not an ihn zu wenden.

Kam es ihr so vor, oder lief er wirklich vor Ärger rot an? Sie konnte nicht hinsehen. Sie brauchte ihre ganze Kraft, um die Lippen zu bewegen. »Wie Sie vielleicht wissen«, sagten die Lippen, »gibt es hier eine Frau – und diese Frau ...«

Die Röte auf seinem Gesicht wurde dunkler. Er schaute sie an wie eine Bettlerin, die sich eine Vertraulichkeit anmaßt – nicht entrüstet, nur sehr überrascht, daß jemand so Unbedeutendes und Abstoßendes ihm den Weg vertreten konnte. Und mit einem Mal begann das Kind, dessen Geburt bevorstand, ihre eigenen Züge anzunehmen, als hätte dieser Abstand gebietende Blick ihr klargemacht, was aus ihm werden würde – ein bedeutungsloses, ewig hungriges, ewig frierendes Wesen. Und mit diesem Gefühl der absoluten Sinnlosigkeit stellte sich die Überzeugung ein, daß so eine wie sie vernichtet werden mußte, nicht zur Strafe, sondern weil es besser war und ohnehin völlig gleichgültig.

»Entschuldigen Sie«, sagte sie heiser. »Ich – es ist nichts – ich fühle mich nicht gut.«

Erst jetzt, wo es vorüber war, sah er sie richtig an, verärgert und zugleich mit einer Art Mitleid und Scham. Aber sie war schon im Weggehen begriffen, ging hastig, blieb dann stehen, weil sie über eine zitternde Linie auf dem Boden zu stolpern fürchtete. Es war nur ein Sonnenstrahl. Sie überquerte ihn. An der Wand starrte sie auf den Riß, den er vorhin angeschaut hatte. Und wieder wartete sie – diesmal auf seinen Anruf, auf Schläge, auf ein Zeichen, daß er sie denunzieren würde, so daß sie nicht mit leeren Händen zu Barbara zurückkehrte.

Doch der Meister war schon wieder auf dem Weg ins Büro; und mit jedem Schritt schrumpfte er, der in sich alles Gute, das sie erfahren hatte, und zugleich alles Schreckliche verkörperte, zu einem ganz gewöhnlichen Deutschen mit gebeugtem Gang und unter der braunen Uniform hervorguckenden Manschetten, deren Kanten abgewetzt waren. Und dann war er verschwunden.

Der feuchte Fleck kroch ihr die Hand hinunter. Ihre Nägel erzeugten ein knackendes Geräusch. Sie schnippte mit dem Finger. Und in diesem Augenblick kam Barbara herein.

»Wird er uns verraten?« Barbara brachte mit Mühe ihre Worte hervor. »Ja?«

»Keine Sorge. Es gibt nichts zu verraten.« Sie wollte weiterreden – von der Laus, von der Erfahrung ihrer eigenen Absurdität – aber Barbara unterbrach sie.

»Trotzdem, was für einen Mut du hattest«, sagte sie. Und Tola antwortete nicht.

»Ich hatte gerade angefangen, da sagte er irgendetwas Undeutliches und ging weg«, sagte Tola zu Barbara, als sie mittags auf die Lichtung gingen. »Bitte vergiß den ganzen Vorfall«, fügte sie hinzu und wollte gehen.

»Bleib, bleib doch, Tolenka«, sagte Barbara. »Ich weiß gar nicht mehr, wann wir zuletzt miteinander geredet, wirklich geredet haben.«

Das letzte Mal, das war, als Tola gesagt hatte: »Du siehst jüdisch aus, Barbara«; Tola erinnerte sich genau.

Jetzt sprach Barbara von Aurelia. Aurelia war ein guter Mensch, so gut, daß ihr die Worte fehlten; ohne Aurelia wäre sie zugrundegegangen; Aurelia verstand sie, konnte ihre Gedanken lesen.

»Und sie braucht auch mich«, flüsterte Barbara. »Ich weiß, was für ein Mensch sie ist, seitdem ich sie weinen sah am Abend nach dem Strafappell, ich weiß es. Und jetzt kümmere ich mich um sie«, ihre Stimme klang tiefer, »ich tue alles für sie, was ich kann, verstehst du? Alles, auch das Äußerste, das Schlimmste.«

»Nicht«, Tola zuckte zusammen, »sag so etwas nicht.«

»Aber was bleibt einem denn anderes übrig?«

»Nichts. Es hat nie eine andere Möglichkeit gegeben.«

»Und warum hast du mich so seltsam angeschaut, als ich sagte ...?«

»Wegen der Art, wie du das sagtest, so feierlich, so pathetisch.«

»Weiter.« Barbara trat näher. »Jetzt hast du angefangen. Mach weiter.«

»Gut. Von dem ›Schlimmsten‹ sprachst du gerade; ›schlimm‹ heißt bei dir tragisch und edel, ganz edel. Und weshalb ist es das? Weil du es tun willst, du, um dich für Aurelia zu opfern. Und wenn das geschieht, dann ist es wirklich schlimm, aber nicht, wie du meinst, sondern, wie ich es sehe – häßlich und sinnlos; und alle werden das finden, sogar Aurelia.«

»Rede weiter, ich höre zu.«

Tola schwieg. »Barbara«, sagte sie endlich, »ich weiß nicht, warum ich das gesagt habe. Bloß, wenn es soweit ist – wenn das geschieht – dann – darfst du nicht zu mir kommen.« Barbara schaute sie an, ihr Blick gebot Abstand wie der des Meisters. »Ich wüßte gern«, sagte sie nachdenklich, »ich wüßte wirklich gern, was du davon hast, wenn du mich auf solche Gedanken bringst.«

»Weniger als du glaubst, Barbara.« Tola grinste, sah dann, wie Barbara zu Aurelia lief und wie diese ihren schweren Leib bückte und etwas auf den Boden zu zeichnen begann – höchstwahrscheinlich eine Karte mit den russischen Siegen, denn Barbara nickte befriedigt. Auch Tola zeichnete jetzt: zuerst eine Pritsche, dann eine Figur obendrauf, nur eine. Diese Figur war sie. Wenn sie in einen anderen Block zog, wenn sie zu einer anderen Arbeitsschicht wechselte, bedeutete das Trennung, völlige Trennung, wie die Auswanderung in ein anderes Land. Vielleicht wanderte sie ja aus, vielleicht. Als sie Alinka kommen sah, zerstörte sie die Zeichnung mit dem Fuß.

»Es gibt etwas, worüber ich mit dir reden muß. Komm heute Abend zum Waschraum und bring Barbara mit«, befahl das Mädchen und ging mit müden, steifen Schritten weg. Zum zweitenmal hintereinander hatte es Alinka am Sonntag erwischt, sie war zum Granatenverladen kommandiert worden, von wo sie so erschöpft zurückkam, daß sie sich kaum noch rühren konnte.

»Es war kein Zufall, daß ich zum Verladen gegangen bin«, verriet Alinka, als die drei um den rostigen Waschtrog herumstanden. »Beide Male habe ich mich freiwillig gemeldet, damit ich ihn sehen konnte.«

»Wen denn?« entfuhr es Barbara.

»Unterbrich mich nicht, dann erfährst du es. Den Soldaten, den dicken Soldaten, der vorbeikam, als wir von der Entlausung zurückmarschierten. Nein, am besten erzähle ich alles von vorn.« Um sich vor Lauschern zu schützen, drehte Alinka den Hahn auf. »Ungefähr vor einem Monat lernte ich ihn kennen. Ich putzte für ihn, er schenkte mir Pfefferminzbonbons. Das wird euch alles verrückt vorkommen. Ich wußte, daß er ein Nazi ist, er hat es selber gesagt; und als er erst über ›den Führer‹ sprach, geriet er fast aus dem Häuschen. Und doch, ich weiß nicht, wie es kam, aber da hielt ich es für möglich, also ich hatte das Gefühl, er war ein anständiger Mensch, dumm, abgrundtief dumm, aber anständig. Er beaufsichtigt das Verladen der Munition, ich hab ihn mir angeschaut und ... ich verstehe das nicht. Ob die Propaganda ihn verseucht hat? Er ist nicht mehr wie damals. Er schlägt – nicht, damit es blutet, wie der Meister in Pikrin – aber er schlägt, ich habe es selber gesehen. An diesem Sonntag hat er mich bemerkt; und dann, wißt ihr, was geschah? Er konnte nicht schnell genug verschwinden, als ob er sich schämte. Und wofür? Für das, was er jetzt ist? Für das, was er war, als wir uns kennenlernten? Denn damals war er nett zu mir; damals sagte er: ›Der Führer hat nie etwas gegen Kinder gehabt‹.«

»Was ist mit dem Führer?« entfuhr es Barbara.

Alinka übersetzte leise.

»Aha!« Barbara sah Tola an. »Ich .. weiß nicht recht«, sagte sie bang und leise. »Ich bin noch nicht so lang im Lager, ich weiß nicht recht.«

»Aber ich«, sagte Tola, »ich weiß es.«

»Ich wollte euch nur von ihm erzählen.« Alinka war still. Aus einem am Rohr befestigten Papierbehälter rieselte gelbes Scheuerpulver in den Trog.

»Dieser Dreck!« knirschte Barbara mit zusammengebissenen Zähnen. »Nein, Alinka, geh noch nicht. Wann ist es soweit?«

»Woher soll ich das wissen?«

»Ich will es nicht auf den Tag wissen. Ich meine ... nämlich, wann genau war das; du weißt schon ... diese Sache ... in Radom.« Alinka bog die Finger und zählte. »In zwei Wochen sind es genau neun Monate«, sagte sie.

Seit diesem Abend schien eine Uhr über dem Bett zu hängen. »Zwei Wochen noch«, tickte sie, »zehn Tage – acht –« Und wenn Barbara sich in ihre Träumereien von der Zeit »nach dem Krieg« zu flüchten versuchte, wurde das Ticken lauter. Dann rückte sie an Aurelia heran. »Ist dir kalt?« flüsterte sie. »Soll ich dir die Füße massieren?«

»Ja, mir ist ziemlich kalt«, lautete Aurelias Antwort jedesmal; und als die eiskalten Füße unter Barbaras Händen warm wurden, erfüllte sie ein Friede, derselbe Friede, der in der Nacht nach dem Strafappell über sie gekommen war, als könnte nur diese Berührung ihn zurückbringen.

»Tola«, sagte sie in einer Anwandlung von schlechtem Gewissen, »auch du mußt doch müde sein, Tolenka – schlaf gut.«

»Seid still und laßt Aurelia in Ruhe.« Das war Alinka von der Pritsche unter ihnen. Sogar nachts hatte sie diesen sachlich-geschäftsmäßigen Ton, nur noch ungeduldiger, wie eine, die gereizt ist, weil sie so spät noch arbeiten muß.

»Fünf Tage«, tickte die Uhr in der Nacht, als Barbara aus dem Schlaf hochfuhr. Da war etwas gewesen – ein Laut, der in dem Moment aufgehört hatte, als sie die Augen öffnete. Aber in der Baracke war alles ruhig; Aurelia lag und atmete ruhig. »Warum weckst du mich?« beschwerte sie sich, als Barbara sich über sie beugte.

»Ich weiß nicht. Ich dachte, ich hörte etwas.«

»Was denn? Ist es soweit?« Sofort richtete sich Tola auf.

»Ist es soweit?« kam es auch aus der unteren Pritsche.

»Nein. Es tut nichts weh«, antwortete Aurelia. »Bitte laßt mich schlafen, ich bin todmüde.« Auch die anderen waren müde; eine nach der anderen schliefen sie ein.

Erst da kroch und kletterte Aurelia vom Bett herab. Sie umspannte ihren Bauch wie einen zu vollen Korb, lief nach draußen, blieb stehen und preßte ihn an die feuchte Wand der Baracke, preßte und krümmte sich. Es half nichts. Erholt nach der langen Pause, trat und strampelte es in ihr mit frischer Kraft. Jetzt wußte sie, was sie in sich trug: keine Krankheit, keinen Tumor, sondern einen Peiniger, der ihre Kraft aufzehrte, ihr jeden Brocken wegschnappte, sich eine Zeitlang verbarg, um ihr weiszumachen, es sei vorüber, und jetzt wieder da war, um nicht mehr zu verschwinden. Das harte, rhythmische Getrampel ging weiter.

Lautes, rhythmisches Pochen kam auch von einem fernen Wachtturm. Aurelia lauschte. Sie riß den Mantel auf. Langsam, als wäre sie auf einer Prozession, ging sie weiter, ihr Mantel flog auf und schloß sich, und die Bandagen flatterten als lange, dünne Schleppe hinter ihr her. Jemand hockte vor einer Baracke, sah sie und rannte weg, eine Frau schrak hoch und schrie auf, während sie dem Turm immer näher kam. Sie blieb stehen. Das Pochen da oben verstummte, als wäre selbst der Wachmann erstaunt über diesen Anblick einer unförmigen, mißgestalteten Frau mit weit aufgerissenen, leuchtenden Augen, die die Schultern zurückwarf, um den dicken, weißlichen Ball ihres Leibes in seiner ganzen Fülle zu entblößen.

Das Pochen setzte wieder ein; sie wartete. Dann machte sie sich schwerfällig auf den Rückweg, wie jemand, der eine lange Reise unternommen hat, um einen Besuch zu machen, aber niemanden angetroffen hat. Und der Scheinwerfer ruhte auf ihr, als gehörten sie, der Turm und der Wachtposten zusammen.

Kapitel 22

Am nächsten Tag wurde im Werk Schmitz fieberhaft umorganisiert. Alle Transportarbeiter außer zweien wurden nach Trotyl geschickt; neue Verfahren zur Verpackung der Granaten wurden eingeführt, und die beiden Schichten mußten nun abwechselnd arbeiten, eine Woche tagsüber, die nächste Woche nachts.

Die Nacht erschien Tola wie ein Geschenk. Nachts war sie unentbehrlich – sie mußte wieder »sechse stehen«, um vor dem ständig betrunkenen Vorarbeiter zu warnen, um sich am Einschlafen zu hindern und um für das gerüstet zu sein, was jeden Augenblick eintreten konnte.

Auf noch etwas mußte man ein wachsames Auge halten – auf die Stimmung, die Besitz von Aurelia ergriffen hatte. Sie sprach kaum noch; wurde sie angeredet, antwortete sie mit einer unbestimmten Geste und hantierte geistesabwesend mit einer Geschoßhülse. Plötzlich fuhr sie dann hoch und hielt sich an Alinka fest oder starrte Barbara mit schmerzerfülltem, hilflosem Blick an. »Guck nicht so!« fuhr Barbara sie an. Und kam jemand in ihre Nähe, dann bat sie: »Nicht anfassen – es tut weh!« und legte ihre Hände schützend über das Geschwür, das sich auf ihrer Schulter gebildet hatte.

»Zusammenbleiben, lassen Sie uns zusammenbleiben, Herr Vorarbeiter«, bettelten alle außer Aurelia, Abend für Abend, denn die plötzliche Reorganisation war nur die Bemäntelung eines Mangels an Arbeitskräften, und ständig wurden Frauen zu Arbeitseinsätzen außerhalb von Schmitz geschickt.

Am dritten Abend nach Einführung der neuen Schicht blieb der Vorarbeiter unnachgiebig. Er brüllte, er schwang seinen Gummiknüppel. »Ich gehe«, sagte Tola endlich. »Ich bin nicht aus der Welt. Wenn es so weit ist, sagt mir sofort Bescheid.«

Wenn es in dieser Nacht losging, war alles vorbereitet, dachte sie, als sie mit einer Gruppe von Frauen über die Lichtung ging. Goldberg, der immer um Mitternacht mit der Suppe kam, würde sie zum Lager zurückbringen. Goldberg hatte, als er die volle Wahrheit wußte, einen sicheren Ort für Aurelia gefunden, das Kleiderdepot, das weit genug von den Wachttürmen entfernt lag. Trotzdem, es war unwahrscheinlich, daß es so früh losging. Bei älteren Frauen dauert es länger, sagte sie sich, um sich zu beruhigen, und ging in die Werkshalle.

Auf den Versandkisten hockend, reichten die Frauen die Papphülsen von einem Karton zum nächsten. Tola arbeitete schnell. Aber während sie die Hülsen in Reihen anordnete, leere Kartons holte, die vollen wegschleppte, schaute sie zur Tür. Als es plötzlich raschelte, schoß sie hinaus; da war niemand, die Schritte, die sie gehört hatte, kamen von den Transportleuten, die ihren Karren auf der Lichtung entluden. Und wieder hockte sie auf einer Kiste, während die Hülsen an ihren überanstrengten Augen vorüberglitten.

»Ich muß mich ausruhen. Wenn mich jemand sucht, ich bin hier.« Sie zeigte auf einen Haufen von Geschoßhülsen.

Sie kam aber nicht zur Ruhe. »Herr Meister, kann ich Sie sprechen?« übte sie schon wieder. »Tola, wer hätte gedacht, daß du es retten würdest!« hörte sie Barbara im Geiste sagen. Dann war der Meister wieder da und schaute sie an, als wäre sie eine Bettlerin. Sie grub sich tiefer in die Hülsen hinein und lauschte auf das Lied, das leise durch die Halle zog.

Das Singen hatte aufgehört, als sie erwachte. Statt dessen erzählte ein Mädchen den Inhalt von »Vom Winde verweht«, einem Lieblingsfilm aller Lagerbewohner. »Scarlett, Rhett Butler«, sehnsüchtig verweilte das Mädchen bei den fremdländischen Namen. Dann trat eine Pause ein. Jemand keuchte, jemand – nicht Barbara und nicht Alinka – rief sie beim Namen. Als sie sich aus ihrem Haufen herausgearbeitet hatte, war die unbekannte Ruferin verschwunden.

»Eine alte Frau war hier. Sie sagte, Sie müßten sofort in die Halle vom Werk Schmitz kommen. Sie sagte, Sie sollten vorsichtig sein.«

»Vorsicht – seien Sie vorsichtig!« rief die Frau ihr nach, als sie über die Lichtung rannte. Plötzlich blieb sie stehen. Und wenn nun alles wie immer war, wenn Barbara und Alinka sich um Aurelia bemühten, während sie das Kind am Halse hatte – und damit die ganze Mühe, die damit verbunden war? Sie kehrte um und ging zum Arbeitsplatz zurück.

»Ich konnte nicht kommen«, wollte sie am anderen Morgen sagen – dann mußte ohnehin alles vorbei sein. »Ein Wachsoldat hat mich angehalten. Beinahe wäre ich erschossen worden.« Wieder blieb sie stehen. Und jetzt rannte sie los, zur Halle im Werk Schmitz.

Mit tränenüberströmtem, aschfahlem Gesicht wankte die alte Alexandrowitsch den Gang entlang. »Haben Sie schon gehört?« Sie hielt Tola fest. »Haben Sie es gehört?«

»Was ist denn passiert?«

»Brot. Sie haben mein Brot gestohlen – sie haben es gestohlen!« Sie jammerte noch, als Tola schon weiterlief. Eine Apathie, wie große Hitze sie hervorbringt, lag über der Halle. Die beiden Transportarbeiter, in sich zusammengesunkene Bündel, dösten auf einem Stapel von Kisten; an den Tischen saßen schläfrig und schwankend die Frauen; und die wenigen, die noch eine Geschoßhülse in der Hand hatten, hielten mitten in der Bewegung inne und schienen zu seufzen: »Es ist so heiß, viel zu heiß zum Arbeiten.« In Wirklichkeit war es kalt, bitterkalt.

Hochbeladen mit Kisten versperrte ein Karren Tola den Weg. »Transport!« rief sie, »Transport, ich brauche Hilfe!«

»Sch... der Vorarbeiter!« warnte jemand im Flüsterton. Er schwieg; aus der Halle kam ein leises Weinen, melodisch, fast wie ein Gesang. Das war Aurelia. Warum half ihr niemand? Warum hatte man sie nicht zur Latrine gebracht?

»Transport!« Endlich rollte der Karren weiter und gab die Sicht frei, und Tola erschrak, weil sie sah, daß niemand mehr da war, der Aurelia forthelfen würde. Aurelia war allein; wer sich da über sie beugte, war nicht Barbara, sondern eine alte Frau mit kahlgeschorenem Kopf.

»Aurelia, wo sind die anderen? Wohin sind sie gegangen?« Alle waren weg. Eine Fremde, die zufällig Ähnlichkeit mit Aurelia Katz aufwies, war an Barbaras Stelle getreten, eine wortkarge Frau, die sie nicht zu kennen schien, deren entrückte, glänzende Augen sich auf einen Punkt hefteten – auf die gegenüberliegende Glastür. Dahinter lag auf einem aus zwei zusammengerückten Stühlen improvisierten Bett der Vorarbeiter und hatte ein großes, weißes Kissen unter dem Kopf.

»Aurelia! Wo sind die anderen?«

Unwillig drehte sich Aurelia um. »Sie sind weg«, sagte sie und zuckte gleichgültig mit den Achseln.

»Was sollten sie machen?« beteuerte die alte Frau. »Dauernd kamen OD-Männer herein. Erst holten sie das Mädchen mit den Sommersprossen, dann die Polin. Aurelia hat die OD-Männer angefleht, die beiden hierzulassen, sie hat mich gebeten, Sie zu holen. Aber ich bin nicht früher weggekommen. Der Vorarbeiter ist total betrunken.«

»Und sie? Seit wann ist sie ...?«

»In diesem Zustand? Seitdem die Polin weg ist. Ich habe sie gefragt, was ihr fehlt, aber –« Die Frau schwieg.

Schwerfällig stand Aurelia auf. »Da«, sie zeigte auf den Karton mit den Papphülsen, »da will ich mich hinlegen. Ich habe Wehen.« Ihre Stimme war unbeteiligt, vollkommen tonlos und schien von weit her zu kommen.

Aurelia hatte Wehen, sie durfte nicht in der Werkshalle bleiben – Tola wußte das, aber sie unternahm nichts. Neben ihr begann Aurelia sanft zu schaukeln; aber überall schaukelten die Frauen; an Schmerzen und Schlafmangel litten sie alle; Aurelia brauchte nur Schlaf, sie sollte sich hinlegen wie der Vorarbeiter und sich ein Kissen unter den Kopf legen.

Über dem Kopfkissen ragte ein Arm in die Höhe. Aurelia beugte sich vor, und jetzt streckte sie die Arme aus, als wollte sie quer durch die Halle zu dem Vorarbeiter schwimmen.

»Nein! Nicht!«

Sie ließ die Arme sinken. Aus der Tasche, die Aurelia über den Tisch schob, fiel Alinkas Kamm heraus, eine krause Haarsträhne hing noch zwischen den Zähnen. Mit glasigem Blick starrte Aurelia hin, heftete dann denselben angestrengten Blick auf ihre Hand, als wäre auch die ein Überbleibsel von jemandem, der fortgegangen war. Die Hand zitterte.

»Tola, hilf mir!« flüsterte Aurelia. »Ich weiß nicht, was ich tue, ich bin ganz verwirrt, hilf mir!«

»Ich helfe dir, verlaß dich drauf.« Sie griff Aurelia unter die nassen Achselhöhlen und hielt sie mit aller Kraft fest, nicht nur, um Hilfe zu leisten, sondern um diesen taumelnden, schweißnassen Körper zu spüren, um endlich zu begreifen, was da geschah. »Ich helfe dir, komm mit mir«, sagte sie, und den Frauen an den Tischen rief sie zu: »Sagen Sie Goldberg, wir sind in der Latrine. Nicht vergessen, sagen Sie ihm Bescheid.« Zuerst kam die hohe Schwelle, dann der Gang und darin das tränenüberströmte Gesicht; und dann endlich die Latrine.

In der Tür blieb Aurelia stehen. Nachdenklich, gleichsam abwägend, schaute sie auf die Frauen, die da dösend in dem Gestank saßen, und dann auf ihren Bauch; plötzlich ballte sie die Faust, gab sich einen Ruck und stieß Tola zur Seite. Jetzt war die

Fremde wieder da; die Fremde mußte in das Klo und auf den Sitz geschoben werden.

»Gehen Sie auf das andere Klo; dadrin ist jemandem schlecht.« Die kahlgeschorene Frau bewachte sie. Als sie wegging, übernahmen andere ihr Amt. Aber Tola hielt den Türgriff umklammert. Sie hatte Angst, nicht vor dem Vorarbeiter – der schlief immer noch –, sondern vor dieser Frau mit dem zusammengepreßten Mund und dem starren Blick.

Manchmal blickten diese Augen freundlicher. »Aurelia, ist es schlimm? Aurelia, so antworte doch«, bat sie, und sofort kam der starre Blick zurück, als spielten die beiden Verstecken miteinander, wobei Aurelia zuerst näherrückte, um dann, wenn Tola sie beinahe gefaßt hatte, hinter der Fremden zu verschwinden, die still und feindselig dasaß.

»Goldberg.« Sie nahm einen neuen Anlauf. »Er kommt gleich, er holt uns ab.« Aurelia starrte immer noch auf die Wand.

»Es dürfte beinahe elf sein. Eine Stunde noch, dann kannst du dich hinlegen, nur noch eine Stunde.«

Ein Achselzucken, das ihr zeigte, wie lang eine Stunde für jemanden war, der solche Wehen hatte.

»Es wird nicht lange dauern. Und jetzt, sag, kann ich irgend etwas tun?«

»Nichts.«

»Es ist kalt hier, komm, ich wickle dich in deinen Mantel.«

»Nein..«

Eine Schere schien zuzuschnappen und jedes Band durchzuschneiden, mit dem sie diese Frau heranzuholen versuchte. Und draußen scharrten Füße und die Tür knarrte, als die anderen Frauen zurück in die Halle gingen.

»Kommt zurück! Er ist aufgestanden! Er hat einen Wutanfall!« rief jemand. Wieder ein Knarren, Holzpantinen entfernten sich klappernd. Und nun tropfte nur noch, doppelt laut in der Stille, das Wasser.

»Aurelia«, ihre Stimme bebte, »Aurelia, wie geht es dir jetzt? Sag etwas, sag doch irgend etwas.«

Keine Antwort.

Tola umklammerte den Türgriff noch fester und preßte ihr Ohr an die Tür. Ein rasselndes Geräusch, wahrscheinlich der Transportkarren, kam von der Halle herüber, dann ein dumpfer Schlag und ein heiseres Gebrüll: »Arbeiten!« brüllte der Vorarbeiter, »arbeiten, oder es setzt was!«

»Der kommt nicht hierher«, flüsterte Tola. »Ich bin sicher, daß er nicht kommt. Aber wir können nicht einfach so herumsitzen. Ich... ich jedenfalls nicht. Tu mir einen Gefallen, laß uns von irgend etwas reden.«

Aber nur Tola redete. Verzweifelt und mit seltsam rauher Stimme sprach sie von Barbara und Alinka – daß man sie gezwungen habe wegzugehen, daß sie wiederkämen, jeden Augenblick, ganz bald. Sie wartete. »Barbara«, begann sie wieder, »Barbara braucht dich mehr denn je. Ich weiß, du erzählst mir immer, wie ... wie empfindlich sie ist. Und sie hat mir gesagt: ›Ohne Aurelia wäre ich zugrundegegangen.‹ Und wenn ...« – »Wenn dir etwas zustieße«, hätte sie um ein Haar gesagt; aber es würde ihr nichts zustoßen. Bald würde Goldberg kommen und sie holen. »Und«, sie suchte nach Worten, »... du ... mußt wieder Mut fassen. Denk an all die guten Nachrichten.«

Obwohl sie wußte, wie schlecht sie Aurelia nachahmte, wenn diese Barbara Mut zusprach, redete sie weiter – jetzt war sie bei den Nachrichten angelangt. »Die Alliierten rücken vor«, sagte sie. »Wer weiß, in ein paar Monaten, in ein paar Wochen schon –« Sie brach ab. Aurelia lächelte dünn und gequält. »Du glaubst ja selber kein Wort davon«, sagte dieses Lächeln.

Nein, sie glaubte es nicht, sie konnte es nicht glauben. Und sie hatte das Gefühl, daß diese Frau mit dem starren Blick alles durchschaute, was sie je vor ihr zu verbergen gesucht hatte: daß sie mit ihrem »Es wird schon alles werden« Barbara nur nachäffte – Aurelia wußte es; daß sie heute abend auf der Lichtung fast weggelaufen wäre; und daß ihr Gang zum Meister ein Mißerfolg, ein schlechter Witz gewesen war, auch das.

»Aurelia, ist der Meister heute abend in der Halle gewesen! Ja?« Ein Speicheltropfen rann aus dem verkniffenen Mund. »Du!« Tola schrie beinahe. »Warum behandelst du mich so, was habe ich dir getan.«

»Nichts.«

Sie gab auf. Sie hockte da und starrte auf die schwarzen Rinnsale, die unter der Trennwand durchsickerten. Sie breiteten sich aus. Die Jauche sickerte ihr in die Schuhe, und jedesmal wenn sie sich bewegte, quietschten sie, als würde etwas zerquetscht.

»Aurelia, es muß kurz vor zwölf sein.« Sie redete, um das Quietschen nicht zu hören.

»Heda, ihr Frauen, wie spät ist es? Frauen – ist da jemand?«

»Ist da jemand?« Schon einmal hatte sie das gerufen – in Krakau, als sie während der Selektion unter der Matratze versteckt lag. Dies hier war eine Selektion, die nur sie beide betraf. Wie damals der Staub, so erschwerte ihr jetzt der Gestank das Atmen; wie damals die Seidmanka, so würde jetzt diese Frau die Nerven verlieren und so laut schreien, daß der Vorarbeiter kommen würde, dann die OD-Leute und endlich die Wachen.

Wenn das Schreien losging, wollte sie sich verstecken – ja, unter den Baracken, die auf Pfosten standen. Sie würde das Lager mit der Tagesschicht verlassen, würde auf dem Rückweg in eine fremde Baracke gehen, wo niemand sie kannte, so daß Barbara nicht erfuhr, wo sie war. Sie würde Barbara niemals wiedersehen, wenn dieses Schreien losging.

Nein! Aurelia würde nicht schreien. Sie schien kaum Schmerzen zu haben, ihr Atem ging ruhig, und jetzt, endlich, setzte sie zum Sprechen an.

»Ich glaube, ich gehe besser zurück«, sagte Aurelia leichthin, als säße sie nur da, um sich die Zeit zu vertreiben. »Zurück? In die Halle? Die Wehen können wieder anfangen, du wirst schreien, und wenn der Vorarbeiter dich hört –«

»Na und? Es geht ja nicht um Schuhe.«

»Um was?«

»Schuhe. Dies ist ja kein Fall von Sabotage, wie der Diebstahl von Treibriemen zum Anfertigen von Schuhen.«

Irgendwo knallte eine Tür. Die Glühbirne schwang hin und her, und ein Stück Putz fiel in die Pfütze.

»In Krakau.« Aurelia betrachtete die Pfütze. »In Krakau, ja, da war so etwas verboten, aber hier nicht. Sie werden mir nichts tun, wenn ich mich hinlege.«

»Verboten oder nicht – sie werden mir nichts tun«, fuhr die unbekümmerte Stimme fort. Bald schienen sich weitere Stimmen zu melden, sprachen von der anderen Frau, die inzwischen tot war, der aber nichts geschehen war, als sie niederkam.

Wenn Aurelia zurückging und sich hinlegte, würde man ihr vielleicht nichts tun; wenn Aurelia zurückging, würden sie auf nichts, was nach der Geburt eintreten mußte, einen Einfluß haben.

»Ich gehe zurück – laß mich durch.«

»Halt!« schrie Tola. »Hier ist gar nichts erlaubt, sie können mit dir machen, was sie wollen, verstehst du? Wie es ihnen gerade paßt!«

Bildete sie es sich nur ein, oder warf ihr Aurelia einen seltsamen, spöttisch-überheblichen Blick zu? Sie war sich nicht sicher. Und Aurelias unbewegtes Gesicht war ausdruckslos. Sie versuchte diesem Gesicht auszuweichen und schaute auf die Risse in der Wand und dann auf die Reste von abgefallenem Putz, die auf der Pfütze schwammen. Aber das Gesicht verfolgte sie. Es schwankte, es bewegte sich zwischen den beiden Wänden hin und her. Nach einer Weile hörte das Schwanken auf; ausdruckslos und mit eingesunkenen und geschlossenen Augen war es das Gesicht einer Statue oder einer Toten. »Aurelia, hast du Schmerzen?« Hatte sie das gesagt oder nur sagen wollen? Sie wußte es nicht, sie wußte gar nichts mehr. Sie und diese regungslose Frau verschmolzen miteinander, bis sie nicht mehr zu unterscheiden waren, bis sie nicht mehr angeben konnte, von wem diese steinerne Ruhe ausging und wer sich ihr unterwarf. Wasser tropfte, Kalk rieselte durch die graue Luft. Langsam, schmerzlos schien ihr Körper zu zerbröseln; sie spürte keine Kälte mehr, keine Angst; sie war nicht mehr da, nur ihre Augen waren geblieben.

Diese Augen sahen eine Hand vor sich – riesenhaft, aber nicht grausam, nur planmäßig und unerbittlich bei ihrer Tätigkeit, die ihr und Aurelia galt: die Hand formte die beiden – gab ihr den eingefallenen Leib, einen Brustkorb ohne Busen, Aurelia dagegen den aufgetriebenen Bauch und die geschwollenen Beine. Noch einmal würde die Hand zupacken und drücken, würde mit den Fingern schnippen, um herausgequollene Reste zu entfernen. Wenn Aurelia schrie, würde es sie heute abend treffen; wenn nicht, dann an einem der nächsten Abende. Andere waren schon durch diese Hand gegangen und jetzt nur noch Namen auf einer langen Verlustliste.

Jetzt kam es ihr vor, als sei auch der Verlust schon Vergangenheit. Es war lang her, daß Aurelia in Weinen und Schreien ausgebrochen war; lang her, seit sie selbst sich unter der Baracke versteckt hatte. Sie erinnerte sich daran, während sie darauf wartete, daß es sie ereilte. Und als sie Aurelia über die Stirn strich, um zu beweisen, daß sie noch lebten, noch beieinander waren, blieb dieser Beweis aus; was sie da berührt hatte, fühlte sich kalt und ein bißchen feucht an wie der Griff, den sie noch immer fest in der Hand hielt.

Auf diesen Griff starrte Aurelia. Sie lauschte – auf die Tür, die sich auf den Gang öffnete. Der Vorarbeiter war unterwegs. Aurelias Schrei würde ihn herbeiholen.

Noch jemand weinte und jammerte, sie hatte schon einmal an diesem Abend gejammert. »Brot. Sie haben mein Brot gestohlen«, hatte die alte Alexandrowitsch geklagt und sich an sie geklammert. »Aurelia – sie haben Aurelia umgebracht«, so würde Barbara klagen und sich an die Vorübergehenden klammern, als wäre Umgebrachtwerden so etwas wie Gestohlenwerden, als könnten die, die eines solchen »Diebstahls« fähig waren, ihn bereuen und zurückgeben, was sie sich genommen hatten.

»Nein«, flüsterte sie, »nein!«, horchte dann. Ein Knall. Das war die Latrinentür; das Aufstampfen, das war der Vorarbeiter, der hereingehumpelt kam; und das Keuchen hinter ihr – das kam vor Aurelia, die sich mit weit offenem Mund mühsam aufrichtete.

Sie griff nach diesem Mund, sie drückte und preßte ihn, bis ihre Hand von dem unterdrückten Schrei vibrierte. Aber er hatte den Schrei schon gehört, er schlug gegen die Tür, er rüttelte am Griff.

»Ruhe!« Tola ließ den Griff los. »Still!« Sie riß die Tür auf und stand mit gespreizten Beinen und ausgebreiteten Armen da, so daß der geschwollene Körper hinter ihr verdeckt blieb.Nur das Gesicht mußte sichtbar bleiben. Gerötet, mit Lippen, die sich zu einem verzerrten Lächeln öffneten, war es das Gesicht einer Kranken – einer alten und sehr kranken Frau.

»Herr Vorarbeiter, ich bitte Sie – sehen Sie sich diese Frau an.« Auch sie starrte auf dieses Gesicht, und als der glasige Blick sich mit ihrem traf, war der Vorarbeiter gar nicht mehr furchterregend; auch er war alt, auch er hatte Augen, die trüb von Schlaflosigkeit waren.

»Herr Vorarbeiter« – sie mußte diesen leeren Blick durchstoßen –, »Sie sehen, daß sie sehr krank ist. Sie hat Typhus, ganz sicher. Ich konnte sie doch nicht allein lassen, wenn sie Fieber hat und ihr etwas weh tut. Haben Sie es gehört, haben Sie ihr Weinen gehört? Um Gottes willen, gönnen Sie ihr etwas Ruhe. Eine alte Frau wie sie –«, sie schwieg und streckte den Arm aus, denn sein lahmes Bein knickte unter ihm ein, er taumelte und schlug gegen die Wand.

»Nach Pikrin – ab mit euch nach Pikrin«, heulte er und war weg.

Erst jetzt kam die Angst, gleich danach die Erleichterung, dann eine rasende Wut. »Du«, sagte Tola leise, »du wolltest schreien, nicht wahr? Guck nicht unschuldig; nicht ich hab das gewollt, du hast Schluß machen wollen! Ich laß das nicht zu, ich –« Sie brach ab. Etwas Weiches streifte sie – die Bandage, die unter Aurelias Mantel hervorhing.

»Die Bandagen ... ich habe sie ganz vergessen ... sie müssen dir ja wehtun.« Eilig versuchte sie wenigstens hier eine Linderung zu verschaffen, aber ihre steifgewordenen Finger kämpften mit jedem Streifen, jeder Verknotung. »Ich hab's fast, fast«, wiederholte sie, immer tiefer in die Hocke gehend, bis sie in der Pfütze kniete. Noch eine Bandage, noch ein Knoten. Rötlich und voller Quetschungen stieß jetzt der enorme Unterleib gegen sie wie ein Lehmhügel, auf dem sich die Spuren von Rädern abzeichnen, die über ihn gerollt sind.

»Aurelia, meinst du, ich soll mich morgen früh rasieren?« fiel Tola ein, als wäre die Dankbarkeit des toten Mannes auf sie übergegangen, als wäre ihre eigene Todesangst gelindert worden und als müßte sie diesen Trost jetzt dankbar zurückgeben. Vorsichtig stand sie auf, damit keine heftige Geste zerstörte, was sie sich vorgenommen hatte. »Bald ist es vorbei«, sagte sie, »bald kannst du dich hinlegen.« Sogar den Ort, wo Aurelia eigentlich liegen sollte, sah sie vor sich: ein weißes Bett, ein weißes, ruhiges Zimmer. Irgendwo gab es noch solche Zimmer, irgendwie mußte es möglich sein, Aurelia dahin zu schaffen, wo eine Tür sich öffnete und in diese Sicherheit, diesen Frieden hineinführte.

»Ich werde dich tragen.« Tola kam auf sie zu. »Wenn auf dem Karren kein Platz ist, trage ich dich den ganzen Weg zurück.«

Die runzligen Lider öffneten sich. »Ich werde dich tragen«,

wiederholte Tola immer dann, wenn der leere Blick sie streifte. Und dann schwieg sie, weil Aurelia reden wollte.

»Es tut weh«, sagte Aurelia streng. »Es tut weh«, wiederholte sie, aber zunehmend freundlicher. Und dann war es, als steige Aurelia eine lange Treppe hinunter, bleibe stehen, um zurückzuschauen, zu sehen, welchen Weg sie genommen hatte, wobei sie auf Tola zuging, bis sie endlich stammelnd und reumütig flüsterte: »Ach, Tolenka – es tut so weh« und eine heftige Wehe sie Tola in die Arme warf.

Mit vereinten Kräften erstickten sie das Schreien, aber bald kamen neue Schreie, die, von Röcheln begleitet, gegen die zitternden Lippen brandeten. Dann eine kurze Verschnaufpause. Aurelia strich eine schweißnasse Haarsträhne weg und löste sich von ihr. Als sie nickte, sagte Tola: »Jetzt ist es besser«; sie machte Armbewegungen, um ihr zu bedeuten: »Der Schmerz kommt in Wellen.« Aber Aurelias Handbewegung, mit der sie auf Tola zeigte, mußte sie selbst übersetzen: »Du bist gut«, sagte sie leise. »Ja, gut.« Und dann kamen neue Schreie, die erstickt werden mußten.

Die Wehen dauerten jetzt länger, das Stöhnen nahm zu, und wenn es aufhörte, bewegte Aurelias Mund sich lautlos weiter. »Ich – es sind nicht die Schmerzen.« Sie leckte einen Blutstropfen ab. »Ich habe einfach Angst, daß man mich mit ihm allein läßt, daß ich es sehe, und –«

»Du wirst es gar nicht sehen, ich verspreche es dir.« Tola sprach ruhig, mußte aber wegschauen, um einen Verdacht zu verbergen: den häßlichen, unerwünschten Verdacht, daß Aurelias bisheriges Verhalten – die steinerne Ruhe, das Schreien, selbst das weiche »Du bist gut« – nichts als ein verzweifelter Vorwand gewesen war, der ihr dieses Versprechen entlocken sollte. Aber die Freude blieb trotzdem, denn zum ersten Mal hatte jemand sie nicht »einfallsreich«, nicht »tüchtig« genannt, sondern einfach »gut«.

Kurz darauf erschien Goldberg. Wortlos ging er wieder hinaus, wortlos kam er zurück, führte sie nach draußen, wo die OD-Männer um den Karren herumstanden. Sie beluden ihn, zuerst die Suppenkessel, dann Aurelia, und der kleine Zug bewegte sich in den Wald hinein. Und als die Dunkelheit einen bitteren Pikringeschmack annahm, stand Aurelia auf und streckte die Arme vor wie der Kutscher, der seine Pferde mit hohen schrillen Rufen antreibt.

»Nein!«

Aurelia sackte in sich zusammen. Regungslos und breit hokkend sah sie aus wie einer der Suppenkessel mit ihren klirrenden, zerbrochenen Faßreifen.

Kapitel 23

In dem Kleiderdepot, wo es wie in einem nach langer Zeit geöffneten Koffer roch, lag Aurelia auf einem richtigen Bett mit ein paar Gebetsmänteln als Kopfkissen und einem Männermantel als Zudecke. Ein weiterer Mantel verdeckte das Fenster; seine Ärmel flatterten beim Eintritt des Arztes. Der Arzt war ein kleiner Mann mit einem viel zu großen, ergrauten Kopf und einem gelblichen Gesicht, das zunächst wütend und dann beunruhigt aussah, als sei ihm ein dringendes Bedürfnis versagt. Es war das Recht, sich zu ärgern, das ihm da vorenthalten wurde: über das junge Ding, das er vorzufinden hoffte, deren Bauch so dick war, daß er angesichts der Tatsache, daß sie schwer für die Ursache ihres jetzigen Elends büßen mußte, voller Empörung: »Du dumme Gans!« sagen konnte und dann: »Kannst du nicht aufpassen, wenn du herumhurst?«

Statt dessen streckte ihm Aurelia ihr welkes Gesicht entgegen. Also murmelte er nur irgend etwas und begann auf und ab zu gehen, wobei er über die allenthalben aufgestapelten Kleidungsstücke stolperte.

Er blieb stehen. Er hob nur den Mantel hoch, der Aurelia bedeckte, aber Tola kam es vor, als wäre es schon so weit: der Arzt hielt ein feuchtes und sich krümmendes Wesen in die Höhe, er drängte ihr das feuchte Wesen auf.

»Sie«, sagte der Arzt zu ihr, »wohin wollen Sie?«

»Sechse stehen – aufpassen. Aurelia, ich verlasse dich nicht, ich stehe direkt vor der Tür.« Aber als sie hinausging, rollte sich Aurelia auf die Seite und verfolgte jeden ihrer Schritte.

Draußen war alles in Bewegung. Fetzen von Abfall flogen vorüber; vom Dach einer Baracke trieb Rauch in den grünen, mondhellen Himmel, während Tola auf der Schwelle kauerte und die Arme um die Knie schlang. Der Wind hörte auf; jetzt lastete die kalte, unbewegte Luft auf ihr wie eine Eiskruste. Sobald ihr Gesicht zu kalt wurde, wollte sie hineingehen, wollte sagen: »Ich gehe nicht weg, ich bin hier«, und dann, von Aurelias Blicken verfolgt, wieder hinausgehen.

Einmal kam der Arzt heraus. »Bei der letzten Geburt wurde Dr. Rost sofort unterrichtet«, sprudelte es aus ihm hervor. »Die Frau wurde nicht bestraft, aber Dr. Rost gab den Befehl –« Er sprach immer schneller, bis ein Klagelaut ihn zurückrief.

»Dr. Rost – Dr. Rost –«, wiederholte sie, als er weg war. Und ihr schien, als sei auch jener Mann mit der Brille und den Gamaschen ein Arzt, der jede Geburt von weitem mit seinen Befehlen überwachte: Das Kind sollte in Watte gelegt werden – so hatte er befohlen –, dem Kind sollte man nichts zu essen geben, auch kein Wasser. Nur daß beim letzten Mal seine Befehle nicht befolgt worden waren; man hatte es gefüttert, mit Zuckerwasser. Darum hatte alles so lange gedauert. Tola wußte, wer Rosts Befehl mißachtet hatte; sie mußte zu dem Arzt laufen und ihn bitten, das nicht noch einmal zu tun. Aber statt dessen umschlang sie ihre Knie noch fester. Leise, wie schon bei Einbruch der Dunkelheit, drangen die Wehlaute nach draußen, und im Dunkeln glaubte sie ein mit Watte umhülltes Wesen zu sehen, das einem Wertgegenstand ähnelte, welchen man sorgfältig verpackt, bevor man ihn zur Post trägt. Sie schüttelte sich, und die weiße Erscheinung verschwand.

Ihre Träume waren so plastisch, als wäre sie wach. Im Traum nahm die Angst deutliche Gestalt an: Sie sah Rosts behandschuhte Hand, den Lagerkommandanten, der sich zu ihr herabbeugte. Aber sobald sie hochschreckte und kein Laut hinter der Tür zu hören war, wurde die Angst undeutlich – wie das Gefühl des Grauens, das manche Träume hinterlassen.

Erneut frischte der Wind auf; wieder lief sie hinein, beugte sich über das Bett. Aurelia hatte die Knie angezogen, ihr Mund stieß den Atem aus und sog ihn gierig wieder ein, als wollte sie nach dem Stoffetzen schnappen, den der Arzt hielt.

Auf einer rotbeflaggten Straße kam der Lagerkommandant auf sie zu. Der Marschschritt dröhnte; sie fuhr hoch. »Da kommt jemand«, rief sie und pochte gegen die Tür, »sie darf nicht schreien!« Es war nur ein vorbeistolpernder OD-Mann. »Pikriniaks, aufstehen!« grölte er. »Drei-Uhr-Schicht, aufstehen!« Lichter gingen an, hinter den schmutzbedeckten Fenstern schwankten Schatten und wuchsen in die Höhe, als könnten die Aufstehenden da drin sich aufblasen. Das kam von den Papierumhüllungen.

Sie raschelten, als die Pikriniaks vorbeizogen. Wieder war alles dunkel, alles still. Aber jetzt verbot sie sich jedes weitere Eindösen. Sie ging auf und ab und wartete, bis plötzlich der Schrei sie traf, so durchdringend, als habe Aurelia endlich gewonnen, als sei ihr der Ausbruch in die Dunkelheit gelungen. Dann wieder Stille. Als ein Lichtschein durch die geöffnete Tür drang, fuhr sie zurück.

»Nein, es ist noch nicht so weit.« Der Arzt drückte ihr einen Eimer und einen zerbeulten Napf in die Hand. »Gehen Sie. Holen Sie mir Kaffee und Wasser.«

»Wasser? Wofür? Warum denn?«

»Weil sie Durst hat, deshalb!« Und er schob sie mit unerwarteter Kraft fort.

Es war still in der Küche. »Arbeiten, ihr Mädchen, arbeiten!« rief die diensthabende Kaelanka, und die roten Rüben plumpsten in das Faß, um das eine Schar Frauen versammelt war. Wer nicht arbeitete, wen die Kaelanka gerade in die Rippen stieß, das war Barbara, die fest schlief.

»Barbara!« rief Tola.

»Du hier? Ist es so weit?« Barbara sprang auf, schon lief sie zu der Kaelanka, stotterte etwas, rannte zur Tür und war weg.

»Warte!« rief Tola. »Ich muß was Schweres tragen. Ich kann nicht laufen.« Aber die Straße war leer, nicht einmal ihre Schritte waren noch zu hören.

Sie ging weiter, das kalte Wasser lief ihr an den Beinen hinunter, und der Eimer wurde zusehends leichter. Dann rollten ihr ein paar dürftige Tränen übers Gesicht; sie weinte, weil das Wasser aus dem lecken Eimer auslief, weil sie in der Dunkelheit den Weg nicht fand. Und als die Tränen versiegten, kniff sie die Augen zusammen, um weitere Tränen hervorzupressen, für das Kind, das jetzt gerade zur Welt kam. Wenn sie doch weinen könnte –

eine Sekunde, nur eine Sekunde würde reichen, dann wüßte sie, daß sie das nicht alles ihretwegen tat; dann wüßte sie, daß es für Aurelia geschah und vor allem für das Kind; und die Angst verschwände – die widerwärtige Angst, daß sie sich selbst an so etwas gewöhnt hatte. Wenn sie doch nur weinen könnte. Wenn sie die anderen, wenn sie Barbara überzeugen könnte, daß sie geweint hatte.

Das Licht im Kleiderdepot war aus. »Barbara!« rief sie beim Eintreten. »Barbara! Doktor!« Aber sie hörte nur das Geräusch des Mantels, der gegen das Fenster schlug.

Dann ein Schreien – das Schreien eines neugeborenen Kindes. Das Schreien wurde lauter; es ging in ein Wimmern über, als hätte das Kind geahnt, daß sie dort stand und ihr Gesicht gegen das rohe Holz preßte; als bäte es sie wiederzukommen, in der einzigen Sprache, die es konnte. Das Schreien band sie, es umschnürte ihren Hals. Und selbst als es aufhörte, konnte sie sich noch nicht losreißen, erst als der Wind Luft in ihre zugeschnürte Kehle blies.

Der Wind stieß die Tür auf. Das Schreien war wieder da und übertönte das Knarren der Türangeln und das laute und wiederholte Pochen. Sie schloß die Augen, stieß mit dem Fuß die Tür zu und ging.

Als sie weit genug weg war, um das Schreien nicht mehr zu hören, setzte sie sich auf eine andere Schwelle und horchte auf die Geräusche im Inneren – es war der ruhige Atem schlafender Menschen. Sie war nicht überrascht, als sie das Schreien plötzlich wieder hörte und den Eindruck hatte, daß das Kind aufgestanden war und sie suchte. Mit einem kleinen Bündel im Arm ging der Arzt vorbei; wieder hörte sie das Schreien, und aus dem Inneren der Baracke drang ein Seufzen, löste sich in Husten auf und erstarb.

In der Baracke, wohin Barbara Aurelia zurückgebracht hatte, verlief die Nacht wie gewöhnlich. »Gott, o mein Gott«, rief die Rebbetzyn im Schlaf. »Geh bloß nicht ans Brot«, murmelte jemand, als wäre es eine Nacht wie jede andere. Einen Augenblick kam es Barbara vor, als sei das alles gar nicht wahr. Da war kein rotes, runzliges Gesichtchen gewesen, sie hatte Aurelia nicht mühsam über den aufgeweichten Boden schleifen müssen. Nur die Kälte machte ihr Sorge, die leblose Kälte der Hände und Füße, die sie warm reiben mußte. Aber Aurelia wollte nicht warm sein; Barbara rückte näher, aber Aurelia wandte sich ab. »Tut es noch weh?« fragte sie, aber Aurelia wollte nicht antworten, nicht einmal atmen wollte sie. Barbara verlangte es, den Atem zu hören, sie horchte danach und beugte sich nieder, bis ihre Gesichter sich berührten. Da wurde Aurelia steif und bewegungslos, als wäre sie gar nicht da.

Auch Barbara stellte sich beim kleinsten Geräusch, einem Knarren, einer klappernden Tür, als wäre sie nicht da, damit man sie nicht holte, damit man sie nicht zu dem runzligen Gesichtchen zurückschleppte. Sie hatte Aurelia versprochen, ein solches Gesicht würde es nicht geben, aber das war lange her, bevor sie es gesehen und es zu hassen begonnen hatte – weil sie den Anblick nicht ertragen konnte, weil es da war.

Das vertraute Geflüster ringsum lenkte sie nicht mehr ab, plötzlich war alles wieder da: »Das ist nicht recht!« sagte Aurelia weinend; sie schleifte Aurelia zwischen den Kleiderstapeln hindurch und über den aufgeweichten Boden, während der Arzt hinterherlief. Und das klatschende Geräusch – das war Aurelia, die hinfiel und als schwarze, reglose Masse im Dreck lag.

»Aber das ist doch jetzt vorbei«, sagte sie zu sich. »Aurelia, es ist vorbei«, wiederholte sie bittend. »Die kriegen nicht heraus, wer das war. Dir passiert nichts.« Endlich kam eine Reaktion von Aurelia. Als wollte sie Barbara umfassen, hob sie die Arme, machte sie steif, so daß die Fäuste wie schwarze Knollen hervortraten. »Genug!« sagte Aurelia entschlossen. »Mir reicht es!« Und sie stieß Barbara zurück.

»Nicht!« rief Barbara. »Nicht! Ich habe solche Angst …« Und zum ersten Mal verweigerte Aurelia ihr den tröstenden Zuspruch. Sie lag und starrte mit leuchtenden Augen in die Dunkelheit.

Barbara stieg von der Pritsche hinab, stellte sich an die Tür und atmete in kurzen, vorsichtigen Stößen. Als sie draußen vertraute Schritte hörte, nickte sie langsam; als Tola eintrat, schob sie sie zurück zur Tür und dann hinaus.

»Du«, ihre Stimme schien von weither zu kommen, »mach du es. Dir fällt es leichter.«

»Mir fällt es leichter. Vielleicht hast du recht, Barbara, vielleicht ... höchstwahrscheinlich sogar...« Tola schwieg. Tola lächelte, ein seltsames, fast frohlockendes Lächeln. Und dann ging sie, ohne Eile, und ihre Hand fuhr hin und her übers Gesicht.

Bei Tagesanbruch kam der Arzt. Aurelia werde sich erholen, flüsterte er, sie brauche nur Schlaf, solle essen, sie werde wieder gesund werden. Später, vor der Tür, schwieg er – obwohl er selber Barbara befohlen hatte, mit hinauszukommen. »Und?« stieß er endlich hervor. »Was jetzt?« Und als sie immer noch nicht antworten wollte, packte er sie an der Schulter. Er schüttelte sie immer heftiger, er sagte leise, dieses Mal werde es anders verlaufen als beim letzten Mal, dafür werde er sorgen.

»Und wie war es beim letzten Mal?«

»Es dauerte tagelang! Verstehen Sie... was ich meine?« Barbara verstand ihn, antwortete aber nicht. Über dem Wald ging die Sonne auf, die Fenster leuchteten, und ein vorübergehender Pikriniak blieb stehen, um eine Rübe aufzuheben; zwischen den fest zupackenden Fingern rann der schwarze Saft hindurch in den Schlamm. Für bares Geld würde er es tun, dachte Barbara mit einem Gefühl des Widerwillens.

»Es muß ein Ende haben«, sagte der Arzt. »Für sie, für alle muß es jetzt ein Ende haben. Wenn es heute geschieht, von selber – was ich bezweifle –, müssen Sie die anderen benachrichtigen.«

»Benachrichtigen? Wen denn?«

Er meinte Tola und Alinka; sie mußten zum Granatenverladen. »Warum? Weil da ein Soldat ist«, sagte der Arzt im Weggehen.

Sie zwang sich zurück in die Baracke zu gehen. »Aurelia«, sagte sie, ohne sich dem Bett zu nähern, »Aurelia, ich komme wieder, ich... ich...« Mit jedem »ich« entfernte sie sich weiter. In der Tür blieb sie stehen und lief nochmals zurück. »Verkaufen Sie das!« Sie warf der Rebbetzyn ihren Mantel aufs Bett. »Verkaufen Sie meinen Mantel und besorgen Sie ihr Brot! Sie gehen zur Arbeit? Dann sagen Sie Goldberg, er soll es tun.« Und sie rannte hinaus auf die Straße.

An der Ecke, hinter der Baracke der Kaelanki, standen Alinka und Tola. Gebeugt und lautlos stahl sich Barbara vorüber, blieb stehen, als sie außer Sichtweite war, aber noch hören konnte, was sie sprachen.

»Mir reicht es«, sagte Tola. »Aurelia wollte schreien, wollte aufgeben, und ich habe sie daran gehindert. Deshalb tu ich jetzt nichts mehr. Mir reicht es.«

Jetzt sagte Alinka etwas über das Kind und über das Krankenrevier und wo es lag, über den Soldaten, über den Führer und das Kind. Dann waren sie plötzlich verschwunden.

Barbara lief ihnen nach, duckte sich, wo es ging, verlor sie in der Menge aus den Augen, lief weiter, bis sie sie endlich auf dem Appellplatz in der Kolonne entdeckte, die sich gerade am Lagertor aufstellte.

»Ich kann nicht hierbleiben – wirklich nicht«, flüsterte sie, als sie sie erreicht hatte. Tola wandte sich ab. »Geh zurück!« fuhr Alinka sie an. »Ich befehle es dir – geh zurück, du dumme Gans!«

»Nein, ich halte das nicht aus – wirklich nicht«, bettelte Barbara; dann sah sie Goldberg, machte ihm ein Zeichen, er solle ihr helfen, die beiden zwingen, sie mitzunehmen. Er sah sie nur finster an. »Sie haben sie im Stich gelassen, Dziedziczka«, sagte er leise, »alle drei haben sie im Stich gelassen, niemand war da, der ihr einen Schluck Wasser gab. Und jetzt ruft sie nach Ihnen.«

»Nach mir?« sagte Barbara aufmerksam.

»Nein, nach ihr«, und er zeigte auf Alinka, zog sie aus der Kolonne und nahm sie mit sich. »Wenn etwas passiert, hört ihr von mir«, rief Alinka von weitem.

Die Kolonne setzte sich in Marsch. »Tola, wenn es sich von selbst regelt, sagt sie uns Bescheid, dann hören wir von ihr«, sagte Barbara unbeholfen. Tola hielt ihre Augen auf den Boden geheftet und ging weiter.

Kapitel 24

Es war die gleißende Helligkeit, die Barbara nicht ertragen konnte: die Helligkeit der weiten, gelben Stoppelfelder, der Schienen, die unterhalb des Damms liefen, und der wie grünes Eis leuchtenden Hügel. Hügel aus lauter Granaten waren es. Am anderen Ende der Menschenkette, die sich am Bahndamm entlang gebildet hatte, lagen Kisten mit Granaten wie Käfige. Barbara warf Tola einen Blick zu, nur flüchtig, als wäre unmittelbar neben ihr die Helligkeit am schlimmsten. Und endlich sprach Tola, aber mit einer seltsam tonlosen Stimme: »Hier, dein Anteil.« Sie reichte Barbara eine Schnitte Brot.

»Ich, ach nein, ich kann nichts essen«, sagte Barbara zu ihrem eigenen, grenzenlosen Erstaunen. »Willst du sie, Tolenka?«

»Nein.«

»Ich, gnädige Frau«, sagte ein alter Pikriniak, der nach dem Brot griff und es dann vorsichtig in zwei Hälften brach. »Sein Anteil«, und er wies auf den Jungen, der über die Schienen lief, »er und ich, wir gehören zusammen.«

Auch sie und Tola gehörten zusammen, trotz allem. »Ich – habe meinen Mantel dagelassen.« Zum Beweis, wie stark sie fror, zeigte Barbara die Arme. »Ich hab ihn dagelassen, er soll verkauft werden, damit Aurelia etwas zu essen hat.« Ihre Arme sanken wieder herab. Sie wartete. »Tola«, rief sie, »Tola, verstehst du denn nicht?« Das hatte doch nicht sie gesagt: »Dir fällt es leichter« – Tola mußte das verstehen –, sondern eine andere, die an ihre Stelle getreten war; der ursprünglich so herbeigesehnte Austausch ihrer Person gegen eine andere hatte wirklich stattgefunden, und wenn das Schaden angerichtet hatte, dann nicht durch ihre, Barbaras, Schuld. »Tola«, flüsterte sie, »nachher erkläre ich dir alles, aber sag mir – stimmt es, daß Aurelia aufgeben wollte? Stimmt das?«

»Ja.«

»Nein! Ich meine – warum denn?«

»Ich weiß es nicht.«

»Aber du mußt es wissen. Aurelia muß doch etwas gesagt haben.«

Ein Zug ratterte. »Meine Zigarettenkippe, Professor.« Der Junge rang auf dem Gleis mit einem kahlgeschorenen Pikriniak. Und Barbara fröstelte, denn Tola hatte zur Antwort nur den Kopf geschüttelt. Aber sie gab den Versuch noch nicht auf. Der Schmerz, beharrte sie, mußte Aurelia wohl den Verstand geraubt haben, der Schmerz und die Angst. »Aber das ist doch jetzt vorüber, der Arzt hat gesagt, daß Aurelia sich erholen wird, daß –«

Das Knattern eines Motorrads unterbrach sie, und mit ihm die erneute Angst vor einem Auftrag, an dessen Gelingen sie nie geglaubt hatte, dessen Ausführung aber drängte. Das Motorrad hielt an; von den Gleisen kam Gebrüll herüber. Alinkas Soldat brüllte da, er verfolgte die Pikriniaks mit einem Knüppel. Das Rattern des Zuges näherte sich, und plötzlich wurden alle – Soldat, Pikriniaks und Gleise – von Wolken von weißem Dampf verschluckt.

Langsam rollte ein Güterzug heran und hielt vor dem Stapel mit Granatenkisten. »Nun sieh mal an – Paris!« staunte der alte Mann beim Anblick der Namen auf den Waggons, »und hier, Ko-Kopenhagen und Oslo. Der hat sie ja ordentlich verdroschen!« fügte er in demselben, leicht verwunderten Tonfall hinzu.

»Der Soldat da hinten«, Barbara stand jetzt neben ihm, »der Soldat schlägt, nicht wahr?«

»Ja, aber wer tut das nicht?«

Wenn er schlug, dann war ihm nicht zu trauen, entschied sie, und das Unternehmen war gestorben, bevor es begonnen hatte.

»Wenn es etwas Neues gibt, lasse ich von mir hören«, hatte Alinka versprochen. Ihre Nachricht mußte eintreffen, es war die einzige Lösung. Sie würde bedeuten, daß auch sie, Alinka, Ruhe fand, daß sie endlich schlafen konnte. Es klirrte wie von Ketten, mit denen man nachts die Türen sichert, irgendwo redete eine Stimme vom Schlafen.

»Nicht schlafen! Fangen!« rief der Junge. Eiskalte Berührung versengte ihr die Handflächen, das eiskalte Ding, es war zu schwer, sie konnte es nicht halten – sie würde es fallenlassen. »Nicht fallen lassen! Bloß nicht!« schrie Tola, und keuchend reichte Barbara die Granate weiter. Das war geschafft, aber nun brauchte sie eine Pause, um Atem zu schöpfen, um sich mit dem Geschwür zu befassen, das auf ihrer Schulter pochte. Aber es gab keine Pause. »Fangen!« rief der Junge schon wieder, immer neue Eiseskälte traf ihre Hände, neue Gewichte zogen sie nach unten, während das Gebrüll des Soldaten gegen ihren Kopf brandete.

»Fangen!« hieß es, und wieder der warnende Blick: »Nicht fallen lassen.« Auf der einen Seite die braunen, papierumhüllten Arme, auf der anderen Seite Tolas Arme, die flinken, eigens für diesen Zweck erfundenen Werkzeugen glichen. Und dazwischen stand sie, die nur an ihre Hände dachte, nur an das Geschwür, das wie ein zweites Herz klopfte und pochte.

Einer der grünen Hügel war schon abgetragen; die Geschosse

waren jetzt wärmer, und ihre Erschöpfung gab ihr sogar einen gewissen Auftrieb; sie war zu groß, um völlig vergebens zu sein. Ein unsichtbarer, aber gerechter Ausgleich vollzog sich – jedes schmerzhafte Stechen, jedes schwere Geschoß wurde verbucht und mit einem Quantum Ruhe für Aurelia verrechnet. Als nächstes wurde der Schweiß, der auf ihren aufgesprungenen Lippen brannte, geltend gemacht, dann die merkwürdige Empfindung, daß sie durchsichtig und ganz leicht wurde. Hunger machte sie leicht; aber Aurelia hungerte nicht. »Kartoffeln«, befahl Aurelia, und ein dampfender Topf stand vor ihr; »Brot«, und Alinka gab ihr ein mit dickem Rübensirup bestrichenes Stück. Dann plötzlich wurden, wie in Barbaras schlaflosen Nächten, Töpfe und Brot weggenommen, so daß es aussah, als müßte Aurelia hungern, als könnte der Mantel, den Barbara ihr dagelassen hatte, keine Nahrung beschaffen.

»Vorsicht! Sie zerschmettern mir den Fuß!« Böse schaute der Junge sie an. »Ich passe jetzt auf«, versprach sie, und sich selber schwor sie: »Bis heute mittag denke ich an gar nichts mehr – bis die OD-Männer aus dem Lager zurückkommen.«

Dieses Versprechen zu halten erwies sich als zu schwierig. Auf dem Tiefpunkt ließ die Erschöpfung langsam nach. In der klaren, sonnigen Luft war alles gut zu erkennen: zwei Kühe, die über das Stoppelfeld zogen, Knospen wie grüne Punkte an den Zweigen der Birkengruppe, deren schwarzgestreifte Stämme sie an etwas erinnerten, das sie in der vergangenen Nacht gesehen hatte – an die Gebetsmäntel in dem Kleiderdepot. Und mit den Birken fing es wieder an. Keine Wahrnehmung war harmlos, alles erinnerte sie an die vergangene Nacht: der Erdhügel an die, die in den Dreck gefallen war; das rote, verwelkte Blatt an das Gesichtchen, vor dem sie geflohen war. Sogar hinter dem Jungen mit der Andeutung eines Schnurrbarts auf der Oberlippe erhob sich eine undeutliche Erinnerung, der sie lieber nicht nachging. Nur Aurelias Gesicht konnte sie sich beim besten Willen nicht mehr vorstellen.

»Los! Arbeiten!« keuchte der Soldat und stürmte vorüber.

Wie sie den haßte, nicht nur wegen dieses Gebrülls und des herabsausenden Knüppels, sondern wegen des Keuchens, das er absichtlich veranstaltete, um zu zeigen, daß auch er schwer arbeitete, und wegen der Zigarette, die er angeraucht ins Gras warf – wohl, um mit seinem deutschen Luxus anzugeben, warum sonst? Alle schauten hin, sogar Tola, als giere auch sie nach seinen Kippen. Die Pfeife des Soldaten schrillte, die Bewegung der Granaten stockte. Der kahlgeschorene Pikriniak stieß den Jungen zur Seite und stürzte sich auf den Zigarettenstummel.

»He... Professor«, sagte der alte Mann verächtlich schnaubend. »Haben Sie das den Gojs auf der Universität beigebracht?« Gelächter antwortete ihm. Und als der Wind aufkam, als eine Wolke den gleißenden Sonnenschein dämpfte, fing alles an zu reden, tauschte Blicke aus oder wenigstens Seufzer. Nur Barbara war allein, da Tolas Augen abweisend wurden, wenn Barbara sie nur ansah.

Sie versuchte es mit Selbstgesprächen. »Die Nachricht wird kommen; bis wir wieder zurück sind, muß doch alles vorbei sein.« Die Nachricht erschien ihr wie eine Trösterin: »Es ist ausgestanden«, würde sie Aurelia zuflüstern, »es ist von selbst passiert.« Und dann endlich würde Aurelia Ruhe haben; denn noch hatte sie keine.

»Fangen!« Barbara starrte den Jungen an, sie nickte: »Ich auch! Zusammen!« hatte der Junge beim Strafappell gebettelt, als Rost die Erschießung des Chinesen befohlen hatte. »Rost – Rosts Befehle«, und »Tola!« sagte sie laut, »weiß Aurelia, was Rost letztes Mal befohlen hat? Tola, bestraf' mich nicht, rede mit mir.«

»Spielt es eine Rolle, ob sie es weiß?«

»Natürlich spielt es eine Rolle.«

»Und womit könnte sie es füttern – mit Suppe?«

Suppe – Suppe, ging es Barbara unaufhörlich im Kopf herum. Milch brauchten sie, viel frische Milch. Auch wenn Rost keinen Befehl gegeben hätte, wenn sie, wenn alle anderen so reich wären wie die OD-Männer, die reichsten Leute im Lager, sie würden immer noch nicht genug Milch bekommen. »Ich habe das gar nicht begriffen«, sagte sie ins Leere hinein. Sie hatte es sich immer so vorgestellt, daß das Kind erschiene und wieder verschwände, aber daß es kam und blieb und wuchs und zu einem der Pikriniaks wurde, die nichts zu essen bekamen, weil sie nicht mehr von ihren Pritschen aufstehen konnten, an diese Möglichkeit hatte sie nie gedacht. Hör auf, denk nicht daran, befahl sie sich. Sie versuchte sogar die Geschosse zu zählen – eins, zwei, drei. Aber das Kind ging ihr nicht aus dem Kopf; der Hunger war der Grund, daß es jetzt da war, daß es jetzt bei ihr war, so daß sie durch das keuchende Atmen des Jungen sein Schreien vernahm, das nach etwas verlangte, das sie ihm nicht geben konnte.

Gleichwohl – es hat ja nie etwas anderes gekannt, dachte sie, und zum zweiten Mal an diesem Vormittag wurde ihr übel.

Die Übelkeit verschwand wieder. Aber von nun an hatte sie nur Augen für die Granaten, als habe sich die Welt um sie herum in Brot verwandelt, das sie – wie anders könnte sie ihre Treue zeigen – zurückweisen mußte.

»Und Aurelia«, sie redete laut, ohne es zu bemerken. »Hat sie einen einzigen Bissen zu essen, kann sie sich überhaupt ausruhen? Tola, hör zu. Damals, nachts, nach dem Strafappell, war sie so wütend auf mich. ›Mir ist egal, was aus ihm wird‹, hat sie geschrien. Ich – ich habe ihr geglaubt, obwohl sie darüber später geweint hat. Und jetzt – Tola, wie denkt sie jetzt darüber?«

»Ich weiß es nicht.« Tolas Blicke waren nicht mehr abwesend, nur noch grenzenlos müde.

»Aber du hast es doch immer gewußt.«

»Jetzt nicht mehr.«

»Nicht mehr, warum nicht?« Das Sprechen tat Barbara weh, aber sie redete weiter, als wollte sie jemanden umstimmen, redete von Alinkas Nachricht – daß sie kommen mußte, weil ... weil es so sein mußte, weil es das Beste für Aurelia war und auch für das Kind, vor allem für das Kind. Selbst der vorbeirumpelnde Zug bekräftigte diese Hoffnung: ein Reisender war am falschen Bahnhof ausgestiegen; da er seinen Irrtum bemerkte, verschwand er wieder, eine andere Wahl hatte er nicht.

Durch Wolken von Dampf lief der Soldat vorbei. Jetzt, wo sie ihn mit Rost verglich, erschien er ihr nicht mehr hassenswert, sondern nur noch dumm und lächerlich – als ein grober, dummer Tölpel, dem seine plötzliche Machtfülle zu Kopf gestiegen war. Seine Pfeife schrillte. Statt eines Geschosses reichte der Junge ihr ein Gefäß mit Wasser. »Neun-Uhr-Pause, Sie können Pause machen, meine Dame«, sagte der alte Mann.

Aber sie blieb stehen, geblendet von der Sonne. Es hatte Winter geherrscht, als sie die Baracke verlassen hatten; jetzt war Sommerhitze, als wären Jahreszeiten vergangen, ohne eine Spur zu hinterlassen. Ringsumher ruhte sich alles aus. Der Alte summte vor sich hin und wickelte die Lappen von seinen Füßen; der Junge lag ausgestreckt im trockenen Gras. Könnte sie doch einen Augenblick, nur einen Augenblick lang, wie die anderen sein: unbefangen von den Nachrichten reden, von den Russen und von den wilden Erdbeerpflanzen – auf deren braune Ranken in den Stoppeln ein Mädchen zeigte.

»Aurelia, was werden wir im Juni feiern«, hörte Barbara sich sagen.

»Meine Liebe«, das war Aurelia, »im Juni wird man dir gezukkerte Erdbeeren mit Schlagsahne servieren.«

Irgendwann würde es so kommen; dann würde man Zeit füreinander haben und sich ausruhen; dann würde der Überfluß kommen, den sie sich als Lohn für ihren Mantel, ihre Schuhe und ihre ganzen Mühen verdient hatte und dessen kleinsten Vorgeschmack sie sich leider versagen mußte, aber er wartete schon auf sie wie volle Taschen, welche ausgepackt werden wollten. Auch das schlechte Gewissen mußte warten; das schlechte Gewissen wegen des harten »Mir ist egal, was aus ihm wird«, zu dem sie Aurelia provoziert hatte, und wegen anderer Schlechtigkeiten. Aber jetzt ging die Arbeit weiter; sie mußte auf der Hut vor dem Soldaten sein, der in diesem Moment auf sie zukam.

Er blieb vor dem alten Mann stehen, der auf seine geschwollenen Zehen zeigte, deren Haut rot und gummiartig war, und verschmitzt die Augen zukniff, als wollte er sagen: »Na, was sagst du dazu?«

»Schrecklich«, sagte der Soldat mit einem Gesicht, das so rot war wie die Zehen des alten Mannes.

»Schrecklich, Herr Soldat, furchtbar«, klagte der alte Mann leise, aber schon umdrängten die anderen den Soldaten, schrien, zeigten ihm alles, was sie vorzuweisen hatten – Geschwüre, wunde Stellen, Finger so dünn wie Bleistifte, so als stünde das alles zum Verkauf, und zwar preiswerter als die Zehen des Alten.

»Los! Weg!« Der Soldat ruderte mit den Armen und rannte weiter.

»Dieser Idiot«, sagte Barbara leise. »Er hätte euch doch eine längere Pause geben können – ein bißchen länger.«

»So?« sagte Tola scharf.

»Nun, der Versuch hat nichts geschadet.« Der Alte lächelte. »Jedenfalls wird es gleich besser. Sehen Sie, er schickt unsere OD-Männer, damit sie Verstärkung holen.«

»Aus dem Lager?«

»Ja. Warten Sie auf eine Mitteilung von Ihrem Cousin, meine Dame?«

»Von meiner Freundin.«

Sie hatte etwas auf der Zunge, was sie sagen mußte. »Meine Freundin ist krank, sehr krank.«

»Wie schrecklich«, seufzte der alte Mann pflichtschuldig. »In einer halben Stunde ungefähr sind sie zurück.«

Sie nutzte diese halbe Stunde für einen Versuch, das feindliche Schicksal zu bestechen: um die ersehnte Nachricht zu bekommen, gab sie als erstes den Gutshof weg; sollte er doch in Schutt und Asche sinken, was kümmerte sie das? Das nächste Angebot fiel ihr schwerer: ein Jahr mit Stefan, zwei, mehr noch, soviel, wie verlangt wurde, solange sie noch irgendwann mit ihm zusammensein konnte. Hatte sie nicht noch mehr zu bieten? »Ich will gut zu Tola sein.« Und das war alles. Hautstückchen von den Blasen an den Händen klebten wie weiße Flocken an den Geschossen. Ein neuer Zug rollte ein und mußte beladen werden. Sie las die Namen auf den Waggons, trank etwas von dem bitter schmeckenden Wasser. Und dann blieb ihr nur noch das Warten.

»Was hat er denn hier erwartet – lauter Simsons?« Der Alte lachte leise, als der Soldat auf eine Gruppe Frauen einschrie. Die »Verstärkungen« aus dem Lager waren eingetroffen. Hinter den Frauen bewegte sich unauffällig ein OD-Mann an der Menschenkette entlang. Jetzt blieb er stehen und fragte nach jemandem. »Hier«, rief sie, und der Junge half ihr und winkte dem OD-Mann, wenn er ein Geschoß weitergegeben hatte. Eine Pfeife schrillte und unterbrach die Arbeit. Der OD-Mann stand jetzt genau zwischen dem Jungen und ihr.

»Reden Sie lauter!« rief sie. »Ich kann Sie nicht verstehen. Lauter!«

»Ruhe«, sagte der Junge und stieß sie an. Der OD-Mann sprach mit dem Jungen, er verkaufte ihm Brot – Brot gegen Zigarettenstummel. »Und keine Nachricht für mich?« stotterte sie und sah betäubt zu, wie der Junge seine zerlumpte Kleidung durchwühlte. »Professor, Sie haben meine Zigarettenstummel geklaut, Sie Dieb!« schrie er. Die Hände des Jungen zitterten so heftig wie ihre eigenen.

Sie wurde als erste ruhiger. Wenn das Kind sterben mußte, dann wußte sie nicht mehr, warum es so wichtig war, auf welche Weise das geschah. Alles andere war klar; der Soldat war kein Rost; wenn er ihr Geschwür sah, würde er sie mittags ins Lager zurückgehen lassen. Mittags bildete sich immer eine Schlange vor dem Krankenbau. Sie brauchte nicht in der Schlange zu warten, der Arzt würde sie sofort drannehmen. »Es ist vorbei, es ist von selbst gekommen«, würde er dann zu Aurelia sagen, während sie sich versteckt halten mußte, damit Aurelia nichts von ihrer Rückkehr erfuhr. Am Abend würde sie sich wieder bei Aurelia zeigen. »Soeben habe ich gehört, daß es vorbei ist«, würde sie sagen und dann – dann würde Aurelia –

»He, Sie! Schneller!« keuchte der Junge. Sie arbeitete schneller, sie versuchte, die Arme zu versteifen, als er ihr das Geschoß mit einem erstickten Laut in die Hände rutschen ließ. Es entglitt ihr. Das Geschoß fiel knapp neben ihrem Fuß auf den Boden und rollte den Hang hinab.

»Barbara!«

»Es explodiert, es schlägt gegen die Schienen und explodiert!«

»Barbara«, hieß es wieder; aber sie bemerkte weder das Wegrennen der anderen noch die Granate, welche in einem Strauch hängenblieb; sie sah nur die Szene vor sich, die ihr soeben die Kraft und Aufmerksamkeit geraubt hatte – Aurelia, die sie wegstieß, obgleich alles vorbei war, und wieder sagte: »Mir reicht es!«

»Was … was ist denn?« fragte sie Tola leise, schaute dann auf den Jungen, der auf den Knien lag und die hingefallenen Stummeln auflas, wo der Professor gestanden hatte, und dann auf den Soldaten, der auf sie zugestürzt kam.

»Große Frau«, er hob seinen Knüppel, »große Frau, los!«

»Feg ihn weg wie ein Staubkorn«, glaubte sie Aurelias Stimme zu hören. »Ich kann nicht«, sagte sie, »ich habe Angst.« Dann ein Aufschrei.

»Nix«, brüllte sie. »Nix – zuviel.« Der Schmerz war zuviel, er war nicht auszuhalten, sie würde es ihm heimzahlen, diesem Lümmel, diesem erbärmlichen Dummkopf.

»Tut weh, nix schlagen.« Sie faßte den Knüppel. »Nix, Soldat, nix!«, sie brach ihn durch und wandte sich voller Angst ab.

Niemand schrie sie an. War der Soldat weg? Doch als sie wieder hinschaute, stand er vor ihr und sah gebannt auf ihre Schulter, als gebe es dort etwas zu enträtseln. Eiter und Blut tropften herab.

»Schrecklich«, der Soldat schüttelte sich, »schrecklich!« und er kam näher, unverständlich auf sie einredend.

Ihn fragen. Jetzt ihn fragen können.

Irgendwo schien ein Motorrad zu knattern. Alles war wie bei Tagesanbruch – und auch der Auftrag war wieder da, an dessen Gelingen sie nicht geglaubt hatte, und mit ihm die Angst.

»Er ist weg, geh jetzt und leg dich hin«, sagte Tola heiser. »Er hat befohlen, du sollst dich hinlegen und ausruhen.«

»Weil er mich geschlagen hat?« Weil er schlägt – obwohl er schlägt, wiederholte Barbara in Gedanken, als sie sich an den Abhang setzte. War es denn so schlimm, daß er schlug? Auch sie hatte den Chinesen geschlagen; auch sie hätte gern geschlagen – und zwar nicht nur die, die klauten, die Diebe, sondern auch die Pikriniaks, die sie um Brot anbettelten, obwohl sie keinen Krümel übrig hatte. Aber wie der daherstelzte, wie er sie anbrüllte! Tola verstand dieses Brüllen; Tola mußte ihr sagen, was sie tun sollte. Ihre Finger hatten sich so fest ins trockene Gras gekrallt, daß sie beim Aufstehen ganze Büschel mitriß.

Tolas Mund war schwarz und verklebt, und sie sah ihr abweisend entgegen.

»Ich weiß nicht.« Barbara ignorierte den Blick. »Dieser Soldat da ist nicht schlimmer als der Meister. Der Meister hat dich nicht denunziert. Und vielleicht hält auch der Soldat den Mund, wenn ich mit ihm spreche. Ich weiß nicht. Entscheide du.«

»Auf deutsch heißt es ›Kind‹«, sagte Tola viel freundlicher, »und es heißt ›Frau‹«.

»Wie bitte?«

»Ich bringe dir bei, was du sagen sollst. Du willst ihn doch um Hilfe bitten, ja?«

Barbara zuckte zusammen.

»Ja, du hast meine Einwilligung, Barbara. Wirst du zu ihm gehen?«

Die Grasbüschel entfielen ihren Händen, eins nach dem anderen.

»Siehst du«, sagte Tola lächelnd, »so ist es jedesmal gewesen, jedesmal. Natürlich wäre es leichter zu sagen: ›Ich wollte ihn ja fragen, aber Tola war dagegen‹, viel, viel leichter. Aber alles Leichte ist mir vorbehalten; für dich mache ich es schwer. Er schlägt, weil ihn das alles hier verrückt macht; er wirft mit Zigaretten für die Pikriniaks um sich, er hat sich bei dir entschuldigt. Muß ich dir das alles erst sagen? Du hast doch sein Gesicht gesehen, als er dich und den alten Mann anguckte. Du weißt, er ist besser als der Meister. Warte, ich erzähl' dir etwas, was dich beruhigen wird. Ich habe nie mit dem Meister gesprochen, nicht mal in seiner Nähe bin ich gewesen. Ich hab' dich angelogen, jawohl. Aber heute, nachdem der Soldat dich geschlagen hatte, hätte ich ihn beinahe gefragt, aus purer Eitelkeit, warum sonst, Barbara? Du wirst mir das nie offen sagen, aber jeder Blick von dir wird wie mit Fingern auf mich zeigen – die Böse da, der Feigling! Und meine Feigheit ist noch größer als meine Eitelkeit; ich werde es nicht riskieren, ich werde ihn nicht fragen. Die Hauptsache ist, Aurelia muß es nicht selber tun. Aber der Soldat könnte sich verplappern, aus Dummheit oder aus Angst; und wir sind zu viert, das Kind ist nur eines. Solche Überlegungen fallen mir leicht, alles ist so leicht für mich, daß hier eigentlich etwas aus mir werden müßte. Aber selbst aus mir wird hier nichts. Und jetzt... geh!«

Barbara rührte sich noch nicht. »Reicht es? Nein, es reicht noch nicht«, flüsterte sie und setzte sich langsam in Bewegung.

»Es reicht... mir reicht es.« Sie glaubte Aurelias funkelnde Augen auf sich gerichtet zu sehen. Sie hatte Frauen mit solchen Augen gekannt. »Aufstehen«, sagte man zu ihnen, und sie blieben einfach liegen und starrten in die Luft. »Steh auf, Aurelia«, würde sie sagen, und Aurelia würde sie nicht einmal fortschieben. Dann würden sie sie anziehen, sie jeden Tag zur Arbeit schleppen, und jeden Tag würde sie dünner und doch schwerer werden und am Ende auf dem Bett liegen und nach oben starren, und wenn sie zurückkamen, würde sie auf dieselbe Stelle starren, und sie würden sie liegenlassen, und dann – »Nein«, flüsterte sie. »Nein!« Aber wohin sie schaute, sie sah sie vor sich – Aurelias zerrissene Schuhe, das einzige, was auf der leeren Pritsche von ihr übrigbleiben würde.

Am anderen Ende des Gleises bildeten sich zwei Schlangen vor den Suppenkübeln. Wie durch einen Nebel sah Barbara Tola mit einem OD-Mann reden, der bloß den Kopf schüttelte. Und gegenüber von dem OD-Mann verschwand der Soldat hinter einem Schotterhaufen.

Der Nebel vor Barbaras Augen wurde dichter, während sie weiterging. Aber als sie oben auf dem Schotterhaufen angelangt war, lichtete er sich; sie wollte zurücklaufen, wollte Tola rufen, um zu besprechen, was zu tun war. Zu spät: der Schotter gab nach und riß sie mit sich, bis sie genau vor dem Soldaten landete. Der erkannte sie an dem blutigen Schorf auf der Schulter und stieß einen merkwürdigen Seufzer aus, als puste er auf ein zu heißes Gericht.

»Soldat«, sagte sie, »Soldat, nix sprechen«, preßte den Finger auf den Mund und schaute auf den Teil seines Gesichts, der ihr am wenigsten deutsch erschien, seine dicken Lippen. Diese Lippen öffneten sich zu einem Lächeln, und sie flüsterte: »Frau, Frau hat Kind.« Mit diesen Worten betrat sie ein neues, aber sicheres Terrain, auf dem nicht diese Worte verwunderlich waren, sondern die Angst vor diesem Mann mit dem vollen, verstörten Gesicht; und daß sie, die keine Sprachen beherrschte, so mühelos mit ihm reden konnte, zeigte, wie sicher sie sich fühlte.

»Kind«, sagte sie, »Kind klein.« Wie »klein«, das beschrieben ihre Hände, nicht größer als zwei Spannen. Aurelia war »Schwester« – dieses Wort hatte Tola ihr vor längerer Zeit beigebracht –, und dabei streichelte sie das Motorrad wie ein sanftes Pferd, womit sie ihm zu bedeuten versuchte, daß sie um eine Fahrt bat, nur nach Skarzysko.

»Ska – Ska – lzysko.« Daß das Wort ihm solche Mühe bereitete, machte ihn noch weniger furchterregend. »Skarzysko«, verbesserte sie. »Skarzysko. Familie – meine!«

Zwar ließ die Erwähnung ihrer »Familie« sein Gesicht aufleuchten, doch kam sie an dieser Stelle nicht weiter; denn jetzt mußte sie Rost erwähnen, und dessen bloßer Name vertrieb sie von dem gerade besetzten Terrain. »Hunger«, sagte sie statt dessen. »Kind klein, Hunger groß.« Schotter rutschte herab, als sie mit ihrem ausgestreckten Arm dagegenstieß, um das Ausmaß des Hungers zu zeigen.

Der Schotter rieselte; sie wartete. Dann sank ihr der Mut, nicht weil er »Nix verstehen« antwortete, sondern weil der Blick, den er auf seine Uhr warf, ihn wieder zu dem deutschen Soldaten machte, der nur Granaten im Kopf hatte. Im Vertrauen auf ihre pantomimischen Fähigkeiten machte sie einen neuen Versuch. Sie stieß einen schwachen, hilflosen Laut aus, sie versteinerte ihr Gesicht und heftete ihre Augen auf einen entfernten Punkt.

»Schwester so.« Sie suchte nach Worten. »Schwester nix gut. Schrecklich.«

»Frau«, rief er, »Frau, nix verstehen.«

Jetzt war ihr gleichgültig, welche Sprache sie benutzte. »Hierbleiben!« befahl sie, kletterte dann hoch. »Tola!« rief sie. »Tola! Schnell, komm her!«

Tola war sofort da – ob sie sich etwa die ganze Zeit in der Nähe versteckt gehalten hatte? Barbara faßte sie an der Schulter und schob sie vor sich her. »Nicht«, sagte Tola und sträubte sich, »nicht schieben, ich gehe schon.«

Was sagte Tola jetzt zu ihm? Warum sprach sie vom Führer? Warum wurde der Soldat ganz rot, was nuschelte er da, was hatte sein Nicken zu bedeuten? Weg war er. Nur der Staub war noch da, den seine Stiefel aufgewirbelt hatten, und ein weißes Bonbonpapier, das über den Boden flatterte.

»Tola, wird er uns denunzieren? Sag doch!«

»Ich weiß es nicht. ›Bringen Sie es‹, hat er gesagt. ›Bringen Sie es heute abend um kurz vor sechs.‹ Und du sollst ins Lager zurück, hat er gesagt.«

»Allein? Nein«, rief Barbara, »nein!«

Sie gingen zusammen zurück. Für hundert Zloty hatte ein OD-Mann eingewilligt, Tola ins Lager zu lassen, und Barbara hatte ihm in Gegenwart von Zeugen garantieren müssen, daß er das Geld bekäme.

»Wie willst du ihn denn bezahlen?« fragte Tola, als sie in den Wald kamen.

»Irgendwie. Mit meinem Mantel; ach nein, der ist wohl schon verkauft; dann mit meinen Schuhen. Nun laß das Thema, wie kannst du an solche Nebensächlichkeiten denken?« Barbara machte eine Pause. Ganz vorsichtig nahm sie Tolas Hand, auf der Stellen von rohem Fleisch wie runde, rote Münzen leuchteten. »Tola, ich bin noch kein einziges Mal gut zu dir gewesen«, sagte sie. Und von da an gingen sie schweigend weiter.

Die erste Fliege summte durch die Baracke. Ein staubiger Sonnenstrahl wanderte über die Pritschen, auf denen die Frauen noch schliefen. Aurelia schlief nicht, Aurelia lag so, wie Barbara sie verlassen hatte, die Arme über der Brust gekreuzt und die Augen auf einen Punkt hoch über Alinka geheftet, die sich gerade über sie beugte. Und als sie auf die Pritsche hinaufkletterten, rührte Aurelia sich nicht; nur ihre Blicke wanderten von Barbara zu Tola.

»Nein.« Barbara wich zurück. »Nein, nicht das, was du erwartet hast. Er, er war einverstanden.«

»War er das wirklich?« rief Alinka.

»Wer?« fragte Aurelia mit tonloser Stimme. »Wer war einverstanden? Mit was?«

»Der Soldat«, begann Alinka. »Ich ... weißt du, ich habe mal bei ihm geputzt ... Er hat mir Pfefferminzbonbons geschenkt, er hat gesagt ...«

»Wir haben ihn gefragt«, unterbrach Barbara sie. »Wir ... aber du kennst mich ja. Tola war das. Sie hat mit ihm gesprochen.« Tola sah sie an, und sie schwieg.

»Der Arzt hat sich um alles gekümmert.« Jetzt redete Alinka weiter. »Der Arzt hat sie gefüttert; mit Wasser, Zuckerwasser.«

»Sie?« fragte Aurelia.

»Ja, sie ...«

Langsam, indem sie sich auf die Ellbogen stützte, richtete sie sich auf.

»Entschuldigt«, sagte sie, »ich meine, verzeiht mir, ich ... ich fühle mich so ... ich weiß nicht, wie ich mich fühle.«

Wieder trat Schweigen ein.

Alinka beendete es. Aurelia mußte dringend etwas essen! Der Arzt hatte auf sie eingeredet, dann auf Goldberg, zuletzt auf sie, Alinka, aber Aurelia hatte nichts anrühren wollen, nicht einmal

Kogel-mogel. »Du mußt jetzt essen.« Vorsichtig wickelte Alinka ein Ei aus. »Barbara, schlag du es; du hast die kräftigsten Hände.«

»Ich? Gott bewahre. Ich, ich habe zwei linke Hände, und beide sind stocksteif.«

»Ich mach es«, sagte Tola. Und klappernd begann der Löffel zu rühren.

Ängstlich verfolgte sie die Bewegungen des Löffels, als sei die für diesen Tag zugeteilte Angst noch nicht völlig verbraucht. Barbara murmelte, Tola schlage das Ei viel zu langsam. »Zu schnell – nicht so hastig«, warnte Alinka, und alle rückten näher und schauten zu. Der Eischnee wurde dicker, der Löffel bewegte sich nur noch mühsam. Aber keine war zufrieden. »Weiter; noch steifer«, drängten sie, bis die Tasse beinahe überquoll.

Alinka hielt Aurelias Kopf fest, während Barbara sie fütterte und jedes Tröpfchen auffing, um es wieder den Lippen zuzuführen. Die Lippen blieben geschlossen. »Wirklich«, sagte Aurelia, »wirklich, es reicht jetzt.«

»Was?« Barbara fuhr bei dieser Bemerkung zusammen.

»Aber nein!« sagte Alinka energisch, »du ißt das, bis zum letzten Tröpfchen.« Und sogleich öffnete Aurelia wieder den Mund.

Eine Frau kniete unten vor dem Ofen, legte etwas Feuerholz hinein, und ein Schwarm von roten Funken stob hinüber zur offenen Tür. Aurelia sah ihnen nach. »Ich glaube«, sagte sie, »ja, ich glaube, ich möchte ... ich möchte nach draußen gehen.«

»Du bist verrückt.«

»Auf was für Ideen du kommst.«

»Vielleicht darf sie ja aufstehen«, sagte Tola. »Wir wollen den Arzt fragen.«

Der Arzt hatte nichts gegen einen kurzen Spaziergang einzuwenden. Sie zogen Aurelia an, halfen ihr von der Pritsche herunter und über die Schwelle. Und als sie, auf Barbara gestützt, die ersten Schritte tat – ganz langsam, wobei der aufgetriebene Leib sich deutlich sichtbar unter ihrem Mantel wölbte und der Mantel wie ein langes Gewand um ihre Fußknöchel flatterte – bot sie den Anblick aller Frauen nach der Geburt, wenn sie den Krankenhausflur entlang wandeln und der kräftigste Besucher ihnen den Arm als Stütze bietet, während die übrigen ein gedämpft redendes, aufmerksames Gefolge bilden.

So gingen sie daher, an den Baracken vorbei, an den Bänken, auf denen Frauen ihre Gesichter der Sonne darboten, während in den Pfützen zu ihren Füßen sich blau der Himmel spiegelte. Nur Aurelia wußte, wohin es ging. Schweigend führte sie sie über den Appellplatz, wo die Wachen auf ihren Türmen auf und ab schritten, vorbei am Waschraum und dem Kleiderdepot, dessen Fenster immer noch mit einem Mantel verhängt waren. An der Schlange, die vor dem Krankenbau wartete, machte Aurelia halt, tat einen Schritt vor, dann einen Schritt zurück.

»Fürs erste Mal war das genug«, sagte Alinka, und sie machten sich auf den Rückweg. Wiederum trugen sie sie – über die Schwelle, auf die Pritsche hinauf, und oben rückten sie beiseite, als würde Aurelia wieder dick, als brauchte sie allen verfügbaren Raum.

Aber die lag da, sehr klein und schwarz. Unter ihren runzligen Augenlidern sickerten Tränen hervor, liefen auf die Lippen, auf denen noch ein Rest von Kogel-mogel lag, so daß sie in einem verblaßten Gold schimmerten.

Teil fünf

Kapitel 25

Noch am selben Nachmittag verließ das Kind das Lager. Um es am Schreien zu hindern, betäubte es der Arzt mit einem Beruhigungsmittel, und die Tasche, in der Goldberg es dem Soldaten brachte, war fest verpackt, so daß kein bitterer Geruch verraten konnte, woher sie stammte.

»Wir werden uns um das arme Würmchen kümmern, gnädige Frau. Wir müssen jetzt wieder fort«, stand auf einer kurzen Mitteilung von Antoni, die sie wie ein Lieferschein am folgenden Tag erreichte. Barbara las die Nachricht, Aurelia brachte es zu einem schwachen Lächeln – und so begann die »Zeit danach«.

Sicher, das gute Leben, von dem Barbara geträumt hatte, blieb aus – denn niemand wollte ihren zerrissenen Mantel kaufen, und den größten Teil ihrer Barschaft mußten sie an Goldberg und den OD-Mann auszahlen. Der Hunger war groß, aber nicht weniger groß war die Hoffnung. Denn endlich hatten die Russen polnischen Boden erreicht.

»Habt ihr's gehört?« hieß es, mal von Barbara, mal von Aurelia. »Dubno ist gefallen, habt ihr's schon gehört?« – »Sie haben Rowno eingenommen, sie rücken vor, auf Tarnapol, auf Lwow.« Gleichzeitig schrumpften die Entfernungen: Um das Tempo der neuen Offensive zu verdeutlichen, galoppierten Aurelias Finger über die Pritsche – Flugzeuge wurden in die Schlacht geworfen, Fallschirmjäger griffen ein. »Warte nur«, flüsterte Barbara. »Bald sind sie hier!« Eine Pause, und dann: »Was meinst du, Tola?« fragte sie, und: »Tola, was sagst du dazu?«

Denn soweit war es gekommen. Kein Ereignis, mochte es ein großer Sieg sein oder ein Stück Lagerklatsch, war vollständig, wenn sie nicht ihr Urteil abgegeben hatte, das dann mit zustimmendem Lächeln, mit aufmerksamen, fast feierlich ernsten Blikken quittiert wurde. Damit bedankten sie sich für den Frieden, den sie ihnen verschafft hatte.

Ob sie diesen Dank verdient hatte? Tola, die nicht vergessen konnte, wie widerwillig sie ihre Dienste angeboten hatte, war sich dessen nicht so sicher. Wenn nun alles ganz anders gelaufen wäre, wenn sie nicht den Mut verloren hätte, wenn sie und nur sie allein Aurelias Kind gerettet hätte? Wie eine makellos glänzende

Trophäe erschien ihr solche Tat, zu der sie stets fähig gewesen wäre, um zu zeigen, wer sie wirklich war. Andererseits, hätte sie Aurelia im Stich gelassen, wäre diese allein in der stinkenden Latrine zurückgeblieben, dann wäre auch das eine Art Trophäe gewesen.

Warum ihr solche Gedanken in den Sinn kamen, wußte sie nicht. Aber sie kehrten hartnäckig wieder, und sie floh vor ihnen zu diesen ach so dankbaren Gesichtern, zu diesem Geflüster über den Krieg, der bald zu Ende sein würde. »Vielleicht.« Sie stimmte zu, wenn auch zögernd. Aber in solchen Augenblicken – und stets gegen ihre Absicht – geriet ihr zur vollendeten Tatsache, was den anderen nur erst Traum und Hoffnung bedeutete. »Eines Tages«, begann sie leise, »werden wir die Baracke verlassen, und alles wird ganz still sein – keine Wachsoldaten auf den Türmen, keine Wachen am Tor. Und die Erde wird beben wie damals am Anfang, weißt du noch, Barbara?«

»Und ob ich das noch weiß! Und dann ...?«

Als sie die erwartungsvollen Blicke sah, riß ihr der Gedankenfaden. »Ich ... ach, meine Phantasie ist mit mir durchgegangen«, meinte sie achselzuckend und sah Alinka, ihre treue Verbündete, an.

Denn der Skepsis dieses Mädchens war nicht beizukommen. »Unsinn! Die Offensive kann so plötzlich steckenbleiben, wie sie in Gang gekommen ist«, versetzte die und sah von ihrer Näharbeit auf. Sie machte Kleidung für Aurelia aus Barbaras Mantel.

Am Vorabend des Tages, an dem Aurelia – bis jetzt durch ein Attest des Arztes von der Arbeit befreit – in das Werk Schmitz zurückkehren sollte, waren die neuen Sachen fertig. Alinka half ihr beim Anziehen, zupfte hier und zog da. »Und wie gefallen sie euch?« fragte sie mit einer Stimme, die gepreßt klang und höher als gewöhnlich.

Niemand antwortete, denn jetzt bemerkten sie, wieviel Platz das Kind eingenommen hatte: die Bluse aus dem glänzenden Innenfutter des Mantels klebte an den herabhängenden Brüsten, scharfkantig zeichneten sich die knochigen Hüften unter ihrem Rock ab. Nur die Beine waren noch angeschwollen, als wäre ihnen bisher entgangen, wie sehr die von ihnen zu tragende Last sich vermindert hatte.

»Nun?« fragte Alinka. Aurelia antwortete. »Alinka«, sagte sie leise, »du kannst mit deinen Händen zaubern.«

Am nächsten Tag marschierte Aurelia Katz zur Arbeit, wobei sie abwechselnd von Alinkas Zauberhänden und von Barbara und Tola gestützt wurde: Nach kurzem Aufenthalt in Schmitz ging es weiter, dorthin, wo die »Körbe«, die leichten Kisten zum Transport der Geschosse, verladen wurden.

Oben auf der Böschung leuchtete der Schuppen, in dem die Körbe gestapelt waren, wie mattes Silber. Unten säumten Schwellen, Überbleibsel der ehemaligen Bahngleise, das Bett eines kleinen Baches. Der Bach murmelte, der Geruch von sonnenwarmem Holz erfüllte die Luft. Und die Frauen sangen und sangen, weil das Anreichen der Körbe so leicht war, weil kräftiges, blankes Gras zwischen den Stoppeln emporschoß und der Winter vergangen war – einzig ein eingeschrumpfter, toter Maulwurf, den ein achtloser Tritt aufdeckte, oder ein plattgetretener Vogel, der mit seinen ausgebreiteten Flügeln aussah, als hoffte er auf einen allerletzten Flug, erinnerten noch an ihn.

Und unten erblühte der Frühling. Rund um die Lastwagen rankten Sträucher. »Himbeersträucher – Brombeeren«, rief Barbara, »und seht doch diese winzig kleinen Blättchen – Blaubeeren sind das, was sonst, und der Geruch – oh, was hier Pilze wachsen werden!« Anhand der Form von Strauch und Blatt nannte sie ihnen, wie Gerichte auf einer Speisekarte, die Köstlichkeiten, die im Wald heranwuchsen. Doch schon bald wanderten ihre Blicke nach oben; wie ungeduldige Kinderfüße, die zwei, drei Stufen auf einmal nehmen, hüpften sie über die sonnenbeschienenen Köpfe und machten an der Tür des Schuppens halt. Da saß Aurelia, die Hände im Schoß gefaltet, auf einem Sitz aus Körben, den Barbara ihr gemacht hatte.

Der friedliche Anblick, die warme Sonne und ihr eigener Hunger, der sie daran erinnerte, daß sie Aurelia zu einer zusätzlichen Scheibe Brot überredet hatte, verbündeten sich miteinader und waren süß, wie der Geschmack einer reifen Frucht. Doch sobald Aurelia mühsam atmete oder sich ans Herz griff oder auch nur das kleine, eingesunkene Gesicht ihr zuwendete, war diese Süße verflogen; Angst stellte sich ein und wurde zu einer rasenden Wut, ja zum Haß auf dieses Gesicht, diese spindeldürren Arme, und sie hätte am liebsten ihre eigene Stärke, ihren Atem in diesen offenstehenden Mund hineingezwängt, wie einst die Brotkrümel in den Schnabel eines soeben flüggen Vogels.

»Aurelia!« Ihr Ruf hallte den Hügel hinauf, und schon lief sie nach oben, um Aurelia zu schelten, die immer alles falsch machte, weil sie in der heißen Sonne saß, weil sie im Schatten fror, weil ...

»Aber Frau Grünbaum«, schalteten sich die Frauen ein, »Sie sollten sich ein bißchen zurückhalten.« Viele hatten irgendwie von der Sache mit dem Kind gehört. »Stimmt es, Frau Katz, daß der Untergrund seine Rettung organisiert hat?« fragten sie, oder: »Liebe Frau Katz, ich habe gehört, ein Partisan ist extra seinetwegen ins Lager gekommen; stimmt das?«

Auf diese Weise wuchs das Kind, das man wie ein Päckchen aus dem Lager geschafft hatte, bis es groß genug war, um die Last ihrer Sehnsucht auf sich zu nehmen, ihrer Sehnsucht nach einem Beweis oder doch nach einem Zeichen dafür, daß man sie, draußen » in der Freiheit«, noch nicht ganz vergessen hatte.

»Bitte, ich ... ich möchte darüber lieber nicht reden«, bat Aurelia. »Bitte lassen Sie mich in Frieden!« schrie sie, wenn die Frauen mit ihren Fragen auf sie eindrangen. Und die Frauen gehorchten, weniger aus Achtung vor ihrer Person als aus Ehrfurcht vor dem glücklichen Geschick, das ihr zuteil geworden war. Und sie bereiteten ihr einen Ehrenplatz aus Körben, auf dem sie saß wie auf einem Thron. »Gönnen Sie sich Ruhe, Frau Katz«, sagten sie, »schonen Sie sich.« Und sie nahmen sie gegen Barbaras Schelte in Schutz.

»Sie kennen sie nicht«, antwortete Barbara leise, »Sie ... sie würde nie von sich aus an ihre Gesundheit denken.«

Von dem schlechten Gewissen, das sie Aurelia damals beim Verladen der Granaten versprochen hatte, bemerkte sie keine Spur. Wie konnte sie auch, da sie unmöglich glauben konnte, sie habe jemals etwas anderes von dieser Frau verlangt als zu essen, sich auszuruhen und sich zu schonen?

Das war bei Tola anders. »Tola, ich bin noch nie gut zu dir gewesen.« Diesen Satz konnte Barbara nicht vergessen. Bereitwillig, fast gierig nahm sie die ganze Schuld auf sich. Den leisesten Gedanken an eine Aufteilung schob sie von sich; an jedes harte Wort, an jeden Blick erinnerte sie sich in allen Einzelheiten.

Aber wie sich diese Äußerungen, die der Angst, der Sorge oder einfach der üblen Laune entsprungen waren, zu etwas summierten, was sie als Schuld empfand, und zu der eisigen Einsamkeit, welche Tola umgab, das zu verstehen fiel ihr schwer, wie auch die Tatsache, daß Tola gerade jetzt, wo Barbara versuchte, gut zu ihr zu sein, unter ihren freundlichen Worten zusammenzuckte wie eine Pflanze, auf die man getreten hat und die sich nicht wieder aufrichtet.

Nachts trat ihr die schmale, fröstelnde Gestalt vor die Augen, unweigerlich gefolgt von Stefan, als gäbe es eine geheime Verbindung zwischen den beiden. Seitdem das Kind fort war, machte sie sich Sorgen um Stefan. War er in London noch sicher? Und wenn London wieder bombardiert wurde? Wenn er krank und allein auf seinem Zimmer lag?

Wie überdeutlich sie dieses Zimmer vor sich sah – das ungemachte Bett, die überquellenden Aschenbecher und den Stuhl, auf dem er vornübergebeugt saß und das Gesicht in den Händen vergrub. Sie wollte nicht, daß er so allein war. Sie fand sogar eine Freundin für ihn, eine nicht mehr ganz junge Exilpolin, deren Mann in Polen geblieben war, so daß der Gedanke an die zurückgelassenen geliebten Menschen die beiden aneinander band. Aber dann wurde ihr diese Bindung zu eng; das »hübsche, junge Ding«, das nun die melancholische Exilpolin verdrängte, wurde so dreist, daß auch sie den Laufpaß bekam und Barbara sich endlich für ein polnisches Ehepaar entschied. Sie schätzten ihn sehr und speisten jeden Abend mit ihm. Aber bald schon wurden ihnen diese Abende lang. Die Gastgeber unterdrückten ihr Mitleid, gähnten verstohlen, warfen vielsagende Blicke zur Wanduhr und standen dann am Fenster und sahen ihm nach, wie er müden Schrittes in der Dunkelheit verschwand.

Wenn ihr diese Vorstellungen unerträglich wurden, holte sie ihn fort aus London und setzte ihn auf einen Zug, der zu dem kleinen, von Phlox und Zinnien umblühten Bahnhof fuhr. Dort stand sie und wartete auf ihn. Lichter flammten auf, mit schrillem Läuten senkte sich die Schranke. Der Zug lief ein, da war er und lehnte sich aus dem Fenster. »Stefan«, rief sie, »Stefan!« und nahm sein Gesicht in ihre Hände.

Doch in der folgenden Nacht saß er wieder in London, zusammengesunken und das Gesicht gegen die Finger gepreßt, als wären es Gitterstäbe. Barbara wußte genau, woher sie dieses eingesperrte Gesicht kannte – aus jener Nacht, die ihr immer wie ein versehentlich geöffneter und gleich wieder verschlossener Brief erschienen war. Jetzt öffnete sie den Brief erneut. Über den vom Typhusfieber erschwerten Atemzügen des Waisenkindes, über dem Jammern der Rebbetzyn, ihrem eintönig wiederholten »Gott, – mein Gott«, das so klang, als lasse sie einen Namen öffentlich ausrufen, hörte sie Stefans Stimme, die ihr laut daraus vorlas.

Doch beim Gedanken an die Eingangszeilen des Briefes faßte sie Mut. Sie hatte den Glauben daran verloren, daß es die Morgen, von denen diese Zeilen sprachen, jemals gegeben hatte. Aber wenn es sie gegeben hatte, dann wußte sie auch, welches Geschenk sie gewesen waren: die winzigen leuchtenden Regenbögen um den Spiegel, der Geruch nach frischem Heu, der das Zimmer zu einem weiten, offenen Feld machte, und vor allem Stefan, der ihr Gesicht berührte.

»Stefan«, hatte sie an jenem Morgen gesagt, »heute will ich mit dir aufs Feld.«

Aber er mußte an dem Tag fort, um einige Dinge in Warschau zu erledigen. »Und wenn ich einmal da bin«, setzte er hinzu, »schau ich nochmal bei dem Arzt herein.«

»Ach, der alte Schwätzer«, so nannten sie den Professor, der ihr ein Dutzend prächtiger Kinder garantiert hatte. »Ich sage dir, das ist bloße Zeitverschwendung.« Und in diesem Augenblick überkam sie das Gefühl von etwas Unechtem, als hätten sie diese leicht hingeworfenen Bemerkungen vorher einstudiert, und zwar jeder für sich.

Soll ich Stefan begleiten? dachte sie. Aber warum eigentlich? Und kurz darauf war er weg.

Wie eine riesige Biene verschwand der gelbe Kutschwagen im Morgenglanz, die Hufe klapperten, noch einmal knallte die Peitsche, dann senkte sich Stille über das große, weiße Haus. Langsam machte sie ihren Rundgang: hier waren Schwertlilien in der Vase zu arrangieren, da die ersten Rosen; der neue Teppich paßte überhaupt nicht zu seiner Umgebung, aber der Strauß Kornblumen war wunderschön; leuchtend blau, beinahe schwarz stand er vor den naturfarbenen Vorhängen. Am Fenster machte sie halt.

Die Heuernte war im Gange; in gleichmäßigem Takt bewegten sich die Rechen auf den Wiesen, Heugabeln glitzerten, und wenn sie gegeneinanderstießen, rieselte Heu wie hellgrüner Regen auf die sonnengebräunten Gesichter. Die heiseren, durstigen Rufe folgten ihr, während sie nach oben ging.

Neuerdings verbrachte sie manche Stunde in diesen Zimmern. Sie waren schlicht und sparsam möbliert und erinnerten sie an die Tage, als sie und Stefan, ein unbehaustes, verliebtes Pärchen, sich heimlich in einer unauffälligen, geschickt ausgesuchten fremden Wohnung getroffen hatten. Und genau in solch einem weißgetünchten Zimmer hatte er ihr einen Heiratsantrag gemacht, oder vielmehr – wie sie gern sagten – sie hatten sich gegenseitig einen Antrag gemacht. Anfang Juni war es gewesen; auch damals hatte Stefans Berührung sie geweckt. »Es wird Zeit«, hatte er gesagt, »deine Freundin kann jeden Moment hier sein, es wird Zeit.«

»Wenn sie kommt«, Barbaras Stimme wurde träumerisch, »wenn sie kommt … sagst du einfach, du heiratest mich.«

»Aber wenn er es nun sagte, sollte sie ihn heiraten? Sollte sie, oder sollte sie nicht? Er war größer als die Männer, die sie vorher gekannt hatte, so daß sie sich beim Küssen auf die Zehenspitzen stellen mußte – das gefiel ihr besonders an ihm; auch seine Stärke gefiel ihr und wie er sie anschaute und seine Augen dabei aufriß, als wäre er jedesmal von neuem erstaunt, daß sie bei ihm war. Dann hatte er dieses große Gut, weitläufig und so weit weg, daß alle ihre Verwandten besorgt fragen würden, »wie es jemand in dieser Wildnis aushalten könnte«. »Aber«, so würde jeder sogleich hinzufügen, »es ist eine glänzende Partie.« Das »Glänzende« dieser Partie, der Reichtum, den er, der Sohn eines bedeutenden Anwalts, zu bieten hatte, sprachen gegen ihn. Sollte sie – sollte sie nicht?

»Barbara«, sagte er fast brutal. »Barbara, ich will dich heiraten, und du weißt es. Aber du könntest jeden anderen haben, jeden, und ich bin nichts Besonderes.« Er lächelte, aber sein Gesicht hatte sich verändert – zerfurcht war es, beinahe alt. »Ich wollte schon oft mit dir darüber reden, aber du hörtest nie richtig zu. Sieh mal, Barbara, du mußt mich verstehen: alles, was ich bisher unternommen habe, war Zeitverschwendung, ein kompletter Fehlschlag – meine Jahre auf der Universität, mein Medizinstudium. Ich habe mich treiben lassen, ich hatte kein Ziel vor Augen. Das Gut ist der erste Ort, an dem ich das Gefühl habe, ich weiß, was ich will. Ich habe das bisher niemandem gesagt ... aber ... bisher war ich auch noch nicht glücklich.« Sein Lächeln wurde wärmer. »Kein bißchen glücklich«, fügte er hinzu, und plötzlich waren wieder nur noch die Furchen da.

Sie verstand ihn. Nicht die Schwierigkeiten an der Universität, die jedem bekannt waren, machten sein Gesicht alt, sondern das Unglücklichsein, das er nur ihr anvertraut hatte, ein geheimer und tiefsitzender Kummer. Diese Heirat war nicht einfach eine gute Partie, etwas anderes kam jetzt hinzu. Ihn heiraten, das war, als brennte sie heimlich mit jemandem durch, mit diesem Kummer nämlich, und übernähme damit einen Auftrag, dem nur sie gewachsen sein würde. Sicher, zuweilen schien es ihr, als sei dieser Auftrag gleich damals erfüllt worden: Er war glücklich, erfolgreich in seiner Arbeit, gleichermaßen geachtet und geschätzt von Landbesitzern und Bauern. Und auch sie war glücklich – obgleich sie an Tagen wie diesem die Stille bedrückend fand.

Und in dieser lastenden Stille fiel ihr wieder ein, was Stefan vorhatte. Sie sah ihn in der Praxis des Professors – weiß und entmannt lag er auf der schmalen Pritsche. Diese absurde Szene verschwand gleich wieder, aber nun wünschte sie weniger denn je, er würde dorthin gehen. Wozu denn? Wozu brauchten sie Professoren und deren Ratschläge?

Ein Kalender, auf dem noch Winter war, hing an der Wand. Eines nach dem anderen riß sie die Blätter ab, bog die Finger und zählte ab, immer wieder von vorn. Sie war einen Tag im Verzug; ein Tag war nicht viel, und doch, wie anders fühlte sich ihr Körper an – schwer war er, und die Brüste schmerzten bei jeder Berührung.

»Siehst du Stefan, ich hatte recht, ich hatte recht«, rief es in ihr, als sie die Treppe hinablief. Und unten im Haus schienen sich die Dinge in Bewegung zu setzen und einen Exodus zu beginnen – zuerst die schweren Möbel, dann der Spiegel, den sie noch nie hatte leiden können, dann der Nippes und die Teppiche und Brücken, bis alles leer und frei war für die, deren Einzug nicht mehr lange auf sich warten lassen würde.

Bald mußte es soweit sein. Und jetzt wartete sie auf Stefan, sah auf die Uhr, hinüber zum Fenster, und wieder auf die Uhr. Endlich war der Nachmittag da. Im Flur öffnete sich die Tür, aber es war nur der »Agronom«, der da hereinkam. Der Agronom war, wie der Teppich, ihr Beitrag zu der Ehe gewesen, und wie der Teppich paßte er überhaupt nicht in diese Umgebung. Sie hatten ihn eingestellt, um sich von den Auseinandersetzungen am Zahltag, von den Preisverhandlungen und dergleichen zu entlasten, aber irgendwie machte seine Mitarbeit alles noch beschwerlicher, indem er ständig auch den kleinsten Vorschlag von ihr mit der Bemerkung »nicht nötig, gnädige Frau, ganz unnötig« bedachte. »Nicht nötig«, sagten auch jetzt seine schnell umherwandernden Augen, mit denen er die Treppe, das Sèvres-Porzellan und sie selbst erfaßte – als wäre auch sie ein Stück teuren, aber nutzlosen Nippes. Dann, wohl um zu zeigen, daß soviel Vergeudung nur weitere Vergeudung verdiente, begann er, Kügelchen aus den belegten Broten zu formen, die das Mädchen hereingebracht hatte; grau und glitschig wie nasse Mäuse rollten sie zwischen seinen Fingern hin und her.

»Bitte«, sie wollte gerade etwas sagen, als Stefans Schritte im Flur zu hören waren. »Wie war der Tag?« war alles, was sie in Gegenwart des Agronomen fragen konnte. Er lächelte, aber sein Blick war besorgt, als wäre sie plötzlich ohne ihr Wissen erkrankt.

Beim Abendessen langte nur der Agronom zu, der seine Gier dadurch zu mäßigen versuchte, daß er die gewaltigen Bissen, die er zu sich nahm, mit ebenso gewaltigen Schlucken aus dem Wasserglas unterbrach. Irgend etwas erschien ihm »unnötig«, irgend etwas war im Preis gestiegen, vielleicht auch gefallen, und das leise Knistern, das war der helle Nagellack, den sie unterdessen von ihren Nägeln schälte.

»Die werden uns ruinieren, Herr, ruinieren werden sie uns.«

Mit steifen Gliedern ging sie zum Fenster. Wie ein friedvoller, brauner Strom wellte sich ein frisch gepflügtes Feld unter der sinkenden Sonne, über das flache, dunkle Land erhoben sich Heustapel wie eine braune Hügelkette. Und eine Traurigkeit beschlich sie angesichts dieses träumend und wartend verbrachten Tages. »Es wird dunkel«, sagte sie mit belegter Stimme. »Es ist schon spät.« Und endlich verabschiedete sich der Agronom.

Als wüßte er nicht recht, wohin er gehörte, schaute Stefan umher. »Dort«, sagte er, auf die blaue Recamiere zeigend, »setzen wir uns dorthin.«

Etwas verlegen setzten sie sich. Wie ein schwarzes Blatt im Wind schoß eine verspätete Schwalbe durch die Dämmerung. Wenn der Zweig sich unter ihrem Gewicht bog, konnte sie noch Mutter werden; wenn er sich nicht bewegte – dann nicht.

»Wir können keine Kinder bekommen«, hatte er soeben gesagt. »Ich bin unfruchtbar.« Und sie begriff gar nichts. Aber der Wind wurde kalt; die Möbel ringsherum rüsteten sich triumphierend zum Verbleib, und wie eine Erzieherin ihre unartigen Zöglinge zurechtwies, so schien eine Stimme sie zu ermahnen, daß eine gute Ehefrau nicht einfach dasitzen und vor sich hinstarren dürfe.

Gehorsam streichelte sie seine feuchte Hand, überlegte, ob eine einmalige Berührung genüge, streichelte die Hand nochmals; er, damit noch nicht zufrieden, schaute sie unverwandt an.

»Aha«, sagte sie. »Ich glaube das nicht«, setzte sie hinzu, und in diesem Augenblick kam ihr der Glaube zu Hilfe, wie ein Gewicht, das auf sie zuschwang. »Nein, das kann nicht sein«, sagte sie laut. »Du hättest gar nicht zu ihm gehen sollen, ich meine ... ich meine, wir fragen jemand anderen.« Sie machte eine Pause, richtete sich auf. »Wir fragen niemanden mehr«, sagte sie. »Wir warten ab und sehen, was kommt.«

Das Warten war sinnlos, besagte sein Schweigen. Endlich kamen Erklärungen. Eine Kindheitserkrankung, sagte er, »eine seltene, aber mögliche Spätfolge«, und sie wünschte sich, er möge aufhören, damit sie nichts wüßten, damit sie wie Antoni einfach sagen konnten: »Der Herr hat uns die Kinder versagt.«

»Untersuchung« – »mikroskopische Analyse« – jedes dieser Wörter öffnete ihr gemeinsames Leben gewaltsam den neugierigen Blicken, so daß alles, was nur ihnen gehört hatte und ihr Geheimnis gewesen war, nun freilag wie Waren, die dem Betasten schmieriger Finger ausgesetzt sind.

»Nein!« sagte sie. »Nein, red nicht weiter, alles ist so ... ich weiß nicht.«

»Natürlich, gewiß. Du hast Besseres verdient als einen unfruchtbaren Mann«, sagte er, und seine Stimme wurde schrill wie bei seinen Diskussionen mit den neunmalklugen Besuchern aus der Stadt.

»Du darfst nicht so reden«, flüsterte sie. Beide verstummten. Als das Telefon läutete, standen beide schnell auf und verbargen ihre Erleichterung voreinander.

Stefans Tante, mit der Barbara jetzt lieber nicht reden wollte, war am Apparat. »Uns geht es gut, danke«, klang seine Stimme gedämpft durch die Tür. »Ja, das silberne Körbchen hat Barbara bekommen, sie wird dir bald schreiben und sich bedanken. Ja, auch wir haben uns sehr über deinen Besuch gefreut ...«

Zorn stieg in ihr hoch, auf das Netz trivialer Verpflichtungen, das man ihr übergeworfen hatte, auf die unerbeteten Besuche, auf die Danksagungen für ebenso unerwünschte Geschenke, und der Zorn wuchs, weil man ihr von nun an jedes Recht zornig zu sein verweigern würde. Er – nein, nicht er, etwas Unbegreifliches hatte sie beide getroffen, sie stärker als ihn. Er hatte das Gut, er hatte wenigstens seine Arbeit. Aber diese Verletzung gab ihm neue Macht über sie – denn von jetzt an würde jeder ihrer Gefühlsausbrüche als Vergeltung für ein ihr zugefügtes Unrecht gedeutet werden.

»Ich soll dich grüßen«, sagte Stefan, und wieder saßen sie stumm und warteten darauf, daß die Uhr das Ende des Tages ankündete. Aber als die Uhr schlug, kuschelte sie sich in ihren Sitz und wünschte sich, sie könnte die Nacht allein verbringen, hier oder in dem schlichten Raum oben, in dem Bett an dem Fenster, das im Schatten des großen Ahorns lag, um inmitten von lauter Grün wie in einem Nest aufzuwachen. Aber auch dazu hatte sie kein Recht mehr; selbst die Zeit, die sie an diesem Abend auf das Bürsten und Flechten ihres Haars verwandte, erschien ihr als Übertretung eines Verbots. Sie beugte sich über Stefan, sie berührte sein Gesicht, legte sich dann auf die andere Seite des Bettes.

Jasmingeruch strömte in das Zimmer, Grillen sägten ihren feinen Ton wie in all jenen Nächten, in denen sie still und unbewegt gelegen hatte, um das Kind nicht zu schädigen, dessen Gefäß sie vielleicht gerade geworden war. Und es kam ihr vor, als hätte jemand sie in diesen Nächten beobachtet, einer, der dem Professor ähnelte und mit hoher, piepsiger Stimme »ganz unnötig« sagte.

Schnell gesellten sich andere Stimmen hinzu – sie flüsterten hinter ihrem Rücken; gerade den Frauen, die aussähen wie die Mutter Erde persönlich, ginge es oft so, sagten sie. »Ja, es ist meine Schuld«, antwortete sie ihnen, »allein meine Schuld!« Ein dürftiges Opfer, dürftig wie der Trost, den es ihr verschaffte. Und das Geflüster ging weiter, man wunderte sich, wie sie denn ihre Tage verbringen wolle, da sie nichts zu tun habe, genau so, wie sie früher von anderen gedacht hatte.

Die zahlten es ihr jetzt heim. Jetzt versammelten sie sich um sie, Frauen mit grämlichen Gesichtern, die von ihren Krankheiten sprachen, als wären es Liebesgeschichten, und Frauen mit Hüten gleich Obst- und Blumenständen, die freudlos zwischen Friseuren und Modistinnen hin- und herpendelten; und endlich die, welche sie am meisten haßte, weil sie sich schon angeeignet hatten, was eigentlich ihre Sache hätte sein können – Frauen, die, als wäre ihre vorwurfsvoll einfache Kleidung noch nicht kränkend genug, außerdem noch hinzufügen mußten: »In unserer Zeit muß man sich seiner gesellschaftlichen Verantwortung bewußt sein!«

Mußte sie wirklich so werden wie die? Sie mußte eine Entscheidung treffen, mußte etwas tun, aber was? Sollte sie ein Kind annehmen, das nicht ihr eigenes war? Vielleicht später. Jetzt wehrte sich alles in ihr gegen diese Waisenhauskinder, deren dunkle Gesichter mit den großen, leidvollen Augen sie ihr fremd machten.

Doch dann, als wollten sie Barbaras lebenslange Treue erwidern, erschienen Elendsviertel vor ihr – zum Beispiel ein schmutziger, schäbiger Platz, auf dem alte Männer Hunde spazieren führten, die so räudig waren wie sie selber, und alte Frauen mit Gesichtern wie Landkarten herumstanden, auf denen sich die Jahre harter Arbeit eingegraben hatten. Dort stand auch sie, armselig gekleidet und mit Händen, die von der vielen Arbeit ledrig geworden waren. »Das ist die richtige Frau für dich – sie arbeitet sich ab, damit ihr Mann seine Arztausbildung beenden kann«, sagten die zahnlosen Münder.

»Stefan.« Es tat ihr weh, als sie ihn aufstehen sah. Vielleicht, vielleicht warte ich lieber noch? dachte sie, und das Lächeln fiel ihr ein, das ihn so alt gemacht hatte. Aber mit all diesen quälenden Fragen im Kopf, wie konnte sie länger warten? »Stefan«, sagte sie wieder. »Hör zu, ich hab es mir alles überlegt. Wir gehen weg von hier. Ich werde arbeiten, du weißt, ich kann es – du mußt es wissen. Ja, wir sind reich, aber alles, was wir haben, stammt von unseren Eltern; wir sollten nichts mehr von ihnen annehmen«; sie klammerte sich an ihre neu gewählte Armut. »Und ich ... ich will keine dumme Gans mehr sein, ich ...« Sie suchte nach Worten, unfähig, ihm zu erklären, daß sie ihren kostspieligen Launen nur deshalb nachgab, weil sie ihr nichts bedeuteten, weil sie ebensogut auf all den Plunder verzichten konnte. »Du wirst schon sehen, ich werde mich ändern«, sagte sie sanftmütig. »Ich werde arbeiten wie ein Pferd.«

»Und was mache ich dann?« Sie hatte sich abgewendet, merkte aber, daß er lächelte.

»Du führst deine Ausbildung zu Ende, ich meine dein Studium.« Er sagte nichts und schaute sie unverwandt an.

»Du hättest deinen ... Vorschlag besser noch für dich behalten«, sagte er schließlich. »Aber man darf nicht zuviel erwarten. Um darauf zu antworten, Barbara: ich kann das nicht tun, und du weißt es; du hast es immer gewußt.«

»Natürlich kannst du es. Du hast mich, um dir zu helfen. Jetzt hat sich alles geändert.«

»Alles außer mir. Ich habe mich nicht geändert, ich bin nicht begabter als vorher.«

»Mein Gott, warum willst du mich nicht verstehen? Du brauchst kein Genie zu sein; Hunderte von Leuten studieren, Tausende ...«

Damit verriet sie ihre eigene Überzeugung, denn sie erinnerte sich sehr genau an die verknöcherten Ärzte in kleinen Provinzstädten. »Stefan, es ist so leer hier«, wollte sie sagen, unterdrückte es aber. »Wir müssen hier weg«, war alles, was sie vorbrachte. »Das hier ist kein Leben, kein Leben! Du kommst nach Hause und sagst: ›Oh, du hast sicher viel Arbeit gehabt‹, und dabei habe ich doch nichts anderes getan als Brot gebacken oder Möbel umgestellt, als ob das Arbeit wäre, als ob mich das befriedigen könnte. Und du –« Sie zögerte. Aber jetzt war sie entschlossen, nicht um ihret-, sondern um seinetwillen, ihm den Spiegel seines Lebens vorzuhalten – zur Warnung, bevor es zu spät war. »Und was tust du?« flüsterte sie. »Du arbeitest nicht einmal mit deinen eigenen Händen, du zählst und rechnest nur – wieviel Hektar eingesät worden sind, wieviel Ertrag sie bringen. Du sitzt und rechnest – wie der Agronom, schlimmer noch – wie der Kaufmann in der Kleinstadt.«

»Also so denkst du von mir?«

»Ja!« sagte sie, hatte aber Angst dabei.

Sein brütendes Schweigen zeigte, daß er wütend war, und sie hoffte auf den Ausbruch, auf das Anschreien, das Türeschlagen, damit es zur Versöhnung kommen konnte, bei der sie zaghaft aufeinander zugingen, noch einmal aufbrausten, um schließlich, eng umschlungen, in Lachen auszubrechen.

Aber als er endlich sprach, war seine Stimme ganz ruhig. »Da du recht vergeßlich bist, möchte ich dir nochmal erklären, warum ich nicht tun kann, was du von mir verlangst.« Die ungewohnte, allzu beherrschte Stimme sprach weiter... und sie hatte das Gefühl, als schaue sie in ihr Buch mit den italienischen Redewendungen; so wie da die wundersamen, klangvollen Wörter auf der gegenüberliegenden Seite zu einem trivialen Geschwätz über Einkaufen und Essen verkümmerten, so schrumpfte jetzt in seiner Übersetzung der tiefe, geheime Kummer, der ihr Verlobungsgeschenk gewesen war, der Auftrag und die Hoffnung, die sie übernommen und gehegt hatte, zu etwas Kleinem und Wertlosem zusammen, zu nächtlichen Sitzungen über Büchern, zu Nächten, die man verschweigen mußte, als wären sie eine Schande, damit nicht andere sich über diese vergeblichen Anstrengungen lustig machten, zu der widerwärtigen Furcht von Prüfungen und zum Erlebnis des Versagens.

»Versagen... ich habe versagt.« Es war, als konjugierte er ein Verb. »Ich habe versagt... ich wollte um eine zweite Chance bitten, ich habe wieder versagt«, sagte er, und ein schaler Geruch schien von ihm auszugehen wie von jenen anderen Versagern, den armen Verwandten, die man bei einem der unvermeidlichen Familienfeste aus der Versenkung holt. Hatte er, als er damals um seine zweite Chance bat, dasselbe abwesende, angestrengte Lächeln gehabt wie jene?«

»Hör auf«, unterbrach sie ihn. »Es reicht, das alles ist so –«

»Scheußlich«, beendete er den Satz. »Natürlich war es das!« Und dann war er plötzlich weg.

Draußen vor dem Fenster, hinter den schwarzen Büschen,

schien ein Licht auf und erlosch wieder, ein Hund bellte, und dann trat eine so tiefe Stille ein, als wären das Gutshaus, die Scheune, die Ställe und das Dorf plötzlich unbewohnt. Sie lief ins Nebenzimmer, zögerte, blieb stehen. Seine Schritte schlurften wie die eines alten Mannes. Soll ich ihn rufen? dachte sie. Soll ich zu ihm hineingehen?

Der Wind kam ihr zu Hilfe, er stieß die Tür weit auf. Dort saß er zusammengesunken, das Gesicht in den Händen vergraben, und seine Augen starrten durch die gekrümmten Finger auf den Boden. Und jetzt verstand sie ihn. Dieser da war Stefan, ihr Mann, bei dem sie Hilfe suchte, wenn sie Kummer hatte, wenn ihr Unrecht geschehen war oder andere ihr wehgetan hatten, und sie wollte ihm die schlaffen Hände vom Gesicht nehmen, wollte ihm etwas sagen. Aber was?

Er fuhr hoch, auf seinem Gesicht noch das Lächeln, das sie nicht hatte fernhalten können; aber sogleich stand er auf, straffte sich und ging kraftvoll und aufrecht zur Tür.

In dem Moment, als die Tür vor ihrer Nase zufiel, erfaßte sie ein Krampf, ein zweiter folgte und noch einer. Hingebungsvoll, nichtsahnend traf ihr Körper die Vorbereitung für das, was niemals eintreten würde. Ein Zittern überfiel sie. Eins nach dem anderen entglitten ihr ihre Kinder wie die Blätter von einem Baum, den ein plötzlicher Herbst befallen hat.

Mondschein lag auf dem Eimer mit Wasser und löste sich in leuchtende Flecken und Punkte auf. »Mir ist heiß, mir ist so heiß«, stöhnte das Waisenkind, während Barbara hell wach lag. Was war damals über sie gekommen, welche Angst hatte sie gequält? »Barbara fürchtet nicht mal den Teufel!« pflegten die Leute von ihr zu sagen. »Die Angst hat große Augen«, hatte sie scherzhaft gesagt; und doch hatte sie soviel Angst gehabt – vor den leeren Tagen, vor dem Geschwätz der Leute, vor Kleinigkeiten. Kleinigkeiten, was sollte das überhaupt heißen? Früher war ihr keine Aufgabe zu schwer gewesen, jetzt würde sie auf allen vieren kriechen, um ein Stück Brot für Aurelia zu ergattern, das würde sie tun – und doch, wie kurz war es her, daß Aurelia gesagt hatte: »Sie sind zu gedankenlos, Frau Grünbaum, Sie wissen nicht, was Fürsorglichkeit ist.«

Wenn sie doch Aurelia aufwecken könnte, nicht, um sich bei ihr zu entschuldigen – was man nicht als Schuld empfand, konnte einem nicht vergeben werden –, sondern um ihr von jener Nacht zu erzählen, um zu begreifen, warum sie früher so wenig an andere gedacht hatte, warum sie so lange gebraucht hatte, um sich zu ändern. Aber Aurelia hatte nirgendwo einen Bahnhof, auf dem sie ihren Mann erwartete; kein Unrecht zwischen den beiden konnte mehr gutgemacht werden. Deshalb konnte sie Aurelia nicht von jener Nacht erzählen; aber vielleicht – Tola. Tola, wiederholte Barbara, und empfand sogleich Furcht, als könnte Tola ihr mit einer jener unbestechlichen Analysen antworten, für die sie sich noch nicht gerüstet fühlte.

Kapitel 26

Erst als die Typhusepidemie ausbrach, stellte sich heraus, wer die Mütter waren. »Du warst schon immer eine gemeine und gehässige Tochter«, zischten sie in der gemeinsamen Enge ihrer Pritschen, ihrem uralten mütterlichen Groll Ausdruck verleihend. Jetzt kam der Groll offen zum Ausbruch: Ihre Umgebung wurde Zeuge, wie sie sich über die Töchter beschwerten, die sich nicht zudeckten, ihre Suppe nicht anrührten und nicht taten, was sie sollten, – so wie eh und je! Und ihre Zahl wuchs in dem Maß, wie die Typhusfälle zunahmen …

Obwohl die Epidemie den Block innerhalb weniger Tage ergriff, wurde niemand von ihr überrascht – hatte es je ein Lager ohne Typhus gegeben? Alle hatten gesagt, der Typhus müsse kommen, so daß er zu einer Kinderkrankheit schrumpfte, die unvermeidlich war, aber keine Bedrohung darstellte. Und alle Frauen glaubten, sie seien sicher, weil die andere Möglichkeit – daß der Körper, der ihnen all die Kriegsjahre hindurch die Treue gehalten hatte, sie jetzt im letzten Augenblick im Stich lassen könnte – undenkbar schien.

»Je früher wir den Typhus kriegen, desto besser«, sagte Alinka beim Ausbruch der Epidemie, wobei sie mit »wir« sich und Aurelia meinte, weil die anderen ihn als Kinder gehabt hatten.

Und schon bald war es, als hätte der süßliche Geruch von

Durchfall schon immer die Baracke erfüllt; bald fanden nur noch die Meldungen Interesse, die vom Typhus und von dieser oder jener Krisis handelten; und das Warten auf den Ausbruch der Krankheit verschmolz in Barbaras Gedanken mit dem Warten auf die Ankunft des Kindes. Insgeheim hegte sie die Hoffnung, daß jene frühere Krankheit Aurelia gutgeschrieben würde.

Aber so war es nicht. »Typhus«, sagte der Arzt. Zunächst versuchte Barbara mit ihm zu feilschen, murmelte, das könne doch nicht sein, weil Aurelia kein Fieber hatte, weil kein einziger roter Flecken an ihr zu entdecken war. Der Arzt sagte etwas von einer geschwollenen Milz. »Aha, ich weiß«, sagte sie, begriff aber nichts. Nur die längst vertraute Bestürzung darüber, daß ein einziges Wort, ein kurzer Augenblick so vieles ändern konnte, stellte sich wieder ein.

»Mach dir keine Sorge, Aurelia. Du wirst nicht in den Krankenbau kommen«, sagte sie, weil ihr einfiel, daß dies beruhigend auf die Kranken wirkte. Dann folgte sie den anderen und stieg von der Pritsche hinab.

»Wir müssen uns aufteilen«, sagte Alinka trocken. »Nachts kümmere ich mich um sie; am Tage übernehmt ihr beiden das. Wir müssen in zwei Schichten arbeiten.«

»Ja.« Barbara starrte auf den grauen Regen hinter dem Fenster. »Nein, nein«, stammelte sie, weil es so nicht ging: Alinka – sie war viel zu zart, um diese Pflege zu übernehmen. »Ich bleibe nachts hier«, begann Barbara, »weil du ...«

»Kennst du dich denn immer noch nicht?« unterbrach Alinka sie in plötzlichem Zorn. »Wenn etwas passiert, eine Selektion, ein Strafappell, läufst du bloß herum und jammerst laut.«

»Dann Tola!« Barbara sah Tola an und schwieg.

Sie teilten die Arbeit auf, wie Alinka vorgeschlagen hatte. Zunächst bestand für eine dauernde Pflege freilich kein Bedarf. Aurelias Gesicht war leicht gerötet, ihre Augen hatten einen sanften, fast freudigen Glanz, und sie wirkte eher zerstreut als krank, so daß nur ein Flüstern, ein schwaches Lächeln oder einfach ein Flattern der Wimpern als Antwort kam. Bald blieben auch diese Reaktionen aus – Aurelia war nicht mehr ansprechbar. Die Pritsche, auf der es so eng war, daß, wenn eine sich umdrehte, alle anderen dasselbe tun mußten, schien sich auszudehnen, bis sie zwei Länder umfaßte, die so weit auseinander lagen, daß keine Verbindung zwischen ihnen bestand. Selbst das jeweilige Klima war anders; die Mittagssonne brannte, Rauch und Hitze kamen vom Ofen herüber, doch Aurelia fror, ihre Zähne klapperten unaufhörlich, ihre Füße waren eiskalt. Und wenn Feuer und Sonne erloschen waren, begann sie zu glühen.

Jemand verfolgte sie in ihren Fieberträumen, jemand, der etwas von ihr wollte. »Was willst du von mir?« fragten ihre Augen; »nein, nicht schon wieder«, und sie schüttelte den Kopf. Aber sie mußte ihm nachgeben, sie wälzte sich umher und keuchte; dann lag sie plötzlich ruhig, Schweiß lief ihr über das Gesicht, das einen fremden, verwirrten Ausdruck hatte, zu den aufgesprungenen Lippen, auf denen Schorf wie bröckliges Rouge lag.

Die anderen hätten gern vom Arzt etwas über diesen Gesichtsausdruck erfahren. Aber der Arzt hatte sich geändert; er, der früher ständig Loblieder auf Aurelia gesungen hatte – »meine Lieblingspatientin«, hatte er sie genannt, »mein einziger Erfolg« – schaute sie nur noch flüchtig an, während er Tola und Barbara wie hysterische Verwandtschaft behandelte, die ihn mit törichten Fragen belästigten. »Was wollen Sie denn von mir?« murmelte er. »Schnell, entkleiden Sie sie!« Tola – die selbst bei größter Hitze ihre Hände anhauchte, um sie zu wärmen – zog ihr die Bluse aus, die jetzt als Nachthemd diente; mit vereinten Kräften setzten sie die Kranke aufrecht hin. Ungerührt wie ein Liebhaber, dessen Verlangen längst erloschen ist, legte der Arzt sein Ohr an Aurelias schlaffe Brust, deren Warze runzlig und schwarz wie eine alte Rosine aussah.

»Haben Sie Geld?« lautete die nächste Frage.

»Ja, wir haben Geld«, antwortete Tola. Das Geld wurde für Aurelias Herz benötigt, für Kampfer, der zu hohen Preisen ins Lager geschmuggelt wurde.

Regungslos sah Barbara zu, wie die wäßrige Flüssigkeit in die Spritze floß, sah das plötzliche Aufblitzen der Nadel – sie hatte den Blick eines Bauern, der argwöhnt, er werde mit einem undurchsichtigen Trick übers Ohr gehauen, zugleich aber überzeugt ist, daß dieser Trick Wunder wirkt, weil er ihn sein gesamtes Geld kostet. Und ihre Anrede des Arztes war ehrerbietig, und sie versäumte nie, den Titel hinzuzufügen, wie ein Bauer, der mit seiner Herrschaft spricht. »Doktor, Sie wissen alles. Sie sind doch so tüchtig, Doktor«, sagte sie, ihn mit Allwissenheit und Allmacht ausstattend. Aber der wollte davon nichts hören, blickte finster und war weg.

Sie lernte Tola mit anderen Augen sehen – den Augen eines Kindes, das ahnungslos, aber höchst wißbegierig ist. »So?« flüsterte sie, wenn diese ihr zeigte, wie man die schweißnasse Bluse auszog oder eine Kompresse auswrang. »Aha. Ja, so.« Sie sprachen wenig miteinander, aber sie hatte das Gefühl, daß sie zu einer Person verschmolzen, von der Tola die Stimme war, die Anordnungen gab, und sie die Hände, die ungeschickt, aber eifrig und folgsam ihren Dienst versahen. War Tola in der Nähe, verklärte sich ihr abgemagertes Gesicht zu einem Lächeln; war sie weg, befiel sie ein solches Gefühl der Verlassenheit, daß sie Selbstgespräche führte, in denen sie Tola nachahmte. »So, aber vorsichtiger«, flüsterte sie, oder: »Paß auf, wenn du Aurelia die Bettpfanne gibst.«

Der heiße Urin lief ihr ätzend über die Finger. Konzentriert, in steifer Haltung, trug sie die Bettpfanne zum Fäkalienkübel und lief zurück, um die kalten Füße zu wärmen, das heiße Gesicht zu kühlen oder mit dem Löffel die zusammengebissenen Zähne zu öffnen und ihr einen Brei einzuflößen, den sie nicht nur als Nahrung und Medizin auffaßte, sondern als eine Mitteilung, welche der weit Entfernten berichten sollte, was sie alles erwartete, sobald sie zurückkam.

Irgendwo jenseits der Kranken lag die Baracke, genauso fern wie die anderen Zimmer eines Krankenhauses für die Angehörigen, die besorgt an einem Bett wachen. Von Zeit zu Zeit erinnerte ein Klagelaut sie daran, daß es die Baracke noch gab. »Mama, stirb mir nicht weg!« klang es hoch und näselnd wie der Schrei einer Gans. Wenn er verstummte, rückte die Baracke wieder in weite Ferne. Denn Barbara wußte jetzt, wie man sich die Stille vom Leibe hielt. Wenn sie plötzlich eintrat, wandte Barbara den Blick von allem anderen ab und sah nichts mehr, außer Aurelia: die eingesunkenen Augen, den geschminkt aussehenden Mund – und dann wuchs das Gesicht vor ihr in die Höhe wie ein Berg, unbeweglich und zeitlos.

Jemand war gestorben, verkündete diese Stille. »Die Rebbetzyn ist gestorben und die alte Alexandrowitsch und Zosia aus der

Pritsche unter ihr.« »Goldberg ist gestorben, hast du's schon gehört? Goldberg!« Sie erschrak. »So macht man es«, ermahnte sie sich und legte eine Kompresse auf Aurelias Kopf.

Einmal freilich sah sie zu früh hoch. Die Tür war weit geöffnet. Auf der sonnenbeschienenen Straße trugen zwei Pikriniaks eine schwarz verhüllte Tragbahre vorüber, und direkt vor der Baracke übergab ein OD-Mann einen Gegenstand an Tola. Es war die Bluse eines Mädchens; die kleinen Knöpfe leuchteten wie Kieselsteinchen. Jetzt begriff Barbara, woher das Geld für Aurelias Herzmittel stammte. »Tola!« rief sie, »Tola, komm mal her.« Aber Tola schaute nur flüchtig herüber und lief fort. Ich weiß nicht, wie ich ihr helfen soll – ich hätte schon längst etwas unternehmen sollen, dachte Barbara, und die alten Versäumnisse beschwerten ihr Gewissen.

Tola trieb Tauschhandel mit der Kleidung der Kranken, die alles, was sie hatten, für ein bißchen Maismehl oder Brot hergaben, vor allem aber mit der Kleidung der Toten, die die OD-Männer sich aneigneten, als wären sie die rechtmäßigen Erben. Sie tat das, seitdem Aurelia an Typhus erkrankt war. »Verlang nicht zuviel von mir. Laß mich nicht mit ihr allein, nicht bevor die Krisis vorbei ist«, hatte Tola damals schweigend gebeten. »Tola reicht es«, hatte Aurelia gesagt, und Tola war unschlüssig geworden, was sie tun solle, als wäre der Groll auf die beiden ein Besitz, auf den sie nicht verzichten konnte. Doch der Bedarf war groß. Kaum war draußen eine Tragbahre vorbeigezogen, da hatte sie das Gefühl, jemand stürzte sich auf sie, ein unersättlicher Mund, den es um jeden Preis zu stopfen galt. Sie sah einen OD-Mann mit einem Arm voll Kleidung, die er irgendwelchen Verstorbenen ausgezogen hatte, vorübergehen. »Ich zahle Ihnen den besten Preis«, flüsterte er. So hatte alles angefangen. Seitdem verbrachte sie ihren Tag teils an der Pritsche, teils in den Baracken.

Der Typhus hatte die meisten Baracken zum Leuchten gebracht. In den gewöhnlich grauen und niedrigen Räumen glühten fiebrige Gesichter, glänzten schwarze Fliegen und schossen hellrote Flammen aus dem Ofen. Diese wackligen, eisernen Öfen waren der Mittelpunkt – Küche, Waschraum und Apotheke in einem. Die Gesunden, Genesenden und Kranken standen dort Schlange, viele nur in verschmutzten Hemden, manche so schwach auf den Beinen, daß sie wie Fahrgäste in einem schnell fahrenden Bus schwankten. Von allen Seiten ertönten Rufe, jeder kämpfte um irgend etwas – die OD-Männer um ihre Erbschaft, die Frauen um einen kurzen Aufenthalt am Ofen, um Wasser, um einen Span Brennholz.

Nur die Kranken waren still. Ihre Gedanken kreisten um den Brand in ihrem Körper, sie lagen schwer atmend auf den Pritschen, ihre Hemden waren über der Brust zu grauen Wülsten verknäult, die fieberglühenden Körper lagen so dicht beieinander, daß sie zu einer einzigen roten Fläche verschmolzen. Eine geheime Solidarität verband sie. »Gestohlen!« klagte eine, und sofort richteten sich alle auf. Sie lehnten sich über den Rand der Pritschen, Stroh, Papier, Krümel rieselten aus ihrem Haar, und mit ausgedörrter Stimme riefen sie: »Gib das zurück!« und »Gib mir ... gib mir etwas ...« Nur mit ihrem eigenen Hunger beschäftigt, bettelten sie, ihre Stimmen wurden leiser und leiser, bis endlich nur ein ersticktes Flüstern blieb und die Arme, die in der rauchigen Luft fuchtelten.

Tola kam es vor, als lauerten diese Arme auf sie – sie zupften, sie zerrten an ihr, und um sie nicht einfach wie Dornenranken abzureißen und wegzustoßen, mußte sie eine besondere Art von Wahrnehmung entwickeln. Sie amputierte die Kranken. Die, welche nach Wasser verlangten, bestanden nur aus einem ausgetrockneten Mund, andere, denen ein Stück Brot entfallen war, nur aus Fingern, ungeschickten Fingern wie von Kleinkindern, die noch nicht zu greifen gelernt haben. Oft drängten ihr diese Finger, gleichsam als Dankgeschenk, ein vom vielen Tragen verschlissenes Kleidungsstück auf. »Das kann ich nicht mehr verkaufen«, sagte sie dann ablehnend und wandte sich ab, um dem vorwurfsvollen Blick in ihren weit geöffneten Augen auszuweichen.

Alle Baracken boten das gleiche Bild: das halbverdurstete Jammern, die wundgelegenen, seidig glänzenden Körperflächen und der Gestank, in den sich der bittere Geruch von Pikrin mischte. Denn die Pikriniaks waren überall. Sie waren immun gegen Typhus, da die Läuse ihr Blut verschmähten, sie rollten Suppenfässer herein und Fäkalienkübel hinaus; und sie kümmerten sich sogar um die Kranken – um die Reichen, die sich abgesondert hatten, um ihren Besitz zu schützen, und die deshalb auf bezahlte Pflege angewiesen waren.

»Etwas zu verkaufen? Irgend etwas?« flüsterte Tola an den Pritschen der Reichen. Aber so verstohlen sie das auch tat, gleich kamen andere Händler gelaufen, öffneten ihre schäbigen schwarzen Taschen und wiesen ihre Zahlungsmittel vor – Maismehl, Rübensirup und gutes, frisches Brot. Von der Pritsche kam keine Antwort. Jemand hatte Tola überboten, sie mußte weitergehen.

»Etwas zu verkaufen?« Sie zog von Block zu Block und stellte sich so hin, daß alle, die etwas zu verkaufen hatten, sie sehen konnten.

»Fräulein Ohrenstein, kommen Sie her, näher!« hieß es dann endlich. Wie eine Laterne in einem Tunnel leuchtete das fiebrige Gesicht aus dem Dunkel der Pritsche, Finger durchkämmten das Stroh, in dem Schuhe oder ein Kleid vergraben lagen.

»Fräulein Ohrenstein«, flüsterte eine Stimme, die wie raschelndes Stroh klang, »ich weiß, Sie betrügen mich nicht wie diese Typhusgewinnler, Fräulein Ohrenstein, Sie sind keine skrupellose Geschäftemacherin, Sie kommen aus einer sehr guten Familie.« Die Frau redete wie ein Wasserfall, sie erzählte von den Esseneinladungen im Hause Ohrenstein, von den Bridgepartien, die sie mit dieser oder jener Ohrensteinschen Tante gespielt hatte. »Sie sind eine anständige Person, Sie würden nie eine kranke Frau übers Ohr hauen.« Das waren immer ihre letzten Worte.

Tola wußte, was sie meinte. Eine richtige Ohrenstein hätte sich niemals für diesen Tauschhandel hergegeben. Die argwöhnischen Blicke mancher Kundinnen zeigten, daß sie in ihren Augen nicht besser war als die anderen Halsabschneider und daß sie den guten, alten Namen bedenkenlos mißbrauchte. Wenn sie mit ihr ins Geschäft kamen, dann nur, weil sie bessere Preise machte. Und wenn diese Blicke nun recht hatten? Hatten sie nicht Recht, wenn sie annahmen, sie sei zur Hyäne geworden, der es nur um ihren eigenen Vorteil ging, nämlich um gutes Essen und um bessere Kleidung, genau wie den Kaelanki, von denen jede dank der Typhusepidemie wie eine aus dem Modejournal aussah? Vielleicht hatten sie recht. Aber wenn andere so waren, warum nicht auch sie?

Etwas zwang sie, sich so zu verhalten, wie diese Blick es von ihr erwarteten. Sie feilschte so laut mit ihren Kundinnen, daß jeder es hörte; langsam, daß alle es sahen, zählte sie das Geld, das ihr Gewinn war. Und die Kleidung, welche die OD-Leute ihr gaben, nahm sie nicht verstohlen wie die anderen Händler, sondern in aller Öffentlichkeit, indem sie jedes Stück ans Licht hielt.

Wenn sie die OD-Leute ansah, die Händler und die, auf deren Pritsche gerade jemand gestorben war und die dort saßen und gierig die fremde Suppe herunterlöffelten, überfiel sie eine hemmungslose Gier. Sie kaufte Brot von dem Geld, das für den Kampfer bestimmt war, und verschlang es bis zum letzten Krümel. Dann hörte sie einen Schrei, etwas glühend Heißes berührte sie, und ohne zu wissen warum und wie fand sie sich oben auf einer Pritsche wieder, wusch eine Kranke, verband eine entzündete Wundstelle – und stürzte hinaus, um sich draußen auf der Bank zu erholen, ohne daß sie auf den Eiter an ihren Händen geachtet hätte.

Lebhafte Phantasien stellten sich ein. Eine Glasscherbe, die in der Sonne blitzte, war eine Brosche; die würden sie verkaufen und keinen Mangel mehr leiden. »Los, schaff mehr Geld heran, dir fällt es leicht!« Barbara wies ihr die Tür. Oder: die Typhuserkrankung aus der Kindheit schützte sie nicht mehr – sie war krank, niemand konnte ihr einen Vorwurf machen, wenn sie sich hinlegte, um sich auszuruhen. Diese Vorstellung hatte sie am häufigsten.

Manchmal blieb sie einfach sitzen und starrte auf den glitzernden Schlamm, wenn die Bahren aus der Baracke getragen wurden; dann wieder genügte ein flüchtiger Blick in ihre Richtung, um ihr Angst zu machen; dieser Blick bedeutete etwas, da mußte etwas passiert sein auf der Pritsche. Und dann lief sie los und wiederholte bei sich: »Ich habe getan, was ich konnte«, und warf jedes Pfennigstück, jeden Brotkrümel in die Waagschale ihrer Schuldlosigkeit. Aber niemals betrat sie ihren Block, ohne vorher stehenzubleiben und zu horchen.

Sie hatte den Ernstfall längst in Gedanken durchgespielt; er war schon so gut wie eingetreten, es fehlte nur noch die endgültige Bestätigung – Barbaras Weinen. Würde sie dann auch weinen, oder würde sie weiter ihre Suppe löffeln?

»Barbara, wie geht es Aurelia?« rief sie hereinstürzend. »Unverändert, Tolenka. Ich habe so auf dich gewartet ...«

So freundlich und sanft, daß es sie verletzte, berührte Barbara ihre Schulter; ein Wiedererkennen flackerte in Aurelias Augen auf, und sofort waren die Gedanken, die sie in der anderen Baracke gequält hatten, verflogen. Sie waren über sie gekommen – wie ein giftiger Nebel.

»Du schläfst jetzt«, sagte Barbara leise. »Ich bleibe wach und beobachte sie.« Und Tola rollte sich an Aurelias Fußende zusammen und schlief ein.

Der Schlaf tat ihr gut. Der Schlaf war ein langer, dunkler Gang, der sie von all dem wegführte. Beim Erwachen hatte sie ein Gefühl von Frieden; sanft, als zöge ein langsam zurückweichendes Meer sie mit sich, entschwanden die Kranken, die Sterbenden und die Toten. Leid und Tod fingen jetzt erst an. Diese eingesunkenen Augen, dieses Herz, das wie ein verängstigtes Tier in seinem Bau klopfte, kündigte ihr den ersten drohenden Verlust an. Aus der Vergangenheit blieb nur noch das, was ihr jetzt helfen konnte: die Erinnerung an ihre kränkliche Kindheit machte ihr die Anzeichen von Durst oder Schmerz verständlich, und die Erinnerung an ihre Mutter lehrte sie, wie man Kranken Mut machen konnte.

Wenn sie Aurelia wusch, strichen ihre Hände sanft über den ausgezehrten Körper. Wenn sie ihr das Haar kämmte, mieden ihre Finger die verknoteten und verfilzten Stellen. »Barbara, wir müssen sie umdrehen«, sagte sie als nächstes. Und dann flüsterte Barbara, als übersetzte sie einem ausländischen Gast eine Bemerkung aus einer ihm unbekannten Sprache: »Jetzt, Aurelia, müssen wir dich umdrehen.« Zusammen legten sie die Kranke auf den Bauch, sie beugten sich über ihren Rücken – auf dem die Abdrücke von hartem Papier, von Stroh und von Brettern sich abzeichneten, »aber keine einzige wunde Stelle«, wie Barbara triumphierend feststellte; denn Aurelia war zwar von der Geburt geschwächt, aber nicht wundgelegen, und somit gab es keinen Unterschied mehr zwischen ihr und den anderen Kranken.

Ringsumher wurden die Kranken gewaschen und umgebettet. Wasser spritzte, stäubendes graues Mehl wurde gestreut, um die wunden Rücken zu pudern. »Laß dir das Haar kämmen, du wirst sehen, es tut nicht weh«, flüsterten die Frauen. Sie verstummten nach und nach, und als die tiefstehende Sonne in die Baracke schien, war nur noch ein leises Rascheln zu hören – Atteste, die die Kranken von der Arbeit befreiten, wurden ihnen in die Hände gedrückt.

Dann kroch Tola auf den hinteren Teil der Pritsche und zog die Kleider an, die aus dem Lager geschmuggelt werden sollten. Wenn sie zum Appellplatz lief, blieb manchmal eine Frau stehen und starrte sie an – sie hatte die ehemalige Besitzerin dieser Kleider gepflegt und meinte, sie müßten von Rechts wegen ihr gehören.

Jeden Abend wurde die nach Schmitz marschierende Kolonne kürzer; und die Straße, über die sie zogen, wurde schmaler, weil der Wald mit Gras und noch nicht ausgerollten Farnwedeln herandrängte. Die Luft war klar; ein süßer Duft ging von blaßgrünen, zeitig blühenden Sträuchern aus, wich dem bitteren Geruch von Pikrin, war dann wieder da und folgte den Frauen bis zum Werk.

Dort huschten Gestalten durchs Unterholz wie Verliebte, die zu einem verbotenen Stelldichein eilen. Sie winkten und riefen leise – nach Tola und den anderen Händlern. Neuerdings drangen Polen aus Trotyl bis nach Schmitz durch, wo die Preise für Kleidung niedriger waren.

»Viele Sterbende, Fräulein?« fragten sie.

»Ja«, sagte sie, »viele.«

Sie begutachteten ihre Ware, beteuerten seufzend, wie arm sie seien und welch hartgesottene Geschäftsfrau sie sei, wo doch bald schon ihr und ihresgleichen das Geld gar nichts mehr nützen könne. Sie lächelte. »Juden schachern immer, das liegt in ihrer Natur«, antwortete sie. Und jeden Tag wartete sie gespannter auf die Ereignisse, die diese Andeutungen zur Gewißheit machten. Denn dann würde endlich nichts mehr von ihr verlangt, dann brauchte sie nur noch auf das Ende zu warten.

»Jetzt werden Sie endlich reich, nicht wahr?« grinste der alte Vorarbeiter und wartete auf das Schmiergeld, für das er sie hinausließ.

»Ja, Herr Vorarbeiter.« Tola grinste zurück. »Ja, jetzt werde ich steinreich.«

»Wenn die Krisis vorbei ist – dann hört das wieder auf«, war alles, was Barbara dazu zu sagen hatte.

Von der Krisis wurde ganze Nächte lang geredet; von denen, die sie überstanden hatten, und von denen, die es nicht geschafft hatten, wobei es für solches Versagen immer eine Erklärung gab – daß die Alten sich nicht genug und die Jungen sich zu heftig gewehrt hätten. Und die ganze Nacht hindurch stahlen sich die neu Erkrankten vorsichtig nach draußen, wie Gäste, die die anderen nicht durch ihre frühe Abreise stören wollen, um auf der Latrine ihre Ruhe zu haben – ihre Zahl nahm ständig zu, bis die Schlange so lang war, daß sie bis zum Büro von Meister Grube reichte. Der ging eilig vorbei und tat so, als sähe er sie nicht, und wer ihn um Hilfe bat, den schob er mit ausdruckslosem Blick beiseite. Aber Tola gab er die Flasche mit Baldrian, um die sie ihn gebeten hatte.

»Du handelst nur so lange, bis die Krisis kommt«, murmelte Barbara ohne erkennbaren Zusammenhang, als sie die Flasche gegen das Licht hob.

Doch Aurelia stellte ihre Geduld auf eine harte Probe. Andere hatten ihre Krisis nach einer Woche, nach zehn Tagen höchstens; aber hier waren schon fast vierzehn Tage vergangen, und jeden Morgen, wenn die Schicht wechselte, berichtete Alinka: »Keine Veränderung« und preßte die Lippen zusammen, als wollte sie selbst mit diesem schwachen Trost noch geizen. »Keine Veränderung«, verkündeten auch Barbara und Tola abends.

Eines Morgens jedoch, als ihnen der Regen ins Gesicht peitschte, rief Alinka: »Kalt! Aurelia ist ganz kalt.«

Es regnete in Strömen. »Kalt«, klagte Aurelia Katz, »mir ist so kalt.« Zum ersten Mal seit Wochen lebte sie in demselben Klima wie die anderen. Die Krisis war vorbei. Und den ganzen Tag über klapperten ihre Zähne, klirrten wie Perlen an einer Kette in einer nervösen Hand.

Kapitel 27

Es war eine ruhige, geschützt liegende Straße. Selbst bei unfreundlichstem Wetter wurde der Wind durch den Bahndamm ferngehalten, auf dem gelegentlich ein Zug entlangrollte, und wenn die Sonne brannte, wehte es kühl von den nahen Planty herüber. Die Planty – die Gärten, welche an der Stelle der früheren Befestigungsmauern entstanden waren – begleiteten als lange Grünanlagen die angrenzende Straße und dienten als schattiger Ort der Ruhe wie auch als Filter für den Schwerverkehr, denn die schmalen Kreuzungen ließen weder Busse noch Lastautos durch. Und die Straße revanchierte sich; denn die Planty hatten nicht zwei Gesichter wie andere Stadtparks, die tagsüber mit weiten Rasenflächen locken, aber beim Einbruch der Dämmerung verlassen und sogar beängstigend wirken. Hier fühlte man sich jederzeit sicher. Die ganze Nacht hindurch drang Licht durch die Büsche herein, das beruhigende Geräusch von Schritten ertönte auf der Straße, und wenn schattenhafte Gestalten den Vorübergehenden erschreckten, dann waren es Statuen, die auf einem von Weiden umstandenen Rondell in schweigender Versammlung verharrten.

Dieses Geben und Nehmen bestimmte das ganze Viertel bis hin zu der Bank, die mit ihren düster vergitterten Fenstern an ein Gefängnis erinnert hätte, wenn nicht die Kinder gewesen wären, die in jedem Winkel und an jeder Ecke zwitscherten. Gegen Mittag, wenn abzusehen war, wie das Wetter sich entwickelte, begann eine Wanderungsbewegung in die Planty: Dreiräder und Roller bildeten den Anfang, dann kamen die Kleinkinder angewatschelt und zogen und rissen an ihrem Laufgeschirr, und den Abschluß bildeten die Kinderwagen und die alten Damen, die zum Klappern der Nadeln in ihren Strickbeuteln einhertrippelten.

Mit sattem Geräusch prallten Bälle auf die Erde; Ponyfrisuren, Haarbänder und Zöpfe wirbelten in der Sonne, und oft begann eine Jagd, wenn ein flüchtiger Luftballon auf die Straße schwebte, ein Kind ihm nachlief und hinter dem Kind Mütter und Kindermädchen über die Pflastersteine stolperten und hüpften. Wie Beete aus immer blühenden, rosenfarbenen, lila und roten Blumen schmückte dieses Kopfsteinpflaster die Straße und wetteiferte in seinen Farben mit dem Mosaik der Früchte in den Auslagen vor den Obstgeschäften: tintenschwarzen Pflaumen, rosa, von derben, grünen Netzen umhüllten Wassermelonen und Kirschen, aus denen die kleinen Mädchen sich Ohrgehänge machten, wenn sie an dem turbangeschmückten Mohren vorbeirannten, der inmitten eines künstlichen Duftes von Kaffee, Gewürzen und Tee saß und seine blauen Gipsaugen rollte.

Weiter hinten eilten Bäckerjungen vorüber und balancierten auf dem Kopf Bleche voller Gebäck, von denen noch das Mehl herabstäubte und die einen Duft hinterließen – den heimeligen Duft nach frischem Brot. Da, wo dieser Duft sich hartnäckig hielt, an der Bäckerei, bog die ruhige Straße ab. An der Ecke warteten Droschken. In ihrem Inneren schnarchten die Fahrer mit über das Gesicht gezogenen, verbeulten Melonen, bis plötzlich ein Pferd scheute, in seinen umgehängten Jutesack wieherte, die Droschke samt Schläfer und sonstigem Inhalt zum Schaukeln brachte und mit seinen Hufen eine Schar gurrender Tauben hochscheuchte.

Jeder ungewohnte Vorgang, mochte er noch so unbedeutend sein, jeder neue Anblick, wurde sogleich bemerkt. Einen Fremden erkannte man sofort als solchen. Er fragte nach einer Hausnummer mit einer Zwanzig, und gleich wußte man: er brauchte Hilfe, er hatte sich verirrt; denn die Straße war nie über die Zehnernummern hinausgelangt. Die Freundlichkeit der Bewohner hatte nichts Aufdringliches. Sie grüßten einander mit einem Nikken, in den stattlichen, grauen Häusern bewegten sich die Gardinen, während schwarze Eisengitter die Privatsphäre ihrer Bewohner schützten.

Eine kühle, sanfte Dämmerung erfüllte die Eingangshalle; auf dem Schachbrettmuster der Fliesen klangen die Absätze wie die hohen Töne auf einem Klavier; und das angenehm glatt sich anfühlende Treppengeländer im Verein mit Sitzmöglichkeiten auf jedem Absatz erleichterten den ermüdet Heimkehrenden den Aufstieg.

Für diese Straße hatte Aurelia sich entschieden, hier zog sie ein – nach der Hitze und der Kälte, die sie gepeinigt hatten, nachdem man ihr etwas Schreiendes in den Arm gedrückt hatte, nachdem eine Stimme beharrlich: »Frag, geh hin und frag« wiederholt hatte und die Krisis hinter ihr lag – dies war ihre Straße. Sie hatte sie nicht sofort gefunden. Zuerst hatte Nebel sie eingehüllt, sie war an den Strand gespült worden, an ihrem Ohr hatten Muscheln gerauscht. Langsam begann der Nebel sich zu lichten, das Rauschen verebbte. Und plötzlich tat alles weh, Geräusche zerbarsten an ihrem Kopf, Hände griffen ihr in die Augen, und, was das Schlimmste war, vorwurfsvolle Gesichter, die durch zu große, aufgerissene Augen entstellt waren, beugten sich über sie. Sie wünschte, der Nebel käme wieder, sie legte sich hin und weinte.

Doch fand sie nach einer Weile – wenn auch mit Mühe – einen modus vivendi. »Ich war krank, ich bin noch schwach«, sagte sie in einem vagen, halb unbewußten Versuch der Entschuldigung zu diesen Gesichtern; wenn Geräusche auf sie einstürzten, hielt sie die Hände schützend über den Kopf. Und aus der Baracke zog sie einfach aus: selbst flüchtige Blicke verbot sie sich. Für alle ihre Bedürfnisse nach Luft, nach Licht oder nach Auskünften über das Wetter hielt sie sich an ihre Pritsche – die sogar mit einem Fenster versehen war, das ihr zugleich als Uhr diente.

Nachts, wenn ihr Mund so bitter schmeckte, daß sie fürchtete, es lägen Pikriniaks neben ihr, starrte sie auf diese Uhr, diesen schmalen Spalt, in dem ein Stern wie ein goldener Punkt leuchtete. Schließlich verschwand der Stern, und der Spalt verblaßte zu einem fahlen Grau. Bald würde der Morgen kommen, und sie würde um Wasser bitten, um den Mund zu spülen.

Tagsüber bot der Spalt Abwechslung; Regentropfen hingen daran, frische Luft drang in kleinen Schüben hindurch, und – das mochte sie am liebsten – ein Sonnenstrahl erschien, zitterte hin und her und wurde zum Pinsel, der ihr ein Bild malte, das immer gleich war, aber mit jedem Tag deutlichere Züge annahm.

Eines Tages war das Bild fertig. Langsam hob sich der Vorhang aus rauchiger Luft und enthüllte etwas Leuchtendes, einen leuchtenden Frühlingsnachmittag, so ungetrübt, so klar, daß er wie goldener Blütenstaub der Erde zu entsteigen schien und, überströmend, von der Sonnenschale aufgefangen wurde. In seinem Licht sah man Bäume, deren junge Blätter erst ein blasser, grüner Flaum waren. Und unter den Bäumen gingen viele Menschen – alle waren sie da, sie selber mit Tola, mit Barbara und Alinka, die aus Pikrin und die aus Trotyl, hustend viele, alle in lumpiger, zerrissener Kleidung, aber mit Gesichtern, die geläutert waren, weil ein tiefer Friede auf ihnen lag. Gelassen gingen sie ihres Weges ...

»Aurelia, wach doch auf, wir müssen dich umbetten!« schrie ihr jemand – Alinka war es – ins Ohr. »Laßt mich, laßt mich in Ruhe«, wollte sie sagen, aber es war zu spät: Arme hoben sie, man drehte sie, knetete sie wie einen Klumpen Teig und drehte sie noch einmal. Steif und mit zusammengepreßten Lippen gehorchte Aurelia. Aber in diesem Augenblick fiel ihre Entscheidung. Sie würde sich nicht aus der Pritsche begeben, sie würde hier, auf dem Lager, warten, bis das eintrat, was sie vor Augen gehabt hatte – das Ende, das Ende des Krieges.

Aber mit jedem Tag verlangte man mehr von ihr. »Was denn, was ist?« murmelte sie, denn der Typhus hatte ihr Gehör beeinträchtigt. Nachdem sie den Sinn der flüchtigen Worte erhascht hatte, tat sie, was diese verlangten: Sie versuchte sich allein aufzurichten, knabberte an dem Brot, das ihr im Mund zu einem klumpigen Spinngewebe wurde, oder schluckte die Baldriantropfen, die Tola besorgt hatte. »Tola, von Meister Grube«, schrie Barbara ihr jedesmal ins Ohr – als ob diese Herkunft deren bitteren Geschmack hätte versüßen können.

Sobald die täglichen Pflichten erledigt waren, lag Aurelia still. So wie Kranke immer und überall darauf warten, daß der Besucher kommt und etwas mitbringt, Bücher, Süßigkeiten und vor allem Neuigkeiten, welche beweisen, daß es außerhalb des Krankenhausbettes noch eine Welt gibt, so wartete auch sie.

»Nach dem Krieg« ... und herein kam ihr Besucher. Sie selber, »nach dem Krieg«, war dieser Besucher. »Was soll ich nach dem Krieg essen?« fragte sie; und gleich wurden Kuchen, Schüsseln mit Fleischbrühe oder Obst hereingetragen. »Was sollen wir nach dem Krieg anziehen?« lautete die nächste Frage, und der Gast entwarf eine Kollektion in dezenten Grau- und Brauntönen, während die gewagteren Farben für Barbara, Tola und Alinka bestimmt waren; oder man schmiedete Pläne für den Sommer, für Ferien an der See oder auf dem Land.

»Und das Kind?« Der mahnende Hinweis kam nicht überraschend. Das war auch kein Wunder, da das Kind sie mit seinem

Weinen bis in ihren Typhus hinein verfolgt hatte! Doch alles in ihr empörte sich gegen ihre verspätete Mutterschaft. Sie sagte bloß: »Das Kind ist in Sicherheit«, als handelte es sich um ein Stück, das sie zur Aufbewahrung gegeben und noch nicht abgeholt hatte. Die leiseste Erinnerung an das Kind, selbst der vage Gedanke an den Namen, den das alte Ehepaar ihm gegeben haben mochte, weckte wieder die Stimme, die während der Krisis beharrlich daraufhin gewiesen hatte, daß eine ganz bestimmte Frage noch nicht gestellt worden sei. »Ich war krank, ich bin noch schwach«, antwortete sie der Stimme, wie vorher den Gesichtern. Und wie jene wurde diese Stimme mit jedem Tag quälender.

Wie teuer diese Besuche sie zu stehen kamen, begann Aurelia bald zu begreifen. »Wo sollen wir nach dem Krieg wohnen?« hatte sie gefragt; und plötzlich befand sie sich wieder an ihrer alten Adresse in der lauten, staubigen Straße, stieg die feuchte, schlecht erleuchtete Treppe hinauf und stand vor ihrer Tür. Ein fremder Name stand daran, und dahinter redete eine fremde Stimme. Sie machte kehrt, sie lief zurück...

Es war besser, auf diese Besuche zu verzichten. Sie wußte das, sie wehrte sich gegen sie wie gegen eine Versuchung; aber ohne sie nahm der Tag kein Ende, die Bretter der Pritsche schnitten ihr ins Fleisch, und ihr Herz stolperte, als könnte es seinen angestammten Platz nicht finden. Sie konnte nicht ohne die Besuche sein. »Alinka, Tola und ich – wo sollen wir nach dem Krieg wohnen?« fragte sie und zwang sich zu äußerster Genauigkeit. Diesmal gab es keine Irrtümer und Mißverständnisse. In allen Einzelheiten, mit Droschken, Tauben und Eisenbahn, tauchte die kleine Seitenstraße vor ihr auf. Und dort wohnten sie – Aurelia, Alinka, Tola und das Kind, das hinter geschlossenen Türen schlief, wo es nicht störte.

Mühelos, als wäre der Krieg nur eine verlängerte Friedenszeit gewesen, fügte sich Alinka in ihr neues Leben – in ihre Schülerinnenuniform und ihre täglichen Schülerinnenpflichten. Nachmittags – ihre Gewohnheit, sich aufzuregen, wenn sie jemanden zurückerwartete, hatte den Krieg unbeschadet überstanden – schaute Aurelia am Fenster nach ihr aus; dann erschien sie, der dunkle Faltenrock blähte sich im Wind, die gestärkte Bluse leuchtete blendend weiß in der Sonne, und die Schulmappe baumelte lässig in der kleinen, aber kräftigen Hand. Wenn die Tasche das Schulzeugnis enthielt, dann wies es eine lange Reihe von »Sehr guts« auf, zusätzliche Bemerkungen in roter Pädagogentinte bekräftigten dieses Lob und verkündeten »Reif!«, »Vorzüglich!« und »In keiner Weise durch die Vergangenheit geschädigt!«

Bei Tola lagen die Dinge anders. Für Tola gab es keine Schuluniform; kein Ehemann erwartete sie in einem weißen Gutshaus; auf sie wartete nichts als ihr Gesicht, das nach dem Krieg schön geworden war. Nachdem die Kleidung beschafft war, die ihre Schönheit zur vollen Geltung brachte, wußte Aurelia nicht so recht, was danach kam, wie bei einem Buch, das man bisher zu flüchtig gelesen hat, um genau zu verstehen, wie es weitergeht. Alles war undeutlich; das Lager und die Zeit »nach dem Krieg« flossen ineinander, Tola stieg allein auf die Pritsche und ging allein die kleine Straße hinunter; und einmal hatte Aurelia sogar den Eindruck, daß Tola neue Kleidung in der Baracke trug. »Da muß ich sie fragen«, entschied Aurelia.

»Tola, da war etwas … was ich dich fragen wollte«, begann sie, konnte sich jedoch nicht erinnern, was das war. Ihr Gedächtnis hatte wie ihr Gehör nachgelassen: jeder Gedanke war eine Nadel, die sie stach, ihren Händen entfiel und nicht mehr aufzufinden war. Und auch dieses Mal blieb eine Unruhe zurück, vor der Aurelia sich in den Gedanken an Barbaras Briefe flüchtete, welche voll von Berichten über das Leben auf ihrem Gut waren.

Nichts in Aurelias Visionen war zufällig, alles hatte seinen festen Ort. Wenn die Briefe, so eindrucksvoll ihre Schilderungen auch waren, bewiesen, daß die unvermeidliche Trennung stattgefunden hatte, rollte der Zug vorbei und widerlegte sie. »Wenn sie dich besuchen wollen, werden sie auch kommen«, ratterten die Räder. »Wir wollen dich besuchen, wir kommen«, hallte es dann aus Barbaras Briefen wider.

Und plötzlich war Winter; Winter, weil Barbaras gerötetes Gesicht von glänzendem Pelz eingerahmt und so schön war; weil die vom kalten Wetter durchgefrorenen Gäste den liebevollen Empfang um so dankbarer genießen konnten. Der schimmernde Kachelofen atmete Wärme in die Räume, Wärme atmeten auch die Kaffee- und Teekannen. »Bitte, Barbara, bitte, bedienen Sie sich, Herr Grünbaum.« Sie reichte die Platten mit dem Gebäck herum. »Wer hat das alles gebacken, Aurelia? Du? Nein?... also wirklich... ich hätte nie gedacht...« Während Barbara nach dem Krieg ihre zögernde Art zu sprechen beibehalten hatte, war sie selbst von einer ausgesprochenen Schlagfertigkeit. »Na ja, dachtest du, ich backe meine Kuchen aus verrotteten Rüben?« gab sie lachend zurück.

Ihr Lachen erstarb. Sie hatte eine Taktlosigkeit begangen, sie wußte es. Denn möglicherweise nahm Barbaras Mann die Anspielungen auf die Vergangenheit übel; möglicherweise fühlte er sich als einziger Mann unter vier Frauen ausgeschlossen, vielleicht sogar unwohl.

Als einziger Mann unter vier Frauen... Ein Frosthauch stahl sich in die warmen Zimmer... auf das Bücherregal, auf den Notenständer fiel ein Schatten und hob sich scharf und schwarz gegen die für immer geschlossene Tür ab.

»Aurelia, du mußt dich bemühen, nicht dauernd zu schlafen.« Diesmal war sie dankbar, daß Alinka sie in die Wirklichkeit zurückholte. Und als das Mädchen ihr mitteilte, es sei höchste Zeit, daß sie aufstünde und sich ein wenig in der Baracke hinsetzte, fügte Aurelia sich. Eingesunken und schwarz wie eine durchnäßte Krähe saß sie auf der Bank neben dem Ofen.

»Sitzt du auch bequem?«

»Wie bekommt dir das Aufstehen?«

Sie sah sie an, und plötzlich hatten die alten Entschuldigungen mit Krankheit und Schwäche keine Kraft mehr. »Barbara«, rief sie, »Barbara, du siehst aus – schlimmer als ein Pikriniak; und du, Alinka, auch du bist ungepflegt, und du –« »Du, Tola«, wollte sie sagen; wieder stach die Nadel, und dieses Mal hielt sie sie fest. »Warum habt ihr euch getrennt?« fragte sie mit der zu lauten Stimme der Schwerhörigen. »Ich hatte euch gesagt, ihr solltet Tola nicht allein lassen, ich erinnere mich genau.«

»Alinka war völlig erschöpft, und ich«, Barbara suchte nach Worten, »ich wollte, daß sie zusammenbleiben, aber sie waren nicht einverstanden.«

»Wir sind hier im Lager, in einem Lager muß man immer zusammenbleiben«, deklamierte sie, als sei es eine Lebensweisheit, aber dann schoben und drängten die anderen sie plötzlich auf die Pritsche, lehnten sich mit dem Rücken gegeneinander und schirmten sie ab. Durch eine Lücke in dieser Abschirmung sah sie ein Paar Stiefel aus ungegerbtem Leder in der Luft schwanken – als ginge jemand auf den Händen – ein OD-Mann war es, der sie über den Kopf hielt, weil eine Frau sie ihm zu entreißen versuchte.

»Sag, was für ein Tag ist heute?« fragte Aurelia, um das Schweigen zu brechen.

»Freitag«, sagte Barbara.

»Samstag«, verbesserte Alinka, ihre Stimme klang schrill vor Zorn.

Wie schön der Sonntag war; sie waren beieinander, alle vier. Der Regen trommelte unaufhörlich aufs Dach und gab ihnen das Gefühl, daß die Pritsche ein Zuhause war, das sie vor den Unbilden des Wetters schützte. Gewaschen, gekämmt und frisch gebettet lag Aurelia und sah von einem Gesicht zum anderen. »Was hast du gesagt? Was?« fragte sie ständig und nickte mechanisch, auch wenn sie die Antwort nicht mitbekam.

Am Nachmittag verkündete ein Sonnenstrahl, daß das Wetter sich geändert hatte. »Aurelia«, sagte Alinka, »heute solltest du ein wenig nach draußen gehen.«

Draußen standen Bäume hinter dem Zaun, ihre Zweige bogen sich unter der Last der fleischigen, dunkelgrünen Blätter. »Was ... für ein Tag ist heute, was für einer?« sagte sie stockend. »Wieso kannst du nichts behalten?« fuhr Alinka sie an. »Es ist Sonntag.« – »Nein, ich meine das Datum. Ich meine – wie lang war ich krank?«

Sie war fast vier Wochen krank gewesen; es mußte jetzt um den 20. Mai sein.

»Und die Russen, wie weit sind sie?«

»Die Russen sind steckengeblieben!« sagte Barbara so laut, daß Aurelia gleich begriff.

»In Italien rücken die Verbündeten vor«, fügte Tola schnell hinzu. »Sie haben Monte Cassino erobert und noch eine andere Stadt.«

»Sie rücken auf Rom vor«, sagte Alinka. »Denk nur, Aurelia, auf Rom!«

»Italien.« Aurelia nickte. »Italien. Tola, sie hätten dich nicht alleinlassen dürfen«, fügte sie ohne erkennbaren Anlaß hinzu.

»Ich war dagegen«, rief Alinka, »und du, Aurelia, du solltest dich nicht aufregen. Eine Woche noch, dann sind wir alle wieder beisammen; in einer Woche fängst du wieder an zu arbeiten.«

»Arbeiten – oder ab nach Pikrin mit euch«, glaubte sie am folgenden Morgen beim Aufwachen das Gebrüll des Vorarbeiters Wokunski zu hören. Sie hatte das Klirren von Granaten im Ohr. »Die Russen sind steckengeblieben«, flüsterte man. Sie mußte fort. »Nach dem Krieg«, wiederholte sie, »nach dem Krieg –«

Sachen warteten auf sie, wenn der Krieg vorbei war: ein marineblauer Männeranzug, die Gesamtausgabe von Goethes Werken und ein Notenständer, den sie vor Jahren einigen Polen zur Aufbewahrung gegeben hatte. Ob sie nach dem Krieg diese Sachen würde zurückhaben wollen? Gleichgültig, was sie tat, die Entscheidung war falsch – falsch war es, sie nicht zurückzuverlangen, falsch, sie wegzugeben, selbst an Leute, die ihrer würdig waren; und sie mit in das neue Haus zu nehmen, redend, lachend, auf Gäste wartend an ihnen vorüberzugehen, war das Allerverkehrteste. Wie ein großer, langnasiger Putto erschien das Gesicht ihres Mannes vor ihr.

Nein, so konnte es nicht weitergehen, beschloß Aurelia. Sie setzte sich auf. Ihre Lippen öffneten und schlossen sich, als kaute sie auf etwas herum. »Alinka«, brachte sie hervor.

»Alinka ist zur Arbeit gegangen«, antwortete Tola. »Was möchtest du denn, Aurelia?«

»Ich wollte sie fragen, ob – nein, nichts.«

»Alinka, habe ich richtig nachgeschaut? Damals, in Radom, bevor wir wegliefen, habe ich nach ihm geguckt?«, das hatte sie fragen wollen, diese Frage sollte sie stellen, das hatte ihr Mann ihr aufgetragen, als er ihr auf dem Höhepunkt ihrer Krankheit erschienen war. Denn wenn sie nicht richtig hingeschaut hatte, dann war es doch möglich, daß er aufgestanden war.

»Versuch dich zu erinnern, Alinka – du bist über mich gestolpert – du hast mir beim Aufstehen geholfen – sind wir gleich weggerannt, oder habe ich erst nachgeschaut? Du hast etwas gerufen; und dann sind wir losgerannt. Soviel weiß ich noch, aber was davor war –« Sie formulierte ihre Frage ständig um, als hinge alles davon ab, wie sie gestellt wurde.

Aber in Wirklichkeit war die Frage ganz unwichtig; alles hing davon ab, wofür sie sich jetzt entschied. »Ich habe nicht mehr nach ihm geguckt« – wenn sie das zu denken wagte, wenn sie diesen Gedanken ertragen konnte, daß er wie ein Kind, das man an einem fremden, dunklen Ort zurückgelassen hat, umhergetastet und sie zu finden versucht hatte; daß er sie hatte weglaufen sehen, sie zurückzuhalten versucht und gewinkt und gerufen hatte, bis er schließlich verstummt war und ihr, der sich immer weiter Entfernenden nachgeschaut hatte, wenn das so war, dann war er aufgestanden, lebte noch irgendwo.

Er war noch am Leben. Er mußte es sein – sie wußte es – nie hatte sie geglaubt, daß er dort geblieben war.

»Mein Mann ist tot«, pflegte sie zu sagen, und Scham überfiel sie, als spräche sie eine Lüge aus, als steckte sie ihn in lächerliche, schlecht sitzende Kleider, um Mitleid auf sich zu ziehen. Und wenn er zu ihr kam, wenn er sagte: »Ich bin tot, Aurelia«, dann nahm sie es übel wie damals an den Abenden, da sie saß und auf ihn wartete und sich bald aus dem Fenster lehnte, bald nach dem Telefon griff, wobei sie die Schreckensvorstellung hatte, daß man ihn überfallen und ausgeraubt hatte, während sie doch genau wußte, wo er war – im Café Esplanade, in die Abendzeitungen vertieft; dann erfaßte sie der Zorn über die vergeudete Angst, über das Schuldgefühl angesichts des Wunsches, die Angst möge dieses eine Mal nicht umsonst gewesen sein, und selbst über die Freude, über die freudige Erleichterung, die in ihr hochstieg, wenn er endlich aus der Dunkelheit auftauchte.

Nach dem Krieg werde ich ihn – werde ich dich suchen –, und es kam eine solche Müdigkeit über sie, daß selbst das Verscheuchen der Fliege auf ihrem Gesicht ihr zuviel wurde.

Durch ihren seltsamen, unruhigen Halbtraum zogen Bilder. Sie sah sich dahergehen, zu ihrem alten Haus, an der Feuerwache vorbei, über einen von Verkehrslärm tosenden Platz. Kinder mit rußgeschwärzten Gesichtern spielten auf dem abfallübersäten Rasen; auf den Bänken saßen Rekruten und starrten auf ihre dunkelrot angelaufenen Fäuste; Menschenmassen zogen über den staubigen, rauhen Boden. Sie konnte diesen Platz nicht verlassen.

Sie ging auf und ab und schaute jeden Vorübergehenden, jedes Gesicht an, denn unmöglich konnten so viele Hunderte und Aberhunderte an ihr vorübergehen, ohne daß er, der zehn Jahre lang diesen Weg genommen hatte, wieder hier auftauchte.

Das war er! Das Gesicht war nicht zu sehen, eine Zeitung verbarg es, aber die Hände, welche die Zeitung hielten, konnten nur ihm gehören und auch der längliche, schon etwas kahle Kopf und der schwarze Geigenkasten, der wie ein geduldiger Hund zu seinen Füßen lagerte. »Richard?« wollte ihr Mund schreien. »Tu es nicht«, warnte es in ihr, denn ein solches plötzliches Wiedersehen war eine Gefahr für jedes Herz. Sie näherte sich vorsichtig. Sie war schon fast bei ihm. Sie stand da und schaute ihn an, der sie immer noch nicht bemerkt hatte und weiterlas, bis plötzlich die Zeitung herabfiel. Als wollte er ihr Einhalt gebieten, streckte er seinen Arm aus –

»Ich habe es gewußt«, rief sie, sich an ihn klammernd. »Immer habe ich es gewußt.« Sie gingen; in einem Raum ohne Wände stürzte die Dunkelheit auf sie ein wie ein Regen. »Aurelia«, flüsterte er, »Aurelia, meinst du, ich soll mich morgen rasieren?«

Ein Zittern befiel sie. »Ich meine gar nichts«, sagte sie zu jemandem, »ich bin zu müde.«

Endlich kam der Schlaf, zuerst traumlos wie nach einem harten Arbeitstag. Dann wuchsen die Planty aus der Dunkelheit empor; es regnete, Bälle fielen klatschend auf den durchnäßten Boden, klatschten lauter, bis sie »Aufhören!« schrie und erwachte.

Das Klatschen kam von draußen, es war laut und wurde von heiserem Gebrüll unterbrochen. Hier in der Baracke war alles ruhig; kein Gedränge um die Pritschen, keine Schlange vor dem Ofen; nur Fliegen summten über einer zerquetschten Kartoffel und schillerten in der Sonne. »Tola!« rief Aurelia, und plötzlich, ohne zu wissen wie, fand sie sich am Fuß des Bettgestells wieder.

Ein Mädchen, unter der Last eines prallgefüllten schwarzen Sackes gebeugt, kam auf Zehenspitzen auf sie zu; der Sack – das sah Aurelia jetzt – war ein Buckel, doch verstand sie nicht, warum das Mädchen ständig etwas von Gymnastik zischelte. »Gymnastik, Vorsicht, Gymnastik«, zischelte es von Pritsche zu Pritsche, aber Aurelia preßte ihr Hemd, das sich im Luftzug bauschte, an den Körper und ging zur offenen Tür.

Die Frauen lagen ausgestreckt im Matsch – eine lange, ungeordnete Reihe bewegungsloser Leiber. »Hoch!« Der OD-Mann ließ seinen schwarzen Knüppel durch die Luft sausen, da kam Bewegung in sie, sie erhoben sich auf allen vieren, während sie, Aurelia, mit flatterndem Hemd stand und zuschaute. Endlich wandte sie sich ab. Sie hielt sich fest, an den Bettgestellen, an den Armen der Buckligen, sie griff in die Luft und wankte zurück zur Bank. Ich habe nachgesehen, dachte sie, ich habe wirklich nachgesehen, und sie fror.

Die Frauen kamen herein, Schlamm hing wie Brombeeren auf ihren Gesichtern, und sofort richtete sich die allgemeine Empörung gegen das Waisenkind, das die Fäkalien draußen ausgeleert und ihnen damit diese Turnübungen eingebrockt hatte. Tola kam schleppenden Ganges und als letzte herein, denn sie trug schwere, ungegerbte Stiefel.

»Ich weiß, woher du die Stiefel hast«, wollte Aurelia sagen. Was sie davon abhielt, war das Brot, das Tola ihr reichte, und der Anblick der roten Punkte, welche die Kampferspritzen auf ihren Armen hinterlassen hatten. »Laß mich hier sitzen«, sagte sie leise und wischte Tola den Dreck vom Gesicht. »Ich – ich gehe lieber nicht auf die Pritsche zurück. Bitte laß mich hier sitzenbleiben.« Und lange nach dem Ausrücken der Nachtschicht saß sie und starrte auf das Attest, das Tola ihr in die Hand gedrückt hatte und das sie von der Arbeit befreite.

Langsam begannen ihre Augen in dem Block umherzuwandern. Sein Aussehen hatte sich verändert; unbekannte Gesichter schauten sie von überall her an. Auf der Pritsche, wo die Rebbetzyn ihren Gott angerufen hatte, saß jetzt das bucklige Mädchen, und ihr gegenüber weinte eine alte Frau undeutlich vor sich hin, als wäre ihre Kehle mit Watte verstopft. »Der Typhus!« seufzte Aurelia. »Ja, der Typhus.« Oben auf ihrer Pritsche zitterte ein Sonnenstrahl in der Dämmerung. Bei seinem Anblick begriff Aurelia, daß es Zeit war, wieder zur Arbeit zu gehen. »Ich bin die Älteste dort«, sagte sie vor sich hin und empfand bei diesem Gedanken eine eigentümliche Genugtuung.

»Morgen, spätestens übermorgen gehe ich wieder mit euch zur Arbeit«, verkündete sie, sobald Barbara und Alinka hereinkamen. Die redeten sofort auf sie ein; sie sollte sich doch einmal anschauen, riefen sie – so bleich und blutleer im Gesicht! »Hört auf, mich anzuschreien, ihr beiden!« Aurelia schob sie hinweg und kletterte ganz allein auf ihre Pritsche, obwohl die wie ein Schiff schwankte.

»Ich will wieder arbeiten, weil es mir besser geht. Und ich will kein extra Essen mehr, versteht ihr? Und keinen Kampfer«, sagte sie, sich eine erdfarbene Rübe in den Mund stopfend. »Es ist nämlich so, ich habe mich gehen lassen –« Sie zögerte. »Seht, ich habe das nicht böse gemeint«, fügte sie ruhiger hinzu, »ich möchte nur, daß wir zusammen bleiben, und Tola – Tola hat zuviel gearbeitet.«

»Wir haben versucht, ihr zu helfen, aber niemand wollte uns etwas verkaufen«, sagte Alinka, und dann schwiegen sie.

Das Licht ging aus, und Aurelia empfand ein solches Verlangen nach dem Klang ihrer Stimmen, daß sie flüsterte: »Reden wir. Bitte, laßt uns reden.«

»Vorarbeiter Wokunski hat Typhus«, sagte Alinka.

»Heute war es sehr warm«, sagte Barbara.

»Und was gibt es für Nachrichten?« fragte Aurelia und bemühte sich, nicht gleichgültig zu klingen.

»Keine neuen Meldungen. Ich meine – ich meine, die Alliierten rücken vor, das heißt, in Italien«, antwortete Barbara.

»Italien ist von entscheidender Bedeutung«, begann Aurelia.

»Ja – vielleicht«, und schon entglitten ihr die beiden und sanken in Schlaf.

Ihr ruhiges Atmen umfing sie; es schlug die Brücke zwischen denen, die sich im Schlaf an ihren erschöpften Körper drängten, und den anderen »nach dem Krieg«, welche jetzt eine um die andere vor ihr aufstanden.

Irgendwo öffnete sich eine Tür, und zum ersten Mal – auf dem Bauch liegend, wie alle kleinen Kinder – erschien das Kind. Es hatte die Decke fortgestrampelt, darauf vertrauend, daß man es zudecken würde, sobald es fror.

»Sieh doch, wie sie schläft«, seufzte Barbara.

»Still, du könntest sie wecken.« Das war Alinka.

»Wir sollten sie zudecken; Tola, bitte tu du es«, sagte sie selbst; und alle schauten zu, während sich Tola über das Kind beugte.

Barbara würde kinderlos bleiben; Alinka war mutterlos aufgewachsen; Tola hatte keine Angehörigen mehr. Über ihnen allen schwebten die Ungeborenen, aber auch, unfaßbar in ihrem Nichtmehrdasein, die Toten.

Langsam, wie ein schwindendes Licht, verblaßte das Kind. Doch die übrigen Gestalten, obwohl auch sie kleiner wurden, leuchteten, ihre Konturen blieben so klar, als seien sie einziseliert – wie auf Medaillons, die sie unter den sinkenden Lidern bewahrte.

Kapitel 28

Über Nacht hatte Aurelia ihren Plan geschmiedet. Heute und morgen wollte sie sich bewegen, in der Baracke und im Freien umherwandern; und ab übermorgen würde sie wieder zur Arbeit gehen. Kaum war die Tagschicht ausgerückt, als sie mit dem Ankleiden begann – langsam, weil ihre Hände wie gerade eingestellte Dienstboten ermahnt werden mußten, nichts zu vergessen, hier einen Haken, dort die Baldriantropfen, die in die Tasche gesteckt werden mußten. Und genau wie solches Dienstpersonal baten sie um freie Zeit; sie waren müde, sie brauchten Ruhe.

Auch der Abstieg von der Pritsche fiel ihr nicht leicht. Gestern war ihr die Angst dabei zu Hilfe gekommen; davor hatten Barbara und Tola sie unterstützt. Nun aber war sie ganz auf sich angewiesen, nahm mehrere Anläufe, bis sie endlich die Arme um den Bettpfosten schlang, daran hinabrutschte und sich dann einen Moment hinsetzte, um auszuruhen.

»Wa – Wa – Wasser«, heulte die alte Frau. Das bucklige Mädchen gab ihr zu trinken. Dann kam sie mit langem, säuerlichem Gesicht dicht an Aurelias Ohr, erklärte ihr, die alte Dame habe einen Schlaganfall erlitten, doch sei glücklicherweise die Tochter bei ihr – eine Ärztin, die sie bewegungstherapeutisch behandle. »Das wirkt Wunder, einfach Wun…« Mitten im Wort verschwand die Bucklige. Irgendwo über ihr wiesen trotylgerötete Finger zur Tür.

Dies, soviel begriff Aurelia, war eine Warnung. Sie mußte handeln, mußte weglaufen, sich verstecken. Und sie machte einen Versuch. Mit ausgestreckten Armen wankte sie zu ihrer Pritsche, zur Tür, wieder zurück zur Pritsche. Aber wohin sie auch kam, überall stand ein OD-Mann. Das Attest, das sie ihm zeigte, riß ihr der Wind aus der Hand. Faustschläge trafen sie; ein Luftstrom erfaßte sie, trug sie an dem umgestürzten Eimer vorbei zur Tür und ins Freie.

Draußen umschloß die Menschenmenge sie wie ein Netz. Ringsumher ein engmaschiges Gewirr von Schreien und fuchtelnden Armen; wie ein stachliges Nadelkissen stieß ein kahlrasierter Kopf ihr gegen den Mund. Die Sonne brannte. Hinter dem Zaun stiegen die giftgrünen Bäume in die Höhe; wie am anderen Ende einer Waage tauchte die Menschenmenge nach unten, stieg wieder in die Höhe und sank erneut. Ich bin noch schwach; selbst nach einer gewöhnlichen Grippe ist man wacklig auf den Beinen, sagte sich Aurelia. Das Auf- und Niedersteigen hörte auf, aber ihr Gesicht war gefühllos, als drückte sie es gegen eiskaltes Glas.

Gedämpfte Rufe drangen durch das Glas. Die Menge schwankte hin und her. Irgend etwas war im Gange, man stellte sich zu viert auf – das war es. Gestikulierend, denn das Sprechen tat weh, stolperte sie die Reihen entlang und bettelte um Aufnahme. Aber wohin sie auch kam, überall waren die Vierergruppen komplett. »Weitergehen«, schrien alle, und Angst überfiel sie, daß sie allein und als letzte marschieren mußte. Da winkte ihr jemand von weitem zu. »Frau Katz!« Die da »Frau Katz« rief, war das Waisenkind.

»Helfen Sie mir«, wollte Aurelia sagen. »Helfen Sie mir!« schrie auch das Waisenkind.

Sie versuchten sich aneinander festzuhalten, sie wankten und wären gestürzt, wenn nicht die Bucklige sich entschlossen zwischen sie geschoben hätte. »Halten Sie sich an mir fest«, sagte die Bucklige, »alle beide, halten Sie sich ganz fest.« Das Waisenkind wollte diese Stütze für sich allein beanspruchen, aber Aurelia wich nicht von der Stelle; sie hielt sich an dem Buckel fest. Und so setzten sie sich in Bewegung.

Weit vorn leuchtete ein länglicher, schon teilweise kahler Kopf in der Sonne, verschwand, tauchte wieder auf, und wieder, und noch einmal – wohin sie schaute, standen zahllose Richard Katze da, um gleich wieder zu verschwinden. Das sind Pikriniaks – bloß Pikriniaks, dachte sie und stützte sich stärker auf die Bucklige.

Jetzt wuchsen alle Dinge. Zuerst ihr Körper, der lose wie ein zu weiter Mantel um sie hing; statt der Beine hatte sie Strümpfe, statt der Arme die Ärmel. Und ringsum dehnte sich das Lager in die Breite und Länge – die Blocks, die Straßen, alles entfernte sich von ihr. Sie mußte schon meilenweit gegangen sein, und immer noch war der Appellplatz nicht zu sehen. Endlich kam ein Schwall von Chlorgeruch, das war der Waschraum; der widerwärtige, süßliche Dampf, der kam aus der Kaffeeküche; aber was das für ein See war, das war ihr unerfindlich.

Es war kein See; es war der Schlamm auf dem Appellplatz, den die Sonne beschien. Der Glanz stach sie in die Augen, die Sonnenstrahlen bohrten sich ihr in den Kopf, und das Geschrei des Waisenkindes, vor allem das, tat ihr weh. »Frau Katz«, schrie es unaufhörlich. »Frau Katz!«

Aurelia konnte nicht antworten, nur hinschauen. Das Waisenkind schien herabbaumelnde Ohrringe zu tragen, die in einem hellen Grün leuchteten. »Frau Katz«, sagte sie und schüttelte den Kopf, und die Ohrringe – es waren Eitertropfen – fielen zu Boden, »die wollen uns umbringen, Frau Katz.«

»Warum?« brachte Aurelia hervor.

Mit einer ausholenden Bewegung wies das Waisenkind auf die rasierten Köpfe, die zerlumpte Kleidung und die durch den Schlamm watenden und rutschenden Beine. »Wieso nicht?« sagte sie. »Sehen Sie doch hin. Wieso nicht?«

»Schämen Sie sich, solche Panik zu verbreiten«, wollte Aurelia sagen, aber die Antwort wickelte sich um ihre Zunge wie ein endloser Faden. Die Bucklige sagte etwas vom Arbeiten. Weit hinten öffnete sich das Tor mit einem Kreischen, das ihr wie eine scharfzahnige Säge ins Fleisch schnitt.

Im Wald ging es besser. Hier senkte sich grüne Dämmerung auf sie herab, ein leichter Wind erhob sich und trocknete ihr den Schweiß. »Sie sind in Panik!« sagte Aurelia zum Waisenkind und schöpfte Mut. Kurz und treffend war ihre Antwort, und so kurz konnte auch die Straße sein, die da vor ihr lag; sie würde sie sich einfach aufteilen, zuerst bis zu dem weißblühenden Busch gehen und weiter zu der Birkengruppe. Sobald sie den Busch erreicht hatte, würde sie sich eine Pause gönnen. Aber sie tat gar nichts, sie holte tief Luft, und plötzlich schien die Luft ganz hart zu werden; eine Zange drückte ihr den Hals zu, der Baum, gegen den sie taumelte, fühlte sich unter ihrem Rücken an wie ein Schwamm. Füße gingen vorüber, Füße in Holzschuhen, in Papier, in Lappen; Stiefel von OD-Männern stampften vorbei, jemand humpelte auf Krücken daher, die aus Stöcken gefertigt waren. Dann kam niemand mehr.

»Verlaßt mich nicht«, wollte sie schreien, konnte aber keinen Laut hervorbringen. Von weitem hörte sie die Stimme des Waisenkindes. »Verlassen Sie mich nicht«, bettelte sie. Und dann war die Bucklige bei ihr. Die Bucklige hatte das Waisenkind verlassen, um zu ihr zu kommen.

Dankbarkeit erfüllte sie, eine große, sanfte Zuneigung zu dieser Fremden, zum Klang ihrer Stimme, wenngleich sie kaum verstehen konnte, was diese Stimme sagte. »Wasser«, wiederholte sie, »ich – Wasser.« Das Mädchen wollte ihr Wasser geben, doch sie ... ja, sie hatte etwas Besseres, die Baldriantropfen, die Tola ihr gekauft hatte.

Vorsichtig wies Aurelia mit dem Kinn auf die Tasche, und schon wuchs die Baldrianflasche vor ihr in die Höhe. Wie eine bronzene Laterne schwang sie vor ihr hin und her, und hinter dieser Laterne öffnete sich der Mund der Buckligen wie ein schwarzer Trichter. Aurelia verstand das Zeichen und riß ihren Mund auf. Bitterer Geschmack füllte ihn; sie taumelte vorwärts, Glas splitterte und fiel hin. Dann Stille. Als ein Ruf die Stille zerschnitt, wollte sie vor dem OD-Mann weglaufen, der sie schlagen, sie zur Gymnastik zwingen konnte. Aber der stand ganz ruhig, seine Augen sahen sie freundlich an – wie die Augen des buckligen Mädchens.

Er brüllt nicht; ich könnte mich hinlegen – dieser Gedanke kam ihr wie eine Offenbarung. Und kaum hatte sie ihm nachgegeben, da wuchs ihr die Erde mit einem Polster aus weichem Moos entgegen und faßte nach ihr. Jetzt legte sie sich nieder, nichts tat ihr mehr weh, nur die Hände der Buckligen, die wollte sie gern festhalten. Doch die entfernten sich nach oben, als hingen sie an einem rasch wachsenden Baum. Neben ihr beugten sich Farne über sie. Sie griff nach ihnen – da schnellten die Farne in die

Höhe, rissen ihre Hände, ihren Arm, ihre Schulter mit sich. Über ihr hingen die Wurzeln des Farnkrauts, und langsam rieselte feuchte Erde auf ihr Gesicht.

Kapitel 29

Als der schwache Baldriangeruch vom Straßenrand zu ihr herüberwehte, ging Tola einfach weiter, denn ihr fiel ein, daß zahlreiche Frauen im Besitz dieser Tropfen waren. Aber die Blicke zwangen sie stehenzubleiben; sie wußten etwas. »Weißt du es denn noch nicht?« fragten sie und zwangen sie zurückzugehen, bis endlich ein Arm auf das Gebüsch zeigte.

Dahinter war ein leises Rascheln zu hören, das aber verstummte. Der Zweig, an dem Tola zog, brach und schüttelte seine weißen Blüten über ihre Hände, auf die moosige Erde und auf eine andere Hand zwischen den niedergetretenen Farnkräutern.

Aurelias Augen waren seltsam weit geöffnet und sahen in die Ferne, nach oben; sie starrten unentwegt, auch als der Wind kam und einige Haarsträhnen darüberwehte. Jemand bewegte sich neben ihr – ein OD-Mann, der auf sie zukam. Er blieb stehen. »Tot«, sagte er.

Jemand hatte einen Stein nach ihr geworfen. Er hatte sie verfehlt, doch um weiteren Steinwürfen auszuweichen, mußte sie einen großen Schritt über den abgebrochenen Zweig machen, einen weiteren Schritt über die Glasscherben, und dann mußte sie zur Kolonne zurücklaufen.

Gleich danach wollte sie in die entgegengesetzte Richtung laufen, weg von den neugierigen Blicken, die etwas erwarteten – etwas, das sie nicht geben konnte. Sie benutzte ihre Ellbogen und drängte sich an die Spitze, wo die Kaelanki marschierten. Hier kannte sie niemand, hier stellte man keine Fragen. Wenn sie strauchelte, halfen die Mädchen ihr auf die Beine. »Lassen Sie mich«, sagte sie, und sie ließen sie. Eine eigentümliche, empfindungslose Ruhe überkam sie: Sie hatte nichts gesehen, es war noch nichts geschehen, sie mußte bloß weitergehen, durch das Tor, über den Appellplatz und weiter.

Vor der Baracke blieb sie stehen, legte das Ohr an die Tür und horchte – worauf, das wußte sie nicht –, dann schlich sie ganz vorsichtig hinein. Auf ihrer Pritsche lag etwas Dunkles, ein schwarzer Arm bewegte sich hin und her: ein Ärmel – der Ärmel von Aurelias Mantel.

Und jetzt lief sie zurück zum Tor.

Gruppenweise marschierten sie herein, die Luft roch bitter, die Luft leuchtete trotylrot, und aus jeder Gruppe schienen Barbara und Alinka auf sie zuzulaufen. Sie mußte sie rufen, ihnen ein Zeichen geben –, aber da waren sie plötzlich wieder verschwunden, und lauter Fremde gingen vorbei. Doch sie würden, sie mußten kommen. Und dann endlich würde sie weinen.

Lange Zeit erschien niemand. Dann stieg eine Staubwolke auf, laut rasselte ein Karren durchs Tor. Was da auf dem Karren lag, war bloß ein schwarzer Sack, den kannte sie schon, sie hatte hingeschaut, aber die Beine versagten ihr den Dienst. Er rasselte vorüber, er war weg, und aus der Stille kam ein Pfeifen. Ein Wachsoldat pfiff, während er das Tor schloß, weil niemand mehr kam.

Das Alleinsein war unerträglich, sie wollte jemandem nahe sein – und wenn es nur der Pikriniak war, der statt des Gesichts einen Verband hatte, oder die alte Frau, die ein Stück Feuerholz an ihre Brust preßte. Aber sie gingen weiter, trotz ihrer bittenden Blicke. Sie griff nach ihrem eigenen Körper, doch der tat weh, und ihr Mund war voller Staub.

Waren sie angekommen, ohne daß sie es bemerkt hatte? War das Barbara, die sie am Arm packte? Ein OD-Mann stand vor ihr, der, den sie im Wald getroffen hatte, sie war sich fast sicher. Er war bestimmt gekommen, um zu widerrufen, was er gesagt hatte, er würde sie zu Aurelia bringen. Und es dauerte lange, bis sie begriff, warum er unentwegt auf ihre Füße zeigte.

»Stiefel«, sagte er. Er wollte sein Geld oder die Stiefel zurück, die ungegerbten; was denn los sei, warum sie so blöd glotzte?

Wortlos reichte sie ihm ihre Tasche und sah zu, wie er die Finger anleckte und mit feucht zischenden Lauten das Geld zählte, wobei er seine Zahnstümpfe entblößte.

»Irgendwas zu verkaufen, egal was?« glaubte sie zu hören, ihr Flüstern klang wie sein Zischen. Der Tag hatte seinen Schrecken verloren. Sie konnte anfangen – jetzt gleich; sie konnte jetzt ihren Gang durch die Baracken beginnen, sie würde kaufen und verkaufen und schachern »Etwas zu verkaufen? Ich zahle gut.« So würde Barbara sie antreffen.

Plötzlich rannte sie.

Man hielt sie an. Ob es Kaffee in der Küche gab, wollten sie wissen. Ob der Waschraum geöffnet sei. Ob es stimmte, was man über Frau Katz sagte. »Ich weiß es nicht«, sagte sie; dann sagte sie: »Ja, es stimmt.« Der Mund, der das aussprach, fühlte sich an wie Papier, die Stimme kam von weither. Wer mit ihr geredet hatte, warum ihr Gesicht so dreckverkrustet war, wußte sie nicht, aber sie mußte sehr lang gegangen sein, denn als sie sich auf eine Bank setzte, war es Mittag, und die Suppenkessel wurden gerade in die Baracke gerollt.

Eine Frau, die den Typhus überlebt hatte und wie ein Vogel in der Mauser aussah, brachte ihr etwas Suppe. Solange der kahle Kopf sich über sie beugte, aß sie. Als sie allein war, gab sie die Suppe einem Pikriniak und ging weg.

Auf der Kiste lag kein ungelöschter Kalk; düster schimmerte sie in der Sonne. Von allen Seiten, von dem verrottenden Deckel, vom Stacheldraht, von den Bäumen her schauten Augen sie an, über die der Wind Haarsträhnen geweht hatte. »Laß mich hierbleiben«, sagte die müde Stimme. »Ich möchte nicht mehr zu meiner Pritsche zurück.«

»Nein!« begehrte es in ihr auf. Die Augen waren verschwunden, aber in ihr brach etwas auf, etwas wie die Kiste, und daraus fielen ihr ihre anderen Toten entgegen und schauten sie aus zugewehten Augen an und starrten. »Nein!« Und sie ging weiter.

Mit in die Seiten gepreßten Ellbogen und hochgezogenen Knien saß sie auf einer Bank. Wenn sich jemand neben sie setzte, rutschte sie eine Bank weiter, dann noch eine, und immer darauf bedacht, diese Körperstellung wieder einzunehmen – zuerst die Ellbogen, dann die Knie und schließlich die Augen, die nur auf den porösen, schlammigen Boden starren durften. Sie wußte, daß ihr noch etwas bevorstand, wofür sie gerüstet sein mußte, aber der Tag war ja noch lang.

Wo war die Zeit geblieben? »Raus, alle ohne Attest raus!« wurde gebrüllt, und sie, die noch ganz unvorbereitet war, fürchtete, daß die OD-Leute sie aus der Baracke jagen würden. Aber niemand hatte sie in ihrem Winkel bemerkt; die Nachtschicht war weg, und die Frau neben ihr, die die letzten Tropfen aus dem Eimer holte – die war eine von den Kranken.

Als die Frau zu ihrer Pritsche zurückging, merkte Tola, daß sie gerüstet war. Jemand mußte ihnen doch Bescheid gesagt haben. Sie würden weinend hereinkommen, Alinka würde versuchen, ihre Tränen zu unterdrücken, und Barbara – sie konnte sich gar nicht vorstellen, daß Barbara weinte. Sie hielt sich die Ohren zu, um dieses Weinen nicht zu hören.

Niemand hatte ihnen etwas gesagt. »Aurelia«, riefen sie. Sie stiegen auf die Pritsche, kletterten wieder hinunter, liefen zur Tür. Da trat sie vor.

»Tola.« Alinka redete als erste. »Tola, warum bist du hier?«

»Hier ... ich ...«, sie kam nicht weiter. Das bucklige Mädchen schob ihren verwachsenen Körper zwischen sie.

»Kein Attest – OD-Mann – sie haben alle zum Arbeiten hinausgejagt«, sagte die fremde, tonlose Stimme, während sie unentwegt auf Barbaras Schuhe starrte.

»Und dann ist sie gestorben«, sagte die Bucklige, und Tola wartete auf das nun fällige Weinen. Sie hörte etwas aufprallen neben sich. Alinka schlug sich mit der Hand auf den Mund, um ihn zu verschließen. Barbaras Mund war weiß, stand offen und brachte keinen Laut hervor.

»Barbara!« rief Tola. »Barbara!« Aber wen sie umarmte, das war Alinka.

Sie stiegen nacheinander auf die Pritsche.

»Zerrissen«, sagte Alinka, »... er ist sowieso zerrissen«, hob den Mantel mit zwei Fingern auf und trug ihn hinaus, kam dann zurück, um sich in die Schlange zu stellen, die auf das Brot wartete.

»Eßt«, sagte sie und drängte ihnen das Brot auf, »ihr müßt essen.«

Gehorsam schob sich Barbara ihr Stück in den Mund. Sie brach in ein ersticktes Husten aus, daß die Krümel umherflogen, doch ihre Augen blieben trocken, so daß es den Anschein hatte, als lachte sie.

Teil sechs

Kapitel 30

Kein Seufzer kam von ihr, kein Wort der Klage, nichts als dieser Husten – halb erstickt und zu schwächlich für eine kräftige Frau wie sie. Denn es war, als wüchse sie, als schösse sie in die Höhe, unversehens und unkoordiniert wie Jugendliche, bei denen sich jedes Glied auf Kosten der anderen entwickelt und kein Teil des Körpers mit dem anderen harmoniert, und wie diese ging sie leicht vorgebeugt, als wäre sie unsicher, ob der Körper die Last solchen Wachstums tragen könnte. Was jedoch die Blicke der Menschen auf sie lenkte, was ihnen die geflüsterten Worte entlockte: »Ist die das, die Polin?«, war ihr Gesicht: hager war es, mit allzu blanken, weißen Zähnen zwischen den aufgesprungenen Lippen und mit eingesunkenen Augen, die unter schweren Lidern lagen. Und wenn diese Lider sich langsam hoben ...

Dann taten die Augen mehr als nur wahrnehmen. Wie die Augen einer unerfahrenen Reisenden, die beständig nachschauen, ob all ihre Habe noch beisammen ist, schossen sie von Tola zu Alinka; oder sie öffneten sich weit und wurden starr, als sähen sie in der Ferne jemanden und warteten, daß er näherkäme.

Denn in dieser ersten Zeit wartete sie immer. Es ging ihr wie denen, die beim Eintreffen einer Katastrophennachricht zwar einräumen, daß solche Dinge in der Zeitung stehen oder anderen Leuten passieren können, aber niemals ihnen selber. Sie warten und schöpfen Kraft aus diesem Warten – im Vertrauen darauf, daß ihre Hoffnung, die jeden Vorübergehenden in den Überbringer einer Nachricht, jedes Läuten an der Tür in eine Depesche verwandelt, die das Undenkbare dementiert, nicht vergebens sein kann; wenn dann der vermeintliche Bote vorbeigegangen ist oder das Läuten sich als ein unerwünschter Besucher entpuppt hat, warten sie weiter und halten sich an die beruhigende Zuverlässigkeit der Dinge: an das Bett, das noch dasselbe unverändert einladende Aussehen hat, an das Lesezeichen, das nach wie vor angibt, an welcher Stelle das Buch zu öffnen ist.

Zu diesen Dingen zählte Barbara sich selber: Wenn das Unfaßbare wirklich geschehen wäre, dann hätte auch ihr etwas zustoßen müssen, wie einem Glas, das am Boden zerschellt, wenn es der Hand, die es hält, entrissen wird. Aber eigentlich war nicht viel mit ihr geschehen. Sicher, wenn sie nachts all die Mütter sah – die, welche von ihrer Tochter mit der hohen Gänsestimme beschworen worden war, sie möge nicht sterben, und die, welche die Arme ihrer Tochter als Krücken benutzte – dann mußte sie sich gegen jede, auch die leiseste Erinnerung verschließen wie ein Haus, das man gegen Einbrecher verrammelt. Sicher, wenn Alinka sie morgens rütteln und knuffen mußte, graute ihr so vor dem neuen Tag, daß sie nicht aufstehen wollte. Und tagsüber war Barbara wie einer Patientin zumute, die, noch unvertraut mit ihrem Schmerz, sich hin und her wirft und hofft, eine Stellung zu finden, in der sie Ruhe hat. Stand sie auf dem Appellplatz, dann wartete sie ungeduldig auf den Weitermarsch; marschierte sie, dann konnte sie es nicht erwarten, bis sie sich in der Werkshalle hinsetzen konnte; kaum hatte sie sich gesetzt, sprang sie wieder auf und wanderte umher.

Hieß es: »Setz dich, Barbara«, ging sie zurück an ihren Platz. Hieß es: »Arbeiten, Barbara!« fing sie an zu arbeiten. Aber dann konnte es geschehen, daß eine Frau aufstand, die jener anderen zum Verwechseln ähnlich sah – in ihren Blicken, die umherschossen, als wollte sie eine belebte Durchgangsstraße überqueren, in ihrem hüpfenden Gang, ihren Handbewegungen – und bei der nur eine Geste, nur das Lächeln verändert werden mußte. Doch diese Veränderung gelang nicht, wer da vorüberging, das war eine Fremde. Und doch, wenn diese so müde, alte Frau noch am Leben war, wie konnte es sein, daß jene andere – deren Namen Barbara nicht mehr nannte, nicht mehr nennen durfte – nicht mehr da war?

Wenn … wenn doch nur … So begann ihre Suche nach dem, was schiefgegangen war. Wenn die OD-Männer das Attest akzeptiert hätten; wenn Goldberg noch gelebt hätte, oder wenn sie selbst im Lager gewesen wäre. War da nicht eine warnende Stimme in ihr gewesen – auf dem Weg nach draußen, noch am Tor hatte sie zurücklaufen wollen. Ja, es war ein Fehler passiert, ein Versehen, aber so geringfügig, daß es noch korrigiert werden konnte.

»Sie werden ihr Attest akzeptieren!« Mit diesen Worten, wäre sie dageblieben, hätte sie die OD-Leute abgewiesen, hätte die ewig kalten Hände gewärmt und hätte geflüstert: »Gott sei Dank, das ist überstanden. Gott sei Dank.«

Plötzlich kam die Gewißheit: sie *war* dageblieben, sie *hatte* das wirklich gesagt. Der trügerische Gedanke ergriff Besitz von ihr, aber ein Wort von Alinka oder Tola verscheuchte ihn.

»Arbeiten!« ermahnten die beiden sie. Und in ihrem Inneren zerbröckelte Stein um Stein eine Mauer; in ihrem Inneren erhob sich die Angst um sich selbst und die beiden, die ihr geblieben waren. Und dann schaute sie die beiden mit jenem Blick der ängstlichen Reisenden an.

Wie schwer die Sorge um die beiden auf ihr lastete; sie konnte diese Last nicht ertragen – sie wünschte, sie wären fort. Und doch, sie konnte nicht ohne sie sein – »Wartet, ich will mit«, rief sie und rannte ihnen nach. Wenigstens das, meinte sie, hatte sie verdient – daß jede von beiden zweimal da war, einmal bei ihr, zum anderen an einem sicheren Ort, wo ihnen nichts geschehen konnte.

Sie lebte in ständiger Furcht, es könnte ihnen etwas zustoßen. Ihre Hand legte sich auf Alinkas Stirn, wobei sie ihr wie eine zu große Mütze die Augen bedeckte, um zu prüfen, ob sie Typhus hatte. Tola war nicht anfällig gegen Typhus; Tola schien gefaßt zu sein und sah gesund aus, aber manchmal jagte ein merkwürdiger Blick von ihr Barbara einen Schrecken ein. »Was ist?« fragte sie dann. »Was hast du?«

»Nichts«, sagte Tola, »überhaupt nichts«, und Barbara atmete erleichtert auf.

Die Tage gingen dahin, und während die Hoffnung, die ihr Warten nährte, immer schwächer wurde, gesellte sich zu der Erleichterung der dringende Wunsch nach einer Aufgabe hinzu, die anspruchsvoll genug wäre, um sie von diesen Schuldberechnungen, diesen Visionen einer fast perfekten Ähnlichkeit und diesen Nächten zu erlösen, und von dem immer quälender werdenden Gefühl des Versäumnisses, das sich einstellt, wenn etwas Dringendes hinausgeschoben wird.

Zu trauern war dringend. Trauer war so etwas wie Geschenke von zu Hause, die man einem Menschen nachschickte, der sich irgendwo durch eine eisige Dunkelheit kämpfte und mit jedem Schritt kleiner, schemenhafter wurde. Tola und Alinka –, empfanden die Trauer? Sie beobachtete sie verstohlen, aber voll Wehmut, wobei sie Alinka selbst ihre bis auf blutige Reste abgekauten Fingernägel mißgönnte, und vor allem bittend wie eine ältere Schwester, die auf die Jüngeren aufpaßt, so bat sie die beiden, sie möchten sich doch schonen und das Trauern ihr überlassen. Denn sie, Barbara, wollte trauern, sobald sie das, was geschehen war, begriffen hatte.

Endlich hatte sie es begriffen; das Warten war vorbei. Aber kurz vor seinem Ende flammte ein letztes Mal die Hoffnung in ihr auf, die Hoffnung, der kleine Pole, der über die sonnige Wiese auf die Kolonne zurannte, sei ein Kurier mit einer Nachricht für sie. Er kam näher, er rief etwas – von Frankreich, von den Alliierten – sie seien in Frankreich gelandet. Da erlosch ihr Blick, als wollte sie sagen: »Ist das alles?«

Den anderen, den Frauen, den OD-Leuten, den in der Sonne leuchtenden Pikriniaks, genügte es. »Nur noch ein paar Tage, und der Krieg ist zu Ende!« Sie umarmten einander, sie lachten, während sie danebenstand wie ein Kind, das nicht mitspielen darf. Sie wollte mitspielen dürfen, einen Augenblick lang wünschte sie, sie wäre wie die anderen und könnte mit ihnen lachen und winken.

»Ein ... paar Tage noch ...«, sagte sie und verfiel wieder in ihr Hüsteln. Denn jetzt, da der Krieg nur noch wenige Tage dauerte, wurde ihr klar, was das für sie bedeutete: nur sie drei würden das Lager verlassen können; im Gutshaus, bei Stefan, würden nur drei ankommen. Wieder hüstelte sie, und ihr Körper wurde steif, als wollte sie mit aller Kraft eine innere Tür versperren. Doch die öffnete sich trotzdem. Wie ein Mannequin, das Kleider für jeden Anlaß vorführt, trat Aurelia hindurch; sie erkannte die Bandagen, die den aufgetriebenen Leib zusammenhielten, das dunkle, verschmutzte Hemd, das entzündete Gesicht und diesen Blick einer begossenen Krähe. Verstohlen tastete ihre Hand nach einem verschimmelten Stück Brot. Die Hand klammerte sich an die Pritsche, wurde weggestoßen; und auf dem Gesicht erschien das wohlbekannte Entsetzen, weil alles, die Geburt, der Hunger und der Typhus, umsonst gewesen waren.

Sie konnte den Anblick dieses Gesichts nicht ertragen, sie schüttelte und stieß es, bis es hinter der zuschlagenden Tür verschwand. Aber durch den Spalt starrten die Augen sie an und baten: »Kannst du mir nicht einmal dies bißchen gönnen?« Sie wollte geben, was sie verlangten, sie wollte weinen – jetzt, auf der Stelle.

»Allons enfants de la patrie«, sang ein Chor. Barbara hatte Hunger, und eine von den Stimmen störte sie, weil sie viel zu laut sang. Das war Tola. Als Barbara sie ansah, hörte sie auf, erwiderte den Blick mit soviel Hohn und Verachtung, daß Barbara zurückfuhr.

»Was ist, Tola?« stotterte sie. »Was hast du denn?«

»Nichts, wirklich gar nichts.« Aber Barbara mochte ihr nicht mehr glauben.

Wäre ihre Trauer aufrichtiger gewesen, hätte sie eindeutig gewußt, ob das unterdrückte Schluchzen Zeichen eines Opfers war, das sie brachte, oder einer Versuchung, der sie erlag, und sie hätte sich ganz und gar der Sorge um Tola hingeben können. Da sie das Zeichen nicht deuten konnte, und da sich die Vergangenheit mit der Erinnerung an das schlecht geheuchelte Gebaren all jener Trauergäste meldete, die ein paar dürftige Tränen vergossen und ansonsten hauptsächlich darauf achteten, wie ihnen ihr Schwarz stand – was konnte sie anderes tun als sich teils dieser neuen Sorge, teils ihrem Verlangen nach Trauer zu widmen.

Manchmal hatte sie das Gefühl, ihr Verlangen werde erfüllt. Heftiges Selbstmitleid trieb ihr die Tränen in die Augen; bald würde sie aufstehen; hastig, um nicht mitten in der Halle zusammenzubrechen, würde sie zur Latrine rennen und dort warten, bis sie allein war. Und dann würde sie weinen. Sie stand auf, sie ging zur Latrine und wartete, bis alle weg waren. Als sie sich vergewissert hatte, daß niemand zusah, biß sie in die fauligen Rüben und trank soviel Wasser, daß es ihr am Kinn hinablief.

Nie zuvor hatte sie solchen Hunger gehabt. Ein Bettler schien in ihr zu wohnen. »Gebt mir zu essen«, jammerte er, am lautesten dann, wenn sie den Tränen nahe war. Denn jedesmal, wenn sie ihr Mitleid von sich abgewandt und auf die gerichtet hatte, die sie so bemitleidenswert machte, fing alles von vorn an – der steif werdende Körper, das Versperren der inneren Türen; und sofort klaffte eine Leere in ihr, und in dieser Leere rief der Bettler nach einem Löffel Suppe. Doch wenn die Suppe ausgeteilt wurde, aß sie langsam und zögernd, als müßte sie sich dazu zwingen.

So hatte sie, ohne zu wissen wie oder warum, ein Trauerritual entwickelt, eine mechanische Art zu essen, ein teilnahmsloses »Aha?«, wenn Klatsch oder Neuigkeiten die Runde machten.

Und wenn Alinka mit Barbara schimpfte und sagte, sie müsse sich mehr pflegen, sich waschen und ihr Kleid flicken, antwortete sie: »Ich kann nicht. Noch nicht!«

»Wie sie leidet«, flüsterten die Frauen. »Sie richtet sich vor Kummer zugrunde.« Diese Worte klangen ihr wie ein lang ersehntes Lob in den Ohren. Und wenn sie Alinka und Tola ansah, dann nicht, weil sie befürchtete, die Frauen hätten recht – ihr verfallener Körper erschien ihr wie eine Trauerkleidung, die sie nach Belieben ablegen konnte –, sondern um ihnen zu bedeuten, daß sie solches Lob verdient hätte, wenn sie sich dem, was geschehen war, wirklich gestellt hätte.

Von dem resignierten Geflüster, von der teilnahmslosen Stimme am Abend war nichts geblieben. Vornübergebeugt und mit wirrem, übers Gesicht fallendem Haar eilte sie zur Arbeit, die der Arzt ihr besorgt hatte – sie putzte den Boden in der »Krankenbaracke«. Dort hatte man die neuesten Typhusfälle und die übrigen Kranken, die das Krankenrevier nicht mehr aufnehmen konnte, zusammengelegt.

»Weg da alle, aus dem Weg«, schrie Barbara das Mädchen mit der Gänsestimme an, die jetzt als eine Art Krankenwärterin ihre Mutter pflegte, und schwang den Schrubber. Wasser spritzte; sie fiel mit einem dumpfen Geräusch auf die Knie und begann mit kräftigen, schwungvollen Armbewegungen den Boden zu scheuern. Und die einzige Vorstellung von Glück, die sie sich jetzt noch erlaubte, sah so aus: ein sich zu einer weiten Ebene öffnender Fußboden, über dem große Brotstücke hingen, genug, um eine Mauer gegen den Hunger zu errichten.

Fest hielt sie das Stück Brot, ihren Arbeitslohn, umklammert, um es vor Dieben, aber auch vor ihrer eigenen Gier zu schützen, die sie drängte, es zu verschlingen, und lief los, um festzustellen, ob Geld oder neue Nachrichten auf sie warteten. »Nein, kein Geld für Sie, kein Brief«, sagten die OD-Männer, und zu dem Haß, mit dem sie sie bedachte, gesellte sich Bitterkeit gegen das Kind, den Betrüger, der das Kapital ihrer Hoffnung veruntreut und mit sich genommen hatte, um bei dem alten Ehepaar zu schmarotzen, von dem keine Nachricht mehr kam. Wenn das Geld eintraf, wollte sie ein ganzes Brot davon kaufen; wenn es eintraf, wollte sie Tola ein für allemal das Hausieren verbieten.

»Ist Tola schon zurück?« Mit diesem Ruf pflegte sie in die Baracke zu stürzen. Nein, Tola war noch nicht da. Nein, Alinka hatte keine Lust, nach ihr zu schauen, und obwohl Barbara immer noch hoffte, ein Gespräch mit ihr könnte klären, warum Tola so seltsam war, bestand sie nicht darauf.

»Bleib hier«, befahl sie und verschwand, um Tola zu finden, wobei sie jede Baracke absuchte.

»Die Händlerin ist gerade hiergewesen«, riefen ihr die Frauen entgegen. Sie machte ein finsteres Gesicht; aber schließlich fand sie die Händlerin doch, die mit keifender Stimme und schnellen, hin und herschießenden Blicken ihrer Tätigkeit nachging.

»Es reicht«, sagte Barbara leise. »Du hörst auf der Stelle mit dem Schachern auf.«

»Mir macht das nichts aus«, antwortete Tola übertrieben freundlich.

»Es sollte dir aber etwas ausmachen. Du schadest dir, Tolenka.« Barbara versuchte ihren Ärger zu zügeln. »Hör zu. Du hast genug für uns getan, genug.«

»Ich handle nicht nur für euch. Ich würde es sowieso tun, auch für mich.«

»Sowieso ... sowieso«, wiederholte Barbara grollend, sie haßte dieses Wort. Sie heftete sich an Tolas Fersen, um sie nicht im Gedränge zu verlieren, folgte ihr von einer Baracke zur anderen, verlor sie aus den Augen, rief, lief weiter und schaute mürrisch zu, wie Tola ein paar zerlumpte Kleider begutachtete. Sobald jemand andeutete, es ginge nicht ganz ehrlich zu, fuhr Barbara ihn an: »Wie können Sie das behaupten? Wissen Sie, mit wem Sie es zu tun haben?«

Die Frauen grinsten. »Bitte mach keine Szene«, sagte Tola dann. »Bitte geh zurück. Wir dürfen Alinka nicht so oft allein lassen.«

»Gut, gehen wir gemeinsam zurück.« Aber stets mußte sie allein gehen.

Ein Abend war so leuchtend und still wie der andere. In den Gestank von Urin und verfaulten Rüben trug der Wind den Geruch von frisch gemähtem Gras; irgendwo in der hereinbrechenden Dämmerung quakten Frösche. Und wenn die Menschen sich zerstreuten, wenn Fenster um Fenster in den letzten Sonnenstrahlen aufglühte, dann glich das Lager mehr denn je einem Dorf, das nach einem langen Sommertag zur Ruhe kommt. Doch Barbara dachte an nichts anderes als an Tola mit ihren flinken Händlerinnenaugen. Sollte sie noch einmal zu ihr gehen? Sollte sie mit Alinka über sie sprechen? Wie eine Patientin, die sich vor der Diagnose des Arztes fürchtet, schob sie dieses Gespräch vor sich her.

»Alinka, ich muß mit dir reden«, entfuhr es ihr endlich.

Es war Abend; die beiden saßen auf der Pritsche, Barbara nackt und nur mit ihrem Mantel bekleidet, weil das Mädchen darauf bestanden hatte, ihre Kleider zu reparieren – ja, auch die Unterwäsche, und nicht nachher, sondern gleich. Wind fuhr herein und blies den Mantel von Barbaras Brüsten, die ihr jetzt, da niemand ihren Verfall betrauerte, fremd, fast furchterregend vorkamen.

»Es ist wegen Tola.« Barbara zog den Mantel fester um sich. »Sie sieht gesund aus; sie scheint – ich meine, zuerst schien sie ruhig zu sein, aber jetzt ist sie nicht mehr wie sonst. Sie spricht kaum noch, sie sieht mich so komisch an. Vielleicht bilde ich es mir nur ein, aber heute –« Sie schwieg.

Sie hatten sich heute vor den Suppenkübeln aufgestellt, und als die Sonne auf die hageren Hälse und auf die vom Typhus halbkahl gewordenen Köpfe schien, wirkte Tola mit ihrem mageren, aber kräftigen Hals, ihrem gebräunten Gesicht im Vergleich mit ihnen so gesund, daß sich Barbara eine Bemerkung nicht versagen konnte. »Du siehst wirklich gut aus«, sagte sie laut, »wirklich.«

»Natürlich, und warum auch nicht?« Tola lächelte halb zerstreut, halb spöttisch, ein Lächeln, dessen Erinnerung Barbara nicht ertragen konnte.

»Ich mache mir Sorgen um sie«, flüsterte Barbara. »Ich mache mir solche Sorgen um sie«, wiederholte sie und hoffte, das Mädchen werde ihr wie üblich Übertreibung vorwerfen. Doch Alinka nähte schweigend weiter.

»Gestern in London«, hieß es in der Pritsche unter ihnen. Nur ein paar Bomben seien auf London niedergegangen, hatte Tola gestern gesagt. Diese Frau da sprach von vielen Bomben – Bomben, die von selber flogen wie riesige Drachen.

»Idioten! Wie können Sie diese Propaganda glauben!« rief

Alinka. »Idioten – Propaganda –«, wiederholte Barbara, und dann sah sie auf einmal Stefan vor sich, er lag auf dem Pflaster, wie er im Sommer im Gras gelegen hatte, von dem zerbombten Haus rieselte Mörtel auf sein graues Gesicht. Wütend, als wäre er ein Hypochonder, der sie mit einer eingebildeten Krankheit belästigen wollte, schob sie ihn weg. »Alinka!« sagte sie leise. »Kannst du nicht antworten, wenn ich mir dir rede?«

»Ich weiß keine Antwort. Du bist jeden Abend bei Tola, du sprichst mit ihr, du müßtest doch wissen, was los ist. Ich weiß nur, daß etwas mit ihr nicht stimmt. Und du, du könntest...«

»Was könnte ich tun? Was?«

»Du könntest mehr für dich tun.«

»So?« Barbara schnappte nach Luft. »Und wer folgt Tola auf den Fersen wie ein Hund? Wer scheuert den Fußboden, schafft jeden Tag Brot heran? Ich mehr für mich tun! Wie denn? Was kann ich denn noch tun? Soll ich Freudentänze aufführen?«

»Gott behüte.« Alinka sprach geduldig und freundlich. »Gott behüte, daß ich von dir verlange, daß du Freudentänze aufführst wie Tola und ich. Aber um eines bitte ich dich: daß du einen Spiegel nimmst und hineinsiehst. Schau dich nur einmal im Spiegel an!«

Und Barbara schaute sich an, sie stellte sich vor die Fenster, die bläulich vor Staub waren. Zuerst zeigten sie ihr nur Einzelheiten, spiegelten ihr hier den dürren Arm, dort die eingefallenen Wangen wider, bis sie dann im allerletzten, schon vom Sonnenuntergang geröteten Fenster ihre ganze Person sah und erschrocken zurückfuhr. Schon einmal hatte sie so ausgesehen, als sie barfuß und abgerissen vom Strafappell zurückkam und das Lager ihr wie eine riesige Schnecke erschien, die sie in sich hineinsaugte. »Wie stark du bist«, hatte Aurelia damals gesagt. »Dir und deinesgleichen wird nie etwas zustoßen.«

Ein kurzes Husten schüttelte sie. Sie stand regungslos, und aus tiefstem Herzen sandte sie der Verschwundenen die Botschaft nach, daß es von nun an keine Trauergeschenke mehr geben werde.

Ich darf keine Rüben mehr essen, dann kriege ich Durchfall – die ganze Nacht hindurch führte sie Selbstgespräche – ich will mich öfter waschen; ich will mir das Haar schneiden. Aber wenn sie an ihr Spiegelbild dachte, das ihr eine Person gezeigt hatte, die keine richtige Frau mehr war, sondern kurzgeschorene Haare und Hängebrüste hatte, schauderte es sie. Sie richtete sich auf.

»Tola«, sagte sie und wandte sich plötzlich um, »Tola, warum schläfst du nicht?«

»Hör auf, mich zu belauern«, fuhr Tola sie an. »Hör auf, laß mich in Ruhe. Ich –« Tola schwieg, faßte Barbara an der Schulter, rückte aber gleich wieder ab.

»Nichts«, sagte Tola, »mir fehlt nichts.« Sie sprach geduldig, mit einer kaum merklichen Gereiztheit, wie man Menschen antwortet, die ununterbrochen nach einem großen Unglück, einem schweren, ihnen bisher verschwiegenen Leid fragen; und sie richtete sich dabei auf, als wollte sie hinzufügen: »Schau mich an, seh ich unglücklich aus?« Weil sie nämlich nicht unglücklich war, weil sie von keinem Kummer, keinem verborgenen Schmerz wußte, weil sie so gelassen war, glaubte sie, sie werde auch dann noch weitermachen wie bisher, wenn diese Pritsche, ihre allerletzte Heimat, sich vor ihren Augen entvölkerte.

Nur in der Anfangszeit, wenn Barbara beim geringsten Geräusch zusammenfuhr, wenn Alinka statt des Mundes eine Narbe hatte, fühlte sie etwas Bestimmtes – sie hatte ein Gefühl der Gefahr, als säße sie an einem steilen Hang und rechnete damit, daß man sie hinabstieß. Auch das war jetzt vorbei. Seitdem war sie in drei Teile gespalten: der eine erledigte gelassen die täglichen Verrichtungen; der zweite registrierte sorgfältig ihre Selbstbeobachtungen, und der dritte nahm diese Beobachtungen ohne jede Überraschung zur Kenntnis – denn war dies alles nicht schon einmal dagewesen?

Die Nächte allerdings waren widerwärtig. Nachts lag sie eingekeilt zwischen Alinka, die sich zu einem Bündel zusammengerollt hatte, und Barbara, die sich wie ein großes, müdes, wildes Tier ausbreitete, zwischen dem Knacken der Fingernägel, an denen das Mädchen unablässig kaute, und dem unterdrückten Husten.

»Hundert – hundertfünf, ich drücke den Preis auf hundert und verkaufe für hundertzwanzig.« Schuhe, Mäntel erschienen vor ihrem inneren Auge; sie zählte und zählte, sie feilschte. Plötzlich hörte sie auf zu zählen.

Sogar die Toten mußten sich anstellen – die zuletzt Eingetroffene hatte zu warten, andere, die schon zu lange gestanden hatten, rückten näher. Ihre Eltern kamen. Sie sah auf die vom Husten gebeugten Schultern, auf die abgekauten Nägel – wie sie einst ihre Cousinen, diese so viel netteren und rücksichtsvolleren Kinder, angeschaut hatte. Sie seufzten, sie wandten sich ihr zu …

»Hundert – hundertzwanzig –« Sie verschwanden wieder, das Husten, das Knirschen mit den Zähnen hörte auf. Vorsichtig, um die beiden nicht zu wecken, erhob sie sich und betrachtete sie. Eigentlich wollte sie nicht hinsehen. Aber etwas – der Drang, das zu betrachten, wovor sie sich fürchtete, oder die Hoffnung auf eine unerwartete Änderung – zwang sie dazu, sich aufzurichten. Sie sah aus wie immer; hager und mit so tief eingesunkenen Augen, daß die Höhlen leer schienen, ragte Barbaras Gesicht aus dem bläulichen Dunkel.

»Sprich mit ihr. Dir hört sie zu«, drängte Alinka. Aber wie sollte sie mit ihr sprechen, und worüber? Sollte sie ihr eine besondere Diät aus nahrhaften, aber leichten Speisen empfehlen? Oder eine Reise aufs Land? Oder eine längere Pause zum Ausspannen? Oder, das Allerbeste, sollte sie sich selbst als leuchtendes Vorbild hinstellen? Es gab nichts zu sagen.

Doch als sie den kränklichen, ungesunden Körpergeruch spürte, mußte sie die Hände zu Fäusten ballen, um Barbara nicht zu packen, zu rütteln und zu schütteln, bis diesem ausgemergelten Körper jene andere Barbara entstieg, die sie einst vom Werk A hierhergebracht hatte.

Im Werk A hätte sich ein reicher »Vetter« ihrer angenommen. Im Werk A hätte man sie nach wie vor angestaunt – die »große Polin«, die aussah, »als käme sie direkt aus der Freiheit«. Auch hier hieß sie »die Polin«. »Komm du her, ich will nicht neben der Polin gehen«, flüsterten sich die Frauen – die wieder Angst hatten, nach Pikrin geschickt zu werden – taktvoll hinter Barbaras Rücken zu. Die dicke Kaelanka, die Aurelias Arbeitsplatz bei Schmitz übernommen hatte, hielt nichts von solchem Zartgefühl. »Verschont mich damit«, rief sie, wenn sie gebeten wurde, in Barbaras Viererreihe mitzumarschieren. »Wenn der unterwegs etwas passiert, dann reißt sie mich rein, dann bin auch ich in Gefahr.« Alle machten um Barbara einen Bogen, weil sie fürchteten, hereingerissen zu werden, während Tola sehr gefragt war. Sie war beliebt, sie hatte Erfolg. Warum auch nicht? Manch eine schaffte es hier, beliebt zu sein.

Zum ersten Mal hatte Tola das Gefühl, die Verhältnisse im Lager zu durchschauen. Alles war glasklar. Wie schaffte man es am schnellsten, sich neu einzukleiden? Indem man mit einem OD-Mann zum Kleiderdepot ging und dann mit ihm schlief, in demselben Bett vielleicht, über dem sie früher einmal, vor langer Zeit, gewacht hatte. Warum waren nach der Typhusepidemie so viele nach Pikrin gekommen? Weil sie das Bestechungsgeld nicht aufbrachten, das sich die OD-Männer mit dem polnischen Vorarbeiter teilten. Und das Brot, das überall zum Kauf angeboten wurde, woher stammte das? Aus dem Krankenbau, wo die toten Fliegen wie Pfefferkörner auf die gekrümmten, dicht aneinandergedrängten Körper fielen, während sich draußen der Wärter sonnte – er, der Großlieferant von Brot, Kleidung und Schuhen.

Im Inneren der Baracke tat sich niemand Zwang an: Die Alten warfen den Jungen vor, sie seien schlimmer als Blutegel in ihrer Gier, während die Jungen schrien: »Du alte Schachtel, hast du nicht lang genug gelebt?« Diese erstickende Atmosphäre von Neid und Argwohn – als wäre sogar die Luft rationiert, so daß man anderen die Luft streitig machte, wenn man einmal mehr einatmete – war alles, was der Typhus hinterlassen hatte.

Ein Drittel der Frauen aus Krakau hatte die Epidemie weggerafft, ohne daß eine Spur von ihnen geblieben wäre. Bei Schmitz, wo man die Schichten zusammengelegt hatte, war kein Stuhl mehr frei. In der Baracke, wo die Frauen es sich bequem gemacht hatten, war jede Pritsche belegt. Jede Pritsche war von befreundeten Insassinnen besetzt, vertraut und Arm in Arm bummelten sie die Straßen entlang.

Und von den Türmen herab schauten die Wachsoldaten zu. Ihr, Tola, kamen sie vor wie Ausrufer, welche verkündeten, die Welt sei in Ordnung an diesem Ort, wo Liebe ein Spiel von Kindern war, die mit jedem Partner Familie spielten, der ihren Weg kreuzte; denn die so eifersüchtig gehüteten Beziehungen waren der Ersatz für die, welche der Typhus zerstört hatte, und man hatte sie auf die im Lager übliche Weise angeknüpft; man hatte eine leere Stelle auf einem Bett erspäht und hatte gefragt: »Sind Sie auch allein?«

Trotzdem fühlte sie sich in dieser Baracke wohl. Aber in Gesellschaft von Alinka und Barbara mußte sie auf der Hut sein: vor den Leichen im Gestrüpp zu beiden Seiten der Straße, die sie vor Barbara zu verheimlichen suchte, indem sie schneller ging, indem sie ihre Aufmerksamkeit in eine andere Richtung lenkte; oder vor Alinkas wehmütigem, traurigem Blick, den sie aufzuhellen versuchte, indem sie irgendein Thema anschnitt; und vor sich selbst, vor ihren eigenen boshaften Anwandlungen, die ihr jedesmal, wenn Barbara sie so bestürzt ansah, einflüsterten, sie solle doch laut sagen, wie fröhlich ihr zumute sei, wie ruhig – und die sie drängten, laut zu singen oder zu fragen: »Barbara, soll ich mir Locken machen?«

Wenn sie allein und mit ihrem Handel beschäftigt war, konnte sie sich erholen. Zwar war der Markt nach dem Typhus so überschwemmt, daß Medaillons und Goldzähne für einen Kanten Brot verschleudert wurden und sie kaum etwas verdiente, obwohl sie ihre Kunden übers Ohr haute. Aber wenn sie sich auf die Brust schlug, wenn sie tönte: »Ich will auf der Stelle tot umfallen, wenn ich zu betrügen versuche«, dann überkam sie ein Gefühl der Befreiung, als wäre ihr dünner, kleiner Körper ein Kokon, durch den ihre wahre Natur hindurchbrach, ein Wesen mit frechem Mundwerk und stämmigen Beinen – das Ebenbild jener Händlerinnen, von denen das Gerücht ging, sie äßen nichts als Weißbrot. Niemanden schien das zu überraschen. In den Baracken behandelten die Leute sie wie Nachbarn, denen sie gut bekannt war, die schon alles von ihr wußten und nichts anderes von ihr erwarteten.

Nur Barbara und Alinka hatten noch Erwartungen an sie. Für die war sie immer noch die sich aufopfernde, »die Übermenschliches geleistet hatte«, die empfindsame Tola, der die Handelei Schaden zufügte. Und wenn sie ihnen sagte, daß sie das Handeln als Sport betrieb, daß die Tat, die ihren Ruf begründet hatte – die Bitte an den Soldaten, er möge das Kind retten – vornehmlich aus Eitelkeit geschehen war? Dann würde Alinka sie verletzt ansehen und Barbara sie anfahren: »Wie kannst du so etwas sagen!«, was sie auch denen an den Kopf warf, die anzudeuten wagten, daß Tola ihre Kunden übervorteilte.

Das widerwillige Essen, die teilnahmslose Stimme, selbst die manieriertesten Äußerungen von Barbaras Trauer konnte Tola ihr vergeben, weil sie so bestürzt und ratlos gucken konnte, daß sie am liebsten gesungen hätte. Doch eines konnte sie nicht verzeihen: diese Zurechtweisungen, die noch vor kaum einem Monat einer anderen gegolten hatten und nun wie Kleidung, die man nicht wegwirft, ihr zuteil geworden waren. Sie wollte diese Kleidung nicht; sie engte sie ein, sie paßte ihr nicht. Und wenn jemand deren rechtmäßige Erbin war, dann Alinka, nicht sie.

Ohne ihre häufige Abwesenheit wäre Alinka nicht so oft allein gewesen. Ohne ihre Gegenwart hätte es dieser Rücksichtnahme nicht bedurft, die Alinka an den Tag legte, der Rücksichtnahme der perfekten Untermieterin, in deren Rolle das Mädchen geschlüpft war: indem sie flickte und stopfte, indem sie putzte und ein Auge auf Barbara hielt, wobei sie sich den Anschein von Unbeteiligtheit gab und dadurch zeigte, daß sie keineswegs um ihre Gunst buhlte, nein, sondern nur ihre Miete abarbeitete. Wenn Tola abends zur Pritsche zurückkam, rückte Alinka sofort beiseite – ganz die taktvolle Untermieterin, welche die Familie nicht stören will.

Jeden Abend kam Tola später heim. Jeden Abend ging sie aufs Geratewohl von einem Block zum anderen. Plötzlich blieb sie dann stehen. Unbemerkt beobachtete sie die, welche eine Ersatzbeziehung verschmäht hatten – die Mütter, die keine Töchter mehr hatten, denen sie ihr »Immer du!« vorwerfen konnten. Sie sahen sich alle ähnlich, wurden kaum beachtet, fielen allerdings durch ihre übertriebene Zurückhaltung auf wie Ausländer, welche die Sprache und die Gebräuche eines Landes nicht kennen; sprach man sie an, wurden sie unruhig wie heftig flatternde Vögel, und man mußte sie mehrmals auffordern, bevor sie ihre Brotzuteilung abholten. Oft fiel einer ein Stück altes Brot oder ein Löffel von der Pritsche, auf der sie hauste. Dann schlich Tola gleich auf Zehenspitzen hinzu, hob das Herabgefallene auf, trat zur Seite und stellte sich vor, wie sie diese Frau, um die sich niemand kümmerte, zu ihrer gemeinsamen Pritsche führte – wie einen Gast, der allen bald so ans Herz wachsen sollte, daß es niemandem etwas ausmachte, wenn sie selber verschwand.

Denn sie wollte fort. Sie wartete auf den Anlaß, der sie freisetzte – auf das Geld von dem alten Mann, das ihre Hilfe überflüssig machte, auf etwas noch Namenloses, das sie wegholte, und vor allem auf dieses Angefahrenwerden. »Du, wie kannst du dich so verhalten?« würde Barbara sie anschreien. »Ich kann«, würde sie antworten. »Du siehst, ich kann.« Und dann würde sie verschwinden.

»Setz dich, gönn dir doch endlich etwas Ruhe«, sagte Barbara, wenn sie zurückkam; taktvoll rückte Alinka zur Seite. Und nun, nachdem der Husten aufgehört hatte, hielt Barbaras Blick sie vom Schlafen ab. »Hör auf, mich anzugucken«, hatte sie schließlich zu ihr gesagt. Das war nach dem Gespräch mit dem kleinen Polen vom Trotylwerk.

»Na, hat das Fräulein heute etwas anderes als verlauste Lumpen?« waren gewöhnlich seine ersten Worte, wenn sie zu ihm auf die Lichtung kam. Aber dieses Mal hatte er sie nur groß angeschaut. Die Begutachtung der Ware mußte zu seiner Zufriedenheit ausgefallen sein, denn er wurde freundlicher. »Das Fräulein sieht gar nicht übel aus«, verkündete er. »Ein bißchen mager, könnte man sagen, nicht gut ernährt, aber nicht übel. Die Verhältnisse hier könnten sich bald ändern, aber wenn sie so aussieht, sollte das Fräulein sich keine allzu großen Sorgen machen.«

Sie empfand keine Angst, wohl aber den dringenden Wunsch, das, was kommen mußte, egal was es war, möge schnell kommen. Aber auf der Lichtung war alles still. Vogelschatten glitten über das sonnenbeschienene Gras. Der Pole redete weiter, und plötzlich kam eine lähmende Angst über sie, als hätte sie noch nie von diesen Zügen und diesen Lagern gehört. Das Lager, von dem der Pole berichtete, lag näher an der Front als Skarzysko. Das Lager gehörte ebenfalls der Hasag. Und seit gestern gab es dort keinen lebenden Menschen mehr; manche hatte man erschossen, andere, bei denen es sich lohnte, sie am Leben zu lassen, hatte man in Viehwaggons gesteckt und anderswohin gebracht.

»Es sieht also so aus, als würde man Sie von einem Lager zum anderen karren«, seufzte der Pole. Er sah auf die Bäume, auf das Gras und wieder auf die Bäume. Dann, als ihm nichts Besseres mehr einfiel, schaute er auf ihr Bündel.

»Nichts als verlauste Fetzen.« Sie zwang sich sogar ein Lächeln ab. »Sie sollten sie sich trotzdem anschauen. Wenn wir weg sind, ist Ende – keine Kleider mehr, nicht mal solche Lumpen.«

Der Pole griff nach ihrem Bündel, besann sich aber, schüttelte den Kopf und war weg.

»Tola!« Barbara und Alinka riefen ihr aus dem Fenster entgegen. Sie drehte sich um und blieb an der Tür stehen. In dem dichten Laubwerk schossen Sonnenstrahlen wie gefangene Fische in einem grünen Netz hin und her, und auch die anderen Lager waren Netze, aus denen das Entrinnen immer schwieriger wurde, bis man sie ein letztes Mal auswarf – und niemand mehr übrig blieb.

»Warum ich so lange fort war? Ach, wir haben bloß ein bißchen geredet«, antwortete sie auf Barbaras Frage. Die Latrine, die Wäscherei, der Waschraum – stumm zählte sie die Stellen, wo sie sich verstecken konnten. Nein, die Latrine ging nicht, auch der Waschraum und die Wäscherei nicht; die Baracken rund um den Appellplatz boten sich an, sie standen auf Pfählen und ein Stück über dem Boden. Sie mußte hingehen und feststellen, ob man sich zwischen Erde und Fußboden verstecken konnte.

Gestank von altem Urin und von Fäulnis schlug ihr entgegen. Wie Haut von schwarzer Milch hing verfilzter Dreck von den Balken und bewegte sich im Luftzug hin und her. Ja, man konnte sich unter diesen Baracken verstecken. Aber es paßten nur zwei dahin. Und sie wollte es nicht noch einmal – das Sichverbergen, das mühsame Atmen in all dem Gestank, das Dröhnen von Stiefeln über ihrem Kopf. Sie, die nicht übel aussah, ein bißchen mager, aber nicht schlecht – sie wollte auf dem Appellplatz bei denen stehen bleiben, die im Lager Erfolg hatten, so wie sie.

Der faulige Geschmack war immer noch in ihrem Mund. Sie spuckte aus, ging weiter, beobachtete die vom Wind aufgewirbelten Staubwolken. Und in dem Staub sah sie die beiden vor sich – unter den Brettern, platt auf die Erde gedrückt, Barbaras Mund öffnete sich zum Schrei, wurde von Alinkas Faust gestopft. Sie sah auch sich, zwischen den beiden liegend, sie mit den Armen umschlingend, sie festhaltend, bis sie endlich in Sicherheit waren.

»Ich wollte warmes Wasser haben, und da haben sie mich aus der Wäscherei geworfen«, schrie die Bucklige ihr ins Ohr. Die Bucklige mußte sich auch verstecken. Gleichgültig wieviel Angst die Bucklige hatte, sie mußte zu den am meisten Bedrohten gesteckt werden. Ein Schatten wanderte wie ein kleiner Hügel über den Boden. Tola folgte ihm mit den Augen. Sie beneidete die Bucklige um ihre unerschütterliche Treue; sie hätte gern ihren Höcker gehabt.

Am nächsten Tag verbreitete sich die Nachricht, die der Pole mitgebracht hatte, im ganzen Lager. Tola, der diese neue Angst schon wieder zur Gewohnheit geworden war, war fast überrascht beim Anblick der stummen Menschengruppen, der Kuriere, die hin und her rannten, als wüßten die Leute an der Ecke oder in der nächsten Straße Tröstlicheres zu sagen. In ihrem Block umstanden die Frauen den ungeheizten Ofen. Nur das Waisenkind streichelte fortwährend das schwarze Ofenrohr, als wäre es der Buckel einer Katze. »Die werden uns bald ganz erledigen«, sagte sie nüchtern. »Die ...« Sie biß sich auf die Lippen. »Die erschießen uns«, flüsterte sie. »Die erschießen uns«, wiederholte sie und wartete darauf, daß jemand mit ihr reden, ihr widersprechen würde. Niemand sagte etwas. Ein Hemd flatterte hörbar auf einer zerfransten Leine.

»Tola!« rief Barbara und tauchte unter dem Hemd durch. »Tola, hast du es schon gehört?«

»Ja – jetzt eben.«

»Und ...«, stotterte Barbara.

»Was – und?« Alinka fuhr sie an. »Sie haben uns in dieses Lager gesteckt, sie bringen uns vielleicht bald in ein anderes. Das ist alles. Und wenn es eine Selektion gibt, dann müssen wir – muß man sich verstecken.«

»Ja, man muß sich verstecken«, sagte Barbara, ihre Stimme klang lebhaft wie die Alinkas. Und Tola haßte sie – wegen dieser unnatürlich lebhaften Stimme, wegen ihrer Augen und wegen dieser Hände, mit denen sie sich über Haar und Gesicht strich. Die Hände ballten sich. »Bleibt hier!« befahl Barbara in ihrem natürlichen Tonfall. »Bleibt hier, ihr beiden, ich bin gleich zurück.«

Barbara kam zurück, ihr Haar war kurz geschoren bis fast auf die Kopfhaut und gegen die Läuse mit Kerosin eingeschmiert, so daß es wie glatte schwarze Seide am Kopf haftete. Sie sah jünger aus, aber noch abgezehrter, noch auffallender.

»Ich sehe besser aus.« Barbara war offenkundig zufrieden.

»Ja, viel besser«, stellte Alinka fest. »Nicht wahr, Tola, meinst du nicht auch?« Beide drehten sich um.

»Ja, viel, viel – besser«, gelang es Tola zu sagen. Aber Barbara hörte schon nicht mehr zu. Vorsichtig, mit nur zwei Fingern, berührte sie Alinkas Stirn.

Alinka hatte Typhus. Wie beim letzten Mal kam der Arzt; wie damals beobachtete Barbara ihn voller Angst, während Tola daneben stand. Anders als damals mußten sie ihre Patientin jedoch in die Krankenbaracke schaffen – direkt neben die Bucklige, die ein undefinierbares Leiden an die Pritsche fesselte.

Spät abends kam der Arzt wieder. Er schaute Alinkas gerötetes Gesicht an, er murmelte, daß diese letzten Typhusfälle im allgemeinen weniger schwer verliefen, und saß dann und schaute zu, wie die Krankenwärterin sich mit ihrer Mutter abmühte, die nicht mehr aß noch sprach.

»Nur noch wenige Tage.« Obgleich die Wärterin in Hörweite war, senkte der Arzt kaum die Stimme. »Wenn Sie also das Mädchen selbst pflegen wollen, dann kann eine von Ihnen hier den Platz der Wärterin übernehmen. Und nun, junge Dame, welche Ihrer Freundinnen möchten Sie hierbehalten?« Er verfiel in den Tonfall eines Erwachsenen, der sein Kind fragt, ob es lieber Papa oder Mama bei sich haben will.

Alinka wollte keine von beiden. »Ich komme gut allein zurecht«, sagte sie. »Ich will niemanden bei mir haben, ich –« Sie warf einen Blick auf Barbara und ihren kerosinbeschmierten Kopf. »Ich hab's mir anders überlegt. Ich will – ich glaube, Barbara soll hierbleiben.« Alinkas Wahl entsprach genau dem, was Tola erwartet hatte. Mit auffallender Hast schickte Alinka Barbara zum Wasserholen fort; nein, nicht aus dem Eimer, frisches Wasser aus dem Waschraum.

»Tola, ich wollte, daß du bleibst«, flüsterte sie, als Barbara weg war. »Bloß, Barbara ist als Wärterin sicherer; aber eigentlich hatte ich dich hierhaben wollen«, wiederholte sie, und die Scham über die anmaßende Vermutung, daß ihre Vorliebe den beiden etwas bedeuten könnte, ließ ihr vom Typhus gerötetes Gesicht noch dunkler erscheinen.

Kapitel 31

Die »Maus« – eine alte Frau, die mit ihrer schwindsüchtigen Tochter an Tolas Tisch saß – sah ihn als erste. Angetan mit einem Pullover, unter dem sich ihre Rippen abzeichneten und der so grau war wie ihre übrige Person, hatte sie am Fenster gestanden und in den Regen geschaut, der endlich eine Abkühlung der Hitze brachte. Sie fuhr herum. »Er ...«, sagte sie aufgeregt, »er ... Rost!« Und in geduckter Haltung, so daß die Arme fast den Boden berührten, hastete sie zu ihrem Stuhl zurück.

Staub, hastig von den Tischen gewischt, wirbelte durch die Halle. Taschen, Eßnäpfe, alles, was sein Mißfallen erregen konnte, wurde unter die Tische geschoben. Als hoffte sie, einen Ort zu finden, an dem sie ihre Mutter wie eine Tasche oder ein Eßgeschirr verstecken könnte, schaute das schwindsüchtige Mädchen unter den Tisch und hinter die Kisten, begann dann mit fliegenden Fingern die grauen Haarsträhnen der Mutter in den halb aufgelösten Knoten zurückzustecken.

»Arbeiten! Hier wird nicht geschmust!« krächzte die dicke Kaelanka. Und sie war es, die Rost begrüßte, indem sie aufsprang und mit heiserer, kurzatmiger Stimme »Achtung!« brüllte.

»Achtung!« Und mit kurzen, schnellen Schritten betrat Rost die Halle.

Tola beobachtete ihn mit jenem Gefühl der Enttäuschung, das sich einstellte, wenn statt eines längst erwarteten Gastes ein Fremder erscheint.

Denn der da hereingekommen war, war nicht der Rost, den sie vom Strafappell kannte, sondern ein kleiner, knauserig aussehender Mann, der sein dünner werdendes Haar sorgfältig über die kahle Stelle gekämmt hatte und dessen Stimme höher klang als in ihrer Erinnerung.

»Arbeiten!« sagte die Stimme in die Stille hinein, »schneller!«

Daß er jetzt an Statur gewann, lag an der Totenstille. Nur er, so schien es, vermochte sich natürlich zu bewegen, nur er hatte die Gabe des Sprechens, während die übrigen – hundert über ihre Tische gebeugte Frauen – bloß Teile einer gewaltigen Maschine waren, welche Deckel auf die Granaten schraubte, diese in Kisten packte, die Kisten auf den Karren hob, der sich von selbst zu bewegen schien, weil die Transportleute sich so fest dagegenstemmten, daß man sie nicht sah.

»Arbeiten!«, und die Maschine legte einen schnelleren Gang ein. »Schneller!«, und der Karren verdoppelte seine Geschwindigkeit.

Dann ein Geräusch. Eine zu hastig versteckte Tasche war auf den Boden gefallen. Rost kam näher, sah sich an, was da herausrollte – eine angebissene Rübe, ein mit einem Fädchen umwikkeltes Stück Papier. Verkrümmte Finger glitschten über den Boden, als wäre er Eis, und griffen nach der Rübe. Aber das Papier entfiel ihnen und glitt hinter Rost her, der jetzt auf die Glastür zuging, welche das ehemalige Büro des inzwischen an Typhus verstorbenen Vorarbeiters von der Halle abtrennte. Dort blieb er stehen und schaute umher – Tola, die mit dem Rücken zu ihm saß, konnte nicht erkennen, wohin –, aber sein Schatten, der bald vorschnellte, bald zurückwich, verriet ihr, daß er sich immer wieder vorbeugen mußte, um einen Überblick zu bekommen.

Als schämte sie sich ihrer schlechten Eßmanieren, wischte die Maus verstohlen zerbröselten Kalk auf den Boden, und zwar so hastig, daß ihre dicken, weißen Arme zitterten. Nur Barbara sah unverwandt zum Fenster, obwohl Rost nur wenige Schritte hinter ihr stand, als hoffte sie, Alinkas Pritsche sehen zu können.

Es regnete stärker. Man hörte das Scharren von Füßen hinter der Lichtung, dann eine Stimme. Aber das war weit weg, da draußen, wo man sich bewegen und sprechen durfte. Hier dagegen hatte es nie etwas anderes als Schweigen gegeben; hier herrschte Stille, die erst dann gebrochen würde, wenn er einen Befehl gab ... Was für einen Befehl, und mit welchen Folgen – daran mochte Tola nicht denken. Er war zu unerwartet gekommen; sie konnte nichts unternehmen. Nichts ... nichts ... Und sie wandte die Augen von Barbara ab, die vorsichtig ihr Gesicht befühlte.

Nichts ... Tola erschrak. Jemand kam durch den Gang, vielleicht der Meister auf dem Rückweg von der Inspektion des Schuppens. »Herr Meister, Sie wissen doch, wie gut meine Freundin arbeitet –«; »was für eine ausgezeichnete Arbeiterin« war wohl besser, aber was »ausgezeichnet« auf deutsch hieß, fiel ihr nicht mehr ein. Doch wer da kam, war gar nicht der Meister.

Der hatte nicht diesen schleppenden Gang, er wäre auch nicht so plötzlich stehengeblieben.

»Aufmachen.« Rost zeigte auf die Tür zum Gang.

Die beiden Transportmänner stießen die Tür auf. Der Gang dahinter schien leer, nur in der hintersten Ecke stand jemand, grau, unförmig und bewegungslos wie ein Sack. Rost warf einen Blick durch die Tür, und der Sack geriet in Bewegung. Es war die gelähmte Frau aus Tolas Block. Sie drückte sich platt an die Wand, das eine Auge war unter einem hängenden Lid verborgen, das andere richtete sich langsam auf ihn.

»Herkommen«, bedeutete Rost ihr. »Herkommen.« Zum ersten Mal sprach er lauter.

Aber die Frau blieb stehen, die eine Hand glitt an der Wand hinab, die andere hing schlaff herunter wie ein Handschuh. Wie einen Handschuh, wie einen leeren Ärmel führte sie ihren verkrüppelten Arm hinter den Rücken; nachdem sie so einen Teil ihres Körpers verstaut hatte, wankte sie auf Rost zu, schob zuerst das gesunde Bein nach vorn, machte Halt, um wieder ins Gleichgewicht zu kommen, zog dann das zweite Bein nach und ruderte dabei fortwährend mit dem freien Arm – wohl damit der Eindruck entstand, daß diese Art des Gangs nur eine Angewohnheit sei. Sie blieb stehen. Die Schwelle hielt sie auf, sie war zu hoch, sie kam nicht allein hinüber. Auf Zehenspitzen schlichen die Transportmänner herbei. Mit einem Fingerzeig schickte Rost sie fort und kam näher, um die alte Frau zu betrachten. Sie sammelte Kräfte – sie holte aus, bewegte sich rückwärts, vorwärts und wieder rückwärts und hievte eine Hälfte ihres Körpers in die Halle, sie keuchte, sie versuchte die andere Hälfte nachzuholen, verlor das Gleichgewicht und wäre hingefallen, wenn die Transportleute sie nicht aufgefangen hätte.

Sie wurden weggeschickt – dieses Mal von ihr. Offenbar hatte sie einen Entschluß gefaßt, sie schien es eilig zu haben. Achselzuckend packte sie ihren Körper wieder aus – die Hand, den Arm, der wie ein leerer Ärmel herabbaumelte. Sie ließ ihn hängen und atmete schwer, damit Rost erkennen konnte, wie es um sie stand, alt und nutzlos und schon zur Hälfte tot. Aber der war schon, ohne ihr einen weiteren Blick zu gönnen, auf dem Weg zur Glastür. Die alte Frau wankte zu ihrem Platz, setzte sich und starrte auf den Stuhl, auf dem gewöhnlich die Doctorka saß, ihre Tochter, die heute zur Arbeit im Schuppen gegangen war.

Jetzt kam Rost auf sie zu, Tola hörte es an dem näherkommenden Geräusch der Schritte. Er stand direkt neben ihr, seine Hand, an der ein Ehering funkelte, stützte sich auf den Tisch. Könnte sie doch diese Hand packen und sie quetschen, bis der Ring in die weiche, blasse Haut schnitt... Jetzt hob er den Arm, zeigte auf – nein, nicht auf Barbara, sondern auf die Blonde hinter ihr. Das Mädchen hielt sich am Tisch fest, stand auf und folgte Rost zur Tür.

Die Maus schob den Unterkiefer vor und zurück. Die Schwindsüchtige sah düster vor sich hin. Und Barbara tat etwas Seltsames, Barbara kritzelte in den Kalk auf der Tischplatte: ein S, dann ein P. »S« bedeutete »Selektion?«, »P« »Pikrin?«. Aber es ging nicht um Selektion, auch nicht um Arbeit in Pikrin. Rost fragte die Blonde bloß, ob sie genug Deutsch könne, um als Anweiserin, als Aufseherin der Arbeiterinnen tätig zu sein.

»Nix verstehen«, sagte die Blonde, »nix.«

Als wollte sie ihr Begrüßungsritual wiederholen, sprang die dicke Kaelanka auf, ihr Blick, ihr offener Mund bedeuteten ihm, wer hier Deutsch konnte, wer zum Empfang »Achtung!« gebrüllt hatte. Die Dicke wollte Anweiserin werden – warum auch nicht, solche Posten wurden oft nach Körpergewicht vergeben. »Arbeiten!« würde sie schreien. »Hier wird nicht geschmust!«

Und beim Gedanken an das Gebrüll der Kaelanka kam Tola die plötzliche Einsicht, zuerst als bloße Ahnung, dann als Gewißheit, daß die Verwandlung, auf die sie gewartet hatte, ihr jetzt zuteil werden konnte. Aber sie mußte schnell handeln, sie mußte aufstehen, so daß Rost auf sie aufmerksam wurde.

Tola stand auf. Sie zwängte sich an Barbara vorbei, ging auf Zehenspitzen zu der Kiste neben dem Tisch, legte ein paar Geschosse hinein, sah dann hoch. Schweigen herrschte im Saal; aber sie hatte das Gefühl, daß ein Wettstreit im Gange war – zwischen der dicken Kaelanka und einer anderen und noch einer, die alle um Rosts Aufmerksamkeit buhlten, auf ihn zuliefen und in die Höhe sprangen, um den Preis zu erhaschen, den er, ungerührt und wortlos, immer höher hängte. Auch sie war an diesem Wettstreit beteiligt; mit den Augen verfolgte sie seine Blicke. »Nehmen Sie mich«, baten sie, »ich spreche Deutsch, nehmen Sie mich!«

Jetzt schaute er sie an, und sie senkte den Kopf, um ihr Gesicht zu verbergen. Er schwieg, das Gefühl der Niederlage ließ sie erschlaffen. Sie hatte verloren: eine weiter unten war es, die er anguckte. Jetzt drehte er sich um, sein Blick fiel auf sie. Ihre Hand machte sich selbständig, zuckte, hielt still, zuckte von neuem, und dann schoß der Arm in die Höhe, und ein Schrei entfuhr ihr: »Ich, Herr Doktor! Ich spreche Deutsch, ich!«

Lächelte er etwa, als er sie heranwinkte? Sie war sich fast sicher. Aber dieses Lächeln war unwichtig, nichts war wichtig außer diesem Blick, der sie in ein Wesen verwandelte, das so willenlos, so schwerelos war, daß sie zu schweben glaubte – tiefer und tiefer wie ein welkes Blatt. Viel zu früh endete dieses Schweben, die Rückkehr des Meisters raubte ihr diese gerade gewonnene Leichtigkeit.

»Sprechen Sie Deutsch?« fragte Rost.

»Jawohl, Herr Doktor!«

»Sprechen Sie so gut, daß Sie als Anweiserin arbeiten können?«

»Jawohl, Herr Doktor!«

»Verantwortlich, Sie sind verantwortlich«, sagte jetzt die hohe Stimme. Warum sie verantwortlich war, wofür, das kriegte Tola nicht ganz mit. Sie starrte bloß auf die schmalen, feingeschwungenen Lippen. »Verantwortlich«, hieß es wieder, und dann: »Wiederholen Sie meine Befehle!«

Sie hatte die Befehle nicht verstanden, sie konnte sie nicht wiederholen.

»Wird's bald?«

Ihr Mund öffnete sich, die Wörter entquollen ihr wie Gegenstände einer Schublade. »Die Arbeitsnorm ist heraufgesetzt worden; wenn sie nicht erfüllt wird, bin ich verantwortlich. Die Nachtschicht wird wieder eingeführt; für jeden, der beim Schlafen erwischt wird, bin ich verantwortlich. Nur Gruppen bis zu vier dürfen zur Latrine gehen; wenn –« sie brach ab.

Und zum zweiten Mal wollte sie nach seiner Hand greifen, sich an ihm festhalten, weil die Verheißung – der unwiderruflichen und vollständigen Verwandlung – noch nicht erfüllt war. Aber schon wandte er sich zum Gehen, stand in der Tür, während sie, die wieder ihre alte Schwere hatte, bemerkte, wie Barbara sich nach ihr umdrehte und sie stumm und verständnislos ansah.

»Warte, noch nicht«, flüsterte Tola und ging an ihren neuen Platz, wobei sie einen hastigen Bogen um Barbara machte. Rost stand noch im Korridor und redete mit dem Meister, Barbara durfte noch nicht kommen – noch nicht – noch nicht. Aber vielleicht würde Barbara gar keine Einwände erheben; vielleicht war Barbara stolz darauf, daß sie mit einer Anweiserin befreundet war. Noch immer waren ihre großen, verständnislosen Augen auf sie gerichtet. Tola zuckte zusammen. »Laß mich in Ruhe«, hörte sie sich bereits mit rauher Stimme sagen wie die dicke Kaelanka. »Laß mich in Ruhe! Du reißt mich rein!« Nein, das durfte sie nicht sagen – nie, egal, was kam. Aber während sie da saß und Rost zuhörte, wurde ihr klar, daß es so war, auch wenn man es nicht sagen durfte.

»Sie ist Anweiserin«, hatte die Maus schließlich geantwortet, nachdem Barbara sich flüsternd bei ihrer Umgebung erkundigt und alle angestoßen und geknufft hatte. Eine Anweiserin war eine Art OD-Mann, hatte aber weniger zu sagen; Tola war Anweiserin geworden – soviel hatte Barbara begriffen, aber das wenige, was sie verstanden hatte, erklärte noch nicht, warum Tola schrie und dann dieses erregt gerötete Gesicht und die glasharten Augen hatte.

Barbara stand auf; mit der Warnung: »Nein! Nicht bewegen! Er ist noch da!« zwang die Maus sie auf ihren Stuhl zurück. Barbara sah Tola an, und sofort sah Tola weg.

»Aber ... was ist denn los?« stotterte Barbara. Niemand antwortete.

»Im Lager ... habt ihr gehört. Im Lager«, hieß es am Tisch hinter ihr.

Alle, die Maus, ihre Tochter, die dicke Kaelanka, versuchten Barbara festzuhalten, aber die riß sich los und lief hin. »Was ist mit dem Lager?« fragte sie aufgeregt. »Los, sagt es, was ist es?«

»Nichts weiter. Ein OD-Mann ist gerade vorbeigegangen und hat uns ein Zeichen gegeben, daß alles ruhig ist«, kam augenblicklich die Antwort. Aber im selben Moment sah Barbara alles vor sich: die leere Pritsche, den Mantel – den von Alinka –, der sich im Luftzug bewegte; und sich selbst, auf und ab gehend, wobei ihr immerzu dieses »Wenn – wenn doch bloß –« im Kopf herumging.

»Ruhig, alles ruhig, Gott sei Dank«, wiederholte sie ; doch dieses »wenn doch bloß« ließ ihr keine Ruhe. Sie blieb stehen. Und wieder sah sie auf Alinkas leeren Stuhl, auf Tola, dann auf die Lichtung, wo Rosts Auto stand. Rosts Erscheinen bedeutete, daß sich bald etwas im Lager tun konnte. Dann waren die Kranken in Gefahr. Das wußte Tola; Tola hatte Angst um Alinka, genau wie sie selber.

»Vielleicht – doch«, sagte Barbara, lauter werdend. »Ja, Tola hat das bestimmt ihretwegen getan, wegen Alinka.«

»Ja, wegen Alinka«, die Maus stimmte ihr zu, aber allzu bereitwillig. Die anderen arbeiteten. Aber jedesmal, wenn eine nach einer Geschoßhülse griff, warf sie einen verstohlenen Blick auf Barbara – auf ihr Gesicht, ihre knochigen Hände.

Barbara zuckte zusammen. »Auch für mich; Tola hat es für uns beide getan«, sagte sie mit belegter Stimme. Sie sah auf; und sie sah sich mit den Augen der anderen – abgemagert war sie, mit einem Gesicht, das alt, ledrig und voller Angst war, so voller Angst, daß sie es sogar richtig fand, wenn Tola diesem Rost diente.

»Ich verbiete es ihr«, sagte sie schnell. »Ich verbiete es; weil ... weil es irgendwo eine Grenze gibt!« Diese Redewendung aus der Vergangenheit kam ihr zu Hilfe. Die Grenze nahm Gestalt an. Die Grenze war eine Schranke, an der man festhielt. Sie versuchte, daran festzuhalten, indem sie den Blick von ihrem hageren Schatten und dem leeren Stuhl abwendete und den Geruch der erschöpften Körper einatmete, als wäre es ein vertrauter, heimatlicher Duft, dann die Maus und ihre Tochter ansah, die ruhig weiterarbeiteten, obwohl sie nicht weniger gefährdet waren als sie selber.

Jetzt hatte sie die Schranke fest im Griff. »Du darfst das nicht, Tolenka, du hast schon genug für uns getan«, wollte sie sagen; sie wollte Tola dieses neue Joch, das sie auf sich genommen hatte, abnehmen, wie sie ihr das Bündel mit der Handelsware abgenommen hatte.

»Die Norm ist erhöht worden. Bitte arbeiten!« Das Schreien –

Barbara hatte es fast schon wieder vergessen – war wieder da. Es hatte nichts mit Alinka und dem Typhus zu tun, dieses Schreien. Es war ein Anzeichen jener anderen Krankheit, deren Erscheinen sie schon lange befürchtet hatte und die jetzt ausgebrochen war.

Was war zu tun? Sie hatte keine Ahnung; sie mußte jemanden fragen, brauchte Hilfe. Es gab niemanden, den sie fragen konnte; an dem Tisch, an dem sie früher zu viert gesessen hatten, war nur sie übriggeblieben. Und schon umflatterten sie Angstbilder wie widerlich gackernde Hühner. OD-Männer konnten die Kranken wegholen, aber sie würde bald bei Alinka sein, würde auf sie aufpassen. Tola war allein, wenn sie, Barbara, bei Alinka blieb, Tola war jetzt so etwas ähnliches wie ein OD-Mann. Sie mußte vielleicht furchtbare Dinge tun. Nein, das würde Tola nie machen. Nie? Und als Barbara so ihren Angstvorstellungen nachlief und immer nur eine zu fassen kriegte, während ihr die andere entwischte, setzte sich auf der gegenüberliegenden Tischseite eine kleine Hand in Bewegung und kam auf sie zu.

Barbara wußte, es war die Hand der mausgrauen Frau, aber wie die Finger sich an das Brotstück oben herantasteten, das war so vertrauensvoll, so echt, daß sie das Gefühl hatte, ein Andenken – ein Tuch oder ein Schal – werde ihr geschenkt.

Nur wenn der Arzt Alinka lobte, weil ihr Typhus leichter sei als eine Grippe, war sie verwirrt, als müßte diese hoffnungsvolle Auskunft an die andere weitergegeben werden, die gegangen war, ohne ihre Adresse zu hinterlassen. Aber die Sehnsucht nach Trauer war vorüber. Jetzt kam das Verlangen und wurde zu einem Rufen, das so hartnäckig, so eindringlich war, daß sie das Gefühl hatte, sie habe in ihrer voreiligen, immer ungeduldigen Art alles falsch gemacht; aber die Antwort konnte noch kommen, wenn sie nur geduldig wartete und rief.

Sie sah auf – und da stand Aurelia in der Bluse aus glänzendem Mantelfutter, in dem Rock, der sich um ihre knochigen Hüften spannte. Ein Lächeln, eine Handbewegung, jene nie abgelegte Angewohnheit, mit der sie prüfte, ob die Bandagen nicht irgendwo hervorguckten, und mit kleinen, hüpfenden Schritten kam sie herbei, blieb neben Tola stehen, wobei ihre geschwollenen Beine zitterten, während sie mit fester, lauter Stimme …

Jemand war da gewesen und hatte sich wieder fortgemacht.

Wenn sie die Luft, die sie wie eine Wand umgab, durchbrechen könnte, wenn sie ihr folgen könnte. Wenn – wenn –

»Da, sehen Sie!« Die Maus stieß sie an und zeigte auf die Lichtung.

Da stand ein Wachsoldat, einer von einer neuen Sorte, hochgewachsen, in einem schwarzen SS-Mantel, der vom Regen glänzte. Er lief auf Rost zu, öffnete ihm den Wagenschlag. Kaum war das Auto angefahren, als überall in der Halle, Barbara merkte es, die Frauen sich umzudrehen und sie anzustarren begannen; ja, sie starrten sie an. Und dort in der Tür stand Tola und starrte ebenfalls, und ihre schmalen Augen fragten: »Willst du, daß ich es tue, Barbara? Hast du soviel Angst?«

Die Entscheidung war gefallen, war endgültig. Barbara drückte einen losgerissenen Flicken fest und ging durch die Halle. »Du darfst das nicht, ich lasse es nicht zu«, sagte sie bei jedem Schritt vor sich hin.

»Für uns? Tola, hast du das für uns getan?« war alles, was sie schließlich leise und mit einem kümmerlichen Rest von Hoffnung hervorbrachte.

»Und wenn«, sagte Tola endlich, »wenn es deinetwegen war?«

»Nein, du darfst das nicht, auch nicht unseretwegen.«

»Ich wollte nur deine Meinung hören, Barbara. Weil ich es nämlich nur für mich getan habe. Warum siehst du mich so fassungslos an? Was ist denn? Alles, was man für andere tut, gilt als Opfer, als gute Tat; aber versuch, dasselbe für dich zu tun, und aus dem Opfer wird plötzlich eine Schande. Wieso denn? Ich bin auch jemand. Ich habe keinen Vertrag, der mir das Überleben garantiert, auch ich habe Angst.«

Ein Gebäude stürzte ein, Barbaras Rangordnung der Ängste, die Alinka den Typhus, sich selbst den gesundheitlich geschwächten Körper und Tola jenes gleichmütige, tonlose »nichts« zuteilte. Denn Tola war bedroht, Tola hatte Angst, genau wie sie selbst.

»Aber ...«, sagte sie stockend.

»Geh«, unterbrach Tola sie. »Sie kommen.«

Die Frauen kamen. »Immer nur zu viert!« Mit ausgestrecktem Arm versperrte Tola wie eine Barriere die Tür. »Befehl von Dr. Rost – immer nur vier.«

Und Barbara, die vorher gestottert und nach Worten gesucht hatte, fand jetzt mühelos die Sprache wieder. »Fräulein Anweiserin, darf ich durch?« wollte sie winseln wie jemand, der nicht pinkeln gehen darf. »Befehl von Dr. Rost? Ach ja, ich vergaß, wie sehr Sie Dr. Rost schätzen!« Nein, so durfte sie es nicht sagen. Hatte sie mit ihrer unbedachten Art nicht schon genug Schaden angerichtet?

Barbara ging beiseite und wartete, bis die Frauen von der Latrine zurückkamen. Eine andere Gruppe lief hinaus, dann die nächste, bis schließlich niemand mehr wollte.

»Komm mit.« Sie packte Tola an der Schulter. »Warum? Weil ich es will, deswegen.«

»Ich will nicht, daß du es tust«, sagte sie leise und zog Tola in die Latrine hinein. »Ich will es nicht«, sagte sie wieder und wieder, um die Erinnerung daran auszulöschen, daß sie Tolas Ernennung zur Anweiserin einen Moment lang bejaht hatte. »Wir gehen zum Meister, wir sagen ihm, daß du es nicht schaffst. Er ist ein anständiger Deutscher, er zwingt dich nicht.«

»Und dann?«

»Wie meinst du das?«

»Was er dann macht.«

»Er sucht sich eine andere.«

»Wenn eine andere es tut, warum nicht ich? Es macht mir nichts aus.«

»Nichts aus? Die Frauen haben gerade den Typhus hinter sich, sie können nicht einhalten, und dir macht es nichts aus, wenn du ihnen den Gang zum Klo verbietest?«

»Wenn ich es nicht tue, dann eine andere.«

»Klar. Tu, was du willst; spiel die Sklaventreiberin, quetsch die Arbeitsnorm aus ihnen heraus.«

»Wenn ich es nicht mache, dann eine andere.«

»Eine andere – sowieso – eine andere« – so ging es hin und her, während Barbara nach einem Argument suchte, dem nicht mit dem Hinweis auf »eine andere« zu begegnen war. »Eine Anweiserin kann den Befehl bekommen, etwas Furchtbares zu tun«, wollte sie, mußte sie sagen. »Eine – eine«, Barbara blieb stecken.

»Wenn ich es nicht tu, dann eine andere«, würde Tola auch jetzt sagen, und dann blieb ihr nur noch die eine Drohung: »Wenn du

Anweiserin bleibst, sind wir geschiedene Leute!« Der Verdacht, der sie beschlich, war eine Verleumdung, eine unerhörte Lüge – Barbara war sich dessen gewiß, und doch wagte sie nicht, ihre Drohung auszusprechen.

Sie schwieg. »Besser, wir gehen zurück«, sagte Tola schließlich.

»Nein, noch nicht.« Mit einem unbestimmten Gefühl der Furcht beobachtete Barbara den Regen, der durch die zerbrochene Fensterscheibe hereinschlug. »Alinka!« rief sie, »das Dach über ihrer Pritsche ist undicht. Bestimmt liegt sie im Regen ...« Zum ersten Mal schaute Tola sie an.

Alinka war ein Argument, dem sie nichts entgegenzusetzen hatte. »Wie willst du es ihr sagen?« Barbara klammerte sich an dieses Argument. »Was? Siehst du, du weißt keine Antwort, du kennst sie. Sie wird deinen Hinweis auf ›eine andere‹ nicht akzeptieren. ›Eine Anweiserin muß irgendwann vielleicht etwas Furchtbares tun‹, wird sie sagen. Und wenn du nicht nachgibst, dann macht sie Schluß mit dir – mit uns, meine ich – mit uns beiden.«

»Alinka wird es gar nicht erfahren«, sagte Tola ganz leise. »Nur wenige Frauen aus Schmitz sind in ihrem Block. Die halten dicht, dafür sorge ich. Wenn du ihr nichts sagst, wenn du sie nicht aufregen willst, jetzt, wo sie krank ist und ihre Krisis noch vor sich hat, dann wird sie es nicht erfahren.«

Und Barbara, die sich erinnerte, wie schlimm Aufregung für Typhuskranke war, sagte nichts, sondern schaute nur hinter Tola her, wie sie zur Tür ging.

Dort blieb sie stehen. »Barbara«, ihre Stimme bebte, »komm, sprich es ruhig aus, Barbara, sag mir, daß ich mich widerwärtig aufgeführt habe, daß auch die Blonde – die Deutsch kann, natürlich kann sie es – keine Überlebensgarantie hat. Du – du bist auf einmal so liebenswürdig zu mir. Warum? Wozu, wo ich doch genau weiß, was du von mir hältst. ›Wie konnte sie das tun?‹ denkst du; und ich habe es gekonnt, du hast es ja gesehen. ›Wie kann sie nur dem Rost zu Diensten sein?‹ Ich kann es, ohne weiteres; es macht mir überhaupt nichts aus. Ich –«

»Zu Diensten sein? Du? Du könntest niemandem dienen, auch wenn du wolltest. Deshalb darfst du es nicht, weil du es nicht kannst, weil das nicht zu dir paßt, weil ... weil du gut bist.«

»Nicht! Sag so etwas nicht«, flüsterte Tola und war fort.

Niemand arbeitete, als Barbara zurückkam. Alle starrten auf das Waisenkind, das aufgeregt durch die Halle gerannt kam. Vor Tola blieb sie stehen, ihre Hand zuckte einmal, noch einmal, und dann fuhr ihr Arm in die Höhe, und ihr Mund öffnete sich zu einem bläulichen Loch. Aber kein Schrei, nicht der kleinste Laut drang daraus hervor. Und gerade weil er ausblieb, jener schrille Ruf: »Ich spreche Deutsch! Ich –«, war es, als erklänge er laut und immer lauter und mit ihm der Beifall, das Kichern, die Bravorufe, die sich fortpflanzten, gerade weil sie stumm blieben, während Barbara um sich blickte und unschlüssig war, auf wen sie sich zuerst stürzen sollte: auf die Gaffer, auf das Waisenkind oder auf Tola, welche lächelte wie damals, als man ihr sagte, sie sehe gut aus.

Sie stürzte sich auf beide zugleich. »Sie machen sich gefälligst nicht lustig!« Sie stieß das Waisenkind weg. »Ich weiß nicht, wie ich dir helfen soll«, flüsterte sie Tola zu, drehte sich dann zu den Frauen, welche immer noch glotzten, aber das hatte sie ja erwartet.

»Transport!« schrie die dicke Kaelanka.

Barbara rannte zu ihrem Tisch, hob die schwere Kiste hoch, schleppte sie mit zur Seite geneigtem Kopf, mit zusammengebissenen Zähnen, denen kein Laut entrinnen durfte, durch die ganze Halle zu dem Karren an der Tür.

Die Tür öffnete sich. Die Doctorka stürzte herein, ihre dichte, schon ergraute Mähne war vom Regen durchnäßt, sie blieb stehen und stellte dem alten Transportarbeiter eine Frage. Der seufzte nur zur Antwort, doch die Doctorka blickte erfreut. Sie nickte, sie lächelte sogar.

»Nun, Mama«, sagte sie und setzte sich auf ihren Platz. »Nun, wie wär's denn, wenn du mal wieder einen deiner Latrinengänge machtest? Los, geh hin und verrecke da!« Die alte Frau sagte weinend etwas Unverständliches, die Doctorka zuckte mit den Achseln, und sie kehrten einander den Rücken zu, wobei die eine das Fenster, die andere ihre geballte Faust anstarrte. Dann streckte die alte Frau langsam die Hand aus und streichelte mit den Fingern über die verkrampfte Faust. Die Doctorka starrte unverwandt auf ihre Faust, die Doctorka rührte sich nicht. Plötzlich sauste ihr Arm herab und faßte die alte Frau mit festem Griff, als wäre die in sich Zusammengesunkene im Begriff, in eine wilde, haltlose Flucht auszubrechen.

Es regnete, als die Frauen Befehl erhielten, am Lagertor halt zu machen; es regnete so stark, daß Tola zunächst nicht erkennen konnte, auf wen die OD-Männer zeigten, auf wen der SS-Wachmann, eine riesige Gestalt im glänzend schwarzen Mantel, zuging.

Dann ein Schrei. Er kam von der Doctorka. Die Doctorka lief ihrer Mutter nach, wollte sie dem Wachmann entreißen. Ein OD-Mann zog sie weg, aber sie riß sich los; das Gewehr zielte auf sie, aber sie lief weiter.

Wieder dieser Schrei. Stille. Dann ein Schuß, und die Kolonne marschierte auf den Appellplatz. Am Stacheldraht entlang rannte die Doctorka, hin und her, hin und her. Endlich blieb sie stehen. Von ihren gegen den Mund gepreßten Fäusten lief der Regen in großen, schwarzen Tropfen herab.

Den ganzen Abend lagen zwei Stücke Brot unangerührt auf dem Barackentisch. Spät, kurz vor Lagerschluß, kam die Doctorka, ließ das Brot liegen und setzte sich auf ihre Pritsche. Jemand sprach mit ihr, jemand anderes zeigte auf den Tisch. Dann legte eine kleine, weißhaarige Frau in einem viel zu langen Mantel das Brot vor sie hin und nickte ihr zu, als wollte sie ihr bedeuten, daß in der Schwesternschaft, in die die Doctorka soeben eingetreten war, das Essen von Brot keine Verletzung der Regeln darstellte.

Ob die Doctorka jetzt aß? Tola konnte es nicht erkennen, denn ein Mädchen, deren Wangen zu einer violetten Masse angeschwollen waren, versperrte ihr die Sicht. Das Mädchen hatte Schmerzen von einem entzündeten Zahn, sie konnte vor Schmerzen nicht arbeiten.

»Ohne ärztliche Bescheinigung kann niemand von der Arbeit befreit werden, niemand!« rief Tola, und sogleich schien sich ein Fenster aus undurchsichtigem Glas vor dieser Bittstellerin zu schließen, die sich einer Regelübertretung schuldig gemacht hatte. Eine andere Frau kam, und das Fenster schloß sich noch fester. Erst als Barbara eintrat, öffnete es sich wieder. Zögernd ging Barbara auf die gemeinsame Pritsche zu, als erweckte die weiße Anweiserinnenbinde an Tolas Arm Zweifel in ihr, ob sie am richtigen Ort sei.

Kapitel 32

Das Fenster zwischen Tola und den Bittstellerinnen ging immer schnell herunter; sie hielt es fest verschlossen, um nichts von Geschwüren und eiternden Wunden zu hören, Bestechungsversuchen, mit denen die Frauen gleichsam einen kleinen Spalt zu öffnen versuchten, worauf Tola aber nicht einging.

»Ohne ärztliche Bescheinigung kann niemand von der Arbeit befreit werden!« schrie sie, in der Hoffnung, ihr Schreien werde eine andere gläserne Trennwand durchbrechen, die sie von dem noch unerreichten Idol der perfekten Anweiserin trennte, die ihre Befehle unbekümmert, leichthin und ohne Angst vor Lächerlichkeit geben konnte. Daß sie mit ihrem vor Aufregung geröteten Gesicht und ihrer schrillen Stimme lächerlich wirkte, wußte Tola dank der anderen Person in ihr, der unbestechlichen Beobachterin, und durch die boshaften Blicke der Frauen.

Weder diese Blicke noch der Spitzname »kalter Fisch«, den sie ihr gegeben hatten, störte sie sonderlich. Und wenn sie sie haßte, mit dem unpersönlichen Haß eines Menschen, der eilig an sein Ziel will und vom Pöbel aufgehalten wird, dann nur, weil sie ihr schaden konnten – und dies auch tun würden, wenn sie nicht auf der Hut war.

Die Frauen stellten Posten auf, die Ausschau nach ihr hielten. »Arbeiten!« warnten sie. »Sie kommt!« Aber noch jemand konnte kommen: Rost, gegen den kein Aufpassen half. Seit seinem letzten Auftritt war der Blick aus der Halle auf die Lichtung durch Verdunklungen versperrt; jeder Laut von draußen war jetzt mehrdeutig; die Schitte konnten von OD-Männern, aber auch von Wachsoldaten stammen, das Rauschen konnte der Wind sein, aber auch das Auto, das Rost brachte. Wenn er kam, würde er durch ein Loch in der schwarzen Verdunklung spähen, ein Loch, das zwar klein war, aber groß genug, um einen Blick auf die schnarchenden Münder zu gestatten.

»Anweiserin«, würde er sagen und sie heranwinken, »wissen Sie, wer die Verantwortung hat, wenn jemand beim Schlafen ertappt wird?« Dann würde sie, wie neulich die gelähmte Frau, von dem großen SS-Mann mitgenommen; dann würde Barbara ihr nachlaufen wie die Doctorka ihrer Mutter und weinend sagen: »Ich habe dich so gebeten, es nicht zu tun, so gebeten habe ich dich!«

»Arbeiten!« schrie Tola, oder glaubte es zu schreien, rannte auf und ab, stieß die vor sich Hindösenden an und rüttelte sie wach, während hinten in der Halle Barbara saß und ihr »Bleib-mir-vom-Leib«-Gesicht machte oder blinzelte, als wäre ihr ein spitzer Gegenstand ins Auge geraten.

»Wieso starrst du mich so an, Barbara?« Tola hielt ständig Ansprachen, imaginäre Reden. »Ich bin nicht so zartbesaitet, ich bin nicht wie du.« Dies und vieles mehr sagte sie, bis sich die Wörter ineinander verwirrten, bis nur ein unartikulierter Wortschwall übrigblieb, der in die Sätze münden wollte, die doch um keinen Preis ausgesprochen werden durften, in das heisere: »Laß mich. Du reißt mich rein!«

Die Nächte vergingen in der Auseinandersetzung mit den Frauen und diesen Rufen; die Tage mit Besuchen bei Alinka. Jeden Mittag führte Barbara Tola zur Krankenbaracke. Am Eingang krächzte die halb verrückte Wärterin ihnen entgegen, daß noch keine Besuchszeit sei. Draußen stand die wartende Menge, Barbara war wie immer ganz vorn, und ihre ausgestreckte Hand meldete, wie ein vorauseilender Bote, daß sie ohne ihre Schuld aufgehalten worden sei und so schnell wie möglich dasein werde.

Ja, Barbara schaffte es, selbst diesen Typhus in einen Sieg zu verwandeln. Die Siegerin war Alinka. Gewaschen und gekämmt, mit breitem Lächeln auf dem sommersprossigen Gesicht, war sie die Gewinnerin des Wettbewerbs um den Titel der vorbildlichsten Patientin.

»Alinka, deck dich zu! Alinka, geh aus dem Zug!« grollte Barbara schon im Eingang; weitere Schelte folgte, weil sie nicht schlief, weil sie nicht genug trank und weil sie das Brot, das man ihr gebracht hatte, nicht nur für sich verbrauchen wollte. Das Brot stammte aus der Zuteilung für die Anweiserin, aber sie erzählten Alinka, der Meister habe es ihr geschickt.

»Er hat gesagt, es ist für dich, ganz allein für dich, nicht wahr, Tola?« Barbara zwinkerte ihr zu.

»Ja, das hat er gesagt.«

Barbara nickte. Barbara strahlte bei jedem Bissen, den Alinka zu sich nahm. Jetzt schimpfte Barbara; dann lächelten die beiden einander zu, während Tola abseits saß und hoffte, man werde sie so gründlich vergessen, daß sie sich unbemerkt davonstehlen könnte.

Alinka vergaß nie etwas, die nicht! Das ganze Taktgefühl der perfekten Mieterin war in ihre neue Rolle eingeflossen – in die Rolle der Gastgeberin, die sich selbst um den lästigsten Gast kümmert. »Ja – aha –« Je mehr Barbara redete, desto knapper kamen die Antworten; »aha«, dann keine Antwort mehr, schließlich ein kurz angebundenes: »Sei still, Barbara!« Ein betretenes Schweigen erfolgte und dann ein fiebriges Flüstern: »Tola – kannst du mir etwas von dir erzählen?«

»Nicht viel Neues«, sagte Tola. Sie lächelte. Sie berichtete die neuesten Nachrichten, wobei sie die Namen der französischen Städte falsch aussprach, so daß Alinka sie korrigieren konnte, wohl wissend, daß ihr Vortrag nicht echt klang und daß Alinka sehnsüchtig zu Barbara hinübersah, die auf den Knien lag und den Boden scheuerte.

»So, ich muß jetzt weg«, sagte Tola, sobald Barbara wieder bei ihnen war.

»Treibst du immer noch Handel?« fragte Alinka spitz. Tola trieb keinen Handel mehr. Sie hatte allen Spaß daran verloren, und außerdem vertrauten ihr die Frauen seit ihrer Beförderung nicht einmal mehr ein Paar zerrissene Socken an.

»Ich ... ich gehe lieber, weil ...« Sie erfand irgendeine Ausrede und lief fort, ging dann und ging, bis ihre Arbeitszeit begann.

»Nachtschicht fertigmachen! Alles raus!« Sie scheuchte die Frauen auf den Appellplatz. Barbara, die immer unter den ersten war, wenn sich die Arbeitskolonne aufstellte, stand schon da und sah auf den Stacheldraht oder zum Himmel, als bemerkte sie nicht, wer die Frauen wie ein wütender, bissiger Köter zusammentrieb. Nur einmal, als Tola eine der Mütter, die ihre Töchter verloren hatten, in die Kolonne führte, machte Barbara ihre Umgebung auf diese gute Tat aufmerksam.

»Hör auf, meinen Edelmut anzupreisen. Hör auf, mich in Schutz zu nehmen«, flüsterte Tola.

Barbara sah sie lange an. »Ich nehme dich nicht in Schutz«, entfuhr es ihr schließlich. »Das kann ich gar nicht.«

Sie hätte es gern getan, wußte aber nicht wie. Sie war in einem Zwiespalt: Auf der einen Seite fürchtete sie, eine Verteidigung Tolas könne ihr als Billigung ausgelegt werden; auf der anderen Seite wuchs ihre Angst, sie könnte Tola erneut im Stich lassen – so begnügte sie sich mit einem Kompromiß, indem sie sich hinter dem »Bleib-mir-vom-Leib«-Blick versteckte und zugleich angestrengt nach Möglichkeiten suchte, die Kunde von der wahren Tola zu verbreiten, an welche sie immer noch glaubte. Eine Art Mechanismus hatte sich in ihr ausgebildet. »Noch nicht« tickte er, wenn die Frauen klatschten oder Witze erzählten. Wenn aber die Rede auf Typhus oder Hunger kam, signalisierte dieser Mechanismus »Jetzt! – jetzt reden – sag etwas.«

»Tola«, warf sie dann ein, »ohne Tola wären wir längst verhungert. Tola hat den Kampfer besorgt, und nicht nur ein- oder zweimal, sondern täglich.« Selbst das Kind der toten Frau wurde angeführt: »O ja«, seufzte sie, »o ja, das und noch viel mehr wird an den Tag kommen, wenn die Welt wieder in Ordnung ist.« So versuchte sie mit abgelauschten und geborgten Wendungen und vielsagendem Seufzen die Frauen zu ihrer Meinung zu bekehren. Doch die starrten sie nur verständnislos an.

Dennoch fühlte Barbara sich ermutigt. Was sie da sagte, klang gereizt, weil sie sich ärgerte, daß es überhaupt nötig war, aber es war der rohe Entwurf zu einem Bild. Und wenn es ruhig in der Halle war, wenn vom Platz der Anweiserin kein Geschrei kam, dann begann sie an diesem Entwurf zu arbeiten. Farben wurden aufgetragen: das Rot des Feuers, das in der Nacht gebrannt hatte, wenn sie schlief und Tola die Suppe gekocht hatte, die sie dann verkaufte; das Grün der Granaten, die sie an dem Tag verladen hatte, als sie den Soldaten um Hilfe gebeten hatte; dann das Gold vom Kogel-mogel für die, die in Barbaras imaginärem Bild zu dem Licht wurde, das Tolas Gesicht verklärt hatte; und wo dieses Licht blasser wurde und Tolas Augen angstvoll schauten, als könnte selbst ein flüchtiger Blick ihnen wehtun, bedeutete das

Typhus. Geläutert und gereinigt stand Tola jetzt vor ihr. Nichts Schlimmes hatte sie getan, nichts Schlimmes würde sie je tun.

»Arbeiten, bitte! Aufwachen bitte!« Wie ein wüstes Gekritzel fuhr dieser Schrei über das Bild und zerstörte es.

Barbara zuckte zusammen. »Wenn du wüßtest, wie verbittert, wie haßerfüllt du aussiehst«, wollte sie rufen. Und auch das wollte sie sagen, daß jemand, der Unrecht, schreckliches Unrecht getan hatte, auch wieder Gutes tun konnte. »Jemand«, nicht »ich«. Niemals! Weil »ich« zu sagen eine Verfälschung der Wahrheit gewesen wäre; weil nicht sie damals Tola Unrecht getan hatte, sondern ein Eindringling, eine freche Kreatur, zu der Barbara keine Beziehung hatte und mit der sie nichts verband.

Tola – und das hielt Barbara vom Sprechen ab – versuchte, diese Verbindung wiederherzustellen. Bei jedem Anschreien entsprach Tola so vollkommen der Person, welche dieser Eindringling – und auch sie, wenn auch nur in ihren schlimmsten Momenten – in ihr gesehen hatte, daß Barbara den Eindruck hatte, Tola stieße sie an und sagte: »Ich spiele meine alte Rolle. Und du, hast du vergessen, was deine Rolle war?«

Barbara versuchte es zu vergessen, konnte es aber nicht. Ein Wort meldete sich, eine Geste, ein unausgesprochener Gedanke – Striche, mit denen der Eindringling Zug um Zug jenes andere, verzerrte Bild gezeichnet hatte, bis es in der Geburtsnacht fertig geworden war. Die Erinnerung an das, was damals gesagt worden war, konnte und wollte Barbara nicht wiederbeleben. »Es ist lange her«, hielt sie sich vor, um sich zu beruhigen, »lange, lange her.«

Der Eindringling gehörte dieser Vergangenheit an, nicht aber die Tola von damals. Barbara fühlte sich verfolgt von jener dünnen, immer frierenden Gestalt – dieser unter der Last ihrer Handelsware gebückten Person, die immer allein war, die sich aufmerksam über die boshaft entstellende Zeichnung von sich beugte und mit einem Lächeln sagte: »Ja, das bin ich, genau so!«

Und schon wünschte Barbara, alles möge noch einmal wiederkehren, und zwar jetzt gleich, damit sie zu Tola laufen, sie von ihrer Last befreien und diese Zeichnung in Fetzen reißen könnte – diese Zeichnung, von der sie nicht wußte, warum und wozu sie entstanden war. Denn was nützte die nachträgliche Erkenntnis von etwas, was nicht mehr zu ändern war?

Was als nächstes zu ändern war, das mußte sie jetzt entscheiden. Die Zeit drängte; der Zustand der Mutter der Krankenwärterin verschlechterte sich so rapide, daß Barbara bald die Arbeit in der Krankenbaracke übernehmen und Tola würde allein lassen müssen. Sollte sie Tola bitten, diese Aufgabe zu übernehmen? Tola würde nie zustimmen. Sollte sie bei Tola in der Halle bleiben? Das war ihr unmöglich. Sie hatte es satt, dieses Warten auf die OD-Männer, diese Frage: »Ist alles ruhig im Lager?« und dann den endlosen Moment des Wartens, bis die Antwort kam. Und etwas anderes, das wußte Barbara, hatte sie genauso satt: das Schweigen zwischen ihr und Tola, die glasharten Augen, dieses Anschreien.

»Immer nur vier dürfen zur Latrine. Befehl von Dr. Rost.«

»Bitte nicht einschlafen. Befehl von Dr. Rost.«

»Dr. Rost, immer nur Dr. Rost«, entfuhr es ihr schließlich. »Ist das vielleicht unser Wohltäter, unser Schutzheiliger?«

»Und wie willst du sonst die Frauen in Schach halten?« antwortete Tola.

Sie wollte Tola zeigen, wie es auch anders ging. Wie ein zappelndes Hündchen wollte sie Tola an ihren alten Platz zurücktragen und den Platz der Anweiserin einnehmen. Nicht daß sie die Frauen mit Samthandschuhen anfassen würde, keineswegs. »Arbeiten«, so würde auch sie brüllen,, »arbeiten, nicht schlafen!« Doch nach jedem Befehl, nach jedem Anschreien, würde sie sagen: »Für wen arbeitet ihr? Für diesen Teufel, den Rost? Für mich? Oder für euch, damit euch nichts Schreckliches angetan wird, damit ihr hier herauskommt und eines Tages wieder ein menschenwürdiges Leben führt.« Und sie würde nicht wie angewurzelt auf dem Stuhl sitzen, sondern bei den Frauen sein; und sie würde jede, die gut zu essen hatte, zwingen, die Arbeit von zweien zu tun, so daß die Halbverhungerten sich ausruhen konnten. »Siehst du, so würde ich sie in Schach halten«, wollte sie sagen.

»Ach, also willst du doch, daß ich Anweiserin bin?« würde Tola antworten, und ihre zusammengekniffenen Augen würden fragen: »Hast du solche Angst, Barbara?«

Anweiserin zu sein, auch wenn man zur richtigen Sorte gehörte, war falsch; war es nicht schlimm genug, daß sie alle

Munition gegen ihre eigenen Leute herstellen mußten? Aber daß diese Arbeit, die doch nur den Sinn hatte, daß sie eines Tages frei atmen und sich sattessen konnten, jemandem schaden sollte, das konnte sich Barbara nicht wirklich vorstellen.

»Alles ruhig im Lager?« rief Barbara an diesem Samstagabend und preßte ihren Mund an das Loch im Latrinenfenster.

»Hier ist es ruhig«, kam aus dem Dunkel die Antwort. Auf der Lichtung vor dem Werk Schmitz war es nicht ruhig. Dort brüllten OD-Leute Befehle, Eisen klirrte, und die Männer wurden, mit Spitzhacke und Spaten bewaffnet, zu einer neuen Arbeit abkommandiert – welcher Art, schien keiner zu wissen.

Spät, lange nach Mitternacht, gab es Suppe. Als sie sich aufstellen wollten, hielt das Waisenkind seinen struppigen Kopf in das Faß. Sie drehte sich um. »Frauen!« zeterte sie. »Frauen, die Fässer sind halb leer.«

»Halb leer!« Und die Frauen, die kaum je ihre Suppe aufaßen, weil sie ein saures Aufstoßen verursachte, bei dem sie sich schütteln mußten, stürzten nun fluchend und schreiend auf die Fässer zu, während Tola, die nur einmal »Ruhe!« gerufen hatte, abseits stand und die Szene betrachtete, wobei ihre Blicke sagten: »Nun, Barbara, begreifst du, wie sie sind?«

Wie Schweine waren sie, wie Schweine, die man an den Trog gelassen hatte. »Gib her!« Barbara entriß Tola den Schöpflöffel. Mit den Fäusten um sich schlagend, bahnte sie sich ihren Weg zu den Fässern, sie schwang den Löffel über der kreischenden Horde und schrie: »Ihr da, seid ihr Tiere? Wollt ihr euch gegenseitig an die Kehle springen für diesen Fraß?«

Ein paar Frauen machten Platz. Und auf die, die noch ineinander verkrallt waren, schlug sie ein, fester und fester, bis sie sich voneinander lösten und sich mit suppenverschmierten und benommenen Gesichtern von neuem aufstellten.

»Ihr schämt euch wohl überhaupt nicht mehr«, sagte Barbara leise. Aber sie schämte sich – wegen der Skrupellosigkeit, mit der sie sie zur Räson gebracht hatte, wegen ihres Gebrülls, ihrer Körpergröße, die Tola noch kleiner und verhutzelter erscheinen ließ.

»Hier, Tolenka, teil du die Suppe aus.« Sie reichte Tola den Schöpflöffel und ging schnell in den Korridor. Da war es ruhig.

Durch die offene Tür blies der Wind von der Lichtung herein. Und die warme Luft brachte die Erinnerung an den Herbst mit sich – an die weiten, leeren Himmel, die abgeernteten Felder, die Feuer, die da und dort wie Bündel leuchtend roten Mohns in die Luft stiegen, und an den Rauch, der über die Stoppeln, die bald die Nahrung der Flammen sein würden, über die entlaubten Büsche und Bäume hinwegzog und sich in der Weite verlor.

Auch hier war Rauch in der Luft, mit einem unangenehm süßlichen Geruch, als würden noch grüne Blätter verbrannt.

Hinter der Glastür zu seinem Büro erhob sich die dunkle Silhouette des Meisters; ein Fenster öffnete sich drinnen, knallte laut und heftig zu. Barbara wartete. Sobald der Meister sich gesetzt hatte, stahl sie sich nach draußen.

Dicht gedrängt, ein unregelmäßiger Klumpen, standen die Transportmänner im Dunkeln. Einer trat vor, streckte den Arm aus, und dann glitt der Strahl einer Taschenlampe über die Bäume und heftete sich auf etwas in der Luft, auf eine Rauchsäule, die über dem schwarzen Rand des Waldes in die Höhe stieg.

»Was ist das?« rief Barbara. »Was ist los?«

»Die Gräber werden geöffnet. Die Deutschen beseitigen alle Spuren.«

»Die Gräber werden geöffnet. Die Deutschen beseitigen alle Spuren«, sprudelte es aus ihr hervor, als sie wieder die Halle betrat.

Das Löffelgeklapper verstummte.

»Also ...«, die Maus biß sich auf die grauen Lippen, »also ... wenn die ihre Spuren beseitigen, dann passiert auch hier etwas ... bald!«

»Etwas«, Barbara holte mühsam Luft, »etwas ...« Und das Gespenst, das sie während ihrer endlosen Warterei auf die Antwort der OD-Männer gequält hatte, war wieder da. Nur daß sie jetzt nicht die leere Pritsche vor sich sah, sondern Alinka, die von OD-Männern und Wachsoldaten fortgeschleift wurde, und sie sah auch sich selbst, wie sie rannte – auf das Mädchen zu und auf die Gewehre, die auf sie beide zielten. Sie schauderte, sah zu Tola hin und wendete die Augen ab. Nein, Tola durfte nicht länger Anweiserin bleiben; das war jetzt endgültig entschieden.

Doch am folgenden Morgen, als der süßliche Geruch über den

Wald zog und über einen Toten, der im dichten Farn lag, schien gar nichts entschieden zu sein. »Bleib Anweiserin!« hätte Barbara am liebsten gerufen – um sich und die anderen beiden zu retten und um Tola zurückzuholen, welche allein neben der Kolonne marschierte und den Eindruck erweckte, als entfernte sie sich mit jedem Schritt schneller von ihr.

Kapitel 33

»Du hast also nichts gewußt!« sagte die Bucklige und schob ihr langes Nonnengesicht näher heran. »Du hast nichts gewußt – tatsächlich nicht.« Die Worte gellten in Alinkas Kopf.

Seit dem frühen Morgen hatte ihr dieser Kopf zu schaffen gemacht – riesengroß war er und wuchs, bis er sich wie ein Netz anfühlte, das sich mit jedem neuen Geräusch, das sich darin fing, dem Klappern am Ofen, den Klagelauten, dem Pochen, weiter ausdehnte. Das Pochen kam von der Buckligen. *Bumm*, hieb sie auf ihre Pritsche, *bumm*.

»Hör auf, dich wie eine Irre herumzuwälzen«, quengelte jemand auf der Pritsche unter ihr. Pause, dann wieder *bumm* und irgendwie quäkte die Stimme der Krankenwärterin wie eine Hupe, die klemmt.

Später, Alinka wußte nicht genau wann, weil ihr Zeitgefühl durcheinandergeraten war – es war Nachmittag, dann wieder Morgen –, hatte sie etwas entdeckt, worüber sie ihren Kopf, der wie ein Netz war und das Quäken und Pochen, vergaß. Es war das Fenster. Es war völlig verdreckt, aber ganz oben, wo ein Stück Glas fehlte, schien der Himmel herein, zitronenfarben wie – wie Limonade.

Limonade. Das Wort war wandlungsfähig: schnell ausgesprochen klang es wie ein tiefer, durstiger Schluck; sprach man es langsam und Silbe für Silbe, war es wie ein langsames Schlürfen aus einem hohen Kristallglas. Das Glas leuchtete auf einem weißgedeckten Tisch; der Tisch stand in einem kühlen, schattigen Zimmer.

»Weißt du«, hörte sie sich sagen, »während des Krieges, als ich Typhus hatte –«

»Ach«, rief ihr Gesprächspartner – er verwandelte sich fortwährend, aus Barbaras Mann in Alinkas Tanten, die jetzt sicher und wohlbehalten in New York und Sibirien lebten. »Ach, auch du hast das durchmachen müssen!« Sie zuckte mit den Achseln. »Also«, sagte sie, »als ich Typhus hatte, hatte ich nur auf eins Appetit, und zwar auf –«

Ein plötzlicher Knall. Ein OD-Mann schlug gegen das Fenster, das Glas klirrte, Rufe erklangen. Was war das, bereitete sich da etwas vor? Nein, er regte sich nur über verschüttete Fäkalien auf, und seine Stimme wurde lauter und lauter, während er wichtig in der Baracke auf und ab schritt. Dicht neben Alinkas Pritsche blieb er stehen – ein abstoßendes Männchen mit einer schwarzen Schmachtlocke und einem rundlich vorgewölbten Bauch, der sie an jemanden erinnerte – sie wußte auch, an wen.

Er hatte einen Knüppel, er konnte sie schlagen. Schwere Schritte kamen von draußen, zweifellos von Barbara. Wie würde Barbara lachen, wenn sie den Mut hatte, über einen OD-Mann zu spotten!

»Na – Na –« Die Tür öffnete sich. »Napoleon«, rief sie, »mein lieber Napoleon, Sie werden es erleben, welch vorzügliches Sankt Helena wir Ihnen nach dem Krieg verschaffen werden.«

Der da eintrat, war ein Pikriniak, und wer da lachte, war der OD-Mann, und zwar über sie. »Sommersprossen!« stieß er hervor, »du picklige, sommersprossige Göre.« Und dann sagte er noch etwas, über die Händlerin, daß die Händlerin Anweiserin geworden sei, weil sie sich bei Rost eingeschmeichelt habe.

Dann war er weg. Hoch oben durchs Fenster sah der zitronenfarbene Himmel herein. Wie die Limonade, wie das schattige Zimmer war auch Napoleon ein Typhustraum gewesen. Und gerade als Alinka sich davon überzeugt hatte, daß es ihn gar nicht gegeben hatte, schob die Bucklige ihr langes Nonnengesicht heran. »Hast du es nicht gewußt?« gellte sie ihr ins Ohr. »Tola hat sich freiwillig als Anweiserin gemeldet – vor einer Woche schon.«

»Halt den Mund, du!« wollte Alinka sagen, unterdrückte es aber rechtzeitig. »Klar habe ich es gewußt«, sie hob die Augenbrauen, »klar. Sonst noch was?«

»›Klar habe ich es gewußt‹, hat Alinka gesagt«, würde die Bucklige flüsternd von Bett zu Bett verbreiten. »Aber als Tola und Barbara kamen, merkte ich schon bei Alinkas erstem Wort, daß sie nichts gewußt hat.« Und die Frauen würden seufzen: »Das arme Kind«, und »oh« und »ach« würde es heißen und: »Wozu diese Geheimnistuerei? Vielleicht wollen Barbara und Tola nicht, daß sie weiß, wieviel Brot sie jetzt bekommen. Vielleicht – wollen sie sie loswerden?« Und die Bucklige, bestrebt, Öl ins Feuer zu gießen, würde herumerzählen, wie »das arme Kind« jeden Tag auf die beiden wartete, als wären sie der Messias.

Sie mußte handeln, auf der Stelle. Sie wollte der Buckligen sagen, sie solle verschwinden. »›Klar habe ich es gewußt‹, hat Alinka gesagt, aber daß sie mich so eilig loswerden wollte, zeigt doch –«

Alinka schloß die Augen. Nach einer angemessenen Pause begann sie tief zu atmen, als wäre sie fest eingeschlafen, blies aber bei jedem Ausatmen auf den Nacken der Buckligen. Noch ein Ausatmen und noch eines. Dann kam ein *Bumm* und das weinerliche: »Um Gottes willen, laß das!«

»Was denn?« Alinka fuhr hoch, als wäre sie soeben aufgewacht. »Was machen Sie da?«

»Du – du bläst und pustest mich dauernd an.«

»Ich? Ich hab doch fest geschlafen. Hören Sie, Sie machen das nicht absichtlich, aber Sie springen und wälzen sich herum, daß mir der Kopf zerspringt. Tun Sie mir einen Gefallen; gehn Sie und legen Sie sich woanders hin, nur kurz, bis meine Kopfschmerzen aufhören.«

»Ich soll also gehen?«

»Nur so lange, bis es mir besser geht.« Und endlich kletterte die Bucklige von der Pritsche.

Waren das nicht Barbara und Tola, die da hereinkamen? Nein, noch nicht, doch bald würden sie da sein, mit ihrer Fürsorglichkeit, ihren Warnungen vor dem Luftzug und mit dem Brot, das der Meister ihr aus reiner Menschenliebe schickte.

»Ich will eure milden Gaben nicht«, würde ihr Dank für das Brot lauten. Oder noch besser: »Danke nein. Brot von Kollaborateuren ist nicht mein Lieblingsessen.«

»Danke nein – nicht mein Lieblingsessen«, übte sie jedesmal, wenn die Tür aufging, »danke nein – danke nein.« Draußen brach die Dämmerung herein, draußen schwoll die Menschenmenge an, weil alle von der Arbeit zurückkamen. Höchstwahrscheinlich waren die beiden auch schon zurück; ein neuer Freund, ein OD-Mann, hatte sich zu ihnen auf die Pritsche gesetzt. »Ach was, die Kleine kann warten«, grinste er, und: »Sie weiß ja gar nicht, daß wir schon zurück sind.« Sie wollte diese Idylle stören, sie wollte hingehen, sobald sie ihre Schuhe gefunden hatte.

Schön – also jetzt waren sie da und lächelten, als wäre nichts geschehen. Wochenlang hätte sie hier noch liegen und blau anlaufen können wie die Mutter der Wärterin, am Typhus hätte sie sterben können, ohne den leisesten Verdacht zu schöpfen. Jetzt würde sie es ihnen heimzahlen, nicht, weil sie sie nicht gefragt hatten – warum auch, sie waren nicht mit ihr verheiratet, keineswegs, sie war eine Erblast für alle, ein Mühlstein um ihren Hals –, sondern dieses Brot wollte sie ihnen heimzahlen, diese Lügen und die Art, wie sie ihnen auf die Schliche gekommen war, nämlich wie der gehörnte Ehemann, der als allerletzter erfährt, was hinter seinem Rücken vor sich geht.

»Danke nein – nicht mein Lieblingsessen.« Alinka wartete, warf dann einen Blick auf ihre Hände.

»Alinka, heute ist Sonntag«, sagte Barbara zaghaft.

Es war Sonntag, welch sensationelle Neuigkeit. Doch nein, Sonntag hieß, sie waren nicht in Schmitz gewesen, Sonntag bedeutete, sie hatten kein Brot mitgebracht.

Sie mußte das Gespräch anders eröffnen. »Ihr ... ich ... ihr ...«

»Wie konntet ihr mir das antun«, hätte sie am liebsten gesagt, aber das war Selbstmitleid und einfach abscheulich. »Ihr ... ihr«, wiederholte Alinka immer leiser, denn kaum hatte Barbara sich über sie gebeugt, da war alles Geschehene wieder wie ein Traum. Wie im Traum schwebten die undeutlichen Gestalten um den Ofen, lutschte der Pikriniak an einer Rübe. Das Lutschgeräusch wuchs in ihrem Kopf zu einem dumpfen Dröhnen. Wenn sie die Augen schloß, kam ihr vielleicht eine andere Idee.

Es raschelte. Ein Baum wuchs über die Baracke, seine weißen Blüten leuchteten im dunklen Laubwerk; sie fielen, sie streiften sanft ihr Gesicht. Sie wünschte sich so sehr, das Schreien würde aufhören.

»Barbara, sie liegt im Regen!« rief Tola. »Wir müssen sie umbetten – hierher, auf die andere Seite.«

Alinka wollte nicht umgebettet werden, sie machte sich schwer und steif, aber schon wurde sie hochgehoben und wieder hingelegt. Die Pritsche knarrte. »Da pinkelt mich jemand voll!« rief es aus der Pritsche unter ihr. Hatte sie etwa gepinkelt, als sie beim Einnicken von dem Baum geträumt hatte? Nein, jemand hatte Wasser verschüttet. Barbara war es gewesen. Barbara hatte den Eßnapf umgestoßen, der unter der undichten Stelle im Dach gestanden hatte.

»Tölpel!« zischte Alinka. Und Barbara sagte nichts, sondern starrte nur unglücklich.

Voller Genugtuung, hocherfreut betrachtete Alinka die niedergeschlagene Miene. Ihre Spannung löste sich. Gerade noch war ihr gar nichts eingefallen. Jetzt kamen sie ihr zugeflogen – Wörter, ganze Sätze, so treffend, daß sie nicht wußte, wo sie anfangen sollte.

»Wißt ihr was?« Sie versuchte ein Lächeln, obgleich ihr Mund sich hart und verkrustet anfühlte. »Wißt ihr was ... ich bin ...«

»Was bist du, Alinka? Was denn?«

»Einfach ... ein bißchen enttäuscht. Ich bin krank – natürlich nicht so schwer, daß ihr euch Sorgen um mich machen müßt, niemand muß das, keiner«, wiederholte sie, um dieses widerliche, weinerliche Selbstmitleid loszuwerden. »Also – wenn man krank ist, wartet man auf etwas Erfreuliches. Und ihr hättet mir so viel Freude machen können – aber ihr habt mit keinem Wort ... Tolas großen Erfolg erwähnt!«

Es konnte nicht stimmen, daß sie ihr Brot nicht mit ihr teilen, daß sie sie loswerden wollten. Trotzdem wagte sie nicht, sie jetzt anzuschauen, weil sie befürchtete, Zeuge zu werden, wie die beiden durch Augenzwinkern, durch heimlichen Austauch von Blikken eine gemeinsame Lüge verabredeten.

Schließlich hob sie die Augen. Beide schauten nur sie an. »Wir wollten nicht, daß du dich aufregst«, versicherten sie.

Und Alinka, die sich ihres Argwohns schämte, Alinka, die diese Scham dankbar zur Kenntnis nahm, hätte die Sache nun auf sich beruhen lassen können, wenn nicht Barbara diesen Blick eines unglücklichen Huhns gehabt hätte.

»Hör auf!« stieß Alinka hervor. »Guck nicht wie ein geprügelter Hund. Immerhin –« Sie suchte nach einem weiteren treffenden Satz. »Ja, immerhin hat man uns eine Ehre erwiesen, eine große Ehre! Noch lange nach dem Krieg wird man sich daran erinnern. ›Da kommt unsere Dziedziczka, so faszinierend, so voller Leben‹ – so redeten sie doch über dich, nicht wahr? Aber so wird niemand mehr reden. ›Da kommt die Freundin der Anweiserin‹, wird es überall heißen, ›der Anweiserin aus dem Werk Schmitz – der Anweiserin, die immer die todkranken Frauen zur Arbeit getrieben hat!‹«

»Hör auf!« rief Barbara. »Hör auf. Tolas Befehl lautet nur, die Frauen zu beaufsichtigen.«

»Nur?« flüsterte Alinka und ahnte eine neue Möglichkeit, ihr wehzutun. »Nur!« Arme Barbara – weiter als bis zur Freundin einer Aufseherin hat sie es nicht gebracht, wo sie doch so gern Rosts rechte Hand geworden wäre. »Rost...«, stotterte sie, »Rost!« Als Rost erschienen war, hatte Barbara sicher wie ein geprügelter Hund geguckt, Barbara hatte vor Angst gezittert, Barbara –

»Hast du das getan?« sagte Alinka endlich. »Hast du Tola dazu gedrängt?«

»Nein!« beteuerte Tola. »Barbara hat mich angefleht, es nicht zu tun, Barbara hat es mir verboten.«

»So ist es«, unterbrach Barbara sie, »obwohl du krank bist, obwohl –«

»Was? Obwohl was?« Alinka hatte das Gefühl, einen Eisklumpen im Hals zu haben. »Obwohl ich krank bin, könnte ich aufstehen, ich könnte auf den Appellplatz gehen, ich könnte mich hinknien, ich könnte stundenlang marschieren, wenn hier etwas passieren würde.«

»Alinka, hier wird nichts passieren, das schwöre ich.« Wie immer verstand Tola sie zuerst, dachte Alinka mit einem plötzlichen Anflug von Reue. Woher die rührte, war nicht mehr festzustellen. Ich hatte Angst, mir würde etwas passieren, dachte sie, ihren Gedankengang zurückverfolgend, ich hatte Angst, Barbara hätte Tola gedrängt, Anweiserin zu werden... Tola war Anweiserin... Tola... Sie konnte ihre Gedanken nicht mehr ordnen; sie mußte sich ausruhen und ihre Augen offenhalten, um nicht wieder einzunicken.

Auf der Pritsche nebenan sah sie die Krankenwärterin, die verständnislos wie ein Kind auf die Tropfen starrte, die aus dem offenen Mund ihrer Mutter rannen. Wie ein Mensch, der in eine Pfütze gefallen ist, lag ein Spiegelbild auf dem dunklen Wasser des Eimers. Sie durfte nicht an die Pfütze denken, sie durfte nicht auf den offenen Mund gucken. Kaum hatte sie sich abgewendet, schien es, als riefe jemand nach ihr. Barbara war es: »Ich kann nichts machen«, sagte sie stumm, nur mit den Händen gestikulierend. Die Hände zeigten auf sie und insistierten: »Du, du kannst alles. – Nur du«, sagten die Augen, das Nicken, das Lächeln.

Jetzt, wo es fast zu spät war, kam Barbara zu ihr, jetzt erst! Alinka war sich nicht im klaren, wo ihre Verbitterung aufhörte und wo die Freude begann – die Freude darüber, daß mit ihrer Hilfe bald alles wieder gut sein würde, wenn sie nur die richtige Geste, nur das rechte Wort fand. Und damit stellte sich schon wieder die Sorge ein; denn dieses Wort entglitt ihr immer wieder in dem Lärm, und schon waren Barbara und Tola wieder dabei, sie zu einer Person zu kneten und zu formen, die sie gar nicht war. Ein Seufzer von Barbara, welcher anzeigte, wie sehr es sie mitnahm, und sie wurde hart; ein Blick von Tola, und sie schrumpfte zu einem hilflosen Kind zusammen.

»Nicht!« sagte Alinka erregt. »Seht mich nicht so an, als wäre ich gerade fünf. Ich bin nicht mehr fünf. Ich weiß, was es heißen kann, wenn man sich mit den Deutschen einläßt. Ihr ... vielleicht müßt ihr ja so etwas tun –« Alinka schwieg; sie hatte das schon einmal gesagt, aber da hatte sie nur einen ihrer treffenden Sätze deklamiert, ohne zu begreifen, was Tolas Entscheidung bedeutete.

Jetzt gab sie sich große Mühe, Tola zu verstehen. Sie wandte den Blick von Tolas erschöpftem Gesicht ab, sie nahm einen Schrei in den Mund, einen Stock in die Faust. Aber das Wort, das sie rufen wollte, und der Stock entfielen ihr sogleich – es waren Accessoires einer Rolle, die nicht zu ihr paßte.

»Ich begreife es nicht«, sagte Alinka laut, »ich kann es nicht verstehen. Du eine Anweiserin, du? Der OD-Mann – oder war es die Bucklige, ich weiß nicht mehr genau – behauptet, du hättest dich freiwillig gemeldet – stimmt das?«

»Ja.«

»Du bist zu Rost gegangen und hast gesagt? ›Ich will das machen.‹«

»Ja.«

»Und nicht etwa, weil hier bald etwas passiert, weil ich krank bin?«

»Nein.«

Ja – nein, ja, wie bei dem Spiel »Zwanzig Fragen«, wo man die Person raten muß, auf die sich die anderen geeinigt haben. Und sie riet richtig, viel zu schnell hatte sie es geraten.

»Du jagst die Frauen aus der Baracke?«

»Ja.«

»Und bei Schmitz zwingst du sie zum Arbeiten?«

»Ja«, dann nochmals »ja«.

Alinka schrie: »Nein, nein, das bist doch nicht du. Ich weiß das! Barbara, hör auf so zu glotzen. Sag mir, wie sie ist, ich meine als Anweiserin – sag es!«

»Ich schlage nicht, wenn du das meinst«, antwortete Tola, und damit war alles erraten: Tola schlug nicht, Tola redete nur mit den Frauen, und zwar in diesem eisigen Ton; Tola betrachtete sie wie die Kleider, die zum Verkauf standen – gründlich, mit scharfem Blick für jeden Mangel, bis am Ende von dem Kleid oder dem Rock, den jemand gegen Brot hatte umtauschen wollen, nur ein elender, schmutziger Lumpen übrigblieb.

»Ich laß nicht zu, daß du das tust, ich lasse es nicht zu«, flüsterte Alinka und erinnerte sich dunkel an ein anderes Kleidungsstück. Der Mantel – richtig. »Als sie Aurelia abgeholt hatten«, wollte sie sagen, »trug ich ihren Mantel nach draußen, ich tat es deinetwegen, Tola, ich wollte nicht, daß du ihn wegbringst, ich wollte nicht, daß du wie eine bezahlte Hilfe erst die Pflege und dann noch das Putzen und Aufräumen erledigst. Und ich wußte nicht wohin damit, ich ging immer weiter, und dann warf ich ihn auf die Rüben – auf die Rüben hinter der Küche, auf die verfaulten Rüben.«

»Ich ... den Mantel ... ich trug ...« Nein, sie kriegte das nicht vollständig und zusammenhängend hin. »Bleibt bei mir«, flüsterte sie statt dessen, »ich weiß, ihr habt genug getan, trotzdem, tut mir noch diesen einen Gefallen. Bleibt bei mir. Der Arzt kann es vielleicht so einrichten, daß ihr beide hierbleiben dürft. Aber ich will euch hier haben, euch beide.« Sie klammerte sich da an eine Lüge, eine faustdicke Lüge – denn es war so schwer, diese

Nachrichten aus Frankreich und dieses gequälte Lächeln zu ertragen, daß sie mit jedem Tag stärker hoffte, Barbara würde allein kommen.

»Euch will ich hierhaben«, wiederholte sie mit heiserer Stimme. Um ihre Augen gegen das Licht zu schützen, hielt sie ihre feuchten Hände wie ein Visier vors Gesicht und lag ganz ruhig.

Seit dem Lager Krakau, wo sie nur zu zweit gewesen waren, sie und die andere, deren Mantel auf den verfaulten Rüben gelandet war, hatte niemand sie so angeschaut wie jetzt Tola. Sie erwiderte diesen Blick, und Tola schaute weg.

»Tola«, rief sie leise, »Tola.« Der Lärm und das grelle Licht waren verschwunden; sie waren allein, Tola und sie. Sie standen auf einem Feld, über dem die Dunkelheit hereinbrach, weit voneinander entfernt, und sie, obgleich sie zu Tola hinüberlaufen wollte, winkte ihr nur zu, rief nach ihr wie nach einem einst zahmen, aber jetzt in die Wildnis zurückgekehrten Geschöpf. Eine Stimme – die von Barbara – meldete sich, dann folgte ein ausgedörrtes Flüstern – das war sie. Was diese Stimme sagte, war belanglos, sie mußte nur ganz ruhig liegen, bis Tola aufschaute.

Jetzt hob Tola den Kopf und kam näher. »Ich bleibe bei dir«, würde sie sagen, und alles würde gut sein.

»Ich kann nicht hierbleiben – und jetzt muß ich gehen, ich beaufsichtige die Arbeiten in der Küche. Es wird Zeit, ich muß weg.«

»Weg?« Alinka begriff nur langsam. »Weg? Oh, ich halte dich nicht fest. Geh – beeil dich – nein, geh nicht – warte. Ich muß dir etwas zeigen. Warte«, und Alinka kramte in ihren Taschen, in ihren Schuhen. Hier war es, im Schuh. »Da.« Sie hielt Tola das zerknüllte Papier vor die Nase. »Mein Attest, falls ich es verliere, falls du kommst und uns hier rausjagen willst. Da! und jetzt geht! Alle beide!«

»Lagerschluß!« erklang der Ruf.

»Geht doch!« schrie Alinka; sie trat mit den Füßen nach ihnen. Aber sie waren immer noch da, Barbara sagte etwas von Fieber – jemand müsse bei ihr bleiben, wegen des Fiebers.

»Wenn ihr nicht verschwindet, dann ich, ich ziehe meinen Mantel an und verschwinde – jawohl!« Und dann endlich kletterten sie hinab.

Ob sie fort waren? Tola stand immer noch an dem Stapel Feuerholz. Tola zupfte an einem Zweig, der sich in ihrem Rock verhakt hatte. Ein welkes Blatt streifte das Ofenrohr, wurde schwarz, ging in Rauch auf.

»Geht«, – und endlich war sie allein. Sie würde den Mantel über den Kopf ziehen, sie würde einschlafen, sobald das Klirren aufhörte. Aber es hörte nicht auf, es wurde immer lauter; ein versengter Stock hob die Ofenplatte in die Höhe, Flammen schossen heraus, das Wasser im Eimer, die Gesichter und der Höcker der Buckligen, die sich an der Pritsche hochzog, leuchteten rot im Feuerschein. Bretter knarrten. Das Netz, das ihr Kopf war, konnte dieses Knarren nicht mehr fassen, es platzte, Geräusch um Geräusch ergoß sich – ein Mahlen, ein Klappern, ein Rasseln wie von rollenden Deckeln, und sie irrte betäubt und kopflos durch diesen Tumult auf der Suche nach einem Wort, das sie einfangen mußte.

»Krisis«, lautete dieses Wort. »Krisis – ich habe Angst!«

Unter dem Höcker kam eine Hand hervorgekrochen. Es war nicht die, die sie wollte; sie fühlte sich klamm an, diese Hand, und kalt; sie wollte, daß die Tür sich schloß und der Wind nicht mehr nach brennenden Blättern roch. Die Tür öffnete sich weiter; ein OD-Mann kam herein und suchte – nach Leuten, die sich vor der Arbeit drücken wollten. Sie verschloß mit der geballten Faust die Lippen und wartete, bis er ging. Jetzt ging er, er stand in der Tür –

»OD-Mann«, entfuhr es ihr, »OD-Mann, bitte kommen Sie ... Herr OD-Mann. Es ist wichtig, bitte, Herr OD-Mann ... ich ... ich bin mit der Anweiserin befreundet.« Endlich kam er.

»Sagen Sie ihr«, sie konnte kaum mehr sprechen, »sagen Sie Barbara, der großen Frau, Sie kennen sie, daß sie kommen soll, und auch Tola, die Anweiserin. Beide sollen kommen«, rief sie ihm nach.

»Beide, habe ich doch gesagt«, flüsterte sie, als Barbara erschien.

Barbara sagte etwas vom Arbeiten, von Tola und vom Arbeiten, die Bucklige quengelte, und diese Stimme, die sie zum ersten Mal hörte, aber nie wieder hören wollte, das war ihre eigene. »Barbara«, kreischte sie, »Barbara, dies wird unsere Freundschaft vergiften, weil ich will, daß sie es tut, weil ich Angst habe. Ich habe Angst –« keuchte sie, und Finsternis kroch über sie herein.

Die ganze Nacht lang, die ganze Nacht lang umwimmelten und umschwärmten sie sie – bleich und glatt wie weiße Luftballons zuerst, die durch die Dunkelheit schweben. Sie sanken herab, ihnen wuchsen Nasen und Lippen und Augen. »Das könnt ihr gar nicht sein«, sagte sie zu ihnen, »ihr seid in Radom erschossen worden.« »So, und dich kriegen sie auch noch am Ende«, antworteten deren boshafte Blicke. Sie schlug und stieß mit dem Kopf nach ihnen, bis sie in die Dunkelheit entschwebten.

Auch gegen Barbaras Gesicht wollte sie stoßen, sie wollte es kneifen, ihm wehtun, so daß Barbara den Knebel entfernte, der ihr den Mund verstopfte, und die Krusten wegnahm, die ihren Körper umschlossen, welcher bald glühend heiß, bald eiskalt war. Und diese Kälte, das war der Regen, und der Regen, das war Radom; Radom war die ausgestreckt in einer Pfütze liegende Gestalt, waren die Gesichter, die mit einem rasselnden, ratternden Geräusch auf sie zukamen.

Das Rattern schwoll an. »Sie stirbt«, sagte jemand. Aber nicht sie starb da; sie konnte alles hören – das Rattern, die plötzliche Stille, das Heulen; sie sah, wie jemand mit langen Armen und ohne Kopf durch einen Lichtstrahl torkelte.

Tola hatte dieses Licht gebracht, Tola ging wieder weg. »Bleib bei mir!« wollte Alinka ihr nachrufen, brachte aber nur einen Laut hervor, der wie der Schrei einer Eule klang.

Die Gesichter kamen nicht wieder. Statt des Knebels berührte etwas Kühles ihre Lippen. Trinken, dachte sie, und Wasser füllte ihr den Mund; Ruhe erfüllte sie, und Dunkelheit sank daunenweich herab. Späne von Licht schossen durch die Finsternis; sie verschwammen, und vertraute Schritte kamen, genau wie sie es erwartet hatte.

Daß sie zu dritt, Arm in Arm, kommen würden wie Mädchen, die im Gehen singen – das hatte sie allerdings nicht erwarten können. Sie wollte weglaufen, sie wollte nicht antworten, als Aurelia rief. Aber nicht Barbara und Tola begleiteten sie, sondern bloß zwei alte Frauen mit winzigen weißen Haarknoten wie Wattebäusche. Die Frauen verschwanden wieder. Aurelia hatte ein albernes Lächeln auf dem Gesicht, das anzeigte, daß sie nichts Gutes im Schilde führte.

»Aurelia«, sagte sie heftig, »was hast du jetzt wieder vor?«

»Ich gehe ... ich gehe in ein Sonderlager«, und weg war sie mit kleinen, trippelnden Schritten. Es war nicht schlimm, daß Aurelia fort war; wenn sie sich einmal hatten treffen können, dann immer wieder.

Aber die Dunkelheit wollte sie nicht missen. Sie hielt sie fest, indem sie die Augen schloß, indem sie sie hinter den geschlossenen Händen verbarg. Doch schon wich sie einer schmuddeligen Dämmerung. Stimmen redeten in der Dämmerung – Barbaras Stimme rief nach Tola, Tola fragte, wohin Barbara gegangen sei; sie hielten Ausschau nacheinander wie Fahrgäste in einem Bahnhof, die Angst haben, sich zu verlieren.

Die Stimmen kamen nicht wieder. Hatten sie sich gefunden, waren sie fortgegangen, Arm in Arm wie Mädchen, die im Gehen singen? Sie wußte es nicht, es war ihr gleichgültig. Nur diese Dunkelheit wollte sie, weil sie sich weich anfühlte und alle Möglichkeiten in sich barg.

Kapitel 34

Sie hatten sich nicht gefunden. Schweigend standen sie im grauen Frühlicht, und wenn sie miteinander sprachen, dann wie Menschen, die sich nach einer langen Trennung an etwas sie Verbindendes klammern, an ihre letzte gemeinsame Freundin: Alinka, sagten sie, Alinka sei nach der Krisis erschöpft. Alinka brauche Zeit, um wieder zu Kräften zu kommen.

»Ja, sie wird lange brauchen ...«

»Ja, sie ist wohl sehr geschwächt ...« Wieder eine Pause.

»Wasser!« kam ein Flüstern durch die offene Tür der Baracke; steif marschierte die Krankenwärterin an der leeren Pritsche vorbei; sie stolperte. »Gebt mir Wasser!«, das Flüstern steigerte sich zum Schreien.

Langsam drehte sich Tola zur Baracke um. »Ab heute übernimmst du ihren Platz«, sagte sie zu Barbara und zeigte auf die

Wärterin. »Es ist alles geregelt, ich habe schon gemeldet, daß du hier bleibst.«

Barbara wußte das schon, Barbara wußte auch, wie es von nun an zugehen würde: Routinebesuche, gewohnheitsmäßige Trostworte, erzwungenes Lächeln und jene bedrückende Hilflosigkeit, die sich schon jetzt in Wut zu verwandeln begann, so daß sie »Wir sind geschieden!« schreien wollte; »wenn du das machst, sind wir geschiedene Leute.«

Sie streckte die Hand nach Tolas Schulter aus. Und als Tola zurückwich, hatte sie das Gefühl, als habe sie es schon gesagt, als habe sie ihre Drohung bereits ausgestoßen und Tola habe geantwortet: »Es ist mir egal, wenn wir geschiedene Leute sind.« Tola wirkte so sehr wie eine, die gehen will, daß nur noch eins half, ihr folgen, sie zurückholen – und sei es auf die einzige Weise, die Barbara blieb.

Etwas Furchtbares – vielleicht mußte Tola etwas Furchtbares tun, wiederholte Barbara, um sich Hindernisse in den Weg zu legen. Doch auch dieses Hindernis konnte sie nicht mehr aufhalten; es war noch zu weit weg, sie würde ihm ausweichen, wenn sie darauf stieß.

Nein, von neuem versuchte sie sich zu zügeln. Nein, es wird unsere Beziehung vergiften. Und dann gab sie auf.

Denn plötzlich glaubte sie Alinka zu hören: »Barbara, ich habe solche Angst!«, denn die Tragbahre wurde vor ihren Füßen vorübergeschleift, und dahinter ging aufrecht und mit weit geöffneten, trockenen Augen die Wärterin.

Weit hinten knallte der Deckel der Kiste. »Sag mir!« brach es aus ihr hervor, »willst du Anweiserin sein? Sag es mir, ja oder nein!« – »Ja.«

»Dann geh und tu es«, rief Barbara laut und war erleichtert, daß sie ihren geheimen Gedanken ausgesprochen hatte. »Ich lege dir keinen Stein in den Weg, ich will, daß du Anweiserin bist, ja ich will es. Warum starrst du mich so an? Früher habe ich so gedacht und jetzt anders, das ist alles. Ich habe ein Recht, meine Meinung zu ändern, nicht wahr? Nein!« verbesserte sie sich, »ich habe meine Meinung gar nicht geändert. Schon am Anfang – ich meine fast am Anfang – ich meine –« Das hektische, gerötete Gesicht, die schrille Stimme, diese Krankheitssymptome hatten am Anfang gestanden, aber auch das mußte man jetzt ignorieren. Sie mußte weiterreden, jetzt, wo Tola zuhörte und sie endlich anschaute.

»›Tu es, sei Anweiserin!‹ Direkt, nachdem es passiert war, wollte ich es dir sagen. Warum ich es nicht getan habe? Aus Eitelkeit, darum. ›Wird Barbara denn dafür sein? Hat sie solche Angst?‹ Jeder sagte das, auch du, nicht laut, natürlich nicht, aber dein Blick sagte alles. Und weißt du was?« Barbara schwieg, um ihren Triumph auszukosten, denn wenn sie jetzt ging, würde Tola sie nicht fortlassen, Tola würde ihr nachlaufen, um zu erfahren, was sie noch sagen wollte.

»Ja, auch ich bin damit einverstanden. Ja, ich habe solche Angst«, das war es, was sie sagen wollte. »Ich habe Angst, nicht vor dem Hunger, nicht vor Pikrin – all das würde mir nichts ausmachen, nicht das geringste, so lang ich wüßte, ich komme hier lebendig heraus. Aber wenn ich mir vorstelle, daß ich nicht durchkomme – daß sie mich umbringen – daß ich sterbe –« Die Wörter wollten ihr nicht über die Zunge, aber nun, da sie heraus waren, schienen sie etwas zu bezeichnen, das man überstehen konnte wie alles andere. Nur einen Moment lang war ihr bewußt, daß dieses Ereignis nicht zu überleben war, und ihre Lippen wurden zu Eis.

»Hör zu«, Barbara fiel das Sprechen schwer, »hör zu, geht es dir auch so? Denn ich – wenn ich mir vorstelle, daß ich nicht mehr da bin, ich – ich kann es mir nicht vorstellen. Ich weiß, ich müßte das können, aber es geht nicht. Und wenn ich mich für kurze Zeit dazu zwinge, dann geschieht etwas mit mir. Ich kriege keine Luft mehr, ich bin gefühllos wie ein Stein. Solche Angst habe ich, so furchtbare Angst!

Aber was nützt es? Soll ich in Sack und Asche gehen? Soll ich mich schuldig bekennen, weil ich leben will? Ich will leben, ich will hier herauskommen, und das nicht allein, sondern mit dir und mit Alinka.« Sie machte eine Pause; und allmählich trat das alte Lächeln – das Lächeln der Einfältigen, die sich überrascht ihrer Schlauheit bewußt werden – wieder auf ihr Gesicht. »Und du«, das Lächeln wurde breiter. »An wen hast du gedacht, als du Anweiserin geworden bist?«

»An mich selbst.«

»Bist du sicher?«

»Absolut sicher.«

»Absolut – ab-solut«, Barbara sang die Worte beinahe.

»Und wenn – Gott behüte«, unterbrach sie sich hastig, »Gott behüte, aber wenn du in diesen Block und an Alinkas Pritsche kämst und sie leer fändest; und wenn du wüßtest, daß du sie irgendwie zurückholen könntest, würdest du es auch dann nur für dich tun, für dich allein?«

Keine Antwort.

»Siehst du? Siehst du?« wiederholte Barbara und schwieg.

Das Hindernis, das vorhin so weit weg schien, war plötzlich da. Sie wußte nicht, wie sie ihm ausweichen konnte. »Als Anweiserin ... muß man vielleicht furchtbare Dinge tun ...« Sie suchte nach Worten und schaute Tola hilfesuchend an.

»Wenn ich es nicht tu, dann eine andere«, antwortete ihr ausdrucksloser Blick.

Und Barbara, die wußte, daß jetzt alles auf dem Spiel stand, Barbara, die zutiefst ratlos war, verwandelte sich in die andere: Sie sah sich in die Baracke stürzen, sie sah, wie die Kranken und Sterbenden sich an ihre Pritschen klammerten und wie sie sie eigenhändig hinabstieß.

»Ich ... ich kann es nicht, nein, niemals könnte ich das. Aber wenn ich selbst in Gefahr wäre – ich weiß nicht, was ich dann täte, ich weiß es einfach nicht.« Wieder schwieg Barbara. Sie sah umher; zuerst durch die offene Barackentür auf Alinkas Arm, der schlaff von der Pritsche herabhing; dann auf die Bank, auf der eine alte Frau saß und ihr Gesicht der Sonne zukehrte; und schließlich auf ihre eigenen, schmutzbedeckten Füße. »Ich glaube nicht, daß es zum Schlimmsten kommt, ich glaube das nicht«, rief sie im Vertrauen auf die Gerechtigkeit ihres Wunsches – des Wunsches, mit den beiden Menschen, die ihr noch geblieben waren, am Leben zu bleiben. »Wenn es aber dazu kommt, dann ... dann kann man die warnen, die in Gefahr sind, man kann sich verstecken. Irgendwie wird man, muß man dann Rat finden.«

»Und jetzt«, ihr Ton wurde entschlossener, »dürfen wir nicht mehr daran denken. Alinka ist krank. Wir hungern. Wir haben keinen, der uns hilft. Und du, ist das böse, was du tust? Sicher, du mußt für Disziplin unter den Frauen sorgen, du mußt sie zum Arbeiten zwingen. Disziplin muß sein, nicht wegen Rost – der muß uns gleichgültig sein –, sondern ihretwegen, zu ihrem eigenen Wohl. Sie müssen sich wie Frauen benehmen, nicht wie Schweine. Sie müssen arbeiten, nicht für den, sondern für sich, jede einzelne, weil es ihnen sonst schlimm ergehen könnte und weil sie überleben wollen. Verhau sie, schrei sie an, mach alles, aber sag ihnen, sag ihnen immer wieder, warum sie arbeiten müssen und für wen. ›Befehl von Dr. Rost‹, sagst du. Das ist völlig falsch. ›Tola vergiftet unsere Beziehung‹, hat Alinka gesagt. Aber du vergiftest dich selbst, dich allein. Warum? Was ist mit dir geschehen?«

Barbara schwieg, weil Tola lächelte, ihr halb spöttisches, halb zerstreutes Lächeln.

»Keine Sorge, ich werde euch nicht viel länger vergiften«, sagte Tola ganz leise. »Und du, du hast dich nicht geändert, Barbara, kein bißchen.«

Jetzt geschah es, jetzt war Tola dran und redete wie nie zuvor, ohne Pause, ohne Zögern, so daß es den Anschein hatte, als wäre sie eine Fremde, die diesen Aufschrei, der endlich aus ihr hervorbrach, in Worte faßte.

»Du kannst dich nicht ändern, Barbara. Du wirst es niemals können. ›Ich habe Angst‹, sagst du, nein, verkündest du, so wie du früher verkündet hast: ›Ich bin freiwillig hergekommen.‹ Und das bist du in der Tat! Um die Ballkönigin zu sein – deshalb kamst du her; um den Ton anzugeben, um die erste zu sein – die erste in der Selbstaufopferung, im Leiden und Trauern, in der Courage, in der Angst. Was geschah, war nicht wichtig, solange du nur die erste warst. Jetzt ist es genauso: andere schuften für Rost, du dagegen hättest daraus einen Auftrag des Schicksals gemacht. Andere erniedrigen sich zum Dienstpersonal, du dagegen wärest eine Führerin geworden, eine Leitfigur für die Menschen! Du hast diese Chance nicht bekommen. Macht nichts, du kommst noch an deinen Heiligenschein – auf dem Umweg über mich! ›Oh‹, werden alle bewundernd sagen: ›Oh, seht doch, was Barbara aus dieser Händlerin, diesem kalten Fisch gemacht hat!‹ Aber mit mir ist kein Staat zu machen. Ich bin nicht wie du, ich muß diesen Anweiserinnenposten so versehen, wie ich es am besten kann. Warum soll ich ihnen klarmachen, daß sie überleben wollen, wenn es mir leichter fällt, mit Rost zu drohen? Viel leichter! Und das solltest du verstehen. Schließlich fiel dir als erster auf, daß mir alles ›leicht‹ fällt.« Ein neuer Ausbruch kündigte sich an, doch sie mußte warten, bis Barbara die Hände von ihrem Gesicht löste.

»Das ist so lang her«, flüsterte Barbara. »Wie kannst du dich noch daran erinnern, wenn es so lang her ist?« Doch auch Barbara, die sich ein Stück von der Tür entfernte, damit Alinka nicht mithörte, erinnerte sich, schon damals hatte sie sich mit ihrer ganzen Körperfülle vor Tola aufgebaut; auch damals hatten sie geschwiegen, allerdings war es dunkel gewesen; und sie war auf der Flucht gewesen, nicht vor Alinka, sondern vor Aurelia, deren Augen zu fragen schienen: »Könntest du es sagen, Barbara?«

Sie wußte keine Antwort auf diesen Blick. Sie wollte fortgehen, wollte nachdenken, würde die Antwort finden. Es gab keine Antwort – sie wußte es –, und Panik befiel sie, als wäre sie in einem stickigen, finsteren Raum gefangen.

Irgendwo in der Ferne führte ein Weg aus diesem Dunkel. Barbara suchte danach, sie durchmaß die Strecke zwischen jener längst vergangenen Nacht und diesem Morgen, wobei sie sich jede Geste, jedes Wort wiederholte. »Ab heute bleibst du hier«, fiel ihr ein, hatte Tola gesagt, dann die Eile, mit der Tola sich hatte entfernen wollen, und ihr leises Versprechen: »Ich werde euch nicht länger vergiften.« Tola wollte sie verlassen – das war der Ausweg, die Befreiung; und was zuerst als Verleumdung, als Lüge erschienen war, das bedeutete jetzt einfach die Befreiung von dem Druck, eine Lösung finden zu müssen.

Furchtsam und noch ungläubig blickte Barbara auf: und es kam ihr vor, als ob nicht Tola, die sie hatte zurückholen wollen, vor ihr stand, sondern eine Fremde – ein dünnlippiges, kratzbürstiges Weib.

Wie dumm von ihr, sich zu grämen, sich zu sorgen und jemandem nachzulaufen – wem denn? Einer, die ihr all dies an den Kopf geworfen hatte und sich jetzt umguckte, weil sie fürchtete, mit ihren schrillen morgendlichen Kommandos zu spät zu kommen, die ungerührt einen Fleck von ihrer Bluse kratzte, während sie, Barbara, verwirrt und betäubt danebenstand; und die ihre Schuhe gewienert hatte – sorgfältig, mit Speichel und Salpeterpapier, von dem noch ein Stück an der Schuhspitze hing, obwohl sie wußte, daß Alinka gerade erst ihre Krisis hinter sich hatte.

»Wie schick man selbst im Lager noch sein kann«, hätte Barbara gern gesagt. Aber Vorsicht war geboten; sie sollte lieber den Mund halten und abwarten. Jetzt bebten diese dünnen Lippen, sie öffneten sich, schlossen sich aber wieder.

»Ja, ich habe das damals, nachts, gesagt.« Barbara umkreiste langsam und vorsichtig diese Person, die ihre Befreiung hinauszögerte. »Ich habe es gesagt, ich gebe es zu. Alinka hatte natürlich nichts damit zu tun. Du wirst dich natürlich weiter um sie kümmern, du –«

»Ich ...«

»Ja?« Barbara nickte aufmunternd.

»Ich ... ich will allein sein.«

»Aha. Und warum willst du allein sein? Warum? Aus welchem Grund?« Barbara bestand auf ihrem Recht, auf der Bestätigung, daß sie quitt waren; mehr noch, daß sie ihr gar nichts geschuldet hatte; denn wenn sie Tolas wahre Gründe erraten hatte – und das hatte sie, jawohl –, dann stimmte das, was sie in jener Nacht zu Tola gesagt hatte, nach wie vor.

»Warum? Sag mir doch warum?« Mit jedem »warum?« kam Barbara näher, hielt ihre nackten, schmutzüberkrusteten Füße neben die frisch geputzten Schuhe, ihr zerrissenes Kleid neben die saubere Bluse. Sie beugte sich sogar vor, bis ihr kurzgeschorener Kopf Tolas sorgfältig gekämmtes Haar berührte.

»Warum?« flüsterte sie. »Sag es mir. Warum?«

»Weil ...«

»Ja?«

»Weil ... du mich reinreißen wirst.«

»Was hast du gesagt? Ich habe dich nicht ganz verstanden, wirklich nicht«, wiederholte Barbara, damit Tola das nochmal sagte, damit Alinka sie hörte und auch die andere, die sie so ungläubig angestarrt hatte.

Greifbarer als je zuvor erstand die tote Frau vor ihr mit den aufgesprungenen Lippen, zwischen denen die Goldzähne sichtbar waren, und den eingesunkenen Augen unter den runzligen Lidern. Und neben Aurelia, als wären sie unzertrennlich, als könnte keine ohne die andere sein, stand Tola – befeuchtete diese Lippen, legte eine Kompresse auf die fieberheiße Stirn. »So macht man es«, schien Tola zu flüstern. »Siehst du, Barbara, so wird es gemacht.«

»Du hast gehört, Barbara, was ich gesagt habe.« Das war Tola, die jetzt ganz laut redete.

»Ja.« Barbara streckte die Hand aus. »Ja, ich habe gehört, was du gesagt hast, und ich glaube es nicht, egal was du tust, ich glaube es nicht, nie und nimmer!«

Tola sah sie an, Tola tauchte unter ihrem Arm hindurch – und war fort.

Barbara lief ihr nach, durch den Block, durch das Gedränge auf der Straße und zum Appellplatz.

»Zu viert aufstellen!« rief Tola gerade. »Zu viert aufstellen, oder es setzt was!« Ihre Stimme klang schrill.

Und Barbara entfernte sich. Da war nichts mehr zu machen. Solange sie Tola folgte, würde sie diese schrille Stimme hören – die ihr bewies, daß das, was sie nicht glauben wollte, Tatsache war.

»Vorwärts, Marsch – Marsch!« Eine Kolonne nach der anderen marschierte ab, das Tor fiel krachend zu, und alles war ruhig. Ein Vogel rief im sonnigen Wald. Ein anderer antwortete ihm und noch einer ... Dann ein Schrei, ein Stampfen von Stiefeln. Pikriniaks, die sich vor der Arbeit drücken wollten, wurden aufgestöbert; Barbara wußte es, konnte aber keine Luft kriegen, konnte nicht schnell genug laufen.

»Alinka!« rief sie noch in der Tür. »Alinka«, wiederholte sie und beugte sich über das Mädchen.

Die langen Wimpern bebten. »Geh«, antwortete ein tonloses Flüstern, »laß mich in Ruhe.«

Barbara sagte nichts; sie preßte ein feuchtes Tuch auf Alinkas Lippen, strich eine nasse Haarsträhne zur Seite, setzte sich und verscheuchte die Fliegen.

»Wasser!« rief es von der benachbarten Pritsche.

»Wärterin, Wasser«, erscholl ein Chor klagender Stimmen. Sie kletterte hinab, füllte die rostigen Näpfe, blieb dann stehen und sah sich um. Tote Fliegen schwammen in der Pfütze an der Tür, Asche lag rund um den Ofen verstreut, und von der Pritsche direkt über ihr ließ eine alte Frau Kartoffelschalen auf den Boden fallen.

»Sind wir hier im Schweinestall?« schrie Barbara. Sie kehrte die Schalen zusammen, kniete hin und begann den Boden zu scheuern.

Teil sieben

Kapitel 35

Jetzt hatte Tola, was sie wollte – einen Platz in der Kaelankibaracke, eine Pritsche für sich. Jetzt war sie endlich allein. Und es kam ihr vor, als sei sie auswärts zu Besuch gewesen – wie ein befangener, linkischer Gast, der sich alle Mühe gab, einen guten Eindruck zu machen, bis sie es nicht mehr ertragen konnte, bis eine abstoßende Fratze ihr Sonn- und Feiertagsgesicht durchbrach. Das war nun vorbei; hier auf dieser Pritsche neben Rozalia der Händlerin konnte sie ausspannen, hatte sie ihre Ruhe.

Zunächst allerdings war ihr die Ruhe versagt geblieben, zunächst hatte sie das nagende Gefühl gehabt, etwas nicht zu Ende geführt, eine Nachricht nicht überbracht zu haben, so daß die, für welche sie bestimmt war, noch darauf warteten und nach ihr Ausschau hielten. Auch sie wartete, sie spähte durch den Spalt in der Tür, ob jemand neben ihrer Pritsche stand, und schreckte bei jedem Rascheln, jedem Schritt zusammen. Nachts führte sie unaufhörlich Gespräche, die in ihren Träumen anfingen und beim Erwachen weitergingen, bald hatte jedes Wort ein Gedächtnis, bis sie das Gefühl hatte, daß das, was da mit ihr vorging, kein Ende nahm: Die beiden anderen waren gekommen, wieder wurde die Nachricht überbracht, doch die beiden hatten sie nicht verstanden, wieder riefen sie nach ihr, so daß sie sich verstecken wollte, unter einer Baracke, neben der Kiste, irgendwo, bis sie endlich begreifen und nicht länger nach ihr suchen würden.

Hätte sie sich versteckt, dann läge sie vielleicht immer noch dort und wartete auf den Beginn der Suche. Denn niemand suchte nach ihr, niemand rief sie. Sie war nicht unentbehrlich, das war es. Und warum sollte sie es auch sein? War die Freundschaft mit einer Anweiserin etwa ein reines Vergnügen? Ja, seit deren Verschwinden ging es ihnen besser, so viel besser, daß der Schluß nahe lag, daß sie die beiden reingerissen hatte. Möglicherweise stimmte das. Und vielleicht würde sie ihnen das sagen, wenn sie jemals wieder erschienen. »Seid ihr bei eurem neuen Gönner nicht besser aufgehoben?« Wenigstens das könnte sie fragen.

Der neue Gönner war der Arzt.

»Hören Sie, Fräulein Ohrenstein, ist das eine Frau! Mir fehlen die Worte«, äußerte er jedes Mal, wenn Tola zum Krankenrevier ging, um die Liste mit den Krankschreibungen zu holen. Und jedes Mal fügte er noch etwas hinzu: »Die Kranken bekommen endlich Ruhe«, sagte er, oder: »Die Luft dort ist viel besser, viel sauberer – wissen Sie –, und der Fußboden, auf dem liegt kein Stäubchen«; oder er sagte: »Sie wäscht jede Patientin vom Kopf bis zum Fuß. Was sagen Sie dazu?«

Sie sagte nichts dazu. Hatte man ihn nicht informiert? fragte sie sich; oder hatte man ihn, umgekehrt, sogar aufgefordert, er solle ihr klarmachen, wie wenig man sie vermißte?

»Bitte, Fräulein Ohrenstein«, sagte er eines Tages, »könnten Sie ihnen dieses Stück Brot und diesen Zucker bringen? Es ist nicht viel, aber trotzdem –«

»Das geht nicht, Herr Doktor. Ich gehe da nicht mehr hin.«

»Sie meinen – Sie gehen heute nicht mehr?«

»Überhaupt. Ich meine, überhaupt nicht mehr.«

Jetzt war er wirklich sprachlos. »Aha«, murmelte er. »Aha – also – na gut«, meinte er schließlich. »Aber das sage ich Ihnen, ich bin an vielen Stellen gewesen. In Maidanek, im Warschauer Ghetto. Und da – da«, brachte er schließlich hervor, »habe ich gesehen, wie diese hohen Tiere, diese Anweiserinnen, diese – Gott weiß wer zusammenbrachen, wenn es ernst wurde, und zwar so!« Und er schnippte mit den Fingern, daß es einen trockenen Knall gab.

Daß ein »hohes Tier« zu sein ein zweifelhafter Vorteil war, wußte sie auch ohne ihn. Aber diese Anspielung auf den Ernstfall machte sie stutzig. Hatte er irgend etwas erfahren? Aber wie konnte er, wenn alle OD-Leute versicherten, vorläufig werde nichts geschehen; schon früher habe man die Überreste von Toten verbrannt und das andere Lager habe man nur deshalb deportiert, weil die Arbeiten, die dort ausgeführt wurden, weniger dringend waren als die hier.

Ein Stück fettiges Papier – wer konnte sich eigentlich, wenn er nicht Schmiergelder einnahm, ein Brot mit dicker Butter leisten? – flog ihr vor die Füße. Sie hob es auf. »Nun«, sagte sie, auf den Fettfleck zeigend, »nun, Herr Doktor, versuchen wir nicht alle uns durchzuschlagen, jeder auf seine Weise?«

Er zuckte zusammen. »Reinkommen!« befahl er laut. Und die Kranken strömten herein und faßten sich an ihre Geschwüre, an ihre vom Husten geschüttelte Brust, als wären es Wertsachen, welche die Diebe ihnen wegnehmen könnten.

Sie wartete nicht mehr. Und bald war es so, als wäre sie zurückgeblieben, während die anderen sich an einen Ort begeben hatten, wo es ruhig und die Luft besser war.

Sie besaß ein untrügliches Zeitgefühl. In ihrer Gleichförmigkeit waren ihre Tage wie eine Wohnung, die man durchschritt und dann von neuem betrat, wobei das kleinste Ereignis mit solcher Gewißheit an der erwarteten Stelle erfolgte, daß alles, was zu früh oder zu spät kam, als unwirklich oder als bloße Erinnerung an früher Geschehenes erschien. Die langsamen, unregelmäßigen Schritte und das sommersprossige Gesicht, die Stimme – ihre eigene Stimme –, welche sagte: »Geht weg, ich könnte euch vergiften« und das Bedauern darüber, daß sie nicht statt dessen »Ich reiße euch rein« gesagt hatte, kamen zu spät und waren nur noch Erinnerung an etwas Geträumtes, das im Gedächtnis zurückblieb, wenn die Sonne sie weckte.

Ob die spät hereinscheinende Morgensonne oder das helle Licht in der Halle sie weckte, war zunächst nie auszumachen. Ihre Hand, die sie zur Erkundung ausschickte, tastete durch die Wärme, bis sie den Beweis erbrachte, daß die Nachtschicht um war: die Bettlaken, die ihr als Anweiserin zustanden, spannten sich glatt über die Pritsche. Stille lag über dem Block. Es war früh, bedeutete diese Stille; sie hatte wohl nur zwei Stunden geschlafen, und müde, aber froh über den so gewonnenen Frieden blieb sie ruhig liegen und rückte nur dann und wann ein wenig aus der Sonne. Wenn die Pritsche vollständig in der Sonne lag, war es Zeit zum Aufstehen.

Hinter einem Vorhang aus Gebetsmänteln schlief müde und gesättigt ein Liebespaar. Rechts von ihr schnarchte Rozalia, ihr Gesicht, das wie eine zerknitterte Papiertüte aussah, hatte sie ins Stroh gedrückt, ihr Vorhang war so dicht zugezogen, als wäre ihr Beutel mit Brot ein Liebhaber, den sie vor neugierigen Blicken verbergen müßte.

»In-telligenzia«, nannte Rozalia sie. »In-telligenzia hat sich einen Cousin zugelegt, aber einen von der unsichtbaren Sorte«, würde Rozalia spotten, wenn auch sie einen Vorhang vor ihrer

Pritsche anbrächte. Ohne Vorhang und in Gegenwart der Männer, die es hier überall gab, mußte sie beim Anziehen auf der Hut sein; vorsichtig, bei jedem Knacken des Ofenrohrs stehenbleibend, ging sie durch den Block. Aber jedes Mal raschelte das Stroh. »Ver is dus?« »Wer ist das, wer?« rief Rozalia, deren Schrecken sich zweisprachig äußerte.

»Das ist die wieder – die schleicht dauernd herum –« die schlaftrunkenen Stimmen folgten ihr hinaus in die grelle Sonne. Obwohl sie jeden Tag heißer schien, war die Sonne ihre Verbündete; sie warnte sie, indem sie Schatten warf. Wenn ein solcher Schatten sich näherte, wandte sie sich ab und nestelte an ihrem Schuh; kam er auf sie zu, begab sie sich in den nächsten Eingang. Sie wollte nicht reden. Selbst für Bemerkungen wie »Keine Neuigkeiten« und »Heiß!« mußte sie sich zurechtmachen, eine Maske über ihr wahres Gesicht stülpen – das jetzt einer unbeweglichen, glatten Fläche mit der fest geschlossenen Naht der Lippen glich.

Und wenn sie im Waschraum in die an ein Rohr gelehnte Spiegelscherbe sah und darin ihren zu roten Mund betrachtete, dann kamen ihr die großen Augen vor, als paßten sie nicht dazu, als wären sie nicht ihre eigenen. Aber der Körper war noch der ihrige; flach war er, ohne Busen, seine ganze Stärke war in die Teile investiert, die ihr noch Gewinn brachten – in die biegsamen und festen Muskeln an Armen und Waden. Sie nahm die papierenen Lockenwickler aus dem Haar, wusch sich bedächtig und ging dann an einen Ort, der ihr zweites Zimmer geworden war, zu einem Grasstreifen, der so nah am Stacheldraht und den Wachttürmen lag, daß niemand sich dorthin wagte.

Sie strich ihren Rock glatt, damit der Wind nicht darunterfaßte, und legte sich genau in den kegelförmigen Schatten, den die Wachttürme warfen. Hinter dem Zaun bewegten sich Bäume im Wind, ein Zweig oder ein Blatt streifte ihr Gesicht, und die grünen Flecken, welche die Sonne unter die geschlossenen Lider zauberte, wurden zu Blüten, dann zu Gesichtern von einst. Jeden Tag erschienen sie, immer aus freien Stücken und in selbstgewählter Reihenfolge – geordnet nach Adressen oder nach Berufen geordnet, als Ladenbesitzer, Lehrer, Bettler, Nachbarn aus der Kindheit, aus Ghettos oder von Pritschen, und jedesmal, als hätten sie an allen diesen Adressen gewohnt und all diese Berufe ausgeübt, waren ihre Eltern mit dabei und hinter ihnen in einigem Abstand, weil es sich vor dem Spitznamen »Frosch« fürchtete, das Kind.

Keine von diesen Personen, auch das Kind nicht, hatte je existiert. Alle waren nur Schauspieler in einem vor langer Zeit besuchten Stück, jeder spielte seine Rolle, pries seine Glaswaren an oder sang Psalmen und wußte schon, wie seine Schlußszene, wie die letzte Zeile seines Textes lautete. Nur hin und wieder, wenn die Furcht, das Gelächter der Wachen gelte ihr, ihre Kindheitsängste weckte oder wenn eine Stimme von weitem wie der Ruf eines Bejgelverkäufers klang und eine dieser Personen, ob Kind oder Bettler, feste Gestalt annahm, gab es einen Aufstand, dann beteuerten alle, sie hätten wirklich gelebt, und drängten herbei, um zu berichten, was ihnen bei den Schlußworten ihres letzten Auftritts angetan worden war. Sie richtete sich auf. Vor ihr waren die Wachttürme, der weiße Ofen und die Schritte, die ihr als Uhr dienten.

»Früh – früh ist es noch«, tickten diese gelegentlichen Schritte. »Die Zeit vergeht, es wird Zeit«, bedeutete das laute Klappern, wenn sie dalag und auf das Signal zum Wecken wartete. Es begann täglich mit dem Getümmel um den Ofen herum, dem Geräusch spritzenden Wassers und dem Knacken des angezündeten Holzes. Sie erhob sich, strich ihren Rock glatt und ging zurück.

Rauch quoll durch die Baracke. Wie Bienen aus dem Korb stoben Fliegen von der ersten Pritsche hoch. Da saß Rozalia, schlug sich auf die Brust, um die sie ihre Decke drapiert hatte, und schwor, sie verschleudere ihre Ware für einen Pfifferling, für ein Nichts. »Halsabschneiderin«, antworteten ihr die Kundinnen. Und dieses Huschen, dieses Geflüster: das waren die Frauen vom Werk Schmitz, die sich aus dem Staub machten, damit ihre Anweiserin nicht noch mehr Schmiergeld für die Befreiung vom Granatenverladen verlangte, wenn sie sah, was sie alles gekauft hatten.

Die, welche sie bestechen wollten, es waren nicht mehr als zwei oder drei am Tag, waren teils dreist, teils unsicher wie Menschen, die nicht genau wissen, ob auch die Inhaberin ein Trinkgeld bekommt. Sie war keine Inhaberin, sie strich das Trinkgeld ein. Dieses Geld, das sie für den Notfall aufbewahrte, wanderte in das in ihrem Rock eingenähte Portemonnaie, die Kartoffeln oder die Brotschnitte kamen in die Tasche am hinteren Ende der Pritsche. Und nun brauchte sie Vorhänge, viele Vorhänge, die sie nach allen Seiten abschirmen konnten. Denn ringsumher wurde geschmaust: Rozalia lutschte an einem Stück Brot wie an einer überreifen Frucht, dicke Tropfen Rübensirup liefen an schmatzenden Lippen herab, sogar die Pikriniaks schlürften genußvoll ihre armselige Suppe, als verwandelte sich dieser Fraß in ihrer Kehle zu einer Köstlichkeit.

Ihre fest geschlossenen Augenlider dienten ihr als Vorhang. Hinter dieser Abschirmung saß sie auf der Pritsche und dachte nur an eines – daß die Nacht noch weit weg war, daß es erst gegen ein oder zwei Uhr war. Wenn fremde Hinterteile auf ihrer Pritsche aufprallten, sagte sie: »Bitte nehmen Sie mir nicht die Luft weg.« Schritte konnte sie identifizieren, ohne hinzuschauen: Der schwere Gang gehörte den Pikriniaks, die ihre Erschöpfung wie eine Last mit sich herumschleppten; der leichte Tritt war der eines jungen Mädchens, das ihr Brot gegen Suppe eintauschte. Sie konnte diese Suppe nicht ausstehen; sie hatte Hunger, aber was in der Tasche lag, mußte für die Nacht aufgehoben werden.

Doch wenn die Nacht heranrückte und sie zum Appellplatz lief, blieb sie immer an derselben Stelle, vor der Baracke der OD-Männer, stehen, die wie reisende Vertreter im Raucherabteil über zotige Witze lachten und mit schmierigen Karten spielten; sie aber sah nicht hin, sondern langte in die Tasche und stopfte sich Kartoffeln, Brot, alles was sie hatte, in den Mund, schluckte es ungekaut, in ganzen Brocken, schnell und immer schneller hinunter, nur um etwas zu tun, um zu vergessen, daß sie wieder in die Halle mußte, zurück zu diesen Frauen, die sie mittlerweile haßte.

Nicht etwa wegen ihrer ordinären Gespräche, keineswegs. »Und Sie?« könnte sie den Frauen sagen, wenn sie darüber redeten, wie sie, Tola, »die Polin« im Stich gelassen hätte. »Ja, Sie, schauen Sie sich doch selber an.« Sie ihrerseits vergaß nichts: Diese Frau da hätte damals beim kleinsten Anlaß jede Freundin im Stich gelassen, um aus der Quarantänebaracke herauszukommen; die anderen und diese und die da hinten hätten dasselbe getan, um im Werk A zu bleiben. Doch auch ohne solche Detailkenntnisse mangelte es ihr nicht an Beweisen. Daß sie hier saßen, allein oder mit einem x-beliebigen Partner in derselben Reihe, bewies ihr, daß Menschen, die so auf ihren Vorteil bedacht waren, weder allzu aufopferungsbereit noch sehr tapfer sein konnten – sondern eben durchschnittlich wie sie selbst.

Wie die Pritsche, die sie für sich allein hatte, wie der ruhige, gleichförmige Ablauf der Tage war diese Durchschnittlichkeit eine neue Wohnung, die ihr unstreitig zustand. Und aus dieser Wohnung wollten sie sie immer wieder vertreiben. Sie hörten auf zu reden, starrten sie an, und sogleich brandmarkten diese gekränkten Blicke sie als schwarzes Schaf, als Ausbeuterin, die sich an ihrem Elend mästete. Aber wenn die Frauen sich zankten wie die Marktweiber – wenn sie einander anschrien, daß die Besten gestorben seien, während solcher Abschaum noch am Leben sei, was Tola bewies, daß sie nahezu vor nichts zurückschreckten, nur um das letzte Wort zu behalten –, dann konnte sie nicht begreifen, daß sie sich jemals mit ihnen auf eine Stufe gestellt hatte; und doch, gerade die Tatsache, daß sie für Disziplin sorgen, daß sie diese schreienden Mäuler zum Schweigen bringen mußte, zog sie auf ihr Niveau herab – und noch tiefer. Denn deren Gebrüll war kostenlos, während das von Tola mit deutschem Brot bezahlt wurde.

Was das eigentlich für Menschen waren, interessierte sie nicht, solange sie ihr Verhalten verstand, solange sie es mit ein paar treffenden Worten – und es gab ganz wenige Ausnahmen – fixieren konnte. Aber wenn sie es gerade erfaßt zu haben glaubte, entglitten sie ihr wieder, wie damals in der ersten Nacht, als sie begonnen hatte, Frauen für das Verladen der Granaten auszusuchen.

Ohne die paar Ausnahmen hätte sie sich die Mühe des Aussuchens sparen können. Denn von der anderen Straßenseite, auf der sie stand, erschien die Kolonne wie ein vor der Ziegelmauer ausgespanntes Band von verfärbtem Stoff, wobei die Lücken zwischen den Viererreihen wie die Striche auf einem Metermaß aussahen. Um fünfzehn Frauen, wie der Meister angeordnet hatte, auszusuchen, wollte sie die Striche abzählen, dann zurücktreten und aus diesem Abstand die benötigte Länge Stoff abschneiden. Statt dessen ging sie näher heran, weil sie sich an die Ausnahmen erinnerte, die keine Granaten laden durften.

»Warum zog Moses vierzig Jahre lang mit seinen Juden durch

die Wüste?« – »Weil er sich schämte, sich in solcher Gesellschaft auf der Hauptstraße zu zeigen!« Auf dem Weg zur Arbeit, beim Anblick des Drängelns und Schimpfens, war ihr dieser alte Witz in den Sinn gekommen. Jetzt aber wäre Moses stolz gewesen; jetzt hätte nicht einmal eine Schulabschlußklasse sich besser betragen können als die Frauen, so ruhig und gesittet waren sie, und ihre unschuldigen Blicke erkundigten sich, ob sie denn zu etwas fähig sei, was keine von ihnen tun würde, niemals!

Vielleicht hatte Barbara recht gehabt. Vielleicht, wenn eine andere sie befehligt hätte, eine die verkündet hätte, hier sei die Gelegenheit, Solidarität und Mut zu beweisen, wären sie dem Aufruf auf der Stelle gefolgt.

»Frauen!«, sie schlang ihre feuchten Hände ineinander, »diese Woche, gleich heute abend, werden fünfzehn Frauen zum Granatenladen gehen. Ich kann unmöglich wissen, wer gerade erst den Typhus hinter sich und wer sich schon davon erholt hat. Aber jede von Ihnen kann einschätzen, wie kräftig sie ist. Wenn die, die stark genug sind – und es gibt eine Menge unter Ihnen – es freiwillig tun, dann können Sie sich beim Verladen abwechseln, und die Schwachen werden verschont. Also, wer meldet sich?« fragte sie mit heiserer Stimme und schaute weg.

So, jetzt konnten sie sich melden und dem Meister – der höchstwahrscheinlich hinter den Gardinen seines Büros stand und zusah – zeigen, was Solidarität war. Zuerst würden die Kaelanki und die jungen Mädchen vortreten, danach die älteren Frauen, und alle würden ihren Freundinnen nachlaufen und rufen: »Wenn du gehst, geh ich auch!«

»Gehen Sie doch!« näselte eine mürrische Stimme. »Sie fressen sich voll mit deutschem Brot.«

Sie drehte sich wieder um. Sie hätte gern eine Kamera gehabt, um dies zu fotografieren für die, welche behaupteten, man müsse den Frauen nur klarmachen, wie groß ihr Lebenswille sei; für sich, wenn sie sie eines Tages mit unschuldigen Blicken zu täuschen versuchen würden; und vor allem für die Frauen, um ihnen den Spiegel vorzuhalten, in dem sie ihre wahre Einstellung erkennen würden. Die Kaelanki, die zu gute Beziehungen hatten, als daß sie gefährdet gewesen wären, standen ganz ungerührt; die anderen drängelten und stießen und gingen nach hinten, hier schlichen sich affenähnliche Gestalten hinter die letzte Reihe, dort hockte sich eine hin, damit man sie nicht sah, und weiter hinten, in einem Gewirr von fuchtelnden und kämpfenden Armen, drehte die kleine, schwarzgekleidete Frau sich um und um, und ihr ratloser Blick versuchte zu verstehen, was da vor sich ging.

»Eins zwei drei, du bist frei,
Vier fünf sechs, du bist nix,
Sieben acht neun, du mußt sein!«

Der absurde Abzählreim ging ihr durch den Kopf. »Ruhe!« schrie sie. »Ruhig sein!« Sie schwieg, weil sich hinter dem Fenster die Gardine bewegte, weil auch sie, die so laut sprach, daß ihr die Kehle wehtat, auf dem Foto erschien – als übereifrige Anweiserin, die wild entschlossen ihre Leute zum Granatenverladen schickte. »Ruhe, bitte Ruhe!« bat sie und lief hin und her. »Ruhe, um Himmels willen, oder ich lasse Sie, ich –« Sie schwieg. »Automatisch!« sagte sie leise, »wer sich jetzt bewegt, wird automatisch zum Verladen geschickt.« Sie standen stocksteif wie nach einem Peitschenhieb. »Ich zahle«, flüsterte es in die Stille, »ich zahle, Fräulein.«

Diese Zusage wurde von einem konkreten Angebot begleitet: den kräftigen, runden Armen, den Augen, welche sagten: »Nehmen Sie diese da, nehmen sie irgendeine, nur mich nicht.« Genau diese da aber brauchte sie. »Vortreten«, sagte sie, »sofort vortreten, oder Sie kommen nicht nur jetzt zum Verladen, sondern morgen auch.« »Morgen – auch morgen«, sagte sie gerade zu der Jecken, als aus der Reihe dahinter das Waisenkind – seit dem Tod der Zwillingsschwester deren unzertrennliche Gefährtin – nach vorn schoß und die Lippen zusammenpreßte, als wollte sie etwas verschweigen. Aber der Schrei war nicht mehr zu unterdrücken: »Zusammen!« brach es aus ihr hervor, und mit diesem Schrei des Waisenkindes, eigentlich einer reizbaren und egoistischen Person, verschwamm das Foto, als wenn alle Frauen diesen Schrei in sich gehabt hätten, ihn hätten hervorstoßen können, wenn die, der er galt, da vorn gewesen wäre.

»Ich zahl«, hieß es wieder, und dann: »Nein – zusammen.« Eine ungeordnete Menge strömte in die Halle; und Ruhe kehrte ein, als die Frauen sich eine nach der anderen an die Arbeit begaben.

Dies war nachts immer die Zeit, in der sie Entscheidungen traf und ihre Gedanken ordnete. Der Meister war bloß ein Subalterner, der keine Ahnung hatte. Auch Rost war bloß ein Subalterner, der möglichst viel aus ihnen herausquetschen wollte. Und wenn sie sich beschäftigte, dann war die Nacht schnell vorbei.

Um frische Luft auf Vorrat einzuatmen, lehnte sie sich, solange es noch hell war, aus dem Fenster. Draußen sammelte sich die Hitze in dem roten Sonnenball; die Bäume glänzten; Vögel flogen in den glatten, weißen Himmel und lösten sich dort auf. Und hinter ihr sprang Gelächter von Tisch zu Tisch; es ließ sie aus und hüpfte zur nächsten Tischreihe. Einzelne Satzfetzen über Spiegel, über vergoldete Rahmen kamen zu ihr herübergeflogen wie Teile eines Puzzles, an dessen Zusammensetzung eifrig gearbeitet wird.

Gerade wurde das Puzzle »Vor dem Krieg« zusammengesetzt. Die Kaelanki, deren wieherndes Lachen eine Art Etikett war, das ihre Herkunft aus den Arbeitervierteln deklarierte, hatten früher zwischen solchen Spiegeln, solchen Goldrahmen gewohnt, während die Frauen aus Krakau mit ihrem kultivierten Geschmack Fenster vergrößerten, Wände entfernten, bis ihre Häuser zu beinahe ätherischen Gebilden wurden, die nur noch aus Luft, Blumen und Sonne bestanden. Und in dieser glänzend renovierten Vergangenheit bewegten sie sich ehrfurchtsvoll flüsternd, als sprächen sie über Tote; mildtätig waren sie alle gewesen – kein Bettler verließ ihre Türen mit leeren Händen – und geduldig, o ja, so geduldig, daß keine von ihnen jemals ein hartes Wort gekannt hatte. Tola kam hinzu, da waren sie still.

Sie liebten sich selbst, jede einzelne von ihnen. Jede hätte sich, wäre sie Anweiserin geworden, aufopferungsvoll in den Dienst einer Idee gestellt. Solches Selbstlob war Tola fremd. Ihr ging es um Sicherheit und um das Brot, das es im Laufe der Nacht gab.

Nach und nach wurden Bäume und Himmel dunkler, und die Nacht rückte näher. Im Schutz der hereinbrechenden Dämmerung wurden die Stimmen lauter und ordinärer. »Licht!« riefen sie. »Heda, verschaffen Sie uns Licht!« Sie befahl, Licht zu machen, aber während die Transportarbeiter sich an den Verdunklungen zu schaffen machten, hegte sie die Hoffnung, daß ein Defekt eingetreten war, daß das Licht nicht anging und sie wieder zu Bett gehen könnte. Es flammte auf. Und gleich hatte sie das Gefühl, sie sei nie woanders gewesen als in dieser stickigen Luft, in diesem dichten, feinen Staub, der sich auf den schwarzen Kistenstapeln niederließ, und unter diesen Gesichtern, die im Lampenschein anzuschwellen schienen.

Sie mied den Anblick dieser Gesichter. Sie achtete nur auf die Hände; Hände, denen befohlen wurde, schneller zu arbeiten, die unter Tischen hervorguckten, an denen man zog, um Schlafende zu wecken, die sich hoben, wenn jemand zur Latrine gehen wollte, und die unablässig gezählt wurden.

Eins – zwei – drei, wie eine Melodie, die nicht aufhören will, obwohl der Text zu Ende ist, gingen ihr die Zahlen durch den Kopf. Und um die Zeit zu vertreiben, zählte sie weiter: Sie zählte die Kisten, die Risse im Zementfußboden, die langen oder kurzen Schritte, die man brauchte, um die Halle zu durchqueren. Wenn es nichts mehr zu zählen gab, spielte sie ein Spiel mit der Uhr. Mal sehen, dachte sie, ob dann, wenn ich zum Büro des Meisters gehe und eine Zeitlang davor stehenbleibe, fünf oder zehn Minuten verstrichen sind. »Fünf«, sagte die Uhr, als sie zurück war. Wenn sie gewann, wenn mehr als die erwarteten Minuten vergangen waren, dann erfüllte sie dasselbe Glücksgefühl, das sie durchfuhr, wenn sie überraschend noch ein bißchen Brot in ihrer Tasche fand.

Die Uhr verlor als erste die Lust an diesem Spiel. Die Zeiger rückten kaum von der Stelle; die Minuten wollten nicht verstreichen. Sie ging auf und ab, blieb stehen, um einen Flecken von ihrer Bluse zu entfernen; oder sie begab sich zur Latrine, wo die Frauen wie stillende Mütter mit aufgerissenen Kleidern hockten, um den Läusen den Garaus zu machen. »Zeigen Sie uns doch an, weil wir eine Pause machen, los, zeigen Sie uns an«, murrten sie, wenn sie ihnen befahl, sofort zurückzugehen. »Ich zeige Sie nicht an, ich schicke Sie einfach zum Granatenverladen.« Sie sprach leise wie jemand, der einen unerquicklichen Familienstreit vor einem anspruchsvollen Gast verbergen will.

Der Meister war dieser Gast. Für ihn frisierte sie ihr Haar und hielt ihre Kleidung sauber; für ihn hielt sie ausgewählte Wendungen, ein Kopfnicken und ein Lächeln bereit. Im Gegensatz zu den Frauen war der Meister eine berechenbare Größe und bestand aus zwei genau zusammenpassenden Teilen wie ein Kasten, der Boden und Deckel besitzt. Der Meister war feige und gut. Als Feigling war er nicht bereit zu helfen, er schaute bloß zu; als guter Mensch – oder vielmehr als einer, den seine Feigheit zum Gutsein zwang – hatte er ein schlechtes Gewissen und suchte nach einer Rechtfertigung. Sie, seine Untergebenen, waren diese Rechtfertigung. Zwar würde er dieses Nazigeschwätz über die Juden nie und nimmer glauben; aber rein zufällig waren seine Juden ein solch nichtswürdiges, rohes Pack, daß er, der alles getan hätte für die, die es verdienten, bei diesen hier, welche aus reinem Überlebenswillen über Leichen gingen, kein Risiko eingehen konnte – einfach weil er gut war, und weil gute Menschen, selten wie sie sind, erhalten bleiben müssen. Die Entdeckung eines Menschen, der seine Hilfe verdiente, hätte ihn in Bedrängnis gebracht; die Erkenntnis, daß alle, mit denen er hier zu tun hatte, von der rohen, nichtswürdigen Sorte waren, war ein Segen, ein Geschenk des Himmels.

Indem sie Tola aufforderten, sie anzuzeigen, wollten sie beweisen, daß Tola eine von dieser Sorte war. »Herr Meister, ich muß eine Anzeige machen«, würde sie sagen, es würden nicht ihre Worte sein, sondern die der Frauen, die Gewalt über sie hatten, und damit würde sich ihr Mund in die Schnauze der dicken Kaelanka verwandeln und so dem Meister die Entschuldigung verschaffen, die er brauchte. Leider konnte sie weder ihm noch den Frauen diesen Gefallen tun. Sie brauchte ihn für jenen Tag irgendwann in der Zukunft, an dem im Lager etwas passieren würde. Denn dann mußte er sich bei Rost für sie verwenden.

Die Maus war die einzige, die hartnäckig behauptete, es werde nicht mehr lange dauern. »Erst verbrennen sie die Überreste der Leichen, und jetzt haben sie es plötzlich so eilig mit dem Verladen der Granaten«, hatte die Maus in der Nacht geflüstert, als die Schmitz-Frauen zum ersten Mal zu dieser Arbeit abkommandiert worden waren. »Fräulein Anweiserin, Fräulein Ohrenstein«, sagte sie und verzog ihre grauen Lippen zu einem vornehm bittenden Lächeln, »Fräulein Tola, meine Tochter liegt mit Typhus im Krankenbau. Bitte fragen Sie den Meister, was man mit uns vorhat.«

»Und wenn Sie es wüßten, was dann? Würden Sie Rost einen

Brief schreiben, sie weigerten sich, in ein anderes Lager zu wechseln, weil Sie sich nicht danach fühlen, weil Ihnen das Klima nicht bekommt?« wollte Tola sie anfahren. Aber dann sagte sie nur, der Meister sei ein Subalterner, der keine Ahnung habe. Sie fügte noch hinzu, sicher werde er, wenn er zufällig etwas wüßte, nichts sagen. Aber jede Nacht, wenn sie vom Stuhl aufstand, um zum Meister zu gehen, erhob sich auch die Maus und schickte ihr dieses vornehm bittende Lächeln nach, das nicht zu ignorieren war und mit dem Lächeln verschmolz, das der Meister für sie bereithielt.

Dessen guter Teil lächelte; der feige schaute umher, als lauerten Spione in den grün gestrichenen Wänden oder unter den Papieren auf seinem Schreibtisch, während er – auf diesen Kompromiß war er verfallen – sie mit jener mühsamen Höflichkeit behandelte, die man nur Krüppeln und Armen angedeihen läßt.

»Wie weit sind die Arbeitsnormen erfüllt, Fräulein?«

»Ungefähr zu Hälfte, Herr Meister.«

»Eine Reihe von Frauen arbeitet anderswo – gibt es Schwierigkeiten bei der Erfüllung der Norm?«

»Keine Schwierigkeiten, Herr Meister.« Eine Pause; der Luftzug hob ein Zeitungsblatt in die Höhe, auf dem Kreuze die Namen der für Führer und Vaterland Gefallenen bezeichneten. »Und wie geht es Ihren Freundinnen?« fragte er dann, oder auch, um Abwechslung in die karge Kost ihres Gespräches zu bringen: »Wie geht es dem jungen Mädchen und der großen Frau?«

»Es geht ihnen gut, danke. Es erfordert natürlich viel Arbeit, eine Baracke mit sechzig kranken Frauen tadellos in Ordnung zu halten«, antwortete sie, wobei sie das Gefühl hatte, sie spreche von einer Person, die sie nie gesehen hatte; oder sie sagte: »Es ist nicht leicht, sechzig Frauen zu waschen, wenn man nur eine Schüssel und keine Seife hat.«

Von dem grünen Lampenschirm fiel ein weiches Licht auf seine großen unbeholfenen Hände; ein Stuhl in der Ecke schaukelte, als lade er sie zum Hinsetzen ein. Sie spürte den Wunsch sich zu setzen, seine Hand zu berühren und ihn zu bitten, er möge ihr hier ein bißchen Ruhe gönnen, weil sie sich seit Jahren nicht in einem richtigen Zimmer ausgeruht hatte, weil ihr die Augen brannten, weil draußen in der Halle etwas auf sie wartete, wovor sie sich fürchtete. Aber schon griff er nach dem Brotpaket. Sie wollte das Brot nicht, sie wollte mit ihm sprechen. War es nicht traurig, daß er einen Haufen Juden bewachte, anstatt für den Führer zu kämpfen, wollte sie sagen oder ihn fragen, ob ihm denn niemand berichtet habe, daß sie keine Freundinnen mehr hatte.

»Danke«, sagte sie und ging, die Arme fest an den Leib gepreßt, als könnte etwas in ihr überschwappen.

Und es schwappte über, jede Nacht. Der Meister ist ein Subalterner. Rost geht es nur um die Arbeit – so rückte sie, an den Heizkörper gepreßt, die Verhältnisse zurecht. »Nichts Neues«, sagte sie in der Halle und zählte wieder, dieses Mal die Frauen, ob nicht eine während ihrer Abwesenheit verschwunden war. Da war eine zuviel, sie mußte nochmals zählen; jetzt fehlte eine, sie bückte sich unter die Tische, sie sah hinter die Kistenstapel. Jetzt stimmte die Zahl; jetzt wollte sie etwas essen. Alle starrten, alle verfolgten ihre Bewegungen, während sie langsam aß und das Brot erst in den Fingern hielt, dann zwischen die Lippen und schließlich gegen das Zahnfleisch drückte, als litte jeder dieser Körperteile seinen eigenen Hunger, den nur die Berührung stillen konnte. »Nichts mehr da«, sagte die leere Hand. »Mehr«, verlangte der Hunger und versprach, er werde sich zufrieden geben, wenn er nur einen Bissen, ein Bröckchen mehr bekäme. Als ihm das versagt wurde, blieb er und wuchs an, wenn der Kübel mit der Suppe, die sie nicht ausstehen konnte, hereingerollt wurde, wenn in den Gesichtern, deren Anblick nun nicht mehr zu vermeiden war, die Augen zu Fingern wurden, die gierig nach dickerer Suppe, nach einem besseren Platz in der Schlange griffen, und auch die Mäuler Fingern glichen, die mit lauten Zurufen wie: »Ich will nicht nur Wasser« oder: »Ganz vollmachen, Sie« auf sie einstießen.

»Herr OD-Mann, ist alles ruhig im Lager, ja?« Die Maus versuchte sich in dem Lärm verständlich zu machen.

Es war immer ruhig im Lager; von dort kam ein kühler Luftzug durch die offene Tür, dort hatte man seine Ruhe. Hier schwoll das Geschrei an, die Frauen schoben und drängten sich nach vorn und stürzten sich wie ein entfesselter Pöbel auf die Suppenfässer – ein Pöbel, bei dem der Appell an den Überlebenswillen ebenso überflüssig war wie bei den Insassen eines Rettungsbootes, die den Ertrinkenden die Hände wegreißen, mit denen sie sich festklammern wollen.

Und die wenigen, die solchen Appells bedurften, die Ausnahmen, die man zu den Fässern führen mußte: die Doctorka, die kleine schwarzgekleidete Frau und die paar anderen, hätte sie die gefragt: »Wollen Sie denn nicht überleben?«, dann hätten sie sie angeschaut, als wollten sie fragen: »Aber wozu denn? Warum?« Die alte Meyerowa, deren Kopf wie eine Kokosnuß mit braunen Haarbüscheln am zweiten Tisch auf und niederhüpfte, hätte nicht im Traum daran gedacht, so zu fragen.

Nicht! Man durfte nicht über sie nachdenken. Aber die Warnung: »Du darfst nicht nachdenken« bedeutete, daß sie schon nachdachte: zuerst über das Waisenkind, das die Meyerowa anschrie: »Du alte Schachtel, du hast lange genug gelebt!«, als diese ihre Suppe verschüttete, dann über die Antwort der alten Meyerowa. »Du wirst in der Erde verfaulen. Und ich werde dich überleben«, schrie diese in die plötzliche Stille hinein. Tola ging auf die Meyerowa zu; sie schaute sie lange an. Ja, die Meyerowa konnte überleben, warum nicht! Sie wußte, wie man sich durchschlug, es war ihr gelungen, ihre ganze Familie zu überdauern – ihren Mann, dessen Werkstatt nicht weit von den Ohrensteins gestanden hatte, ihren Sohn mit den sanften Augen und sogar sich selber, die mit der einen Hand den Kinderwagen geschoben und in die andere »Ohoooo« hineintrompetet hatte, und wenn dann Fenster aufgingen und neugierige Bekannte darin erschienen, wurde Meyerowas Mund zu einem regelrechten Zoo – es krähte, muhte und bellte aus ihm – bis ihr endlich der Lohn, das Lächeln ihres Enkelkindes, zuteil wurde, das sie übrigens ebenso erfolgreich überlebt hatte.

Ein neuer Geruch schien den der Rübensuppe zu überlagern: der Geruch sorgfältig und sinnlos aufbewahrter Dinge, von Medizin und Mottenkugeln, wie er die Zimmer von alleinstehenden Mietern erfüllt. Die Meyerowa, die als einzige überlebt hatte, bewohnte ein solches Zimmer ganz allein. Sie räumte auf, sie zählte ihr Kleingeld. Schritte kamen näher, ein Telefon läutete, und sie horchte, lief zur Tür, denn vielleicht galt der Anruf ihr, vielleicht kam die Wirtin, um sie zum Tee zu bitten; das Läuten verstummte, die Schritte entfernten sich wieder. Sie räumte auf, sie zählte ihr Kleingeld.

»Was ist denn los?« fuhr die Meyerowa sie an. »Ich arbeite, wieso starren Sie mich so an?«

»Natürlich arbeiten Sie, natürlich.« Und wenn sie ihr verraten hätte, woran sie dachte –? Wäre die Meyerowa in sich zusammengesunken wie ein Bovist, der beim Drauftreten nichts als eine platte Hülse und eine schmutzig-graue Staubwolke hinterläßt?

So hatte es angefangen, dieses Spiel mit Zukunft und Vergangenheit. Mal gucken; wenn ich vorwärts gehe – vierzig lange Schritte, sechzig kurze – sie versuchte auszuweichen, doch alles verschwor sich gegen sie, selbst die schwarzen Munitionskisten, die wie Reisegepäck aufeinandergestapelt lagen, selbst das Klirren der Geschoßhülsen, das sie an den Rhythmus eines Zuges erinnerte. Die Halle war ein Zug; als ungeordneter Pöbel waren die Fahrgäste hereingestürzt; nachdem sie einen Platz ergattert und ihr Gepäck verstaut hatten, wurden sie gesittet, und jeder erzählte, woher er kam. Doch bald fiel das gesittete Benehmen von ihnen ab; bald verriet jede hingeworfene Bemerkung, jeder dreiste Blick ihre wahre Herkunft. Nichts war neu, in allem lebte die Vergangenheit fort: in den neidischen Blicken auf das extra Stück Brot, in diesem bedeutsamen Kopfnicken, das wie einst beim Anblick von Schmuck und Pelzen besagte, man wisse ja, wie jemand an solche Luxusartikel komme; in diesem Sichvordrängen an der Latrine wie einst bei Sonderangeboten, die man an sich riß, ob man sie nun brauchte oder nicht; im teilnahmslosen, schlurfenden Gang, im Klatschen, im Grinsen; und in diesen von allen Seiten glotzenden Augen, diesen leeren Fischaugen. All das waren Mitbringsel aus der Vergangenheit; Tola sammelte sie und machte daraus eine einzige Frau, welche sie »die da« nannte. »Die da« war der gemeinsame Nenner, auf den sie alle brachte – die Jungen, die noch so werden wollten, und die Alten oder Älteren, die ihnen einst geglichen hatten und diese Zeit als Krönung und Höhepunkt ihres Lebens betrachteten.

»Die da« wurden am greifbarsten, wenn sie Lockenwickler und Morgenrock trugen, während »ihr« Kind nur in Umrissen erschien und schnell auf den Schulweg geschickt wurde. In dem Zimmer, wo Überreste vom Vortag wie Apfelgehäuse in vollen Aschenbechern und unter angesammeltem Staub lagen, zeigte der Spiegel an, daß etwas fehl am Platze war: ihr Gesicht, ein Gesicht – denn zweifellos konnte diese aufgedunsene Visage nicht ihre sein. Ein wenig hingetupfter Puder, etwas Rouge – und das Gesicht war wieder das alte. Zuversichtlich sahen »die da« einem arbeitsreichen Tag entgegen.

Ein wenig zaghaft zunächst, prüfende Blicke in jeden Spiegel werfend, ob noch alles am rechten Platz war, gingen sie ihren Besorgungen nach. Noch ein Laden, weitere Sonderangebote. Man mußte etwas umtauschen, etwas ging verloren, wurde aber wiedergefunden. Den Arm voller Pakete, mit herabbaumelnden Kartons, die mit Bändchen und Schleifen verschnürt waren, rannten sie der Straßenbahn nach, sprangen im letzten Moment auf, und wenn ein junger Mann ihnen einen Sitzplatz anbot, erröteten sie, wußten um dieses Erröten und waren geschmeichelt.

Allzu schnell war die Haltestelle in der Nähe der Wohnung erreicht. Vor dem Ladenfenster fiel ihnen auf, daß dieser oder jener Artikel zu teuer war, sie erinnerten sich, daß sie vor einem oder zwei Monaten oder gar vor einem Jahr an derselben Stelle genau dasselbe gedacht hatten, und damit regte sich der Verdacht, daß die Zeit wie die Luft in einem verschlossenen Zimmer immer dieselbe war, daß nichts sich änderte außer dem eigenen Gesicht, das schon wieder so sehr jener aufgedunsenen Visage ähnelte, daß man nicht mehr verstand, warum der junge Mann so schnell vor einem aufgestanden war.

Aber irgend etwas würde sie erreichen – ein Brief, ein besonderer Anruf. »Das Wetter ... das Kind ... Gott sei Dank!« stand in dem Brief. »Keine Neuigkeiten«, sagte der Ehemann am Telefon. Und wenn das Kind nach der Schule gefragt wurde, kam plötzlich eine ausweichende Antwort, als wäre es auf ein peinliches Geheimnis bei den Erwachsenen gestoßen.

Es war noch so früh; und doch war es plötzlich so spät.

Staub sammelte sich auf dem Schrank, die Aschenbecher füllten sich, einer nach dem anderen. Ein Entschluß mußte gefaßt werden, bevor der Tag vorüber war. Er wurde gefaßt. Man würde allein aufs Land fahren, in die Berge. Und die Berge waren schön, und die Wasserfälle. Doch eine Art Glasscheibe schien diese Schönheit abzuschließen, wie eine Ware, die unerreichbar wertvoll ist. Vergeblich eilten die Gedanken zu diesem Kleid, zu jenem Hut. Auch von den anderen Menschen, Glückssuchern wie sie selbst, deren »Wie großartig!« immer ein wenig zu laut und zu spät kam, war keine Hilfe zu erhoffen.

Dennoch war es richtig, daß man die Reise unternommen hatte; im Zug auf der Rückfahrt wußte man, daß es richtig gewesen war. Denn als er in den Bahnhof einfuhr, kam die Angst, daß dem Kind etwas zugestoßen sei, ein Unfall, eine unheilbare Krankheit, und man lief ihm durch die Menge entgegen, drückte es an sich und wußte, hier war ein Teil von einem, hier war ein Wesen, für das man alles hingäbe – wenn es einmal notwendig würde.

Und jetzt war der Zeitpunkt gekommen.

Tola schaute nie auf, wenn sie an diesem Punkt angelangt war. Sie wartete, daß jemand käme, daß etwas einträte, so daß die Frauen »Zusammen!« schrien und sich aneinander festhielten, um sie ein für allemal Lügen zu strafen, sie ins Unrecht zu setzen. Nichts geschah. Und wenn sie sie anschaute, fand sie, daß sie alle gleich aussahen wie hundert Meyerowas mit mahlenden Kiefern, wie Würmer, die, obwohl durchgeschnitten, weiterhin an ihrem Dreck kauten, und dann war sie sicher, daß in dieser Nacht Rost kommen mußte. Vielleicht war er ja schon gekommen, vielleicht schaute er gerade jetzt durch den Ritz in der Verdunklung, lachte und zeigte dem Meister das Schauspiel, das er nicht verpassen durfte.

Sie selbst war dieses Schauspiel. Rost spielte ihr diesen Streich, einen üblen, kleinen Streich. Sie sollte diese Hyänen bändigen, ohne selbst eine zu werden – das war sein Streich. Und sie versuchte es; sie bewegte sich geziert, sie sprach leise und merkte sofort, wie sie wirkte – wie eine vornehm tuende Aufsteigerin, die ihre Herkunft zu verleugnen sucht. »Für sich selbst müssen Sie arbeiten, um zu überleben«, sie versuchte es wieder damit, wußte aber genau, daß ihre Stimme und ihre Augen verrieten, wie gleichgültig es ihr war, ob die weiter an ihrem Dreck kauten oder nicht; und wenn sie ihr einziges Talent – nämlich zu erkennen, wer ihr überlegen war – zur Geltung brachte und sich an die Ausnahmen halten wollte, die Doctorka und die schwarzgekleidete Frau, dann wandten auch die sich von ihr ab, die, welche als erste der nächsten Selektion zum Opfer fallen würden.

»Eins zwei drei, du bist frei,
Vier fünf sechs, du bist nix,
Sieben acht neun, du mußt sein!«

Der Abzählreim in ihrem Kopf wollte nicht verstummen.

Nein, sie würde die Selektion nicht durchführen müssen; der Meister würde sie davor bewahren. »Die ist anders«, würde der Meister sagen. »Wir wollen sehen.« Rost würde lächeln. Nein, wenn es erst einmal so weit war, konnte der Meister ihr nicht mehr helfen. Sie mußte jetzt handeln, bevor es zu spät war, jetzt, in dieser Minute, sie mußte den Meister bitten, sie davon zu dispensieren. Aber Rost würde sie nicht vergessen. Rost würde merken, daß sie zu zimperlich war, um seine Befehle auszuführen.

Nichts konnte sie tun, gar nichts! Und sie haßte sich; weil sie zwar schlau war, aber doch nicht schlau genug, um zu wissen, wer sie einen Kriecher und Schleimer nennen würde und um welchen Preis; sie haßte Barbara, die nichts begriffen hatte, und vor allem haßte sie diese Hyänen, dieses Pack, das unter die Tische kroch, das schnarchte, sich vor der Arbeit drückte, bis sie es nicht mehr ertragen konnte, bis man nur noch einen Wunsch hatte: sie mit einem solchen Schrei anzuspringen, daß der Meister und wer immer in der Nähe war, herbeistürzen würden, und in deren Gegenwart auf sie einzuschlagen, wieder und wieder und wieder!

»Arbeiten!« schrie sie. »Wenn ich sterben muß, dann nicht wegen euch!« Ebensogut hätte sie sagen können: »Ich hätte es besser treffen können.« Und jedesmal, wenn sie bei diesem Gedanken angelangt war, lief sie hinaus.

Wie friedlich die Nacht war. Wie schwarze Türme, wie schwarze Kuppeln ragten die Bäume in den sternübersäten Himmel; nichts regte sich, nur in der Ferne stand eine dünne, blaue Rauchsäule über der schwarzen Mauer des Waldes. Und die Stille, die ihr Gesicht wie Wasser reinigte, trug sie fort über die Schatten auf der blassen Erde ins Dickicht, wo hoch und feucht das Gras wuchs. Aus dem Dickicht kam ein Rascheln. Als es zum Lärm anschwoll, der an das Peitschen der Zweige gegen ein fahrendes Auto erinnerte, ging sie langsam zurück und blieb an der Wand stehen, wo sie die kühle Feuchtigkeit in sich einsog.

»Arbeiten!« schrie jemand, jemand rannte durch den weißen, mehligen Staub, aber das war nicht sie – ihre Beine und ihr Gesicht waren aus Pappe; nur die Augen lebten noch, in die das Licht wie mit Pfeilen eindrang. Einen Augenblick lang, nur einen Moment, schloß sie die Augen; große Kanten Brot, Gesichter schwärmten durch die Dunkelheit; unter den sich schließenden

Lidern zerbrachen sie in tausend Scherben und waren verschwunden. Jetzt ruhte sie sich aus, sie nickte nicht ein, sie entspannte sich, so daß sie jeden Laut hörte und noch nicht aufschauen mußte. »Noch nicht – noch nicht –« Die Laute wurden schwächer, der Stuhl schaukelte auf und ab.

Hatte die grelle Sonne sie aufgeschreckt; lag sie wieder auf ihrer Pritsche? Das Gewicht des herabhängenden linken Armes zog sie nieder, der Arm tastete umher, die Finger faßten etwas Poröses an und fuhren zurück. Sie hatte den Zementfußboden berührt; es war immer noch Nacht, gerade eine Minute war verstrichen, seit sie weggedämmert war.

Da sie wußte, daß lauter einzelne Minuten noch keine ganze Nacht ergaben, sah sie nicht mehr auf die Uhr. Soll ich etwas tun – soll ich nicht? Selbst der Entschluß, eine Motte oder eine Fliege zu verscheuchen, erforderte Nachdenken. Sollte sie – sollte sie nicht, wenn die Suppe überzufließen drohte oder eine Kiste mit Granaten zu voll war? Manchmal löste sich ein Gemurmel von ihrer schwerfälligen Zunge, manchmal starrte sie nur, während Männchen, klein wie in einem verkehrt herum aufgesetzten Feldstecher, umherhüpften und etwas von Gefahr, Explosionsgefahr, Lebensgefahr schrien.

Aber gerade als es ihr vorkam, als wolle es nie mehr tagen, regte sich hier auf dem schwarzen Stapel von Kisten ein zerlumptes Bündel; der alte Transportmann räkelte sich genüßlich; er sprang herab. »So, was meinen Sie dazu, meine Damen, was meint ihr, ihr Mädchen?« sagte er strahlend, als verkündige er eine frohe Botschaft. »Fast vier, bald gibt es frische Luft – schöne, frische Luft«, lautete seine Botschaft. Aber selbst die Luft enthielt Tola ihnen vor. »Noch nicht«, befahl sie. »Warten Sie – noch nicht –« Endlich erschienen kleine, graue Punkte auf den Fensterverdunklungen. »Jetzt«, rief sie. Die Verdunklungen gingen hoch, Wind fuhr herein, der nach feuchter Erde roch, und als er die verbrauchte Luft fortblies, als die Granathülsen in der aufgehenden Sonne glänzten, begann Licht in die leblosen Gesichter zurückzukehren.

»Wie gut die Luft tut«, sagten die Frauen. Hier erklang Lachen, dort das Bruchstück eines Liedes, und wer schon mit der Arbeit fertig war, half anderen, ihre Norm zu erfüllen.

Wenn die Hitze aus dem roten Sonnenball quoll, kamen die, welche Granaten hatten verladen müssen, wieder, setzten sich und saugten an ihren wunden Händen. Tola zählte sie, sie zählte alle ihre Frauen – zweimal, einmal in der Halle, ein zweites Mal draußen nach dem Aufstellen. »Abmarsch!« schrie sie, und einander stützend stolperten die Frauen los.

Irgend jemand schlief, wenn sie weg war, auf ihrer Pritsche, und verdreckte sie mit Haaren und Brotkrümeln. Sie schüttelte die Laken aus, stopfte sich die Ohren zu und legte sich hin. »Liebe«, wiederholte sie, wenn Körper sich hoben und senkten und Pritschen schwankten, »jetzt bin ich von Menschen umgeben, die sich lieben.« Dann kam der Schlaf, traumlos, dann das blendende Licht – die Sonne.

Keine Sonne, sondern Regen weckte sie an diesem Morgen. Der Regen verhinderte die warnenden Schatten, der Regen verweigerte ihr den Gang in ihr zweites Zimmer – zu dem Grasfleck nahe am Stacheldraht. Als es das letzte Mal regnete, hatte sie diese Pritsche noch nicht bezogen. Das mußte vor einem Monat oder vor drei Wochen gewesen sein. Zwei Wochen waren es, fiel ihr ein, und dann zog sie sich in die hintere Ecke der Pritsche zurück.

Als hielte das schlechte Wetter sie ab, kam niemand, um sie zu bestechen; als sie vor der Baracke der OD-Männer stand, fand sie nur eine rote Rübe in ihrer Tasche. Sie biß hinein, behielt ein Stück im Mund, als sei es ein Bonbon, und lief zum Appellplatz. Das Aufstellen wollte nicht klappen. Die Frauen rannten durch spritzende Pfützen und jagten hinter Papierbögen her, welche die Pikriniaks weggeworfen hatten und die der Wind vor sich hertrieb, und machten Hauben und Regenmäntel daraus, doch der heftige Wind riß das Papier weg, und schon rannten sie wieder und stießen schrille Rufe aus. »Stehen bleiben!« schrie sie. »Ruhig stehen, blödes Pack.«

»Tola«, rief jemand durch den Regen. Es war das Mädchen mit den blauen Augen, die einmal in der Pritsche unter ihr gelegen hatte. »Tola, es ist Sonntag, die Schichten haben gewechselt.« Und Tola dachte, nun käme das Gelächter, die höhnischen Blicke: »Seht doch unsere pflichtbewußte Anweiserin! Seht doch, die leistet freiwillig Überstunden!« Aber die Frauen duckten sich unter dem Regen. Hinter sich hörte sie ein leises Klirren: ein hochgewachsener Wachsoldat stand da, das Gewehr rutschte auf seinem Rücken hin und her.

Sie ging in den Waschraum, stellte die Spiegelscherbe auf das Rohr. »Blödes Pack!« sagte sie tonlos, dann näherte sie ihr Gesicht dem Spiegel, so vorsichtig, als sei es eine Stola, deren Drapierung nicht verrutschen durfte: der Mund war von der Rübe beschmiert und bildete einen klaffenden roten Kreis, in dem sich die Zunge wie eine weißliche, nackte Schnecke wand. Nicht besonders schön, dachte sie, aber wenigstens hatte sie nichts zu befürchten; sie würde man nicht erschießen wie das Mädchen in Brzesko, das zu schön gewesen war für eine Jüdin.

Nach der Rückkehr in die Baracke machte sie zwei Löcher in ein Laken, hängte es an die Nägel in den Bettpfosten, setzte sich hin und fühlte sich wie hinter einem weißen Wasserfall, der nur Dämmerlicht durchläßt.

Kapitel 36

»Alinka!« hatte Barbara an ihren ersten Tagen in der Krankenbaracke gerufen, »Alinka!«, manchmal bittend, manchmal streng, manchmal wütend, in allen Stimmlagen und Tonarten; hatte versucht, die zurückzuholen, die sie hergebracht hatte und die sie nötiger hatte denn je, während sie ohne Pause arbeitete, auf die Pritschen stieg und wieder hinunterkletterte, Wasser holte und Fäkalien ausschüttete, während die Kranken unaufhörlich nach ihr riefen: »Wärterin! Polin! Barbara! Hallo, Sie da!«, bis sie kaum noch wußte, wo ihr der Kopf stand.

Aber die Kämpferin, die alle Prüfungen mit Bravour bestanden hatte, war nicht mehr da; ein Kind war an ihre Stelle getreten, ein ungezogenes, unfreundliches Kind mit ausdruckslosem Blick, das kein anderes Wort als »nein« kannte: nein zum Brot, zu der Suppe, zum Wasser, zum Kämmen, bis Barbara, die am Ende ihres Lateins war, sich an die anderen Kranken wandte, als wären sie ein Tribunal, und ihnen die Frage stellte: »Können Sie mir sagen, was mit ihr los ist?«

Das Tribunal machte Präzedenzfälle geltend: »Immer nach der Krisis«, sagte man, »sind sie so, immer dann.«

Immer? Barbara dachte an den anderen, den ersten Typhusfall, um die Richtigkeit dieses Spruchs zu überprüfen. Ja, damals war es auch so gewesen. Nein, doch nicht, der Fall damals war anders – dieses Mal war keine andere Erkrankung vorhergegangen, kein Herz mußte mit Kampfer behandelt werden. »Ich weiß nicht«, seufzte sie, »ich weiß es einfach nicht«, und wartete, daß der Arzt eintraf.

Der kam jeden Tag pünktlich auf die Minute, er kam, um sich im Licht ihrer besorgten Blicke zu sonnen. Denn der instinktive Hang zur Schmeichelei, der sich während des ersten Typhusfalles in ihr geregt hatte, kam jetzt voll zur Entfaltung. Mit einem halblauten »Alinka, der Doktor«, strich sie die Papierlaken glatt, verwandelte die Pritsche in ein Krankenzimmer, wo die Patientin inmitten von Blumen und Spitzenwäsche ruht, und den Arzt in den bedeutenden Spezialisten aus Warschau, dessen geringste Anordnung wie ein Orakel befolgt wird.

Und er wuchs in diese Rolle hinein. »Guten Morgen«, sagte er mit schallender Stimme und schnippte ein Stäubchen von seiner abgetragenen Cordhose. »Guten Morgen, wie geht es der jungen Dame heute?«

Halbtot und von starkem Haarausfall gekennzeichnet lag die junge Dame da, ihre Lippen waren ein Strich, die Finger hielten den Mantel, der sie zudeckte, so fest, daß Barbara ihn mit einem befremdeten: »Alinka, der Doktor!« wegziehen mußte. »Hm«, räusperte er sich, »hm«, und die Untersuchung begann.

Wie ein vergilbtes, altes Kissen ruhte sein Kopf mit den abstehenden grauen Haarbüscheln auf ihren winzigen Brüsten; seine Finger galoppierten den schorfigen Rücken auf und ab; er blickte hoch, er nickte. »Wie ein Blasebalg«, war immer das erste, was er sagte, »eine Lunge wie ein Blasebalg.«

»Wie ein Blasebalg. Und das Herz? Aha, also auch in Ordnung, ja?« Barbara strahlte. »Hast du gehört, Alinka, hast du's gehört?« Dann brachte sie ihn zur Tür und fragte dort im Flüsterton, als erkundigte sie sich nach einer anderen Patientin mit einer weniger günstigen Prognose, ob sich etwas im Lager tue. Es sei alles ruhig, versicherte der Arzt; wenn es losgehe, werde das Mädchen längst außer Gefahr sein. »Sie – ihr Zustand ist doch gut, Herr Doktor, nicht wahr?«

»Eisern«, antwortete er, »dieses Kind hat eine eiserne Konstitution.« Er wiederholte es.

»Wärterin! Grünbaum! Sie, hallo!« erscholl es, während sie über diese Auskünfte nachdachte, so daß sie nichts mitbekam, Eiserne Konstitution bedeutete nicht nur den Sieg über den Typhus, nicht nur ihre eigene Rettung vor der endgültigen Einsamkeit: sie war auch ein Band, eine unzerstörbare Kette gegenseitiger Treue. Da lag das Kind, ausgezehrt und so schwach, daß man es gar nicht behutsam genug anfassen konnte. Nach dem Ende des Typhus war der im Lager übliche Durchfall gekommen, begleitet von Geschwüren und einem stark juckenden Ausschlag. Aber das Kind hielt durch, sie lebte im Vertrauen auf das, was die Zukunft brachte und was Barbara in leuchtend reinen, aber im übrigen undeutlichen Konturen wahrzunehmen glaubte.

Diese Treue erforderte Kraft und Stärke; solche Stärke setzte gute Ernährung voraus, und für die mußte sie sorgen. Schon am ersten Tag ihres Krankendienstes hatte sich Barbara einen Überblick über die Zahl der wohlhabenden Patientinnen verschafft, sie wußte, zu wem die Händler kamen, wer was kaufte und verkaufte. Diese Patientinnen sprach sie an. »Meine Liebe« – da ihr alle Namen entfielen, als wäre ihr Gedächtnis ein Sieb, wählte sie diese Form der Anrede – »meine Liebe, Sie haben gerade Mehl – Maismehl – Bohnen gekauft – überlassen Sie mir doch zwei Löffel voll«, sagte sie mit so selbstverständlicher Stimme, als bestellte sie etwas in einem Lebensmittelgeschäft, in dem man sie kannte.

Ein paar, allerdings nur wenige, führten diese Bestellungen aus, weil sie Mitleid mit ihr hatten, die von der Anweiserin im Stich gelassen worden war und überdies noch dieses quengelige Kind am Hals hatte. Die meisten lehnten ab, wenn auch nur anfänglich. Wenn sie auf Ablehnung traf, lächelte sie. »Es ist Ihre Entscheidung«, sagte sie, »natürlich müssen Sie es wissen. Aber ich werde es mir merken.«

Und sie merkte es sich – gnadenlos. Den Schluck Wasser, um den sie baten, gab sie ihnen, aber wehe, sie wollten ihr einen Auftrag geben. »Gehen Sie doch selbst«, fuhr sie sie an. »Sie haben doch vorzüglich gespeist. Sie müßten kräftig genug sein.« Und dann sah sie zur Tür und hoffte, daß in diesem Moment Tola hereinkäme und mitkriegte, wer hier Drecksarbeit leistete und wie kompetent das geschah.

Daß Tola nicht für immer verloren war, daß es nur der Rückkehr der wahren Alinka bedurfte, um Tola zurückzuholen, davon war Barbara überzeugt. Und zeitweilig schien Alinkas Rückkehr bevorzustehen. Das Mädchen richtete sich auf, ein fragender Ausdruck trat in ihre Augen. Aber bald erlosch er wieder, als hätte sie im stillen beschlossen: »Es ist zu früh, ich darf mir Ruhe gönnen.«

Als aber die Ruhe vorüber war, als Alinka in ihrem gewöhnlichen scharfen Ton fragte: »Wo ist Tola?«, da wünschte sich Barbara das schwierige Kind zurück, die Klagelaute, die nach ihr riefen, und alles, was ihr die Antwort ersparte, gleichgültig, was es war. Was sollte sie auch antworten? Eine Wiederholung dessen, was Tola gesagt hatte, war nach wie vor Verleumdung, Lüge, und die Antwort, die nach ihrer Meinung – und sie war immer noch überzeugt, daß die Anweiserin, dieser kalte Fisch, nicht die eigentliche Tola war – der Wahrheit viel näher kam, die Behauptung, daß Tola plötzlich, aus dringendem Anlaß, habe abreisen müssen, verbot sich angesichts des Lagers von selbst. Und deshalb saß sie da und legte ihre großen, hilflosen Hände in den Schoß.

»Was ... nein, warte.« Alinka unterbrach sich. »Wie lange liege ich schon so hier?«

Eine lange Zeit, schien es, so lange, daß Barbara schnell nachrechnen mußte, indem sie die Mahlzeiten zählte – es hatte einen Maismehltag gegeben, einen Bohnentag, dann einen Tag mit nichts als Suppe. »Eine Woche«, sagte sie erschrocken, »genau eine Woche.«

»Eine ganze Woche! Und eine ganze Woche lang war Tola nicht hier? Geht es ihr gut? Ja? Wo ist sie denn; was ist passiert?«

»Was?« Barbara war plötzlich gereizt und wurde heftig. »Frag mich nicht, was passiert ist. Ist weiß es nicht, ich habe keine Ahnung. Ich weiß es wirklich nicht«, wiederholte sie leise, »Tola ist in die Kaelanki-Baracke gezogen, genau gegenüber von dem Block, in dem wir gewohnt haben.«

Es war Morgen, die Routinearbeit mußte vormittags erledigt werden. Mit abgewandtem Kopf, um den widerlichen Gestank nicht einzuatmen, faßte Barbara den besudelten Fäkalienkübel und rollte ihn zur Latrine. Dann setzte sie sich eine Weile draußen hin, damit der Wind sie von dem Gestank reinigte, und ging dann langsam in die Baracke zurück.

Alinka war weg. Nur die Bucklige lag auf der Pritsche.

Barbara wartete; sie lief zur Ecke; sie sprang auf jeden Laut zu, auf jeden Schatten, der auf den sonnenbeschienenen Boden fiel. Endlich sah sie von weitem eine kleine schwarze Gestalt, die stehenblieb, um sich an eine Baracke zu lehnen, und dann, sich an der Wand festhaltend, weiterging, wobei ihre Schritte immer langsamer wurden.

»Mein Gott, was stellst du dich an«, sagte Alinka kurzatmig, als Barbara auf sie zugelaufen kam. »Du machst ein derartiges Theater!« wiederholte das Mädchen, während sie auf ihre Pritsche gehoben wurde. Eine lange Zeit saßen sie dort, ohne einander anzusehen, bis Alinka »Warum?« ausrief. »Warum hast du das zu ihr gesagt? Du – du –«, das Mädchen machte eine Pause.

Und in dieser Pause sah Barbara die ganze Szene vor sich – wie Alinka sorgfältig ihre Sachen packte, den Mantel, den Eßnapf, die Tasche; wie Alinka sie ohne ein Wort, ohne einen Blick verließ, weil sie in der Nacht, als das Kind geboren wurde, etwas ganz Schlimmes zu Tola gesagt hatte. Sie mußte alles abstreiten, mußte sagen, Tola habe gelogen, ja, das mußte sie.

»›Geht weg, ich könnte euch vergiften!‹ hat Tola zu mir gesagt. Warum kannst du nie den Mund halten, Barbara? Warum mußt du alles ausplaudern? Warum? Und warum bist du in diesem Zustand, so dreckig und zerlumpt? Wann hast du dich zum letzten Mal gewaschen, wann zuletzt dein Kleid geflickt?«

Das Kind war verschwunden, die richtige Alinka war wieder da.

Tyrannischer denn je hockte sie auf ihrer Pritsche wie auf einem Anstand. »Frauen, laßt Barbara in Ruhe!« hörte man sie den ganzen Tag rufen. »Sie hat nur zwei Hände. Sie ist nicht aus Eisen.« Doch wenn ihre Nase weiß wurde, wenn sie die Fäuste ballte und schrie: »Hör auf zu schlagen!« – dann war Barbara gemeint.

Doch obwohl Barbara sich seit der Rückkehr der wahren Alinka wie das Opfer einer Erpressung fühlte, weil sie ständig

Angst hatte, das bösartige Gerede der anderen würde Alinka zum Packen und Fortgehen veranlassen, und bei jedem unzufriedenen Blick zusammenzuckte, wollte sie in solchen Momenten nicht nachgeben.

»Ich schlage sie«, murmelte sie, »ich haue drauf – und wie!«

Sie konnte nicht anders, sie mußte schlagen. Daß ein verborgener Wunsch in ihr jeden Anlaß zum Austeilen von Schlägen begrüßte, daß sie es den Frauen heimzahlte, weil sie ihr diesen Anlaß boten und weil sie nicht wußte, ob nicht auch ohne diesen Anlaß Hunger, Müdigkeit und diese neuerliche Kränkung denselben Haß in ihr erregt hätten – all das war ihr völlig klar.

Und doch schlug sie zu, ohne Bedenken, ohne schlechtes Gewissen. »Schweine! Seid ihr Schweine?« So lautete ihre Warnung; und wenn sie unbeachtet blieb, wenn die Frauen wegen einer Brotkante, wegen eines winzigen Plätzchens am Ofen oder auch ohne ersichtlichen Grund aufeinander losgingen und kreischten und kratzten, bis ihre Körper sich zu einer zuckenden, brodelnden Masse verkeilten und ihre Gesichter sich in einen einzigen, Schreie und Speichel ausstoßenden Mund verwandelten, dann griff sie nach dem, was gerade zur Hand war, einem Holzscheit, einem Brett oder einem Besen, und drosch mit aller Kraft auf sie los.

Die Schläge galten nicht nur ihnen, sondern einem weiteren Anwesenden, der ein für allemal vertrieben werden mußte. Doch er kam wieder, jedesmal in greifbarerer Gestalt: als Einflüsterer, als Versucher auf schnellen, lautlosen Sohlen, der hier jemanden anstieß, dort jemanden knuffte und den allzu aufnahmewilligen Ohren einblies, sie seien nun einmal Schweine, sie brauchten sich somit auch keinen Zwang anzutun, warum auch? Und wenn sie ihm nachgaben – kein Gebrüll war ihnen zu laut, keine Beleidigung zu boshaft und ordinär –, dann stellte sich der Versucher beifällig nickend zu ihr, änderte seine Taktik und fragte besorgt, warum sie sich nicht gönne, was ihr doch zustehe – einen Teil von dem Brot der anderen, eine Ruhepause in der Sonne, und warum sie diese Schweine sich nicht in ihrem eigenen Schmutz wälzen lasse.

»Ruhe!« und der Besen sauste nieder, bis sich endlich das Getümmel in einzelne Personen auflöste und der eine klaffende

Mund in einzelne Gesichter, die erschrocken dreinschauten, als erwachten sie aus einem bösen Traum.

»Wenn ihr euch wie Schweine benehmt, muß ich schlagen«, pflegte Barbara gelassen zu verkünden. Daß man nicht zum Schwein werden durfte, diese Einsicht erhob sie zum Glaubensartikel, den sie mit dem ganzen Eifer einer Neubekehrten vertrat. Obgleich sie schlampig war, nicht von Natur aus, sondern aus Überzeugung, weil Ordnung nach Pedanterie schmeckte und Pedanterie nach Kleinlichkeit und Engherzigkeit, wurde sie hier zu einer eifrigen Verfechterin hygienischer Zustände. Jede Kartoffelschale, die zu Boden fiel, quittierte sie mit einem bösen Blick, und sofort senkte sich Stille über den Block, diese beängstigende und zugleich köstliche Stille eines Klassenzimmers – köstlich, weil es zur Abwechslung jemand anderen getroffen hat –, während sie, nachdem sie sich vergewissert hatte, daß die Missetat nicht durch hohes Fieber zu entschuldigen war, hinzuschlich und hoffte, die Übeltäterin unbemerkt zu ertappen. »Heben Sie das auf!« befahl sie laut in das Schweigen. »Wenn Sie stark genug sind, Abfall hinzuwerfen, dann haben Sie auch die Kraft, ihn wegzuräumen!« Und sie lüftete und fegte und zwang die anderen, ebenfalls zu lüften und zu fegen.

Wenn der Morgen kam, mußten sich alle waschen. »Alle!« schrie sie und reichte die einzige Waschschüssel herum. »Aha, da hat jemand Angst vorm Naßwerden wie der Teufel vorm Weihwasser!« Oder sie stand rußgeschwärzt am Ofen und sah die Nachzüglerinnen grimmig an, schimpfte und ging zwischendurch zum Ofen zurück, um in das Feuer zu pusten, damit das Wasser für die Schwerkranken endlich heiß wurde. Diese Kranken wusch sie selbst, ungeschickt, wobei ihre Blicke Alinka fragten: »Mach ich es richtig – so?«; und die übrigen mußten selber zurechtkommen.

Weiter ging ihre Gerechtigkeitsliebe nicht. »Du ziehst vor, Barbara, glaub mir«, beklagte sich Alinka. »Ich, niemals«, beteuerte sie, wenn auch halbherzig. Sie konnte nicht über ihren Schatten springen. Sie war wie die frischgebackenen Lehrerinnen, die ihre Freude an willigen Schülern haben, aber keine Geduld für den Dummkopf aufbringen, dessen verständnisloser Blick die Vergeblichkeit ihrer Bemühungen entlarvt.

Am liebsten waren ihr die jungen Mädchen, die aufeinander aufpaßten; die gesunden achteten darauf, ob die kranken schliefen oder sich wuschen, und die kranken paßten auf, ob die gesunden dummes Zeug anstellten und ob der OD-Mann rechtzeitig die Pritsche verließ; und die alten Damen mit den untadeligen Manieren, welche, auch wenn sie unter demselben Mantel lagen und mit demselben Löffel gefüttert wurden, nicht im Traum daran dachten, einander beim Vornamen anzureden; und schließlich die Allergeringsten unter den Geringen, die Mütter, die immer noch ihr »immer du« zischten – denen war sie am allermeisten zugetan.

Aber es gab auch andere; schreckliche, streitsüchtige Frauen, die tagsüber untätig herumsaßen und Eßwaren unter ihrem unbewegten Hintern horteten – »Wollen Sie brüten?« fragte sie sie höhnisch –, die aber mit Einbruch der Dunkelheit lebendig wurden, ununterbrochen aßen und kauten, als hätten sie sich über die Bretter hergemacht, nicht aus Hunger – oft waren es die Wohlhabenden –, sondern aus einer Gier, die nichts Eßbares in ihrer Reichweite unangetastet lassen konnte.

»Ratten, Aasgeier«, knurrte sie sie an.

Als eine von ihnen starb, fürchtete Barbara, sie habe gewisse Vorzüge dieser Person vor lauter Widerwillen nicht bemerkt. Eine andere, ganz ähnlich wie die erste, wurde krank – und wieder schimpfte sie: »Ratten, Aasgeier.«

Die beiden diensthabenden OD-Männer haßte sie am meisten; nicht weil sie alles an sich rafften, was alleinstehende Tote hinterließen – man mußte ja leben, und hätte sie die OD-Männer nicht so verabscheut, hätte sie genauso gehandelt –, sondern wegen ihrer Kontrollbesuche bei den Schwerkranken, wegen ihrer abschätzenden Blicke, ihrer Drohungen wie: »Wärterin, wenn die stirbt, darf kein Knopf fehlen!«, die sie direkt am Bett der betroffenen Patientin äußerten, welche dann nach ihrem Mantel oder Kleid griff, um zu zeigen, daß diese Lumpen noch in ihrem Besitz waren. »Kommen Sie, ich muß Ihnen etwas sagen, kommen Sie doch«, bedeutete sie den OD-Männern, um sie hinwegzulocken.

Eine andere gefährliche Einflüsterung handelte vom Tod: Ein Versucher, arglistiger als der, welcher die Frauen Schweine genannt hatte, ging um und raunte allen zu, es lohne sich nicht zu kämpfen, es sei ohnehin alles vergeblich; und wenn sie ihm nur einen Moment, nur mit einem flüchtigen Gedanken, recht gab, dann bemerkte die so Angefochtene es gleich und warf ihr einen Blick zu, so wunschlos gesättigt, so ruhig.

Sie versuchte sich dieser Einflüsterung zu widersetzen, indem sie wundgelegene Stellen, die sich wie Fenster auf freiliegende Knochen öffneten, mit Streifen steifen Papiers verband, indem sie gewaltsam Suppe in Münder flößte, die von tuberkulösem Auswurf blutig waren. »Sie werden wieder gesund«, versprach sie, »Sie müssen gesund werden.« Aber dann verfolgten sie sie stundenlang mit ihren Blicken und baten um ein Unterpfand dieses Versprechens; und wenn die Bitte unerfüllt blieb, wenn statt dessen Fieber und Husten sich einstellten, dann kam der andere Blick wieder – und ruhiger, zufriedener noch als vorher. Deshalb lernte sie, derartige Prognosen zu vermeiden. Die Versorgung dieser Kranken glich der Balance auf einer hohen Felsnadel, sie versuchte sich auf die Wunde zu konzentrieren, die zu verbinden war, auf den blutigen Auswurf, der abgewischt werden mußte; das mißlang ihr, sie verlor das Gleichgewicht, stürzte ab und hatte nur noch den Wunsch, sich zu entfernen. Doch die Kranken hielten sie fest, mit ihren Händen, die wie Blätter waren, welche der Regen welk gemacht und die Sonne ausgedörrt hat.

Alle klammerten sich an sie; nicht etwa aus Zuneigung, denn dafür war sie zu autoritär, zu herb, sondern aus dem Bedürfnis aller Kranken dieser Welt, von ihren zurückgelassenen Besitztümern zu erzählen – vom liebenden Ehemann, dem hochbegabten Kind – und damit zu beweisen, daß sie und nicht die Bettnachbarin die meiste Aufmerksamkeit verdiente. Aber es waren alles Besitztümer aus der Vergangenheit. Den Namen von Mann und Kind wurde ein »seligen Gedenkens« hinzugefügt – diese unvermeidliche Formel, die sich in Barbaras Kopf mit ihrem eigenen einstigen Titel der »Gutsherrin« verband – und die Erinnerung kam ihr vor wie ein Gutsbesitz, auf dem die, derer man gedachte, ihre Wohnung genommen hatten.

»Seligen Gedenkens – seligen Gedenkens«, diese Formel ging in der Baracke herum, während die im Lager Verstorbenen »arm«, nichts weiter als »arm« waren, eine Bezeichnung herablassenden Mitleids, die man für die Untüchtigen und vom Pech Verfolgten verwendete.

Die Zahl dieser »Armen« nahm stetig zu. Ein Gefühl der Unruhe breitete sich in der Baracke aus, eine Ungeduld, als müßte der Tod wie ein längst erwarteter Besuch, dessen Ankunft überfällig ist, nun endlich eintreffen. »Unternehmen Sie etwas, schaffen Sie die fort«, diese Aufforderung kam als nächstes, wobei das »die« etwas verlegen klang, als sei die Fortzuschaffende zu einem undefinierbaren Wesen geworden, halb Person und halb schon Sache. Bis endlich die OD-Männer kamen, gefolgt von den Pikriniaks mit der Tragbahre.

Nie schien Barbara ihr eigener Tod ferner zu sein als in solchen Augenblicken. Daß einige ihrer Kranken eines Tages diesen starren, strengen, düsteren Blick bekamen, daß die gelben Arme sie auf die Bahre warfen, so daß sie durchsackten, obwohl die Last immer leicht war, das schien ihr in der Natur der Dinge zu liegen. Was sie sich jedoch strikt verbot, war der Gedanke an den Ort, an den die Bahre getragen wurde, und die Frage, ob die Toten von diesem Ort gewußt hatten, bevor sie ihren strengen Blick bekamen.

Die Tür schloß sich. Und damit verdrängte sie die Toten aus ihren Gedanken, mit derselben Unerbittlichkeit, mit der sie die beiseiteschob, die sie um ein Attest anbettelten, welches sie von der Rückkehr an die Arbeit entbinden würde, das sie aber nicht auszustellen hatte.

So ging es denen, die allein starben. Wenn es noch Angehörige gab, wenn da noch eine Schwester oder eine Freundin zu benachrichtigen war, dann fuhr sie ständig hoch und sah auf die Tür. Sie kamen; sie wurden von anderen Kranken, auch von Alinka, informiert, denn Barbara selbst war außerstande, solche Mitteilungen zu machen. Sie war bloße Zuschauerin; sie wollte sehen, ob sie wortlos das geerbte Brot griffen und hinausliefen – hätte ich das auch getan, bohrte es in ihr, war ich schon einmal so? – oder ob sie stumm und unbeweglich standen, bis die Situation so unerträglich wurde, daß alle Blicke die hinterbliebene Person baten: »Beweg dich doch, weine, tu irgend etwas!« und endlich das Schluchzen einsetzte, dem sie beschämt, neidisch und schlechten Gewissens zuhörte, über das nachzudenken sie sich aber verbot, wie über vieles andere auch.

Manchmal, wenn sie den Boden scheuerte oder das Feuer anzündete, sah sie Tola plötzlich vor sich – sie, die durch die Dunkelheit rannte und sich mit der Hand über die Wange fuhr. So lief sie, wenn sie etwas Schlimmes getan hatte; was da gewesen sein mochte, wollte Barbara nicht wissen. Sie wußte nur, daß Tola danach ganz ruhig sein und sogar lächeln würde, damit der Eindruck entstand, ihr mache das alles nichts – sie setzte dieses Lächeln während der Arbeitsstunden und beim Rückmarsch zum Lager auf – und nur wenn niemand sie sah, lief sie und schlug die Hände vor das weiße Gesicht.

Einmal, am frühen Nachmittag, begegnete sie Tola wirklich – zu einer Zeit also, in der sie sich ausschließlich um Alinka kümmerte. Wie hatte Barbara auf diesen Augenblick gewartet , wenn sie, und niemand sonst, ungestört vor der Baracke sitzen konnten. Dann war er da, und eine unerklärliche Scheu befiel sie; neben dieser winzigen Person fühlte sie sich so unbehaglich, so ungeschlacht, daß sie nur »Hitze!« hervorbrachte. »So eine Hitze, nicht wahr!«

Alinka ergriff die Initiative und fragte nach dem Leben auf dem Gut: wer ihre Gäste, ihre Freunde gewesen seien, und ob sie ausgeritten und am Erntedankfest getanzt habe. Zögernd und unwillig antwortete sie, wie es alte Leute tun, wenn man sie über die Heldentaten ihrer Jugend ausfragt – die so weit zurückliegen, daß sie gar nicht mehr die ihren sind. Dann aber sagte sie: »Warte!«, denn nun kam etwas, an das sie sich noch lebhaft erinnerte. »Ich weiß noch«, sagte sie lachend, »ach ja. Wir tanzten miteinander, der Dorfälteste und ich, und er sagte: ›Dziedziczka‹, sagte er, ›wenn die Dziedziczka mir auf den Fuß tritt, schmerzt das wie eine Tonne Ziegelsteine!‹« Alinkas befremdeter Blick zeigte ihr, daß sie etwas anderes erwartet hatte, und sie brach ihre Erzählung ab. »Natürlich wollte man immer noch mit mir tanzen«, fügte sie schnell hinzu. »Warum auch nicht? Schließlich war ich nicht gerade häßlich.«

So besichtigten sie das Gut, wobei Alinka die Führung übernahm und Barbara ihr bald stolpernd, bald Schritt haltend folgte; dann ging es nach Warschau und weiter nach Italien, von dem ihr nur die Erinnerung an eine auf dem Forum schlafende Eidechse und an zu enge Schuhe geblieben war. Aber mit einem »Italien ist herrlich« ermannte sie sich, und weiter ging die Reise, durch Spanien, durch Frankreich und zurück zum Gut; dort übernahm Alinka die Repräsentationspflichten und machte Barbara mit allem bekannt, was sie dort erwartete – Tänze, Soireen, Feierlichkeiten, und dann die Kinder, die sie Stefan schenken würde ... später, nach dem Krieg.

»Nach dem Krieg.« Unvermittelt schwieg Alinka, starrte auf den Boden, auf die Baracke, auf die gleißenden Teerdächer und zur angrenzenden Straße hinüber. Dort ging Tola, hatte die Arme auf dem Rücken verschränkt, die Füße steckten in hochhackigen Schuhen, deren harter Tritt den Eindruck erweckte, als wollte sie etwas in den Boden stampfen.

»Nach ... nach dem Krieg«, fing Alinka wieder an. Erneut schwieg sie, denn an der Ecke bildete sich eine Gruppe und noch eine und eine dritte, die gedämpft miteinander sprachen wie an dem Tag, als die Nachrichten von dem anderen Lager eingetroffen waren. »Alinka!« rief Barbara, »Alinka, da passiert etwas, komm, komm mit. Nein, bleib hier – doch, ja, komm!« Sie hielt sich an Alinka fest, während die Bucklige auf weichen Knien hinter ihr herwankte.

»Lastwagen!« sagten alle, als sie in der Nachbarbaracke eintrafen, Lastwagen, so hoch beladen, daß ihre Planen sich ausbeulten, waren durch den Wald gerollt. Die Bucklige zitterte, Alinkas sommersprossige Nase wurde weiß. »Lastwagen – was ist mit denen?« wollte Barbara gerade fragen, als hinter ihnen das Geflüster über Gefängnisse einsetzte, die aufgelöst wurden, von politischen Gefangenen – von Leichen politischer Gefangener, die man zum Verbrennen in den Wald brachte. Wenn die Gefängnisse aufgelöst wurden, dann auch die Lager, soviel begriff sie schließlich. Wieder wurde sie ganz steif; wiederum hielt sie mit ihrem ganzen Gewicht, ihrer ganzen Kraft eine Tür zu, um das auszusperren, was mit ihr passieren konnte, mit der, die vorhin vorübergegangen war, und mit dem Mädchen, an dem sie sich immer noch festhielt.

Später kam der Arzt vorbei. »Sie haben nichts zu befürchten«, sagte er. »Sobald es geht, registriere ich das Mädchen als Krankenwärterin. Und als Wärterinnen sind Sie beide sicher – vollkommen sicher«, wiederholte er, und von neuem schlug ihre innere Tür zu – diesmal vor den Kranken, die nicht sicher waren, wenn im Lager etwas passierte.

Den ganzen Abend ging das Gerede über die Lastwagen weiter. Doch am nächsten Tag schien es, als habe man von diesen Fahrten längst gewußt, ebenso wie von dem Gestank, der die heiße Luft erfüllte und das Atmen zunehmend erschwerte. »Diese Hitze!« stöhnte Barbara, als sie sich vor der Baracke niederließ. »So eine Hitze!« wiederholte sie und hoffte, die Bucklige würde endlich gehen.

Die Bucklige blieb; die Bucklige hatte sich endgültig an ihre Fersen geheftet; verdrießlich und graugesichtig hockte sie auf der Bank und warf den Schatten ihres Höckers auf das weiße Gutshaus, auf Italien und Frankreich – den Schatten einer unbegreiflichen, nicht mehr gutzumachenden Ungerechtigkeit, die man aus der Vorkriegszeit mit in die Nachkriegszeit würde nehmen müssen.

Nachts wagte sich Barbara allein und ohne Führerin in das Land »nach dem Krieg«. Nachts wuchs alles und verwandelte sich: der Schlaf in Zimmern, in denen die Frauen der Ruhe pflegten; Pritschen in Häusern, die Zeile um Zeile, Straße um Straße emporwuchsen; und die Baracke wurde zu einer Stadt, die ausgestreckt und still in der warmen Sommernacht lag. Weiter weg gab es noch andere Städte, volkreich und in großer Zahl. Daß sie alle ausgelöscht wurden – es konnte nicht sein ...

Der Tag mußte kommen, an dem die Stacheldrahtzäune beseitigt würden. Dann würden alle das Lager verlassen und fortgehen, zuerst an einen Durchgangsort, an dem kein Krieg mehr, aber auch noch kein Friede herrschte, einen Ort, an dem niemand mehr »Wärterin!« schrie, wo das Licht gedämpft schien und leichteres, nahrhaftes Essen wie in der Kinderzeit gereicht wurde. Manchmal kam Stefan zu einem kurzen Besuch vorbei, um zu zeigen, daß er in Sicherheit war – als müßte sie sich auch an ihn, wie an das reichlichere Essen und das hellere Licht, gewöhnen.

Die Jahre glitten vorüber und eilten auf den Tag zu, der zwar ein Klischee war, die Frucht von Familiengeschichten und den billigen Liebesromanen, die sie gern und heimlich gelesen hatte, der aber ihre Einbildungskraft immer stärker in seinen Bann schlug. Weiß und rot war dieser Tag, weiß von Jasmin und rot von den ersten Rosen, rot vom Wein und weiß von dem damastenen Tischtuch. An den gedeckten und geschmückten Tischen nahmen die Gäste Platz – eine bunte Gesellschaft, die sie, ahnend, daß ihre Welt sich entvölkert hatte, so gut es ging dorthin zusammengeholt hatte – Verwandte, die aus allen vier Himmelsrichtungen heimgekehrt waren, neben stämmigen Landbewohnern, die Kaelanki neben den Gutsfrauen, die ihre verstaubten Seidenkleider angezogen hatten. Die Gäste traten in der Reihenfolge ihrer Bedeutung ein: Marta, deren gewaltiger Busen in ein zu enges Kleid gezwängt war; Antoni, dem man ansah, daß er sich nicht wohlfühlte, wie immer, wenn er neue Schuhe trug und viele Gäste da waren; danach Aurelias Kind in seiner endgültigen Gestalt, obwohl sie von ihm nur die Schleife, die weißen Söckchen und die aufgeschlagenen Knie sah; dann sie selbst – dann Tola, die dabei sein würde, sein mußte.

Ein Raunen ging durch den Raum, und alle standen auf, schauten die an, zu deren Ehren sie sich hier versammelt hatten, nämlich Alinka. An Stefans Hand trat sie ein, weiß und zart in ihrem bräutlichen Spitzenkleid. Nur *ihn*, der doch an diesem Tag nicht fehlen durfte, konnte sie sich überhaupt nicht vorstellen: dachte sie ihn sich nach Art der Männer aus ihren Träumen, dann hatte er, wie solche Herzensbrecher oft, etwas Windiges an sich; stellte sie ihn sich unauffälliger, zurückhaltender vor, so fehlte ihm der Schwung, er erschien grau, verblaßte zu einem Schemen und verschwand als erster.

Einer nach dem anderen, in der Reihenfolge ihres Eintreffens, nahmen die Gäste Abschied. Einsam stand die weiße Gestalt in dem von Schweigen erfüllten Raum, in einem Weinglas brach sich das letzte Tageslicht, ein Blütenblatt entschwebte in die Dämmerung.

Mondschein erleuchtete die Baracke. Dann rief eine undeutliche schlaftrunkene Stimme einen Namen aus längst vergangenen Tagen, noch eine Stimme meldete sich und noch eine. Sie horchte hin: von den Gütern der Erinnerung, den Gütern seligen Gedenkens brachen die Toten auf und bevölkerten die Nacht.

Kapitel 37

Jetzt war alles ruhig. Nur eine Türangel kreischte irgendwo weit weg, und hier, vor ihr, auf dem weißgekalkten Ofen, hüpfte ein Schatten auf und nieder, als hätte er sich an einem Vorsprung verhakt. Der Schatten ruckte hin und her; er riß sich los. Und plötzlich hörte Tola wieder, was sie aus ihrem unruhigen Traum aufgeschreckt hatte – das Rufen, das noch leise, noch weit weg war, aber schon näherkam, durch andere Stimmen verstärkt wurde, deren Zahl stetig zunahm, bis es schien, daß alle, die schreienden Frauen und die heisere Rufe ausstoßenden Männer, einander in immer schnellerem Tempo nach draußen jagten, während Türen zuschlugen und Schritte in Richtung Appellplatz rasten.

»Wartet auf mich – wartet doch!« rief jemand; eine andere Person schleppte sich mit langsamen, schwerfälligen Schritten vorbei. Die Schritte verstummten. Und nun trat eine Stille ein, als wäre das Lager leer, als wären nur sie und die Wachen da oben übrig geblieben. Stiefel dröhnten; dünn und lang fiel der Schatten der Gewehre von den Türmen. Tola stand auf und rannte los, die Arme schützend auf dem Rücken verschränkt.

Die Straßen waren verlassen. Jauche plätscherte die Latrinentreppe hinunter; das Rascheln kam von einer Tragbahre, die neben der Kiste liegengeblieben war. Weiter hinten schlugen Türen im Wind auf und zu und gaben den Blick frei auf Fußböden, die mit Holzpantinen, mit Blechnäpfen und zerrissenen Kleidern übersät waren, die man im Gedränge verloren hatte.

Nur der Krankenbau war noch nicht leer. Das schmutzige Ende eines verbundenen Arms ragte aus der Tür; es bewegte sich hin und her; und über dem Stöhnen und Klagen hörte man eine rauhe Stimme: »Umgebracht!« sagte sie. »Umgebracht!«

Sollten die Kranken umgebracht werden oder gar sie selbst, weil sie zu spät kam? Und spät war es in der Tat. Das gesamte Lager war auf dem Appellplatz versammelt, nicht wie gewöhnlich in Reih und Glied, sondern als ungeordnete Masse, welche schweigend die Köpfe nach oben richtete, als gäbe es an dem diesigen Himmel etwas zu sehen.

Sie blickten auf einen OD-Mann, der hoch auf einem Karren

stand. Der OD-Mann gab irgend etwas bekannt – was, das konnte sie noch nicht verstehen; ein plötzliches Klappern übertönte seine Worte. Alle drehten sich nach ihr um. Und als sie vor diesen Blicken, diesen abweisenden Gesten zurückwich, wurde das Klappern bei jedem Schritt lauter. Eine Dose hatte sich an ihren Absatz geheftet. Sie trat sie weg und steuerte mit steifen Schritten den nächsten Eingang an, wobei sie versuchte, nicht in Laufschritt zu fallen.

Im Inneren der Baracke war es dunkel. Aus den geschwärzten Waschkesseln blähte sich kochende Wäsche in den übelriechenden Dampf, und noch etwas blähte sich, entpuppte sich aber als Kopf, als der kahlrasierte Kopf eines Mädchens, der in dem hölzernen Trog auf und ab hüpfte. Eine der Patientinnen aus dem Krankenbau war es – sie wurden bei der Entlassung immer in dem Wasser gebadet, das von der Wäsche der OD-Männer übriggeblieben war – sie versuchte aus dem Trog herauszusteigen. Sie klammerte sich an den Rand, glitt aber jedesmal mit einem dünnen Schreckensschrei zurück.

»Sie sind weg – kommen Sie – hierher.« Die Hand des Mädchens ragte aus dem Dampf heraus.

Tola ekelte sich vor diesem platten, grauen Körper, ging aber hin und reichte ihr die Hand: doch die nassen Arme umschlangen ihren Hals, klammerten sich an sie, und während das Gewicht des Mädchens immer schwerer wurde, flüsterte sie fieberhaft:

»Stimmt es? Ist es wahr?«

»Was?« keuchte Tola, während sie das Mädchen auf der Bank absetzte. »Ob was stimmt?«

»Daß er – Hitler – umgebracht worden ist, daß der Krieg – vorbei ist.« Braune Tropfen rannen wie Wanzen an ihren dürren Beinen hinab. »Vorbei – ja?« wiederholte das Mädchen.

Vorbei – vorbei der Krieg, dachte Tola und konnte diesen Wörtern keinen Sinn entnehmen, als existierte für sie, die sich kein anderes Leben als das Lager vorstellen konnte, der Krieg überhaupt nicht. Wenn der Krieg vorbei ist, wird heute nacht nicht gearbeitet; diese Lastwagen kommen nicht wieder, wenn er zu Ende ist; der Gestank verschwindet. Und jetzt begann sie zu verstehen, Panik überfiel sie; sie mußte laufen, mußte eine Stelle finden, an der sie allein war, jetzt gleich, bevor alle in Jubelschreie ausbrachen.

Aber draußen war es ganz still; hier in der Baracke wurde das Mädchen von einem trockenen Husten geschüttelt. »Gehen Sie«, brachte es mühsam hervor, »gehen Sie, erkundigen Sie sich – und kommen Sie zurück. Sie kommen doch wieder, ja?«

Aber es gab nichts zu erkundigen; Tola wußte es schon, bevor das Gebrüll der Wachen und das Niedersausen der Knüppel einsetzte – sie sah es an den Augen, den aufgerissenen, erloschenen Augen derer, die weit gereist sind, um etwas Außergewöhnliches zu sehen, und den Ort verlassen und die Tür verschlossen finden.

»Nein – Hitler ist unverletzt. Der Aufstand wurde niedergeschlagen«, flüsterte es; Füße scharrten, setzten sich in Bewegung, rannten fort, da die OD-Leute ihre Knüppel gebrauchten. Plötzlich schwang auch sie ihre Fäuste. »Weitergehen, los!« schrie sie; und Barbara und Alinka, die sich nach ihr umgedreht hatten, liefen weiter, und wenn sie stehen blieben, dann nur wegen der Buckligen, die wie ein schwarzes Bündel auf Stelzen hinter ihnen her wankte.

»Weiter – weitergehen!« Niemand war mehr da, den sie anschreien konnte. Nur an einer Ecke stand eine Pikrinierfrau und beklagte sich über den Schwachkopf von einem OD-Mann, der die Nachrichten nicht zu Ende gehört hatte, sondern hereingestürzt war und geschrien hatte, Hitler sei umgebracht worden. »Und – und wenn sie ihn nun umgebracht hätten –« Die Frau erschrak und starrte auf ihren Arm, der mit Wundstellen bedeckt war, die wie feuchte, violette Münder aussahen.

Stille senkte sich über das Lager, die gespannte Stille, die eintritt, wenn das Unglück jemanden getroffen hat, der so lange fort war, daß man geglaubt hatte, er sei unbemerkt gestorben, und der jetzt ausführlich von der Katastrophe berichtet, um seinen gerechten Anteil an Bedauern und Mitleid einzuheimsen. Aus den Baracken drang kaum ein Laut. Draußen bildeten sich lautlos Schlangen vor den Kesseln, und in der Baracke, in der Tola die Rufe und Schreie erreicht hatten, versammelten sich die Menschen, die sich normalerweise um einen Platz am Ofen stritten, zu einem flüsternden Gespräch, wobei die, welche ihr Essen aufwärmen wollten, auf die richtige Miene bedacht waren, die besagte: »Nun ja, schließlich muß das Leben weitergehen.« Ein glattrasierter Kopf stieß gegen sie. Das Mädchen! fiel ihr ein, vielleicht wartete das Mädchen da hinten immer noch auf ihre Nachricht. Sie machte sich auf den Weg. Auf halber Strecke zur Wäscherei machte sie achselzuckend kehrt und ging in ihre Baracke zurück.

Um zu beweisen, daß alles beim alten war, marschierten Wachsoldaten durch den Wald. In Pikrin, in Trotyl setzten die Meister ein triumphierendes Lächeln auf. Und als die Frauen zur Halle gingen – auf direktem Wege diesmal, denn die Verladearbeiten waren unterbrochen worden –, wurden auf der Lichtung, wo Meister Grube stand, gerade Nachrichten übertragen, ein weiterer Beweis, daß sich nichts geändert hatte. Nur einer, der alte Transportarbeiter, wollte die Hoffnung noch nicht aufgeben. »Sch... ruhig«, flüsterte er und beugte sich aus dem Fenster. »Ruhig, ruhig!« sagte er, obwohl alle schwiegen. »Ich kann nichts verstehen, der Wind ist zu laut – gar nichts. Fräulein Anweiserin, gehen Sie hin; gehen Sie, er hat nichts dagegen, er sagt Ihnen, was los ist.«

»Ja, das geht hier immer so weiter«, das war alles, was der Meister ihr mitzuteilen hatte. Jawohl, Herr Meister. Dankeschön, Herr Meister, die üblichen Antworten gingen ihr durch den Kopf; und weil sie untauglich waren und weil sie es nicht aushielt, ihn stumm und mit herabhängenden Armen anzuschauen, sagte sie: »Und wir, Herr Meister? Was wird aus uns?«

Die Frage war gestellt. Ich weiß gar nichts, würde er sagen; er weiß nichts, würde sie den Frauen mitteilen und ihnen raten, sie sollten endlich den Mund halten.

»Nichts«, begann er; dann griff er zur bequemen Lüge: »Sie haben nichts zu befürchten.« Und sie lächelte und erinnerte sich, wie der kleine Pole von Trotyl sie mit denselben Worten hatte beruhigen wollen. Würde der Meister ihr als nächstes ein Kompliment zu ihrem Aussehen machen – ein bißchen dünn, ein bißchen mager, aber nicht übel?

»Es tut mir leid«, unterbrach er ihre Gedanken. Wegen ihrer Freundinnen tat es ihm leid, er hatte ihnen helfen wollen, aber vergeblich. »Ich wollte helfen«, wiederholte er und redete dann von den »Unabkömmlichen«, die dableiben würden; den »Arbeitsfähigen«, die nicht bleiben durften. Er redete und redete, während sie auf die schnelle Bewegung seiner Lippen starrte.

Jetzt schwieg er. »Nein«, sagte sie. »Nein, ich verstehe das nicht. Ich –«

»Die OD-Leute und ihre Hilfskräfte«, fuhr er fort, »bleiben hier, um Inventur zu machen und alles aufzulösen, und kommen dann nach Tschenstochau. Das ist ein gutes Lager, ich war dort und kenne es.« Er nickte, und das beruhigende Lächeln, zu dem er seinen Mund verzog, blieb, als er von denen sprach, die nicht bleiben durften, die man vorher wegschicken würde, aber nur die »Arbeitsfähigen«, nur die. »Trotzdem, in dieser Hinsicht, Fräulein, haben Ihre Freundinnen nichts zu fürchten«, schloß er, womit auch das Lächeln auf seinem Gesicht, das er vergessen zu haben schien, erlosch.

Sie wußte, was er meinte, sie verstand alles, und doch hatte sie das Gefühl, er habe von einem untergeordneten Problem gesprochen, das mit seinem Weggang, sobald sie sich wieder bewegen konnte, gelöst sein würde. Nur eine Sache mußte sie noch wissen, bevor er ging. »Wann?« fragte sie. »Nein, das meine ich nicht«, wollte sie sagen, als er sie unterbrach. »Die Front ist noch in weiter Ferne.« Seine Stimme klang tief und übertrieben sorglos. Solange sie nicht näherkomme, werde sich hier nichts ändern, und natürlich, bevor eine Änderung eintrete, werde er sie benachrichtigen, selbstverständlich – er –

»Ja, aber wohin werden sie denn geschickt? Wohin?«

»Nach Deutschland.«

Auschwitz war in Polen, nicht in Deutschland; doch nein, Auschwitz gehörte jetzt zu Deutschland. Trotzdem, gerade noch hatte er etwas gesagt, woraus hervorging, daß er nicht Auschwitz meinen konnte; er hatte gesagt, nur die »Arbeitsfähigen« würden nach Deutschland kommen. Das bedeutete, alle Arbeitsfähigen würden selektiert. Selektion hieß aber, daß es nicht nach Auschwitz ging. Es gab nie Selektionen, wenn es nach Auschwitz ging.

»Wohin in Deutschland?« fragte sie heiser.

»Ich weiß es nicht; man sagt mir nichts Genaues.« Dann, mit einer unmotivierten Handbewegung, als hätte er ihr die Tür geöffnet, bat er sie vorauszugehen. Sie ging. Sein Schatten folgte ihr auf den Fersen, seine Schultern hoben und senkten sich bei jedem Schritt. »Selbstverständlich«, hieß dieses Achselzucken, »wird sie ihre Freundinnen im Stich lassen, genau wie ich es erwartet habe.«

»Selbstverständlich bleibe ich bei meinen Freundinnen, Herr Meister«, sagte sie und ging schneller, denn sie hatte Angst, er könnte sie durchschauen und erkennen, daß sie es doch nicht tun würde, weil ... nichts ... weil sie ihnen ohnehin nicht helfen konnte.

»Nichts – nichts«, wiederholte sie und preßte sich an die Wand, von der der Putz sich löste; draußen drückte sie sich an den dikken Baum und wiederholte: nichts – nichts im Takt der vorbeipolternden Karren. Pikriniaks schoben die Karren, dicht gefolgt von OD-Männern. Die Pikriniaks kommen nicht nach Deutschland, die wären dort nicht erwünscht, sie husten zuviel. Die OD-Leute wären überall willkommen, die OD-Leute waren unabkömmlich, und ob! Wer konnte wie sie elegant salutieren, die Hälse zum Fenster des Meisters drehen und dabei in ihren Stiefeln hochspringen, daß der Staub aufwirbelte.

»Guten Abend, die Herren«, grüßte sie, »einen guten Abend.« Sie schauten zu ihr herüber, einer tippte sich an die Stirn. Sie habe einen Vogel, sagte er. Aber sie hatte keinen Vogel, keineswegs; sie war schlau, schlau genug, um zu wissen, warum sie nach Tschenstochau kommen würden, warum man so rührend für sie sorgte. Weil sie unabkömmlich waren, deshalb, unersetzlich für die große, abschließende Farce der Überlebenden, die man nach dem Krieg mit der Devise »Dafür habt ihr gekämpft« in die Welt hinausschicken würde.

Nach dem Krieg ... nach dem Krieg ... Sie sah die Szene vor sich. Auf einem Bahnhof waren viele Menschen versammelt, eine gewaltige, schweigende Menge; beim Einrollen des Zuges erfaßte sie ein Zittern; scheu machten sie vor den sich öffnenden Türen Platz. Und heraus kamen die tragischen Opfer, die Trauer und Leid Tragenden, gingen gebückt von der Last der Schuh- und Kleiderbündel, mit denen sie sich bei der allerletzten Inventur versorgt hatten, stritten über eine Pokerpartie, lachten über einen dreckigen Witz und bahnten sich ihren Weg durch die Menschen; und am Straßenrand, im Vollgefühl dessen, dem man nichts anhaben konnte, stand Rost – denn wer von denen würde ihn schon beschuldigen, wenn er dafür auf ein gutes Geschäft verzichten mußte – und weidete sich an dem Erfolg der von ihm inszenierten Komödie. Ein durchschlagender Erfolg war sie und restlos gelungen; besser noch als das Stück, das er sich für den Fall des Sieges ausgedacht hatte, als jener »Zirkus der Unabkömmlichen«, mit freiem Eintritt, damit niemand das Schauspiel versäumte, weil die wenigen Auserwählten sich paarten, einander betrogen, denunzierten und vor allem selektierten, und immer wieder von vorn, bis nur noch eine Handvoll, nur noch zwei, nur einer übrig war – und der sprang noch in seiner Todessekunde mit zappelnden Gliedmaßen auf und ab, als wollte ein Arm den anderen und eine Hand die andere selektieren.

Sie lächelte, rieb ihre eiskalt gewordenen Hände, ging dann langsam zurück in die Halle. Im Eingang blieb sie stehen: Alle Frauen erhoben sich mit einem Schlag, die Gesichter leuchteten in den letzten Sonnenstrahlen, und sie beugten sich vor wie die Menschenmassen auf dem Bahnhof und warteten, – auf die, die sie nie gewesen waren, und die, die sie nie sein würden, auf sich selbst von damals, vor dem Krieg.

Ein Stuhl scharrte. Die Meyerowa kam heran, die braunen Haarsträhnen hingen ihr ins Gesicht. Tola ging auf die alte Frau zu. »Nun«, sagte sie und sah ihr in die verquollenen Augen, »nun, warum so eilig? Wer wartet denn nach dem Krieg auf Sie?«

Die Meyerowa sagte weinend etwas Undeutliches, schleppte sich dann schwerfällig und stolpernd an ihren Platz zurück wie diese andere Frau – ach ja, wie die Mutter der Doctorka, die der SS-Mann erschossen hatte. Ein anderer Stuhl scharrte, die Doctorka stand auf und strich ihr dichtes, graues Haar zurück. »Biest«, sagte sie, »Sie gemeines kleines Biest!« Am Nachbartisch saß die Meyerowa und sperrte den Mund auf, als würde sie von denen, die sich da über sie beugten, häppchenweise gefüttert. Hoffnung war es, womit man sie fütterte, diese törichte, nicht auszurottende Hoffnung, es werde irgendwo in einem anderen Lager jemand überleben, der nach dem Krieg auf sie wartete.

»Nach dem Krieg«, flüsterte es überall. »Nach dem Krieg.«

Essen wollte sie nach dem Krieg, sich vollstopfen, bis sie platzte. Aber warum so lange warten? Gleich morgen früh wollte sie Rozalia Brot abkaufen, viel Brot, und alles Geld dafür ausgeben, was sie gespart hatte.

»Hier sind achtzig Zloty, Rozalia«, sagte sie am anderen Morgen und zog den Gebetsmantel beiseite. »Geben Sie mir eine Tasse Maismehl und ein Brot.«

»Ich verkaufe nichts.« Rozalia schüttelte ihr kupferrotes Haar. »Mein Goj sagt, daß es großen Hunger geben wird. Ich verkaufe nicht, Intelligenzia, verdufte!« schrie Rozalia und zog ihren Vorhang so heftig zu, daß die schwarzgestreiften Falten Tola ins Gesicht flogen.

Kapitel 38

Als das Schreien und Rufen im Lager ausgebrochen war, hatte der Friede, bis dahin nur ein leeres Wort, plötzlich überall, auf allen Erdteilen und in jedem Land, etwas Greifbares bekommen, wie eine feste Adresse, wie ein Ort, den man mit einer letzten, gewaltigen Anstrengung erreichen kann. Und diese Anstrengung war im Gang: Jeder neue Tag brachte den Fall einer Stadt, an allen Fronten rückten die Angreifer vor. Und im Werk Schmitz war nicht mehr das Austeilen der Suppe das Hauptereignis der Mittagspausen. Mit der Gleichgültigkeit verwöhnter Kinder, die den ganzen Morgen Süßigkeiten geknabbert haben, ließen die Frauen die Suppenfässer stehen und bildeten einen weiten Kreis um die Eiche. Auf der einen Seite des Kreises stand Tola, auf der anderen Seite der Meister, und starrten auf den Lautsprecherkasten. Jetzt kam die Fanfare, ein Trommelwirbel rollte und erstarb mit dem letzten Schlag. Stille, dann ein rauher Ton, wie ein verlegenes Räuspern. Und dann endlich die Nachrichten.

In einer geordneten strategischen Absetzbewegung war Lublin aufgegeben worden; um die Front zu verkürzen, hatten die deutschen Armeen Baranow und Lvov geräumt. Die Frauen nickten, die Frauen drehten den Kopf zum Meister hin, dann stellten sie sich beinahe wortlos vor den Suppenfässern auf.

Niemand drängte sich mehr vor, niemand beklagte sich über alte Weiber; wie Touristen, die lange vor ihrer Reise die fremde Sprache und die fremden Sitten üben, probten sogar das streitsüchtige Waisenkind und die ehemalige Krankenwärterin mit der Schreistimme den geduldigen, liebenswürdigen Umgangston, den sie noch aus der Zeit vor dem Kriege kannten. Auch das Vertrauen auf männliche Führungsqualitäten stellte sich wieder ein – sein Nutznießer war Ziegelman, der runzlige, kleine Transportarbeiter.

»Na, Herr Ziegelman, was meinen Sie denn, Herr Ziegelman?« Sie scharten sich um ihn.

»Also, damals als ich Unteroffizier im Heer Kaiser Franz Josephs war«, begann er in zackigem Ton, sprach dann von »Zangenbewegungen« und »Nachschublinien«; und wenn seine Finger wie Flugzeuge wirbelten, wenn sie angriffen und sich heranpirschten wie Panzer, machte sich ein neuer Ton in seiner Stimme bemerkbar, und der Satz: »Wenn sie Zamosc eingenommen haben, müssen sie bald in Sandomierz sein« hatte den entrückten Singsang eines Talmudlesers.

Für Tola, die noch immer abseits stand, waren die Erzählungen des alten Mannes nichts als Gerüchte: Die eroberten Städte schienen weit weg, die vorrückenden Armeen kamen dem Lager nicht näher. Der Meister hielt sie in Schach; solange er nicht das Zeichen gab, konnte es keine wesentliche Änderung geben.

Und außerdem waren alle angeblichen Vorboten einer Änderung doch längst bekannt und vertraut, die Hitze, der süßliche Geruch. Da sie wußten, daß Kranksein gefährlich war, hatten sich die kaum Gesundeten schnell wieder zur Arbeit begeben; die Gerüchte, daß das Krankenrevier schließen würde, waren schon früher verbreitet worden; selbst die neuen SS-Wachsoldaten waren irgendwie vertraut ; und die mit Maschinen beladenen Eisenbahnzüge hatten immer schon das Werk A verlassen.

Das einzig Neue war das, was mit ihrem Körper geschah. Die Ruhr hatte sich seiner bemächtigt; sie peinigte ihn täglich mehr. Tola versuchte sich dagegen zu schützen; da ein Stoß oder ein plötzliches Luftholen krampfartige Schmerzen auslösten, hielt sie die Beine beim Gehen ganz steif und atmete langsam und vorsichtig. Diese Gegenmaßnahmen halfen wenig. Jeden Tag blieb sie länger in der Latrine, krümmte sich vor Schmerzen und starrte auf die Anfangsbuchstaben der Namen, welche stumpfe Nägel in die Wand gekratzt hatten; darunter befand sich ein pfeildurchbohrtes Herz, wie ein Fresko aus einer anderen Welt.

Eine einzige Angst verfolgte sie: daß der Durchfall sie unvorbereitet erwischte, auf dem Appellplatz, in der Werkshalle oder in

Gegenwart von Meister Grube und unter den höhnischen Kommentaren der anderen. Wenn sie »Ja, Herr Meister«, »Jawohl, Herr Meister« zu sagen hatte, atmete sie vorsichtig, zählte sogar, um ruhig zu bleiben. Doch wenn sie nach ihrem Brot griff, brach ihr der Schweiß am ganzen Körper aus. Ihre Beine taten nur widerwillig ihren Dienst, mit jedem Schritt wuchs die Strecke – sie mußte durch die Glastür, dann den Gang entlang, bis sie endlich die Latrine erreichte.

In der Halle war sie nicht länger unabkömmlich. Die Frauen arbeiteten, verließen den Raum und kamen zurück, und das in so vorbildlicher Disziplin, daß sich die Naht ihres Mundes gar nicht erst zu öffnen brauchte. Sie dachte nur noch von einer Brotmahlzeit zur nächsten und zählte die Stunden, um die Zeit zu rationieren, oder sie beobachtete die anderen, wie sie sprachen, sich mit einer Leichtigkeit bewegten, die sie zu einer höheren Art von Lebewesen machte, welche hinter dem Vorhang aus Sonnenschein und Kalkstaub in einer eigenen Welt wohnten.

Zuweilen jedoch stellte ein Geräusch von draußen den Kontakt mit ihnen wieder her. »Herr Ziegelman«, rief die Maus mit zitternden, blutleeren Lippen. »Herr Ziegel –«, sie brauchte den zweiten Teil des Namens nicht zu nennen, denn schon stieg er auf den Kistenstapel am Fenster und bezog seinen Beobachtungsposten. Wenn er versicherte: »Ach, es ist nichts, keine Angst«, war es nur der Wind, der in den Blättern rauschte. Wenn er zu einem flachen, schwarzen Hügel zusammensackte, marschierten Wachmannschaften, behelmte SS-Männer, vorüber. Flüsterte er aber »Still!« und beugte sich aus dem Fenster, dann kamen die OD-Leute mit neuen Nachrichten. Dann standen alle auf. »Und?« flüsterten sie, und ihre weit geöffneten Augen, so schien es Tola, zupften wie Finger an ihr. »Ja, kommen die wegen uns? Die Züge, sind sie da?«

»Gott bewahre«, antwortete Ziegelman. »Warten Sie, ich will mit denen reden.« – »Gott bewahre«, wiederholte er und drehte sich zu ihnen um. »Man hat russische Flugzeuge gesichtet, sagen die Leute. Die Deutschen haben ein Dorf niedergebrannt, zur Vergeltung, weil die Einwohner den Partisanen geholfen haben. Die Nachrichten sind gut.«

»Und die Maschinen?« fragte dann die Maus.

»Es kommen immer noch Züge, die sie abtransportieren. Aber,

aber –« Und dann versuchte er teils im Kathederton, teils mit Bitten und Appellen, zu beweisen, daß die Deutschen sie gar nicht abtransportieren könnten, weil sie jeden verfügbaren Zug selber benötigten, weil die Russen die Bahnstrecken bombardierten – weil – ja weil –

»Vielleicht hat er recht. Aber ändern können wir sowieso nichts.« Solche Resignation entfremdete sie den Frauen und näherte sie den ganz Alten, die wissen, was sie erwartet, deren Gelassenheit aber den Eindruck erweckt, daß sie ohne weiteres damit umgehen können.

Das Brot aus dem Lager war immer schon schimmelig gewesen. »Wir haben genauso viel Hunger wie ihr«, hatten die Kaelanki den Pikriniaks immer entgegnet. Denn der Hunger, den Rozalias Goj vorausgesagt hatte, er war da; weil die Polen vom Trotylwerk jetzt die Nahrungsmittel horteten, wurde nichts mehr ins Lager geschmuggelt. Rozalia allerdings wurde von ihrem Goj fürstlich ausgehalten; zuerst aß sie das Brot von den grünen Lebensmittelmarken, dann ihr eigenes, frisches Brot, danach Kartoffeln, und als Betthupferl trank sie das Kartoffelwasser und schmatzte dabei laut im Dunkeln.

Lagerschluß wurde weitgehend ignoriert; noch lange nach der offiziellen Ausrufung huschten Gestalten paarweise, wie nachtaktive Tiere, an den Fenstern vorüber. Wenn die Gestalten verschwanden, wenn der Schein von den Taschenlampen der OD-Männer nur noch gelegentlich den Sprung im Fenster traf, dann ging Tola ins Freie.

Als wären allenthalben neue Lager aus dem Boden geschossen, kreisten zahllose Scheinwerfer über den Himmel und strahlten die Rauchsäule über den fernen Wäldern an. Männer vom Werk A hatten dort Gräber ausgehoben; Lastwagen, nicht mit Toten, sondern voll polnischer Gefangener, waren dorthin gefahren. Tola achtete kaum auf den Rauch. Die menschenleere Dunkelheit nahm ihr die Angst vor dem Verlachtwerden, sie ging an den Wachttürmen vorbei, am Stacheldraht, der wie eine nackte, entlaubte Hecke in den Himmel ragte, ging weiter zum Krankenbau, wo fiebernde Stimmen etwas zu trinken verlangten. Wenn ihr Körper sich anfühlte wie dünnes, geblasenes Glas, das zu zerbrechen droht, kehrte sie zurück zur Pritsche.

»Ver is dus, ver?« schrie Rozalia, die sich vor Dieben fürchtete. Wenn Tola auf ihrer Pritsche lag und auf den mit Brot gefüllten Beutel starrte, rieselte ihr von oben der Staub ins Gesicht. Sie schlief ein und träumte, aber nicht von Brot, sondern von der Maus: deren graues Gesicht erbebte vor ihren geballten Fäusten, es zuckte zurück, es entfloh in die Dunkelheit – und als sie hineingeschlagen hatte, lief sie fort, bis ein Lichtstrahl sie auflas wie ein langer Finger ein Stäubchen. Der Hunger vertrieb sie aus dem Traum; der Hunger verwandelte sich in ein Gefühl der Erwartung; da war etwas, sie wußte es, das noch mit ihr geschehen sollte, etwas noch Namenloses, das keinen Moment zu früh oder zu spät kommen durfte, sondern genau zur richtigen Zeit.

Doch der nächste Tag glich dem vorangegangenen so vollkommen, daß die Zeit stillzustehen schien, und sie konnte es kaum fassen, daß der Freitag, ihr Waschtag, schon wieder da war. In der Wäscherei, wo sie heißes Wasser holte, hingen zwei weiße Kittel, der eine groß, der andere klein, wie der eines Kindes. »Für die Krankenwärterinnen.« Die diensthabende Frau wies mit einem breiten Rührscheit auf die beiden Kittel.

»Warum?«

»Weil sie dann dienstlicher aussehen. Sie haben die Krankenbaracke geschlossen, ich meine, es gibt noch Kranke, etwa neun, nicht mehr, aber sie sind ins Krankenrevier verlegt worden. Auch die Wärterinnen gehörten jetzt zum Kranken – wie sagt man?«

»Personal«, sagte sie, »Krankenhauspersonal«, und schaute zu, wie das Rührscheit auf die sich blähenden Leintücher niedersauste, so daß sie in sich zusammenfielen und zischend im Kessel versanken.

Kapitel 39

»Sie haben doch gehört, er hat gesagt: ›Ich weiß nichts.‹« Eine Pause, dann ein vorsichtiges Atemholen, und noch einmal: »Sie haben es doch gehört.« Denn die Frauen hatten doch Ohren genau wie sie, und was der Meister gesagt hatte, hatte ebensogut ihnen wie ihr, Tola, gegolten: Die Lieferung Kupferdraht war nicht eingetroffen; trotzdem mußte die Arbeit weitergehen, solange noch Draht vorhanden war. Solche Mitteilungen hatte es früher schon gegeben, und auch früher waren Geschoßteile nicht rechtzeitig eingetroffen, aber jetzt kamen alle ständig zu ihr gelaufen, und wieder eine und noch eine, und dann, zum zweiten, nein zum dritten Mal die Maus, die ihre Tochter hinter sich her zog.

»Bitte.« Tolas Lippen waren ganz taub vom vielen Reden. »Bitte gehen Sie sofort an Ihren Platz.« Aber die beiden starrten sie mit dem gleichen feuchten Blick an. »Bitte!« Jetzt waren sie weg. Auch die übrigen behelligten sie nicht mehr, und endlich nahm der Morgen seinen gewohnten, ruhigen Verlauf.

Nur das Wetter war ungewohnt. Die Hitzewelle war gebrochen; der heftige Regen der vergangenen Nacht hatte den unangenehmen süßlichen Geruch fortgespült, und die Luft war so frei, so rein wie in einem Krankenzimmer, wenn die Krankheit vorüber ist und alle Fenster auf einmal geöffnet werden. Zuweilen fiel ein Ast, den der Sturm gebrochen hatte, zu Boden, oder ein dichtbelaubter Zweig ließ Regentropfen herabprasseln, wenn jemand daran stieß. Und immer wenn es raschelte, fuhren die Köpfe hoch und sahen zum Kistenstapel hinüber, wo Ziegelman Ausschau hielt. »Nur ein Zweig«, beruhigte er sie. »Nur der Wind.«

»Nur –« Er schwieg plötzlich. Über die Halle senkte sich eine solche Stille, daß die dröhnenden Stiefel mitten hindurch zu stampfen schienen. Aber es waren keine Wachmannschaften, sondern nur vorbeimarschierende Soldaten. Der letzte – er wirkte unter der Last seines Marschgepäcks noch kleiner als ohnehin – warf einen Blick in die Halle, lief dann weiter, wobei sein Helm wie ein falsch angebrachter Lampenschirm hin und her rutschte. Langsam glitt Ziegelman von seinem Stapel hinunter. Er ging auf Zehenspitzen zur Tür und dann ins Freie.

Eine Granathülse rollte klirrend über den Boden, ein Stuhl knarrte, und von draußen kam ein dumpfes Geräusch von etwas Fallendem. Ziegelman war zu Boden gefallen. Ziegelman lag da, den Kopf hier, dort und überall an die Erde pressend, als riefe unter dem blanken Gras jemand nach ihm. Er stand auf; sein Mund öffnete sich und gab das bleiche Zahnfleisch frei.

»Sie hat sich bewegt«, sagte er leise. »Die Erde, sie hat sich bewegt. Ich habe es gespürt, eine Erschütterung wie von Artilleriefeuer oder von Bomben. Ich habe es gespürt, und dann – nichts – dann ist nichts mehr gekommen.«

»Ich konnte nichts mehr spüren – nichts«, berichtete er weiter. Und während die Drahtrollen immer dünner wurden, während die Hände sich immer langsamer bewegten, beobachtete Tola die Uhr und zählte die Minuten, bis der Meister ihr das Brot geben würde; noch eine dreiviertel Stunde... eine halbe Stunde. »Transport«, rief jemand und schwieg, als die Maus auf Ziegelman zeigte, der noch immer den Boden abhorchte. Um ihn nicht zu stören, schleppten die Frauen die vollen Kisten selbst nach draußen und kamen einzeln und behutsam wieder herein wie Fremde, die nicht sicher sind, was sie da drinnen erwartet. Und als die letzte Kiste fort und kein Stückchen Draht mehr vorhanden war, trat ein Ausdruck von Verlorenheit auf ihre Gesichter, als hätten sie sich in einer unbekannten Gegend verirrt.

»Kommt«, sagte die Maus endlich, »kommt – ja, wir wollen saubermachen.« Besen kratzten, Papier und Lappen fegten den Kalkstaub weg. Noch einmal sausten die Besen, stiegen die weißen Wölkchen hoch, und dann saß alles still und sah auf Tola, die sich an ihrem Stuhl festhielt.

Sie kamen zu dritt. »Sprechen Sie mit ihm«, sagten sie. »Sprechen Sie mit dem Meister, er muß doch etwas wissen, er wird Ihnen sagen –.«

Schon beim Aufstehen wußte sie, was sie antworten würde: »Nichts. Er hat mir nichts gesagt.« – »Er ist weggegangen«, mußte sie statt dessen sagen. »Er... er ist wohl gerade hinausgegangen, um nach dem Draht zu fragen. Er...« Sie schwieg und horchte auf die Schritte draußen. Es waren nur OD-Männer, welche die Suppe brachten, eine Stunde früher als sonst.

Warum so früh – die OD-Männer wußten es nicht. »Wir haben Befehl, die Suppe jetzt zu bringen«, sagten sie, und alles bewegte sich hinüber zum Lautsprecher, unter dem Ziegelman schon Aufstellung genommen hatte. Es kam kein Ton heraus.

»Das hat etwas zu bedeuten«, flüsterte er. »O ja, das hat etwas zu bedeuten.«

»Wieso, Herr Ziegelman? Was denn, Herr Ziegelman?«

»Daß sie Angst haben, was sonst? Die Russen stehen wahrscheinlich vor der Tür, nur wenige Stunden, ein paar Meilen von hier. Aber die wollen nicht, daß wir es merken, deshalb sagt das Radio keinen Ton.« Die Frauen nickten, drehten sich um; und Tola hatte das Gefühl: ein einziger Blick von ihnen, und sie würde sich aus dem Staub machen, wie der Meister es immer tat. Aber sie stellten sich vor den Suppenkübeln auf, ohne ihr einen Blick zu gönnen.

Das Waisenkind, das die Jecke an der Hand hielt, stand ganz vorn in der Schlange. Sie roch an der Suppe. »Schweinefraß«, erklärte sie, und platschend fielen die verfaulten Rüben wieder in den Kübel. Wie bei einer Demonstration traten die Frauen an die Kübel, rochen, gossen die Suppe zurück, aber ganz behutsam, als wäre das regennasse Gras ein Tischtuch, das kein Fleck verunzieren durfte. Die Schlange löste sich auf. Aber gleich bildete sich in Richtung der Straße, die in den Wald führte, eine neue. Eine Gruppe von Pikriniaks zog vorüber, ein Karren rasselte, und Rufe waren zu hören. Die OD-Männer riefen von weitem, alle Schmitzarbeiterinnen hätten Befehl, ins Lager zurückzukehren.

»Es gibt neue Arbeit«, sagten sie. »Ja, dringende Arbeit, die heute erledigt werden muß.« Und während sich die Kolonne aufstellte, während die Maus flüsterte, da bahne sich etwas an, und Ziegelman bemerkte, das habe etwas zu bedeuten, wartete Tola auf den Meister mit ihrem Brot. Aber was da knallte, war nur der OD-Mann, der die Türen zuschlug, und die Schritte, das war ein Wachmann, der durch die Halle marschierte.

Im Wald war es ruhig. Am Trotyl-Werk, wo die Maschinen noch nie stillgestanden hatten, rauschte jetzt nur der Wind in den Bäumen. Mit seinen verrammelten Türen, mit den von einer schmierigen gelben Schicht bedeckten Fenstern wirkte das Pikrin-Werk wie eine Ruine, die der Wald mit Flechten und Moosen überwuchert hatte. Und als niemand kam, um zu verkünden: »Alles ruhig im Lager«, wirkte es, als wäre ein Wegweiser niedergerissen worden.

Wenn es ruhig blieb, würde sie Kaffee und Brot holen, und dann würde sie schlafen. Tola zählte diese Vorhaben an ihren Fingern ab, indem sie bei jedem Punkt einen krümmte. Es war ruhig im Lager, aber nacheinander öffneten sich ihre Finger wieder, um anzuzeigen, was alles es nicht mehr gab: Es gab kein Wasser, keinen Kaffee, das Brot war so schimmelig, daß sie es ausspie, und selbst Schlaf war nicht mehr möglich. Die Stille hielt sie wach, die Stille verstärkte jeden Laut – das Quietschen der Pritschen, auf denen sich die liebenden Paare aneinanderklammerten, die Schritte der Frauen, die noch auf ihre Männer warteten und zwischen Fenster und Tür auf und ab gingen, und an allen Ecken und Enden der Baracke das Geflüster. »Züge«, flüsterten sie, »die Züge kommen nicht.« – »Die Züge – ich habe gehört, wie ein Pole sagte, daß keine Züge mehr fahren.«

»Ein Pole, was kann so ein Goj schon wissen –« murmelte ein Pikriniak. Er blieb an ihrer Pritsche stehen; als sie ihm sagte, er nehme ihr die Luft weg, ging er weiter. Und als er von neuem stehenblieb, und, als sähe er ihn zum erstenmal, auf seinen Arm starrte, der ockergelb in der Sonne glänzte, da schrie draußen die Bucklige: »Sie kommen.« Dann trat eine Stille ein, als wären die Straßen völlig menschenleer.

Aber alle waren draußen: die Männer in Jacken, die wie Teer glänzten, die Frauen in Decken oder zerlumpten Mänteln, reisefertig mit ihrem Gepäck aus Blechnäpfen und verdreckten Taschen. Sie rückten zusammen, sie traten beiseite, um einen Wachsoldaten vorbeizulassen, dann einen OD-Mann und ein Mädchen, das nach jemandem suchte, der ausgerechnet in diesem Augenblick woanders hin mußte – wie immer.

Vor dem Krankenrevier sammelte sich eine Menge. Alle starrten den Arzt an, der, ebenso stumm wie sie, nur die Hände mit den grauen, schlaffen Fingern ausstreckte. Eine Frau bat ihn um etwas; der Arzt schüttelte den Kopf. Um die Kranken baten sie ihn, denn wenn etwas passierte, war im Krankenrevier niemand mehr sicher. Er schlug ihnen die Bitte ab; er hatte seine Befehle, und was sollte man denn mit den Kranken machen, die zu schwach waren, um auch nur einen Schritt zu tun. Er brach ab. Im Krankenrevier schrie jemand nach Wasser.

Auch sie hatte Durst, ihre Kehle brannte. Aber weder im Waschraum noch in der Küche gab es Wasser; nur Rozalia schlürfte unablässig. »Nu«, sagte sie, und Wasser lief ihr aus dem verkniffenen Mund, »warum glotzt du mich so an, Intelligenzia?« Es stimmte, sie glotzte, und zwar auf die Tasche, die Rozalia zwischen den Knien hatte. Da war ein Essensvorrat, da wartete

Brot auf sie. Sie konnte sich das Brot nehmen, konnte essen; es bedurfte nur eines Zeichens, daß der richtige Moment da war.

»Weg hier!« schnaubte Rozalia, und in diesem Augenblick fiel ein Stiefel von oben und landete direkt neben Tola. Die hob ihn auf und strich über das rissige Leder. Warum schauen Sie so bekümmert? wollte sie zu dem OD-Mann sagen. Bald, schon am ersten Abend, werden Sie in Tschenstochau eine neue Cousine finden. Hatte sie es etwa schon gesagt? Sein Arm kam auf sie zu, zeigte aber an ihr vorbei, auf das Fenster – das glühte rot auf, als ginge die Sonne unter, und dabei war es doch mitten am Tag.

Die Baracke leerte sich. Das Fenster wurde schwarz von dem Menschengewimmel davor, glühte dann wieder auf. Ein Rasseln, ein dumpfes Dröhnen. Dann kam vom Appellplatz, von den Baracken, von allen Straßen der Befehl: »Raus! alles raus!«

Tola ging zur Tür, kehrte zurück in die Baracke, um ihre losgegangene Anweiserinnenarmbinde mit einer Nadel zu befestigen, kehrte nochmals um wegen einer Taschenlampe, deren Mitnahme ihr ein OD-Mann befohlen hatte, und ließ sich so viel Zeit, daß sich bei ihrem Eintreffen auf dem Appellplatz schon eine Kolonne gebildet hatte.

Die Kolonne wich zur Seite. Leuchtend grüne Lastautos rollten herein; eine Postenkette bewegte sich auf die Kolonne zu, und irgendwo ganz nah riefen zwei Stimmen – die eine kehlig und laut, die andere kindlich noch und hoch.

Ein OD-Mann sprang vom Lastwagen; er klopfte sich auf die Brust und schwor, man werde sie nur zur Arbeit bringen; er klang wie Rozalia, wenn sie beteuerte, daß ihre Preise reell seien.

Tola wollte nicht arbeiten. Sie mußte hier weg, sie mußte sich verstecken. Aber schon riß die Kolonne sie mit, durch das offene Tor, an einem Blätterhaufen vorbei und hinauf auf den Lastwagen. Da gab es keine Luft, nur Leiber, die ihr die Sicht nahmen und das Atmen erschwerten.

Mit Kopf, Ellbogen und Knien um sich stoßend, bahnte sie sich einen Weg, bis sie einen Luftzug auf dem Gesicht spürte. Der wurde stärker, wurde zum Wind. Von hinten drückte die brodelnde Menschenmasse gegen sie, die Kante der stählernen Seitenwand schnitt ihr in den Bauch, aber hier am hinteren Ende des

Lastautos hatte sie endlich Luft und Licht, Licht, das der Feuerschein rötete.

Es wurde dunkel, dann kam Sonne, dann wieder Dunkel, wie eine rasend schnelle Abfolge von Tag und Nacht. Bis schließlich die Dunkelheit die Oberhand gewann. Es roch nach Sumpf und feuchtem Holz, und hinter ihr redete die Jecke dauernd etwas vom Meister – nein, vom Wachtmeister, der ihr vielleicht sagen könnte, wohin es ging.

»Herr – Herr Wachtmeister, wohin fahren wir?«

»Gräben«, sagte der Wachmann.

»Grä-ben?«

»Ich meine Schützengräben, du Dummkopf.«

»Schützengräben, Herr Wachtmeister, Schützengräben, ja?«

»Ja, Schützengräben.«

Silbrig glänzte es durch die Bäume. Es waren Eisenbahngleise. Aber das war nicht die Stelle, wo Tola schon einmal verladen hatte. Hier lief kein Bahndamm an den Gleisen entlang, hier war eine große, mit Birken bestandene Wiese; und was von weitem jenem Schotterhaufen ähnelte, war ein grasbewachsener, kleiner Hügel.

Die Lastautos hielten an. »Schützengräben?« riefen alle und taumelten aus den Lastautos heraus, »Schützengräben?«

»Ja.« Das war Ziegelman. »Ja«, und nochmals: »Ja.« Von einem Felsbrocken aus wies er auf die weiter hinten verlaufende Straße und nannte Beweise für seine Behauptung – die Straße war voller Pferdefuhrwerke, Autos und Lastautos mit Deutschen, die man niemals zu Zeugen von etwas – »etwas Schrecklichem« machen würde, wie er zögernd hinzusetzte. Aber schon tönte ihm von den neu eintreffenden Lastwagen die Frage »Schützengräben?« entgegen.

»Ja, Schützengräben!« Je nachdem, ob Frage oder Antwort, hoben oder senkten sich die Stimmen. Dazwischen schrie eine Frau im geblümten Kopftuch »Maria!« »Ma-ria!«, blieb dauernd stehen und sah jeden prüfend an, selbst den alten Wachsoldaten, der ihr etwas aus seinem zahnlosen Mund zuflüsterte – als wäre sie auf einem Kostümfest, als hätte sich diese Maria als Pikriniak, als OD-Mann oder als eine der rußgeschwärzten Frauen aus dem Werk A verkleidet.

»Erschossen«, sagte der Wachmann; wenn die Gräben nicht bis Mitternacht ausgehoben waren, sollten zwanzig auf der Stelle erschossen werden.

»Maria!« schrie die Frau dicht an Tolas Ohr.

Die beiden Schützlinge des Arztes konnten unmöglich hier sein. Dennoch wollte Tola, sobald sich alle aufgestellt und jeder seinen Spaten hatte, nach ihnen Ausschau halten. Die Spaten blitzten in der Sonne, während sie an der Kolonne entlanglief und dabei immer schneller wurde, denn schon kamen von dem grasbewachsenen Hügel zwischen Wiese und Wald die Wachmannschaften herabgestürmt und drängten sie zur Seite. Aber sie hatte erreicht, was sie wollte, sie war sicher, daß keine der beiden dabei war.

Mit gesenktem Kopf drangen die Wachsoldaten in die Kolonne ein. Mit Gewehr- und Armstößen halbierten sie sie, machten aus der Doppelreihe eine einzige lange Linie, die sich über die halbe Wiese zog – vom Hügel bis zum Waldrand. Ein Pfiff, die Linie bückte sich, und ein schwarzer Riß zog sich klaffend durchs hohe Gras.

Schubkarren polterten, Spaten knirschten. »Los!« riefen die Wachen. »Los, schneller!« wiederholten die OD-Leute und rannten hin und her durch den aufwirbelnden Staub. Und überall war Staub. Wie Dampf von großen Löffeln stieg er von den Spaten zu den schweißnassen Gesichtern auf, vermischte sich mit Blättern, mit Gras und Wurzeln, wölkte sich über dem Graben, über den Schubkarren, dem frisch aufgeworfenen Erdreich, das am Rande des Birkenwaldes und der Gleise in die Höhe wuchs.

Hinter den Gleisen glänzte Wasser; davon zu trinken war verboten. »Erschossen«, brüllte ein Wachsoldat, als Tola hinlaufen wollte, »wer hinter den Gleisen erwischt wird, wird sofort erschossen.«

Diese Drohungen ließen sie kalt. Was sie nicht aushielt, war der Staub, der Lärm und das Gehuste, das auf sie eindrang, so daß sie nicht wußte, was sie zuerst schützen sollte – die Ohren, die Augen oder den Bauch, der immer noch von Krämpfen gequält wurde. Und schon erhob sich neuer Lärm: das Kreischen von Sägen, welche die jungen Birken fällten. Es verstummte, gelbes Sägemehl rieselte von den Sägeblättern auf die Straße. Durch das

Hufegetrappel, durch das Rumpeln der Lastautos hindurch gellte eine Frauenstimme, die etwas von Zügen schrie. Ein Pferd wieherte. »Soldaten – in Worten – in Taten«, Liedfetzen wehten durch den Dunst herüber, dann ein lauter Ruf. »Ja!« sagte der Ruf. »Die Züge fahren wie immer.«

»Hast du gehört?« keuchte die Maus und nestelte an einer rostigen Haarnadel. Die Haarnadel entglitt ihrer Hand; graue Strähnen voller Kletten fielen ihr über den Rücken. Eine Hustensalve brach los, eine Distelblüte kam geflogen und ließ sich wie eine rote Seidenquaste auf dem nackten Fuß nieder. »Die Züge fahren«, stammelte die schwindsüchtige Tochter, wenn ihr Husten nachließ. »Hast du's gehört?«

Tola gab keine Antwort. Sie stolperte über die Erdklumpen, bewegte sich am Graben, an den Erdwällen entlang, ging hin und her, auf und ab, bis sie kein Gefühl mehr in den Beinen hatte. Bald verschmolzen ihr das Kreischen und das Husten zu einem einzigen Getöse. Die Krämpfe hörten auf; nur der ausgedörrte Mund schmerzte.

Sie mußte trinken; sobald der das Gleis bewachende Soldat wegsah, wollte sie hinüberspringen und sich volltrinken. Jetzt – der Soldat rutschte den Erdwall hinab, er lief auf die Straße zu. Aber schon kam er zurück. Rauch von einer eilig ausgetretenen Zigarette hing um seinen Stiefel.

Von der Straße kam das Grollen von Motorrädern. Es verstummte, und alle Bewegung erstarrte. In der plötzlichen Stille konnte sie hören, wie Steinchen von einem zitternden Spaten herabfielen. Etwas Rotes glitt zwischen den Bäumen hindurch. »Achtung!« Die Spaten sanken zu Boden, alle Augen richteten sich nach unten in den Staub. Doch Tola kam es so vor, als hätte sie immer schon gewußt, daß dieses Spatenzittern und diese fallenden Steine Rost ankündigten und mit ihm die SS. Alles kam, wie sie erwartet hatte – das Gebrüll, die Eile, mit der Rost den Hügel hinauflief, und sogar die Peitsche, die ein behelmter SS-Mann wie ein Lasso um den Hals eines OD-Mannes sausen ließ.

Was sie nicht erwartet hatte, waren die Entfernung zu dem Hügel, auf dem Rost stehenblieb, und die Blicke, mit denen alle ihre Schritte verfolgten. Niemand sonst wagte seinen Platz zu verlassen, darum wurde sie so angestarrt. In Doppelreihen säumten die Wachmannschaften den Wall aus aufgeworfener Erde. Ganz unten standen die OD-Leute wie eine Reihe schwarzer Pfähle. Tola bückte sich, zwängte sich durch die Spaten, die Schubkarren und Sägen hindurch, schlich weiter, bis sie vor dem Hügel stand.

Dort reckte sich der Arm mit der roten Binde in die Höhe; die schwarzen Pfähle gerieten in Bewegung, und ein Chor rauher Stimmen setzte ein: »Los! Schneller arbeiten! Los!«

Ein Spaten, mühsam von ausgemergelten Armen gehoben, bewarf sie mit Erde; als sie sich wegwandte, spritzte ihr Schlamm ins Gesicht. Sie zuckte zurück. Sie machte es den OD-Leuten nach, spreizte die Beine und riß den Mund weit auf. Aber kein Schrei wollte herauskommen. Auf dem Hügel neben Rost stand der Meister und schaute sie an.

Immer wenn sie die Lippen öffnete, schien er auf ihr Gesicht zu starren; wenn sie, um seinem Blick auszuweichen, weitergehen wollte, stieß die Faust eines OD-Mannes sie auf den Platz neben dem zittrigen Spaten und den vom Husten geschüttelten Schultern zurück. Rundherum bewegten sich die schwarzen Pfähle, klafften Münder, als wollten sie in gierigen Schlucken trinken, und ein Knüppel landete dumpf auf einem hageren Rücken. »Los!«, der Chor schwoll an, rötlich glänzten die niedersausenden Knüppel in der sinkenden Sonne. Und es erfaßte sie Angst – vor dem Schrei, der ihr wie ein Obstkern in der Kehle steckte, und vor der Geschwindigkeit, mit der die Zeit davonlief.

Die Sonne versank hinter dem Wald. Zwischen der Röte des Sonnenuntergangs und dem Schein der Flammen hing die Dämmerung wie eine Brücke zwischen zwei Feuern. Die Dämmerung vertiefte sich; die gebeugten Rücken verschmolzen zu einem schwärzlichen, wellenförmigen Auf und Ab. Als die Dämmerung in die Dunkelheit überging, als Farbe um Farbe erlosch, blieb nur das Weiß der gefällten Birken und des Waldes, und auf dem Hügel funkelte das runde Emblem auf der Hakenkreuzbinde wie ein Auge.

»Licht!« Lampen blitzten auf, ihre Strahlen verknüpften sich zu einem Netz, das den Graben umschloß. Wenn das Netz sich hob, schien es hier einen Arm der Finsternis zu entreißen, dort einen rasierten Kopf und noch einen – nein – es war ein Stein, den ein Pikriniak aus dem Graben wuchtete. Seine dreckverkrustete Hand stieß sie an. »Er kommt«, flüsterte der Pikriniak, »er kommt. Frag ihn!«

Der Meister kam, er blieb direkt hinter ihr stehen. »Morgen passiert es«, sagte er, ohne daß sie ihn gefragt hätte. »Ich bin heute nacht wieder zurück.«

»Was hat er gesagt? Was?« flüsterte es verstohlen um sie herum.

»Daß er wiederkommt.«

»Und –«

»Sonst nichts. Nichts.« Nichts, wiederholte sie leise bei sich, nichts – nichts. Jetzt, endlich, war er weg. Seine große, gebückte Gestalt verschwand in der Dunkelheit. »Los!« Ihr Schrei durchstieß die plötzlich eingetretene Stille. »Lo-o-os! Arbeiten!«, wie ein Blutstrom stürzten die Wörter aus ihr heraus, und noch einmal »Arbeiten!«, nochmals »Los!«, noch lauter und schriller, während die Nacht über den Hügel hereinbrach und das weiße Auge sich entfernte. Rost ging, die anderen folgten. »Los«, rief sie noch einmal; das Auge stand still. Er hatte sie gehört, er machte die Wachsoldaten auf sie aufmerksam. Und der Lichtstrahl, der sich an ihren Fuß heftete, war wie eine Leine, mit der er sie zu sich zerrte.

Metall klirrte, der Lichtstrahl traf den Boden. Spaten klirrten und fielen hin, herrenlose Schubkarren rollten auf sie zu, und jenseits des Waldes war es totenstill, als wäre die Straße spurlos verschwunden, als hätte es sie nie gegeben.

»N-nein«, klagte jemand, »k-keine Schützengräben, nein!« Mit Gewehren drangen die Wachen auf das dunkle Gewimmel ein. Eine Stimme schrie, ein Arm zeigte zum Himmel, und eine bleiche Gestalt – ein bis zum Gürtel entblößter Mann – sprang in den Graben, die anderen folgten ihm in solcher Eile, daß der Graben sich sofort füllte. Hier und da ragte noch eine Gestalt in der Dunkelheit auf; aber auch die sank zu Boden, und jetzt war nur noch sie am Rande des Grabens übrig. »Hinwerfen«, rief ein Wachsoldat. »Hinwerfen, oder ihr werdet erschossen.« Ihre Augen schlossen sich, sie warf sich hin.

Das ratternde Stakkato kam von Maschinengewehren, die irgendwo weit weg feuerten; diese feuchte Berührung, das waren

Finger, die ihr Handgelenk umklammerten. Sie wollte nicht angefaßt werden, sie hieb mit den Fäusten, bis die Finger losließen. Doch das Flüstern ging weiter. »Sieh nur – da oben – sieh«, es zwang sie, die Augen zu öffnen.

In breiten, schwarzen Bahnen ergoß sich Erde aus den umgestürzten Schubkarren. Am Fuß der Erdwälle lagen die Wachen und zielten mit ihren Gewehren auf den mit Köpfen gepflasterten Graben. Die Köpfe richteten sich zum Himmel.

Flugzeuge kamen – das war es. Maschinengewehre, lauter jetzt und näher, begannen zu rattern, Scheinwerfer, vom Feuerschein gerötet, kreuzten über den Himmel, aber die Flugzeuge stiegen nach oben, tauchten in die Wolken, in eine Bank aus Rauch ein, kamen zurück, stießen so tief herab, daß die Dunkelheit von ihrem Lärm dröhnte und bebte.

Das Geflüster war wieder da, irgend etwas über das Lager. »Was ist mit dem Lager?« fuhr sie auf.

»Die wissen bestimmt, daß wir vom Lager sind, die werfen keine Bomben auf uns.«

Wußten sie es wirklich? dachte sie und schaute in den Graben. Arme schnellten in die Höhe, als wollten sie die weiße Wolke fassen, die aus den Flugzeugen in die Nacht sank.

»Da ...«, stotterte jemand. »Fallschirmtruppen.«

»Quatsch«, sagte sie, »nur Flugblätter, dummes Zeug.« Auf der Straße sprangen Motorräder an. Rost fuhr ab und hinter ihm die großen SS-Männer.

Jemand hielt sich an ihr fest und wollte nicht loslassen, jemand wimmerte irgend etwas von Rost und den Zügen. Leichtfüßig, wie Schlittschuhläufer übers Eis gleiten, rannte ein OD-Mann nach dem anderen vorbei. Sie, ein Stück von ihr, ihr wahres Selbst, lief mit, aber noch schneller, noch leichtfüßiger; sie mußte diese andere Tola einholen, sie schaffte es, wenn nur die Hände losließen – wenn nur diese Lampe sie nicht mehr blendete.

»Du da«, der OD-Mann leuchtete sie mit der Taschenlampe an, »weißt du nicht, was los ist?«

»Was ist denn los?«

Er antwortete, und sie sagte »Aha«, voller Erleichterung, aber vor allem voller Verachtung für ihn, der ganz außer sich war, bloß weil Rost einen Befehl gegeben hatte. Wenn der Graben nicht rechtzeitig fertig wurde, sollten zehn OD-Männer erschossen werden, hatte Rost befohlen. »Das gilt auch für dich«, sagte der OD-Mann keuchend. »Auch dich können sie erschießen.«

»Natürlich«, antwortete sie. »Selbstverständlich können die mich erschießen.« Als er weiterrennen wollte, packte sie ihn am Arm, weil sie ahnte, daß sie etwas von ihm erfahren konnte. »Da drüben am Erdwall werden sie uns erschießen«, wiederholte sie und versuchte sein Keuchen und die Zuckungen seines Mundes nachzuahmen, um zu verstehen, was für sie bisher nur ein die Nacht durchtönender Refrain gewesen war: erschossen, weil der Graben nicht fertig war, erschossen, weil sie sich nicht hinwarf, und da war noch etwas, für das man erschossen werden konnte – wenn man von dem Wasser hinter den Gleisen trank.

»Wasser! Heda, gib mir etwas!« rief sie, denn da hinter dem entwurzelten Strauch trank jemand mit denselben schmatzenden Schlucken wie vorhin Rozalia. Aber es war nur ein Mann, der an seiner gequetschten Hand saugte. Trotzdem verstand sie die Bedeutung des Refrains: Man würde sie erschießen, wie ein Stein unter dem Tritt von Stiefeln würde sie im Dreck liegen, Rozalia hingegen würde weiterleben, trinken, essen, sich vollfressen, und die anderen, die sich vollgestopft hatten, während sie hungerte, auch die würden weiterleben – die fette Kaelanka und die da und die und jene dort. Sie kratzte den Dreck, die Kruste, die alle gleich machten, ab, unterschied sie in der Dunkelheit, stopfte ihnen den Mund mit Brot statt mit Erde voll und verglich das Fleisch an den noch weichen Armen. Wie ein Fettauge auf der Brühe leuchtete ein Impfmal auf den noch drallen Armen. Sie ging zum Strauch. Sie brach einen Ast ab, wobei ihr der Saft über die Hände rann, und stahl sich fort.

»Arbeiten!« Der Ast sauste nieder, das pralle Fleisch schmatzte wie weicher Matsch.

Es war geschafft, sie hatte sich selber eingeholt. Der Strahl ihrer Taschenlampe lief ihr voraus, sie folgte. »Hör auf! Hör auf, mich zu blenden!« flüsterte eine brüchige Stimme; der Stock zischte durch die Luft, süßlich schmeckender Staub füllte ihr den Mund. Und sofort tastete sich der Strahl der Lampe weiter und scheuchte die, die sich vor dem Arbeiten drückten, unter den Schubkarren, von den Erdhügeln und aus dem Graben hervor.

Erst als auch Rozalia aus einem Dreckloch herausschoß, hielt Tola inne, sah auf ihre Tasche mit dem Brot darin, setzte dann ihre Jagd fort.

Das war es: eine Jagd mit gleichen Chancen. Sie war mit Lampe und Stock bewaffnet, aber allein. Die anderen, die sie zur Strecke bringen wollten, waren viele. Es machte ihr nichts aus, sie zum Arbeiten zu zwingen – sie hatten sich vollgefressen, hatten sie als »Händlerin« und als »kalten Fisch« beschimpft –, und ebenso wenig würde es denen ausmachen, ihrer Erschießung am Erdwall zuzusehen.

Gewehre, welche die Finsternis durchstachen, und wegbröckelnde Erde, Krämpfe, die sie schüttelten, und dröhnendes Gelächter, das andauerte, wenn die Schüsse peitschten – so würde ihr Tod aussehen. Sie prägte sich dieses Bild ein, sie lernte es auswendig. Aber bald war das gar nicht mehr nötig. Die Augen, auf die die Erde herabregnete, die vom Dreck verstopften Münder waren bloß Zeichnungen, die sie durch Ausknipsen des Lichts von der Tafel der Finsternis löschen konnte. Was sie nicht löschen wollte, was im Schein der Taschenlampe Gestalt gewann, waren diese Rücken, diese Arme, die sich nicht bewegten – vielmehr, sie bewegten sich, aber nicht schnell genug, sie mußten sich schneller bewegen. Sie rannte mit den OD-Männern um die Wette, sie wollte ihren heißen Atem spüren und lief dem Strahl der Taschenlampe nach. Ihr Stockschlag traf, sie spürte es mit Genugtuung. Aber schon war dieser Schlag von der Dunkelheit verschluckt, schon eilte sie weiter, um zum nächsten Schlag auszuholen, der ihr jedesmal wie ihr erster vorkam, weil sie sich so leer fühlte wie beim ersten.

Einer war gestürzt und versperrte ihr den Weg, doch sie sprang einfach über ihn hinweg. Etwas Schwarzes, das sie an die beiden erinnerte, tauchte in der Dunkelheit auf, verschwand aber auf der anderen Seite des Grabens, der jetzt die Breite eines Flußbetts hatte.

War der Graben fertig, ging es zurück zum Lager? Nein, nur ein einzelnes Lastauto mit ein paar OD-Männern war angekommen. Sie standen eine Weile in einem dunklen Knäuel zusammen und gingen dann.

Und die anderen, die flinken Schlittschuhläufer von eben, die schleppten sich müde daher und erklommen mühsam den Erdwall. »Helft mir«, befahl sie, und sie zogen sie hoch, »Platz da«, und sie gingen beiseite; aber als sie »Los!« schrie, um sie anzufeuern, schauten sie finster und wandten den Blick der Straße zu. Dort schrie ein Kind, ein Hund bellte. Dann ein lauter Knall. »Ein geplatzter Reifen«, rief ein OD-Mann. »Das war nichts, nur ein Reifen«, wiederholten die anderen und glitten hinab.

Sie blieb stehen. Tief unter ihr stampfte und zuckte die schwarze Menschenmasse wie eine Maschine mit vielen Armen. Zu ihren Füßen hing welkes Gras von den Erdschollen, Disteln leuchteten in feuchtem Violett, und immer wenn ein Schubkarren seine Last ausspie, hob der Erdwall sich wie die weiche Flanke eines gewaltigen Tieres. Rittlings auf diesem Tier stehend hielt sie die Maschine in Gang. Mit ihrem Lichtstrahl, der die Augen traf, mit Rufen und Schreien, mit Erdklumpen, die sie in die ineinander verkeilte Masse schleuderte, hielt sie die Maschine in Gang. Eine Faust reckte sich ihr entgegen, öffnete sich zu einer gelben Hand, als ein Grassoden sie traf. Und die Lichtstrahlen, die die Wachsoldaten auf sie richteten, die ihren Arm, ihren geöffneten Mund aus der Dunkelheit heraushoben, waren wie Finger.

»Los!« schrie sie wieder. Neben ihr arbeiteten die Spaten in vollkommenem Gleichtakt, aber auf der anderen Seite des Grabens ging es langsamer, manche rührten sich überhaupt nicht. Mit ausgebreiteten Armen rutschte sie den Erdwall hinab in die Tiefe und landete auf etwas Haarigem, Weichem – Wurzeln waren es, nur ein Gewirr von Wurzeln. Lampe und Ast hatte sie verloren. Sie tastete umher. Und als sie die Taschenlampe gefunden hatte, wurde es hinter dem Graben still – kein OD-Mann, kein Wachsoldat war zu hören. Nur von der Straße kam das Stampfen von Schritten, dann ein Schrei, dann härteres, regelmäßiges Knallen. Reifen ... wieder nur Reifen, sagte sie zu sich. Arbeiten! versuchte sie zu schreien. Statt dessen stand sie still und ließ den Stock baumeln.

Irgend etwas war ihr zugestoßen, etwas hatte sie wie ein Steinwurf getroffen. Sie wollte nicht wissen, was es war, sie wollte weiter. Aber ringsum hielt alles sie fest: diese Gesichter, diese blitzenden Augen und dieses heisere Flüstern, das um ein und dasselbe Wort kreiste: »Selektion – eine furchtbare Selektion.«

»Se-se-lektion?« stotterte sie endlich. »Wen hat sie getroffen, die Selektion? Sagt doch. Wen denn?«

»Woher sollen wir das wissen? Sie konnten ja kaum mit den OD-Leuten reden.«

»Mit welchen OD-Leuten? Wer hat mit ihnen gesprochen?«

»Sie – die OD-Männer im letzten Lastwagen. Sie konnten von den Lastwagen aus nur noch ein paar Worte mit den Menschen aus dem anderen Lager wechseln.«

Aha, die Selektion hatte also in einem anderen Lager stattgefunden. Leute aus einem anderen Lager waren auf ihrem Weg zu den Zügen hier vorbeimarschiert. Und auch die Schüsse, die sie gehört hatten, galten also nur denen.

Spaten knirschten. »Züge – auch für uns kommen die Züge«, flüsterte es. Egal, war Tolas stumme Antwort, wahrscheinlich bringen sie mich noch vor euch um. »Bucklige«, schrie sie und sprang vorwärts, »Bucklige, warte!« Der Buckel, diese Erinnerung an die beiden, die nicht hier sein konnten, war in der Finsternis verschwunden. Und ihr »Egal, ich werde sowieso umgebracht« wurde von dem Graben widerlegt, der schon so breit war, daß er rechtzeitig fertig sein würde. Wenn der Graben fertig wurde, mußte niemand erschossen werden. Das war wichtig: es bedeutete, daß sie nicht mehr nachzuforschen brauchte, wer mit der Buckligen sonst noch gekommen war. Sie lief weiter. »Arbeiten!« konnte sie schon wieder schreien, schwieg aber plötzlich und blieb stehen.

Die Gewehre, die herabbröckelnde Erde – alles kam mit diesem Schrei wieder, doch statt der Buckligen glaubte sie die beiden, die vielleicht doch da waren, am Erdwall zu sehen. Auch wenn der Graben fertig wurde, konnte noch etwas geschehen. Vielleicht hatte Rost doch einen Befehl zum Erschießen gegeben: um allen Verdacht zu zerstreuen, um den Eindruck zu erwecken, daß keine weiteren Selektionen im Lager mehr stattfinden würden. Sie mußte wissen, auf der Stelle, wer zusammen mit der Buckligen gekommen war.

»Nicht – du blendest mich«, schrien heisere Stimmen, aber sie mußte sie mit der Taschenlampe blenden, um in den Gesichtern, die unter ihrer Dreckkruste alle gleich aussahen, die vertrauten Züge zu entdecken, sie mußte sich zwischen den gebeugten Rükken, den dreckbespritzten Armen hindurchzwängen. Wieder flammte das Licht auf, wieder ein empörter Schrei. Und kaum hatte sie die Strecke abgesucht, als eine große Frauengestalt oder eine winzige, wie die eines Kindes, hinter ihr auftauchte; sie merkte sich einen großen Stein oder einen Baumstamm als Zeichen, wie weit sie gekommen war, lief zurück und schaute in ein fremdes Gesicht; dann suchte sie in der alten Richtung weiter und stellte fest, daß ihre Zeichen inzwischen von herabgefallener Erde verschüttet worden waren. Und eine neue Angst befiel sie – die Angst, daß diese Suche nach den beiden die ganze Nacht dauern könnte.

So ging es nicht weiter. Sie wollte einfach nach ihnen fragen. Aber weder die alte Meyerowa noch die Doctorka oder das Waisenkind, das gerade vorbeikam und etwas Unverständliches murmelte, würden ihr Auskunft geben. Vielleicht wußte die Jecke etwas, die Jecke hatte gelegentlich mit ihr geredet. »Hör zu«, sie wischte sich den Sand von der Zunge, »hast du sie gesehen, die Krankenwärterinnen oder die Bucklige?«

»Die Bucklige nicht.« Auch die Jecke wischte sich die Zunge. »Aber die Wärterin ist hier, dort neben dem Stumpf.« – »Neben dem Birkenstumpf«, sagte die Waise mit unerwarteter Hilfsbereitschaft. »Erst kommt ein kaputter Schubkarren, dann ein Strauch, dann der Baumstumpf. Da ist sie, gerade habe ich noch mit ihr gesprochen.«

Auch Tola mußte mit ihr sprechen. »Wenn ... falls ... falls es aussieht, als könnte etwas passieren ...« Nein, dann war es schon zu spät. »Sobald« – das war es: »Sobald die Kolonne angetreten ist, sagt mir, wo ihr seid, damit ich bei den Wachen ein Wort für euch einlegen kann.«

»Fräulein Anweiserin«, würden die Wachen sagen und lachen. »Soso, das Fräulein ist so nett zu ihren Untergebenen gewesen; jetzt soll sie zeigen, wie sie ihre Freundinnen behandelt; beweisen Sie es, bringen Sie Ihre Freundinnen hier an den Erdwall.« Die OD-Leute würden sich für sie verwenden. Nein, die OD-Leute konnten gar nichts tun; die OD-Leute würden genauso ausgelacht werden wie sie. Ein anderer mußte ihr helfen – der Meister. Er hatte versprochen wiederzukommen.

Sie verbarg ihren Stock hinter dem Baumstumpf, kehrte um,

um ihn doch noch zu holen, ging dann weiter. »Mach weiter, Wärterin! Nimm dich zusammen, Wärterin!« scholl es aus dem Dunkel, und ihr, die immer nur in fremde Gesichter sah, kam es vor, als sähen alle die gesuchte Person, die nur sie nicht mehr kannte.

»Kommen Sie, ich helfe Ihnen. Schieben, Wärterin, jetzt!« rief ein alter Mann.

»Ich kann nicht. Ich kann nicht mehr«, klagte eine näselnde Stimme. Das Mädchen mit dieser Stimme wurde immer noch »Wärterin!« genannt. »Und die anderen Krankenwärterinnen«, rief Tola, »sind die hier?«

»Wer kann das bei dieser Dunkelheit und in diesem Gedränge sagen?« Und wieder leuchtete sie mit der Taschenlampe umher.

Der Strahl der Lampe war ein Pfad, der sie in die Vergangenheit zurückführte. Denn alle waren sie wieder da: die Kantorowa, die Blockälteste im Lager Krakau, und die Mutter von Tadzio, der im Ghetto geblieben war, die alte Frau und das Mädchen, die auf der Pritsche unter ihr gewohnt hatten. Alle folgten sie ihr. »Sechs«, sagten sie, »jemand muß sechse stehen«, und der hagere Mann mit der Brille nahm ihre Taschenlampe mit einem zustimmenden Nicken, als hätte sie ein ihm früher gegebenes Versprechen eingelöst. Er kniete nieder, und aus seinen gewölbten Händen fiel Licht auf das zerknüllte, weiße Papier.

»›Die siegreichen Armeen der UdSSR‹«, las er ab; dann folgte etwas über den barbarischen Eindringling, über Partisanen und heldenhaften Kampf. »Und wir? Was steht da über uns?« rief Tadzios Mutter in einem Ton, in dem man fragt: »Läßt er mich grüßen?«

»Warum sollten die sich Gedanken um uns machen, zum Beispiel um Sie? Ach, ich weiß, weil sie so viel für Tadzio getan haben, natürlich, deshalb«, könnte sie sagen. Sie könnte alles mögliche sagen, aber wozu, wenn sie das oder ähnliches schon früher gesagt hatte? Und ein quälender Argwohn, daß mit ihrem Zeitplan trotz aller Vorsichtsmaßnahmen etwas schiefgegangen war, gesellte sich zu ihrer Angst, daß sie die ganze Nacht nach den beiden würde suchen müssen.

Das Suchen war schwieriger geworden, weil der Graben jetzt so breit und so dicht an den Erdwall herangerückt war, daß sie entweder von den Spaten gegen die aufgeschüttete Erde oder von dort gegen die Spaten gedrängt wurde, wie ein Ball, der hin und her geworfen wird, hinfällt und wieder geworfen wird; sie stieß gegen einen spitzen Stein, gegen einen Menschen, den sie irgendwoher kannte, dann gegen einen Kopf, der aussah, als wäre er mit Rost bedeckt.

Ein Jammern drang an ihr Ohr. »Arbeite, oder es setzt was«, drohte eine harte Stimme. Das war die Rubinfeldowa, deren Stimme so hart klang; wer so jammernd antwortete, war die Seidmanka. Und hinter ihnen wurde die kleine Frau in Schwarz von ihrem wegrutschenden Schubkarren abwärts gerissen; Blätter und Moos hingen aus der Tasche, die Rozalia zwischen ihre Knie geklemmt hatte, und der Stein, der da über den Erdwall ragte, das war der Buckel.

»Bucklige!« Tola sprang den Erdwall hinauf. »Was ist – was tust du hier?«

»Verschnaufen«, keuchte die Bucklige. »Ich muß verschnaufen.«

»Ich meine, wie kommst du überhaupt hierher? Und die anderen beiden, sind die auch hier?«

»Barbara?« sagte die Bucklige laut und deutlich. »Barbara und Alinka sind noch bei dem Arzt im Krankenrevier. Ich bin pinkeln gegangen, da haben sie mich erwischt und mitgenommen.«

Aha! Nach der Buckligen hatten die beiden gerufen, als die Lastautos eintrafen; und die Bucklige hatte sich amüsiert, jawohl, sie hatte mit ihr Verstecken gespielt. Aber was hatte sie da gerade gesagt, wer war verloren gegangen? Die Doctorka. »Wir haben nebeneinander im Graben gelegen«, klagte die Bucklige, »wir sind zusammen herausgekrochen, und dann war sie plötzlich weg. Hast du sie gesehen?«

Tola gab keine Antwort. Sie sah zu, wie ihr die schwarze Erde den Buckel hinabrieselte, als bröckelte dieser selbst ab. Ihr Fuß setzte noch einen Klumpen in Bewegung und bewegte sich vorsichtig nach vorn; erst mit dem Absatz und dann mit der Spitze stieß sie gegen die verwachsene Schulter, wollte darauftreten. »Weg!« schrie sie dann, »mach den Weg frei!« Die Bucklige kroch hastig weiter, während Tola stehen blieb, weil ihr nicht mehr einfiel, was sie noch vorgehabt hatte.

Jetzt fiel es ihr wieder ein. Und jetzt lief sie schneller und immer schneller, damit ihr nichts entging, was ihr noch zustand. Nichts war ihr entgangen; dort, in der Tasche zwischen Rozalias Knien, lag ihr Brot.

»Rozialia«, rief sie sehr sanft, sehr freundlich. »Rozalia, verkauf mir Brot! Ich zahle, ich zahle gut.«

Rozalia blinzelte aus ihren rötlichen Kaninchenaugen. »Verkaufen?« sagte sie leise. »Verkaufen – und warum soll ich es verkaufen, Intelligenzia? Ich – ich schenke es dir. Hier sind Kartoffeln, fast zwei Pfund, nimm sie, Intelligenzia, sie gehören dir. Da ist Roggenmehl, sachte, meine Beste, die Tüte hat an der Seite einen kleinen Riß. Nu, warum guckst du so, Intelligenzia? Nimm, iß, laß es dir schmecken. In Tschenstochau hast du viel Zeit zum Essen; ich habe in Auschwitz keine Zeit.«

»Au – Ausch –«, jammerte die Seidmanka. »Nicht Auschwitz, der Wachsoldat hat nichts von Auschwitz gesagt«, schrie die Rubinfeldowa. »Brot«, schrie Tola, »Rozalia, gib mir von dem Brot.«

Rozalia versteckte sich. Sie zog sich hinter ihre verständnislosen Augen, ihren zuckenden Mund, hinter dieses unschuldige Gesicht zurück, in das Tola nicht hineinschlagen konnte. »Nu«, spotteten die geschwärzten Lippen, und Tola bedauerte ihren Entschluß, als hätte sie eine lang ersehnte Gelegenheit verstreichen lassen. Aber jetzt bot sich die Chance von neuem, sie ließ den Stock kreisen, bis das andere, das unschuldige Gesicht, wiederkam. Jetzt zuckte der Mund wieder. Jetzt schlug sie mit der Faust zu – mitten auf den Mund! Schleim und Speichel spritzten ihr auf die Finger, und in ihrem Inneren schien eine Geschwulst zu platzen, zähflüssig und gurgelnd stieg etwas in ihr hoch. Sie schlug noch einmal zu, und noch einmal, um dieses Winseln zum Schweigen zu bringen, und dann nochmal, damit es wieder anfing, und wiederum auf die Augen, auf den Mund, auf die Augen – und von neuem – zum letzten Mal – ihre Faust glitt ab, sie ging ins Leere. Das Winseln kam von unten, aus dem Graben. Sie mußte hinabspringen, mußte nochmals zuschlagen.

Das Winseln war verstummt, der Graben leer. Vor ihrem Fuß, der sich in der Tasche verfangen hatte, krochen Arme auf das angebissene Stückchen Brot zu. »Meins!« Tola griff nach dem

Stück. »Meins, meins!« rief sie und trat auf die Arme. Die zogen sich hastig zurück; die Tasche fiel in den Graben, Kartoffeln und Mehl rutschten hinaus. Auch ihr Körper war eine Tasche, von gurgelndem Brei angefüllt. Vorsichtig, um diese Fülle nicht zu gefährden, zog sie sich am Erdwall hinauf, blieb stehen und sah sich nach einer Sitzgelegenheit um. Der Stapel Birkenholz dort war eine gute Stelle. Als erstes wollte sie die Beine ausstrecken, dann den Dreck von Händen und Mund abwischen. Und dann wollte sie essen.

Sie hatte gegessen, ihre Hände waren leer. Und dort unter ihr rollten die Schubkarren auf die Wiese hinter dem Graben zu, dort ertönte schrilles Pfeifen, OD-Männer brüllten etwas von Lastautos – daß sie jeden Moment eintreffen könnten. Sie wollte sich an die Wand eines Lastwagens pressen, sie wollte sich an die Pritsche pressen, wollte gehen, wollte Wasser besorgen. Oder besser noch, sie wollte jetzt gleich trinken, von dem Wasser hinter dem Gleis.

Irgendwo ganz nah hämmerten Nagelstiefel gegen die Schienen, zerbrach Glas. Aber sie war mit ihren Gedanken schon bei dem Wasser – so erfrischend war es, so kühl in ihrem brennenden Mund. Sie warf sich der Länge nach hin; Knie und Ellbogen bohrten sich in das feuchte Erdreich, sie trank und trank, bis das Wasser ihr die Kehle hinaufstieg und aus dem Mund floß, bis sie voll war wie ein aufgepumpter Schlauch. Wieder kam das schrille Pfeifen. Sie stand auf und ging ganz langsam zur Wiese hinter dem Graben.

Das Viereck mit den aufgepflanzten Spaten – das war die Arbeitskolonne, die auf die Lastwagen wartete; der glühende Punkt war ein Wachsoldat, der mit der Zigarette im Mund auf die Kolonne zukam. Er sagte etwas, und die Spaten gerieten in Bewegung; aber anstatt nach unten zu sinken, verfingen sie sich ineinander, stießen zusammen, und aus der Kolonne stieg ein Schrei auf. »Nein!« schrien sie, »nein! wir können nicht mehr.«

»Wir können nicht mehr«, klagten die OD-Leute.

»Nein, ich kann nicht mehr«, schrie Tola. Mit gesenkten Köpfen rannten die Wachsoldaten auf die Kolonne zu, teilten sie mit Gewehr- und Fausthieben, machten aus der Doppelreihe eine einzige. »Los!« Die Spaten knirschten in die Erde. »Vierzig!«

sagte ein Wachsoldat – wenn der Graben nicht bis zum Morgen fertig ist, mußten vierzig erschossen werden.

»Erschossen – vierzig –« Die Wörter verschwammen zu einem eintönigen Gesumm. Spaten, Graben, Schubkarren, alles drehte sich in diesem Gesumm. Sie drehte sich mit – sie wollte rennen, Jagd machen, sich vollfressen und wieder leer sein, immer wieder, bis alles zu Ende war. Irgendwo, das wußte sie, gab es einen Weg, dieses Kreisen zu beschleunigen, alles in einen einzigen Schrei, einen einzigen Sprung hineinzupressen. Wie, das wußte sie nicht, ihr war schwindlig, und ihre Augen taten weh.

Wenigstens ging es jetzt schneller. Schon knatterten Motorräder, schon waren die behelmten SS-Männer da, und die grellen Scheinwerfer tauchten ein paar Gestalten, die an der Böschung des Erdwalls lehnten, in eine Pfütze von Licht. Die Wachsoldaten sprangen in den Graben; zwei Lichtbahnen wanderten an den beiden Innenseiten entlang; wenn sie in die Höhe gingen, erfaßten sie die schwarze Silhouette eines OD-Mannes; sanken sie nach unten, geriet die Silhouette in heftige Bewegung, als rammte sie etwas in den Boden. Wer nicht mehr konnte, wurde geschlagen; sie wußte es, doch die Schreie, das Jammern, die dumpfen Treffer – alles wurde von diesem unablässigen, immer noch anschwellenden Summen verschluckt. Auch sie wurde verschluckt, sie war ein willenloses, empfindungsloses Teilchen in dem aufwirbelnden Staub. Nur ihr Mund leistete Widerstand, er führte sein eigenes Leben, spürte jeden Windhauch, jede Berührung von Blatt und Gras.

Grüne Blätter leuchteten im Lichtschein auf; graue Haarsträhnen flatterten; an einem Schubkarren, der sich nicht von der Stelle rührte, mühten sich gebückte Gestalten ab, bis ihre Rücken durchzubrechen drohten. Der Scheinwerfer schwankte, traf auf Finger, die wie aufgerissene Lippen vor einem klaffenden Mund hingen, auf einen ausgemergelten Hals, auf eine Faust, ihre eigene, die immer noch den Stock umklammerte. Sie wollte sich ausruhen, nachdem der Scheinwerfer sie erfaßt und zur Maus hinabgeschleudert hatte, wollte sie sich ausruhen.

»Licht, Licht aus.« Metall klirrte in der Dunkelheit; Spaten fielen hin, drängten sie gegen die umhertastenden Arme, welche sie umfingen und festhielten. Sie wollte sich losreißen, doch vergeblich. Und während die Flugzeuge in der Dunkelheit über sie hinwegdröhnten, lag sie zwischen zwei Körpern eingekeilt; der eine fieberglühend, der andere eiskalt, der eine von Hustenanfällen geschüttelt, der andere von dem stolpernden Schlag eines erschöpften Herzens.

»Licht!« Das Licht flammte auf, das Licht riß sie los, aber jetzt stimmte etwas nicht mit ihrem Kopf, er war wie ein Auge, das sich nicht mehr schloß, dem das Lid fehlte, und gegen dieses Auge preßten sich Gesichter, mit blinden Augen voller Erde, mit röchelnden Mündern voller Husten, Staub und Schlamm, und wenn sie sich duckte, wenn sie die Augen mit den Armen bedeckte, dann kamen die Schreie, die dumpfen Schläge und die Stimmen: »Wir können nicht mehr ... wir können nicht mehr.« Auch sie konnte nicht mehr, sie wollte sich hinsetzen – dort am Wasser jenseits der Gleise.

Wachsoldaten standen am Wasser, Wachsoldaten standen zu beiden Seiten der Bahnstrecke. Doch da, am Abhang des Hügels, saßen doch drei Gestalten, ganz still und ungestört.

Um jede menschliche Berührung zu vermeiden, machte sie sich steif, machte ihre Haut gefühllos; dann drängte sie sich durch das Gewimmel und in den Graben hinein. Auch hier mußte sie jeder Berührung ausweichen. Jetzt kam der Erdwall, der gar nicht so hoch war. Was da in dem engen Durchgang aufragte, waren nur Motorräder; noch einen Schritt, und jetzt noch einen – und sie hatte den Abhang des Hügels erreicht.

Drei Frauen saßen an die Böschung gelehnt. Sie veränderten ihre Stellung leicht, sie kamen auf sie zugerutscht. Hoffentlich wollten sie nicht mir ihr sprechen, diese Frauen, hoffentlich wollten sie nichts von ihr; wenn sie redeten, würde sie keine Antwort geben, sie würde sich nicht rühren, komme was da wolle. Und jetzt endlich konnte sie sich ausruhen.

Die drei Frauen rutschten den Abhang hinab, sprachen aber nicht, Wachsoldaten gingen vorbei, kamen aber nicht näher; nur ein ferner Schrei traf sie, durchstach ihren Kopf wie eine spitze Nadel. Und vom Boden stieg Kälte hoch, verdichtete sich und umschloß sie wie Glas. Dann und wann hörte sie Schritte hinter dem Glas: »Vier«, zählte jemand, »erst drei, jetzt vier.«

Von oben, unter dem Tritt von Stiefeln, lösten sich Steine, rollten herab und trafen auf etwas Blinkendes: auf Brillengläser, die mit einem zarten Klirren zerbrachen. Und die Frau, auf die die Steine herabprasselten, lag da, und die feinen Glassplitter fielen auf ihre starren, weißen Augen.

Die Frau war tot; alle drei waren tot. Die mit der Brille erinnerte sie an Kohn, die anderen mit ihren vorspringenden Nasen an die Rebbetzyn, die am Sabbat immer die Kerzen anzündete. Kohn war tot, die Rebbetzyn war tot. Hinter dem Glas, das sie umschloß, bewegte sich eine dunkle Menschenmenge, die anwuchs und näherkam. Aber sie hielt sie sich vom Leibe. Sie wollte ihre Konten ausgleichen, sie zählte alles auf, um ihre Schulden zu bezahlen: den Hunger, die Erde in ihrem Mund, und vor allem das, was denen, die bald kommen würden, diese Macht über sie gab – die Schlußszene, das letzte Grauen, welches – und das hatte sie nun begriffen – nur ein Augenblick war, nur ein Zubodenfallen.

Jetzt waren sie und die anderen quitt, jetzt kamen sie alle heran, alle miteinander, die Toten aus dem Krieg und die von ganz früher – Großmutter und Großvater, der jung und ohne Krieg gestorben war, ihre Mutter mit Aurelia Katz; entblößt und allein ihr Vater, Goldberg, der Chinese und Richard Katz. Es war eine Versammlung, ein Zählappell der Toten. Bei jedem Namensaufruf antwortete eine Stimme: »tot«. »Tot« sagten die namenlosen Gesichter, »tot« die Stimmen, zu denen kein Gesicht mehr gehörte, und noch mehr kamen und wickelten sich um sie – sie war die Spule, die anderen der Faden, sie der Kern, die anderen die riesige Frucht.

Selbst mit den beiden weißgekleideten Gestalten waren alle Rechnungen beglichen. Sollten die nach ihr rufen, wie gestern am Lagertor, sollten die sie aufheben, dann würde sie, die keiner Bewegung mehr fähig war, sie hereinreißen. Unbeschwert gingen sie in die leuchtende Nacht hinaus, erst langsam, dann immer schneller, als ergriffen sie die Flucht.

Blätter, Stöcke, alles stob vor den Rädern auseinander. Auch die toten Frauen waren im Weg, die toten Frauen zuckten und lagen still; auch sie würde still liegen, sie würde einfach die Augen schließen.

Das Licht zwang sie, die Augen zu öffnen, das Licht zerbrach die gläserne Wand, hinter der sie sich befand. »Los, rühr dich, tu was!« schien jemand zu rufen – das war sie selbst, die noch nicht sterben wollte, die noch immer auf etwas wartete, auf etwas hoffte. Es war zu spät. Sie würden sie erschießen, wenn sie sich bewegte, sie kamen schon. Helme blitzten auf, Räder knirschten auf dem Boden, stießen gegen einen Stein, wichen kreischend aus. Und die schwarzen Striche – das waren Peitschen, die feststellen sollten, wer schon tot war und wer noch schreien würde.

Sie durfte nicht schreien, wie die Toten; nicht schreien, wenn die Peitschen niedersausten, nicht schreien, wenn sie auf ihrem Mund, ihren Lidern, ihren Augen brannten; sie durfte nicht schreien, noch nicht, denn noch konnte man sie hören – noch nicht. Endlich Stille.

Jetzt – jetzt endlich schrie sie vor Entsetzen, vor Schmerz, sie schrie, weil sie nach diesem Schmerz verlangte, nach diesem Beweis, daß sie noch da war, daß sie noch diesen Stein und den zerfetzten Ast umklammerte.

Es war nicht passiert – dieser Gedanke empfing sie, als sie zu sich kam, wie eine Nachricht, die sie sich selbst hinterlassen hatte. Warum es beinahe geschehen war, warum diese Blindheit und dieser Schmerz, verstand sie nicht, und ebensowenig, warum ihr Kopf so riesig war, daß er sie zu Boden zog, daß er nicht zu bewegen war. Ihre Hände konnten sich noch bewegen. Langsam, mühsam fühlten sie umher, berührten etwas Feuchtes, etwas Bröckelndes und Kaltes. Und alles, was sie berührten, wurde zu Silben, die sie wiederentdeckte und zu Wörtern zusammenfügte: ›Gras‹ war ihr erstes Wort, dann kam ›Erde‹, dann ›Stein‹; und was sich da wie ein feuchter Stein anfühlte, bei dem ihre Finger sich sträubten, war ein Arm.

Wessen Arm, das würde sie noch erfahren, jetzt galt es, etwas anderes zu finden – einen Laut, ein Zeichen, daß sie nicht als einzige zurückgeblieben war. Das da war kein Zeichen, das waren nur herabrollende Steine, das waren Bäume, die im Wind rauschten... Jetzt hörte sie etwas, einen vom Wind verwehten Ruf: »Los«, sagte der Ruf, und ihre Hände eilten zu ihrem Gesicht. Sie zögerten, sie sträubten sich, aber sie zwang sie an den geschwollenen Mund, an das verkrustete Blut und an die Schlitze, die ihre Augen waren. Sie biß die Zähne zusammen und zwängte diese

Schlitze auseinander; daß sie sich öffneten, merkte sie nur an dem Schmerz, denn die Dunkelheit vor den Augen wollte nicht weichen.

Sie mußte warten, ruhig liegen und warten. Langsam lichtete sich die Dunkelheit, ein Umriß wurde deutlich, dann noch einer und noch einer. Und sie hatte das Gefühl, als wäre jemand bei ihr, der ihr behutsam, freundlich die Welt wieder einflößte – einen Baum, eine abgerissene Wurzel und einen Stern, den Stern Davids auf einer zerdrückten, weißen Armbinde. Das Weiße vor ihren Augen breitete sich aus, Nebel bildete sich und umschlang sie wie ein kühlender Verband. Nur was da an ihrer Hand hinablief, fühlte sich warm an.

Ihr Gesicht war noch zu taub, um die Tränen zu spüren, die sie weinte, über alles, was ihr angetan worden war, und über das, was sie den beiden angetan hatte, mit denen sie bald wieder zusammen sein würde. Ein anderes Mal würde sie auch mit ihnen reden, ihnen alles erklären; jetzt würde sie bloß sagen: »Ich komme mit euch«, und sie würden ihr das Blut vom Gesicht waschen, wenn noch Zeit dazu war.

Jetzt war keine Zeit mehr. Pfiffe ertönten, Tritte stapften durch den aufsteigenden Nebel. Sie mußte sich erheben, es war nicht schlimm, wenn sie wieder hinfiel, sie mußte es versuchen, noch einmal und noch einmal. Endlich stand sie; wie ein Akrobat, der ein schweres Gewicht stemmt, trug sie die Last ihres Kopfes, schwankte hin und her und blieb stehen.

Der Graben war fertig. Wo gestern eine Wiese gewesen war, glänzten lehmige Erdwälle in der aufgehenden Sonne. In einiger Entfernung leuchteten aufgetürmte Spaten, und hinter ihr zwischen den Bäumen hockten Menschen schweigend und in langen Reihen. Sie erschraken, als sie vorbeistolperte, sie schrien auf, am lautesten die Bucklige, die auf sie zueilte. »Es ist nichts«, wollte sie sagen, aber ihre wunden Lippen brachten nur ein Stammeln hervor.

Doch ihn mußte sie sprechen, den Meister. Mit abgewandtem Blick eilte er zwischen den Bäumen auf und ab. Er hob abwehrend die Arme, wenn die Frauen die Hände nach ihm ausstreckten. Ein OD-Mann hielt ihn fest und zeigte auf den Hügel. Erschossen worden sei sie, hatte er wohl gesagt, denn der Meister fuhr zusammen.

»Herr – Herr Meister«, rief sie, brachte aber ihre Lippen nicht zusammen. »Herr Meister«, die Bucklige half ihr. Und endlich hörte er es, er kam, und mit jedem Schritt wurde sein Gang langsamer, er blieb stehen, erschrak, trat dann näher. »Verstecken Sie sich«, sagte er endlich. »Bei der Selektion könnte Ihnen etwas zustoßen, verstecken Sie sich!«

»Se-se-lektion?«

»Die Pikrinarbeiter und die Alten werden abgeholt. Der Rest kommt nach Leipzig –« Er schwieg, als ein Wachsoldat sich näherte, aber dann flüsterte er hastig noch etwas von der Zeit, vom Zählen und von der Zeit. Bei der Selektion würden sie nicht gezählt, weil die Zeit dazu nicht reichte, hatte er gesagt. Dann war er weg. Statt seiner stand ein junger Pikriniak vor ihr, den sie vom Verladen der Granaten kannte.

»Versteck dich«, stotterte sie und lehnte sich an die Bucklige. »Versteck dich«, rief die Bucklige. Der Junge war einer von denen, die gewarnt werden mußten; immer wenn sie einen Jungen wie ihn traf, blieb sie stehen. »Versteck dich!« sagte sie. »Versteck dich!« wiederholte die Bucklige, und dann gingen sie weiter.

Von einem Baumstumpf erhob sich einer, den sie nicht warnen konnte. Er sagte nichts, er starrte sie nur an mit Augen wie vergilbten Blättern, und mit ihm erhoben sich andere seines Alters und kamen auf sie zu, als wollten sie sich für diese Chance anstellen wie für eine Portion Suppe oder Brot. Aber sie konnte ihnen nicht helfen. Die Jungen mußten diese Chance bekommen, die wenigen, die sich so verstecken konnten, daß man sie nicht fand. Sie stützte sich auf den Buckel wie auf eine Krücke und ging eilig weiter, vorbei an den jungen Leuten, die sie nicht warnen konnte, weil die anderen ihr immer noch nachguckten, vorbei an der alten Meyerowa und der kleinen, schwarzgekleideten Frau und weiter zum Waldrand, wo die Bäume sie den Blicken entzogen.

»Versteck dich!« Sie zählte mit Hilfe der Finger, wen sie alles warnte. »Versteckt euch!« warnte sie die jungen Pikriniaks, »versteckt euch!« die Älteren, die sie nicht übergehen durfte; die Rubinfeldowa, den alten Ziegelman und die Maus. »Versteck dich!« rief die Bucklige der Doctorka zu, die unverwandt auf einen zertretenen Zweig starrte.

»Die nehmen dich mit«, sagte die Bucklige zu ihr, »du siehst schlimm aus, die nehmen dich mit.« Der altjüngferliche Mund zog sich zusammen; die Doctorka zuckte mit den Achseln, und ihre Augen richteten sich unwillkürlich auf die Erde, die in den Graben rieselte. Sie fuhr zusammen. Dann, wie jemand, der besiegt und gedemütigt ist, zog sie den zotteligen Kopf ein, so daß sie in ihrer Mißgestalt der Buckligen ähnelte, welche jetzt auf die Straße zeigte, wo die Lastwagen heranrollten.

Die Lastwagen mußten wenden, bevor sie zurückfahren konnten. Um als erste im Lager anzukommen, mußten sie zuletzt einsteigen. In dem letzten Lastwagen schrie ein OD-Mann irgend etwas vom Lager, daß es im Lager losginge, daß die riesigen SS-Männer eingetroffen seien.

»Und ... was ist mit dem Krankenrevier?« flüsterte die Bucklige.

Ein SS-Mann war im Krankenrevier aufgetaucht. Der SS-Mann hatte verlangt, daß alle, die in der vorigen Woche noch krankgeschrieben waren, sofort gemeldet werden sollten.

»Nein!« schrie die Bucklige. Tola stand still. Sie sorgte dafür, daß die, die als erste im Lager ankommen sollten, als letzte den Lastwagen bestiegen.

Warum der Arzt weggeschickt worden war, warum der im Helm so laut fluchte, konnte Barbara nicht verstehen; sie sah immer nur Alinka an, ihr Gesicht, das kreideweiß war. Wenn das Mädchen »Nix verstehen« sagte, dann rief sie ebenfalls »Nix!«, schwieg das Mädchen, dann sagte sie auch nichts. Erst nachdem man sie zur Krankenbaracke zurückgeschickt hatte, begann sie zu begreifen; zuerst, indem sie Alinka ansah, die starr vor sich hinblickte, als wäre jeder Blick auf die Pritschen, auf die Gesichter und auf das Ofenrohr verboten, und dann, indem sie ihn und seine Hände in den schwarzen, glänzenden Handschuhen beobachtete. Diese Hände hoben sich und näherten sich ihrem Gesicht, schlugen aber nicht zu; sie blieben unbeweglich in der Luft und reckten die Finger, alle Finger außer einem.

Neun Finger hielt er in die Höhe. »Neun«, sagte ein alter Wachmann, der gerade eintrat. Neun Frauen wollte er mitnehmen – neun von ihren Frauen, von den Kranken, die hier noch lagen.

»Nix«, sagte Alinka.

»Nix«, wiederholte sie.

Asche stäubte in bläulichen, kleinen Wolken aus dem Ofenrohr. »Alle«, sagte der mit dem Helm, und als er eine ausholende Armbewegung machte, als wollte er die ganze Baracke ausräumen, verstand sie endlich: »Alle« hieß, daß er alle mitnehmen würde, wenn er die neun nicht bekäme.

In der Baracke war es ganz still, so still, daß das knisternde Stroh einen Lärm verursachte, als würde etwas zermalmt. Eine Hand raschelte da im Stroh, die Hand einer Denunziantin. Sie hob sich, sie zeigte auf die Pritsche über ihr; der Soldat folgte dem Hinweis, und die Hand verschwand.

Stiefel traten auf die splitternde Bettkante, Arme langten zur Pritsche hinauf und zogen und rissen, als gelte es, einen großen, unhandlichen Gegenstand herabzuzerren. Und was sie herabzogen, war keine Frau mehr, jedenfalls nicht die, welche Barbara gestern noch gekämmt und mit der sie das Gehen geübt hatte, sondern ein Etwas, ein Bündel von Lumpen, das Staub, Speichel und Stroh um sich streute, das unter den Faustschlägen und Stiefeltritten bebte, und als das Bündel auf den Boden fiel, kam unter dem hochgerutschten Rock ein Stück braunes Papier zum Vorschein – der Verband, mit dem sie in der Nacht eine wundgelegene Stelle versorgt hatte.

»Daß du dich ja nicht rührst!« fuhr sie Alinka an; »nix«, sagte sie und schob den Behelmten zur Seite. »Nix«, sagte sie nochmal und lief zu der Frau, hob sie auf und strich ihren Mantel glatt.

»Alle«, sagte der Soldat. Irgendwo raschelte es wieder im Stroh. Barbara sah die Denunziantin an und ging dann langsam zu der Pritsche, auf die sie zeigte.

Wer auf dieser Pritsche hockte, durfte sie nicht wissen, sie durfte das Gesicht nicht erkennen. Aber wohin sie auch sah, alles wurde zu Gesichtern: die Füße, die sich ins Stroh krallten, der Hals, in dem der Atem stockte, und die Hände, die sich um die Pfosten klammerten, alles wurde zu Gesichtern, auf denen die Angst stand. Sie berührte diese Hände, sie blieb stehen, wenn die Finger sich um ihre Handgelenke schlossen. Nur wenn sie nach der Tasche mit dem Kamm, dem Löffel und der angebissenen Rübe faßten, wand sie sich los. Aber gleich darauf kam sie wieder heran und noch näher, so daß sie alles – den großen SS-Mann, die Gewehre, die draußen vorbeipolternden Lastautos – vergaß und nur noch diese Frau blieb, der sie von der Pritsche herabhelfen mußte.

Eine runzlige Wange preßte sich an ihr Gesicht, Arme schlangen sich um ihren Hals, und auch als Barbara sie niedergesetzt hatte, ließ die Frau nicht los und hielt sich an ihrem Mantelsaum fest. Alle hielten sich an ihr fest, die einen, welche ihr ins Gesicht starrten, und die anderen, die ihren Blick abwandten, die Flüsternden und die Stummen, alle klammerten sich an sie, so daß sie sich nur mit Mühe nach Alinka umwenden konnte. Alinka erwiderte ihren Blick nicht, Alinka starrte auf den SS-Mann, auf seine noch immer hochgereckte Hand.

Holzpantinen glitten von zitternden Füßen, Finger griffen nach Brot – noch eine Pritsche leerte sich und noch eine, und dann waren alle neun Frauen um sie versammelt. Dahinten ragte immer noch der Handschuh in die Höhe – ein Finger war ausgestreckt. »Nicht zehn, neun, nur neun!« schrie Alinka. Der alte Wachmann sagte etwas, und die neun Frauen klammerten sich noch enger an Barbara, als der mit dem Helm auf sie zukam.

Barbara wollte sie noch nicht abgeben; sie wollte mitgehen bis zur Tür, bis zum Lastwagen. Sie wollte sie hinaufheben, sie durften nicht einfach übereinandergeworfen werden wie die, die schon darin lagen, wie die aus dem Krankenrevier.

Dieses Mal schloß sie die Augen, wenn sie sie hinaufhob, ganz, ganz fest, aber ihre Hände konnten sehen, sie erkannten jede, die sie anfaßten, jedes einzelne Merkmal, jedes Gesicht. Das war Leinen, was sie jetzt berührten, glattes Leinen, und das war Lockenhaar. Sie drehte sich um; sie ballte die Fäuste und stieß Alinka mit dem ganzen Gewicht ihres Körpers von sich. »Nein!« schrie sie, »nein!« und bemerkte kaum, daß behandschuhte Hände sie zurück und auf das Lastauto zerrten.

Das Lastauto fuhr an, aber es fuhr zu langsam. Denn dahinter riß sich eine kleine, weißgekleidete Gestalt aus dem Griff des Arztes und des OD-Mannes los, rannte ihm nach und kam immer näher. Barbara griff nach allem, was ihr in die Hände fiel, einer Tasche, einem Blechnapf, einem Stück Brot, und schleuderte es nach Alinkas Kopf – verfehlte ihn aber jedesmal. »Haltet sie fest!« schrie sie, »jemand muß sie festhalten.«

»Anweiserin«, rief jemand. Das war Tola, Tola kam gerannt, Tola hielt Alinka fest. »Halt sie fest, hörst du? Halt sie –« schrie Barbara, schrie und schrie es, bis das Lagertor zuschlug und sie die beiden sich umschlingenden Gestalten nicht mehr sehen konnte, weil ihr die Sonne ins Gesicht schien.

Ein Zittern überfiel sie, sie wandte sich um, dem Inneren des Lastautos zu, der plötzlichen Dunkelheit, aus der schwankende und tastende Gestalten auf sie zukamen, die sich zusehends vermehrten, bis ihre Arme voll waren, bis ihre Hände nicht mehr an das Gesicht reichten, um ihre weit aufgerissenen, immer noch fassungslosen Augen zu bedecken.

Epilog

Die Flamme flackerte. Der alte Mann hielt ein Streichholz an den Docht der Petroleumlampe, aber als die Flamme gerade hochschießen wollte, blies er sie aus, setzte den Lampenschirm wieder auf und ging langsam zum Fenster. Draußen fiel das letzte Licht eines Septembertages auf verregnete Astern; auf dem moosbewachsenen Strohdach leuchtete eine frisch ausgebesserte Stelle. Über das niedrige, weißgetünchte Zimmer sank die Abenddämmerung herein; die Umrisse der wenigen Möbel verschwammen, die irdenen Töpfe und Schüsseln verloren ihren Glanz, nur ein weißer Briefumschlag leuchtete matt auf dem Tisch, und hinter der Tür, die in das angrenzende Zimmer führte, warf das Lämpchen vor dem Heiligenbild einen kreisrunden, dunkelroten Schein. Man hörte einen dumpfen Fall, gefolgt von einem dünnen, hohen Weinen.

»Marta!« rief der alte Mann, »Marta, so halt sie doch ruhig!« Röcke rauschten, eine Frauenstimme gurrte und sang, bis das Weinen friedlicher klang, bis es in Lachen überging.

»›Halt sie doch ruhig!‹« brummte die alte Frau, die jetzt eintrat. »Darf das Kind denn nichtmal ›pieps‹ sagen? Soll sie etwa stumm werden, damit du deine Ruhe hast? Ah –« Sie bemerkte den Brief. »Ah. Von wem ist er?«

»Ich habe ihn noch nicht gelesen.«

Die alte Frau sagte nichts. Aus einer Nische in dem weißgekälkten Ofen nahm sie ein Stück Zeitungspapier und putzte den Lampenschirm. Wieder flackerte das Flämmchen auf. »Wenn die Leute schreiben«, begann sie und drehte die Flamme höher, »dann wollen sie nicht, daß ihre Briefe ungelesen herumliegen. Man soll sie lesen, deshalb schreiben sie.«

»Was du nicht sagst.« Er zog an seinem langen Schnurrbart. »Was du nicht sagst. Jetzt hör mir mal zu; ich habe sie nicht gebeten, mir dauernd zu schreiben. Der erste Brief aus London, gegen den hatte ich ja nichts; und gegen den zweiten, den von Fräulein Alinka, auch nicht. Aber alle die anderen, von dem Arzt und von der Ärztin, von –« Er verstummte und sah zu, wie seine Frau den Umschlag öffnete. »Da«, sagte sie und legte das Schreiben auf den Tisch, und er begann ohne weiteres Murren zu lesen.

Mittlerweile kannte er diese Briefe auswendig, sogar ihren Aufbau – die kurze Einleitung von wenigen Zeilen, die einzelne Zeile am Schluß und dazwischen die zwei Spalten, eine kurze und eine lange, die ihn an die ungleich langen Beine eines Krüppels erinnerten. Dummes Zeug, Entschuldigungen, die er nicht hören wollte, Erklärungen, die er nicht brauchte, enthielten die Eingangszeilen: daß der oder die Unterzeichnete seine Adresse bei einem Besuch bei Fräulein Alinka in einem Genesungsheim bei Leipzig bekommen habe; daß man von Alinka gehört habe, er kenne einen Mann, der regelmäßig zwischen Polen und Deutschland hin und her fahre; und da es noch keinen regulären Postverkehr zwischen Polen und Deutschland gebe, äußerte der oder die Unterzeichnete, mit vielen Entschuldigungen, die Bitte, er möge die beiliegende Liste mit den Namen von Überlebenden und Toten an die jüdische Hilfsorganisation in Krakau schicken, damit die Verwandten – wenn es noch welche gab – unterrichtet werden könnten; und falls solche Verwandten sich fänden, möge er doch bitte ihre Adressen an die oder den Unterzeichneten weiterleiten, welcher, nach einer weiteren Bitte um Nachsicht und einer Dankesbezeugung, mit höflichen Grüßen der oder die seinige war.

Und er tat, worum man ihn bat; er schrieb diese Listen Namen für Namen ab. Er haßte das alles: die Auftraggeber, seine kratzende Feder, seine alte, zittrige Hand und die Namen, die er abschrieb, jeden einzelnen; die auf der kurzen Liste, weil sie wiedergekommen waren, weil sie lebten, und die auf der langen Liste, weil sie nur Namen für ihn waren – fremdartige und immer irgendwie unangenehm klingende jüdische Namen, eine Litanei von Rosenbaums, von Grünbergs und Kohns, die nicht enden wollte, so daß auch sie, die nicht mehr wiedergekommen war, die es nicht mehr gab, in dieser Masse unterzugehen drohte und er, um sie zu retten, »Sie!« sagte, mit harter, zorniger Stimme, nur »Sie!«, aber schon bald sagte er nichts mehr, bald schon war sie nur noch ein leuchtender Blick, ein Lächeln, und der Schmerz, der ihn durchfuhr, schnürte ihm den Atem ab, um langsam nachzulassen.

Dieser Brief hier – die Unterzeichnerin hieß Malwina Rubinfeld – war wie alle anderen; von den Namen auf der längeren Liste kannte er einige, Ohrenstein und Seidman. Erst am Schluß machte ihn ein Wort, das nicht recht dahin passen wollte, stutzig.

Er rückte seine Brille zurecht und hielt den Brief an das Licht, als von unten ein Kinderhändchen nach der Lampe griff. »Nein! Um Gottes willen!« Er griff nach dem Kind. »Das darfst du nicht anfassen, und du«, sagte er zu seiner Frau gewandt, »du schäkerst und trällerst, von morgens bis abends geht es tirilirili und tralala. Aber wenn ich sage: ›Frau, paß auf sie auf!‹, hörst du nicht zu. Sie hätte bei lebendigem Leibe verbrennen können ... sie ...«

»Um Gottes willen!« Die alte Frau nahm ihm das Kind weg. »Ruhig, Antoni. Gott behüte«, sagte sie leise, während er sich wieder über den Brief beugte.

Er las ihn zu Ende und legte ihn auf den Tisch. »Was steht denn drin?« erkundigte sich die alte Frau. Und während er sonst ihre Stimme und ihre hoffnungsvoll an seinen Lippen hängenden Augen gefürchtete hatte, erschrak er jetzt vor dem gleichmütigen Ton ihrer Frage – als hätte sie gefragt: »Was steht denn heute in der Zeitung?«

»Das, was immer drinsteht, und dann die Sache mit dem Hafer.«

»Mit was?«

»Hafer, wie sie umgekommen ist wegen des Hafers.«

Die alte Frau erschrak. »Hafer?« flüsterte sie. »Das verstehe ich nicht. In den Briefen aus London und von Fräulein Alinka ... hieß es doch ...«

»Quatsch. Ich meinte die andere, dieses Fräulein Ohrenstein.«

»Ach so. Aber wieso Hafer? Fräulein Alinka schrieb, es passierte, weil sie etwas zu essen holen wollte, weil – der Krieg war fast zu Ende – nachdem die sie aus dem Lager getrieben hatten, weil sie etwas zu essen holen wollte –«

»Sicher, sie wollte etwas zu essen besorgen. Wenn Menschen wochenlang marschieren und nichts kriegen außer Brennesseln, dann wird auch Hafer wichtig. Aber sonst steht es hier genau so, wie Fräulein Alinka geschrieben hat. Sie waren nah am Verhungern; die andere, dieses Fräulein Ohrenstein, war fast am Umfallen, darum lief das Mädchen auf ein Feld, um Hafer abzureißen«, er schaute in den Brief. »Ein Wachsoldat zog die Pistole, dieses

Fräulein Ohrenstein sah es, lief hin, um das Mädchen zu warnen, um sie zurückzuholen, denke ich, und wurde getroffen.«

»Aha«, sagte die alte Frau und schaukelte das Kind. »Ich – wohin willst du?« fragte sie, als sie sah, daß er einen Mantel vom Haken holte.

»Ich will an die frische Luft.«

»Jetzt? Es ist fast dunkel. Im Dunkeln gehen ist gefährlich.«

»Ich will an die frische Luft«, wiederholte er und schlug die Tür zu.

Wie gelbe Perlen zogen sich Lichter von Petroleumlampen und Kerzen durch die Dunkelheit. Irgendwo rief ein Kranich. »Gelobt sei Jesus Christus«, grüßte eine Frauenstimme aus der warmen Dunkelheit eines Kuhstalls.

»In Ewigkeit, Amen«, antwortete er und ging dann schneller, um nicht noch einmal angesprochen zu werden, und zum Ende des Dorfes und auf die Landstraße, wo die letzten sich kräuselnden Blätter von den Pappeln fielen.

Als er an einer Biegung angekommen war, setzte er sich. Gegenüber raschelte trockener Mais und klirrte leise wie Lametta. Hinter einer flachen Weide ragte ein Kamin, der Rest eines zerstörten Bauernhauses, schwarz in den Himmel mit den windgepeitschten Wolken.

Die Wolken rissen auf. Ein Strahl fiel auf die noch grüne Erde. Und einen Moment lang sah er sie alle, von denen er nur den Namen kannte – das Mädchen zum Beispiel, das wegen ein bißchen Hafer umgebracht worden war – und sie, der seine Trauer und sein Schmerz galten, vor sich wie junge Fohlen, die man im Vorfrühling auf das grüne Gras hinausgelassen hat und die von der rasch hereinbrechenden Dunkelheit schon wieder verschluckt werden.

Langsam erlosch das letzte Tageslicht. Von einem entblätterten Baum stieß ein Vogel herab, schnappte einen Strohhalm auf und verschwand damit hinter dem zerstörten Haus. Der alte Mann stand auf, schlug den Kragen hoch gegen den Wind und machte sich auf den Weg nach Hause.

Nachwort

I

Einen »Holocaustroman« zu empfehlen ist ein riskantes Geschäft. Es gibt Leser, die solche Bücher prinzipiell meiden, und andere, die obsessiv alles über die Konzentrationslager wissen wollen, so wie manche Leser Science Fiction und andere Krimis bevorzugen. Eine solche Einstellung läßt sich eventuell vertreten, solange es sich um die unseriöse Holocaustliteratur handelt, die am einen Ende des Spektrums das Bedürfnis nach Sentimentalität, am anderen das nach Pornographie bedient, also Bücher, die den Lesegenuß an einer Täter/Opfer-Beziehung voraussetzen. Doch wenn die Shoah ein historischer Einschnitt, ein herausragendes Ereignis unseres Jahrhunderts gewesen ist, und nicht nur ein gruseliger Spektakel, dann sind ernste und nachdenkliche Bücher darüber keine literarische Nebengattung wie etwa der historische Schauerroman.

Lange Zeit nach Ende des zweiten Weltkriegs war jede Diskussion über die Lager, die sich nicht aufs Allgemeinste beschränkte, praktisch tabu. In Amerika empfand man es als geschmacklos, sich diesem Thema mit Geduld zu nähern, die Einzelheiten zu erforschen und es jener kritischen Unterscheidung zu unterziehen, die der Einfühlung dient statt der Herablassung oder dem Ekel. Seit den letzten Jahren gibt es das Umgekehrte: eine intensive Beschäftigung mit dem Holocaust, die vielleicht doch mit der früheren Haltung manches gemeinsam hat.

Die Popularisierung und Kommerzialisierung des Massenmords ist nicht ganz geheuer. Dazu kommt nach wie vor die Neigung, einen metaphorischen Stacheldrahtvorhang zwischen uns und der Erinnerung an die Naziverbrechen fallen zu lassen. Was immer die andere Seite dieses geistigen Stacheldrahts birgt, erscheint uns als undifferenzierter Horror, Hungersnot, Folter; und die Gefangenen in den Lagern werden uns zu heiligen Märtyrern oder zu zähnebleckenden Raubtieren, die der Selbsterhaltungstrieb über die Schwelle der Menschlichkeit getrieben hat.

Ilona Karmels Buch ist das beste Impfmittel gegen solche Vereinfachungen. Und gerade deshalb, gerade wegen der erwähnten Vorurteile und Voreingenommenheiten, hat es wohl nicht das breite Publikum erreicht, das es verdient. Als »An Estate of

Memory« 1969 zuerst in dem renommierten amerikanischen Verlag Houghton Mifflin erschien, reagierte die Kritik zunächst mit Begeisterung. Bald danach wurde es still um dieses Buch, obwohl eine kleine Schar von Kennern es immer hochgeschätzt hat und gern erwähnt. So schreibt etwa Sidra Ezrahi in ihrer aufschlußreichen Monographie von 1980 »By Words Alone: The Holocaust Novel in Literature«, Karmels Roman »sei eine der wenigen realistischen Interpretationen von Lebensmöglichkeiten unterm Hakenkreuz«.

Karmels erster Roman »Stephania« von 1953 handelte von einer anderen Zwangsgemeinschaft, nämlich von Patientinnen in einer schwedischen Anstalt für Behinderte. Man kann diesen ersten Roman als Vorspiel für das spätere und bedeutendere Werk ansehen. In beiden Büchern geht es der Autorin um kreatürliche Strapazen und deren psychologische und ethische Folgen. So gesehen, schließt das Einzigartige am Holocaust das Umfeld nicht aus, und so steht »Aurelia Katz und die anderen« in der Tradition der modernen Gefängnisbücher, angefangen mit Dostojewskis »Aus einem Totenhaus« und fortgesetzt von Alexander Solschenizyn in »Ein Tag im Leben des Iwan Denisovich«. Karmels Roman zeigt uns, wie es zugeht in einer unnatürlichen Alltagswelt, wo es zu wenig zu essen und zuviel Arbeit gibt. Doch hat sie keineswegs einen Dokumentarbericht geschrieben, obwohl das Werk auch unter diesem Aspekt ein bedeutender Beitrag ist. Gute Gefängnisbücher haben vor allem ein Thema, das der Freiheit, definiert als das, was einem fehlt. Karmels Gestalten überleben, indem sie sich geistig in einem Schwebezustand zwischen der Vergangenheit und der Zukunft, der Erinnerung und der Hoffnung, erhalten.

Ihre Heldinnen sind Menschen, die sich an Beziehungen klammern, die besonders scharf umrissen sind dank einer Umgebung, wo Egoismus und der Selbsterhaltungstrieb identisch sein könnten. Doch ist ein Grundsatz dieses Buches, daß die Menschen in allen Umständen sich durchs Zusammenhalten definieren und nicht isoliert existieren. Zwar beschreibt die Autorin ohne alle Beschönigung die seelischen und physischen Belastungen der Gefangenen, und doch ist es vor allem ein Buch über Freundschaft, über Frauen, die einander verbunden sind. Das Wort

»zusammen« taucht immer wieder auf. Fast jede Gefangene ist Glied einer Gruppe, manchmal einer Gruppe von Verwandten, manchmal von Freundinnen. Man könnte glauben, daß eine solche Vorstellung vom Lagerleben einer sentimentalen Phantasie entspringt, doch ein Blick in die Memoiren von Lager und Gettos bestätigt das Bild, das Karmel entworfen hat. Um nur zwei der bekanntesten Bücher zu nennen: in Elie Wiesels Auschwitzbuch *Nacht* ist die Vater-Sohn-Beziehung das bestimmende Element; und in Primo Levis *Ist das ein Mensch?* wirkt die Freundschaft zwischen dem Erzähler und seinem Kameraden Alberto lebenserhaltend. Diese Beziehungen sind nicht nur uneigennützig, obwohl sie selbstverständlich von einer moralischen Selbstdefinition nicht zu trennen sind. Vor allem entspringen sie dem psychischen Bedürfnis, nicht allein zu sein, und der daraus folgenden Bereitschaft große Anstrengungen zu unternehmen, um der Isolierung zu entgehen. Einfacher ausgedrückt, dieses Buch fragt, wie und warum wir lieben. Eine solche Frage läßt sich eher dort beantworten, wo der Mensch bis an die Grenze seiner Möglichkeiten und seiner Leidensfähigkeit getrieben worden ist. Und für unsere Zeit ist der Holocaust die eigentlichste Grenzsituation.

Diese Problematik verlangt eine Doppelperspektive von uns als Leserinnen. Sie verlangt sowohl Einfühlung wie kritische Distanz. Denn einerseits sollen die Gefangenen für uns wie Schwestern sein, andererseits dürfen wir nicht vergessen, daß wir in Freiheit von ihnen lesen. Das ist einfach genug, wenn das Buch uns zeigt, wie die Häftlinge mit ihrem Leben zurechtkommen und uns zugleich in unserer Rolle als objektive Beobachter beläßt. So wird zum Beispiel die Nahrung der Frauen so drastisch beschrieben, daß wir eine klare Vorstellung von dem unhygienischen und ungesunden Zeug haben. Noch intensiver beschreibt Karmel den Zustand chronischen Hungerns und die Gier, mit der die Frauen den Fraß erwarten, der noch in der Beschreibung so ekelerregend auf uns wirkt. Ähnlich ist es, wenn die Frauen nicht wissen, wie sehr sie körperlich heruntergekommen sind. Doch manchmal sehen sie sich in einer spiegelartigen Fläche oder merken, wie sie in den Augen anderer erscheinen. Ob sie uns in einer gegebenen Szene fremd oder vertraut vorkommen, hängt davon ab, ob unser Blick der ihrige oder der des Außenseiters in der

Freiheit ist. Wir normalisieren ihre Erfahrung und werden dann plötzlich an das erinnert, was uns von ihnen trennt.

Es gibt auch komplexere Situationen, wo ein größerer Anspruch an unsere Aufmerksamkeit gestellt wird. »An Estate of Memory« ist nicht leicht zu lesen. Denn nicht nur spielt es sich in einem Grenzgebiet der Erfahrung ab, wo wir uns erst orientieren müssen, sondern wir lesen ja einen psychologischen Roman, wo wir falsche und richtige Eindrücke beurteilen müssen, während wir selbst noch nicht wissen, ob wir die Umstände verstanden haben. Eine unaufmerksame Leserin verliert da leicht den Faden. Zum Beispiel sind die Häftlinge bei einem Strafappell stehend und kniend mehrere Stunden lang der Kälte ausgesetzt. Wir erleben die Szene vom Standpunkt einer Frau namens Barbara, die kein Deutsch kann. Zuerst weiß Barbara überhaupt nicht, was los ist, und während des ganzen Appells durchschaut sie nicht, warum die Gruppe bestraft wird. Sie weiß nur, daß ihr elend zumute ist, meint, sie selbst könne diese Bestrafung verursacht haben, und ist verunsichert vor Angst. Als Leser teilen wir ihre Verwirrung und werden miteinbezogen in ihre Furcht vor dem Ungewissen. Doch schließlich erkennt Barbara die Grenzen ihrer eigenen Selbstbeherrschung. Gleichzeitig werden wir Zeugen der Mißhandlung der Gefangenen. Die beiden Ebenen, also die Tatsachen und deren nur teilweise korrekte Wahrnehmung, werden zu einem dicht gewobenen Geflecht von Verbindungen und Gegenströmungen. In Karmels Buch lesen wir von einem ungeheuren Ansturm auf das Ich, ohne die geringste Rückendeckung in einer rational verständlichen Folge von Ursache und Wirkung.

II

Das Buch konzentriert sich auf jüdische Frauen, die während der Kriegsjahre Zwangsarbeiter in Polen waren. Männliche Gefangene leben in denselben Lagern, doch sind sie nur lose mit den vier Hauptfiguren verknüpft. Zwei der vier, Barbara und Tola, führen uns durch diese Welt, die wir durch ihre Augen sehen. Barbara Grünbaum streitet zunächst ab, daß sie Jüdin ist, und lebt als Polin unter einem angenommenen nichtjüdischen Namen. Schließlich hält sie die Verstellung und die Trennung von den Ihren nicht mehr aus und bekennt sich zu ihnen. Das Thema des einzelnen Juden, der freiwillig das Schicksal seines Volkes auf sich nimmt, kommt häufig in der Holocaust-Literatur vor. Das beste Beispiel ist André Schwarz-Barts Roman »Der letzte der Gerechten«, dessen Held, Ernie Levy, dem Schicksal der Juden zu entgehen suchte, indem er als Landstreicher durch Frankreich wanderte und sein Leben zu dem eines Hundes verkommen sah. Ernie kehrt zu den Verdammten zurück und steigt als einer der 36 Gerechten der jüdischen Legende in den Zug nach Auschwitz ein. Seine letzte Tat ist es, den Kindern, die bald ermordet werden, Trost zu spenden. Ernie ist der Heilige, der der Versuchung widersteht. Schwarz-Barts Buch spielt unentwegt auf eine Theodizee an, und der Holocaust gehört bei ihm zum Ablauf jüdischer Geschichte.

Anders Ilona Karmel. Ihr Buch ist säkular; hier werden keine religiösen Fragen erörtert. Doch ihre Barbara, die vom Gedanken der Selbstaufopferung besessen ist, kann für eine Heilige gehalten werden. Barbara sieht sich als eine unendlich großzügige, immer hilfsbereite Frau, aber das Lager setzt ihrer Liebesfähigkeit Grenzen. Mehr als einmal läßt sie mehr über sich ergehen, als nötig wäre, und doch wird ihr Altruismus nicht nur als bewundernswert, sondern auch als kühl analysierbar dargestellt. Ihre Autorin ist härter in ihrem Urteil als sie selbst und zeigt, daß sie anfangs nur eine Romantikerin ist, wenn auch mit Zügen reinster Menschlichkeit. Sie ist nicht frei von einer gewissen Sentimentalität, und ihr Traumleben rührt zum Teil von billigen Liebesgeschichten her. Während einer Entlausung fühlt sie sich von der Nähe und dem Geruch der anderen Frauen angeekelt und abgestoßen. Doch mit der Zeit überwindet sie ihre Charakterfehler, wächst über sich hinaus, und kann auch streng und harsch werden, wie eine Mutter, die ihr Kind retten will, wenn sie Patientinnen im Krankenbau schlägt, um sie zu zwingen, die lebensrettende Hygiene nicht aufzugeben.

Ihre Gegenspielerin und Freundin ist Tola Ohrenstein, die als einsamer Mensch beginnt und als Retterin einer Anderen stirbt. Tola ist die letzte Überlebende einer großen, wohlhabenden und angesehenen Familie. Ihre Verwandten wurden alle ermordet, bevor die Geschichte beginnt. Sie ist mutig und großzügig, doch auch hart und unbestechlich rational. Tolas Stärke sind nicht ihre Träume, sondern ihr Humor. In ihr sehen wir die Spannung zwischen Selbstbewahrung und Altruismus, die sich durch das ganze Buch zieht, zuerst. Wenn die Behauptung aufgestellt wird, daß niemand das Recht zu einem Fluchtversuch habe, weil ein solcher die Bestrafung der Zurückgebliebenen zur Folge haben könne, ist Tola im Gegenteil überzeugt davon, daß alle, denen sich eine Gelegenheit zur Flucht bietet, diese wahrnehmen sollten. Während einer Selektion versteckt sie sich unter einer Matratze: die anderen Frauen erwarten, daß jede sich der Gefahr stellt. Einmal versucht sie zu fliehen und sich als Arierin auszugeben, tut also das genaue Gegenteil von Barbara, die als Arierin lebte und freiwillig zu den Juden zurückkehrte. Tolas analytischer, kompromißloser Verstand treibt sie mehr und mehr in die Isolation. Zuerst steht sie Schmiere für die Häftlinge, aber gegen Ende des Buches ist sie eine »Anweiserin« geworden, das heißt, sie hat die Aufgabe, die anderen zur Arbeit zu treiben. In dieser Situation, die gewissermaßen das moralische Äquivalent ist zum Versteck unter der Matratze, trennt sie sich von der Gemeinschaft, verläßt und verrät ihre Freunde, was sie ja in ihrem Argumentieren für die Flucht immer gewünscht und verteidigt hatte. Als Anweiserin muß sie allerdings mit den Nazis kollaborieren.

Die anderen beiden Hauptcharaktere sind Alinka, eine scheinbar hartgesottene und oft widerspenstige Halbwüchsige, die eine Massenhinrichtung überlebt hat. Mit ihr kroch eine Schwangere, Aurelia Katz, aus dem Massengrab, und die beiden verbindet eine tiefe Freundschaft. Der zentrale Handlungsstrang des Romans geht von dieser Schwangerschaft aus. Das Engagement der anderen drei, um die Geburt durchzusetzen und das Neugeborene aus dem Lager zu schmuggeln, ist letzten Endes erfolgreich, doch geht es nicht ohne Spannungen, Enttäuschungen, menschliches Versagen ab. Auch die Freundschaften werden angekratzt. Karmel gibt sich Mühe zu zeigen, daß heldenhafte Anstrengungen auf die Dauer nicht durchzuhalten sind und zerstörerische Folgen haben. Das Baby wird zwar gerettet, doch der Krieg ist noch nicht vorbei, und die vier Frauen müssen auch weiterhin um ihr Überleben kämpfen. Als Aurelia an einer Krankheit stirbt, entfremden sich Tola und Barbara voneinander. Barbara stirbt am Ende mit und für ihre Patienten, und Tola opfert sich für die fünfzehnjährige Alinka. So sind Barbaras romantisches Selbstbild und Tolas trister Rationalismus zum Schluß gerechtfertigt in einer Art moralischer Erlösung, doch erst nach einer Reihe von Rückschlägen und Mißerfolgen.

»An Estate of Memory« kann als feministisches Buch gelesen werden, weil die Frauen auf sich selbst angewiesen sind und von ihren Männern nichts zu erwarten haben. Doch die Autorin warnt vor einer solchen Interpretation. In dem Lager hätte es einfach wenig Kontakt zwischen den Männern und den Frauen gegeben. Darum und nicht wegen einer ideologisch begründeten Vorsätzlichkeit ihrerseits seien die Männer zweitrangig in ihrem Buch. Karmel will sich nicht als Feministin verstanden wissen. Überlegungen zum Begriff »Gender« seien ihr nicht gekommen. Ich kann der Autorin schlecht widersprechen, doch gestehe ich, daß es mir schwer fällt, das Buch nicht als ein hervorragendes »Frauenbuch« zu lesen.

III

Ilona Karmel wurde 1925 in Krakau geboren und kam im Jahre 1948 nach Amerika. Sie ist mit einem Physiker verheiratet. Sie hat viele Jahre am Massachusetts Institute of Technology »creative writing« gelehrt und hat ihre beiden Romane auf englisch geschrieben. Öfters thematisiert sie Sprache, besonders wenn sie sich als inadäquat erweist, wie es bei den Lagererfahrungen gar nicht anders sein kann. Die Erlebnisse der Opfer übersteigen ihre Fähigkeit, sich auszudrücken. Aurelia versucht die Massenexekution, der sie und Alinka entronnen sind, zu beschreiben. Doch Aurelia hat kein literarisches Talent. Ihre Erzählung, wie so vieles an ihr, wirkt irritierend auf die Freundinnen. Sie verwendet Klischees und Phrasen. Ihr Stil und ihr Wortschatz sind den Ungeheuerlichkeiten, die sie erlebt hat, nicht gewachsen. Sie spricht von »den Greueltaten«, den »bestialischen Naziverbrechern«, den »hilflosen Opfern«, und ihre Stimme klingt wie ein »monotones Geleier«. Damit stellt sie die Schwierigkeit der ganzen

Holocaustliteratur, nämlich gewöhnliche Worte auf außerordentliche Ereignisse anzuwenden, in einem Extrem dar. Eine Durchschnittsfrau wird Zeugin des Massenmords und kommt damit sprachlich nicht zu Rande. Zu einem gewissen Grad befinden wir uns alle, die über dieses Thema schreiben oder sprechen wollen, in Aurelias Situation.

Über die Beziehung von Leben und Sprache gibt ein bezeichnendes Gespräch zwischen Alinka und einem jungen Nazi-Soldaten Aufschluß. Er fragt sie, wo ihre Eltern seien. Alinkas Eltern sind nicht Opfer des Holocaust, denn ihre Mutter ist vor dem Krieg gestorben, und ihr Vater befindet sich in Rußland. Doch da sie hier eine Gelegenheit sieht, den Deutschen über das Schicksal der Juden aufzuklären, »lügt« sie, indem sie behauptet, ihre Eltern wären erschossen worden. Eine solche Szene zwingt uns, über das Wesen von Wahrheit und Lüge nachzudenken. Alinka erzählt eine Fiktion und keine Lüge. Die wirkliche Geschichte ihrer Eltern ist uninteressant im Vergleich zu der Katastrophe, deren Zeuge sie ist und über die sie dem Soldaten die Wahrheit sagt.

»An Estate of Memory« lebt von solchen Paradoxien und Ironien. Großzügigkeit und Kleinlichkeit gehen Hand in Hand; höllische Erfahrungen evozieren eine banale Sprache; aber wenn wir gerade im Begriff sind, Aurelia als eine seelenlose und geistlose Frau abzuurteilen, erfahren wir, daß sie gut singen kann und daß ihr Kind wie zum Abschied in den letzten Stunden, die sie mit ihrem Mann verbrachte, gezeugt wurde. Und doch »verkauft« Aurelia auch ihre Geschichte, das heißt, sie verwendet sie zu ihrem Vorteil. Den anderen erscheint sie zuerst affektiert und unehrlich, und ihre grauenvolle Begegnung mit dem Tod macht sie ihnen nicht sympathischer und läßt sie gewiß nicht heroischer erscheinen. Die Frauen im Lager reagieren ganz defensiv, indem sie ihre eigenen leidvollen Geschichten hervorkehren, und fühlen sich abwechselnd angezogen und abgestoßen von Aurelia. Sie zieht ein wirres Gemisch von Emotionen auf sich, das dem nicht unverwandt ist, das wir als Leser verspüren, wenn wir uns einerseits von solchen Leiden abwenden und es andererseits überhöhen möchten – also genau die Reaktionen, die die Nachkriegswelt dem Holocaust entgegenbrachte und -bringt.

Aurelias Schwangerschaft wird uns in gnadenloser Präzision vorgeführt. Wie Aurelia ihre Nächte auf der Latrine mit einer Schüssel Suppe verbringt, wie sie den Tod des Foetus herbeiwünscht, wie sie ihren Bauch schnürt, um die Schwangerschaft zu verbergen – das alles erweckt nicht gerade spontane Sympathie. Tola geht von der falschen und unfairen Voraussetzung aus, daß Aurelia von einem Fremden geschwängert worden ist, den sie aus Faulheit nicht abgewiesen hat. Und die These scheint uns beim Lesen plausibel. Ja, so ist diese Aurelia. Trotz ihrer Verachtung unterstützen die Frauen sie, denn das Kind verkörpert die Zukunft, und die eigene elende Existenz wird sinnvoller, wenn sie diesem Kind zu einer sicheren Geburt und Überlebenschance verhelfen.

Alinkas Soldat, der schließlich bei der Rettung des Kindes mithilft, ist ein dicker, überzeugter Nazi, der seine menschlichen Instinkte mit seiner Führergläubigkeit in Einklang bringt, indem er sich einredet, der Führer wolle doch keinen jüdischen Kindern, sondern nur jüdischen Kapitalisten schaden. In seiner Hilflosigkeit und Angst gibt er dem verhungernden Mädchen eine Tüte mit Pfefferminzbonbons. Der Leser, der vielleicht denkt, das sei ein nutzloses Geschenk, wird eines Besseren belehrt, wenn Alinka diese Tüte für gutes Brot eintauscht. Ähnliches geschieht, wenn die Frauen die unter den Umständen lächerliche Kinderliebe des jungen Deutschen so benützen, daß sie nach ihren Plänen zur Rettung des Neugeborenen beiträgt. Doch gleichzeitig zeigt uns das Buch diesen selben Soldaten in einem Zustand von Frust und Wut, in dem er einzelne Häftlinge schlägt. Er ist ein Nazi, der unseren Erwartungen einfach nicht entspricht und der dennoch als Gestalt völlig plausibel wirkt. Wir können ihn weder ganz verachten noch ganz bewundern. Es ist unsympathisch, er hilft uns nicht, an das Gute im Menschen zu glauben, und doch ist er wahrscheinlich moralisch etwas besser als die meisten Leute. Seine Tat wäre vielleicht sogar heroisch, wenn er nur den Charakter eines Helden hätte.

IV

An einem schönen Frühlingstag kam Ilona auf Besuch von Boston. Sie brachte mir Blumen fürs ganze Haus, sie wollte spazieren gehen, und sie weigerte sich, ein »Interview« zu geben. War's nicht genug, daß sie ein Buch geschrieben hatte, warum denn noch ihr Leben aufwühlen? Und es sei weder ein feministisches noch ein Holocaust-Buch, da sei ich auf der falschen Fährte, sondern einfach das beste, was sie, mit ihrem besonderen Verständnis der Welt habe schreiben können. Sie hatte ihre Lebenserfahrung verwendet, und die sei nun einmal mit Frauen in einer bestimmten Situation entstanden. Sie stemmt sich gegen Einordnungen und hofft, daß auch ihr Text eine solche Weigerung in sich trägt.

Doch sie wußte, daß ich ihr nur zum Teil zustimmen würde. Ich kannte sie schon, seit ich vor ein paar Jahren eine gemeinsame Freundin gebeten hatte, mich ihr vorzustellen. Ich habe einen Teil meiner Kindheit in Hitlers Lagern verbracht und wollte Ilona Karmel kennenlernen wegen dem Buch, das sie über unsere gemeinsame Vergangenheit geschrieben hatte, ein Buch, das, so schien es mir, auch von *meiner* Kindheit handelte. Ich hatte schon einige Jahre Lehrveranstaltungen über die Literatur des Holocaust abgehalten und war mir sicher, daß Frauen ein anderes Wissen von dieser Zeit und einen anderen Blick auf diese Jahre haben als Männer, und ich meinte, daß Ilonas Buch eine Schatzkammer solchen Wissens sei. Auch weiß ich, daß die besten Bücher über den Holocaust nicht in sich selbst verschlossen sind, sondern offen für schwierige Fragen, die anderswo zur Debatte stehen.

Aber ich verstehe ihre Weigerung, von ihrer privaten Vergangenheit zu sprechen. Als Jüdin im besetzten Polen muß auch sie dem Tod knapp entgangen sein, und solche Überlebensgeschichten sind nicht der Stoff der besten Romane. Die Leute fragen einen: »Wie hast du überlebt?«, und dann erzählt man entweder Rührendes, das eine sentimentale, herablassende Reaktion herausfordert, oder man erzählt Abenteuerliches, das der Sache auch nicht gerecht wird. Denn im zweiten Fall geht die Struktur des Gewebes verloren, womit die Erzählerin einer Fiktion ein gelebtes Leben simuliert. Wie viele andere ernstzunehmende Romanciers mag Karmel nicht über ihr eigenes Leben sprechen.

So gingen wir also über den Princeton Campus mit seinen gepflegten Rasen und alten Bäumen, an einem strahlenden Tag, an dem das Wetter noch zu der Aura von Frieden und Privilegiertheit beizutragen schien, ein von Katastrophen unberührter Ort, so anders und irgendwie nicht passend zu dem, was uns, zwei alternde Frauen, beschäftigte, die sich in einer Fremdsprache für beide, in der die eine ihre Romane geschrieben hat, über eine Zeit der Verzweiflung unterhielten. Ich wollte ihr gerne sagen, was das Buch mir bedeutet hatte, wie es für mich die Vergangenheit irgendwie bewältigt, vor allem unsere Vergangenheit, doch vielleicht die jedes Menschen unseres Jahrhunderts. Und wie das alles schon im Titel liegt, mit seiner Verankerung im Gedächtnis, in der Erinnerung.

Statt dessen erzählte ich ihr, daß ich selbst fast gar keine Erinnerungen eines freien Lebens in die Lager mitbrachte. Wie ein Film, der unscharf anfängt, zeigt meine Erinnerung erst mit dem Anbruch der Hitlerzeit scharfe Bilder. Ich war einfach zu jung, um schon vorher ein Leben gehabt zu haben. Ich war von der Vergangenheit anderer abhängig und bewunderte und beneidete die, die frühere Tage heraufbeschwören konnten. Ich konnte mich nicht satt hören an ihren Geschichten, zugleich waren sie es, die mir die Armut meiner eigenen Erfahrungen so recht bewußt machten. Was ich zu hören bekam, waren ganz gewöhnliche, wenn auch sehnsüchtige Geschichten über Feste und Feiern und Sport, über sozialistische und zionistische Jugendveranstaltungen, über Haustiere und unbefangenes Plaudern mit Brüdern und Vätern. Dinge, die ich nie benutzt hatte, tauchten mit Selbstverständlichkeit in diesen Erinnerungen auf, wie Fahrräder und Telephone. Für diese Frauen war das Lager eine Zwischenstation, die sich hinter eine faßbare Vergangenheit und vor eine vorstellbare Zukunft geschoben hatte. Ich mußte meine eigene Zukunft mit *ihren* Erinnerungen oder aus der reinen Phantasie konstruieren. Und trotzdem hatte ich das Gefühl, daß ich vielleicht mit der schweren Gegenwart besser fertig wurde als sie, weil ich sie nicht in meiner Vorstellung überspringen konnte, da ich praktisch keinen Vergleich hatte. So mischte sich in meinen Neid auch ein

Gran Verachtung, wenn mir einfiel, daß die Erwachsenen oft nicht richtig verstanden, wo sie sich eigentlich befanden.

Ähnlich mehrdeutig verhalten sich die Begriffe Zukunft und Vergangenheit in Karmels Roman. Erinnerungen sind der Rahmen, der das Bild hält und stützt: Karmels Frauen erinnern sich an den Überfluß ihres vorherigen Lebens – Überfluß an Nahrung, Raum, Intimität und an Liebe, die zu erweisen nicht so viel Opfer und Anstrengung kostete wie in den Lagern. Besonders Barbara hat die Fähigkeit, den Bogen vom Damals zum Morgen zu schlagen, als wären Erinnerung und Hoffnung ein und dasselbe. Mit der ihr eigentümlichen bittersüßen Ironie beschreibt Karmel einen Tagtraum Barbaras, in dem Alinka, ohne je gefangen gewesen zu sein, die Rolle einer begabten Schülerin spielt. Ganz, als sei nichts gewesen. Die Gegenwart ist aus der Zukunft wegradiert. Ist das nun rettende Überhöhung oder Eskapismus? Die Frage bleibt unbeantwortet.

Der englische Titel bezieht sich auf ein Landgut, das Barbara gehört hat, bevor sie ins Lager kam und an das sie oft zurückdenkt. Aber jede der Gefangenen hat so ein »Gut« im Gedächtnis. Barbaras Patienten erzählen von ihren Kindern und Ehemännern, Geschichten von verlorenen Reichtümern. Da die Frauen sehr wohl wissen, daß ihre Verwandten nicht mehr leben, fügen sie hinzu: »Gesegnet sei ihr Andenken.« Das Gedächtnis wird ein Ort, an dem die erinnerten Menschen sich niedergelassen haben. Im Schlaf rufen die Frauen nach den Verlorenen: »Mondschein erleuchtete die Baracke. Dann rief eine undeutliche schlaftrunkene Stimme einen Namen aus längst vergangenen Tagen, noch eine Stimme meldete sich und noch eine. Sie horchte hin: von den Gütern der Erinnerung, den Gütern seligen Gedenkens brachen die Toten auf und bevölkerten die Nacht.« (Seite 463) Kurz vor ihrem Tod ist Tola umgeben von den Toten ihrer Familie, die sie einschließen, als wäre sie die Spule ihres Garns oder der Kern zu ihrem Fruchtfleisch.

In solchen raren lyrischen Passagen entpuppt sich das letzte Geheimnis des Romans. Was hier erinnert wird, ist nicht das Geschenk des Lebens und der Freiheit, und nicht einmal die Hoffnung, sondern nur Menschen, die in einer Hoffnung lebten, die oft von Wunschträumen nicht zu unterscheiden war. Am

Ende erfahren wir noch, daß Alinka, das Baby und ein paar Nebenfiguren am Leben geblieben sind. Die Nachkriegszeit hat begonnen.

Diese positiven oder affirmativen Signale haben ihre Gültigkeit, aber sie sind naturgemäß sehr beschränkt. Die große Katastrophe hat stattgefunden, und nichts kann sie wettmachen. Früher war der Ort der Erinnerung die Freiheit, jetzt sucht Erinnerung die Lager, die Gräben und die Gräber heim, wo die Toten, gesegneten oder ungesegneten Andenkens, geblieben sind. So ist unser Erbe eine Vergangenheit, die so schwer verdaulich ist wie das Lageressen, von dem wir gelesen haben. Aus Karmels Buch klingt allerdings ein unüberhörbares »trotzdem«, wenn sich zeigt, daß die Menschen, denen ihre Protagonistinnen sich unter Aufwand all ihrer Kräfte widmeten, eine Zukunft haben. Dieser Triumph muß reichen. Mit seinem Hin und Her zwischen Erfahrung und Hoffnung, seinen genauen Erkundungen des Wesens von Freundschaft und Liebe in einem Grenzgebiet zwischen Leben und Tod ist dies ein Roman von und für unsere Zeit, ein Rückblick zur Jahrhundertwende.